달빛조각사

달빛 조각사 14

발행일 2024년 5월 1일 | **발행인** 김명국 | **발행처** 주식회사 인타임 | **출판 등록** 107-88-06434 (2013년 11월 11일) | **주소** 서울시 구로구 디지털로31길 38-21 이앤씨벤처드림타워 3차 405호 | **전화** 070-7732-2790 | **팩스** 02-855-4572 | **이메일** in-time@nate.com | **ISBN** 979-11-03-33291-4 (04810) 979-11-03-32686-9 (세트) |

달빛조각사 14

남희성 게임 판타지 소설

The Legendary Moonlight Sculptor

INTIME

contents

노들레와 힐데른

"자, 자! 건어물이 쌉니다."

"오징어 좀 드시고 가세요. 말린 오징어를 10마리씩 묶어서 팝니다. 던전 사냥이나 항해에서, 입이 심심할 때 씹으면 감칠맛이 그만이에요!"

"갈치, 전어, 우럭 있어요!"

위드는 전쟁이 끝나자마자 조각술 최후의 비기 퀘스트를 위해 보로타 섬의 항구로 향했다.

"사람들이 정말 많군."

보로타 섬은 베르사 대륙에서도 소문난 미항이었다.

맑은 하늘과 잔잔하고 아름다운 바다, 산과 언덕이 멋지게 솟아나 있어서 해가 뜨고 질 때의 풍경이 일품이다. 근처에는 좋은 어장이 있어서, 손맛을 보기 위해 멀리서 찾아온 낚싯배들로 항구가 항상 붐볐다.

대륙이 전쟁의 소용돌이에 빠지더라도 섬들은 평화롭다.

"일단 퀘스트를 진행하기 위해서 내가 가지고 있는 아이템으로는……."

자이언트 파이어 골렘 소환, 유성 소환. 이런 무시무시하기 짝이 없는 스크롤도 있지만 일단은 함부로 사용하지 않고 아껴 둬야 한다.

조각술 최후의 비기 퀘스트인 만큼 보통 어려운 과정이 남아 있는 게 아니리라.

"감정!"

보로타 섬 주변 지도

보로타 섬과 주변 군도의 지형, 해류의 흐름이 표시되어 있다. 항구에서 3실버에 판매되는 지도.

내구력: 3/5

밤하늘의 별 이야기 #73

북동쪽의 별자리를 해설해 놓은 양피지이다. 흰곰자리와 겨울눈 자리, 연인의 별자리가 나와 있다.

멈춰 버린 나침반

작동되지 않는 항해용 나침반이다.

내구력: 11/17

보로타 가문의 저택 열쇠

정문을 열 수 있는 열쇠이다. 오래되어서 몇 번 사용하지 못할 것 같다.

시간의 모래

회상의 모래라고도 불리는 신비한 물건이다. 대륙 남부 사막 부족의 보물로서, 시간을 되돌려 오래전에 있었던 모습들을 보여 준다. 소유하고 있는 것만으로도 과거의 시간과 엮이기도 한다. 3회 사용 가능.

위드는 우선 주민들에게 말을 걸었다.

"노들레와 힐데른에 대해서 알고 싶습니다."

"그 사람들? 저곳에 공원이 있으니 가 보시구려."

섬에는 그들을 기념하는 공원이 도처에 있었다.

광장과 건물, 심지어 언덕에도 그들의 이름이 붙어 있다.

하지만 벌써 수백 년이 지난 과거의 일이기에 정확한 사실관계는 알 수가 없었다.

위드는 우선 노인들부터 찾았다. 당연히 빈손은 아니었다.

"이게 뭔가?"

"신선한 전복죽입니다. 드시면서 노들레와 힐데른에 대한 이야기를 들려주시면 안 될까요?"

"음, 내가 좋아하는 전복죽이로군. 보기 드물게 예의를 아는 청년이구만. 노들레와 힐데른에 대해서는 내가 조금 알지. 할아버지의 할아버지 그리고 그 할아버지에게서 들었던 이야기가 있거든. 그들은 한마을에서 태어났어."

"어딘데요?"

"항구의 뒤쪽 언덕에 있는 작은 마을이지. 노들레와 힐데른은 마을에서 함께 자라나며 사랑을 키웠다고 해. 근데 전복죽에 전복은 어디 있는 건가?"

노인들이 들려주는 이야기들을 긁어모았다.

노들레와 힐데른은 워낙 유명한 인물들이라서 이미 이런 방식의 접근을 시도해 본 다른 유저들도 많았다. 하지만 친밀도나 상황에 따라서 말해 주는 내용이 미묘하게 다르기도 하기에, 기초 정보 수집을 위하여 빼놓을 수가 없는 절차였다.

"노들레의 집안은 보로타 섬에서 가장 부유했지. 한때 이곳의 배들을 대부분 소유하고 있었을 정도야."

"키가 크고 잘생긴 노들레에게 섬의 여자들은 정신을 다 잃어버릴 정도였다고 하네."

"힐데른? 힐데른은 그리 예쁘지 않았다는 이야기가 있어. 말도 더듬거리면서 하고, 다리를 불편하게 절었다더군. 아주 오래전부터 내려오던 이야기이니 사실이 아닐 수도 있겠지?"

"노들레를 그린 그림도 어딘가에 하나쯤은 남아 있지 않을까 몰라."

"관청 안쪽의 건물로 가 보게. 거기가 노들레의 집이었으니 남겨진 물건들이 있을 거야. 그런데… 우럭죽인데 대체 왜 우럭이 안 나오지?"

재료를 최대한 아낀 맛있는 음식들로 정보들을 입수했다.

요리 스킬의 큰 장점으로는, 맛으로 친밀도를 획득하기가 쉽다는 점!

"노들레를 위주로 알아봐야겠군."

위드는 섬의 행정을 맡아 하는 관청으로 이동했다.

평화로운 섬이라서 갑옷도 입지 않은 가벼운 옷차림의 경비들이 입구를 지키고 있었다.

"무슨 일이오?"

"조사해 볼 것이 있어서 왔습니다. 저는 위드입니다."

"이름은 들어 본 것 같군. 그대라면 누구든 만나고 싶어 할 테니 얼마든지 들어가도 좋소."

경비들은 길을 열어 주었다.

엄청난 금액을 투자한 상인이나 섬에서 유명한 모험가가 아니면 관청에 들어가기가 어렵다. 모험 명성으로나 지위로나, 위드는 기꺼이 입장이 가능했다.

넓은 관청에는 보로타 해군을 지휘하는 해군본부가 있는 구역이 있었고, 그 뒤편으로는 과거에 노들레 가족이 살았다는 대저택이 있었다.

"최근 상선들을 노리는 도적 떼가 있다는 첩보를 입수했는데 나서 볼 생각이 없는가?"

"초록색 아가미를 가진 상어의 습격이 계속되고 있는데, 놈은 아마 해초들이 있는 곳 주변에 자주 나타나는 것 같아."

해군본부에서 퀘스트를 받는 유저들도 많았다. 항해사도 있지만 대부분이 선장이라서 옷차림들이 화려했다.

위드는 해군본부를 지나서 곧바로 대저택이 있는 후원으로 향했다.

저택은 오랫동안 그대로 방치되어 있었지만, 사방에 나무들이 커다랗게 자라서 아늑한 느낌이었다.

위드는 바람결에 실려 오는 꽃 냄새를 맡으며 보로타 가문의 저택 열쇠를 꺼냈다.

달칵.

보로타 가문의 저택 문이 열렸습니다.
오래된 녹슨 열쇠가 깨졌습니다.

"멀쩡히 남아 있는 것들은 별로 없군."

건물 내부의 가구들은 낡고 부서져 있었으며 따로 챙길 만한 골동품도 없었다.

복도와 방에는 거미줄과 먼지가 수북하게 쌓인 채 그림들이 방치되어 있었다.

위드는 먼지를 털어 내고 쓸 만한 것들을 살폈다.

"감정!"

보로타 가문의 그림

보로타 가문의 가족을 그린 그림. 당시에 유행하는 화풍에 따라 선과 색을 강조하여, 이름 모를 화가가 그렸다.
예술적 가치: 19

지식이 1 증가합니다.

그림에는 보로타 가문의 가족들뿐만 아니라 주변에 여러 가지 부를 과시하는 물품들도 같이 그려져 있었다.

비싼 유리 제품이나 융단, 은세공품, 치장하고 있는 보석들로 봐서는 보로타 섬이 무역을 많이 했었다는 사실을 알 수 있었다.

위드는 먼지와 거미줄들을 치우면서 걸어 다녔다.

"여기 돈 될 만한 그림이 있을 것도 같은데……."

〈말을 탄 노들레〉
보로타 가문의 후계자 노들레가 말을 몰고 언덕을 오르는 그림이다.
예술적 가치: 45

수십 점의 작품들을 둘러본 후에 노들레의 그림도 발견!

"노들레가 잘생겼다는 소문은 사실인 것 같아. 음, 외모로 봐서는 거의 내 수준이로군."

뚜렷한 이목구비와 사연을 간직하고 있을 것 같은 깊은 눈동자, 짙은 눈썹, 날렵한 턱선!

백마와 노들레는 더 이상 잘 어울릴 수가 없을 정도로, 그 자체만으로 그냥 한 폭의 멋진 그림이었다.

"돈과 외모, 가문까지 받쳐 주다니… 분명 성격은 개망나니였겠지. 가학적 변태성욕자에 잔인무도한 성품이었을 거야."

위드는 대저택을 뒤져서 노들레가 쓴 양피지들을 몇 장 찾아냈다.

이상한 그림들이 그려져 있기도 했다.

"이건 무슨 돌로 지은 움막 같은 집인가? 이런 곳에 사람들을 가둬 놓고 어떤 변태 짓을 했을지도 모르지. 감정!"

보로타 섬에는 폭풍우가 자주 밀려온다.
이런 집이라면 주민들이 안심하고 살 수 있으리라.

주민들이 폭풍 피해를 입지 않도록 개발한 주택의 설계 도면을 읽었습니다.

지식이 1 증가합니다.

건축 지식의 습득으로, 아르펜 왕국에 심한 폭풍에도 파괴되지 않는 주택을 건설할 수 있게 되었습니다.

"음, 건축 쪽에 제법 관심이 많았나 보군. 다음 양피지로는… 감정!"

섬의 주민들이 파도가 심한 날에도 위험한 항해를 떠나는 것을 보며 걱정스럽지 않을 수가 없다.

이 연구가 그들을 위하여 조금이나마 도움이 될 수 있다면 좋을 텐데…….

거친 파도를 헤치는 항해용 선박에 대한 지식을 습득했습니다.
항해용 선박에 특수 뱃머리를 제작할 수 있게 됩니다.

지혜가 2 증가합니다.

행운이 4 높아집니다.

"그리고 이건 무슨 약초들 같은데. 감정!"

흔하게 보이는 풀과 몇 가지 뿌리들을 조합하면 향토병을 이겨 낼 수 있다.

누구나 만들 수 있는 치료약이 많이 제조되면 주민들이 병마와 싸워서 이겨 낼 수 있으리라.

지식이 3 증가합니다.

통솔력이 1 증가합니다.

"머리도 좋았던 것 같군. 하지만 머리 좋은 놈치고 착한 녀석이 있을 리가 없어. 다 가식일 거야."

다음의 양피지에는 힐데른에게 보내지 못한 내용이 담겨 있었다.

힐데른.

오늘은 흰 구름들이 하늘을 많이 지나다녔지. 어떻게 알았냐면, 너를 생각하면서 계속 하늘을 봤거든.

내일 아침에 우리가 함께 항구를 내려다보던 언덕에서 만나자.

경험 많은 선원에게서 들었는데, 돌고래들이 오고 있다고 해.

똑똑하고, 배려심이 많은 성품에, 낭만적이기까지 하다.

위드의 인식은 오히려 더 악화되었다.

"과연 독한 놈이군. 쉽게 밝혀낼 수 없는 어떤 음험한 행동이 있겠지. 바람기가 심해서 애가 서른둘이거나 공동묘지로 가서 시체를 뜯어 먹는다거나 하는…….”

저택 내부를 샅샅이 수색해 봤지만 결과는 그 정도뿐이었다. 혹시나 비밀 공간이 숨어 있지 않을까 해서 탐색도 해 봤지만 찾지는 못했다.

그 후로는 경치가 좋은 보로타 섬을 돌아다니며 그들의 이름이 붙은 장소들을 확인해 보았다.

거리에서는 화가들이 노들레와 힐데른의 그림을 그리고 있었으며, 언덕에는 그 둘의 사랑을 기념하는 조각품도 세워져 있었다.

위드는 항구가 내려다보이는 언덕에도 가 보았다.

보로타 섬을 둘러싼 산호초 바다와 옹기종기 아름답게 모여 있는 섬들, 그 사이를 항해하는 배들로 이루어진 최상의 경치가 펼쳐져 있었다.

그리고 바다가 내려다보이는 장소에 넓은 석판 같은 것이 보였다.

“이건 뭐지?”

위드는 석판을 만져 보았다.

“돌에 글귀를 새겨 놓은 것 같은데. 바다신의 제단?”

띠링!

보로타 섬의 연인들 퀘스트 완료

노들레와 힐데른의 사랑은 같은 고향에서 태어나서 운명과도 같이 시작되었다.
그렇지만 힐데른은 바다신의 사제. 평생 결혼을 하지 못하며, 만약 남자를 만나다가 발각이라도 되면 바다에 제물로 바쳐지게 될 운명이었다.

그리고 위드의 눈앞에 영상이 흘러나왔다.

"힐데른, 영원히 너와 함께하고 싶어. 이 나무는 크게 자라서 깊이 뿌리를 내리겠지. 노인이 되어서 우리 함께 이 나무를 보고 싶어."

"나도 그래, 노들레."

꽃이 활짝 피어 있는 언덕에서 노들레와 힐데른이 다정하게 이야기를 했다.

그리고 그들을 쳐다보는 바다신의 다른 사제들.

"사제인 힐데른이 남자를 알게 된다면 바다신이 노하실 것입니다."

"바다를 잠잠하게 하기 위하여 원래는 3년 후로 예정되어 있던 제물 의식을 지금 치러야겠습니다."

보로타 섬을 비롯하여 몇몇 섬들은 바다신의 관할하에 있었다. 바다신들의 사제가 내린 결단은 영주라고 하더라도 거스르지 못한다.

그들이 힐데른을 제물로 바치기로 결정을 하고 보로타 가문에 통보를 하였다.

노들레는 하인들을 통해 그 사실을 알게 되었고, 심한 폭우가 오는 날 저녁에 힐데른을 데리고 바다에 작은 조각배를 띄웠다.

다음 날 아침에 둘이 사라진 사실이 알려지게 되었다.

바다신의 사제들도 그들을 추격하러 바다로 나섰다.

띠링!

성난 바다

노들레와 힐데른은 비가 오고 파도가 심한 날 바다로 배를 띄웠다. 조각배를 타고 그들이 항해한 궤적을 찾아서 목적지까지 이동하라.

난이도: 조각술 최후의 비기 퀘스트

제한: 사망했을 시 퀘스트 실패. 퀘스트에 참여할 여성 동료 1명이 필요하다. 연계 퀘스트를 끝까지 함께해야 하며, 그녀에게도 중요한 역할이 부여된다. 동료 사망 시에도 퀘스트 실패. 비가 내린다.

"여성 유저 1명을 필요로 하는군."

퀘스트의 내용으로 봐서는 아무래도 항해와 관련이 있었다.

"베키닌의 3마리 미친 상어들은 모두 남자인데… 다른 여자 항해사 1명을 데려와야 할까?"

하지만 단순한 항해술의 문제는 아닐 것 같았다.

"항해 스킬은 나도 중급에 올라 있으니, 동료는 도움을 주면서도 죽지 않는 게 더욱 중요해."

어떤 일이 있더라도 어지간해서는 죽지 않을 사람이라면 역시 서윤.

르포이 평원에서의 전투에서도 광전사로서 대단한 활약을 벌였다.

헤르메스 길드의 유저들을 무수히 해치우면서 그녀도 집중 공격을 당했지만, 끝까지 살아남았다.

그녀가 챙긴 전리품과 공적에 대한 시샘도 많이 했다.

위험할수록 끈질긴 직업이 광전사였다.

위드는 서윤에게 조심스럽게 귓속말을 보냈다.

—저기, 바쁘지?
—한가해요.

서윤은 던전에서 무섭게 덤벼드는 레벨 450 정도의 파코스를, 검을 거꾸로 쥐고 내려찍고 있었다.

캐갱!

파코스가 회색빛으로 변해서 사라졌다.

하지만 어둠 속에서 아직 7마리 정도는 덤벼들 준비 자세를 취하고 있었다.

서윤은 이번 던전에 들어와서 무려 314마리의 파코스들을 해치우고 뿔과 이빨, 가죽을 모았다.

위드는 그런 상황에 대해서는 모르는 채로 계속 귓속말을 보냈다.

—내가 퀘스트를 해야 되는데… 도와줄 수 있어?
—바로 갈게요. 어딘데요?
—보로타 섬으로 오면 돼. 와삼이를 보낼게.

서윤에게 도와 달라는 요청을 한 뒤에 비행하는 조각 생명체들도 불러들였다.

여차하면 하늘에서도 지원을 받기 위함이었다.

쏴아아아아아!

바다에 비가 내렸다.

성난 바다 퀘스트가 진행되는 동안에는 계속 비가 내립니다.

"아, 이놈의 비는 언제 그치는 거야?"

"그러게. 무슨 비가 엿새나 계속 쏟아지냐."

"잠깐도 쉬지 않고 내리는데, 이거 좀 이상하지 않아?"

보로타 섬의 유저들은 퀘스트가 진행되는 동안에 불가피하게 비를 맞아야 했다. 해변가에서의 수영이나 연안 낚시도 불가능할 정도의 폭우였다.

위드는 서윤과 함께 단단한 삼나무 배를 건조했다.

"조선 스킬이 있으니 이럴 때 또 써먹게 되는군."

항해를 하면서 조선 스킬이 초급 3레벨까지 되었고, 그 후에 장식용으로 정밀한 조각품 배를 깎으면서 4레벨이 되었다.

무슨 일이 닥쳐도 잘 해낼 수 있다는 점이 잡캐의 장점이다.

위드가 고지식한 기사이거나 검사였다면 이런 퀘스트도 수월하진 않았으리라.

"죽을 고생을 하는 퀘스트만 수행할 수 있다니, 정말 조각사란 직업은 파란만장하기 짝이 없다니까."

바다에서는 4미터, 5미터가 넘는 파도들이 밀려들었다.

이런 날씨에 조각배를 띄우기란 아무래도 영 껄끄러웠다. 하지만 기다린다고 해도 퀘스트로 인하여 내리는 비는 그치지 않을 것이다.

"노들레와 힐데른이 이런 날씨에 출항을 했으니… 아무튼 따라가 보는 수밖에 없지."

위드가 서윤과 함께 조각배를 타고 바다로 나아갔다.

갑자기 출항하게 되었던 노들레와 힐데른의 조각배와는 달리 각종 보급품과 선박 수리용 목재, 식량 등을 듬뿍 실은 상태였다.

중형 범선도 이런 날씨에는 가급적 바다로 나가지 않는다. 먼바다에서는 파도가 더 심해질 수 있으며 해류의 흐름이 바뀌는 장소에서는 위험한 소용돌이도 발생하기 때문이다.

워낙 험한 파도로 인해서 노를 젓기도 어려웠지만 아직까지는 버틸 만했다.

정확히는 원하는 방향으로 항해하는 게 아니라, 파도에 이리저리 떠밀려서 갈 뿐이었지만.

띠링!

> 거친 파도로 인하여 선체의 내구도가 1 감소합니다.
> 선체의 내구도: 44/45

"우선 보로타 섬을 그대로 빠져나와서… 그다음에는 어느 쪽으로 갔을까?"

시간의 모래가 있지만 함부로 막 쓸 수는 없다.

퀘스트가 어떤 식으로 이어질지 모르고, 혹시라도 쓰고 남는다면 비싼 값에 팔아먹을 수 있는 것이기 때문!

위드는 보로타 섬 주변 지도를 펼쳐 놓고 대략 추리를 했다.

"노들레가 구했을 배는 그리 좋은 게 아니었겠지. 파도가 심하고 비까지 내리는 날에 먼바다로 가진 못했을 거야."

수심이 깊지 않은 장소, 그리고 파도에 배가 가라앉지 않도록 항로를 짜야 했으리라.

보로타 섬 출신의 노들레와 힐데른이었으니 그들이 선택할 항로는 두 가지뿐이었다.

하나는 파힐 섬에서부터 3개의 섬을 경유하며 곧바로 대륙으로 가는 것이고, 다른 한 가지는 해양 몬스터에 암초까지 많은 벨라스케스 해역을 통하는 것이다.

위드는 퀘스트 아이템 중에서 멈춰 버린 나침반을 꺼내서 지도에 올려놓았다.

우연의 일치인지 모르지만, 정확히 벨라스케스 해역을 가리켰다.

"벨라스케스 해역으로 갔겠군."

"왜요?"

서윤이 결론이 내려진 근거를 물어봤다.

나침판은 확실한 증거가 되지는 못했으니까.

"이것 봐. 파일 섬 쪽으로 가면 대륙으로 넘어가기가 아주 쉽잖아."

"그러네요. 보급도 편하고 항로도 안전하다는 평가들이 있었어요."

"그러니까 벨라스케스 해역이지. 내 고생문은 언제든 활짝 열려 있을 테니까."

보로타 섬 주변 지도에 벨라스케스 해역은 극도로 위험하다고 적혀 있었다.

노들레와 힐데른이 굳이 그곳으로 갔다는 점은 좀 이상하다.

그렇지만 도망치는 입장에서는 오히려 추격자들을 곤란하게 하기 위해서라도 벨라스케스 해역을 택할 수밖에 없었으리라.

"우선 가 보도록 하자. 아니면 반대쪽으로 돌아가면 되니까."

위드가 힘껏 노를 저었다.

힘과 민첩이 높기 때문에 노 젓기는 스킬이 없어도 아주 빨랐다.

"도저히 일직선으로 가진 못하겠어. 파도를 고려해서 저어야겠군."

서윤은 조각배에 차오른 빗물을 퍼내고, 마법이 걸려 있는 찻잔을 사용해 따끈한 차를 만들었다.

어두운 밤에 파도가 심하고 비까지 내리고 있었지만, 단둘이 바다에서 조각배를 탄다는 낭만도 있었다.

노들레와 힐데른.

연인들이 섬을 탈출하여 항해하고 있을 때에도 얼마나 깊고 따스한 사랑의 감정의 교류가 이루어졌겠는가.

서윤에게는 따스한 차를 마시면서 바다를 여행하는 즐거움도 있었다.

거친 파도로 인하여 선체의 내구도가 1 감소합니다.
선체의 내구도: 43/45

새벽의 무시무시한 바다!

위드는 조각배를 잠깐씩 수선하며 밤새도록 노를 젓는 일을 쉴 수가 없었다.

그다음 날 아침. 해가 지평선에서부터 떠오르면서 어스름한 어둠이 몰려가기 시작했다.

고생 후의 벅찬 감동!

여전히 주변에는 비가 많이 내리고 있어서 서윤도 밤새 배에 고인 물을 퍼내야 되었다.

서윤이 고생 끝의 낙이라는 것처럼 활짝 웃었다.

"그래도 좋은 추억이 되었네요."

위드에게밖에는 보여 주지 않는 다정하고 따스한 미소.

위드는 고개를 저었다.

"아냐. 내기를 해도 좋아. 내 더러운 팔자가 여기서 끝날 리가 없어."

그리고 잠시 후, 보로타 섬이 있는 저 멀리에서부터 대형 선박 12척이 모습을 드러냈다.

그들이 내걸고 있는 깃발에는, 지금은 사라졌다는 바다신이 그려져 있었다.

바다신의 대형 전투선들이 정확히 위드와 서윤을 노리며 쫓아왔다.

"어떻게 된 거예요? 바다신은 그냥 이야기 속에만 있는 거 아니었어요?"

"몰라. 확실한 건 이놈의 고생길은 땅과 하늘, 바다를 가리지 않는다는 거야."

과거의 시간

"노들레! 힐데른은 바다신에게 바쳐져야 할 제물이다. 당장 그곳에서 멈춰라!"

대형 전투선들에서 외치는 소리는 위드와 서윤을 노들레와 힐데른으로 잘못 알고 있었다.

위드는 단순한 착각은 아니라는 생각이 들었다.

전투함선이 이렇게 뒤쫓아 온 것도 그렇고, 퀘스트를 하고 있는 것도 우연은 아니다.

노들레와 힐데른이 보로타 섬을 빠져나가던 과거의 그날이 마치 환상처럼 재현되고 있는 것이다.

시간의 모래로 인해 시간의 축이 흔들려 신비한 일이 벌어지고 있습니다.

"신비한 일은 무슨."

퀘스트 아이템이 오히려 화를 불러온 상황!

서윤이 위드를 물끄러미 보았다.

"어떤 사연인지는 모르지만 필요하다면 저를 보내도 돼요."

아마도 이 상황에서 힐데른도 노들레에게 그렇게 말했으리라. 연인들이 두려움에 떨면서 애간장을 태울 만한 그런 순간이었다.

물론 서윤이 한 말의 의미는 사뭇 달랐다.

힐데른의 경우에는 노들레가 자신 때문에 괴로움을 받지 말라는 뜻이었다면 서윤의 경우에는…….

'저를 보내 주세요. 전부 죽이고 돌아올게요.'

위드는 고개를 저었다.

"아냐. 우린 끝까지 함께 갈 거야. 절대 저들에게 널 넘겨줄 수 없어."

조각술 최후의 비기 퀘스트는 정말로 중요한 것이다.

서윤을 넘겨줘서라도 성공할 수 있다면 사실 심사숙고해 볼 만은 하다.

그렇지만 동료가 사망해도 퀘스트는 실패!

"정말이에요?"

"그럼. 아무리 말해도 우린 끝까지 같이 갈 거야."

서윤은 다시 한 번 곱게 웃었다.

위드는 항상 무심한 척하면서도 그녀를 깊이 아껴 주었다. 과거에도 그녀가 배가 고프면 당연하다는 듯이 밥을 해 주고, 다치면 붕대를 감아 줬다.

물론 위드로서는 그저 그녀가 무서워서 비굴하게 바쳤던 것이지만.

"빠져나갈 수는 있겠어요?"

"최선을 다해 봐야지."

위드는 힘껏 노를 저었지만, 대형 돛을 활짝 펼치고 탄력을 받은 전투함선들은 아주 빠른 속도로 다가오고 있었다.

'지도상으로 여기에서 조금만 더 가면 암초 지대가 나올 텐데…….'

거기라면 전투함선들을 따돌릴 수 있다.

'아마도 노들레는 나보다 배를 잘 몰았을 거야. 따로 짐을 신고 있지도 않았을 테고, 그렇다면 무난히 이들을 따돌렸겠군.'

조각배와 바다신의 대형 전투선들은 빠르게 가까워지고 있었다. 해상전 경험에 의하면 곧 대포의 사정거리 안이었다.

"아무래도 안 되겠어요. 잠깐 다녀올게요."

"응?"

서윤은 배에서 일어나더니 가볍게 훌쩍 몸을 날렸다. 그리고 활짝 펼치는 빛의 날개!

조각 생명체 중의 빛의 날개는 최근에 서윤에게 가 있었다. 누렁이나 금인이에게는 그다지 쓸모가 없기도 했지만, 빛의 날개가 스스로의 의지에 따라 서윤을 따라다니는 것이었다.

빛의 날개를 활짝 펼친 서윤은 바다신의 전투선의 갑판으로 날아갔다.

조각배에서 노를 젓고 있던 위드는 조마조마했다.

"놈들한테 사로잡히면 퀘스트 실패인데. 조각술 최후의 비기 퀘스트를 이렇게 허망하게 실패해 버리는 건……."

그리고 전투선에 들려오는 무지막지한 소리.

우지끈! 콰과광!

중앙 돛이 옆으로 쓰러지고, 대포와 선체가 마구 파괴되고 있었다.

"끄아아악!"

"사, 살려 줘!"

바다신의 추종자들의 비명 소리, 여기저기서 앞다투어 바다로 뛰어드는 듯한 물소리도 들렸다.

그리고 잠시 후에 기우뚱 기울어져서 침몰하는 전투선!

서윤은 빛의 날개를 펼치고 다른 전투선으로 날아갔다.

꽈과광! 쾅, 꽈광!

전투선에서 벌어지고 있을 어떤 끔찍한 일을, 직접 보지도 않고도 알 수 있었다.

"이번에도 제대로 미쳤겠구나."

르포이 평원에서처럼 광전사의 능력이 확실히 발휘되고 있으리라.

"이건 노들레와 힐데른의 이야기와는 다르겠군."

원래 퀘스트의 내용대로라면 자신이 연약한 힐데른의 역할을 하는 여자를 보호해 가며 난관을 뚫고 도주를 해야 한다. 하지만 지금은 광전사 서윤이 바다신의 추종자들을 도륙하고 있었다.

"요즘 세상이 어떻게 변했는데. 여자가 한을 품으면 데스 나이트보다 무서운 세상이지."

잠시 후에 3척의 배가 침몰했을 때쯤부터는 위드가 대포의 사정거리에 들었다.

퍼퍼펑!

조각배 주변으로 떨어지는 포탄들이 높은 물기둥을 일으켰다. 아직 먼 거리라서 정확한 공격은 아니었다.

위드는 능숙하게 노를 저으며 그 사이로 배를 몰았다.

노를 저어서 움직이는 작은 배라서 오히려 대포를 피하기는 훨씬 쉬웠다.

서서히 나타나는 암초들.

따라오던 6척이 암초에 부딪치고, 바다신의 전투선들은 추격을 중지했다. 그러고도 서윤은 2척을 더 불태웠다.

바다에서 화염에 휩싸여 활활 타오르는 침몰선들!

서윤은 빛의 날개를 펼치고 다시 조각배로 돌아왔다.

"다녀왔어요."

서윤의 미소는 그 어떤 화가나 조각사라도 표현해 내지 못할 정도로 아름다웠다.

단지 지금은 조금 무서울 뿐!

과거 차갑게 굳은 표정을 하던 서윤은, 이제 위드의 앞에서는 칼을 들고 잘 웃었다.

무사히 벨라스케스 해역으로 들어갔지만, 거기서부터는 또 다른 난관의 시작이었다.

푸립!

해양 몬스터 그루드루들이 물속에서 헤엄치고 다녔다.

파도에 휘청거리는 작은 배가 소용돌이에 빨려들지 않도록 애쓰면서 해양 몬스터들을 막아 내야 한다.

"노들레는 이걸 어떻게 극복했을까?"

위드가 시간의 모래를 쓴다면 노들레의 항해 방법을 보고 해답을 알아낼 수 있었다.

노들레의 전투 능력은 그렇게 좋은 편이 아니었으니 여기서 기발한 재치를 발휘했으리라. 그루드루의 약점을 공략한다든지, 아니면 놈들을 신경 쓰지 않고도 바다를 지날 수 있는 꾀를 냈을 것이다.

그러나 위드는 소모품은 최대한 아끼는 절약주의자였다.

한겨울에도 세수를 하면서는 보일러의 따뜻한 물을 쓰지 않는 정신!

"일단 버텨 보는 수밖에. 마인드 핸드!"

별로 쓸모가 많지는 않던 스킬. 마인드 핸드.

스킬로 만들어 낸 손으로 노를 저으면서, 두 팔로는 엘프의 활을 들어서 물 위로 올라오는 그루드루를 향해 마구 쏘았다.

서윤도 가만히 있지 않고 배에 접근하는 적들을 베었다.

배가 공격받았습니다.
3만큼의 파손이 발생했습니다.
선체의 내구도: 29/45

배의 하부가 공격받았습니다.
내구도가 8 감소합니다. 구멍이 뚫려서 침수가 시작됩니다.
선체의 내구도: 21/45

그루드루들은 작살로 배를 부수려고 했다.

"수리!"

위드는 미리 가지고 온 목재들을 가지고 배를 수리했다.

퉁탕퉁탕!

선체의 일부가 수리되었습니다.
침수를 막지는 못하였습니다.
선체의 내구도: 29/45

"물방울아!"

정령 창조 조각술로 만든 물의 정령을 소환!

"부르셨어요?"

물방울이 물로 휘감은 드레스를 입고 나타났다. 오랜만에 소환된 반가움에, 귀엽게 웃고 있었다.

"나가 있어."

"네?"

"배에 있는 물 가지고 밖으로 나가!"

"……."

배에 차오른 물은 정령을 통해서 계속 제거했다.

"수리!"

선체의 일부가 수리되었습니다.
침수를 성공적으로 막았습니다.
선체의 내구도: 34/45

침수는 막았지만 벨라스케스 해역은 해양 몬스터들의 천국이었다.

"이것들을 뚫고 가야 하다니……."

위드는 거의 절망적이었다.

"이게 어쩌면 대한민국의 청소년들이 직면한 현실이라고 할 수 있지. 입시 경쟁, 취업 경쟁, 그 후로는 회사에서 잘리지 않기 위한 끝없는 아부와 야근의 생활!"

절대 포기할 수가 없기에 적들을 향하여 계속 화살을 쏘고 광휘의 검술을 쓰면서 물리쳤다.

조각배 1척을 지키기 위한 사투가 벌어지고 있었다.

"고생을 하는군."

유병준은 위드의 모험을 흥미롭게 지켜보다가 불현듯 궁금증이 일었다.

"베르사, 과거에 노들레는 어떤 식으로 저 바다를 건너갔던 거지?"

〈로열 로드〉를 관장하는 인공지능 베르사는 역사와 모험 기록을 검색하고 대답했다.

—영상이 준비되어 있습니다. 보시겠습니까?

"7번 모니터에서 재생해."

—7번 모니터의 화면을 노들레와 힐데른의 벨라스케스 해역 항해로 바꿉니다.

모라타의 광장을 지켜보고 있던 화면이 노들레와 힐데른의 조각배로 바뀌었다.

그들은 미리 준비해 온 샌드위치를 먹으면서 유유히 항해하고 있었다.

그루드루들이 돌아다니는 사이를 지나가면서도 공격을 받지 않았다. 오히려 그루드루들이 귀찮은 듯이 멀리 피해 가기도 한다.

그 이유는 선수상!

노들레가 달아 놓은 문어 선수상이 해양 몬스터들을 멀찍이 물러나게 했다.

가끔 다른 종류의 해양 몬스터들이 배 근처로 다가오면 바다에 양파즙을 조금 뿌렸다.

양파즙이 바닷물에 섞이기만 하면 해양 몬스터들은 질겁하면서 먼 곳으로 떠나 버리고 그 후로는 절대로 가까이 접근하지 않았다.

물론 이 단서들은 보로타 가문의 저택에 그림으로 남겨져 있었다.

유병준은 위드와 서윤이 위태로운 순간들을 간신히 넘기며 죽기 살기로 버티는 것을 보며 중얼거렸다.

"이게 아직까진 그렇게까지 어려운 퀘스트가 아닌데……."

—스스로 고생을 하는 것으로 보입니다.

"그래도 계속 이어지는 퀘스트는 이렇게 쉽지 않겠지?"

—물론입니다. 현재까지 〈로열 로드〉에서 나온 퀘스트 중 최고의 난이도로 연결됩니다.

"하지만 위드의 능력이 기대보다도 뛰어나."

유병준은 위드가 매번 위기를 극복해 나가는 과정을 보면서 괜히 화가 났다.

어려움이 닥쳐도 어떻게든 이겨 내 버리니 대중이 열광한다.

유병준의 입장에서는 이거야말로 분통이 터질 일.

"설마 앞으로의 퀘스트도 몽땅 해결해 버리고 조각술 최후의 비기를 습득하여 베르사 대륙을 통일해 버린다면……."

중간 과정에서 바드레이와 헤르메스 길드도 박살을 내 버릴 수 있으리라.

국왕으로서 유저들의 지지율도 탄탄했기에 충분히 이루어질 수 있는 상상이었다.

퀘스트를 할 때마다 내보이는, 지금까지 쌓은 다양한 스킬과 능력이 만만치 않았다. 어떤 어려움에도 최선의 해결책을 내놓으며 돌파해 버리니 유병준은 자꾸 심술이 났다.

위드가 진흙탕에서 굴러야 보는 맛이 있다고 할 수 있는데, 고생은 하더라도 멋지게 해결해 버리는 것이다.

하벤 제국의 북부 원정군이 처참히 깨져 버린 모습들이 바로 그랬다.

사실 유병준이 반드시 위드를 미워해야 할 이유는 없지만, 괜히 받는 거 없이 얄밉고 고생을 해야 속이 시원했다.

―가능성을 계산해 볼까요?

"아니. 하지 말도록."

위드에 대해서는 더 이상 확률을 믿지 않기로 했다. 그 점에 있어서는 시대를 앞서 가는 최첨단 인공지능이라고 할지라도 믿을 수 없다.

스스로의 마음조차도 위드가 조각술 최후의 비기를 획득하는 게 좋을지 아니면 이대로 좌절하여 무너지는 편이 기쁠지 가늠하기가 어려웠다.

바드레이와 헤르메스 길드가 저지르는 행동들을 보면 그들이야말로 파멸을 맞아야 마땅하다.

그렇지만 위드가 대성공을 거두는 걸 지켜보는 것도 아랫배가 살살 아픈 일.

위드의 행동에 관심이 가서, 욕을 하면서라도 앞으로도 쭉 지켜보고 싶었다.

"어쨌든 다음의 퀘스트는 실패할 수도 있겠지. 〈로열 로드〉 최고의 난이도라고도 할 수 있는 최후의 비기인데 말이야."

—위드가 쌓아 올린 다재다능한 능력과 스탯 들이 무용지물이 될 것입니다. 순수하게 조각술 능력만으로 승부를 걸어야 하니 아무리 위드라고 해도 이번만큼은 극복이 어려울 것으로 판단됩니다.

"역시 그렇겠지. 어서 그 모습들을 보고 싶어지는군. 후흐흐흐흣."

—낄낄낄낄!

인공지능은 유병준과 함께 비열하게 웃어 줄 만큼 똑똑했다.

"후아, 이걸 정말 무사히 지나오다니……."

위드는 벨라스케스 해역을 되돌아보면서 벅찬 감동에 휩싸였다.

어려운 위기의 순간들을 셀 수 없이 넘기며 좌초당하지 않고 무사히 지나왔다.

선체의 내구력이 최하 6까지 떨어진 때도 있었지만, 조각 파괴술까지 써서 민첩을 올려 해양 몬스터들을 쫓아내고 버터 낸 것이다.

피네스 해류에 이른 순간 해양 몬스터들은 더 이상 따라오지 않았다.

“역시 나는 할 수 있었어. 불굴의 의지가 있다면 성공할 수 있는 것이지.”

서윤도 대단한 활약을 펼쳤다.

직업이 광전사라고 해도 해역을 통째로 지날 때까지 무수히 덤벼드는 몬스터와 지치지 않고 계속 싸우는 건 쉬운 게 아니었다.

배를 지켜야 하며, 바닷속의 몬스터들까지도 견제해야 하기 때문이었다.

위드도 휴식 없이 항해를 하며 전투를 벌여 과로 상태에 빠졌다. 고생을 많이 해 본 경험이 없었다면 몸 상태를 조절하며 버터 내지 못하였으리라.

“조각술 최후의 비기 퀘스트. 과연 난이도가 엄청나군.”

위드는 또 하나의 난관을 극복하고 나서 아주 만족스러웠다.

힘든 일을 마치고 난 이후의 성취감!

항해 스킬이 중급이 아니었다면 성공할 수도 없었을 것이다.

“역시 항해 스킬도 다 쓸모 있을 때가 있어.”

하늘에서 내내 내리던 비도 조금씩 그치고 이제 맑은 해가 떠올랐다.

위드의 퀘스트가 진행되었으니 보로타 섬에서도 이제 비가 그치게 되었으리라.

"도와줘서 고마워."

"아니에요. 할 만했어요."

서윤은 광전사의 후유증으로 인해 힘없이 누워 있었다.

전투 중에는 잘 지치지 않는 대신에, 싸움을 마치고 나면 극도로 약해지고 회복하는 데 시간도 오래 걸렸다.

"여기서부터는 조금 쉬어도 될 것 같군."

위드는 서윤과 함께 조각배에서 휴식을 취했다.

피네스 해류를 따라가면 대륙으로 향하게 된다. 커다란 위험은 전부 지나간 셈이라고 쳐도 될 것 같았다.

그리고 그날 밤, 바다에서는 평소보다도 유난히 아름답게 반짝이는 별들이 잘 보였다.

위드는 여느 때처럼 조각품을 깎았고, 서윤은 그 모습을 구경했다.

바다에서 달빛 조각술로 은은하게 빛나는 광석을 다듬으니 분위기가 멋지기 짝이 없었다.

첨벙!

"들었어요? 방금 바다에서 무슨 소리가 들렸어요."

위드가 바다로 시선을 돌렸다.

바다는 마치 호수처럼 잔잔하기 짝이 없었다. 환상적인 밤하늘 아래 바람도 선선하고 공기도 맑다.

"응? 아무것도 없는데?"

"분명히 무슨 소리가 났는데……."

"과민 반응일 거야."

위드는 다시 조각품을 깎았다.

고급 9레벨 75.3%에 달하는 조각술 스킬. 마스터까지 정말 얼마 남아 있지 않았다.

그동안 숱한 모험을 하면서도 조각품을 손에서 떼지 않아서 이루어 낸 성과다.

"조각술을 끝내 놓고는 재봉부터 도전을 해야지. 그리고 세상이 조금 평화로워지면 어느 한곳에 정착해서 한 1년 정도 대장장이 스킬을 마스터까지 올려놓으면 되겠지."

원대한 노가다의 계획을 세웠다.

조각술과 몇 가지 생산 스킬로 지금의 수준에 이르렀는데 모든 스킬들을 마스터한다면 그때에는 베르사 대륙에 적수가 없으리라.

첨벙!

"들었어요?"

"이번에는 나도 들었어."

바닷물이 튀는 소리가 아주 가깝게 들렸다.

"뭐가 나올지도 모르겠군."

하이엘프의 활을 꺼내서 무장했다.

망망대해에서는 어쨌든 작은 일이라고 해도 경계하지 않을 수가 없다.

그때!

첨벙! 첨벙! 첨벙!

위드와 서윤이 타고 있는 배의 주변으로 커다란 물고기들이 뛰어올랐다.

"청새치다."

몸길이 3미터가 넘는 대형 생선!

제피가 낚아서 맛있게 요리를 해 먹은 적이 있다. 하지만 지금은 그때처럼 여유로운 상황이 아니었다.

몇 마리씩 뛰어오르던 청새치들이 이윽고 수십, 수백, 수천 마리로 늘어난 것이다.

바닷물 위로 첨벙거리고 뛰어오르는 청새치들이 위드와 서윤이 타고 있는 조각배 근처에 셀 수 없이 많았다.

"이거 이러다가 설마……."

쿠웅!

배의 하단에 청새치가 와서 충돌하였습니다.
내구도가 9 줄어듭니다. 균열이 발생합니다.
선체의 내구도: 36/45

"수리!"

선체를 보수합니다.

내구도를 채 올리기도 전에 청새치들이 계속 배에 부딪쳤다.

설상가상으로, 뛰어오른 커다란 청새치 1마리가 조각배 위로 떨어졌다.

끔벅끔벅.

청새치가 눈을 떴다가 감았다가 하면서 아가미와 꼬리를 움직인다.

매운탕을 맛있게 먹는 사람에게도 이건 공포스러운 광경!

다른 청새치들도 떨어지면서, 결국은 망망대해에서 상상하기도 힘든 일이 벌어졌다.

> 선체가 파괴되었습니다.
> 침몰합니다.

"이런 거지 같은 일이……."

해양 몬스터도 아니고 생선 떼의 습격으로 인하여 배를 잃어버리게 되다니.

"꺄아악!"

서윤이 비명을 지르면서 바다에 빠졌다.

위드는 그녀를 구하기 위해서 바로 깊은 바다로 뛰어들었다.

어두운 밤이었고 눈에 보이는 것도 많지 않았다.

바닷속에도 청새치 떼가 계속 움직이고 있어서 움직이기가 어려웠다.

서윤은 갑옷을 그대로 입고 있었던지라 빠른 속도로 가라앉아 갔다. 위드는 그녀를 붙잡기 위하여 깊은 바닷속으로 헤엄쳐 들어갔다.

'잡았다.'

무사히 서윤의 손을 잡고 그녀를 끌어안는 순간, 영상이 흘러나왔다.

노들레와 힐데른, 둘은 벨라스케스 해역을 벗어나서 대륙으로 향하던 중에 청새치 떼의 습격을 받았다.

배가 부서지고, 파편들에 의지하여 표류하기 시작했다.

'그래도 제대로 찾아가고 있는 것이었어.'

위드는 조금은 안심하면서 서윤을 안고 수면 위로 올라왔다.

"괜찮아?"

"구해 줘서 고마워요."

"고맙긴 무슨……. 이번 달 도시가스비나 대신 내 주면 되지."

위드는 부서진 널빤지를 구해서 서윤과 함께 붙잡았다.

꾸엑!

와이번들은 바다 위를 날고 있었다.

"주인이 사라졌다."

"딱 없어졌다."

와일이가 윤기가 줄줄 흐르는 맛있는 말을 볼 때처럼 눈을 부리부리하게 떴다.

그렇지만 이제 잔잔해진 바다에서, 위드와 서윤이 타고 있던 조각배는 감쪽같이 사라져 버린 후였다.

와오이와 와육이, 와칠이가 바닷물 바로 위로 날면서 훑어보았지만 발견되지 않았다.

와삼이는 다급하게 찾는 형제들이 한심하다는 듯이 그저 구경만 했다.

"우리 밥이나 먹으러 가자."

"와삼이 넌 주인이 걱정되지도 않냐."
"주인이 널 얼마나 예뻐했는데……."
형제들의 말에, 와삼이가 터무니없다는 듯이 날개를 퍼덕거렸다.
"남자와 여자가 같이 사라졌다."
"근데?"
"그럴 땐 찾는 것이 아니다. 끅끅끄끅."
음흉하게 웃음을 짓는 와삼이!
"아, 그런 거냐."
"나중에 다시 나타나면 우리 모두 아무것도 모르는 척해 주면 된다."

위드와 서윤은 하루를 넘게 바다에서 표류했다.
둘이라서 그런지 심심하지는 않았다. 널빤지를 잡고 망망대해를 떠다니는 것도 특별한 경험이었다.
"어릴 때부터 이렇게 수영하는 걸 좋아했지."
"수영장에 다녔어요?"
"동네 목욕탕에서 자주 놀았어."
그리고 마침내 닿은 육지!
띠링!

항해 스킬의 숙련도가 증가했습니다.

성난 바다 퀘스트 완료

노들레와 힐데른은 추적자들을 피해서 무사히 대륙에 상륙했다. 그들의 앞길에는 불안함이 가득하지만, 바다신의 추종자들을 피해서 달아난 것만으로도 당장은 기뻐할 수 있었다.

"제대로 찾아오긴 한 건가."

위드는 주변을 살펴봤다.

고운 모래들이 넓게 펼쳐져 있는 백사장이 있었다.

보로타 섬에서 대륙으로 항로를 빙 돌아오기는 했지만 그렇게 먼 곳은 아니다.

"위치상으로는 아마도 코르타델솔인 것 같은데."

따스한 햇볕이 사시사철 비추고, 백사장과 지형이 아름다운 곳이었다.

이피아 섬과 더불어 베르사 대륙 3대 휴양도시 중의 하나.

"저도 방송에서 본 적이 있는데 주변의 산들을 보니 맞는 것 같아요."

"그런데 왜 사람들이 없지?"

해변가에 세워져 있던 고급 숙박 시설과 식당 등이 보이지 않았다. 멋지게 지어진 귀족의 별장들도 없었고, 이곳에는 오로지 모래사장뿐이었다.

"날씨도 좋은데 해변에서 놀고 있는 유저들은 1명도 안 보이고……."

위드는 아무래도 수상쩍었다.

표류를 하는 도중에도 근처에서 항해를 하는 유저들을 만나

보지 못했다.

북부의 외딴섬도 아니고, 보로타 섬과 대륙 사이에는 여행객들과 교역을 하는 상인들의 범선이 상당히 많이 오고 갔다. 그중 단 1명이라도 그들을 발견했다면 구해 줄 수 있었을 텐데 가끔 지나치는 것들은 상어 빼고는 없었다.

"방금 새겨진 것 같은 발자국이 있어요."

서윤이 백사장에서 풀숲으로 이어진 발자국을 찾아냈다.

해변가의 발자국이라면 평소에는 무심하게 지나쳤겠지만, 지금은 다른 어떤 흔적도 없다는 점이 호기심을 자극했다.

"이건 두 사람의 발자국인데. 이걸 따라가 보면 뭐라도 나올지 모르겠군."

위드와 서윤은 발자국을 따라서 걸었다.

보통 알 수 없는 미지의 모험을 하면 불안해하기 마련이다. 하지만 둘의 정신세계는 평범한 사람들과는 달랐다.

서윤의 경우에는 간단했다.

'몬스터가 나오면 빨리 죽여야지.'

위드는 더한 편이었다.

'가죽이 좋은 몬스터가 나오면 훌륭할 텐데. 가죽을 벗기고 이빨과 발톱도 뽑고, 고기는 구워 먹고 기름도 짜내고 털도 뽑아서 따로 챙겨 둬야지.'

몬스터로서는 위드를 만나는 순간 승리하지 못하면 끝장이었다.

발자국을 따라가서 나온 장소에는 얼기설기 지은 작은 통나무집이 있었다.

숲속에 있지만 나무들 사이로 아름다운 백사장을 볼 수 있는 위치였다.

"이거 상당히 부실해 보이는데… 전형적으로 여름에는 덥고 겨울에는 추운 구조야. 그리고 빗물도 샐 것 같고……. 주변의 재료들을 이용해서 대충 지은 집이로군. 들어가 볼까?"

"네."

위드와 서윤은 무기를 뽑아 들고 전투준비를 한 채 통나무집의 문을 열었다.

내부에는 변변한 물품이라고는 하나도 없었다.

띠링!

둘만의 보금자리

노들레와 힐데른은 육지에 도착하여 그들끼리 살아가기 시작했다. 하지만 그들에게는 어느 곳도 평화롭지 않았다. 대륙에서는 크로스 왕국, 마폰 왕국, 브롬바 왕국이 치열하게 주도권을 다투고 있었으며, 통나무집 가까이에는 몬스터들의 서식지가 있다. 모든 것이 부족하지만, 사랑하는 연인들끼리 힘을 합쳐 함께 버텨야 한다. 날뛰는 몬스터들을 피해 통나무집에서 한 달간 생존하라.

난이도: 조각술 최후의 비기 퀘스트.

제한: 사망 시 퀘스트 실패. 통나무집이 파괴되면 안 된다. 여성 동료 사망 시에도 퀘스트 실패.

"설마 여기는 전쟁의 시대인가."

퀘스트의 내용을 읽어 보니 아무래도 정상적인 시간대의 베르사 대륙이 아니었다.

"해변가의 풍경도 그렇고 마폰 왕국, 브롬바 왕국 이야기가 나온다는 건 아마도 정말 노들레와 힐데른이 살았던 과거로 왔다는 뜻일 거야."

"시간대가 바뀐 거네요."

"우리가 노들레와 힐데른의 역사 속으로 직접 뛰어든 거지."

위드는 그 이유에 대해서 복잡하게 생각하지는 않았다.

과거 영웅의 탑에서도 레미 공주를 구하면서 역사적인 팔랑카 전투에 뛰어들었던 적이 있다. 그때의 경험을 통해서 유추해 보면 앞으로의 상황은 간단했다.

"퀘스트가 계속 이런 식으로 진행된다면 엄청 고생을 할 것 같군."

"광장 쪽으로 갔다. 샅샅이 수색해!"

"옷에 물감을 묻히고 있는 자는 모조리 잡아들여라."

경비병들이 페트가 숨어 있는 골목길 주변을 스쳐 지나갔다.

"헉헉, 잡힐 뻔했다."

물빛의 화가 페트는 헤르메스 길드가 다스리는 지역에서 신출귀몰하게 돌아다녔다.

그는 은밀하게 벽이나 도로에 헤르메스 길드의 악행들을 그림으로 그렸다. 세금을 올리며 주민들을 수탈하는 내용, 강제로 노동을 시키는 모습들.

몇몇은 실제 본 장면들이지만, 상상력을 기반으로 꾸며 낸 그림도 많았다.

〈갓난아기를 산 채로 잡아먹는 영주 제로우〉, 〈영주민들의 피로 목욕하는 하벤 제국의 유명한 전사 레논〉, 〈시체들로 뼈탑을 쌓으며 노는 여기사 디모〉…….

충성도가 낮은 하벤 제국의 주민들은 페트가 그려 놓은 그림들을 믿었다.

"우리 영주 제로우는 충분히 그러고도 남을 놈이지."

"명예와 양심? 비겁한 짓만 일삼는 레논은 고블린도 더러워서 잡아먹지 않을 거야."

주민들의 충성도가 감소하면서 하벤 제국의 치안은 갈수록 악화되었다.

페트가 사실적인 그림을 그릴수록 주민들에게 미치는 영향력이 커졌다.

헤르메스 길드가 비록 북부에서는 처참한 패전을 경험했지만, 대륙의 다른 지역들에서는 우세한 전황을 보이고 있었다. 바드레이가 친위대를 이끌고 출진한 블랙소드 용병단과의 전쟁은 매일 대단한 공방전을 펼치며 인기를 끌었다.

페트는 헤르메스 길드의 관심이 점령전에 집중되어 있는 틈을 타서 온갖 곳에 그림을 그렸다.

복잡한 뒷골목이나 용병 길드의 벽, 다리 밑, 던전 내부, 마차에 이르기까지, 그가 그려 놓은 그림은 계속 하벤 제국의 치안을 나쁘게 유도했다.

문제는 그런 행동을 하는 사람이 그 혼자만이 아니었다는 점이다.

솔로기 이 나쁜 놈. 양심은 20쿠퍼에 팔아먹었냐?

이게 우리 탐욕스러운 영주 비카입니다.

하벤 제국에서 푸대접을 받던 화가들이 너도나도 골목길을 돌아다니며 그림을 그렸다.

스타이너. 베르사 대륙에 이름은 비교적 많이 알려져 있진 않지만, 대단한 능력을 가진 도둑이었다.

"하벤 제국의 치안이 나빠지고 있다니 제대로 활약할 수 있는 기회로군."

그는 직접 양성한 NPC 부하 60명을 데리고 하벤 제국의 칼라모르 점령지에 산채를 건설했다.

"이 산을 지나는 상인들은 모조리 약탈하는 것이다."

"옛!"

"두목의 명령대로 몽땅 털어 봅시다."

산을 오가는 상인들의 교역 마차며 주민들, 제국의 물품 운송 마차들이 도적 떼의 주요 목표였다.

하벤 제국에서는 상인 유저들의 교역 외에도 NPC들이 활발하게 물자들을 운반했다. 상점에서 판매하는 물품들이며 각지의 특산품, 재료, 세금 등이 마차나 배를 통하여 운반된다.

스타이너와 도적 떼는 곧 수많은 손님들을 맞이하는 성황(?)을 누리게 되었다.

"여긴 우리가 지배하는 관문이다. 가진 거 다 내놓고 가라. 크하하하핫!"

"목숨만은 살려 주십시오."

"물론 살려 주지. 그래야 다음에 또 돈을 가지고 올 테니까!"

두말레아 산에 자리를 잡고, 지나가는 어마어마한 양의 마차들과 물자들을 포획했다.

당연히 주변 성에서 토벌군이 나왔지만 도적 떼는 산의 지형을 잘 알았고 퇴각로도 준비되어 있었다.

"산채를 버리고 이동한다."

잘 정비된 산채에서는 웬만한 토벌군을 맞아서도 충분히 싸울 수 있지만, 하벤 제국의 기사 병력은 막강했다.

스타이너의 도적 떼는 두말레아 산의 다른 봉우리로 비밀리에 이동한 다음 주변을 돌아다니며 약탈을 계속했다.

교역로뿐만 아니라, 수비가 허술한 인근의 마을도 습격했다.

부하 도둑 코롬이 경험 많은 산적 대장이 되었습니다.

부하들의 능력이 오르면 스타이너로서는 매우 좋았다.

그와 부하들 일부를 근처의 산에 파견하여 산채를 또 하나 만들 수가 있는 것이다.

도둑은 명예 수치가 극도로 낮아지고 국가 공적치가 잘 오르지 않기에 영주나 귀족이 되지 못하는 한계를 가졌다. 만약에 영주가 되더라도 그곳은 곧 범죄자들과 도둑, 지명수배범으로 득실거리는 무법 지대가 되어 버린다.

도시와 마을은 다스리지 못하지만, 도적 떼의 수장으로서 산을 지배할 수 있다!

"음, 그대의 악명에 대해서는 익히 들었소. 추잡하고 더럽기 짝이 없는 스타이너라고 했는데 만나 보게 되어 영광이오."

높은 악명으로 인해 스타이너 못지않은 강한 이들이 부하로 들어오기도 했다.

악명을 쌓으려면 아예 제대로 쌓아야 한다.

일가족을 몰살시킨 도적 떼의 수장이나, 말과 상식이 통하지 않는 떼강도 등의 호칭이 있으면 수탈하기가 더욱 유리해졌다.

그렇게 남의 왕국에서 버티며 시간이 지나다 보면 도적 떼의 규모와 수준이 높아져서 토벌도 어려워진다.

도적 떼를 소탕하기 위해서는 완벽하게 포위하여 섬멸을 해야 한다. 몇 명이라도 무사히 빠져나가게 되면 그들이 주변에 또 다른 산채를 결성하게 되는 것이다.

보통 때라면 상관이 없지만 치안과 국가에 대한 충성도가 낮아져 있을 때는 몰려드는 지원자들에 의하여 도적 떼의 숫자는 금세 보충되었다.

"에잇, 이놈의 더러운 세상. 가진 것도 없고, 차라리 도적 떼에나 들어가야겠다."

"농사를 지어 봐야 매번 세금을 내면 우리 먹을 것도 없는데, 식구들을 위해서 도둑질이라도 해야겠군."

주민들이 기꺼이 도적 떼에 합류했다.

기사들과 병사들조차도 귀족과 영주의 횡포가 심해지면 통째로 도적 떼로 들어오게 된다. 토벌하러 보낸 군대가 스타이너의 카리스마와 지휘력에 압도되어 도적 떼에 흡수되는 경우도 없지 않은 것이다.

하벤 제국에서 도적 떼가 전염병처럼 크게 창궐했다.

산마다 무리 지어 생겨난 도적들은 급속도로 세력을 불리는 반면에, 주변 영지들은 인구가 감소하면서 몰락해 갔다.

교역로가 끊어졌고, 기술자가 감소했으며, 농지가 황폐화되었다.

대도둑 스타이너!

그를 따르는 성난 도적 떼가 하벤 제국의 영역 내에서 마구 퍼지고 있었다.

바드 마레이는 유쾌한 모험에 뛰어들어 신나게 싸우고 악기를 연주하며 작곡을 한다. 주민들이 이야기하는 전설을 듣고, 때때로 엉뚱한 사건에 휘말리는 것도 즐거웠다.

정해진 집도, 가진 것도 없는 음유시인이지만 넓은 베르사 대륙에서 갈 곳이 없겠는가.

마레이가 밤하늘을 쳐다보았다.

"위드의 별이 요즘 들어 찬란한 빛을 뿌리고 있군."

바드와 학자의 특수 스킬, 천문!

특별한 사람들의 운명을 별을 통해 점칠 수가 있었다.

셀 수 없을 정도로 무수히 많은 밤하늘의 별들을 지정해 놓으면 그들이 처한 상황에 따라 다르게 빛난다.

목숨을 잃었거나 나쁜 일이 있으면 붉은 흉조가 나타나며,

아무 특별한 일도 없이 평범하게 지내고 있으면 점점 그 빛이 희미해진다.

위드의 별은 밤하늘에 유난히 광채를 뿌리고 있었다.

마레이가 베르사 대륙을 여행하며 밤하늘의 별들로 지정해 놓은 유저는 총 364명.

그중에서도 위드의 별은 단연 독보적으로 빛났다.

"저렇게 휘황찬란한 빛을 뿌리다니……. 도대체 무슨 퀘스트를 하고 있는 것인지 모르겠군."

그의 발걸음이 중앙 대륙으로 향했다.

모든 세력을 상대로 전투를 하고 있는 헤르메스 길드를 구경하기 위해서였다.

과거의 베르사 대륙

위드는 집에 대한 남다른 애착을 갖고 있었다.

"여긴 수비하기에 좋은 지형은 아니야. 집도 조금 튼튼하게 보강해야겠군."

근처의 나무를 베어 와서 통나무집 주변에 목책을 둘렀다. 나무들을 밧줄로 단단히 묶고, 쉽게 넘지 못하도록 끝 부분은 아주 뾰족하게 잘라 낸다.

서윤은 땅을 파서 철 조각을 뿌려 놓은 함정을 만들었다.

"힘들지 않아?"

위드는 매번 그의 모험에 끼어들어서 위험한 고비들을 넘기면서 고생을 하는 그녀에게 미안한 마음도 있었다.

"아뇨. 재밌어요."

서윤은 의외로 이런 일을 재미있어했다.

그녀는 위드 덕분에 웃을 수 있게 되었고, 가슴속의 아픔도 눈물로 녹여냈다.

다른 것은 모르겠지만 위드와 함께 있을 때에는 언제나 행복했다.

"옛날 알베론이라는 사제하고 빙룡이랑 북부에 갔을 때는 정말 즐거웠어요. 지골라스에 갔을 때도 좋았어요."

"……."

지독히 고생만 했던 장소들을 아름다운 추억으로 간직하고 있다니!

'게다가 다 나와 관련이 있는 사건들이군.'

사실 위드와 서윤이 베르사 대륙에서 모험을 하면서 안락했던 추억은 없었다. 관광지에서 맛있는 음식도 사 먹고 휴양을 즐겨 본 적은 더더욱 없다.

추운 북부에서 생고생, 절망의 평원을 건너가면서 고생, 지골라스에서 죽을 고생!

위드가 고생을 하니 가까이 있는 그녀도 피할 수가 없었다.

다행인 점은, 어려움을 매번 함께 극복해 왔다는 점!

둘이 나눈 시간만큼 대화를 길게 하지 않아도 서윤은 위드의 마음을 잘 알았다.

'오늘 번 돈이 얼마지? 시청률이 23.4%였으니까 광고 수익으로는…….'

'돈 생각하는구나.'

'요즘 이 아이템 시세가 비싼데. 5개나 얻었군.'

'돈 생각하는구나.'

'아, 다음 주가 도시가스 요금 고지서 나오는 날이야.'
'아마 돈 생각하겠지.'

그리고 반대로.

'위드 님은 얼굴도 잘생긴 것 같아. 처음에는 몰랐는데 갈수록 매력이 있어.'
'나를 째려보는 눈빛이 심상치 않군. 트집 잡히지 않도록 조심해야지.'

'예쁘고 귀엽다. 이걸 꼭 사냥해야 해?'
'단칼에 베려고 하는 걸까, 고통스럽게 잡으려고 하는 걸까.'
'인간과 비슷하게 생긴 몬스터와는 싸우고 싶지 않아. 그리고 아이를 키우고 있는 몬스터들도…….'
'싹 몰살시키려고!'

서윤에 대한 오해가 영영 풀릴 수는 없는 부분이, 그녀의 전투 방식 때문이었다.
위드와 같이 있으면 모든 전투에서 뒤로 빠지지 않고 최선을 다하여서 적들과 싸웠다. 그녀가 머뭇거리며 망설일 때마다 위드가 위험해질 수 있기 때문이었다.
서윤은 위드가 어려운 일을 겪는다면 기꺼이 도와줄 뿐만 아니라 스스로를 희생할 수 있었다. 위드가 살 수 있다면 대신 몬스터들과 싸우다가 죽는 것쯤이야 아무것도 아니다.

그런 비슷한 마음은 위드도 가졌다.

'라면을 2개 끓여서 좀 덜어 주고, 계란도 풀어 줄 수 있지.'

짠돌이인 위드였지만 서윤에게만큼은 계란 허용!

〈로열 로드〉에서도 사냥과 모험을 같이하고, 현실에서는 같은 학교를 다니며 이웃집에 산다.

무서운 정, 미운 정, 고마운 정까지 다 쌓여서, 막상 서윤이 떠난다면 심하게 허전할 것 같았다.

사실 조각사로서도 그녀를 표현하면서 아름다움에 대하여 고민했던 시간이 정말 길었으니까.

그렇게 위드와 서윤은 일을 하면서 통나무집 주변을 요새화시켰다. 아무런 몬스터도 나타나지 않았기에 작업은 편하고 빠르게 진행될 수 있었다.

그리고 밤이 되었다.

아우우우우우!

늑대가 멀리서 울부짖는 소리가 들렸다.

"음, 가죽이 부드러우면 좋겠는데……."

입맛을 다시는 위드.

그리고 벌어진 참혹한 사건.

깽! 깨갱! 컹!

위드와 서윤에게 한낱 늑대들이 덤볐으니 그 결과는 이미 나와 있었다.

"고기와 가죽을 얻었군."

다음 날 아침, 차곡차곡 접혀서 한가득 쌓인 늑대의 가죽!

통나무집 요새화 작업은 계속 진행되었다.

"코르타델솔에는 무시무시한 몬스터들도 꽤 있다고 했지."

시기상으로 내륙에는 켈튼 왕국이 자리를 잡고 있을 때였다.

켈튼 왕국도 기사도를 숭상하는 군사 강국이기는 하지만, 역사서에 기록되어 있기로 이때는 전 대륙이 몬스터들로 몸살을 앓았던 시기다.

코르타델솔까지는 인간들이 진출도 하지 못하였을 때이므로, 자연 그대로의 모습이 간직되어 있는 최고의 해변이 유지되었다.

위드와 서윤은 몬스터의 틈바구니에서 해변가에서 살아가면 되는 것이다.

아름다운 해변에, 어여쁜 서윤까지 있으니 그 누구라도 부러워할 상황!

마치 가난한 부부가 신혼살림을 차리듯이 집을 하나하나 바꾸어 나갔다.

"근처의 돌덩어리들을 모아서 궁수탑도 세우고 땅에 강철 바늘도 뿌려 놔야지. 그리고 몬스터들을 통해서 고기는 충분히 얻을 수 있는데… 음."

집 근처 땅의 일부는 개간해서 상추도 심었다.

인간, 특히 위드의 적응력이란 과연 무서운 것!

다만 바다에서 대거 등장하는 해양 몬스터들은 어떻게 방지할 수도 없는 문젯거리였다. 하지만 육지로 올라오게 되면 활동력도 떨어지고 급속도로 약해지기 때문에 상대하기는 쉬운 편이다.

비가 많이 내리는 날에만 해양 몬스터들의 움직임이 활발해지기에 그런 날들은 해안가에서부터 전투를 치러야 했다.

로드릭 미궁에서의 난이도에 비한다면 누워서 떡 먹기가 아닌, 밤 12시 넘어서 야식 먹기 수준!

노들레와 힐데른의 뒤를 따라가야 하니 연계 퀘스트의 흐름상 아무래도 필요한 것 같았다.

"아무래도 지금 난이도가 쉬운 걸 보니 더 불안해. 다음에 뭐가 나오려고 이러는 건지 모르겠군."

단둘이 백사장에 있으면서 시간을 보내다 보니 마치 여행을 온 기분이었다.

배가 고프면 넓은 돌판에 생선을 구워 먹기도 하며 느긋하게 시간을 보냈다.

열흘이 지나고, 몬스터의 수준은 나날이 올라갔지만 통나무집의 요새화도 무서운 속도로 진행되고 있었다.

위드는 대장장이 스킬을 이용하여 해변에 쇠못을 잔뜩 뿌려 놓았다.

아름다운 모래사장이 누구도 들어가지 못할 정도로 온통 함정투성이로 변했다. 바다에서부터 기어 나오는 해양 몬스터들은 커다란 피해를 입어야 했다.

"이걸로도 조금은 모자라."

위드는 대낮에는 이 주변에서 쓸 만한 돌들은 몽땅 통나무집 주변으로 가지고 왔다. 조각사의 능력을 발휘하여 돌을 쪼개서 연결하는 방식으로 성벽을 쌓아 올렸다.

20일이 지났을 무렵에는 가까운 곳에서 철 광맥이 흐르는 곳도 찾아냈다.

중급 채광 스킬 덕분이었다.

"철이 많이 모자라던 참에 잘되었군."

깡깡깡!

철광석을 캐내서 녹인 후에 통나무집을 뒤덮었다.

코르타델솔의 해변과 숲에 잘 어울리던 통나무집은 바야흐로 성벽과 철골구조물을 가진 요새가 되어 버렸다.

"사형 집행자의 검!"

몬스터들 사이에서 싸우는 서윤의 광전사로서의 능력도 여지없이 발휘되었다.

슬로어의 결혼반지가 있기에 그녀가 위험에 처하면 위드의 생명력을 나누어 가졌다.

위드는 철골 통나무집의 지붕에서 원거리 공격 스킬인 광휘의 검술과 하이엘프의 활로 지원을 해 주면서 한 달간의 수비에 무난히 성공!

"역시 로드릭 던전에서 무리를 안 해서 편하군."

로드릭 던전에서 조각품에 생명 부여 스킬을 마구 사용하여 극복했다면, 조각 생명체들을 데려오지 못한 지금은 크게 고생을 했을 게 틀림이 없다.

새로 조각 생명체를 만들어 내야 했거나, 아니면 힘겹게 버터 내야 되었으리라.

위드의 전투 능력도 발군이었고, 〈로열 로드〉에서 가장 강한 축에 드는 서윤도 있었으니 무서울 것이 없었다.

띠링!

둘만의 보금자리 퀘스트 완료

노들레와 힐데른은 해변가에서 행복한 시간을 보냈다. 그렇지만 그들이 머무르던 보금자리는 오래가지 못했다.

퀘스트의 보상으로 생명력의 최대치가 2,000 올랐습니다.

"퀘스트는 비교적 쉽게 마쳤는데 그다음이 왠지 불길한 내용이군."

생명력의 최대치가 늘어난 건 나름 짭짤한 소득이었다. 위드처럼 방어 능력이 좋다면 그만큼의 생명력으로도 더 적극적으로 싸울 수 있다.

그러나 역시 괜히 불안했던 것이 아닌 듯, 퀘스트 완료를 알리는 메시지 창이 사라지자마자 저 멀리 지평선에서 나타나기 시작한 바다신의 함대!

무려 50척이 넘는 대함대였다.

그들이 힐데른을 데려가기 위하여 육지로 다가오고 있었다.

"이번엔 설마 저것들과 싸우라는 말은 아니겠지."

돛이 32개 이상씩 달린 대형 범선들!

아마 탑재되어 있는 대포들은 그보다도 훨씬 많으리라.

띠링!

안식처를 찾아서

노들레는 힐데른을 데려가려는 바다신의 함대를 보고 안전한 곳으로 피하기로 했다. 그가 선택한 장소는 포르투 왕국의 보덴 마을! 대륙을 가로질러서 그곳까지 이동하라.

바다신의 신도들이 상륙하여 추격해 온다.

난이도: 조각술 최후의 비기 퀘스트.

제한: 사망 시 퀘스트 실패. 동료 사망 시에도 퀘스트 실패.

이번에는 서윤을 데리고 과거의 베르사 대륙을 횡단하는 내용이었다!

"포르투 왕국의 보덴 마을이 어딘지 모르는데."

위드가 베르사 대륙의 지리에 밝다고는 해도 과거의 지명까지 알고 있는 것은 아니었다.

모험가 퀘스트 중에서 과거의 지명들이 드물게 나오기는 하지만, 일부러 기억하고 있는 사람은 거의 없었다.

하지만 별로 큰 문제가 되지 않는 게, 과거의 역사란 훗날 찾으려고 하면 어렵지만 그 당시에 사는 사람들에게는 간단한 일이다.

"도시로 가서 지도라도 한 장 사면 되겠지. 돈이 조금 들겠지만 가격을 후려치면 될 거야. 여행용품은 별로 비싸지 않으니까. 기왕이면 사냥터 쪽을 지나가면서 레벨도 올려야지."

위드가 퀘스트에 들어갈 비용을 추산하고 있을 때 서윤이 말했다.

"그보다, 저들이 상륙하기 전에 떠나야 할 것 같지 않아요?"

"가야지."

급박한 도주 상황에서도 돈 계산이 먼저인 위드의 본능!

두 사람은 통나무집으로 가서 물품들을 챙겼다.

그동안 이곳에서 사냥을 하며 얻은 가죽과 잡템을 비롯한 전리품들도 빠뜨리지 않았다.

서윤이 바뀐 점이라면, 예전에는 아무리 귀한 아이템이 있어도 자신이 쓸 물건이 아니라면 줍지 않았다. 하지만 이제 동전이 나오더라도 반드시 주웠다.

"켈튼 왕국의 돈이 골동품 가치가 있을까요?"

"가져가서 팔아 보면 알겠지. 몇 개나 챙겼어?"

"430개 조금 넘어요."

"많군. 무거울 텐데. 300개는 나를 줘도 되겠어."

"100개만 줄게요."

"내가 잠깐 보관했다가 원래의 대륙으로 돌아가면 다시 줄 거야."

"누렁이한테 집 사 준다고 하면서 챙겼던 것처럼요?"

"…100개만 받을게."

쪼잔한 행복을 누리는 법도 알게 된 그녀!

그사이에 바다신의 신도들은 해안가에서 작은 배로 갈아타고 상륙하고 있었다.

배에서 말도 내리고 있는 걸 보아 추격 속도가 아주 빠를 것 같았다.

스릉!

서윤이 검을 뽑아 들었다.

저들이 쫓아온다면 몽땅 베어 버리면서 도주를 해야 한다.

"굳이 어려운 길을 갈 필요 없지. 내 등에 업혀!"

"저 무거운데……."

"괜찮아. 무게가 나가 봐야 얼마나 나가겠어. 허윽!"

서윤의 무게는 장난이 아니었다. 그녀가 착용하고 있는 갑옷과 짐까지도 다 무게에 포함이 된 것이다.

"어쨌든 가 보는 수밖에. 네발 뛰기!"

폼 나게 업고 그냥 달려가면 좋을 테지만, 더 빨리 갈 수 있는 이동 스킬이 있는 이상 써 줘야 했다.

로이스 성!

켈튼 왕국에서 수도 다음으로 발달한 대도시에 위드와 서윤이 도착했다.

성과 도시의 건물들은 붉은 벽돌로 지어져서 고풍스러운 멋을 잔뜩 드러냈다.

띠링!

> 전쟁의 시대 켈튼 왕국의 건물 양식들을 감상하였습니다.
> 조각사로서, 그리고 아르펜 왕국의 국왕으로서 다스리고 있는 마을과 성, 지역 등에 켈튼 왕국의 특색 있는 건물들을 지을 수 있습니다.
> 전쟁의 시대 건물들은 효율적이고 수비에 유리하도록 튼튼하게 지어졌습니다. 하지만 유명한 건축가들이 활동하며 아름다움에 대한 새로운 인식을 확산시키던 시기로, 왕권과 종교에 관련된 시설들은 대단한 웅장함을 자랑하였습니다. 파괴되어 전해지지는 않지만 이 시대에 존재했던 베친 누오보 왕성, 노르드 대성당과 베노아르 탑은 세계적인 건축물이었습니다.
> 특수 건물들을 건설할 수 있습니다.

병사 훈련장

막 징집한 병사들에게 기초적인 훈련을 시키는 장소. 훈련장의 시설이 좋을수록 병사들의 전투 스킬 전수 속도를 빠르게 하며 훈련도를 높일 수 있다. 빠르게 행군하는 법을 가르칠 수 있다.

건축 비용: 최소 2만 골드~최대 150만 골드.

특수 효과: 병사들의 징집률을 높인다. 검술 스킬이 초급 5단계까지 빠르게 전수된다.

높고 단단한 성벽

몬스터들을 막기 위해서가 아니라 공성 병기를 버티기 위하여 개발되었다. 매우 무겁고 비용이 많이 든다. 건축 기간이 오래 걸리며 튼튼한 지반에만 설치할 수 있다는 단점을 가졌지만, 이 성벽이 있다면 외부로부터의 침입에 대해서는 훨씬 안심할 수 있을 것이다.

건축 비용: 최소 30만 골드.

특수 효과: 적의 군대에 포위되어도 주민들의 동요가 적다. 성벽이 파괴되기 전까지 병사들의 사기가 높게 유지된다.

하지만 위드에게는 그저 돈 잡아먹는 건축물들일 뿐!

"어쨌든 도시 안으로 들어가 보자."

"네, 그래요."

네발 뛰기로 말이 쫓아오기 어려운 숲과 산을 지나오면서 바다신의 세력은 약간 따돌리고 난 후였다.

조금의 여유는 있었기에, 지도나 다른 필요한 물품들도 구입할 겸 도시를 구경하기로 했다.

"쌉니다, 싸요!"

"필요한 물건들이 있으면 와서 보시고 가세요!"

상인들은 물건을 팔고 있었고, 가게들도 모두 문을 열었다.

이곳의 주민들은 모두 NPC들.

로이스 성만이 아니라 대륙 전체가 마찬가지였다.

위드와 서윤만이 이 세계에서 유일한 유저로서 돌아다니는 것이었다.

"도망치는 처지에 들고 다니기 무거우니 쓸모없는 물건부터 처분을 하자."

"그래요."

위드는 가격을 잘 쳐줄 것 같은 상인을 찾아야 했다.

'적당히 배가 나오고 인심이 좋을 것 같은 사람으로…….'

전속 상인 마판이 없다는 점이 이럴 때는 조금 아쉬웠다.

유저가 아닌 NPC에게 물건을 판매한다면 직업이 상인이 아닌 이상 제값을 받긴 어렵다.

위드는 물건이 깔끔하게 정리되어 있는 좌판의 상인에게 가서 흥정을 걸었다.

"해산물과 담비의 가죽이 꽤 많군. 이건 사냥하기가 상당히 어려웠을 텐데……. 이만한 물량을 본 것도 정말 오랜만이야. 다른 것들까지 다 해서 1만 4,850골드 쳐주지. 어떤가."

적어도 2만 골드는 받을 수 있으리라고 보았는데 의외로 낮은 가격!

"그래도 조금이라도 더 비싸게 사 주시면 안 될까요? 다른 곳에 가지 않고 일부러 여기에 왔는데."

"다른 상점으로 가 보게나. 불쌍해 보여서 사 주려고 했더니 뻔뻔하게 구는군."

과거로 돌아온 이상 이곳에서는 위드의 명성이 전혀 먹혀들지 않았다.

"참 인상도 좋으십니다. 가난한 여행자를 돕는 셈치고 150골드만 더 채워 주시면……."

"안 팔려면 가져가!"

완벽한 문전 박대!

위드는 두 곳에서 견적을 더 내 봤지만 그보다 더 준다는 상점이 없어서 어쩔 수 없이 사정하며 팔아야 했다.

길을 가다 보면 약초를 줍게 되고 몬스터도 사냥하다 보면 짐은 계속 늘어나기만 한다. 무게를 줄이기 위해서는 부득이한 선택이었다.

물론 바다신의 추격자들만 따라오지 않는다면 상업으로도 대박을 칠 수 있었다.

도시나 귀족들은 특정 특산품이나 보물을 바라는 경우가 있다. 이런 경우에 필요한 물품을 조달해 주면 상업 경험치와 명성, 아울러 돈을 듬뿍 얻을 수가 있다.

다른 상인 유저들과 경쟁할 필요가 없기 때문에 유리한 측면이 아주 많았다.

서윤도 상인과 흥정을 했다. 그녀는 아이템에 욕심을 내지 않았기에 물량은 위드보다 조금 적었다.

"담비 가죽이 많지는 않군요. 요즘 들어 귀족들에게 각광받고 있는 상품인데. 이렇게 아름다우신 분이 가져오셨으니 정직하게 1만 6,300골드에 사겠습니다."

위드보다도 높은 가격이었다.

이곳에는 유저들이 없고 NPC만 있기 때문에 서윤은 평소에 쓰고 다니던 가면을 벗어 버리고 편하게 있었다.

매력 스탯을 올리지 않았지만 그럼에도 그녀의 타고난 미모에 호의적인 반응을 보이지 않는 사람이 없었다.

스탯과 스킬이 아닌 기본적인 외모로 보여 줄 수 있는 최대치의 호감 표시였다.

서윤이 만약 매력 스탯을 조금만 올렸더라면, 상인들은 아마 그녀가 부르는 값에 그냥 물건을 샀을지도 모른다.

물론 화령의 경우에는 여행을 하면서 국왕이나 고위 귀족 NPC들의 청혼까지 받을 정도였다.

서윤은 흥정에는 익숙하지 않았지만 위드를 통해 배운 게 있어서 말했다.

"그래도 1만 7,000골드는 채워 주시면 안 될까요?"

"아, 제가 너무 무례했습니다. 솔직히 염치도 없이 너무 크게 이윤을 붙이려고 했죠. 상인으로서 양심도 지키지 못했군요. 다음에 또 찾아와 달라는 의미로 1만 7,700골드에 구입하겠습니다."

"……."

위드는 별다른 말은 하지 않았다.

세상은 원래 불공평한 법이니까!

학생들은 시험 성적을 올리기 위해 밤낮없이 공부를 하지만, 맨날 노는 머리 좋은 아이들이 성적은 오히려 더 좋은 경우가 있다. 나중에 취업할 시기가 되면 연봉 100~200만 원에 벌벌 떨지만, 부잣집 아들은 초등학교를 다니면서 수십억도 상속을 받는다.

'돈 많고, 머리 똑똑하고, 예쁘고, 요즘 봐서는 성격도 착한 것 같군.'

정말 너무나도 억울한 세상.

심지어 그녀는 〈로열 로드〉에서의 전투 능력까지 뛰어났다.

그러나 서윤에게도 단점이 있기에 약간의 위안은 되었다.

"정말 치명적인 단점이지. 감자탕과 선지 해장국, 돼지 곱창을 못 먹는다니. 그게 얼마나 맛있는 건데……."

"네?"

"아냐, 됐어. 불쌍하니까 봐줄게."

위드는 시장에서 대륙 지도와 포르투 왕국 지도를 샀다.

포르투 왕국은 중앙 대륙에서 심하게 서쪽에 치우쳐 있었는데, 도시가 몇 개 안 될 정도로 작은 나라였다.

"포르투 왕국까지는 북쪽의 산맥을 통하는 길이 4개, 남쪽 황무지를 지나서 돌아갈 수 있고……. 아니면 지금 켈튼 왕국과 전쟁 중이라는 마폰 왕국의 국경을 넘어가는 쪽이 지름길이긴 한데."

켈튼 왕국의 주민들은 한창 마폰 왕국과의 전쟁에 대한 이야기를 하고 있었다. 그 점도 참고하여 이동 경로를 정해야 한다.

"어느 쪽이 낫겠어?"

"산맥은 몬스터들이 많다고 해요. 길도 까다롭고, 넘어가는데 시간이 오래 걸리겠죠. 황무지는 추격자들이 금방 따라올 것 같아요."

"국경을 넘는 건 전쟁에 휘말릴 가능성이 클 거야. 과거 영웅의 탑이란 곳에서 경험해 봤는데, 마폰 왕국은 상당히 무서워. 그리고 다른 이종족들도 전쟁에 끼어 있을 테니 여기로 간다면 전쟁에 휘말릴 각오를 해야겠지."

위드와 서윤은 심사숙고해서 판단을 내려야 했다.

몬스터와 험한 길, 추격자들의 습격, 전쟁터!

어쨌든 어느 쪽을 택하든 위험을 완벽히 피해 갈 수는 없다.

"어떤 길이라도 쉽지 않을 것 같아요. 더 나은 방향으로 결정하기에는 정보도 부족하구요."

"보통 때라면 아마 산맥을 넘어갔을 것 같군. 빙 돌아가는 험한 길이기는 하지만 몬스터를 상대하는 편이 익숙하니까. 하지만 지금은 바로 서쪽으로 가자."

"…이유는요?"

"맨날 재수가 없었으니 이번에는 오히려 거꾸로 선택을 해 본 거야. 이른바 역발상이라고 할까."

위드와 서윤은 도시에서 말도 구입했다.

전쟁터를 가로지르면 마폰 왕국을 지나서 포르투 왕국으로 금방 갈 수가 있었다.

위드의 모험을 보면서 유병준의 생각도 한쪽으로 기울어 가고 있었다.

그가 평생을 들여서 구축해 놓은 〈로열 로드〉의 세계에서 위드 좋은 일만 하고 있다는!

"저렇게 예쁜 여자와 모험을 하다니… 전에 그 댄서도 그렇고, 여자 복도 많은 놈이군."

전쟁의 신이 되기보다도 더 어려운 일.

게다가 서윤의 표정이나 말투, 사소한 행동들은 그저 위드와 함께 있기만 해도 행복해한다는 사실을 알려 주고 있었다.

현실의 베르사 대륙은 하벤 제국과 다른 왕국들이 맞붙어 싸우면서 대대적인 전쟁의 연속이다.

하벤 제국이 기습적으로 전쟁을 개시하면서 초반은 잠깐 유리하였지만, 다른 길드들도 연합군을 결정하여 체계적으로 버티고 있다. 오히려 절박함은 그들 쪽이 훨씬 강했기에 기꺼이 용병들을 고용했고, 병사들의 징집도 계속했다.

하벤 제국을 막아 내지 못하면 끝이라는 생각으로 처절한 전투를 벌이고 있었다.

그런데 위드는 서윤과 같이 그들을 위하여 만들어진 베르사 대륙의 시간대에서 낭만적인 모험을 할 수가 있다니, 이보다 더한 행운이 어디에 있겠는가.

"그렇더라도 조각술 최후의 비기를 획득할 확률은 적겠지."

—성공 확률 계산을 시작할까요?

"아니야."

유병준은 인공지능을 통해 가능성을 알아보지 않고 그냥 지켜보기로 했다.

위드가 과연 첩첩산중이라고 할 수 있는 이 퀘스트를 깰 수 있을 것인지.

"이번 전투도 승리했군."

바드레이는 말을 탄 채로 루베 요새에 하벤 제국의 깃발이 걸리는 것을 보았다.

그가 거느리고 있는 하벤 제국의 주력 군단은 블랙소드 용병단과 치열한 공방전을 벌였다. 하지만 끝내 적들을 물리치고 영토를 점령한 쪽은 하벤 제국 측이었다.

강력한 마법사 부대와 궁수 부대의 선제공격!

그 후에는 바드레이와 4개의 제국 기사단이 돌격하여 밀집해 있는 적들을 교란한다.

보병대까지 전진하게 되면 적들은 지리멸렬. 버텨 내지를 못했다.

하벤 제국을 상대로 평원의 대회전을 벌이는 건 조금의 승산도 없는 무모한 짓이었다.

헤르메스 길드에서는 대륙에서 최고의 실력을 갖춘 유저들도 지금까지 적극 영입을 해 놓았기에 고레벨 유저들끼리의 전투에서 싸움이 안 되었다.

전 대륙과 싸울 수 있을 정도로 그들의 저력은 막강했다.

"피해 상황은 전사자가 1만 4,873명, 부상자는 3만 명가량입니다."

NPC 병사들을 총지휘하는 기사 라모스가 와서 보고했다.

블랙소드 용병단 역시 뛰어난 용병들이 많았기에 헤르메스 측의 피해도 어마어마한 수준이었다.

대륙 전체를 관할하는 프로암 연합 용병 길드도 블랙소드 용병단에 협력을 하고 있었기에 만만치 않은 적이다.

단장 미헬도 〈로열 로드〉에서 5위 안에 드는 랭커!

바드레이가 가장 막강한 전력을 이끌고 직접 출정한 이유가 있었다.

하지만 둘이 맞붙는 상황은 쉽게 벌어지지 않았는데, 서로가 꺼리기 때문이었다.

바드레이는 스스로가 〈로열 로드〉에서 가장 강하다고 자부했다. 그렇지만 전쟁에서는 어떤 일이 벌어질지 누구도 모르는 것이다.

블랙소드 용병단 여러 명에게 포위가 되거나 그들의 지원이 있다면, 바드레이라고 할지라도 목숨을 잃을 수가 있다.

어떤 이유더라도 무신 바드레이가 죽고 나면 하벤 제국의 대륙 정복 계획에도 중대한 차질이 생긴다. 전쟁에 참여하지 않은 길드들이 더 단단하게 결집하고, 반격을 당하는 계기가 되리라.

미헬도 아직까지 위험한 도박을 벌일 시기는 아니다.

바드레이가 매우 탐나는 적수이기는 하지만, 일대일 승부로는 그리 자신이 없다.

단체로 협공을 가해야 할 텐데, 헤르메스 길드의 친위대가 보통이 아닐뿐더러 여간해서는 기회를 잡기도 어려웠다.

또한 한차례의 전투를 이긴다고 할지라도 그걸로 전황이 완전히 뒤집히지 않는데, 패할 가능성은 훨씬 크다.

블랙소드 용병단은 마센 왕국과 노튼 왕국에 퍼져 있었는데,

적들을 더욱 깊이 끌어들이며 반전을 노렸다.

그때를 위하여 다시 접속할 수 있는 유저들이 주목표가 아닌, 징집하고 훈련시킨 NPC들부터 차례차례 소모시킨다.

이 계획은 대헤르메스 길드 연합군 전체가 마찬가지였다.

그들은 이번 작전명을 사자 사냥으로 부르기로 했다.

라페이와 참모부에서는 방대한 하벤 제국의 영토를 관리하며 병참과 병력 훈련, 신규 부대 편성, 전선 지원 등의 모든 일을 해내야 했다. 많은 일을 하다 보면 작은 부분들에서 실수가 생기기 마련이지만, 어느 하나 중요하지 않은 것이 없다.

"남부 전선은?"

"베이몽드 고원을 지나고 있습니다. 현재 모래바람이 심한데… 기상 악화로 인해 지체되는 중입니다."

"적들이 모래바람을 이용할지도 모른다. 3군과 5군 쪽에 알리도록."

"전달하겠습니다."

"브리튼 연합 점령 부대 쪽으로 전투마 지원을 3,000필 정도 늘리도록. 고착된 전선을 부수려면 기마병들의 활약이 더 필요할 것 같다."

"재고는 충분하지만 이동하는 데 나흘 이상이 걸릴 것 같습니다."

"아이데른 왕국의 기마 부대라도 먼저 움직이도록 해. 브리튼 연합을 빨리 정리한 후에, 그 전력으로 다른 쪽을 돕는 편이 낫다."

라페이와 참모부에서는 전쟁 전체를 관할하였다.

각 군단마다 총사령관들이 있지만, 실제로는 하벤 제국의 수도 아렌 성에서 모든 계획들이 입안되고 실행에 옮겨진다.

하벤 제국이 커 갈수록 황궁에 있는 라페이에게 권력의 쏠림 현상이 일어났다.

철저한 계획을 세우고 장기간에 거쳐서 이를 추진하는 라페이에 의하여 하벤 제국도 끊임없이 확장되어 가고 있다.

황궁 건설과 전쟁으로 인하여 내정은 악화되었지만 그 여파를 최소화하는 부분에 있어서도 탁월한 능력을 발휘하였다.

"사자 사냥이라. 후후후."

라페이는 연합군 전체의 전략을 손바닥 들여다보듯이 알고 있었다.

미리 투입해 놓은 스파이들의 활약!

심지어는 그들의 비밀 동맹 길드가 연합군 내에 속해 있기도 했다.

"사자에게 야금야금 빼앗기다가 잡아먹히게 되겠지."

대헤르메스 길드 연합군의 전술을 이미 꿰뚫고 있는 이상 상대하기는 더욱 편하다.

지역 점령을 계속해 나가다 보면 언젠가 모든 전력을 투입한 대승부를 벌일 수밖에 없는데, 그때가 되면 완전한 굴복을 받아 낼 수 있으리라.

"북부로 원정군을 파견한 것도 도움이 되었고 말이야."

라페이는 모든 생각을 길드원들에게 알리지는 않았다.

괘씸한 위드를 단죄하고 아르펜 왕국을 파괴하기 위하여 원정군을 조직하여 북부로 보낸 것으로 알려져 있지만, 사실은 그렇지 않다.

물론 위드를 죽이고 아르펜 왕국을 파괴해 버린다면 그것으로도 좋겠지만, 실패하더라도 상관은 없는 병력.

승리밖에 모르던 하벤 제국의 막강한 병력이 북부로 가서 전멸하였다. 이건 연합군 측에는 대단한 용기를 주는 일이며, 하벤 제국을 얕보게 하는 사건이었다.

그들끼리 뭉치면 이겨 낼 수 있을 거란 헛된 기대를 심어 주게 한다. 하지만 정작 중앙 대륙의 막강한 하벤 제국의 군대는 오로지 철저히 승리할 뿐이다.

직접 상대해 보면 연전연패를 하지만, 그럼에도 하벤 제국 북부 원정군의 처참한 전멸을 보며 이길 수 있다는 환상을 갖는다.

그리하여 사자 사냥이란 극적 반전을 노리는 전술을 들고 나왔다.

라페이는 북부 원정군의 성공과 실패, 그 어느 쪽이더라도 이득을 얻는 작전을 실행하였던 것이다.

연합군에서 최후의 일전을 전 대륙에서 개시하였을 때 처참히 짓밟아 주면 정복 사업은 손쉽게 성공이다.

물론 연합군의 대비 태세에 대하여는 완벽히 알고 있기 때문에, 하벤 제국의 병력도 차질 없이 배치되고 있었다.

라페이가 헤르메스 길드의 두뇌를 맡아 숱한 전쟁을 일으키며 쌓은 경험이 얼마나 무서운 것인지 그들은 알게 되리라.

"그런데 하필 이럴 때에 도적 떼가 날뛰다니 곤란하군."

칼라모르 왕국, 라살 왕국, 브리튼 연합 왕국에서 저항군들의 소소한 활동은 계속되었다.

치안이 악화되면서 도적 떼가 산간 지역을 장악해 나가고 있었는데, 이로 인한 피해가 의외로 컸다. 전쟁터보다는 하벤 제국의 영토 통치가 오히려 골치가 아파 올 정도였다.

국경에서 싸우는 군대를 되돌릴 수는 없었으며, 수도와 중요 도시들을 지키는 예비병들을 고작해야 도적 떼를 쫓아다니는데 투입할 수도 없는 일.

변방에서는 포교 활동을 위해 엠비뉴 교단의 종교재판관들도 돌아다녔다.

거대한 하벤 제국이지만 속에서부터 곪기 시작하면 되돌리기가 어려워진다는 점을 라페이는 잘 알았다.

"어쩔 수 없어. 여기에 쓰기에는 아까운 병력이지만… 암살단을 투입한다."

하벤 제국 내에서도 크고 작은 사건들이 계속 벌어진다.

라페이는 이를 관리하는 것은 물론이고, 거대한 병력을 수족처럼 다루며 전 대륙을 손아귀에 넣기 위한 움직임을 착착 진행했다.

마폰 왕국과 켈튼 왕국의 전쟁터를 본 위드의 입에서 신음이 절로 비어져 나왔다.

"으음, 도저히 피해 갈 수가 없겠군."

10만 이상의 대군이 맞부딪치는 전면전!

보병들과 기병들 그리고 마법 부대들까지 총공격을 감행하고 있었다.

"여길 지나가지 않으면 멀리 빙 돌아가야 하는데. 그러자면 기껏 지름길로 온 의미가 없고."

바다신의 세력이 1~2시간 거리까지 바짝 추격해 오고 있다. 그렇기에 전쟁이 끝날 때까지 기다리거나 다른 곳으로 빙 돌아간다면, 지금 와서는 이 길이 최악의 선택이 되어 버린다.

"강행 돌파하는 수밖에는 없겠지. 그나마 다행이라면, 그때는 레미 공주가 있었다면 지금은 손이 덜 갈 테니까."

영웅의 탑 퀘스트를 실패했던 이유로는 레미 공주를 놔두고 혼자 전투에 빠져 버렸기 때문이다.

서윤이라면 그렇게 일일이 챙겨 주지 않아도 된다.

스릉!

서윤이 매끄럽게 검을 뽑았다.

전투를 보면 자연스럽게 검을 뽑는 광전사!

오히려 그녀가 위드를 지켜 줄 수도 있었다.

"준비는 됐지?"

"됐어요."

서윤은 활기차게 대답했다.

위드와 함께라면 어떤 전장이라도 가로지를 수 있다.

어차피 지금의 이 순간들이 훗날에는 즐거운 추억으로 간직

될 테니까.

"가자!"

큰 소리로 외쳤지만, 위드는 움직이지 않았다. 그러다가 서윤이 먼저 말을 타고 달려가니 슬그머니 뒤를 따랐다.

전장에서 발휘되는 여성 우대 정신!

"뒤는 내가 지켜 줄게!"

"앞을 그대로 뚫고 지나갈게요. 계속 제 뒤를 따라오세요."

서윤의 검에는 벌써 붉은 기운이 넘실거렸다.

"광기의 자해!"

스킬을 시전함에 따라 그녀의 생명력이 저절로 줄어든다.

큰 전투에 참여할수록 알아서 강해지는 광전사의 특성도 발휘되었다.

서윤이 검을 휘둘렀다.

"미친 전사의 춤!"

쿠콰과과광!

그녀의 앞을 막고 있던 병사들이 폭발과 함께 나가떨어졌다. 처음부터 수비 없이 오로지 공격만 하는 광검 스킬을 시전한 것이다.

"광휘의 검술!"

위드도 처음부터 전력으로 검술의 비기를 사용했다.

벼락을 마구 일으키는 천둥새가 공중으로 날아오르더니 켈트 왕국군의 한복판으로 날아갔다. 마른하늘에 날벼락이란 말처럼, 수백 개의 벼락과 천둥이 일대로 내리꽂혔다.

전략적으로 마폰 왕국의 편에 서서 켈트 왕국군을 처리하는 쪽이 유리하다. 그래야만 전선의 중심부를 돌파해서 마폰 왕국의 진영으로 들어갔을 때에 안전하기 때문이다.

"일단 무조건 많이 죽여. 공적을 쌓아야 마폰 왕국으로 넘어가면 대우를……."

마폰 왕국군의 귀족 기사가 서윤에게 다가오다가 공격을 받았다.

댕강!

그대로 두 동강이 나는 몸통!

서윤은 이미 대량 살상을 하며 광전사로서의 능력을 잔뜩 발휘하고 있었다.

전장에서 강력하기 짝이 없는 광전사에게 중대한 단점이 있다면, 그것은 적군과 아군을 구분하지 못하게 된다는 점이다.

광전사의 능력이 발휘될수록 주변의 모든 이들이 적처럼 보이고 소리도 이상하게 왜곡되어 들린다. 때때로는 무장하지 않은 어린아이들도 위험한 몬스터로 보이거나 해서, 살상을 한 후에 도덕심과 명예가 감소했다.

서윤은 그 정도의 상황까지는 아니었지만, 동료가 아닌 켈튼 왕국군과 마폰 왕국군을 구분하지는 못했다. 공격 일변도의 검을 쓰면서 다가오는 적들은 모두 날려 버리고 있었던 것이다.

"졸렬한 마폰 왕국의 하수인이다."

"더러운 켈튼 왕국의 앞잡이 놈들!"

위드와 서윤은 그대로 2개 왕국 전체의 표적이 되었다.

"그럼 그렇지. 이놈의 인생, 로또를 사서 내가 당첨된다면 틀림없이 꿈일 거야. 아침에 일어나면 보신이가 미친 듯이 짖고 있겠지."

위드는 불평을 하면서도 빠르게 적응했다.

서윤과 힘을 모은다면 이 전쟁터에서도 죽으라는 법은 없다. 무엇보다 마폰 왕국과 켈튼 왕국군은 그들끼리 치고받는 중이라서 바빴다.

"오른쪽에 병력 사이로 길이 뚫려 있어. 그쪽으로 달려!"

위드와 서윤은 바싹 붙어서 말을 몰았다.

병사들은 베거나 그대로 짓밟고 지나가고, 적 기사들에게는 서윤이 검의 기운을 날렸다.

바로 옆에 있는 위드는 자신도 공격을 당하지 않을까 걱정했지만 그 정도의 이성은 남아 있었다.

"만약 제 눈이 완전히 검게 변하면 멀리 떨어지세요."

"응?"

"그때가 되면 몸을 조절할 수가 없게 돼요."

광전사의 또 다른 단점.

피를 너무 많이 봐서 완벽하게 미쳤을 때에는 전투력이 더 강해진다. 모든 잠재력까지 꺼내서 쓰기 때문에, 심하면 그 후로 한 달 이상 약해지는 후유증에 걸리기도 한다.

다만 그때에는 뜻대로 싸울 수가 없게 되고 광기에 몸을 맡기며 주변을 닥치는 대로 공격하게 된다.

"그런 부작용이 있다면 진작 말했어야 되지 않아?"

"그냥 형식적인 작은 부작용이에요."

"……."

서윤은 이제 위드에게 가벼운 농담도 했다.

결코 농담으로만 들을 수는 없는 게 위드의 처지지만!

연약한 레미 공주를 호위하며 전장을 돌파할 때와는 완전히 다른 싸움꾼 광전사를 데리고 지나가야 한다.

주변의 싸움이 클수록 광전사의 광기도 빠르게 커져 가는데, 그거야말로 매우 위험했다.

"정신 똑바로 차리고 긴장해. 우린 여기를 살아서 벗어나야 하니까."

"최선을 다할게요."

"너무 오래 싸워서는 안 돼. 최단기간에 전장을 벗어나서 안전한 곳까지 도망친다."

"명심할게요."

"웃, 저건 이제는 구하기 힘들다는 아다만티움 기사 부츠다. 거기 서라!"

위드의 눈도 사방으로 돌아갔다.

켈튼 왕국과 마폰 왕국이 맞부딪치는 이 전장에는 귀한 갑옷들을 착용하고 있는 기사들이 널려 있었다.

화염의 대재앙

위드의 입장에서 서로 싸우다가 낙마하거나 따로 고립된 기사를 발견하고도 그냥 놔두기에는 너무도 아깝다.

기사들의 레벨은 보통 300대 정도.

전쟁의 시대를 겪고 있는 켈튼 왕국과 마폰 왕국은 기사들의 수준이 높은 편이다.

훨씬 강한 왕실 기사들도 다수 참전했지만 멀리 있는 탓에 위드와 서윤에게는 관여하지 못했다.

위드의 계획도 바뀌었다.

"마폰 왕국군을 건드린 이후이니 그냥 빠져나가면 기사단과 기병들이 계속 쫓아오겠지. 그럴 바에야 전투 공적이나 시원하게 세워야겠군."

위드는 말을 보병들이 방어선을 세운 장소로 거칠게 몰았다.

"몽땅 해치워 주마. 달빛 조각 검술!"

"크에엑!"

"강하다. 방패를 들고 막아."

"뚫렸다! 놈이 돌파했다!"

일반 병사들을 말 그대로 휩쓸어 버렸다.

마구 쓰러지는 병사들 위로 공격을 퍼붓고 통과했다.

그들이 회색빛으로 변하며 떨어뜨린 아이템도 철저히 수거!

그렇지만 전쟁터에서는 잠깐이라도 방심할 수가 없었다.

그들이 있는 주변으로 켈튼 왕국의 헤로스 기사단이 돌진해 오고 있었다.

"뒤를 조심해요!"

서윤의 목소리가 들리자마자 위드는 뒤를 돌아봤다.

헤로스 기사단이 마폰 왕국군을 헤치며 질풍처럼 돌격해 오고 있었다.

"잘됐군. 아주 제대로야."

위드는 슬쩍 옆으로 빠졌다.

그들의 목표가 위드 자신은 아니었을 테니 옆으로 비켜나 준 것이다.

"겁먹은 켈튼의 촌놈들에게 마폰 왕국의 위대함을 보여 주도록 하자."

"돌격하라. 돌격해!"

헤로스 기사단이 마폰 왕국군을 쳐부수면서 그를 지나쳤다.

위드는 말을 달리며 헤로스 기사단의 뒤를 쫓았다.

순수한 승마 스킬로는 따라갈 수가 없지만, 상대는 중장갑을 착용한 기사들이었다. 마폰 왕국군의 진영을 돌파하고 있었으니 돌격 속도 역시 많이 떨어진다.

그들의 뒤를 따르면서 생명력이 경각에 처한 마폰 왕국군이나 뒤처지는 헤로스 기사단을 야금야금 처리했다.

이거야말로 위드의 전매특허라고 할 수 있는, 빌붙어서 빨대 꽂기!

쿠와아아앙!

헤로스 기사단에는 마폰 왕국군의 마법 공격과 화살이 계속 작렬했다.

"적당히 먹을 만큼 먹었으니 빠져야지!"

위드는 헤로스 기사단을 벗어나서 이번엔 켈튼 왕국군의 궁수 부대를 휩쓸었다.

기사단의 뒤를 따르면서 그들이 주요 공격 대상이 되는 동안 안전하게 이동하여 궁수 부대로 접근할 수가 있었다.

헤로스 기사단은 곧바로 마폰 왕국의 중앙 기사단과 싸움이 붙었다.

서윤은 병사들과 기사들을 가리지 않고 마구 베어 넘기며 위드에게 다가왔다.

"어서 빠져나가야 돼요! 시간을 끌다 보면 지치고 적들의 집중 공격을 받게 될 거예요."

"내 생각도 그래!"

위드와 서윤은 이 넓은 전장에서 단둘뿐이었다.

그들에게는 휴식할 기회도 없었고 벗어나지 못하는 이상 끝없이 싸워야 했다.

"엉망이군!"

위드는 마폰 왕국 쪽으로 도주로를 살폈다.

하늘에는 수천 발 이상의 화살이 이쪽저쪽으로 교차하며 날아다니고 있었고, 병사들이 모여 있는 장소마다 마법들이 작렬했다.

이곳이 전쟁터라는 점을 잊어버리려고 해도, 보이는 모든 장면들이 압도적이다.

양측을 합쳐 10만여 명의 적들이 전투를 벌이고 있었기에 빈 공간을 찾을 수가 없었다.

그렇다고 단둘이 돌파하여 가기에는 중과부적!

더군다나 평원의 전투가 일찍 종료되고 나면 상황은 더 끔찍하리라.

마폰 왕국군에도 그리고 켈튼 왕국군에도 미운털이 박힌 위드와 서윤은 어느 쪽으로 가더라도 군대의 공격을 받게 되는 것이다.

"바다신께서 노하셨다!"

"제물을 회수해 와라."

그때 위드와 서윤이 나타났던 장소에서 바다신의 기병 세력도 출현!

그들도 곧 전장을 가로지르며 추격을 해 왔다.

기병 무리로 구성된 만큼 전쟁터가 아닌 어느 방향으로 갔더라도 결국은 그들에게 따라잡혔으리라.

"어쨌든 여기로 오길 잘한 것 같군. 이 전투가 시간을 끌어줄 수 있을 거야. 살아서 나가기만 한다면 말이지."

서윤이 완전히 미치기 전에 무사히 빠져나가는 길만 남았다.

"가야 돼요!"

"조금만 기다려 봐. 기병이나 기사단의 추격을 차단시켜야 하니까."

위드는 움직이지 않았다.

냉정하게 마폰 왕국군과 켈튼 왕국군의 움직임을 지켜보고 있었다.

병사들과 기사들이 내뱉는 말과 행동에는 관심을 두지 않았다. 멀리 보며 전체적인 병력이 어떤 식으로 교차하고 싸우고 있는지를 세세하게 훑었다.

"이렇게 협소한 곳에 많은 병사들이 몰렸으니 빈틈이 있을 리가 없지. 빈틈을 만들어야겠어."

인간은 선하더라도 가끔씩은 상상을 초월하는 악한 생각을 한다. 하물며 위드라면 어떤 창의적인 악독한 계획도 실천으로 옮길 수 있는 사람이다.

르포이 평원에서 아르펜 왕국의 편을 들어서 싸워 주던 북부 유저들!

위드는 그들의 머리 위에도 대재앙의 자연 조각술을 써 보고 싶다는 충동이 들었었다. 당연히 아무런 이익도 없는 일이라 순간의 충동으로 지나쳐 버린 일이었지만, 지금은 굳이 망설일 필요가 없지 않은가.

"원래 불장난은 크게 할수록 좋은 거지."

불로부터 재산과 생명을 지켜 주는 소방관들이 들으면 기겁할 수밖에 없는 이야기를 하면서 조각품을 꺼냈다.

이날을 위하여 아껴 온 명작 조각품 화염의 대지!

"대재앙의 자연 조각술!"

명작의 조각품입니다. 무시무시한 위력이 발휘되어 자신이 죽을 수도 있습니다. 그럼에도 스킬을 사용하겠습니까?

자연과의 친화력도 비할 바 없이 높아졌기 때문에 당연히 굉장한 위력이 나올 것이다.

위드의 입가에, 배고픈 저녁에 몸보신을 향하던 잔혹한 미소가 맺혔다.

"사용한다."

대재앙의 자연 조각술을 사용하였습니다.
예술 스탯 20이 영구적으로 사라집니다. 생명력과 마나가 20,000씩 소모됩니다. 모든 스탯이 사흘간 일시적으로 15% 감소합니다. 자연과의 친화력이 떨어집니다.
대재앙의 자연 조각술은 하루에 한 번밖에 사용하지 못합니다. 위험한 재앙을 불러오게 되면, 그 피해에 따라서 명성이나 악명이 오를 수 있습니다. 재앙을 겪는 와중에 죽을 수도 있으니 주의하십시오.

대재앙의 자연 조각술 스킬이 익숙해졌습니다.
두 가지 대재앙을 동시에 일으킬 수 있습니다. 상호작용을 하는 대재앙이나, 성질이 다른 대재앙도 한꺼번에 일어나게 할 수 있을 것입니다.

호칭, '대재앙을 몰고 오는 사람'을 획득하였습니다.
신앙심이 60 감소합니다. 자연과의 친화력이 떨어집니다.

"역시 나쁜 짓은 금방 익숙해지는군!"

스킬이 발동될 때까지는 조금 시간이 걸린다. 그렇다고 넋을 놓고 있다가는 대재앙에 휩싸여서 목숨을 잃으리라.

"가자. 이제 무조건 정면을 뚫어."

"알겠어요!"

위드와 서윤은 전장을 이탈하기 위하여 미친 듯이 말을 몰기 시작했다.

"제법이로구나. 마폰 왕국의 기사 이 란테르가 너에게 도전하겠다."

"바쁘니까 다른 놈이나 알아봐."

"검을 다루는 자여, 전투 중에 등을 보이다니 명예도 모르는 것인가!"

"나한테 명예가 밥 먹여 줬던 적 없어!"

"켈튼의 기사여, 놈을 추격하라."

"이런 지긋지긋한 놈들."

기사들도 최소로 상대하고, 병사들의 공격은 약한 것이라면 그냥 몸으로 맞아 주면서 통과했다.

그들을 목표로 날아온 마법과 화살 들이 주변으로 떨어진다.

위드와 서윤은 오로지 빠져나가기 위하여 앞으로 내달릴 뿐이었다.

푸히히힝!

서윤의 말이 마법에 휘말려서 쓰러졌다.

"내 말에 타!"

"하지만… 그러면 저 때문에 속도가 느려질 거예요."

"상관없어."

"추격자들에게 붙잡히게 될 거예요."

"괜찮아. 네가 죽으면 나도 살아야 할 의미가 없잖아. 죽어도 같이 죽고 살아도 같이 살아서 이곳을 나갈 거야."

서윤의 가슴이 찡하게 울렸다.

위드는 수전노처럼 이해득실에 민감한 것 같지만 이렇게 불쑥 나오는 정이 가득 담겨 있는 말 한마디가 그녀의 마음을 따뜻하게 감동시켰다.

'언제, 어디에서라도 같이 있고 싶어. 정말 행복해.'

위드는 서윤을 뒤에 태운 채로 전장 너머를 향하여 계속 달렸다.

'어차피 나 혼자 살아남더라도 서윤이 죽으면 퀘스트는 실패니까.'

지금까지 대재앙에 제대로 휘말린 적은 없지만 그건 미리 준비를 철저히 해 왔기 때문이다.

전투에 휘말린 와중에 마폰 왕국군과 켈튼 왕국군을 따돌리기 위하여 급하게 사용한 대재앙인 만큼 대비가 완전할 수는 없었다.

전쟁터에 갈대가 쑥쑥 자라났다.

말들이 움직일 때에 불편함을 주는 갈대들이 어느새 사람의 키만큼이나 성장을 했다. 그리고 바짝 메말랐다.

"아직 밖으로 나가지 못했는데 벌써 시작되다니."

위드는 서윤과 함께 갈대밭을 일직선으로 뚫고 내달렸다.

조각품을 직접 깎았고 대재앙 스킬을 사용한 장본인인 만큼, 어떻게 진행되는지는 잘 알았다.

불길을 몰고 온 거친 바람이 갈대밭을 타오르게 한다.

갈대들이 허공에 흩날리고 거대한 불을 일으키면서 표현되는 화염의 대지!

드디어 대재앙이 발동되었다.

"크아아아악!"

"엄청난 불이다!"

전투를 치르던 병사들이 아우성치는 소리가 들렸다.

위드는 앞으로 말을 모는 데에만 집중하며 뒤도 돌아보지 않았다.

그렇지만 등 뒤에서 태양이 이글거리는 듯한 뜨거움이 느껴졌을 뿐만 아니라 갈수록 더욱 심해졌다.

갑자기 병사들과 기사들이 너나 할 것 없이 싸우지 않고 도망치고 있었기에 두려움과 호기심은 오히려 더 강해졌다.

"저기 있잖아."

"네."

"지금 어떻게 되고 있는지 보여?"

그래도 직접 확인하고 싶지는 않아서 서윤에게 물었다.

"잘 보여요."

"어떤데?"

"음, 사방에서 바람이 불면서 갈대밭의 불꽃을 마구 키우고 있어요. 불길이 소용돌이치기도 하고… 멋지게 타올라요. 그리고 계속 커지면서 넘실거리며 퍼지고 있네요."

"병사들의 비명 소리가 아주 심한데."

"기사들과 병사들을 방금 뒤덮었어요. 조금만 있으면 조용해질 것 같아요."

"……."

서윤의 냉정하고 정확한 설명을 듣고 있자니 오히려 더 오싹

했다.

"이랴! 가자!"

위드는 말을 전력 질주시켰다.

말 역시 자신의 목숨이 경각에 달한 것을 안 듯이 앞으로 계속 달렸다. 하지만 등 뒤의 화염은 갈수록 무섭게 밀려왔다.

대재앙의 자연 조각술 중에서도 불은 예측하기가 어렵다.

또한 오래 지속된다기보다는 한순간에 모든 것들을 잿더미로 만들어 버리기에 위력이 더욱 강렬했다.

후르르르릇!

바람과 불길이 번져 나가는 소름 끼치는 소리!

갈대들이 공중에 날리면서, 땅에서만 불이 번져 오지 않았다. 하늘에서도 이어서 번져 나가는 불들이 평원의 모든 걸 집어삼켜 나갔다.

어쩌다 잠깐씩 화광이 크게 치솟으면서 멋진 모습을 보이기도 하였지만, 평온하게 이것을 감상할 수 있는 사람은 아무도 없었다.

'역시 불장난은 하는 게 아니었는데.'

위드는 밤늦은 시각에 배가 고파서 물을 끓이고 마지막 1개 남은 라면을 뜯었는데 수프가 없는 걸 봤을 때처럼 절망 어린 표정을 지었다.

"이건 피할 수 없겠어."

"제 생각도 그래요."

"그래도 최선을 다해서 어떤 시도라도……."

"이미 늦은 것 같아요."

그리고 화염이 무시무시한 속도로 그들을 뒤덮었다.

돌망치 길드.

아르펜 왕국의 건축가들이 결성한 대형 길드였다.

"페드소 님이 요즘 안 보이시던데 뭐 하고 계시지?"

"하수도 정비 분야에서 일하면서 모라타에 지하 수로를 뚫고 계시잖아."

"꼼꼼하게 잘하시겠네."

"하수도에 악어가 다닐 정도로 확실하게 뚫는다더라."

아르펜 왕국의 부가 쌓이면 건축가들은 도시들마다 기반 시설 개발 사업을 진행해 왔다.

판잣집에서부터 벽돌집까지, 왕국 내의 다리와 수로, 도로를 건축가들이 도맡았다.

그들에게는 현재 역점 사업으로 추진하고 있는 왕궁 건설이 있었지만, 중요한 건축물들은 벌써 78% 이상 완료되었다.

조경이나 건물의 내외부 조각, 벽화와 천장화를 제작하는 데에도 시간이 걸리기 때문에 나머지 작업들은 차근차근 진행되어야 했다.

"끝까지 보고 가지 못해서 아쉽군."

"우리가 할 일이 많은데 놀고만 있을 수는 없잖은가."

"왕궁 건설을 하고 났는데 어지간한 일이 만족스러울까? 판잣집이나 짓기에는 심심할 것 같아."

"판잣집이야 막 건축을 시작한 사람들에게 넘겨줘야지. 항구 바르나 쪽에 위대한 건축물 세 채가 동시에 올라간다는데, 그 쪽 일감을 하는 데 숙련된 건축가가 많이 필요한 모양이야."

"그쪽으로 가 봐야겠군."

건축가들은 다시 아르펜 왕국의 전역으로 흩어졌다.

건축가들에게는 예술가와 비슷한 숙명이 있었다.

'의뢰를 받아서 멋진 건물을 지어 주더라도 결국 내 것은 아니다.'

'언제까지 평생 남의 건축물만 지어 주면서 살아야 되나?'

제작 의뢰를 받아서 먹고살아야 하는 화가, 조각사 들과 마찬가지였다.

의뢰의 보상금을 받는 대신에 결과물은 고스란히 바쳐야만 한다.

위드는 그게 싫어서 재료를 주워서라도 자신이 직접 다 만들어 필요한 걸 충당했지만, 대부분의 생산과 예술 계열은 작품을 바치면서 의뢰를 완수하고 약간씩의 금전적인 보상을 얻어냈다.

작품을 위해 무리한 욕심을 부리다 보면 비용을 초과하는 경우도 다반사로 생기고, 연이은 실패는 빈곤의 악순환도 이루어냈다.

예술품 퀘스트를 세 번 정도 실패하면 명성의 급격한 하락으로 자신감까지 잃어버리게 된다.

창작을 끊임없이 성공하는 것만큼 어려운 건 없었다.

예술가 직업은 초반의 노가다 외에는 답이 없다.
죽을 각오가 되어 있다면 예술가에 도전하라. 단, 말 그대로 죽을 만큼 노가다를 해야 한다.

모라타의 건축가들은 스스로를 행운아라고 불렀다.
"북부로 오길 잘했지."
"여긴 천국이라니까."
아무것도 없는 만큼 그들의 손으로 직접 건설했다.
도시가 확장되어 갈수록, 유저들이 모여들수록 건축가의 수요 역시 폭발적으로 늘어난다.
도로와 수로, 다리, 항만 그리고 위대한 건축물까지 경험해 보고 나서도 건축가들은 여전히 아쉬웠다. 건축물들을 통해 그들의 이름이 많이 알려졌지만, 진정한 자신들의 소유물은 없는 것이다.
야심 많은 건축가들은 허허벌판에서 삽질을 시작했다.
"이 부근에는 유민들이 많이 돌아다니는군. 강물도 도도하게 흐르고 있고 비옥한 땅도 있으니 도시가 세워질 수 있을 것 같은데."
성벽을 쌓고 안쪽에 주택과 곡물 창고와 여관 등등을 건설하였다.
기본적인 시설들이 갖춰지면 지나가던 주민들이 거주하게 되었다.
띠링!

작은 촌락이 형성되었습니다.
리자드맨의 거주지와 가까워서 언제라도 침략당할 수 있습니다. 돌로 쌓은 성벽에 의존하여 불안한 평화가 계속되는 중입니다. 자경단조차 없습니다. 그러나 침략을 받으면 무의미한 저항이나마 시도할 것입니다.
아르펜 왕국의 발전된 문화를 보고 주민들의 눈만 높아져 있습니다. 주민들의 대부분은 별다른 기술력을 갖고 있지 않으며 밥만 축내는 수준입니다. 뭔가를 해서 먹고살려고는 합니다. 아직 그 방법을 찾지는 못하였지만…….

군사력: 2	경제력: 3	문화: 369
기술력: 1	도시 발전도: 19	치안: 64%

건축가는 주민들이 편안한 생활을 할 수 있도록 모든 어려운 일들을 감당해야 했다. 용병들을 고용하여 몬스터들의 습격도 막고, 주민들을 데리고 밖으로 나가서 인근의 땅도 개간했다.

그렇게 하여 인구가 100여 명 정도로 늘어나고 주택들이 증가하면 아르펜 왕국에서 마을로 인정을 했다.

띠링!

작은 마을이 형성되었습니다.
주변의 불안 요소이던 리자드맨 서식지가 지나가던 기사들에 의하여 퇴치되었습니다. 몇 번이나 몬스터를 막아 냈던 튼튼한 성벽도 있으니 주민들은 다소 마음을 놓을 수 있을 것입니다. 큰 희생이 따랐지만, 주민들은 몬스터들과 싸우는 법을 터득하였습니다. 재능이 있는 자들은 병사의 꿈도 키워 나갈 수 있을 것입니다. 농업과 수렵에 대하여 관심이 많습니다. 주변의 몬스터들만 퇴치할 수 있다면 경작지를 늘릴 수 있을 것입니다.
마을에 단 하나뿐인 여관은 빈방이 남는 날이 없습니다. 아르펜 왕국의 찬란한 문화에 대한 이야기가 계속 들려오고 있습니다. 주민들도, 어떤 일이든 잘하지는 못해도 경험하고 싶어 합니다.

군사력: 9	경제력: 13	문화: 398
기술력: 7	도시 발전도: 21	치안: 72%

마을의 영주로 추대되었습니다.
아르펜 왕국에서 지위를 부여받게 되면 준남작 작위를 획득할 수 있습니다.
마을이 성장함에 따라 더 높은 귀족이 될 수 있을 것입니다. 세금 수입의 40%를 왕국에 바쳐야 하며, 그 대신에 공헌도를 이용하여 왕국에 경제와 군대, 기술 개발 등의 요구를 할 수 있습니다.
건축가들은 각지에서 개고생을 하며 도시들을 일구어 냈습니다.

2차 전직을 할 수 있습니다.
풍부한 경험으로, 도시 건축가로의 전직이 가능합니다.

도시 건축가!

건축가들이 대활약을 하면서 광활하던 아르펜 왕국의 비어 있는 영토에도 도시와 마을이 자리를 잡아 가고 있었다.

물론 이는 상인들의 교역을 더욱 촉진하고, 농부와 광부 들의 일감을 늘어나게 했다.

화염의 대재앙은 마폰 왕국과 켈튼 왕국, 바다신의 세력을 뒤덮었다.

"사, 살려 줘!"

"켈튼 왕국의 기사들이여, 영예를 위하여 적을 하나라도 더 죽여라."

"용맹스러운 전사들아, 마지막까지 우리가 죽음을 무서워하지 않는다는 걸 보여 주어라!"

두 왕국의 군대는 끝까지 전투를 펼치다가 피할 수 없는 불길에 휩싸이고 말았다.

위드가 타고 있던 말도 불길에 휩싸이자마자 그대로 사라지고 말았다.

“조각 파괴술! 이 모든 것들이 민첩이 되어라.”

위드는 조각 파괴술을 쓴 뒤 바로 서윤을 업고 네발 뛰기 스킬을 시전했다.

“눈 질끈 감기, 스톤 스킨!”

사용할 수 있는 스킬의 총동원!

보이는 모든 곳 사방이 불길이라서 눈을 떠야 할 의미도 없었다.

눈에 보이는 게 없는 위험한 상태!

스톤 스킨은 화염과 냉기 등으로부터 몸의 보호 능력을 높여주기 때문에 썼다.

그리고 방향을 정해 놓고 무조건 앞으로만 달렸다.

‘서윤이 버텨 줘야 하는데…….’

위드의 생명력도 급속도로 감소했다.

> 온몸이 불길에 휩싸였습니다.
> 초고온의 화염에 의하여 생명력이 매초 3,850씩 감소합니다. 빨리 열기에서 벗어나지 못하면 생명력의 감소 속도는 갈수록 빨라질 것입니다.

> 무기와 방어구들의 내구도가 감소합니다.
> 오랜 시간 불에 노출되면 영구적인 손상이 발생할 수 있습니다.

메시지 창이 쉴 새 없이 울렸고, 위드는 오로지 앞으로만 달려갔다. 그때 나타난 새로운 메시지 창.

불과 화로를 관장하는 헤스티아의 축복이 부여되었습니다.
여신 헤스티아는 이 땅에서 거룩한 의무를 다하는 인간에게 축복의 손길을 내려 주었습니다. 일시적으로 불의 저항력을 높여 줍니다. 화염을 흡수하여 모든 스탯을 39만큼 올립니다. 모든 공격 스킬의 효과가 2레벨만큼 증가하고, 발동 시간을 단축시킵니다. 헤스티아 교단의 공적치가 2,300 감소합니다.

여신의 기사 갑옷에도 헤스티아의 축복이 부여되어 있었다.

무게 등을 낮춰 주고 방어력을 높여 주는 역할을 하는 축복.

이번에는 여신 헤스티아가 위드에게 직접 축복을 부여해 주었다.

그리고 잠시 후, 화염의 외곽 지역에서 거세게 타오르는 불길을 뚫고 두 사람이 튀어나왔다.

"커허헉! 겨우 살았네."

까맣게 숯검정이 되어 있는 위드와 서윤이었다.

남아 있는 생명력: 3,891

"죽기 직전까지 가서 간신히 살아남았구나."

위드는 놀란 가슴을 쓸어내렸다.

전쟁터에는 오로지 무시무시하게 타오르는 불길밖에는 보이지 않았다.

소모해 버린 대재앙이 아깝기는 했지만, 어쨌든 한동안 추격은 물리친 것으로 봐도 되리라.

"역시 하늘은 스스로 돕는 자를 도와준다고, 기적이 일어나기도 하는군."

위드는 스스로의 몸에 붕대를 감으며 서윤에게 물었다.

"넌 괜찮아?"

"네. 조금 위험했어요."

"생명력은 얼마나 남았는데?"

"11만 정도요."

"……."

"화염 저항력을 올려 주는 아이템들을 꽤 많이 가지고 있었거든요."

서윤은 화염 반지, 화염 귀걸이, 팔찌, 목걸이 세트를 전부 착용하고 있었다.

직업이 광전사라고 해도 위급한 순간에 사용할 아이템들은 모두 챙겨 두고 있었던 것이다.

위드는 괜히 섭섭해졌다.

"죽는 줄 알고 정말 빨리 달렸는데."

위기의 순간에는 슬로어의 결혼반지가 있었으니 서윤의 생명력을 받아 올 수 있어서 약간의 여유는 있었던 상황이다.

고생해서 간신히 산 건 줄로 알았는데, 헛고생이었다니!

위드가 과거를 회상하며 중얼거렸다.

"나처럼 재수 없는 놈도 없을 거야. 어릴 때 얘기지만, 딸기우유를 그렇게 사 먹고 싶었는데 일찍 먹으면 며칠 뒤에 또 먹고 싶어질 것 같아서 한 달을 꾹 참았다가 500원을 들고 슈퍼마켓을 갔지."

"그런데요?"

"딱 그날부터 우윳값이 600원으로 인상되었어. 이번에도 아까운 헤스티아의 공적치만 날렸구나."

서윤은 김이 모락모락 나는 시커먼 덩어리들을 꺼냈다.

"여기, 감자랑 고구마 구웠어요. 같이 먹어요."

그녀가 불이 나면 감자와 고구마를 굽는 것도 위드에게 배운 행동이었다.

"소금이랑 김치는?"

"모라타에서 샀던 게 남아 있어요."

위드는 감자와 고구마를 먹으면서 기분이 조금 풀렸다.

"오징어도 구웠어야 하는데……."

붙잡혀 간 서윤

위드와 서윤은 마폰 왕국의 영역에 들어가서는 조심스럽게 여행자처럼 행동했다.

"마차를 함께 타고 가시겠소?"

"감사합니다."

터덜터덜 길을 걷다 보면 관대한 NPC 상인들이 마차를 태워 주기도 했다.

위드는 마차에서 조각품을 깎으며 물어보았다.

"뭘 거래하려고 가십니까?"

"나스로 올리브를 가져가는 길이라오. 전쟁 때문에 제값을 받기는 어려울 것 같아."

이 대륙 전체가 지금은 위드와 서윤을 위하여 움직이고 있는 것이나 마찬가지다.

베르사 대륙의 방대함에는 그야말로 놀랄 수밖에 없었다.

주민들과 대화를 나누어 보다 보면 모든 것들이 노들레와 힐데른이 살아가던 그 시절 그대로 재현되어 있었다. 심지어 북방의 니플하임 제국에 대하여 물어볼 수도 있었다.

"아, 그곳… 우리 상인들은 멀고 먼 그곳까지는 잘 가지 않소. 몬스터들이 워낙 거칠게 날뛰어서 말이지."

"북쪽 지방의 몬스터들은 더 강한가요?"

"아무래도 그렇소. 그리고 대규모로 돌아다니는 놈들이 많아서 용병들을 데리고 가더라도 소용이 없다오. 용병들도 잘 가려고 하지도 않고. 하지만 북방에 무사히 다녀온 상인들은 아주 큰 돈을 벌었다는군. 니플하임 제국은 문물이 발달해서 희귀한 품질의 교역품들이 많다고 해서 나도 언젠가는 꼭 방문을 해 보고 싶은 곳이라오."

과거에는 니플하임 제국이 아주 강대국이었다.

중앙 대륙과 교류가 그다지 활발했던 편은 아니라서 소문도 제대로 알려져 있지 않은 경우도 있었다.

위드의 머릿속을 번뜩이는 생각이 있었다.

'지금 보덴 마을로 가야 하는데. 그러자면 마폰 왕국을 무사히 지나가야 해. 하지만 지금 여기에서는 악명이 좀 쌓여서 도시나 마을, 요새와 같은 관문들을 지나가기가 곤란하지.'

명성처럼, 악명도 주민들이 알아볼 수 있다. 일반 주민들은 모르겠지만 왕국군이나 기사들을 만나면 얄짤 없었다.

위드와 서윤은 지금 현상 수배까지 걸려 있는 신세였다.

'그렇다면 굳이 빨리 갈 필요도 없는데, 명성도 올리고 경험치도 쌓으며 가도 되지 않을까?'

위드는 불리한 상황에 처하면 상황을 타개할 수 있는 방법들을 찾아냈다.

때론 노가다의 도움도 받았고, 여러 스킬들과 정보들을 활용하기도 한다. 무엇보다 중요한 재산은 잔머리였다.

'여긴 오래전 과거의 베르사 대륙이지. 그렇다면 나중에 발굴될 던전들도 상당수는 그대로 남아 있을 가능성이 커.'

몬스터들의 서식지, 도적 떼의 소굴, 역사적인 사건, 치안 불안, 마법사들의 은거.

여러 이유에 따라서 던전들은 생성되고, 때로는 파괴되기도 한다.

하지만 〈로열 로드〉의 문이 막 열려서 사람들이 최초로 발굴해서 유명해진 장소들 중에는 고대의 보물들이 묻혀 있던 던전도 있었다.

위드와 서윤이 그 던전에 들어간다면… 이 시대에는 누구도 들어가지 않았던 곳일 테니 최초 방문자의 혜택과 보물을 고스란히 얻게 되리라.

물론 던전들에 대한 상세한 정보들도 손에 쥔 채!

'게다가 지금은 경쟁자도 없다고 할 수 있어.'

다른 유저들이 없기에 주민들의 퀘스트를 받기도 쉽다.

정보들을 모아서 지금 시대에만 존재하는 아무 던전에나 들어가더라도 최초 방문자가 될 가능성이 크다.

위드는 마치 길거리에서 만 원을 주운 기분이었다.

이보다 더 기쁠 수가 없는 상황!

"사냥하러 가자. 여기 던전들은 있잖아."

위드는 서윤이 이해할 수 있도록 길게 설명을 준비했다. 하지만 그녀가 바로 대답했다.

"음, 이 시대에는 우리밖에 없으니까요. 최초의 던전 방문자가 되는 것도 좋을 것 같아요."

"그러니까……."

"통나무집에서도 만약 그런다면 어떨까 하고 생각해 봤던 건데요, 괜찮을 것 같아요."

"……."

위드는 왜 머리 좋은 여자와 다니면 피곤하다고 하는 건지 알 수 있었다.

몸이나 입은 아주 편하다. 다만 정신적인 박탈감!

뭔가를 애써 떠올렸는데 상대방은 미리 생각을 다 해 놓고 그 해답까지 알고 있을 때의 허무함이란.

"도시로 들어갈 수 없으니 여행자……."

"여행자들에게 지도를 구하고, 상인들에게는 보급품을 장만하면 되겠어요. 악명을 좀 낮추고 나면 도시에도 들어갈 수 있게 되어서 보덴 마을로 가는 것도 편할 거예요."

"추적자들은……."

"바다신의 세력은 마폰 왕국과도 전투를 벌였으니 국경을 넘어서 쫓아오기가 참 어렵겠죠. 우리처럼 홀가분하게 다니는 게 아니라 군대를 끌고 쫓아오고 있으니 마폰 왕국에서도 대응에 나설 거예요."

위드는 자신의 마음을 너무나도 잘 알고 있는 서윤이 왠지 얄미웠다. 그래서 유치하더라도 말꼬리를 잡고 싶었다.

"혹시 내가 아까 무슨 생각을 했는지 알고 있어?"

"네."
"무슨 생각 했는데?"
"전기요금 인상요."
"허억!"

위드와 서윤은 마폰 왕국의 땅에 있는 던전 중에서 가장 가까운 곳으로 향했다.
"여기로군."
입구를 찾는 것은 그리 어렵지 않았다.
베르사 대륙이 열리고 나서도 2년이 넘어서야 발굴된 던전.
보물들이 어마어마하게 나왔던 장소다.
텔레비전을 보면서 남이 잘되어서 얼마나 배가 아팠는지 모른다.
"좋아. 시작해 봐야지."
위드와 서윤은 간단한 전투준비를 마치고 던전 안으로 들어갔다.

던전, 영웅 가르뭉의 무덤 최초 발견자가 되었습니다.
혜택: 명성 870 증가. 일주일간 경험치, 아이템 드롭률 2배. 첫 번째 사냥에서 해당 몬스터에게 나올 수 있는 것 중에서 가장 좋은 물건 아이템이 떨어진다.

"과연 예상대로군."

시험 삼아서 방문했고 충분히 상대할 수 있는 몬스터들이 나오기에 어려운 장소는 아니라서 이틀 만에 정복할 수 있었다.

"감정!"

가르뭉의 창

마폰 왕국의 영웅 가르뭉의 창이다. 무기 제조 기술이 그리 발달하지 않은 시기에 만들어졌지만, 최고의 장인들이 완성하여 영웅을 위해 바친 창이다.

내구력: 73/75

공격력: 85~126

제한: 기사, 창병, 성기사 전용. 레벨 380.

옵션: 명성 +3,150. 돌격 시에는 항상 최대의 공격력이 발휘된다. 관통 피해 +46. 방패 파괴. 연속 공격 우대. 세트 아이템! 가르뭉의 검, 창, 갑옷이 전부 모이면 효과가 더해진다.

"후후후, 역시 물건은 틀림없군."

이곳에는 창뿐만이 아니라 가르뭉의 검과 갑옷도 그대로 있었다.

"다른 곳도 어서 가 봐야지."

던전, 비네스의 보물 보관소 최초 발견자가 되었습니다.

혜택: 명성 430 증가. 일주일간 경험치, 아이템 드롭률 2배. 첫 번째 사냥에서 해당 몬스터에게 나올 수 있는 것 중에서 가장 좋은 물건 아이템이 떨어진다.

"역시!"

위드는 탄성을 내질렀다.

이번에는 산에서 헤매다 그냥 던전의 입구를 찾아서 들어갔는데도 최초의 방문자인 것이다.

비네스의 보물 보관소에 대한 정보를 다크 게이머 연합에서 검색해 봐도 나오는 것이 없는 걸로 봐서 순전히 이 시대에만 존재하는 곳인 모양이었다.

"나에게 이런 행운이라니… 하늘이 무너져도 떨어진 돈은 줍는 사람이 임자라더니 그 말이 틀림이 없군."

퀘스트는 아직까지 할 만했다. 오히려 쏠쏠한 이득마저 챙기고 있었다. 훗날 조각술 최후의 비기 퀘스트가 어떤 식으로 어려워지게 될지는 몰라도, 위드는 지금의 행운을 걷어찰 만큼 미련하진 않았다.

"원래 운세란 나이를 먹거나 시기에 따라서 바뀌기도 하는 법이지."

긍정적인 마음으로 위드와 서윤은 던전들을 찾아서 휩쓸고 다녔다.

바드레이 그리고 헤르메스 길드!

"버겐 성을 함락했습니다. 우리 측의 사망자는 3만 8천. 성벽은 완전히 부서졌고 그곳에 거주하던 주민들은 몰살. 블랙소드 용병단은 성을 버리고 패퇴하였습니다."

"그라디안 왕국을 점령하신 것을 축하드립니다, 황제 폐하."

헤르메스 길드에서는 그라디안 왕국의 모든 땅을 먹어 치우고 나서 최종적으로 수도까지 함락시켰다.

라페이는 연합군 측이 사자 사냥 작전에 따라 대반격을 가하기 위해서는 시간이 필요하다는 사실을 알고 나서 기회를 허투루 날리지 않았다. 헤르메스 길드의 여유 병력을 그라디안 왕국 쪽으로 보내서 바드레이에게 더 큰 힘을 실어 준 것이다.

바드레이는 친위대와 함께 압도적인 힘으로 블랙소드 용병단을 크게 격파!

계획에 따라 차츰 물러나던 블랙소드 용병단 입장에서는 당황스러운 일이었다.

그러나 힘의 균형이란 잘못 치우쳐지면 되돌리기 어려운 것이기도 하다. 블랙소드 용병단은 진짜 수세에 몰리게 되었고, 내분까지도 일어났다. 사자 사냥 작전에 대한 불신과 회의도 들었고, 대헤르메스 길드 연합군 측에 대한 불만도 생겼다.

그들은 공통의 위험한 적 헤르메스 길드를 상대로 싸우기 위하여 뭉쳤다. 하지만 그들끼리도 서로 적대적인 관계이기 때문에 유사시에 필요한 도움을 주지는 않았다.

헤르메스 길드를 무너뜨리는 데에만 관심이 많았으며, 그 이후로 더 큰 이권을 챙기기 위하여 블랙소드 용병단의 도움 요청은 자신들도 여유가 없다는 핑계를 대며 거절했다.

결국 블랙소드 용병단은 연전연패를 거듭하다가 그라디안 왕국에서 완전히 도망치게 된 것이다.

"그라디안 왕국의 점령 의식을 준비하고 있습니다, 폐하."

바드레이는 시종들의 말에 고개를 저었다.

"그건 뒤로 미룬다. 블랙소드 용병단을 계속 추격한다."

하벤 제국의 병력은 그라디안 왕국을 점령한 것을 기뻐하며 오래 머무르지 않았다. 곧바로 블랙소드 용병단의 뒤를 따라붙으며 네스트 왕국까지 침략했다.

네스트 왕국은 이미 하벤 제국과 전쟁을 벌이고 있었는데, 그라디안 왕국이 있던 쪽에서 바드레이가 쳐들어온 것이다.

제목: 헤르메스 길드의 강함, 그 끝은 어디인가

저도 그렇겠지만 많은 이들이 헤르메스 길드의 몰락을 바랄 것입니다. 하지만 그들이 매일 보여 주는 전투에는 패배가 없습니다.
베르사 대륙은 이대로 그들의 것이 될 것 같습니다.

제목: 직접 싸워 본 하벤 제국

저는 지금은 몰락한 라살 왕국 출신의 마법사입니다.
당시에는 그들이 하벤 왕국이었죠.
영상으로만 보신 분들은 아마 모를 겁니다. 그들이 얼마나 무시무시한 존재이며 절망감을 느끼게 하는지.
헤르메스 길드에는 우리가 태양처럼 우러러보는 고레벨 유저들이 즐비합니다. NPC 병사들도 잘 훈련되어 있으며, 체계적으로 움직입니다. 저도 친구들과 함께 공성전에 많이 참여해 봤지만, 그런 식으로 어른이 어린아이 데리고 놀듯이 싸우는 건 처음 보았습니다.
헤르메스 길드, 하벤 제국의 승리요? 그건 당연합니다.
이유는, 압도적으로 강하니까요.

댓글 반응도 폭발적이었다.

ㄴ무신 바드레이야말로 누구도 부인할 수 없는 최강자인 듯.
ㄴ하벤 제국의 브리튼 연합 왕국 점령도 시간문제일 겁니다.
ㄴ얼마 안 남았죠.
ㄴ마지막으로 버틸 수 있는 건 북부 정도가 될까요? 북부로 원정을 떠난 하

벤 제국의 군대도 괴멸시켰잖아요.
ㄴ 거긴 멀어서 버티는 겁니다. 강한 게 아니라…….
ㄴ 헤르메스 길드가 작정하고 덤비면 북부는 초토화입니다.
ㄴ 중앙 대륙과 막 개척된 북부랑은 비교할 수도 없어요.
ㄴ 유저들이 뭉치면 할 수 있지 않겠어요?
ㄴ 북부의 유저들? 하벤 제국의 군대가 제대로 몰려가면 숨도 못 쉬고 죽어나갈 걸요.
ㄴ 하벤 제국 무시하세요? 최고의 유저들과 군대들이 모여 있는 국가입니다. 초보자들이 많은 북부와는 비교도 안 되고, 인원수로도 오히려 훨씬 이쪽이 더 많습니다.
ㄴ 위에 분, 틀림없이 헤르메스 길드 사람인 듯.
ㄴ 여기 헤르메스 천지네요.
ㄴ 헤르메스 길드 물러가라!

게시판에는 무수히 많은 글들이 올라오고 있었다. 그만큼 모든 유저들이 헤르메스 길드의 행보에 대해 두려움을 느끼고 있다는 증거였다.

"아, 정말 길고 길었구나."

위드와 서윤은 말을 타고 보덴 마을에 도착했다.

거리도 멀었지만 던전들을 격파하느라 베르사 대륙의 시간으로 2개월이 넘게 흘렀다.

위드의 레벨도 무려 6개나 올라가서 438이 되었다.

레벨이 높아질수록 경험치를 모으기가 힘들어지지만 이곳에서는 던전 최초 발견자의 혜택을 톡톡히 입은 덕분.

게다가 틈틈이 조각품들을 제작해서 마폰 왕국의 상인들에게 판매도 했다.

"이렇게 멋진 조각품이라니! 어떻게 이렇게 훌륭한 실력을 지금까지 감추고 살았는가."

알려지지 않은 실력을 뽐내어서 명성이 1,384 올랐습니다.

이 대륙에는 위드의 명성이 퍼져 있지 않고, 이름을 알고 있는 이들은 더욱 드물다. 그렇기 때문에 조각품을 판매하여 더 쉽게 명성을 올릴 수가 있었다.

"조각품에는 저의 인생이 담겨 있습니다. 발로티어 님이 아니라면 영영 팔지 않았을 것입니다."

"보기 드문 작품이니 가격은 후하게 쳐주지!"

나중에는 도시로 들어갈 수 있어서 귀족들과 직거래도 했다.

"음, 나의 풍채를 잘 표현해 주었군. 금화를 아낌없이 주지."

"감사하옵니다, 백작 각하! 이것이 어찌 저의 솜씨이겠습니까. 백작 각하가 헌앙하시기 때문에 졸렬한 저의 조각술이 오히려 덕을 본 것이 아니겠사옵니까."

"크하하하핫. 보석도 주도록 하여라!"

"성은이 망극하옵니다!"

십이지장을 몽땅 빼 줄 것 같은 간드러지는 아첨!

전쟁의 시대에서도 위드는 떼돈을 벌어들이며 잘살았다.

조각술 스킬의 숙련도도 고급 9레벨 82.3%까지나 올려놓았을 뿐만 아니라, 손재주 스킬은 고급 9레벨 88.7%의 숙련도!

명성이 올라가면서 악명의 영향은 사라졌다. 마폰 왕국과 포르투 왕국을 편안하게 이동하여 보덴 마을에 도착한 것이다.

위드는 아쉬웠다.

"더 천천히 왔으면 좋았을 텐데."

베르사 대륙의 상황이 계속 급하게 돌아가지만 않았더라도 한 1년 정도는 던전 사냥이나 하며 머무르고 싶을 정도였다.

바다신의 추적자들은 마폰 왕국을 여행하는 동안 본 적이 없었다. 아마 마폰 왕국에서 그들을 물리쳤거나, 혹은 국경 안쪽으로 들어오지 못했거나 하리라.

"이제 어디로 갈까요?"

서윤은 갑옷이 산뜻하게 바뀌어 있었다.

밝고 깨끗한 은색으로, 작은 보석들까지 무늬를 이루며 박혀 있다. 그렇지만 전투가 벌어져서 광전사의 능력이 발동되기 시작하면 점점 짙은 어둠의 색으로 변하고, 보석들은 피까지 흘리게 되는 저주받은 갑옷!

위드와 서윤이 다른 몬스터들은 건드리지도 않고 보스급 몬스터를 먼저 사냥해서 습득한 가장 좋은 광전사 아이템이었다.

위드도 여신의 기사 갑옷보다 좋은 건 당연히 구하지 못했지만, 평소에 착용하던 투구와 부츠보다는 좋은 것들을 얻었다.

악마 몬투스를 상대로 하여 획득한 악마 투구. 이건 악의 힘을 다룰 수 있기에 굉장한 힘을 주지만 페널티가 심해서 사용하지 않았다.

"몰라. 일단 마을로 들어가서 찾아보자."

위드는 퀘스트를 완료하기 위해서 마을 안으로 들어갔다.

보덴 마을은 주택의 숫자가 고작 100가구도 되지 않을 정도로 작은 곳이었다.

안식처를 찾아서 퀘스트 완료

대륙을 떠돌며 보덴 마을에 도착했다. 하지만 노들레와 힐데른, 그들은 평화로운 시간을 보낼 수 있을 거라는 희망을 가졌다.

경험치가 올랐습니다.

매력과 용기가 10씩 올랐습니다.

"이곳은 거의 초창기의 모라타 수준이로군."

"사람들이 별로 없어서 아늑한 느낌도 있어요."

"누구에게든 말을 걸어 보거나 퀘스트에 대해서 알아보기는 편하겠어. 퀘스트만 아니라면 이렇게 작은 곳에 오지 않고 큰 도시로 가 볼 텐데."

"나중에 기회가 되면 니플하임 제국에도 방문해 봐요."

"그럴 수 있다면 좋겠지만……. 아무튼 쉽진 않겠지."

그들이 마을의 중심가를 걸어갈 때였다.

"국왕 폐하다. 국왕 폐하께서 납셨다."

"우리 보덴 마을을 둘러보러 폐하께서 오셨다."

주민들이 길거리에 나와서 절을 하며 엎드리는 것이다.

상당히 뜬금없는 전개!

위드와 서윤은 길거리에서 멀찌감치 물러났다.

아르펜 왕국의 국왕 신분이기는 하지만, 이곳에서는 일단 아무 쓸모가 없다. 또한 어떤 이득이라도 있으면 기꺼이 머리를 조아릴 수 있었다.

'국왕이라면 어떤 조각품을 바가지를 씌워서 팔아야 하지?'

수백 기의 기사단과 1,000명이 넘는 시종들을 이끌고 온 국왕은 백마를 타고 마을로 들어왔다.

그 장엄한 행렬!

'돈이 남아도는군. 하기야 소문으로는 포르투 왕국은 국가 규모에 비해서는 상당히 잘나가는 편이라고 하니까.'

이 시대에는 광산과 곡식을 키울 수 있는 비옥한 땅이 있는 것이 최고였다. 포르투 왕국은 중앙 대륙에서도 노른자위의 땅들을 가지고 있어서, 나중에 그들이 망하고 나서는 라살 왕국이 탄생했다.

"거기, 고개를 들라."

황소개구리와 제주도 흑돼지를 반반씩 섞어 놓은 것처럼 생긴 국왕이 구석에 서 있는 서윤을 보며 말했다.

"보기 드물게 물의 기운이 강한 여자로구나."

서윤은 아무 말도 하지 않았다.

"너의 이름이 무엇이더냐."

"……."

"힐데른이라니, 이름도 맑은 날의 바다를 뜻하는군."

이름을 알려 주지도 않았는데 국왕은 이미 알고 있었다.

퀘스트와 연관이 있는 특별한 이벤트가 벌어진 것이다.

"나를 따라서 궁으로 가자꾸나. 네 다리가 불편해 보이는데, 말끔하게 고쳐 주겠다. 너를 내 딸로 삼고 보석과 드레스를 준비하여 화려한 연회를 100일간 개최하겠노라."

국왕의 놀라운 말이었다.

서윤은 가만히 있는 위드를 물끄러미 쳐다보았다.

국왕에게 내 여자 친구니까 건드리지 말라고 소리쳐 주면 정말 좋을 텐데, 어쩌면 그녀를 팔아먹을지도 모른다는 불안감!

"저기……."

위드가 나서긴 했다.

"폐하께서 말씀하시는데, 무엄하다!"

하지만 기사들에게 바로 어깨를 붙잡히고 말았다.

물론 전투를 한다면 저항할 수는 있었다. 하지만 여기에 모여 있는 왕실 기사들도 수준이 낮진 않았다.

'설마 여기를 다시 빠져나가는 게 퀘스트인가?'

위드와 서윤이 눈을 마주쳤다.

만약에 그렇다면 동시에 습격을 하는 편이 좋다. 마을의 구조에 대해서는 잘은 모르지만 최대한 멀리 벗어나는 편이 좋으리라. 기사단 너머에는 기병들도 보이고 있었기에 끊임없이 싸워야 할 것이다. 승산을 따지기가 어려운 상황이었다.

"커헉!"

그런데 그 순간, 위드가 갑자기 피를 토했다.

포르투의 국왕이 비열하게 웃음을 터트렸다.

"나약하구나. 남자의 얼굴이 시커먼 것을 보니 깊은 병에 걸린 모양이로군. 힐데른 네가 나를 따라나서지 않는다면 저 남자는 피를 토하다 죽을 것이다. 하지만 제 발로 따라오겠다고 하면 치료약을 주지."

띠링!

힐데른의 잔인한 운명

노들레를 따라서 대륙에 온 힐데른. 흑마법사인 포르투의 국왕은 그녀가 가진 바다의 기운을 알아채고 궁전으로 데려가서 실험에 쓰려고 한다. 노들레는 대륙을 전전하며 병에 걸려서 죽음을 앞두고 있다.
국왕은 힐데른에게 선택을 강요한다.

—나를 따라 왕성으로 가겠느냐, 아니면 연인의 죽음을 지켜보겠느냐.

힐데른의 선택에 따라서 노들레의 생명을 건질 수도 있겠지만, 대신에 목숨보다 더 소중한 사람을 잃게 되리라.
제한: 힐데른의 선택에 노들레의 운명이 걸려 있다.

위드의 머릿속이 빠르게 돌아갔다.

'이게 어떻게 된 거지?'

상태가 너무 빨리 변하고 있었다. 몸은 마치 병원에 가지 않으면 안 될 몸살감기에 걸린 것처럼 아프고 자꾸만 기침이 나온다.

띠링!

중증 흑토병에 걸려습니다.
체력이 저하됩니다. 생명력이 감소합니다. 스킬을 사용할 수 없습니다. 계속 몸이 아프고, 치료약을 구하지 못하면 나흘 후 사망하게 됩니다.

띠링!

착용하고 있는 검의 레벨 제한에 걸렸습니다.
무기를 제대로 다룰 수 없게 됩니다. 검을 다루는 스킬이 부족하여 자기 자신이 다칠 수 있습니다.

착용하고 있는 갑옷이 너무 무겁습니다.
페널티로 인해 움직일 수 없습니다. 적이 공격하더라도 그대로 눈을 뜬 채 당하고 말 것입니다.

민첩 요구치가 부족하여 부츠의 옵션을 활용할 수 없습니다.

투구를 쓸 수 있는 지력이 부족합니다. 레벨 제한이 걸렸습니다.

'아무래도 뭔가 이상하게 돌아가고 있어.'

위드는 마을로 들어오면서 레벨 100대가 착용하는 가죽 갑옷으로 갈아입었다. 그런데도 갑자기 메시지 창들이 마구 뜨는 것이다.

확인을 위해서 작은 목소리로 중얼거렸다.

"스탯 창."

캐릭터 이름: 노들레

성향: 무	레벨: 37	직업: 없음

칭호: 가문의 상속자

명성: 53	생명력: 79	마나: 282
힘: 19	민첩: 16	체력: 23
지혜: 95	지력: 77	예술: 3,153
통솔력: 5	행운: 5	공격력: 3
방어력: 4	마법 저항: 무	

상태: 중증 흑토병으로 인해 죽어 가고 있다.

'이럴 수가.'

위드는 소리 없이 경악했다.

이름이 어느새 노들레로 바뀌었고, 능력치들도 마찬가지!

노가다를 한 양을 합치면 아파트 한 동 정도는 지었을 텐데 그렇게 쌓은 스탯들도 예술을 제외하고는 몽땅 줄어 있었다.

'설마, 그렇다면 스킬들도…….'

위드는 스킬도 확인해 보았지만, 조각술을 제외한 대부분의 스킬들이 사라지고 없었다.

조각술, 그리고 다른 다섯 가지의 비기는 있었지만 한겨울의 내복과도 같은 손재주도 없어지고 말았다. 평소 그렇게 괄시하던 예술과 관련된 스킬들만이 사라지지 않고 남아 있었다.

이제는 도망칠 수도 없다.

서윤의 선택에 따라서 죽음에 처하게 될 수도 있으리라.

그때 서윤의 퀘스트 창에는 위드와는 다른 내용이 떴다.

띠링!

힐데른의 잔인한 운명

포르투의 국왕은 잔혹한 흑마법사였다. 그는 힐데른을 궁전으로 데려가서 실험체로 쓰려고 한다.

만약 궁전으로 가자는 그의 제안을 거부한다면 지금의 꿈에서 깨어나서 획득한 보물들을 가지고 원래의 베르사 대륙으로 돌아갈 수 있다. 하지만 노들레는 병에 걸린 채로 이 대륙에 남을 것이며, 포르투의 국왕과 기사들에 의하여 죽임을 당하게 된다. 만약 국왕을 따라간다면 흑마법사의 실험체가 되어 죽임을 당하게 될 것이다. 잔혹한 운명이지만 힐데른은 선택해야 한다. 국왕을 따라가며 연인을 살릴 것인가, 아니면 거절하고 원래의 세계로 돌아갈 것인가?

난이도: 조각술 최후의 비기 퀘스트.

제한: 힐데른의 선택에 노들레의 운명이 걸려 있다.

위드가 이 사실들을 알았더라면 더 불안해했겠지만, 서윤은 당연하다는 듯이 대답했다.

"그를 살리기 위해서라면 뭐든 하겠어요. 저를 데려가세요."

"좋다."

힐데른이 흑마법사의 실험체가 되기로 결정하였습니다.

과거 노들레와 힐데른이 처했던 상황이 이제는 그들을 주인공으로 똑같이 이어지게 된 것이다.

띠링!

힐데른의 잔인한 운명 퀘스트 완료

힐데른은 포르투의 국왕을 따라가기로 하였다. 그녀는 실험체로 희생되거나, 마물이 되어서 지하 궁전을 떠돌게 되리라.

포르투의 국왕은 서윤을 데리고 떠났다.

위드는 저항하지 않고 그 모습을 지켜보기만 했다.

조각술 최후의 비기 퀘스트가 이렇게 말 몇 마디에 허무하게 끝날 리가 없지 않은가.

기껏 고생을 했는데 서윤은 빼앗겨 버리고 자신은 병에 걸리고 끝이 난다면!

'아냐. 일리도 있어. 이놈의 팔자란 방심해서는 안 되는 거니까. 길거리에서 돈을 주웠는데 바로 앞에서 돈 주인이 보고 있다거나 하는…….'

그리고 옛날 노들레와 힐데른과 같은 동화란 비극으로 끝나는 경우도 많다.

솔직히 행복한 연애가 더 드문 법!

위드도 여자 친구를 만들지 않고 결혼도 꿈꾸지 않는 이유가 있었다.

'처자 쪽 부모님들이 날 탐탁지 않아 할 테고, 혼수 문제로 싸우고, 결혼식 비용 분담, 예단, 집 마련, 신혼여행……. 요즘 여자들은 결혼하는 데에도 명품 가방은 필수품이라고 들었어. 그리고 결혼을 하고 나서도 모든 것이 만만치 않지. 애를 낳으면 교육비에 선생님한테 드려야 할 촌지에…….'

현실 자체가 사랑만으로 살아가기에는 너무나도 각박했다.

차라리 동화처럼, 섬에서 함께 도망쳐 나온 연인을 국왕에게 빼앗겨 버리는 편이 현실성이 있었다.

'음, 부인할 수가 없군. 완벽히 수긍할 수밖에 없는 이야기 전개야.'

위드는 납득되어 버리고 말았다.

붙잡고 있던 기사들이 그를 놔주고 떠나려고 할 때 힘겹게 입을 열어 물어보았다.

"저…기, 치료…약은요?"

서윤이 붙잡혀 간 것은 붙잡힌 것이고, 치료약은 챙겨야 한다는 실리주의!

기사들이 야비하게 웃었다.

물론 썩은 미소를 지을 때 위드의 입꼬리만큼 올라간 건 아니었다.

"치료약은 없다. 큭큭."

"고통 속에서 죽어 가도록 해라."

보통 상황이 이렇게 되면 땅을 치며 분개하리라.

하지만 위드는 오히려 정신이 차분해지고 말았다.

이 세상에서 누굴 믿는단 말인가.

포르투 국왕의 말은 신뢰할 수 없기에 마음의 준비는 이미 했다.

사실 퀘스트의 내용에서도 반드시 치료약을 준다는 말은 없었다.

"아, 그…렇군…요. 알겠…습니…다."

위드는 조용히 기사들이 떠날 때까지 기다렸다.

어차피 저항을 해 봐야 개죽음에 지나지 않는다. 뭐라도 해 보려면 생각을 정리할 시간이 필요했다.

생사의 갈림길

"쿨럭."

위드는 계속 피를 토했다.

'우선 상황은 정말 안 좋아.'

서윤에게 귓속말을 보내 봤다.

—어…떻게 되…고 있어?
—궁전으로 끌고 간다고 말하고 있어요.
—탈…출은?
—방금 확인해 봤는데, 이름이 힐데른으로 바뀌었고 레벨과 스킬들도 모두 쓸 수 없게 되어 있어요.

그녀도 레벨과 스킬이 하락해 있기에 반항은 꿈도 꿀 수 없는 처지.

그 옛날 노들레와 힐데른도 아마 이렇게 무력감을 느껴야 했으리라.

띠링!

흑토병의 치료

흑토병이 몸을 갉아먹고 있다. 서둘러 치료하지 못하면 죽음을 맞이하리라. 또한 치료 시기가 늦어지면 장애가 발생할 수도 있다.

난이도: 조각술 최후의 비기 퀘스트.

제한: 남아 있는 시간 사흘. 사망 시 퀘스트 실패. 원래 시간의 베르사 대륙으로 돌아가게 된다.

위드는 비틀거리면서 신전을 찾기 위해 마을을 돌아다녔다. 사제가 있다면 신성 마법에 의해 치유가 가능하리라.

보덴 마을은 작은 곳이었고, 잠깐 둘러봐도 신전은 없는 것 같았다. 대신 길거리에서 마을 장로를 만날 수 있었다.

"안…녕하세…요."

친밀도를 얻기 위한 본능적인 인사!

"외부인이로군. 무슨 일인가."

"몸을… 흑…토병…의 치료…를 해…야 합…니다."

말을 하는 것조차도 어려웠다.

간신히 말을 했는데도 장로의 반응은 쌀쌀맞기 그지없었다.

"흑토병이라면 꼼짝없이 죽어야 되겠군. 우리 마을에는 치료약이 없네."

"그…러면……."

"돈을 준다면 내가 구해 줄 수는 있지."

마을 장로가 눈을 빛냈다.

위드는 저런 눈빛을 아주 잘 알고 있었다. 돈만 떼어먹거나, 혹은 더 큰 돈을 노리고 목숨을 탐낼 수도 있으리라.

원래의 능력이 유지되고 있다면 마을 장로 정도야 간단히 없애 버릴 수 있지만 지금은 어떤 수도 쓸 수가 없었다.

"아…닙니…다. 가지…고… 있…는 돈이… 없어서……."

"젠장. 역시 그렇군."

마을 장로는 아픈 위드를 두고 멀리 떠나 버렸다.

전쟁의 시대에 인심이란 각박할 수밖에 없다.

위드는 노들레가 처했던 상황이 매우 불행하였고 안타까웠다는 점에 대해서 인정했다.

이 세상에서는 연인과 얼굴이라도 마주 보며 산다는 게 행운이라는 사람도 분명히 있다. 하지만 왜 하필 자신이 직접 체험해 봐야 한단 말인가.

위드를 보면서도 주민들은 그냥 무심하게 지나쳐 갔다.

창을 든 경비병이 다가와서 말했다.

"병에 걸린 사람이 마을 내에 머물러선 안 된다."

전투 능력이 없고 몸 상태가 최악인 지금 마을 밖으로 나가면 위드는 늑대에게도 물려 죽을지 모른다.

"아무런 피해…도 끼…치지 않겠…습니다."

"죽으면 치우는 게 우리다. 마을 밖으로 나가서 안 보이는 곳으로 가라."

정말 야박하기 짝이 없는 인심이었다.

"그…러면… 나가야…지요."

위드는 비틀거리면서 마을 밖으로 향했다.

주민들과 얼굴이 마주칠 때마다 혹시 도와주는 사람이라도 나타나지 않을까 하는 부질없는 희망을 품었다.

"와, 병자다!"

"이거나 맞아 봐라!"

그렇지만 돌을 던지는 버릇없는 아이들이 있을 뿐.

돌멩이에 적중되었습니다.
생명력이 3 감소합니다.

방어구도 없어서 생명력이 곧바로 하락했다.

'이러다가 죽겠군.'

위드는 고개를 숙이고 마을 밖으로 서둘러서 빠져나갔다.

비참한 기분이 조금 들었지만, 현재로써는 지나가는 똥개도 조심해야 할 판!

마을 밖으로 나가서도 얌전히 땅에 웅크린 채로 있었다.

휴식으로 생명력이 2 회복되었습니다.

느릿느릿 생명력을 회복시켰다. 붕대라도 감을 수 있다면 조금은 나을 텐데 그러지도 못했다.

"커헉!"

흑토병 발작이 일어났습니다.
생명력이 14만큼 하락합니다. 체력이 걷기도 힘들 정도로 줄어듭니다.

위드는 아픔에 몸을 떨었다.

'그래도 다행이군. 춥지는 않으니.'

휘이이잉!

갑자기 불어오는 찬 바람!

'역시 나란 놈은… 아마도 전생에 은하계 정도는 팔아먹은 모

양이지.'

위드는 끙끙 앓으며 체력과 생명력을 회복했다.

포르투의 국왕이 데려간 그녀에게 남은 시간이 얼마나 될지는 모른다. 서윤도 능력이 하락했다면 그녀 혼자서는 도저히 탈출하지 못할 것이다.

서윤에게 다시 귓속말부터 보냈다.

—지금… 어디…야?

말을 짧게 한마디 하는 것도 쉽지 않았다.

아직도 아프고 춥고, 몸이 괴로웠던 것이다.

—마차에 갇혀서 계속 이동 중이에요. 궁전으로 갈 줄 알았는데, 탑에 갇히게 될 것 같아요. 병사들이 나누는 말을 들어 보니까 도착할 때까지 하루 정도는 걸릴 것 같은데. 갇히게 되면 위치를 알려 드릴게요.

서윤은 아주 담담하게 대답했다.

—그…래. 그렇…게 우…선 얌…전히… 시…키는… 대…로 해. 나중…에 데…리러… 갈… 테니…까.
—네. 천천히 오세요.

위드는 생명력과 체력을 회복시켰지만 여전히 힘들었다.

'마을 부근에서는 머무를 수 없으니 몬스터가 없는 곳으로 가야 해.'

체력이 없어서 느릿느릿 걸어야 했다.

주변을 살피면서 위험한 몬스터들이 접근하지는 않는지도 계속 관찰했다.

허약한 신체에 무리한 움직임으로 인해 체력이 저하됩니다. 계속 움직일 경우 과로에 걸릴 수 있습니다.

흑토병으로 인해 생명력이 6 감소합니다.
5시간 이상 충분한 휴식을 취해야 합니다. 계속 무리하게 몸을 움직이면 흑토병이 더 악화되어 수명이 감소하게 됩니다.

조금만 빨리 걸으려고 해도 체력이 뚝뚝 떨어졌다.

아픈 상태에서 움직이다 보니 흑토병에 의해 사흘도 버티지 못하고 더 빨리 죽을 수 있다.

'걷기도 힘들다. 이대로 쓰러져서 죽겠구나.'

바르칸과도 싸웠는데 지금은 지쳐서 들판에 쓰러져 죽을 것 같았다.

마을에서 멀리 떨어지게 되면 몬스터의 영역이다.

극성을 부리는 몬스터들은 위드가 피하거나 숨기도 전에 달려와서 목숨을 앗아 가리라.

'잘 생각해야 돼. 작은 판단 실수도 용납되지 않는다. 어디로 가고, 어떻게 해야 할 것인가.'

살아야 한다는 절박한 의지!

위드는 퀘스트를 한다는 생각도 멀리 떠나보냈다.

일단은 살아야 했다. 어쩌면 현실에서도 모든 걸 잃어버리고 병든 몸 하나만 남을 수도 있다. 좌절해 버릴 수밖에 없는 상황이지만, 누구에게나 벌어질 수 있는 일이기 때문에 감정이입이 더욱 잘되었다.

몸이 약해질수록 정신만은 또렷해진다.

보텐 마을을 벗어나서는 숲과 넓은 평원이 있었다.

'차라리 나무들이 있는 쪽으로 가자.'

숲으로 들어가면 길도 험하고 몬스터들도 많다. 하지만 들판에서도 위험한 건 마찬가지이고, 오히려 쉽게 눈에 띄어서 표적이 된다. 위드는 안전을 확인해 가면서 조용히 이동했다.

코볼트, 고블린이 지나갈 때는 무성하게 자란 덤불에 몸을 숨기기도 했다.

"배가 고프다."

"사슴을 사냥하러 가자."

"키키킥!"

코볼트조차도 공포적인 존재!

'해가 지면 안 된다. 그 전에 안식처를 찾아야 돼.'

위드는 다급했다. 해가 지고 나면 몬스터들이 강해지고 더 많이 배회하게 된다. 그때는 정말 위험해지는 것이다.

'이놈의 몸뚱이는…….'

와이번에서 뛰어내리기도 했던 육체는, 지금은 나무도 오를 수 없을 정도였다. 노들레가 이 정도까지 약했던 건 아니겠지만 흑토병이 지독한 탓이었다.

위드는 숲을 돌아다닌 경험을 최대한 살려서 느릿느릿 걸었다. 가장 바라는 것은 사냥꾼들이 지어 놓은 집이지만, 그게 안 되면 다른 엄폐물로 둘러싸인 장소라도 찾아야 했다.

'동굴이다.'

위드는 깊고 어두운 동굴을 보며 안으로 들어가야 할지를 고민했다.

'이럴 때일수록 신중해야 해. 섣부른 행운을 기대하면 안 돼.'

수풀 속에서 숨어서 동굴을 계속 관찰했다.

그리고 잠시 후 동굴에서 곰 1마리가 나와서 다른 곳으로 향했다.

'죽을 뻔했구나.'

평소에는 곰이라면 가죽과 고기를 뜻했지만, 지금은 드래곤과 비슷한 서열의 존재!

'밤이 되어도 이 숲에서 안전하게 숨을 수 있는 장소는…….'

굶주린 야생동물들도 돌아다니기 시작하면 정말 위험했다.

'코볼트의 영역으로 가야겠다.'

위드는 코볼트의 영역으로 조심스럽게 이동했다.

단체 활동을 하는 코볼트는 야생동물들과 약한 몬스터들의 입장에서는 생각보다 무섭다. 그들의 영역에 있으면 다른 짐승들은 걱정하지 않아도 된다.

"사냥하러 갈 시간이군."

"코볼트 지도자 우르간을 따라서 가자!"

코볼트들이 20마리씩 떼를 지어서 이동했다.

몬스터치고는 지휘 체계가 잡혀 있고, 규칙적인 생활을 선호한다.

숲을 잘 관찰하면 코볼트들이 다니는 길이 있기에 그곳을 피해서 위드는 몸을 숨겼다.

생명력과 체력이 떨어져서 더 이동하는 것도 무리였다.

'목숨은 하늘에 맡길 수밖에 없군.'

위드는 그대로 몸을 웅크린 채로 밤을 지새웠다.

다행인 점은, 미리 만들어 놓은 육포가 많았기에 굶주리지는 않아도 되었다.

“끼야호!”

“신난다! 다 부숴라!”

“후후후, 내가 바로 검백이십칠치 님이시다!”

무예인 직업 마스터 퀘스트를 하는 검치 들은 신이 났다.

발리사르의 반란군 토벌

반란군들이 발리사르 요새를 장악했다. 이들을 신속히 토벌하라. 전투에서 죽지 않아야 하며, 무예인으로서 큰 공적을 세워야 한다.

난이도: 무예인 마스터 퀘스트.

제한: 고급 8레벨 이상의 무기술. 30인 파티를 구성할 수 있다.

검, 도, 창, 활, 도끼, 망치 그리고 도끼와 창의 장점들을 결합시켜 놓은 무기 폴암!

검치 들은 모든 무기를 다루며 반란군이 차지한 요새를 공격했다.

화살이 셀 수도 없이 쏟아졌지만 그들에게는 오히려 이 정도는 해 주어야 했다. 상대가 강해야 싸울 맛이 나지 않겠는가.

“남자는 여러 말 하지 않는다.”

검삼치!

그는 성문 앞에서 상의를 벗고 우락부락한 근육을 한껏 드러내었다. 방어력이 떨어지는 건 다음의 문제였다. 야성미와 근육 자랑이야말로 최우선!

무예인 마스터 퀘스트를 하면서 갈수록 강한 적들이 나오니 흥이 났다.

"가라!"

검삼치의 손에서 창이 가공할 속도로 회전하기 시작했다.

반란군 궁수들의 화살 공격이 퍼부어졌지만 회전하는 창에 의하여 모두 튕겨 나갔다.

검삼치는 무기술 스킬이 고급 8레벨 후반이었다. 어떤 무기를 다루더라도 능숙하게 위력을 극대화시킬 수 있다.

검술 스킬을 응용하여 창술 스킬을 만들어 낼 수도 있었다.

"부서져라. 단파!"

검삼치는 성문을 향하여 창을 힘껏 내질렀다.

벼락이 떨어지는 것만 같은 소음, 요새가 뒤흔들리며 성문이 파괴되고 말았다.

"가자!"

검삼치가 고함을 질렀다.

굶주린 야수들이 반란군을 토벌하기 위하여 성문 안으로 뛰어 들어갔다.

"벌써 마스터 퀘스트를 꽤 많이 진행했군."

"그렇습니다, 스승님!"

검치와 검둘치는 먼저 반란군 토벌 퀘스트를 완료했다. 그 후로 새로운 무기술 스킬을 창조해 낼 수도 있게 되었다.

무기술 스킬이야말로 무궁무진한 가능성이 있었다. 그들은 모든 무기를 다룰 수 있었기에, 그 어떤 무기와 연관된 스킬이라도 창조해 낼 수가 있었던 것이다.

검과 창, 활 스킬만 만들어 내더라도 검치 들은 잘 조합된 군대 이상의 전력을 낼 수 있으리라.

검둘치는 스승이 먼저 무기술 스킬을 만들어 내기를 공손히 기다렸다.

그들은 위드처럼 잘 짜인 계획에 따른다거나, 훗날을 도모하며 미루지 않았다. 무기술 스킬을 만들 수 있으면 그냥 바로 만들어 내는 게 그들의 스타일!

"나는……."

검치는 바로 결정했다.

검오치는 퀘스트 도중에 여자를 만났다.

국자를 들고 솥단지에 곰탕을 끓이고 있는 여성 요리사!

그녀는 던전으로 가려는 사람들에게 곰탕을 팔고 있었다.

"드셔 보세요. 맛있을 거예요."

고기를 가득 넣은 곰탕을 2실버에 팔고 있는 여성 유저 로젠. 곰탕 그릇은 모라타의 초보 도예가들이 정성껏 만든 것이었다.

"한 그릇 더 주십시오."

검오치는 곰탕을 깨끗하게 비웠다.

로젠은 레벨만 보자면 60을 갓 넘긴 초보였다. 요리사인 만큼 스킬이 중요하지 레벨의 의미는 작았다. 하지만 국밥과 각종 탕 종류에만큼은 일가견이 있었다.

로젠이 활짝 웃으며 곰탕을 한 그릇 더 떠 주었다.

"맛있죠?"

"배고플 때는 뭐든 맛있는 거죠."

무신경하고 뻣뻣한 검오치의 말투!

"한 그릇 더 주세요."

"또요?"

"배가 고프네요."

검오치는 일곱 그릇을 먹고 던전으로 들어갔다. 그날 이후로 곰탕을 먹으러 매일 나타났다.

"어서 오세요."

"곰탕 두 그릇 주세요."

"고맙습니다. 고기 많이 넣어 드릴게요."

"크흠."

로젠이 장사를 하는 주변에는 사람들이 많이 몰려 있었다.

유명한 던전 주변에는 으레 다 상인들이 몰리지만, 그녀의 요리 솜씨가 좋아서 찾아오는 손님도 많았다.

검오치는 매일 하루에 열세 그릇씩 곰탕을 먹으면서 로젠에게 눈도장을 단단히 찍었다. 그러고 나서 한가할 때에는 가벼운 대화도 나눌 수 있었다. 로젠도 매일 음식을 먹으러 오는 검오치에게 약간의 호감이 갔던 것이다.

"곰탕 좋아하시나 봐요."

"맛있으니까요."

"다른 요리사들이 하는 음식도 맛있는데……."

자신의 요리가 가장 맛있다고 해 주기를 바라는 눈치!

꺼억!

검오치는 트림을 거하게 하고 대답했다.

"싸고 양이 많아서요."

"다, 다른 이유는 없고요?"

"배 속에 들어가면 다 똑같은데요, 뭐."

로젠은 그래도 붙임성이 있는 여자였다. 또한 항상 깨끗하게 그릇을 비워 주고 던전을 사냥하고 돌아오는 검오치의 무뚝뚝한 모습이 인상 깊었다.

솔직히 검오치가 착용하고 있는 레벨 400대의 장비들이 대단하기도 했다. 그가 식당에 앉아 있으면 다른 손님들이 장비들을 보며 놀라면서 감탄하곤 했던 것이다.

'저렇게 돈도 많은 사람이 2실버인 내 곰탕을 먹으러 매일 올 수는 없어. 나를 좋아하는 거야. 근데 수줍어서 내색을 못 하는 거라고 봐.'

로젠은 검오치가 식사를 할 때마다 친절하게 말을 걸었다.

"저는 아르펜 왕국이 참 좋아요."

"이유가 뭡니까?"

"사람들이 정이 있잖아요. 대성당을 짓기 위해 힘들게 돌을 운반하고 있는데 누군가 저에게 주었던 첫 죽의 맛을 잊지 못하겠어요."

"그래서 요리사가 된 겁니까?"

"네. 저도 사람들에게 맛있는 죽을 끓여 주고 싶었거든요. 그리고 학교에서도 전공이 식품영양학과이구요."

“밥학과 다니시는군요.”

“네? 저 식품영양학 전공하는데요?”

“그러니까 그게 밥대잖습니까?”

검오치의 무식함에 로젠은 몸을 떨었다.

“근데 밥대도 전공이 여러 부분으로 나뉩니까?”

“무슨 말씀이세요?”

“한식, 양식, 중식, 일식 같은 거요.”

“그게 무슨…….”

보통 식품영양학과에 대한 지식이 없다 보면 오해할 만한 부분이 있기도 했다.

영양적으로 균형 잡힌 식단과 식품 신소재 개발, 미생물학, 화학 등 다양한 전문적인 과목들을 배우지만 일반인들의 인식은 거기까지 따라 주지 못했다.

“혹시 밥 자격증도 따 놓은 거 있으십니까?”

“…….”

“설거지도 체계적으로 배워서 잘하실 것 같네요.”

로젠은 프라이팬과 국자를 들고 검오치를 때리고 싶었다.

노들레의 고난

"에…고고, 온몸…이 아…프…지 않은… 부…위가… 없구…나."

위드는 아침이 되고 나서야 눈을 떴다.

흑토병으로 온몸이 욱신욱신 쑤시고 여전히 힘이 없었다.

"스…탯 창."

캐릭터 이름: 노들레

성향: 무	레벨: 37	직업: 없음
칭호: 가문의 상속자		
명성: 53	생명력: 69	힘: 19 민첩: 16
체력: 23	지혜: 95	지력: 77
예술: 3,153	통솔력: 5	행운: 5
공격력: 3	방어력: 4	마법 저항: 무

상태: 중증 흑토병으로 죽어 가고 있다. 생명력의 최대치가 13% 정도 줄었다. 생명력의 회복 속도가 저하된다. 발병 이틀째, 발작 증상이 잦아진다.

"이러…다…가 정…말 죽겠…군."

현재 위드는 그래도 약간씩 몸을 움직일 수 있을 정도의 체력은 갖췄다. 하지만 치료약을 구하기 위하여 다른 마을로 가거나 숲을 마음껏 돌아다닌다는 건 도저히 무리!

그때 주변에 우거진 수풀들이 위드의 눈에 띄었다.

코볼트의 영역에 들어와서 덤불 안에서 휴식을 취하기 위해 잠들었으니 주변은 수풀들로 가득했다.

'저것들은…….'

약초라고 볼 수는 없는 풀들이 여러 종류였다.

위드의 정신이 땅에 떨어진 돈을 봤을 때만큼이나 맑아졌다.

'노들레도 나와 비슷한 상황에서 죽지 않고 살아났을 테지. 그렇다면 분명히 방법이 있다.'

절망적인 상황이었지만 노들레도 어떤 수단을 써서든 살았을 것이다.

위드에게는 시간의 모래가 있어서 노들레가 과거에 어떤 행동을 했는지를 알 수 있다. 하지만 지금은 시간의 모래가 필요하지 않았다.

풀들을 보는 순간 노들레가 했을 행동이 그대로 떠올랐던 것이다.

> 흔하게 보이는 풀과 몇 가지 뿌리들을 조합하면 향토병을 이겨 낼 수 있다.
>
> 누구나 만들 수 있는 치료약이 많이 제조되면 주민들이 병마와 싸워서 이겨 낼 수 있으리라.

보로타 가문의 저택 문을 열고 들어가서 봤던 양피지에 적혀 있던 내용!

위드는 떨리는 손으로 양피지를 꺼냈다.

향토병의 종류가 수십 가지나 되었다.

흑토병에 걸리자마자 이 양피지를 떠올리지 못한 이유도 그 때문이었다.

'흑토병. 흑토병…….'

흑토병
켈튼 왕국의 늪지대에서 주로 발병한다. 하지만 그곳의 파리나 모기 등이 상당히 먼 곳까지 병의 기운을 옮기기도 한다. 치료를 위해서는 엉겅퀴와 쇠뜨기풀, 쐐기풀, 껄껄이풀, 가시나무의 뿌리가 필요하다. 완전한 치료약은 아니지만 흑토병을 이겨 내는 데 큰 도움이 된다.

이미 숲으로 들어왔기에 근처에서 흑토병을 치료하기 위한 풀들을 구하는 건 어렵지 않았다.

그것들을 그릇에 몽땅 넣고 갈아서 입에 넣었다.

띠링!

노들레의 비법으로 제조한 흑토병 치료약을 먹었습니다.
약효가 몸에 퍼지기까지 시간이 필요합니다. 제조가 잘못되었을 시에는 부작용이 발생할 수도 있습니다.

위드는 으슬으슬 떨면서 약효가 시작되기만을 기다렸다.

'이러다 죽으면 그것도 박복한 탓이겠지. 조각술을 거의 마스터하고 고생 끝에 5개나 되는 비기를 몽땅 찾아냈는데 허무하게 흑토병에 걸려서 죽게 되다니.'

자꾸만 드는 부정적인 생각!

초보 시절에 늪지, 춥고 축축한 던전 같은 곳에서 사냥을 하다 보면 병에 걸리기가 쉽다.

그러나 레벨이 높아지면서 힘과 체력이 늘어나다 보면 어지간한 병에는 신경도 쓰지 않게 된다.

레벨이 50을 넘기면 향토병 같은 것쯤은 걸리더라도 목숨이 오갈 정도는 아니었다.

위드는 비바람이 몰아치는 바다에서 며칠간 사투를 벌이더라도 약한 감기 증상과 과로 정도로 버텨 낼 수 있었다.

그런데 조각술 최후의 비기를 얻기 위한 퀘스트를 하는 도중에 고작 흑토병 때문에 생사의 갈림길에 서게 되다니.

노들레의 양피지는 그런 면에서 잡템이나 다를 바가 없었지만 버리지 않고 챙겨 둔 덕분에 유용하게 쓰였다.

'나는 장사는 하면 안 돼. 아마 한창 잘나가다가도 온갖 일이 벌어지겠지. 직원이 횡령을 하거나 건물이 무너지고, 재개발을 한다고 권리금도 못 받고 쫓겨난다거나…….'

끊임없는 불안감에 떨고 있는 사이 몸의 괴로움이 점점 사라져 갔다.

> 몸 상태가 호전되고 있습니다.
> 생명력과 체력의 최대치가 회복됩니다. 흑토병이 약화됩니다.

"약이… 제…대로 들었구…나."

역시 아프면 푹 자고 약 먹는 이상이 없었다.

그리고 잠시 후, 다시 메시지 창이 울렸다.

띠링!

흑토병 치료 퀘스트 완료

노들레의 비법을 통해 몸을 치료할 수 있었다. 겨우 목숨을 보전하였다고밖에는 말할 수 없으리라.

위드는 일단 살아남은 것에 감사했다.

조각술 최후의 비기 퀘스트의 한 단계를 또 무사히 넘겼다. 하지만 흑토병이 나았다고 해도, 스탯 창을 확인해 보니 여전히 레벨 37의 노들레인 상태였다.

"이제… 어떻게 되…는 거지?"

메시지 창에 또 새로운 퀘스트가 나타났다.

띠링!

힐데른의 구출

포르투의 국왕에게 잡혀간 힐데른. 그녀는 언제 마법 실험의 도구가 되어 죽을지 모른다. 너무 늦기 전에 그녀를 구출해야 하리라.

난이도: 조각술 최후의 비기 퀘스트.

제한: 남아 있는 시간 알 수 없다. 힐데른 사망 시 퀘스트 실패.

주의: 노들레의 몸으로 퀘스트를 완료해야 한다. 조각술은 사용할 수 있다. 조각술의 비기를 사용하여 스탯과 레벨이 감소하는 페널티는 원래의 몸으로 돌아가더라도 적용된다. 시간의 틀어짐 속에서 조각술의 비기로 만들어 낸 생명체와 정령 등은 정상적인 시간대로 따라가지 못한다.

퀘스트가 부여되었습니다.
거부할 수 없습니다.

'무슨 좋은 조건은 하나도 없군.'

위드는 간단히 육포로 허기를 때웠다.

몸이 점점 회복되고는 있으니 돌아다니는 코볼트 정도야 문젯거리가 되지는 않는다.

조각술의 비기 중 하나인 조각 검술은 마나를 아껴서 잠깐씩 쓸 수 있었다. 레벨이 400을 넘어갈 때의 위력은 발휘할 수가 없을 테지만, 겁이 많은 코볼트들을 물리치기에는 충분했다.

하지만 포르투의 왕성에 쳐들어가서 힐데른의 역을 하고 있는 서윤을 구출한다는 건 솔직히 자신이 없었다.

"왕성의 내부 구조나 수비 체계도 모르고, 서윤이 탑이라고 하긴 했지만 정확히 어디에 갇히게 될지도 알 수가 없어. 지금은 왕성 출입 허가 자체도 불가능하겠지."

흑토병이 깨끗하게 낫고 체력이 회복되자 이제 혼잣말도 다시 자연스럽게 할 수 있게 되었다.

"그리고 나나 서윤이나, 지금 레벨로는 왕실 기사 1명도 물리칠 수가 없을 텐데."

아무리 기본적인 퀘스트라도, 해결하려면 어느 정도 상식은 있어야 해낼 수 있지 않겠는가!

물론 서윤이 죽기 전까지 왕성의 구조 등을 알아낼 수는 있다 해도, 실제로 침입하여 그녀를 구해 내는 건 불가능이었다.

"여기서 포기할까? 그럼 목숨은 챙길 수 있을지 모르는데."

퀘스트를 포기해 버리면 어쩌면 위드와 서윤의 목숨은 구해서 원래의 시간대로 돌아갈 수 있을지도 모른다.

그것이 현재로써는 가장 현명한 방법일 수도 있다.

조각술 최후의 비기 퀘스트의 난이도란 끔찍하게 높았다. 지금껏 쌓아 올린 수많은 잡다한 스킬과 스탯까지 정작 중요한 때에 활용하지 못한다니 억울한 기분마저 들었다.

"세상에 땀과 노력만큼 정직한 게 없다더니 완전히 새빨간 거짓말이야. 역시, 사회 지도층이나 정치인들은 몽땅 거짓말에 능숙하지!"

화풀이로 남 탓을 하면서 스트레스를 풀었다.

아무래도 어렵겠다는 생각이 들 무렵 시간의 모래가 다시 떠올랐다. 노들레와 힐데른의 이야기가 어떻게 이어졌는지 궁금해진 것이다.

설마 그들도 여기서 좌절하고 끝을 내고 말았을까.

"이제는 써 봐야겠군. 어려운 퀘스트에 시간제한까지 있으니 더 기다릴 수가 없어."

위드는 가죽 주머니에 담긴 시간의 모래를 꺼냈다.

"시간의 모래 사용!"

> 시간의 모래가 사용됩니다.
> 시간의 축을 뒤흔들어서 과거의 일을 보여 줍니다.
> 남은 사용 횟수: 2

> 시간의 모래를 사용하며 아이템에 대한 새로운 정보를 획득하였습니다.

노들레는 보덴 마을 근처에서 치료약을 제조했고, 그자리에서 바로 먹었다.

그리고 다음 날 아침이 되자 마을 사람들에게 도움을 청해 보기도 하고 근처의 귀족 성으로 가서 힐데른을 구해 달라고 눈물 섞인 애원도 했다.

"쓸데없는 일을 하는군. 그냥 여자가 죽은 셈치고 포기하는 편이 나을 거네."

"미친놈. 백작 전하께서 한가롭게 너 따위를 만나 주실 것 같으냐?"

"더 듣고 싶지도 않다. 전장에 화살받이로 끌려가기 싫다면 썩 물러가거라!"

마을 사람들은 이야기를 들어는 주었지만 관심이 없었고, 귀족들은 경비병조차도 넘어서지 못해 얼굴도 보지 못했다.

노들레는 도와줄 사람들을 찾았지만 아무도 없었다.

알지도 못하는 인간을 위해 포르투의 국왕에게 항의를 해 줄 귀족이란 당연히 어디에도 없었다.

정의가 무너진 세상!

노들레는 좌절하였지만 일주일이 지날 무렵에 기회가 왔다.

적국 라움 왕국이 포르투 왕국을 침략한 것이다.

포르투의 국왕은 군대를 이끌고 싸우러 출진했다.

그리고 그날 노들레는, 힐데른을 구하기 위하여 시종으로 가장하여 왕성으로 들어가게 되었다.

무사히 힐데른을 구해서 빠져나올 수 있었다면 좋았겠지만, 중간 중간 기사들이 지키고 있어서 그녀가 있는 장소까지 갈 수가 없었다. 또한 라움 왕국과 싸우러 나간 포르투 국왕이 예상치 못한 대패를 당하고 생각보다 일찍 돌아와 버렸다.

라움 왕국에는 어마어마한 실력의 마법사가 있어서, 포르투의 국왕이 사용하는 흑마법이 봉쇄된 것은 물론이고 군대까지도 떼죽음을 당했던 것이다.

패잔병들을 데리고 간신히 살아 돌아온 포르투 국왕은 왕성에서 수성 준비를 했고, 라움 왕국은 곧바로 진격하여 포위 공격을 개시했다.

왕성이 무너지고 불타던 날.

노들레는 힐데른이 있는 곳으로 가기 위하여 치열하게 도망을 다녀야 했다.

왕실 기사, 왕실 병사도 제대로 처리하지 못하는 그로서는 온 사방의 모든 것이 죽음의 위기였다.

공성 무기와 마법이 성을 무너뜨리는 난장판의 와중에, 노들레는 바닥을 굴러 가며 위험을 피하기도 하고 무너진 성벽 잔해에 깔리기도 하고 몸에 불이 옮겨붙기도 하면서 처절하게 전진해 나갔다.

"아, 정말 처절한 개고생이구나."

위드는 감탄했다. 그리고 반성도 했다.

"내가 재수가 없는 편이고, 자주 죽을 위기에 처하고 고생을 많이 한다고 생각했는데 아니었어."

노들레에 비하면 도서관 직원이나 지방 공무원이라고 해도 될 정도로 평범한 인생을 살아온 셈 쳐야 하지 않을까.

영상을 보면서, 마치 액션과 스릴러를 섞어 놓은 아슬아슬한 영화를 수십 편은 감상한 듯한 기분이었다.

꼭 주인공이 죽을 수밖에 없을 것만 같은 상황인데도 어떻게든 기어이 살아난다. 적어도 열일곱 번 이상 목숨이 넘어가기 직전의 위기를 넘기고 감옥의 열쇠를 구해 힐데른이 있는 탑의 문까지 도착을 하며 영상은 끝났다.

"감동적이군. 문제는 내가 노들레의 입장에서 이 퀘스트를 해결해야 한다는 건데."

위드는 엄두가 안 났다.

노들레의 행동을 통해 왕성의 지리를 파악할 수 있었고, 서윤이 갇히게 될 탑도 알아냈다.

포르투의 왕성은 이 시대에 존재했던 난공불락의 요새 중 한 곳으로 꼽힌다.

그만큼 험하고 수비가 철저하며 천혜의 요새였다.

나약한 몸으로 이제 조그마한 실수라도 범한다면 퀘스트는 실패하고 말리라.

사실 노들레가 살아서 탑까지 도착한 건 기적이라고 봐도 될 정도였다. 절대 불가능할 것 같은데 아등바등 어찌어찌 도착을 한 것이다.

거기다 영상에서 힐데른을 만나기는 했지만, 그녀를 데리고 포르투의 왕성에서 탈출하는 건 완전히 다른 문제다.

만나기는 만났더라도, 무너지는 성에서의 탈출은 그때까지보다 훨씬 어려울 게 분명했다.

"근본적인 다른 문제도 있어."

위드는 노들레가 아니었다.

과거의 일들이 되풀이되는 가운데 작은 오차라도 생긴다면 엉뚱한 상황이 벌어지게 될 수 있다.

노들레를 따라 하더라도 과거의 모든 일들이 그대로 다시 일어나리란 법이 없는 것이다.

노들레가 있을 때에는 무너지지 않았던 천장이 위드가 통과할 때는 폭삭 무너질 수도 있고, 마주친 왕실 기사들의 행동이 달라질 수도 있다.

시간을 매번 정확하게 맞춰서 행동한다는 건 현실적으로 불가능하다.

영상으로 본 내용을 참고할 수는 있지만, 그대로 똑같이 이루어지지 않을 가능성이 훨씬 크다는 의미!

"알고도 대처를 한다는 게 쉽지 않겠군. 그보다 시간의 모래에 대한 새로운 정보를 얻었다고 했는데. 감정!"

시간의 모래

시간의 모래, 혹은 회상의 모래라고도 불리는 신비한 물건. 대륙 남부 사막 부족의 보물로서, 시간을 되돌려 오래전에 있었던 모습들을 보여 준다. 원래 살던 시간대로 돌아가서 물건이나 사람을 데려올 수 있다. 소유하고 있는 것만으로 과거의 시간과 엮이기도 한다. 2회 사용 가능.

아이템의 정보가 조금 추가되었다.

"물건이나 사람을 데려온다면… 음."

위드는 현재로써는 이 퀘스트를 그 혼자 깬다는 게 도무지 가능성이 없다고 여겼다. 지금까지 그도 숱한 어려움을 극복해 왔지만, 그래도 시도를 해 볼 수 있을 만큼의, 약간의 희망 정도는 있어야 할 게 아닌가.

"아무리 잘 대처하더라도 승산이 적어. 시간의 모래를 쓰는 수밖에 없겠군. 시간의 모래 사용!"

시간의 모래가 사용됩니다.
시간의 축을 뒤흔들어서 과거의 일을 보여 주거나 원래의 시간대로 돌아가서 물건이나 사람을 데려올 수 있습니다. 어느 쪽으로 사용하겠습니까?

노들레가 힐데른을 구출하고 어떻게 하였는지를 보면 도움이 되리라.

하지만 그보다는 근본적인 전력 상승이 필요했다.

"원래의 시간대로 돌아간다."

베르사 대륙의 시간의 축을 바꾸어 원래의 시간대로 돌아갑니다.
필요한 물건이나 사람을 데려올 수 있습니다.
제한: 데려올 수 있는 사람은 1명, 물건은 직접 소지할 수 있는 것. 사흘 내로 돌아와야 한다. 그러지 않으면 시간의 균열이 합쳐져 지금의 시간대로 영영 오지 못할 수도 있다.
남은 사용 횟수: 1

시간의 모래가 가죽 주머니에서 하나씩 솟구쳐 올라서 공중으로 뿌려졌다.

잠시 후에는, 여전히 숲이었지만 풀과 나무 들이 자라 있는 모습이 완전히 달라져 있었다.

'원래의 시간대로 돌아온 모양이군.'

숲을 걸어서 나가는데 유저들과 마주쳤다.

"아, 코볼트 무기 세트 모으기 너무 힘드네."

"벌써 일곱 번이나 사냥 나왔는데 이번에도 안되면 그냥 포기하자."

"강철 무기들로 상점에서 새로 사는 편이 훨씬 낫다고 내가 진작 말했잖아."

파티 사냥을 하는지 4명의 유저들이 티격태격 다투며 걸어오고 있었다.

"그래도 안 돼. 돈 많이 모아서 던전 입장 요금 내야 한단 말이야."

"칸톨 던전에 가려고?"

"응. 우리 레벨대에는 거기 들어가는 게 최고라니까."

칸톨 던전은 라살 왕국의 초보들에게 인기가 있었다.

'여기가 아마 하벤 제국의 땅이었지.'

하벤 제국이 영토 확장을 하여 위드가 있는 숲도 그들의 영토에 속했다.

"안녕하세요."

"예, 안녕하세요."

"사냥하러 가시는 길이면 같이하실래요?"

"아뇨. 이제 도시로 가는 길입니다."

"좋은 하루 되시길."

"네. 사냥 즐겁게 하세요."

위드는 그들과 가벼운 인사를 나누며 지나쳤다.

물론 코볼트 사냥터에서 마주친 사람이 전쟁의 신 위드라고는 그 누구도 생각할 수 없으리라.

'딱 1명이라면 정말 도움이 될 만한 사람으로 결정해야겠군.'

위드는 유린에게 귓속말을 보냈다.

—동생아, 오늘 저녁에 피자나 시켜 줄까?
—알았어. 기다려.

눈치 빠른 유린이라서 무슨 말을 하려고 하는지 설명하지 않아도 되었다. 그림 이동술로 부려 먹으려고 한다는 사실을 바로 알아차린 것이다.

"후후후, 던전 사냥이라. 어렵지 않지!"

페일은 활을 꺼내 들고서 조용하게 지하 구덩이 아래로 내려갔다.

오늘을 위하여 특별히 마판에게 고강도 화살도 주문했다.

강철 화살보다 무려 20배나 비싸지만 관통력이나 정확도, 사정거리에서는 비교도 안 되는 물건이다.

"개당 15골드나 된다고요? 화살이 너무 비싼데요."

"말 그대로 고강도라서 그렇습니다. 이 화살을 만들 수 있는 대장장이가 아직 몇 명 안 돼요. 바쁜 일이 있다는데 주문 제작을 부탁하느라 혼났어요. 마판 상회가 아니었다면 물건 구경하기도 힘들었을걸요."

"아무리 그래도……."

"우리가 남입니까? 페일 님이니까 저도 땅 파서 장사하는 셈치고 파는 건데……. 구입이 어려우시다면 어쩔 수 없이 도로 가져갈게요."

"그래도 일부러 가져오셨는데요."

"뭐, 화살 2,000발, 제가 억지로 팔려고 하는 것도 아니고, 손해 조금 보면 되죠."

"그렇게 많이는 필요 없었는데……. 제가 사겠습니다."

"전부 구입하신다면 1골드씩 깎아 드리겠습니다."

그렇게 구매한 화살 2,000개!

뭔가 뒤통수를 얻어맞은 기분이었지만 그래도 페일은 마판이 설마 그럴 리가 없다는 확고한 믿음을 가지고 있었다.

자고로 돈거래는 가까운 사람을 주의하라고 하였지만 그렇게까지는 생각하지 못하고 필요한 물건을 추가 주문까지 해 두었다.

하지만 대상인이 된 마판이 두툼한 뱃살을 출렁거리면서 기뻐할 때의 표정이 잊히지가 않았다.

"레벨이 올라도 돈에는 항상 쪼들리는군."

그래도 이번 퀘스트만 성공시키면 괜찮을 것이다.

니플하임 제국!

과거의 화려했던 영광에 비해 이제는 그 흔적만이 북부에 남아 있을 뿐이다. 주민들까지 완벽히 아르펜 왕국에 복속되고 있으니 니플하임 제국의 재건은 불가능해지고 말았다.

페일은 퀘스트에 대한 정보를 모으던 중에, 니플하임의 궁수가 맹렬한 바람을 일으키는 활을 쏘았다는 이야기를 들었다. 그리하여 스킬을 얻기 위한 퀘스트를 진행하는 것이다.

"에고, 번개 치는 계곡이라. 혼자 가기는 무서운데."

수르카는 번개의 저항력을 올려 주는 옷과 장신구 등을 미리 구했다.

어떤 퀘스트를 하든 철저한 준비가 우선!

그녀는 권사 길드에서 특별한 의뢰를 받았다.

"요즘 들어 자네의 이름이 자주 들리더군. 권사로서 자부심을 느끼네. 번개 치는 계곡에서 보름달이 뜰 때마다 어떤 몬스터가 나타난다는데… 그놈을 잡을 수만 있다면 대단할 텐데 맡길 사람이 없어서 말이야. 보상으로는 충격 전달의 장갑을 주도록 하지."

장비를 얻을 수 있는 의뢰였다.

로뮤나는 화염 마법 스킬을 올리기 위한 수련을 한다며 깊은 산으로 들어갔다.

"산에 가면 심심할 텐데. 몬스터가 보이면 맨날 방화하고 다 태워 죽여야지!"

이리엔은 도시에서 축복과 치료로 사람들을 보살피는 성직 봉사를 했다.

이제 그녀의 레벨과 신앙심도 높아졌으니 교단 내에 지위를 얻기 위해서였다.

교단 내에서 지위가 오르게 되면 추가적인 신앙심을 얻는 건 물론이고 그녀만을 위하여 파견된 성기사가 항상 뒤를 따르며 보호해 주게 된다.

위드가 퀘스트를 진행하는 사이에 다른 동료들도 이렇게 계속 발전하고 있었다.

다만 페일과 수르카는 직업 마스터 퀘스트에 도전을 할 수 있음에도 불구하고 진행하지 않았다.

다른 사람들이 마스터 퀘스트를 하는 걸 보니 장난이 아니었다. 게다가 마스터 퀘스트에 도전을 할 수는 있는 실력이지만, 막상 스킬의 마스터까지는 멀었으니 뒤로 미룬 것이다.

나중에 마스터 퀘스트를 완료한 사람들이 나오고 나면 훨씬 수월하게 할 수 있기 때문이다.

그리고 화령. 어디에서도 매력을 뽐내는 그녀는 모라타의 음악과 춤에 푹 빠져서 신곡 작업 중이었다.

“〈로열 로드〉를 주제로 한 음반. 모험과 전투, 도시의 느낌을 곡에 담고 싶어요.”

“꼭 그렇게 해야겠어?”

프로듀서들은 골치가 아팠다.

화령은 앨범의 상당 곡을 자작곡으로 채울 수 있는 실력이지만 그럼에도 기존의 음반들과는 느낌이 너무 많이 달라졌다.

“네 이미지를 깎아먹는 건 아닐까? 지금까지 잘해 오던 것처럼 남녀 간의 연애나 어떤 감정을 바탕으로 써 보는 건 어때?”

“음악에는 경계가 없잖아요. 〈로열 로드〉에도 음악이 있어요. 그리고 몇 곡 정도는 〈로열 로드〉에 있는 악기들로 연주해서 넣어 볼 계획이에요. 그러니 최고의 연주자들을 위주로 섭외해 주세요.”

벨로트는 최근 〈찬란한 재산〉이라는 드라마에 여주인공으로 캐스팅되어서 열연 중이었다.

착하고 지고지순하며, 가난하지만 구김 없고 예쁜 여자!

남자들이 좋아할 수밖에 없는 배역이었다.

자하브와 이베인 왕비

유린의 그림 이동술을 통해서 위드가 도착한 장소는 브라이스 고원!

넓고 평탄하지만 매우 높은 위치에 있는 초원이었다. 양 떼와 표범, 불곰 같은 짐승들이 돌아다니고 있었다.

엄폐물이 거의 없고 굳이 이곳까지 찾아와서 사냥을 할 사람은 없기에 유저들은 보이지 않았다.

"여기가 자하브가 은거한 곳이로군."

과거에 자하브를 만난 장소는 10대 금역 중의 한 곳인 그라페스였다. 거기서도 공헌도를 이용하여 쏠쏠하게 부려 먹으며 사냥을 했었다.

자하브의 전투 능력에 대해서는 위드만큼 잘 아는 사람이 없으리라.

'강하지. 그리고 싸울 줄도 알고.'

조각술 마스터이지만 검술의 마스터이기도 하니 두말할 필요가 없다.

"절대 잊을 수가 없는 인물이었어."

한번 부려 먹은 대상은 끝까지 기억을 해 둔다. 물론 나중에 보답을 해 주기 위한 목적은 당연히 아니었다.

'다음에 또 부려 먹을 기회를 만들어 봐야지.'

자하브와 함께 그라페스의 던전들을 휩쓸었던 행복한 기억!

포르투 왕성을 침입할 때에도 자하브가 있다면 매우 큰 도움이 될 것이 틀림없었다.

NPC의 경우에는 공헌도나 친밀도가 아주 높지 않으면 쉽게 따라나서려 하지 않는다. 게다가 NPC의 레벨이 높을수록 어지간한 공헌도에는 꿈쩍도 하지 않는다.

저번 일로 프레야 교단의 공적치도 많이 써 버린 상태라 당분간은 위드라고 해도 알베론을 위험한 일에 끌고 가지는 못하리라.

하지만 위드는 자하브를 부려 먹을 수 있는 확실한 수단을 가지고 있었다.

"조각 소환술!"

위드는 켈베로스를 소환했다.

흑색의 기운을 대지에 뿌리고 다니는, 머리 셋 달린 지옥의 파수꾼!

켈베로스는 나타나자마자 무시무시하게 포효했다.

크어어어엉!

"시끄럽고, 이거 냄새나 맡아 봐."

위드는 과거 자하브의 통나무집에서 얻었던 조각품을 켈베로스의 머리 앞에 가져다 댔다.

켈베로스가 대체 이게 무슨 짓이냐는 듯이 고개를 들어서 쳐다보았다. 주인이 그를 소환하기에 당연히 어마어마한 마수와 전투를 치르는 줄 알고 잔뜩 기를 세운 채 왔던 것이다.

"찾을 수 있겠지?"

컹컹!

"가자, 사냥개!"

지옥의 파수꾼이라고 해도 개는 개일 뿐!

켈베로스는 3개의 머리로 킁킁대며 냄새를 맡으며 이동했다.

위드는 누렁이를 소환하여 타고서 뒤를 따라갔다.

"음머어어어. 주인, 모습이 바뀌었다."

"사정이 조금 있었다."

"역시 나쁜 짓을 많이 하다 보니 벌을 받아서……."

"시끄러. 그보다 머리가 셋이라 이런 쪽으로 쓸 만하군."

켈베로스는 여러 방향으로 나 있는 콧구멍을 벌름거리며 제대로 냄새를 맡았다. 그라페스에서처럼 자하브를 찾기 위하여 헤맬 필요가 없었다.

브라이스 고원의 짐승들은 켈베로스가 뿜어내는 투기로 인하여 덤벼들 엄두도 내지 못했으니 따라가는 위드로서는 산책하듯 편하기까지 했다.

자하브는 고원의 언덕, 전망 좋은 곳에 통나무집을 지어 놓고 살고 있었다.

"한적한 곳에다 나무로 집을 짓고서 사는 게 주거 취향인가 보군."

자하브가 정착한 장소는 사람들 사이에서는 알려져 있지 않았다.

그가 검술 마스터라는 사실도 아직까지는 비밀!

만약 유저가 방문해서 친밀도를 올리거나 어떤 의뢰를 완수했다면 광휘의 검술을 습득할 수도 있었으리라.

하지만 현재까지는 찾아온 유저도 없었고, 자하브는 집 앞에서 할 일 없는 사람처럼 평범하게 조각품을 깎고 있었다.

'잘됐군. 무사한 모습을 보니 안심이 돼. 이번에도 확실히 부려 먹어 줄 수가 있을 테니.'

위드는 반가운 티를 내기 위해 누렁이에게서 내려, 굳이 그럴 필요가 없는데도 뛰어갔다.

"자하브 님, 제가 왔습니다!"

"여기까지 손님이 왔군."

자하브는 별로 반가워하지 않았다. 이미 그들 사이의 우호도는 다 떨어진 후였기 때문이다.

"무슨 일로 왔는가."

자하브는 바로 용건부터 물었다.

위드는 대답하기 전에 잠시 그가 만들고 있던 조각품, 아직 얼굴을 만들지 않은 여인의 조각품을 보았다.

아직도 이베인 왕비를 잊지 못하는 것이리라.

'내가 이베인 왕비와 관련이 있는 퀘스트를 빨리 했더라면 왕실 기사 이올린이 죽지 않았겠지. 그랬으면 자하브와 함께 엠비뉴 교단을 박살 내고 로자임 왕국을 구하는 의뢰를 할 수도 있었을 텐데.'

지나간 일이라도 아쉽다.

지금은 엠비뉴 교단이 전 대륙적으로 성행하고 있지만, 어쩌면 그들이 깨어나지 못하게 하고 파괴하는 퀘스트들도 많이 있었으리라.

위드의 경우처럼 초반부터 이어진 연계 퀘스트들에 관련된 이야기들이 진행되었을 수도 있다.

하지만 위드뿐만이 아니라 다른 유저들도 그런 퀘스트는 진행하지 않았다. 오히려 잦은 전쟁과 치안의 악화, 독재 등으로 엠비뉴 교단이 활약하기 좋은 환경만 조성해 주고 말았다.

베르사 대륙에서 벌어지는 수많은 일들은 결국 유저들이 스스로 만들고 가는 중이었다.

위드는 아쉬움을 떨치면서 말했다.

"제가 조금 곤란한 일에 처해 있습니다. 광휘의 검술을 가르쳐 주신 인연을 생각해서라도 좀 도와주시죠."

"나와는 관계없는 일이로군."

"사람의 생명이 달려 있는 일입니다."

"가게."

곧바로 축객령!

위드의 입가에 만족스러운 미소가 맺혔다.

인정이 없고 각박하다고 탓하고 싶진 않았다.

이 정도는 되어야 의지를 꺾고 부려 먹을 만하지 않겠는가.

"잠시 집 근처에서 조각품을 깎아도 되겠습니까?"

"그거야 내가 상관할 바가 아니지. 하지만 밤이 되기 전까지는 떠나 주었으면 좋겠군. 지금은 별 능력도 없어 보이는데, 굳이 내가 검을 들고 쫓아내진 않게 해 주게."

"가지 말라고 해도 때가 되면 갈 겁니다."

물론 그때에는 자하브를 노예처럼 부려 먹게 될 테지만!

위드는 조각 재료로 흙을 이용하기로 했다.

조각사이지만 지금은 힘이 약해서 바위나 나무를 깎기에는 시간이 많이 들어간다.

'어차피 지금 중요한 건 조각품이라기보다는 스킬 그 자체니까. 서두르더라도 되겠지.'

누렁이와 켈베로스를 시켜서 파낸 흙을, 바닥에서부터 올라가면서 빚어 갔다.

작은 발에서부터 종아리, 치마로 이어지는 여성의 몸!

조각술로 자하브를 감동시켜야 하는데 너무나도 건성으로 만드는 것이 눈에 띌 정도였다.

"컹컹! 실망이다, 주인."

"음머어어엉. 어떻게 저런 짓을! 내가 뒷발로 만들어도 그 정도는 아니겠다."

누렁이와 켈베로스조차도 실망했다.

그냥 조각품도 아니고, 옆에 자하브가 만들어 놓은 이베인 왕비의 작품의 구도를 그대로 따라서 한 것이다.

조금 다른 점이 있다면 드레스가 아닌, 시골 처녀들이 입을 만한 허름한 옷이라는 점.

'왕비 시절이 아니라 자하브와 어울렸던 당시의 그 모습 그대로…….'

이베인 왕비가 아니라 젊은 이베인 아가씨의 형태!

물론 지켜보는 자하브의 눈빛은 싸늘하기 짝이 없었다.

일부러 찾아와서 이베인을 조각한다고 해서 친밀도가 대폭 늘어나거나 하지는 않는다. 어설프게 하다가는 오히려 악감정이 드는 경우도 많다.

물론 위드도 고작 이 정도로 자하브를 부려 먹기 위한 우호도를 얻으려고 했던 건 당연히 아니었다.

조각품은 평작으로 완성!

"음, 잘 만들어졌군."

그러나 위드는 만족스러워했다.

너무 서두른 탓에 20분도 걸리지 않았다.

하지만 일을 빨리했을 뿐, 이베인의 모습은 그대로 간직하고 있었다.

지금까지 조각품을 깎으며 쌓인 경험이 얼마이던가.

'페널티가 심하지만 어쩔 수 없지.'

기적을 일으키는 조각술.

위드는 스스로 창조해 낸 자신만의 스킬을 시전하기로 했다.

"조각 부활술!"

조각 부활술 스킬을 사용하였습니다.
로자임 왕국의 현숙한 이베인 왕비. 그녀가 예술의 부름을 받아 이 땅에서 다시 움직이게 될 것입니다.
예술 스탯 45가 영구적으로 사라집니다. 신앙 스탯 10이 영구적으로 줄어듭니다. 레벨이 3 하락합니다. 생명력과 마나가 70씩 소모됩니다.
조각 부활술에 의하여 되살아나는 인물은 생전의 지식과 능력을 가지고 있습니다. 정해진 짧은 시간이나마 세상을 다시 볼 수 있고 움직일 수 있게 해주는 것에 대해 고마워할 수도 있고, 그렇지 않을 수도 있습니다.

조각 부활술 스킬의 숙련도가 향상되었습니다.

흙으로 빚은 이베인의 조각품!

조각품에 생기가 어리더니 눈을 깜박이고, 숨을 쉬었다.

고작 하루도 안 되는 시간이지만 이베인이 다시 살아난 것이었다.

멍하니 있던 자하브와 이베인은 서로의 눈을 마주 보는 순간 벼락이라도 맞은 듯이 몸을 떨었다.

"자하브……."

"이베인! 이베인, 정말 너야?"

"자하브!"

자하브와 이베인은 격렬하게 서로를 끌어안았다.

사무치는 애정을 얼마나 참아야 했던 두 사람인가.

"자하브, 어떻게 이렇게……."

"아무 말도, 아무 말도 하지 마."

상대방의 떨리는 눈빛만 봐도 수많은 말들이 전해졌다.

가슴이 벅차서 아무 말도 하지 못하더라도, 서로를 안고 눈물을 흘리는 연인들의 모습은 정말 감동적이었다.

"후후후."

그리고 조금 멀리 물러서서 사악하게 웃고 있는 위드!

저 순수하게 기쁨과 행복에 겨워 울고 있는 남자 자하브를 보라. 이 얼마나 흐뭇하기 짝이 없는 광경이란 말인가.

"끝났어. 이로써 마음껏 부려 먹을 수 있는 노예 확정이군."

위드는 사후 서비스에도 소홀하지 않았다.

미리 준비해 간 식재료들을 요리하여 자하브와 이베인이 행복한 시간을 가지도록 해 주었다.

통나무집에는 3쿠퍼짜리 알록달록한 싸구려 장식품들을 주렁주렁 달아서 꾸며 주고, 아늑하고 훈훈하도록 모닥불도 피워 주었다.

공적치와 우호도를 위한 아첨과 뇌물은 베르사 대륙에서 위드가 독보적이라고 할 수밖에 없었다.

쪼르륵.

위드는 깨끗한 유리잔에 포도주를 따라 주며 진심을 가득 담은 감탄을 내뱉었다.

"워낙 흔하게 들으셨을 말이라서 해야 할지 말아야 할지 망설였는데… 이베인 님은 정말 아름다우시군요. 자하브 님이 사랑에 빠지신 이유를 알 것 같습니다."

"어머, 그런가요?"

이베인에게 아부를 하면 옆에 있는 자하브와의 우호도가 오른다.

'사회생활을 하려면 다 필요한 것들이지.'

어설프게 아부를 하면 사람이 가벼워 보이고 소신이 없어 보인다. 하지만 십이지장을 갖다 바칠 정도로, 감탄이 절로 나오게 하면 당연히 이득이 되는 것.

그리고 다음 날 오후!

이베인이 살 수 있는 시간은 하루도 되지 않아서, 물거품처럼 다시 사라져야 했다. 그렇지만 자하브와 이베인에게는 그 무엇과도 바꾸지 못할 하루였다.

자하브의 숙원을 이루어 주었습니다.
그는 당신을 평생의 은인으로 생각할 것입니다.
자하브와의 우호도가 491이 되었습니다.

이베인이 다시 원래대로 조각품으로 변하고 나자 자하브는 땅에 파묻은 검을 꺼냈다.

"부탁이 있다고 했나? 사람의 목숨이 걸려 있다고 했지? 가세. 정의롭거나 올바른 일이 아니어도 괜찮아. 어떤 일이든 자네의 부탁이라면 무조건 도와줄 테니."

"감사합니다."

자하브 노예 만들기 작전은 당연히 대성공이었다.

딱 이틀 정도의 시간이 남아서, 위드는 마판에게 급히 주문을 했다.

"고급 조각 재료들이 필요합니다."

"엘프목이나 나베목으로요?"

"아뇨. 상아나 천연 원석 같은, 구하기 어려운 최고급이 필요합니다."

싸구려만 찾던 위드였지만 조각술 최후의 비기가 걸려 있으니 최고급품을 구해야 했다.

"흠집 하나 없는 최고급을 구하려면 시간이 상당히 많이 들텐데요."

"이틀 내로 준비되어야 합니다."

마판이 곤혹스러운 얼굴을 했다.

"자세히 물어보진 않겠지만, 퀘스트와 관련이 있는 건가요?"

"예. 성공과 실패가 여기에 달려 있다고 해도 좋을 만큼요."

"으음, 이건 제가 장담할 수 있는 일이 아닌 것 같습니다. 아시다시피 전 대륙적으로 하벤 제국의 황궁 건축 등으로도 재료들이 많이 나가서요. 일단 마판 상회의 이름으로 다른 상인들에게도 도움을 청해 보겠습니다. 날짜 내로 어떻게든 구할 수 있도록 해 보죠."

마판 상회는 북부의 각 지역에 널리 퍼져 돈을 쓸어 담고 있었다.

물론 마판 상회만 잘되는 것은 아니다.

북부에서 상인은, 낮은 세금 덕분에 큰 혜택을 입고 있는 직종이었다.

상인들은 신발이 닳도록 뛰어다니며 영업을 하여 도시와 왕국을 발전시키고 큰 부를 이루어 가고 있었다.

그들로서는 당연히 아르펜 왕국 국왕의 눈치를 볼 수밖에 없는 것이다.

그렇지만 위드는 상인들에게 아주 호의적이었다.

이른바 상인 우대 정책!

'나중에 쥐어짜기 위해서라도 상인들은 부유해져야 해.'

마판 상회는 북부의 모든 상인들에게 조각 재료를 구한다는 협조 요청을 했다.

보통 상인들끼리는 이런 협조 요청까지는 하지 않는다. 하지만 마판 상회가 위드와 밀접한 연관이 있다는 사실을 아는 상인들은, 그때부터 물건을 구하기 위하여 자신의 일처럼 뛰어다니기 시작했다.

"어디? 헬센 섬에 재료가 있다고? 가까운 곳이기는 하지만 순풍이 아니라면 시간에 맞추기가 빠듯할 텐데. 일단 배부터 띄워!"

"로스본 강에 조각 재료들이 묻혀 있다는 소문을 예전에 들은 적이 있는데. 그걸 발굴하면 도움이 되겠지? 낚시꾼과 발굴가의 도움을 얻어야겠네."

"가몽 님이 유령 동굴로 들어가셨다더라. 조각 재료들을 구하기 위해서."

"로이스 님은 늪 속을 헤매고 다닌다던데. 니플하임 제국 도시의 폐허에서 재료를 구한다면서 말이야."

위드에게 조각 재료가 필요할 거란 추측에 북부의 상인계 전체가 들썩였다.

"이틀 내로 구해지면 좋겠는데."

그렇게 상인들이 동분서주하는 사이, 위드는 남은 시간 동안 북부를 돌아다니며 여유롭게 보내기로 했다.

원래 시험 전날에 놀아야 더 재밌는 것과 같은 이치!

바다 냄새가 풍기는 항구도시 바르나는 무역과 모험을 즐기는 유저들로 북적였다.

"여긴 시장이 아주 크군."

고래 시장, 참치 시장, 고등어 시장이 일품이었다.

바르나에까지 일부러 와서 해산물들을 맛보는 유저들이 많았다.

그리고 다음 도착 장소는 벤트 성!

니플하임 제국의 벤트 성은 위드의 아르펜 왕국에 투항하여 충성을 다하고 있었다. 거주하는 주민들의 수준도 높았고, 드나드는 유저들의 옷차림도 범상치 않았다.

상인이 아니라면 보통 200대 이상의 레벨의 유저들이 벤트 성에 많이 왔고, 간혹 300대 후반에서 400대의 유저들도 보이긴 했다.

중앙 대륙에서의 전쟁으로 파멸을 맞이한 명문 길드들이 많았다. 친목 모임으로 근근이 지속되기도 하였지만 해산된 길드의 유저들은 방랑자가 되었다.

그들도 북부로 오고 있었으니, 높은 레벨의 유저들도 은근히 많이 늘어난 상태였다.

위드가 성문으로 다가갔다.

정문 옆에 있는 쪽문은 통행을 원하는 유저들로 북적이고 있었다.

위드가 향한 곳은 당연히 크게 뚫려 있는 정문!

"국왕 폐하, 누추한 이곳까지 방문해 주셔서 심히 영광이옵니다."

"고개를 들라."

벤트 성의 성문을 지키던 기사들이 위드를 보자마자 땅에 엎드렸다.

뎅뎅뎅뎅!

성문에서는 급한 타종 소리가 들리더니, 내부에서 기사들이 뛰쳐나와서 연속으로 엎드렸다.

가히 국왕다운 위엄!

"진짜 전쟁의 신 위드야?"

"이렇게 가까이에서 보는 건 처음인데."

"어떻게 해. 친구들에게 자랑해야겠다."

유저들은 그 멋진 모습을 보고 흥분을 감추지 못했다.

위드의 앞에 벤트 성의 뛰어난 기사 NPC들이 전부 엎드려 있다. 충성도가 아주 높고 진심으로 따르기에 국왕을 향하여 기꺼이 최상의 예의를 다하는 모습.

위드는 당연하다는 듯이 고개를 끄덕였다.

"이곳에는 다른 사람들처럼 편하게 구경을 온 것일 뿐이다. 그러니 기사들은 돌아가서 할 일을 하라. 치안을 단단히 지켜서 주민들이 믿고 편안한 삶을 살 수 있도록 하며, 또다시 아르펜 왕국이 위험에 처하지 않도록 수련에 힘쓰도록 해라."

영화에나 나오는 성군으로서의 위엄!

전쟁의 시대에는 말단 귀족들에게도 굽실거리며 아부를 하였지만, 아르펜 왕국에서는 위드가 존엄한 국왕이었다.

"제가 안내하겠습니다, 폐하."

"기사여, 그대의 이름은?"

"살로몬입니다."

"살로몬이여, 우선 무기점부터 가 보도록 하자."

"영광이옵니다, 폐하."

벤트 성에 방문한 실질적인 이유는 세금을 얼마나 올릴 수 있을지 탐색하기 위해서였지만, 겉보기에는 민생과 치안에 관심이 많은 국왕이었다.

위드는 무기점만 가 봐도 대충 경제력을 가늠할 수 있었다.

무기점에 걸려 있는 상품들을 보면 대장장이들의 수준을 알 수가 있고, 판매량을 따져 보면 고레벨 유저들이 벤트 성에서 얼마나 많이 사냥을 하고 있는지도 어렵지 않게 짐작할 수가 있었다.

'음, 상당히 대단하군.'

벤트 성에는 뛰어난 대장장이들이 많았다.

이 주변의 던전들이 수준이 높다 보니 유저 대장장이들도 많이 온 것이다.

기사들과 전사, 사냥 파티들도 벤트 성을 거점으로 활동하다 보니 판매량 또한 어마어마했다.

'다만 물가가 너무 저렴하게 유지되고 있어.'

아르펜 왕국은 유저들이 늘어나는 만큼 물가가 폭등하여 살기 어려워질 것 같지만 그렇지도 않았다. 몬스터가 많고 던전과 사냥터, 퀘스트가 널려 있는 만큼 기초적인 품목들을 직접 구하는 사람들이 상당했다.

게다가 생산직들을 적극적으로 우대해서, 유저들이 늘어나는 만큼 높아지는 식량과 광물, 무기와 방어구 등의 수요도 충분히 감당할 수 있는 상황이었다.

상인들이 열심히 실어 나르는 덕분에 아르펜 왕국의 작은 마을이라 하더라도 모험에 필요한 최소한의 물품들은 구하기가 어렵지 않았다.

식량의 효율적인 분배는 아르펜 왕국 주민들의 폭발적인 인구 성장을 이끌어 내고 있었다.

'물가가 더 올라야 되는데…….'

위드는 무기점을 나와서 성으로 향했다.

기사들의 성!

니플하임 제국에서 건설한 성은 웅장하기 짝이 없었다.

모라타의 흑색 거성은 허름하게 느껴질 정도로, 입구에서부터 복도, 영주의 방까지도 최고급 양탄자가 깔려서 화려함의 극치를 달렸다.

니플하임 제국의 예술품들이 보존되어 있었으며, 한 시대를 풍미하던 기사들의 무구들도 보관되고 있다.

'음, 괜찮은 장비들이 많군.'

위드는 장식용으로 쓰이고 있는 이 장비들을 꺼내서 팔 수 있었다. 물론 정말 그렇게 한다면 돈에 환장해서 기사들의 명예를 짓밟았다는 소문이 퍼지며 악명이 높아지고 반발도 만만찮을 것이다.

일반적으로 적국이 침략하였을 때에는 약탈을 해서 마음대로 처분을 하지만 위드가 아르펜 왕국의 보물들을 팔아서 돈을 얻는 방식은 무리가 있었다.

위드도 그런 극단적인 방법만큼은 쓰고 싶지 않았다.

얻는 것보다는 잃는 게 훨씬 더 많을 수 있다.

돈에 환장을 했기 때문에 오히려 더욱 찔려서 함부로 사용할 수 없는 방법!

"지역 정보 창!"

벤트 성

아르펜 왕국에 소속되어 있는 성.
국왕 위드에 대한 기사들의 충성심이 대단하다. 길고 긴 혹한의 세월도 견뎌낸 두꺼운 성벽은 여전히 어떤 침입이라도 격퇴할 수 있을 것처럼 튼튼하다.
생활력이 강한 주민들은 사냥의 달인들이다. 검과 갑옷만 주어지면 언제라도 병사로서 군대에 속할 수 있다.
니플하임 제국 시절부터 내려온 많은 세공품과 보물들이 보관되어 있다. 혹한의 세월 동안 사용되지 않은 재물들은 성의 재정을 풍족하고 부유하게 만들었다.
폐쇄되어 있던 성문을 열어 교류하고 있다. 현재 높아진 출생률과 이주민들로 인해 대대적으로 마을의 확장이 이루어지는 중. 이주민들이 늘어나고 있지만, 강력한 자경단과 기사단으로 인해 도둑들은 발을 붙이지 못한다.
기사들이 전직할 수 있는 최고의 수련장이 있으며, 고급 기마술을 익힐 수 있다. 니플하임 제국 시절에 건설된 주요 군사 건물들은 꾸준한 보수를 거쳐서 그대로 유지되었다. 마을의 영역이 성 밖으로 대대적으로 확장되고 있다.
몬스터 소탕을 위한 기사단의 순회로, 근처 지역들에 대해 군사적인 영향력을 행사한다. 자유 기사들이 모여들고 있다.
주민들은 북부에 아르펜 왕국을 세운 국왕 위드를 진심으로 존경한다. 무너진 니플하임 제국의 영광을 다시 세울 수 있는 유일한 사람으로 생각하며, 그의 믿기지 않는 모험담에 대해 경이로움을 감추지 못했다.
무기 제작 기술과 방어구 제작 기술이 쭉 이어져 내려오고 있다. 공성 무기는 오랫동안 사용되지 않아서 그 제작 기술이 아직 미숙한 편.
몬스터들을 겁내지 않을 정도의 군대를 보유하고 있으며, 아르펜 왕국의 재능 있는 기사 후보생들을 많이 양성하는 중이다. 기사들은 긍지와 충성을 최우선 덕목으로 가르치고 있다. 니플하임 제국 검술은 본래 예리하고 날카로웠지만, 거친 세월을 지나며 강인함을 겸비하게 되었다.
식량의 자급자족은 이루어지지 않았으며 대부분의 식료품은 외부에서 조달한다. 사냥과 몬스터 소탕을 통해서 수입의 대부분을 얻고 있다. 주민들은 상인들에 대해 긍정적이며, 시장의 확대가 이루어져서 더 많은 물품들을 보기를 원한다.
예술에 대한 관심은 미진한 편. 생존이 우선이 되는 삶을 살아왔기에 예술보다는 넉넉한 식량과 무기에 대한 집착이 강하다. 어린아이들은 커서 훌륭한 기사가 되고 싶어 하며, 다른 분야에 대해서는 관심이 없다. 최근 상인들에 대하여는 약간 긍정적으로 돌아섰다.
지역 신앙으로는 아르펜 왕국을 풍요롭게 하는 프레야와 전투의 신 티르를 믿고 있다.

군사력: 4,998 경제력: 1,421 문화: 934
기술력: 677 종교 영향력: 23 지역 정치: 79
인근 지역에 대한 영향력: 81%
구舊니플하임 제국의 영향력: 15.2%(영향력은 군사, 경제, 문화, 기술, 종교, 인구, 의뢰 등의 분야와 관련이 깊다)
도시 발전도: 199 위생: 64 치안: 98%
특산품: 철제 검, 철제 갑옷, 세공품, 니플하임 제국의 보물.
영토 전체 인구: 33,920
매달 세금 수입: 74,006골드
성 운영비 지출 내역: 군사력 64%, 경제 발전 22%, 문화 투자 비용 3%, 의뢰 및 몬스터 토벌 7%, 성 보수 4%.

"음, 철저한 군사 요새로군."
위드는 상업 도시로서의 면모를 보이는 모라타나 항구도시 바르나와는 다른 벤트 성에 만족했다.
군사력이란 자신의 것을 지키기 위하여 꼭 필요한 것이다.
"벤트 성에는 인구가 적어서 그동안 발전이 더디고 힘들었던 거지. 이제 이주민들을 바탕으로 인구야 금방 늘어나게 될 테니……."
훈련된 병사들과 적진으로 뛰어들 용감한 기사들도 순식간에 불어나게 되리라.

물론 군대의 보유는 그만한 자금을 잡아먹는 일이지만, 따지고 보면 반드시 적자가 나라는 법도 없었다.

던전을 소탕하고 몬스터들을 물리쳐서 안전지대를 확보하여 국경을 넓힐 수 있다.

국가 공적치를 쌓은 유저들이 보상으로 기사들을 데리고 다니며 활동할 수도 있으니, 도시 하나만 있던 모라타 시절과는 쓰임새가 많이 달라졌다.

"조금 더 투자해야 돼. 전쟁의 시대 건물들을 지어야겠군."

위드는 벤트 성에 건물을 지었다.

국왕으로서 직접 지배하고 있는 성에 건물은 당연히 지을 수 있었다. 내버려 두더라도 알아서 확장되겠지만, 적재적소에 건물을 지으려면 개입이 필요하다.

이번에 퀘스트를 하며 봤던 켈튼 왕국과 마폰 왕국의 건물들을 지어서 완전한 군사 요새로 키우는 것이다.

건축가가 영주가 된 마을과 도시에서는 건물들의 조형미를 극대화시키기 위하여 골목길조차도 이리저리 꼬아 놓는 경우가 있었다.

위드는 그냥 바둑판을 선호했다.

"땅만 비싸게 분양이 잘되면 건축가들과 상인들이 알아서 하겠지!"

벤트 성은 군대가 있기 때문에 마을 영역이 아주 넓었다.

"미리 집들을 많이 늘려 놓을 필요가 있어."

근처의 산마다 판잣집들로 도배를 해 놓는 건 기본이었다.

이현은 고추장 불고기를 굽고 된장찌개도 끓일 준비를 했다.

"역시 큰일을 하려면 배를 든든하게 채워 두어야 돼."

퀘스트를 하기 위해 접속하기 전에 청소도 하고 집안일도 끝마쳤다.

단지 한 가지 걸리는 면이 있다면 서윤이었다.

퀘스트를 잠깐 도와주면 되는 건 줄로 알았는데 상당히 오랜 시간을 위험을 무릅쓰고 옆에 붙어 있었다. 더군다나 현재는 포르투의 국왕에게 사로잡혀 죽을 위기에 처하고 말았다.

"음, 이런 찝찝하고 미안한 기분은… 열아홉 살 때 유치원 다니는 여자아이 딸기 우유를 뺏어 먹었을 때 느꼈던 것과 같군."

당시에는 배가 너무 고팠고 감기에도 걸려서 몸이 안 좋았다. 깜찍하게 생긴 여자아이가 막 딸기 우유를 먹으려는 순간, 이현이 말을 걸었다.

"꼬마야."

여자아이는 눈을 가늘게 뜨고 대꾸했다.

"왜요, 오빠… 아니, 아저씨?"

"그 딸기 우유 나한테 팔아."

"싫은데요."

"200원 줄게."

"이거 600원인데요. 요즘 물가 몰라요?"

이현은 상당히 낙심했다. 유치원생이라고 해도 순박하거나 어리바리하지 않고 똑똑해진 세상이 원망스러웠다.

게다가 웃어른을 향한 예의와 공경의 마음은 다 어디로 사라져 버렸는가.

"그럼 마시고 나서 1,000원 줄게."

"자요!"

"캬아, 맛 좋다."

맛있게 딸기 우유를 다 먹고 나서 도주!

달려가던 뒤로 여자아이가 울면서 쌍욕을 퍼붓던 기억이 났다. 철없는 시절에 어쩌다 저질렀던 짓이지만 두 번 다시 행하고 싶지 않은 슬픈 추억이었다.

서윤이 손해를 감수하면서 도와주고 있으니 그때만큼이나 미안한 기분이 들었다.

'선물이라도 하나 해 줄까. 어디 목걸이나 귀걸이 세트나… 아냐, 비쌀 텐데… 길거리에서 파는 것도 최소 만 원 이상은 줘야 할 거야.'

이현은 그래서 꽃씨를 사서 마당에 뿌려 놓았다.

'길러서 꽃다발을 만들어 줘야지.'

하지만 실속은 없는 꽃다발이라서, 그것만으로는 뭔가 약할 것 같았다.

'선물은 먹는 게 최고인데. 닭을 1마리 줄까? 아냐, 지난번에 지골라스 다녀와서도 줬는데.'

양념반프라이드반을 포함해서, 닭 선물도 몇 번 써먹었던 방법이다.

보신이들끼리는 아직 교배를 하려면 멀었고, 태어나지도 않은 새끼를 벌써부터 주겠다고 하면 왠지 치사하고 쪼잔한 사람 같지 않겠는가.

"음, 가방을 사 줘야겠군. 역시 여자들한테 할 선물로는 가방이 최고지."

이현도 어디선가 들은 내용은 있었다.

"어디 보자, 적당한 가방이……."

서윤이 들고 다니던 가방의 브랜드를 인터넷에서 검색했다. 그러고 나서 한동안 충격으로 몸이 굳었다.

수술실에서 심장박동이 멈췄다가 다시 뛰는 것처럼, 경직된 몸은 한참 후에나 풀렸다.

이현은 조용히 컴퓨터를 껐다.

"음, 김치나 담가 줘야겠군."

서윤은 보통 김치를 배달시켜 먹는다. 이현은 그녀가 먹을 김치들을 정성을 담아서 담가 주기로 결정했다.

"중동 쪽에서 건설 대금 결제가 계속 미루어지고 있습니다, 회장님."

"그거야… 조금 기다려 보도록 하지. 아무튼 그쪽은 나중에라도 받을 수는 있을 테니."

서윤의 아버지인 정득수 회장은 요즘 매일 일찍 회장실로 출근을 했다.

계열사들마다 이사회가 소집되고 있었고, 올라오는 보고들은 심각한 내용들이었다.

"국내 건설업 쪽은?"

"건설 경기가 갈수록 나빠지는 중입니다. 우리 회사 미분양 아파트만 1만 채가 넘었습니다. 주택 용지로 분양받은 수도권의 땅들도 사업성이 악화되어서 쓰지를 못하고 있습니다."

"그러면 그 땅들은 어떻게, 처분해서 자금을 마련할 방법은 마련되었나?"

"아파트 용지라서… 지어 봐야 미분양이 확실하니 다른 업체들도 가격을 낮춰 줘도 구입을 하려 하지 않습니다. 그리고 저축은행들이 대출 상환을 요구하는 중입니다. 그러나 호성 건설의 자금 사정으로는 대출 상환이 불가능합니다."

"회사채 만기일은?"

"내년 초에 몰려 있습니다, 회장님."

건설 쪽은 대대적인 신규 자금 지원이 이루어지지 않으면 안 될 정도로 위기에 몰리고 있었다.

가장 큰 계열사인 호성 전자의 상황도 상당히 위험했다.

"유니콘 사의 신모델 출시로 인해 우리 업체의 상품 점유율이 급격히 줄어들고 있습니다. 평면 텔레비전은 가격 할인을 해도 잘 팔리지 않고, 공장 가동률이 하락해서 적자가 커지는 중입니다. 작년 2분기보다 영업이익이 79%나 급감했습니다."

"가전 쪽은?"

"불황이라 제조원가 수준에도 미치지 못합니다. 수출 물량도 절반 이하로 감소했고, 고정 거래처들로부터 추가 주문도 들어

오지 않습니다.”

“휴대폰은 광고에 톱 배우들을 기용했는데도 판매량이 감소했다던데?”

“그쪽에서도 우리 브랜드는 경쟁력을 잃어서……. 소프트웨어 경쟁력에서 경쟁사에 비해 많이 뒤처져 있습니다.”

정득수 회장은 탄식했다.

불과 2~3년 사이에 회사의 경영 사정이 말도 못 할 정도로 나빠졌다.

그 전에도 조짐은 있었지만 급기야 호성 그룹에 전체적인 불황이 불어닥쳤다.

이미 신용 평가 기관들을 통하여 부정적인 전망이 속출하면서 비싼 가격에 회사채 발행이 이루어졌다. 영업 수익이 악화되는 와중에 금융 비용마저 갈수록 늘어나고 있었다.

“생산량 조절이나 해외 공장 서너 곳을 폐쇄하는 것도 고려해 봐야 합니다, 회장님.”

“생산량을 조절해서 시장점유율마저도 줄어들게 되면 다시 찾기가 얼마나 힘든지 알고나 하는 소리인가?”

“하지만 지금의 적자는 계속 감당이 안 되는 수준입니다.”

“전자만큼은 포기할 수 없어. 전자가 무너지면 그룹 전체가 몰락하는 셈이니 경쟁력을 회복하기 위해서라도 대대적인 추가 투자를 추진해 보도록 하게.”

“채권단에서 그룹 재무구조를 개선하라는 압박을 해 오고 있기에 추가 대출을 승인받기는 어렵습니다.”

호성 전자에서는 위기를 극복하기 위하여 역으로 대규모 투자를 해 왔다. 그러나 그때마다 실패로 돌아가서 손실이 막대했다.

“그들의 요구 사항은 어느 정도인가?”

“호성 건설과 호텔, 호성 석유화학, 파라다이스 유통을 매각하라는 주문을 해 왔습니다.”

“건설은 그렇다 치더라도 지금 현금을 창출할 수 있는 기업들만 내놓으라고? 터무니없는 요구를 하는군.”

계열사가 24개에 이르러서 대한민국에서 다섯 손가락 안에 꼽히는 호성 그룹이지만 핵심 계열사들의 자금 위기가 그룹 전체를 뒤흔들고 있었다.

“아무래도 내가 두상철 은행장을 만나 봐야겠군.”

정득수 회장은 직접 주거래은행장과 채권단을 만나 담판을 짓기로 했다.

포르투 왕성 전투

북부의 유저들이 구해서 마판을 통해 전달된 고급 조각 재료들이 이틀 만에 산더미처럼 모였다.

금전으로 따지면 무려 55만 골드가 넘었다.

'이 정도라면 조각술 마스터가 될 때까지라도 쓸 수 있겠군.'

다행히 금전 지불은 할 필요가 없었다.

아르펜 왕국이 커 가면서 특정 상인들에게 몇몇 중대한 권리를 부여할 수가 있었기 때문.

"앞으로 잘 부탁드립니다, 위드 님."

"우후후훗, 물론이지요."

은밀한 청탁과 뇌물이야말로 독재가 주는 짜릿한 선물!

위드는 사흘째 되는 날 자하브와 함께 전쟁의 시대로 돌아왔다. 떠났을 때와 마찬가지로 보텐 마을 근처의 숲속이었다.

퀘스트에 사용하기 위해 귀중한 조각 재료 몇 가지는 몸에 지니고 왔다.

"우선 우리가 해야 할 일은 왕성 근처에서 기다리는 겁니다."
"그렇게 하도록 하지. 여기서는 무조건 자네의 의견을 따르도록 하겠네."
포르투의 수도로 걸어서 이동했다.
돌아다니는 몬스터들 때문에 노들레 정도의 무력으로는 여행을 하는 자체도 위험했지만 자하브가 단단히 지켜 주었으니 걱정거리가 없었다.
도시로 들어가니 구걸을 하는 사람들과 굶어서 죽어 가는 아이들이 널려 있었다. NPC라는 사실을 알고는 있지만 비쩍 말라서 죽은 아이들을 보니 마음이 편하지 않았다.
"음, 이러니 민심이 개떡 같았군."
포르투의 국왕이 흑마법사이니 왕국민의 삶에는 관심이 없는 것도 당연했다.
라움 왕국이 침공을 시작할 때가 서윤을 구해 낼 수 있는 기회였다.
'노들레가 썼던 방법을 그대로 따라야 하나?'
위드는 다소 고민이 되었다.
노들레는 시종으로 분장하여 죽을 위기들을 넘기며 간신히 힐데른에게 갔다. 그 와중에 건물의 기둥과 양쪽 벽, 천장이 무너지는 사이로 달리는 등, 거의 믿기지 않을 정도로 아슬아슬한 장면들이 많았다.
영상으로도 봤지만 똑같은 방법을 택하는 것은 위험도가 너무 높았다.
'참고를 해서 새로운 방법을 써야 돼. 나한테는 어쨌든 노들

레보다 활용할 수 있는 유리한 조건들이 여럿이야.'

자하브가 조력자로 가세를 하였고, 다양한 조각술의 비기도 쓸 수 있다.

조각 검술!

최근까지도 사냥을 하며 유용하게 사용하는 스킬이다.

달빛 조각 검술로 변형되어서, 적들의 마법이나 특수 공격을 막아 내는 데 매우 유용했다.

기본적인 공격력 자체는 다소 약하지만 상대방의 방어력을 무시해 버리기에 여전히 쓸모가 많았다.

생명력이 낮은 적들을 상대로 할 때에는 최고의 스킬!

하지만 레벨과 스탯들이 떨어져 있는 만큼 조각 검술에 희망을 걸어 볼 수는 없었다.

정령 창조 조각술!

정령들을 소환하는 것 역시 마나를 소모하게 한다.

정령들은 일도 잘하는 데다, 위드는 창조자이기도 하니 최상급 정령까지 부를 수 있겠지만 유지시간이 짧거나 큰 힘을 쓰지는 못하리라.

조각 변신술!

역시 아주 유용하지만 변신술 자체의 한계도 있다.

레벨과 스탯이 낮다 보니 변신하더라도 전투적으로는 쓸모가 없고, 위장 정도로나 효과적이리라.

조각품에 생명 부여!

부하들을 만들어 내는 것도 가능했다. 물론 부하들이 금방 죽어 버리면 피해도 크지만, 어찌 되었든 비장의 무기.

조각 부활술!

적당한 영웅을 불러내어 꼬드길 수만 있다면 부려 먹을 수 있으리라. 다만 자하브를 이끌어 내기 위하여 이미 써 버린 스킬이라 앞으로 1달간은 재사용이 불가능했다.

대재앙의 자연 조각술!

예술 스탯이 유지되고 있는 이상 최강의 스킬이라고 할 수 있었다. 더욱 복합적인 재앙도 일으킬 수 있게 되었으니 기대를 걸어 볼 수 있다.

그렇지만 위드의 생명력이 줄어들어 있는 이상 스스로의 안전을 확보하지 못한다면 최악의 자충수였다.

'어쨌든 이것들을 전체적으로 이용해야 돼. 그리고 퀘스트의 달성을 위해서라면… 레벨과 예술 스탯이 아깝지만 아껴서는 안 되겠지.'

노들레의 선택보다는 유리한 방법을 택하기로 했다.

"금지된 마법을 사용하는 포르투의 국왕을 사로잡아 까마귀의 먹이로 만들자!"

"우와아아아!"

"라움의 벌레들이 이곳까지 기어 왔다. 놈들을 탑처럼 쌓아라. 국왕 폐하께서 친히 벌하시리라."

"물러서는 놈들은 모조리 목을 베겠다. 가라!"

예정대로 포르투의 수비 병력은 몰살을 당하고 라움 왕국의 군대가 수도로 진격해 왔다.

그리고 포르투의 왕성을 수비하기 위한 전투가 대대적으로 벌어졌다.

침략을 해 온 라움 왕국의 군대는 무려 30만을 헤아렸다.

동맹 왕국 루벤스톤, 고르골, 타모나까지 합세를 했기 때문이다.

일찍이 보기가 어렵던 대단한 대군의 위용!

"부숴라!"

"리야스 폐하의 명이시다. 주춧돌 하나 남기지 않고 모조리 박살을 내라!"

공성 무기들이 어마어마한 바퀴 구르는 소리를 내며 굴러 와서 포르투의 왕성을 향하여 거대한 돌덩어리들을 쏘아 냈다.

그러나 포르투의 왕성도 호락호락하게 무너지지 않았다.

"오라, 이곳으로… 너희가 좋아하는 제물들은 충분히 모여 있나니."

"피의 축제가 벌어지는 날, 위대한 이들을 영접하리라."

"오오, 죽음을 다스리는 칼레의 낫이여, 저들의 눈동자를 갈라 주소서."

에너시드라는 단체의 흑마법사들이 집결하여 마물들을 성안 가득 불러냈다.

끼야악!

포르투의 병사들까지 잡아먹은 마물들은 급격하게 세를 불리고 있었다.

곧 성문이 열리고 마물들이 바깥으로 뛰쳐나갔다. 그리고 시간의 모래를 통해서 봤던 라움 왕국과 동맹 연합군과의 전투가 벌어졌다.

"조금 더 기다리도록 하죠."

원래 노들레가 시종의 복장을 구하여 성의 숨겨진 뒤쪽 문으로 잠입한 것이 이쯤이다.

위드는 자하브와 같이 하수구 근처에서 잠복을 했다.

역겨운 냄새가 흘러나오는 곳이지만, 노들레가 침입했던 장소보다 더욱 안전하다.

좋은 계획이란 종종 깔끔함까지 챙길 수는 없는 법.

"언제까지 기다려야 하는가?"

"지금까지는 소란이 적습니다. 한 10분만 더 지켜보고요."

왕성의 내부에는 포르투의 기사들과 중앙 기사단, 중앙군 등으로 삼엄한 경계가 이루어지고 있기 때문에 기회가 별로 많지 않다.

노들레도 왕성으로 곧바로 들어가기는 했지만 복도마다 지키고 있는 기사들로 인하여 정작 내부에서 기다리고만 있어야 했다.

쿠우우우웅!

공성 무기들이 왕성을 두들기면서 위드와 자하브가 있는 곳까지 충격이 전해졌다.

수도의 성벽인 만큼 워낙 크고 두꺼워 아직까지는 거뜬하였지만 잠시 후면 어쩔 수 없이 붕괴가 시작되리라는 걸 알고 있었다.

"이제는 가야 하지 않겠는가?"

"아직 조금만 더요."

위드는 인내심을 발휘했다.

노들레의 영상을 보며 포르투의 군대들이 어찌 대응을 할지, 침략군들의 공격이 어느 쪽에 집중될지를 대략 기억을 했다.

영상을 볼 때에는 사소한 정보들까지도 놓치지 않는 집중력이 필수였다.

'남문이 깨질 때가 되었지. 흑마법사들이 미처 대처하지 못했던 장소가…….'

"남문이다! 남문으로 모여라!"

"적이 왕성으로 들어오지 못하도록 요격하라. 기사단 이동!"

땅 위에서 소리와 진동을 통해 많은 인원이 이동하는 것이 느껴졌다.

노들레도 이 기회를 틈타서 왕성의 깊은 곳으로 잠입했다.

"지금입니다."

위드는 자하브와 함께 하수구의 돌로 되어 있는 덮개를 치우고 위로 올라왔다.

그들이 나온 장소는 기사들의 연무장!

평소라면 기사들로 바글바글할 장소였지만 지금은 텅 비어 있었다.

몇 명의 병사들이 그들을 보기는 했지만, 곧 다른 곳으로 시선을 돌려 버리고 말았다.

그들이 착용하고 있는 복장은 포르투 왕국에서는 감히 입에 올리기도 두려운 존재, 흑마법사들의 옷이었기 때문이다.

흑마법사들의 행동에 대해서 일반 병사들이 의문을 표시하기란 어렵다.

위드와 자하브는 이날이 오기 전까지 주변의 던전들을 돌며 사냥을 했다.

'포르투에 흑마법사들이 있다. 그렇다면 분명 흑마법사들과 관련이 있는 던전도 있을 거야.'

주민들로부터 절대 가서는 안 될 장소들을 수소문하고, 왕국에서 출입을 금지한 땅들을 돌아서 흑마법사들의 던전을 발견!

그곳에서 사냥을 하여 악명과 마나를 300 늘려 주는 외에 아무런 옵션이 없는 견습 흑마법사의 로브들을 습득했다.

일반 병사들에게는 흑마법사란 워낙 두려운 존재라서 그럼에도 잘 먹혀들었다.

그리고 잠시 후에 그들이 있는 곳으로 마차가 이동해 왔다.

위드가 앞으로 나섰다.

"여기 멈춰라."

"무슨 일인가? 서둘러 내성으로 운반을 해 가야… 헛, 마법사님."

"이곳에서부터는 내가 맡겠다."

"안 됩니다. 직접 옮겨야 한다는 외성 수비대장 하록 님의 명령을 받았습니다."

"나는 챠크젤 님의 명령을 직접 받았다."

"그렇다면 명령서를 보여 주십시오."

마차를 운반하는 기사들은 상당히 깐깐했지만 상대는 위드!

"명령서는 없다."

"그렇다면 마차를 넘길 수 없습니다."

"지금 전투 중인데 챠크젤 님에게 돌아가서 명령서 따위나 작성해 달라고 요구하란 말인가?"

"규칙은 규칙입니다. 저희는 군법을 지켜야 합니다."

"좋다. 그렇다면 내 얼굴을 똑똑히 봐라."

"예에?"

위드가 머리를 가리고 있던 후드를 뒤로 젖혔다.

"아, 빌로어 님."

"그래. 내가 누군지 알아보는군."

"물론입니다."

사전에 입수한 정보를 통해 흑마법사의 외모를 살펴 놓고 그대로 조각 변신술을 시전했던 것이다.

"그리고 이건 눌타 님의 신분패다."

황금으로 번쩍이는, 신분을 증명하는 패!

위드는 노들레의 영상을 통해 왕실 기사 중에 눌타라는 대단한 강자가 있다는 사실을 알아냈다. 그리고 그의 신분패를 정교하게 위조한 것이다.

바가지, 사칭, 위조 등에 조각술을 300% 활용하는 위드!

기사들은 신분패를 자세히 확인했다.

"눌타 님의 신분패가 맞군요."

"이래도 못 믿겠다면 챠크젤 님이 있는 장소로 같이 가자."

챠크젤은 희대의 흑마법사이며 학살자였다. 아울러 흑마법사들을 이끌고 있는 포르투 국왕의 스승이기도 했다.

왕성에는 챠크젤에 대한 두려운 소문들이 잔뜩 퍼져 있다.

그에게 가자는 말은 관 뚜껑에 못질하자는 것과 마찬가지 의미인 것이다!

기사들은 우물쭈물하며 말의 고삐를 넘겼다.

"빌로어 님이라면 믿을 만합니다. 저희는 전투에 나서야 하니 안전하게 운송을 부탁드리겠습니다."

"걱정하지 마라."

위드와 자하브는 마차를 몰아서 내성으로 향했다.

왕국 기사들을 설득시켰습니다.

지혜가 1 오릅니다.

사기로 인한 마차 강탈!

실력이 출중한 도둑들이 화술 스킬과 높은 매력, 카리스마, 지혜 스탯으로 싸우지도 않고 도둑질을 성공시켰다는 이야기가 전해 내려왔다.

위드의 명성과 스탯이 그대로였다면 기사들 정도는 쉽게 구워삶을 수 있었겠지만 지금은 쉽지가 않았다.

그래도 이곳이 왕성 내부인지라 경계심이 누그러진 데다 샤크젤과 같은 흑마법사들에 대해 가지는 기사들의 두려움을 이용해 해치운 것이다.

위드와 자하브는 편하게 마차를 타고 다른 병사들과 기사들이 지키는 영역을 넘어서 내성의 입구에 도착했다.

그때에는 이미 외성에서 전투가 아주 치열하게 벌어지고 있었으며, 라움 왕국의 군대가 남쪽의 성문을 장악해 갈 무렵이었다.

내성 부근으로도 공성 무기가 쏟아 낸 공격들이 떨어지면서 굉음을 내고 땅을 흔들리게 했다.

내성의 입구는 왕실 근위대 기사들이 지키고 있었다.

"멈추십시오. 무슨 용건입니까?"

"흑마법에 필요한 특별한 재료들을 가지고 왔습니다."

"확인해 보겠습니다."

근위대 기사들은 수레 안에 담겨 있는 몬스터의 사체들을 살펴보았다.

대단한 몬스터들의 사체들을 모아 낸 것으로, 흑마법사들이 키메라를 제조해 내는 데 필요한 재료였다.

위드는 노들레의 영상을 통해 이 마차가 내성으로 들어가게 된다는 사실을 알고 이를 써먹기로 한 것이다.

"빌로어 님이 직접 운반하실 줄은 몰랐습니다. 물건들은 미리 연락을 받은 대로군요. 통과!"

"수고하십시오."

내성의 내부로 무사히 잠입에 성공!

노들레는 이 과정까지 오기 위해 다섯 번의 죽음의 위기를 경험했다.

'시간도 7분 이상 단축했군.'

시간의 단축은 내성이 직접 공성 무기의 타격을 받지 않게 하기 위하여 매우 중요했다.

무엇보다 서윤을 구출하여 무사히 데리고 나가려면 가능한 한 빨리 움직이는 게 좋다.

노들레의 영상의 마지막 부분, 힐데른을 구하는 모습이 나올 때에는 내성이 붕괴되기 직전의 상황이었다. 도대체 그가 그 후로 어떻게 힐데른을 구출하여 이곳을 벗어났는지도 의문이 들 정도다.

그가 맞이할 상황을 위드도 접하지 않으려면, 어쨌든 빨리 가야 했다.

—곧 갈 테니 기다려.

위드는 서윤에게 귓속말을 보냈다.

탑에 갇히고 난 이후부터 서윤은 접속을 해도 새카만 어둠만 보이고 몸을 움직일 수 없으며 귓속말만 보내고 받을 수 있을 뿐이었다.

—천천히 오세요. 기다리고 있을게요.

죽음 따위는 어떻게 되더라도 괜찮다고 말하는 서윤!

퀘스트의 성공을 위해서는 결코 그녀가 죽어서는 안 되었다.

"가죠."

위드와 자하브는 마차는 버려두고 탑이 있는 방향을 향해 뛰었다.

"어딘가?"

"오른쪽입니다."

내성은 적들이 사방에 가득해서, 흑마법사들에게 가야 할 마차가 멈춰 있는 게 발각되는 것도 금방이리라.

'시간과의 싸움이다. 들키기 전까지 최대한 빨리 탑에 다가가야 해.'

30명이 넘는 근위대 병사들의 무리가 무장한 채로 걸어오고 있었다.

노들레의 영상에서는 마주치지 않았지만, 지금은 일찍 침입한 것이기에 벌어지게 된 일.

"무슨 일이십니까?"

병사들은 이쪽을 흑마법사로 알고 있기에 정중하게 먼저 물었다.

위드는 자하브만 들을 수 있을 정도로 목소리를 낮추어 속삭였다.

"자하브 님, 이제부터는 보이는 족족 몽땅 없애 버려야 합니다. 이것저것 대화를 나누면서 허비할 시간이 없습니다."

"음, 나도 이곳에 와서 보고 들은 내용들이 있네. 이런 악인들이라면 해치워도 되겠지."

"물론입니다. 자하브 님의 검으로 정의로운 일을 하시는 거지요."

가려운 부위를 긁어 주는 부추김이야말로 위드의 주특기!

"달빛 조각 검술!"

자하브가 검을 뽑고 스킬을 시전했다.

화려한 빛을 내뿜으며 병사들을 추풍낙엽처럼 쓰러뜨렸다.

과연 검술 마스터다운 위용!

"대단하십니다, 자하브 님!"

위드는 박수를 치며 응원했다.

'부려 먹기 위하여 일부러 데려온 보람이 있군.'

근위대 병사들조차도 전혀 상대가 되지 않았다.

단숨에 수십 명의 병사들을 없애 버리는 강한 능력!

3~4명의 병사들이 도망을 쳤지만 어차피 상관할 바도 아니었다.

마차가 발각되는 건 순식간이고, 라움 왕국의 군대도 곧 내성으로 진입을 할 것이기 때문이다.

그들은 흑마법사들을 처단하기 위하여 기사단을 침투시켰는데, 내성에서의 공방전 역시 대단하였다. 노들레는 시종으로 분장을 하여 들어온 이후 라움 왕국 기사단의 포로가 되어 내성을 안내해 주는 척하다가 죽을 고비를 넘기며 간신히 빠져나갔다.

"일단 이쪽입니다."

위드는 영상에서 봤던 지형을 떠올리며 길을 인도했다.

기사들과 근위대 병사들이 그들을 저지하기 위하여 등장했지만 자하브의 검은 인정사정없었다.

위드는 자신이 죽으면 안 되기에 적당히 멀리 떨어져서 눈치만 봤다.

다행히 자하브의 신위가 너무 대단하여 적들은 그쪽으로만 달려들었기에 위드는 상대적으로 조금 안전했다.

'잘됐군.'

자하브가 너무 잘 싸워 주어서, 위드는 조각 부활술을 썼던 게 조금도 아깝지가 않았다.

조각 부활술로 역사적인 영웅 중에 더 강한 이를 불러낼 수도 있었겠지만, 이렇게 적극적으로 협력해 주고 죽음도 아까워하지 않고 싸워 줄 사람은 없다.

게다가 솔직히 자하브와는 같이 죽어야 할 정도로 특별한 인연도 아니다.

최악의 경우에는 왕실 기사들이나 흑마법사들이 그에게 집중하는 사이에 혼자서 몰래 빠져나가면 되지 않겠는가.

'뭐, 광휘의 검술을 가르쳐 주고, 달빛 조각사라는 공통의 직업을 가지고 있기는 하지만 이 바닥이 다 그렇고 그런 거지.'

민들레 홀씨보다 가벼운 의리와 도덕심.

암살자보다 무시무시하다는 조각사의 동업자 정신!

"광휘의 검술!"

자하브의 광휘의 검술은 커다란 시조새들이 떼거지로 나타나서 주변을 몽땅 휩쓸어 버리는 것이었다.

기사들과 병사들까지도 모조리 제압해 버렸다.

"과연… 승리를 믿어 의심치 않았습니다. 그럼 다음 장소로 계속 가지요."

아무리 대단한 자하브라도 그 과정에서 부상을 조금 입고 체력도 좀 떨어졌지만, 그들에게는 쉴 틈이 없었다.

위드는 여섯 번의 전투를 구경만 하며 탑을 향하여 계속 움직였다.

구경할 때만 주변을 살피며 조심하는 게 아니라 체력이 약한 만큼 뛰는 것조차도 신중하게 해야 했다.

"비상! 비상이다!"

"적들의 기사단을 막아 내기 위하여 모두 남쪽 문 앞으로 모여라!"

라움 왕국의 기사단이 내성으로 진입하여 오고 나서는 왕성의 병력도 기민하게 움직였다.

전투가 내성의 입구에서 벌어지려는지, 병력이 이동을 했다.

위드와 자하브는 미리 기둥 뒤나 건초 더미, 수통을 쌓아 놓은 장소에 숨어서 병력이 이동하고 난 후를 노렸다. 퀘스트는 무사히 서윤을 구출하면 되는 것이지 굳이 불필요한 전투를 하며 왕성을 정복하는 건 아니기 때문이다.

"저곳입니다."

위드는 자하브와 같이 탑이 정면으로 보이는 길목까지 도착했다.

"척 보기에도 만만치 않은 놈들이군. 오랜만에 싸워 봄 직한 상대를 만났어."

자하브가 탑의 입구를 쳐다보고 나서는 중얼거렸다.

탑의 입구를 지키는, 흑마법을 숭배하는 왕실 기사들은 매우 무섭다. 오로지 국왕과 최측근의 흑마법사들만 탑으로 통과를 허락시켜 줘서, 노들레도 그들을 뚫지 못하고 많은 시간을 소모했다.

레벨은 영상을 통해서 봤을 때 400대 중반 정도로 추정이 되지만, 흑마법으로 강화되어 있어서 백마법이나 신성력으로 정화하지 않는 한 거의 불사의 존재들!

라움 왕국의 기사단이 절묘하게 들이닥치지 않았더라면 노들레는 아슬아슬한 기회를 얻지 못하였으리라.

그렇지만 탑으로 들어간 그 후로도 마물들이 많이 있어서 더 이상 올라갈 수가 없었다.

두 번이나 죽을 뻔하고 나서 노들레가 발휘한 꾀는, 깎아지른 듯한 탑의 벽을 타고 이동하는 것이었다.

평소라면 당연히 들킬 수밖에 없지만, 내성에서 전투가 벌어지는 마당에는 의외의 허점이었다.

궁수탑 위의 병력은 전부 외부의 적들을 향해 공격을 퍼붓느라 탑을 기어오르는 노들레를 발견하지 못했다. 물론 그 시간이 다소 짧은 덕도 있었지만 아슬아슬한 상황이 없었던 것도 아니었다.

위드는 노들레와 비교해서 시간대는 이미 30분 정도는 더 빠르다고 속으로 계산했다.

위기의 순간에 그 정도의 시간은 아주 큰 자산이 되리라.

"저놈들은 놔두고 옆 건물로 가죠."

흑마법사들의 전당!

흑마법과 관련된 책과 연구 자료가 있는 장소로, 초급 흑마법사로 전직도 가능했다.

위드와 자하브는 지금은 비어 있는 건물로 가서 계단을 올라갔다.

"그리고 이걸 사용해서……."

노들레의 영상을 보고 나서 미리 준비해 온, 끝에 갈고리가 달린 밧줄!

서윤이 갇혀 있는 탑의 중턱에 걸어서 거기까지 단번에 올라가려는 계획이었다.

이것이 성공만 한다면 7층의 탑 중에서 5층까지 가볍게 올라갈 수 있으리라.

5층과 6층 그리고 7층의 비밀 열쇠 구하는 법까지도 영상에서 몽땅 봤으니 오히려 거기서부터는 일이 조금 쉬워진다.
가장 위험하고 변수도 많은 외성과 내성에서의 잠입이 무사히 끝난 것이다.
"걸려라!"
위드는 갈고리가 달린 밧줄을 빙빙 돌리다가 탑을 향하여 던졌다. 그리고 잠시 후 팽팽하게 연결된 느낌이 났다.
"먼저 가겠습니다."
위드는 발을 딛고 올라가기 좋게 미리 중간 중간 매듭을 묶어 놓은 밧줄을 타고 위로 향했다.
목적지는 탑의 5층이었지만 일반적인 건물들과는 높이가 달라서 상당한 거리가 있었다.
쿠아아아아아앙!
그때, 무언가 날아오는 듯한 기분에 왼쪽으로 고개를 돌려 보았다.
공성 무기에서 쏘아 낸 이글이글 타오르는 커다란 불덩어리가 시커먼 연기의 꼬리를 흘리면서 날아오고 있었다.
"아이고!"
위드는 몸을 줄에 바싹 붙였다.
불덩어리는 아슬아슬하게 스치고 지나가서 내성의 아래를 타격했다.
"죽을 뻔했네."
위드가 시야가 탁 트인 줄 위에서 잠시 뒤를 돌아보았다.
"사, 살려 줘!"
"코르사 보병대는 동쪽 성벽을 장악하라!"

"포르투 왕국의 포로는 받아들이지 않고 모조리 참수한다!"

외성에서는 병사들의 비명이 끊이지 않았으며, 공성 무기들은 한참을 전진해서 내성을 향하여 불덩어리들을 쏘아 내고 있었다.

외성과 내성 곳곳에 불길과 연기가 피어오르면서 왕성을 차분히 붕괴시켜 나가는 중이었다.

아름다움과 수비력으로 손꼽히던 포르투 왕성은 역사적으로 보면 이날 완전히 파괴되어 잔해들만이 남았다.

노들레는 내성으로 오면서 무너지는 천장과 건물에 깔려서 죽을 뻔도 하였지만, 그에 비해서 위드는 상당히 편하게 벌써 탑을 올라가고 있었다.

위드가 잠깐 멈춘 사이에 자하브가 밧줄을 잡고 밑으로 따라 올라왔다.

"어서 가죠."

하늘에는 기괴하게 생긴 비행 몬스터들도 날아다니기 시작했다.

흑마법사들이 본격적으로 소환하여 불러낸 마물들!

끼릿끼리리릭!

시커멓고 머리와 다리가 긴 비행 마물들이 위드와 자하브를 발견하고 다가왔다.

너무 일찍 와서 벌어지게 된 위험이었다.

"아직 절반도 오르지 못했는데."

위드는 밧줄을 잡고 힘겹게 매달렸다. 힘과 체력이 약하다 보니 밧줄을 타고 오르는 것조차도 쉽지가 않았다.

낮은 생명력이야 말할 것도 없으니 비행 마물들이 부리로 조금만 쪼아 대거나 낚아채서 하늘에서 떨어뜨리면 그대로 사망!

"내가 시간을 끌어 주지. 그사이에 올라가게. 어떻게든 연인을 만나서 구출하려면 자네가 살아야 하네."

시키지도 않았는데 자하브가 알아서 나섰다.

"광휘의 검술!"

밧줄에 매달려서 불안한 자세로 시전한 스킬이었지만, 빛의 맹금류들이 나타나서 비행 마물들의 접근을 막았다.

'역시 자하브로군.'

이런 상황까지 감안하여 자하브를 데려오진 않았다.

자장면을 시켰더니 짬뽕까지 덤으로 온 것 같은 상황!

위드는 전투에는 신경 쓰지 않고 밧줄을 잡고 차근차근 올라서 탑의 5층에 도달했다.

"역시 아무것도 없군."

텅 빈 복도.

이제부터 서윤과의 사이에는 장애물 두 가지만이 남았다.

함정과, 열쇠를 가진 보초병!

노들레는 함정에서도 죽음의 위기를 넘겼고, 보초병에게는 가진 걸 다 줘서 매수했다.

포르투 왕국이 망하기 직전이 아니었더라면 매수가 불가능하였을 테지만, 잘 설득을 해서 보석들을 주고 열쇠를 얻어 낼 수 있었다.

노들레에게는 그렇게나 어려웠던 퀘스트였지만 위드는 벌어질 사건들과 지형을 이미 알고 있었고, 조력자 덕분에 쉽게 도착했다.

잠시 후 자하브도 따라서 들어왔다.

끼릭.

끼리리릭!

비행 마물들이 탑으로 들어오기에는 틈새가 너무 좁아서, 놈들은 몇 번 머리를 비집고 들어오려는 시도를 하다가는 다른 적들을 향하여 날아가 버렸다.

"가시죠!"

함정들의 위치는 정확히 알고 있었다.

노들레는 위험을 무릅쓰고 함정을 파훼했는데, 그가 건축과 기계장치의 조예가 높아서 가능했던 부분이었다.

"잠깐!"

위드는 함정이 있는 통로에서 자하브와 같이 멈췄다.

"조심해야 할 것 같습니다. 여긴 심상치 않습니다."

"아무것도 없는데. 어서 가세."

"음, 큰 위험은 드러나지 않는 법이지요. 제 건축 설계 지식을 바탕으로 이 탑의 내부 구조를 유추해 보면……."

위드는 돌벽을 손으로 어루만졌다.

"아무래도 독을 바른 강철 침을 쏘는 벽이로군요. 음, 여기서 이 벽돌을 빼면……."

노들레가 했던 행동을 그대로 따라서 했다. 그러자 톱니바퀴가 움직이는 소리가 작게 나면서 함정이 해제되었다.

"이렇게 안전해지는 것이지요."

"과연 대단하군."

"조각사로서는 기본이라고 할 수 있지 않겠습니까. 계속 가시죠."

함정이 나타날 때마다 잘난 척을 하며 해체!

함정을 무력화시켰습니다.
함정 해체 스킬이 생성됩니다. 지식이 1 오릅니다.

주로 도둑과 발굴가가 얻는 스킬도 획득했다.

물론 위드가 몸 상태만 정상이라면 그다지 쓸모가 있는 기술은 아니었다.

던전 사냥을 하다 보면 몬스터들을 도주하게 하여 앞쪽에 함정이 발동되는지 확인하는 방법도 있고, 혹은 반 호크를 부려먹거나 그냥 몸으로 맞아 주더라도 웬만하면 거뜬했다.

"아아, 불안해. 포르투 왕국이 이렇게 침략을 당하다니… 무너져 버리는 것은 아닐까? 그러면 앞으로 나는 어떻게 살아야 하지?"

탑의 7층에는 고뇌하는 꼽추 보초병이 있었다.

노들레는 그에게 있는 돈 없는 돈 다 줘서 설득했지만 위드는 그러지 않아도 되었다.

"자하브 님."

"왜 그러는가."

"저 녀석 죽여 주세요!"

그저 자하브에게 해치워 달라고 부탁을 하면 될 뿐!

"죽여 버리기에는 좀 약한데. 몸도 성치 않은데 불쌍하지 않은가."

"일신의 영달을 위하여 앞잡이 노릇을 하고 있는 놈입니다. 저놈 때문에 얼마나 많은 선량한 사람들이 눈물을 흘리고 희생을 당했는지……."

서걱!

잠시 망설이던 자하브도 어차피 흑마법사들의 하수인일 뿐이라고 생각하며 가뿐히 베어 버리고 말았다.

사실 꼽추 보초병은 겉보기보다는 순박한 청년으로, 가족들을 먹여 살리기 위하여 이곳에서 열쇠를 관리하는 임무를 맡았을 뿐이었다.

하지만 그런 사연들을 이야기할 틈도 없이 자하브에 의하여 죽임을 당했다.

그를 죽인 이는 자하브지만, 실상 뇌물로 줘야 할 1,400골드 정도가 아까워서 죽이도록 시킨 사람은 위드였다.

54호 열쇠를 습득하였습니다.

서윤이 갇혀 있을 감옥의 열쇠도 획득!

다른 열쇠도 30여 개를 얻어 냈지만, 대부분 빈방이거나 혹은 구제 불능의 실패작들을 모아 놓은 장소들이다.

포로를 구출하면 탈출에 도움이 되기도 하지만, 마법 실험체들은 대부분 이성이 없는 경우가 많아서 공격을 받을 수도 있으니 놔두는 편이 나았다.

"여기입니다."

위드는 열쇠를 54호 철문에 넣고 돌렸다.

철컹.

철문의 잠금이 열렸다.

"지금 구하러 왔어!"

위드는 철문을 열려다가, 자하브에게 그 일을 대신 맡겼다.

오래 살기 위해서는 위험한 일을 남에게 미루어야 하는 법!

다행히 철문 안에는 몬스터나 포르투 왕국의 기사, 흑마법사는 없었고 서윤이 혼자서 갇혀 있었다.

하지만 그녀의 곱고 광택이 흐르던 피부는 완전히 검은색으로 바뀌어 있었다. 피부가 다크 엘프들보다도 검게 변해 버린 것이다.

"뭐야, 햇볕에 아무리 그을려도 이런 피부는 안 될 텐데."

위험이 없음을 확인한 위드는 망설임 없이 서윤에게 가까이 다가갔다.

띠링!

힐데른의 구출 퀘스트 완료

힐데른은 다행히 아직 살아 있다. 하지만 포르투의 국왕은 이미 그녀를 마족을 위한 제물로 삼아 버리고 말았다.

"이 무슨… 일이 왜 이렇게 된 거야."

위드는 어처구니가 없었다.

틀림없이 노들레가 힐데른을 구했던 바로 그 날짜에 왔다. 도착 시간만 놓고 본다면 오히려 더 빠르다고 할 수 있었다.

그런데도 이미 마법 실험의 제물이 되어 버리고 말았다니!

그때 위드의 머릿속을 스치고 지나가는 생각.

'설마 노들레도 힐데른을 구하지 못했던 것일까?'

노들레와 힐데른의 이야기가 어찌 되었는지 정확히 아는 사람은 아무도 없다. 대부분의 연애가 그렇듯이 불행하게 끝났을 거란 추측도 충분히 가능하다.

그때 위드의 눈앞에 짧은 영상이 흘러갔다.

만신창이가 되어서 탑의 꼭대기에 도착하여 철문을 연 노들레! 그는 갇혀 있는 힐데른을 보고 오열했다.

"내가… 내가 너무 늦었구나."

노들레는 힐데른을 등에 업었다.

"그래도 아직 끝난 게 아니야. 네가 살아 있고, 나도 살아 있으니까. 끝까지 포기하지 않을 거야. 차라리 내가 마족의 제물이 되더라도 너를 살리고 말겠어."

그러고 나서 노들레는 힐데른을 업고 문밖으로 나갔다.

띠링!

힐데른을 위하여

힐데른의 몸에서 마족이 깨어나는 걸 막아야 한다.
대륙 최고의 성자 아헬른에게 가야 하지만, 마족은 그에게 가기 전에 눈을 뜨고 말 것이다. 시간을 벌기 위한 방법은 마족 소환의 의식을 방해하는 것. 그것을 위해서는 힐데른의 정신력과 생명력을 봉인하고 있는 구슬을 파괴해야 한다. 포르투의 국왕이 소유한 봉인의 구슬을 부순다면 힐데른은 온전한 정신을 가지고 깨어날 수 있을 것이다.
난이도: 조각술 최후의 비기 퀘스트.
제한: 동료는 퀘스트가 끝날 때까지 깨어나지 못한다. 5시간 후 동료가 마족으로 변하면 퀘스트 실패.

주의: 마족이 강림하면 무차별 파괴를 저지르며 라움 왕국과 동맹국들을 격퇴하게 될 것이며, 베르사 대륙의 역사에도 중대한 변화가 발생하게 될 것이다. 이후 마족의 강대한 세력이 대륙에 나타나고, 포르투의 국왕은 줄어들지 않는 생명력을 얻어 계속 살아 있게 된다.

이제 여기서 퀘스트가 실패하면 마족이 강림하게 된다. 그리하여 그 후의 베르사 대륙의 역사가 송두리째 바뀌는 것이다.

그 영향은 위드가 있던 원래의 베르사 대륙에도 미쳐, 마족과 포르투 왕국이 등장하게 된다.

위드의 퀘스트로 인하여 대륙 전체에 엄청난 우환덩어리가 생겨나게 되는 셈!

피해를 입는 왕국들과 유저들이 부지기수일 테니 엄청나게 거센 비난이 일어날 것이다.

"뭐, 다행인 점은, 여기가 북부는 아니니까."

그래도 남의 일이기에 위드는 부담이 덜했다.

포르투 왕국이 라움 왕국과 다른 동맹 국가들까지 집어삼키면 그 영역은 현재의 하벤 제국에까지도 미치게 된다.

대륙 정복을 위해 군대를 퍼트린 헤르메스 길드에 심각한 타격을 줄 수 있는 일.

하지만 그걸 위하여 일부러 퀘스트를 실패할 수는 없었다.

그보다도 갈수록 점점 커지는 퀘스트의 내용에 황당함이 느껴졌다.

섬에서 오붓하고 평화롭게 잘 지내던 커플이 야반도주를 하고 나서 겪는 모험이 이렇게까지 거창해지다니.

위드는 왠지 남 일 같지가 않았다.

연인들끼리 만나서 연애를 잘하더라도 결혼을 하려면 혼수며 예단, 결혼식 비용, 신혼여행 그리고 전셋집까지도 마련해야 한다.

누구나 적당한 짝을 만나서 살 수 있으리라 막연하게 생각을 하지만 정작 그 중간 과정들은 만만치가 않은 것이다.

거기에 사랑의 결실이라고 할 수 있는 아이까지 하나둘 낳기 시작하면, 이건 삼겹살이나 돼지갈비도 마음 놓고 먹을 수가 없는 수준.

위드는 나중에 애를 낳게 될 상황에 대해 미리 각오도 하고 있었다.

'마당에 돼지도 3마리 키워야지.'

식비 절감을 위한 가축 사육!

"지금까지는 왕성을 빠져나갈 생각만 했는데 이제 정신력과 생명력을 봉인한 구슬까지도 파괴해야 하는군."

지금까지의 어려움은 맛보기에 불과할 수도 있겠다는 예감이 강하게 들었다.

"으흠, 음, 그런 식으로……."

유병준은 위드의 모험을 보면서 계속 감탄을 터트렸다.

행동들 자체는 단순했지만 상황이나 지형, 시간대를 계산하여 공략한 계획들이었다.

"과연 전쟁의 신 혹은 모험의 왕이라고 불리는 이유가 있었던가."

마법의 대륙 시절은 제외하더라도 〈로열 로드〉에서 위드가 겪은 모험들만 하더라도 대단했다.

쌓이고 쌓인 지식과 경험을 바탕으로 하여 힐데른의 역을 하고 있는 서윤을 찾아내고야 말았다.

그런데 오히려 일은 이제부터가 재미있어진다.

봉인의 구슬을 깨뜨리기 위해서는 왕성을 탈출하는 게 아니라 더 큰 위험의 중심지로 뛰어들어야 한다.

무너지고 있는 왕성에서 포르투의 기사들과 흑마법사 그리고 라움 왕국 기사단과의 대결에 들어가야 하는 것이다.

누구나 죽을 수밖에 없는 상황에서 악착같이 살아남아야 하는데, 그건 정말로 어렵다.

시간의 모래가 남아 있긴 하지만 이제는 쓰더라도 의미가 없었다.

위드가 지금까지 한 작은 행동들이 모여서 이미 노들레가 겪었던 상황들과는 많이 달라졌기 때문이다.

"어쩌면 오늘 조각술 최후의 비기 퀘스트가 실패로 끝이 나겠군."

유병준은 잠시도 모니터에서 시선을 뗄 수가 없었다.

잠깐 한눈이라도 파는 사이에 도망치던 병사가 위드를 발견하고 덜컥 칼이라도 찔러서 죽이게 될지도 모른다.

자하브가 있기에 그런 상황이 쉽게 벌어지지야 않겠지만 그가 기사들을 막다 보면 위험한 일이 생기지 말란 법도 없다.

심지어 천장에서 떨어진 돌덩어리에 맞아서 위드나 혹은 서윤이 사망할 수도 있지 않겠는가.

삐삐삑.

그때 뒤편의 모니터에서 알람이 울렸다.

유병준은 돌아보지도 않고 인공지능을 향해 물었다.

"무슨 일이냐."

—주식회사 유니콘의 정기 이사회가 소집 중입니다. 몇몇 사외 이사들이 현금 배당을 더 늘리라는 안건을 제시하였고, 기업 경영에도 간섭을 원하고 있습니다.

"경영진의 반응은?"

—곤란해하고 있습니다. 유니콘 사의 보유 자금은 아주 넉넉한 편이지만 투자 계획이나 신규 사업 진출에 차질을 빚게 되지 않을까 우려하고 있습니다. 외국계 사외 이사들은 정치계와 국내외 언론을 통한 여론 조성을 압박 수단으로 삼고 있기에 거절하기 어려운 면이 있습니다.

주식회사 유니콘의 성장률에 외부의 기업인들과 경제 전문가들만 놀란 건 아니었다.

소속 임원들과 직원들 역시 〈로열 로드〉의 기술력과 매출액, 흑자 규모에 대하여 경악을 금치 못했다.

다른 일반 기업들과는 차원이 다른 금액으로, 회계 보고서를 믿기 어려울 정도였다.

유니콘 사에서는 화학, 로봇 개발, 친환경, 신소재, 중공업, 전자, 금융, 통신, 바이오, 제약에서도 공전의 성공을 거두고 있었다.

그러면서 정치계를 비롯해 갈수록 온갖 날파리들이 꼬였다.

"귀찮은 짓을 하는군. 그들이 영향력을 가진 주식이 어느 정도지?"

—24.81% 정도로 추정됩니다.

주식회사 유니콘의 지분이 상장된 것은 총 주식 수량의 36% 남짓.

나머지는 전 세계에 걸친 단체와 법인 들을 통해 유병준이 소유하고 있었다.

유니콘 사의 주식 약간을 A라는 회사가 가지고 있다면, 이 회사의 실질 소유주는 B라는 단체라고 알려져 있거나 상장 자체도 되지 않은 개인기업이다.

하지만 그 B라는 단체나 개인기업은 또 C라는 회사에 의하여 관리가 되고 있고, C는 D라는 큰 기업의 계열사다.

그런데 D라는 기업도 얼마 전에 E라는 회사에 경영권이 인수되었는데 그 정체는 사실상 투자 목적 회사나, 투자자가 알려져 있지 않은 사모 펀드, 조세 피난처에 있는 페이퍼 컴퍼니였다. 그리고 그 최종적인 주인은 유병준이다.

눈덩이를 굴리듯이 숨어 있는 단계를 늘려 갈수록 운영되는 재산은 천문학적으로 늘어 갔다.

결국 유니콘은 유병준에 의하여 철저한 독재가 이루어지고 있었다.

"사외 이사들을 파견한 모기업들이나 은행들을 좀 흔들어 놓도록 해. 쓸 만한 곳이 있다면 유니콘 사에서 역으로 인수를 하도록 하고."

—진행하겠습니다. 작업에 대한 결과물은 3개월 후에 보고하겠습니다.

인공지능은 〈로열 로드〉의 원활한 운영만 관장하는 것이 아니었다. 유니콘 사의 회사 시스템을 비롯하여 전 세계의 정치와 경제 상황, 군대의 움직임, 교통망, 통신, 인터넷을 지켜보고 있다.

어떤 일을 시키더라도 인공지능은 금방 최선의 해답을 찾아냈다.

―그리고 사소한 문제가 또 발생했습니다.

"뭐지?"

한창 위드의 영상을 보는 와중인지라 유병준은 조금 짜증이 났다.

보통 어지간한 문제들은 유니콘 사의 경영진과 인공지능이 알아서 해결을 할 수 있다. 하지만 유병준에게까지 직접 말을 한다는 건 판단이 필요한 사안이거나 그가 알아야 될 문제이기 때문이라는 뜻이다.

―위드의 사생활에 대한 부분입니다.

인공지능은 이현이 살고 있는 집을 실시간 화면으로 띄웠다.

"꽤 괜찮게 해 놓고 사는군."

유병준도 이현의 집은 처음 봤다.

마당이나 텃밭에는 과일 나무와 채소 들이 잘 자라고 있었다. 공중에서 보면 비싼 조경수 대신에 탐스러운 배나무들이 유독 눈에 띄었다.

아파트에 살지 않는다면 누구나 저런 주택에서 거주하고 싶은 마음이 들 것이다. 관리가 조금 불편하겠지만, 자기 집의 편안함도 누릴 수가 있을 것이기 때문.

화면은 곧 집 근처에 주차되어 있는 검은색 자동차로 집중되었다.

―감시자들이 있습니다.

"누구지? 여자 친구의 부모가 시킨 건가?"

이현에 대한 서윤 아버지의 반대가 제법 심하다는 사실도 알고 있었다.

〈로열 로드〉의 상위권 랭커들.

유병준의 관심을 받는 이들은 특별 관리 대상이었다.

이현의 집 근처와 한국 대학교에는 감시 카메라가 셀 수도 없을 만큼 배치되어 있고, 정원에는 초소형 무인정찰기가 날아다녔다.

파리처럼 조용히 날아다니고 때로는 벽에 붙어 있기도 했으며, 이현이 살충제를 뿌리면 땅에 떨어져서 죽은 척까지 하는 최첨단 무인정찰기들이었다.

―명동을 근거지로 한 사채업자들입니다.

"그런 놈들이 왜 감시를 하지?"

―그들은 과거…….

인공지능은 사채업자들의 현재 통화 내용을 감청하여 알아낸 정보들을 바탕으로 이현과의 오래된 악연에 대해 설명했다.

"그렇다면 현재는 그들과의 관계는 끝난 상태 아닌가?"

―한동안은 그랬습니다. 하지만 최근에 사채업자들이 채무자들의 노동력을 밑천으로 삼아 〈로열 로드〉에 뛰어들었습니다.

〈로열 로드〉에 작업장을 만들어서 다크 게이머들을 고용하고 있다는 내용이었다.

그러던 와중에 한때 〈마법의 대륙〉에서 최고였던 이현에 대해서도 생각이 미치게 되었고, 최근에 그가 전쟁의 신 위드가 되었다는 사실까지도 알게 되었다고 한다.

사채업자들은 이현을 대상으로 악랄한 작업을 설계하는 중이었다.

"불쾌하군."

유병준은 자신만의 계획에 방해꾼들이 등장한 게 기분이 좋지 않았다.

베르사 대륙이 열리고 어쩌면 가장 위대한 업적을 이현이 달성하느냐 마느냐 하는 중요한 과정에 있었다. 이런 일에 관용을 베풀 정도로 그의 성격이 좋지는 못했다.

"치워 버려. 다시는 내 귀에 들어오는 일이 없도록 처리해."

사채업자 조직의 운명이 결정되는 순간이었다.

무너지는 성

위드는 서윤을 직접 등에 업었다.

자하브는 앞장서서 전투를 치러야 하니 떠넘기는 게 오히려 더 위험했기 때문이다.

"국왕의 집무실로 갈까? 아니야. 흑마법사라면 마법 연구실 같은 곳이 있을 텐데. 하지만 전쟁이 벌어진 마당에 그곳에 있으리란 보장도 없지."

포르투의 왕성은 오늘 내로 무너진다.

역사적으로 봐서 틀림없는 사실이지만, 서윤에게서 마족이 깨어난다면 그 역사는 완전히 뒤집히게 되리라.

위드는 그런 일이 발생하기 전에 이 넓은 왕성에서 국왕의 소유인 봉인의 구슬을 찾아내야 했다.

물론 그냥 찾아내기만 해서 될 일이 아니고, 지키는 이들을 몽땅 물리치고 국왕에게서 빼앗거나 파괴하고 그 후에는 무너질 왕성도 안전하게 벗어나야 했다.

"이거야말로 해변에서 수표 찾는 격이군."

웬만큼 운이 좋아서는 불가능한 일!

최근에 〈불가능한 심부름〉이란 영화가 인기를 끌고 있는데 그에 못지않은 난이도인 건 분명하다.

시간의 모래를 써서 노들레의 영상을 보는 것도 의미가 없었다. 이미 노들레가 침입했을 시간대와는 차이가 있었고, 그를 따라서 퀘스트를 진행했더니 서윤에게서 마족이 깨어날 판이 아니던가.

"나도 그렇지만, 노들레도 재수라고는 진짜 지독하게 없어. 어떻게 인간이 잘 풀리는 일이라고는 하나도 없냐."

노들레의 영상을 볼 수 있는 시간의 모래가 오히려 함정으로 작용할지도 몰랐기에 스스로의 판단으로 부딪쳐 보기로 했다.

다만 희망적인 면이라면, 국왕은 흑마법사였다. 대부분의 마법사들이 그렇듯이 육체적으로는 나약한 편이다. 좋은 기회를 틈타서 가까운 곳에서 기습을 가한다면 약간의 희망은 있었다.

"자하브 님."

"음, 말하게."

"라움 왕국의 기사들을 몇 명만 먼저 제거해야겠습니다."

"이유는?"

"놈들은 이 왕성의 지도를 갖고 있을 겁니다."

왕성에서 일하거나 살아가는 이들은 따로 지도가 필요하지 않다. 하지만 이곳으로 침입하여 흑마법사들을 처리하려고 하는 라움 왕국의 기사단은 지도를 갖고 있을 거라는 판단!

그다음 계획은 지도를 보고 국왕이 있을 만한 적당한 장소를 찍는 것이었다.

'아마도 어딘가에서 침입자들과 싸우며 마족이 깨어나기만 기다리고 있겠지.'

왕성이 넓고, 또 잘못 가게 되면 다시 돌아오기가 어렵다. 길이 무너질 수도 있으며, 마족이 그 전에 깨어나 버리게 될 수도 있기 때문이다.

기사단의 행동이나 흑마법사들이 모여 있는 장소 등을 알아보고 눈치껏 상황을 봐야 했다.

"불이야!"

"꺄아아악!"

"벽이 무너진다!"

탑을 내려와서 내성으로 들어가니 시종들과 시녀들이 뛰어다니면서 난리법석이었다.

천장과 연결되어 있는 두꺼운 기둥이 쓰러지면서 병사들이 깔리고, 벽에 장식된 그림 액자가 불에 타며 쓰러졌다.

'지금이 시간상으로 노들레가 막 내성에 들어왔을 때로군.'

왕성에는 포르투의 근위대 병사들이 많았지만 위드와 자하브, 서윤은 상관하지 않고 그들끼리 어딘가로 뛰어다니기에 바빴다.

무너지는 왕성, 침입한 라움 기사단에 비하여 우선순위가 떨어지는 탓이리라.

위드는 서윤을 업은 채로 불타기 시작한 복도를 달렸다. 그러다가 갑자기 멈췄다.

"잠깐만요."

"왜 그러는가."

"도망치는 시종들과 시녀들이 아무도 오른쪽으로는 가지 않네요."

왕성 내에서 도주하는 사람들이 오른쪽 복도로 가지 않고 모두 왼쪽으로만 향하고 있었다.

화재와 붕괴의 위험이 있기 때문에 당연히 그럴 수 있다고 무심코 생각하기 쉽지만, 오히려 그 반대였다.

"저쪽이 더 금방이라도 무너질 것 같고, 라움 왕국의 기사단도 침입했다는 고함이 들렸는데요."

"그런 것 같군."

절체절명의 순간, 위드는 본능을 따르기로 했다.

"우린 오른쪽으로 갑니다."

전부 왼쪽으로 갈 때에는 이유도 모르고 덩달아서 가게 되는 게 사회생활의 이치.

하지만 목숨과 퀘스트가 걸려 있는 상황이라서 오른쪽을 택하기로 했다.

'조금만 가 보자. 최악의 경우에는 서윤이 죽고 마족이 깨어나서 난장판을 치는 정도겠지.'

무너지는 왕성에서 내릴 수 있는 판단이야 어차피 이판사판!

다만 뒤늦게 드는 후회도 있었다.

'노들레보다 시간적으로 너무 일찍 여기까지 왔어. 그가 어쨌든 봉인의 구슬을 없앴다면… 아마 그가 힐데른을 구해서 올 때에는 무너진 계단이나 막혀 있는 복도가 더 많아서 헤매지 않아도 되었겠지.'

넓은 왕성에서 폐쇄된 구역이 많아진다는 의미는 가야 할 장소도 적어진다는 뜻.

괜히 일찍 와서 왕성의 수색 구역만 더 넓어진 면도 있었다.

"침입자! 이곳은 몇몇 사람들을 제외하고는 금지된 곳이다."

"폐하의 명령이 있었다. 침입자는 전부 죽여라!"

왕실 기사들이 5명이나 복도를 지키고 있었다.

위드는 서윤을 업고 뒤로 물러났다.

"자하브 님!"

"내가 해치우도록 하지. 폭풍 연속 베기!"

자하브가 앞으로 뛰쳐나가며 스킬을 시전했다.

그가 쓰는 스킬 중에는 효과가 뛰어난 것들이 정말 많았다.

"크헉!"

"매우 강하다. 조심해라!"

포르투의 왕실 기사들을 압도적으로 밀어붙였다.

자하브의 검은 막히더라도, 작은 폭풍처럼 위력이 발생하여 왕실 기사를 에워싸 버린다.

빛과 바람이 형성하는 화려한 효과!

"무거운 땅의 기운이 검에 깃들어라. 땅의 검술!"

자하브는 땅의 힘도 사용했다.

그의 검에 베인 적들은 체중이 5~6배는 더 무거워진 듯이 빨리 움직이지를 못했다.

"해치웠군. 가지."

"고맙습니다."

자하브 덕분에 왕실 기사들의 봉쇄를 손쉽게 뚫어 냈다.

그는 적들을 빠르게 처리하면서도 위드에게는 손끝 하나 건드리지 못하도록 안전하게 지켜 줬다.

괜히 검술의 마스터가 아니라서, 데려온 보람이 있었다.

하지만 전투를 보면서 생각의 변화가 계속 일어났다.

'여기까지 와서 고생을 해 주다니 고맙군.'

'전투 실력이 참 대단하단 말이야.'

'자하브가 없었다면 이 퀘스트는 정말 얼마나 힘들었을까.'

'엇, 저건 포르투 왕실 기사 갑옷! 가져가기만 하면 골동품인데. 수집가들한테 팔면 돈이…….'

'허억, 보석들이 쏟아진다.'

'또 아이템이 나왔군. 몽땅 자하브 거야. 이런 지지리 복도 없는 녀석.'

'그러고 보면 자하브한테 감사해야 할 필요가 없지. 고생 고생 해서 공헌도나 친밀도를 올린 만큼 부려 먹는 거니까. 주는 만큼 받는 것뿐이지.'

'어이쿠, 이번엔 기사가 8명이나 있군. 카이트 쉴드를 들고 있는 기사도 있으니 간단히 처리하긴 어렵겠어. 더 강한 놈을 데려왔어야 하는 건데.'

'저런 쓸모없는 놈.'

자하브는 잘 싸우고 있었는데도 시기와 질투로 인해서 감정 악화!

"다 해치웠으니 가자."

"어, 그래."

위드는 서윤을 업고 뛰어가기도 힘들었다.

"침입자! 감히 이곳에 들어오다니 간도 크구나!"

이번에는 어두운 로브를 착용한 흑마법사들이 4명이나 나타났다.

흑마법사들만큼 공격 마법이나 저주 마법에 능숙한 이들은 없다. 다른 직업의 저주는 그럭저럭 견디더라도, 제물을 바쳐서 발휘되는 흑마법사들의 저주는 어지간한 저항력으로는 버티기가 힘들다.

하물며 위드는 현재 떨어지는 낙엽이라도 조심해야 할 판국이었다.

"놈들이 마법을 쓰기 전에 해치워야 됩니다!"

"알았다."

"저기 오른쪽 놈부터 먼저 없애세요!"

자하브는 검을 던졌다.

무시무시한 빛을 일으키며 날아간 검은 막 주문을 준비하던 흑마법사의 몸을 관통하여 벽에 꽂혔다.

자하브는 앞으로 뛰어나가며 손을 검처럼 세웠다.

"달빛 조각 검술!"

검을 이용하여 스킬을 시전할 때처럼 손에서 빛이 일어났다.

달빛 조각 검술도 마스터했기 때문에 발휘할 수 있는 능력.

자하브는 빛줄기들을 자유자재로 활용하며 흑마법사들을 향해 퍼부었다.

"울부짖는……."

흑마법사들이 마법 주문을 완성하면 전쟁에서는 굉장한 위력을 발휘하고 또 개인으로 싸우더라도 절대 무시하지 못할 만큼 강하지만, 이곳은 비좁고 가까운 통로였다.

자하브가 빠르게 달려가서 빛의 검으로 공격하니 흑마법사들은 제대로 실력 발휘를 하지 못하고 죽었다.

자하브가 검을 회수하며 중얼거렸다.

"음, 이런 곳에 흑마법사들까지 있다니… 너의 말대로 과연 대단한 곳이군."

"알았으니까, 가자. 로브까지 먹으니 좋냐?"

"뭐라고?"

"아무것도 아닙니다, 자하브 님. 어서 가시죠!"

흑마법사들까지 보초를 서고 있는 통로를 계속 돌파!

기사들과 흑마법사들이 조합을 이루고 있는 장소에는 자하브 먼저 투입을 시켜서 해치우도록 했다.

위드는 항상 전투의 선봉에서 직접 해결을 했지만 지금만큼은 자하브가 이겨 주기를 바라는 수밖에 없었다. 또한 다른 적들이 나타나더라도 저항할 능력이 매우 부족하므로 가슴을 졸이며 기다려야 했다.

"아무래도 그냥은 안 되겠군."

위드는 만약을 대비하여 조각술 스킬을 한 가지 더 시전하기로 했다.

"아깝지만, 안 쓰다가 뒤늦게 후회하는 것보다는 낫겠지."

원래의 시간대로 돌아가서 챙겨 온 걸작의 조각품을 꺼냈다.

누워 있는 황소와 금인이!

예술이란 막연히 대단한 것들을 대상으로 하는 게 아니라 가까이 있는 모든 것들을 활용해야 한다.

몽땅 우려먹기 정신이었다.

"조각 파괴술! 이 모든 것들이 민첩이 되어라."

그 순간, 위드의 몸에 빛이 어렸다.

조각 파괴술을 사용하였습니다.
걸작 조각상이 파괴된 고통! 슬픔! 예술 스탯이 5 영구적으로 사라집니다.
명성이 100 줄어듭니다. 예술 스탯이 1 대 4의 비율로 하루 동안 민첩으로 전환됩니다.
예술 스탯이 너무 높고 원래 가지고 있던 민첩 스탯이 낮기 때문에 한꺼번에 전환이 이루어지지는 않습니다.

민첩 960이 고급 스킬 9레벨의 '바람의 질주'로 바뀝니다.
마나를 사용하여 바람을 타고 달릴 수 있습니다. 실내보다는 실외에서 먼 거리를 이동할 때 유용합니다.

민첩 430이 고급 스킬 5레벨의 '행운의 도움'으로 바뀝니다.
우연한 행운이 자주 벌어져서 최대 3배의 속성 공격을 할 수 있습니다.

민첩 2,360이 마스터 스킬 '회피술'로 바뀝니다.
적의 공격을 정확하게 맞지 않게 해 줍니다. 가죽 갑옷의 성능을 더 이끌어 냅니다. 치명적인 일격을 당하기 어렵게 합니다.

민첩 560이 고급 스킬 7레벨의 '정확한 공격'으로 바뀝니다.
치명적인 일격의 확률을 높여 주며 공격력을 증가시킵니다.

민첩 1,340이 고급 스킬 4레벨의 '탁월한 경험자'로 바뀝니다.
공격 스킬의 발동 시간을 줄입니다. 상대가 사용하는 스킬의 허점을 파악할 수 있습니다.

민첩 760이 중급 스킬 6레벨의 '거리 단축'으로 바뀝니다.
극도로 빠른 움직임으로, 체력과 마나를 소모하며 상대와의 거리를 무시한 공격을 할 수 있습니다.

민첩 1,340이 고급 스킬 2레벨의 '깃털 걸음'으로 바뀝니다.
몸이 깃털처럼 가벼워져서 이동할 때 지치지 않습니다. 점프력이 향상되며 아주 높은 곳에서 뛰어내리더라도 다치지 않습니다.

전투는 하지 않더라도 잘 피해 다니기 위해서 사용한 기술!

"이렇게 써 버리고 말다니. 먹고살기가 정말 힘들어."

그사이에 자하브는 흑마법사들과 왕실 기사들의 정리를 끝냈다.

"계속 가시죠!"

자하브를 앞세워서 가는 길은 웬만한 적들이 나와도 탄탄대로였다.

검술과 조각술의 마스터 자하브!

그에게는 어중간한 함정이나 마법, 기사들의 공격이 통하지 않았다.

이제 민첩으로 모든 예술 스탯을 몰아 놓은 만큼 서윤도 아까처럼은 무겁지 않았다.

그런데 위드는 왠지 갈수록 더 불길한 예감이 들었다.

'지금까지 너무 쉬웠지. 왠지 이렇게 쉽게 넘어갈 리가 없어.'

노들레가 고생을 한 건 자하브 같은 조력자나 조각술이 없기 때문이었다고 치자.

위드는 나름대로 최선의 방안을 준비해서 왕성에 들어왔고,

어느 정도 계획대로 진행이 되었다.
탑에서 서윤을 데리고 바로 탈출했다면 그보다 더 좋을 수는 없겠지만, 국왕이 있으리라 추측되는 이 길로 가는 것도 예상보다는 훨씬 매끄럽게 잘 풀리고 있는 느낌이었다.
'위험해. 이건 빠져들면 안 될 유혹이야.'
인생에 지름길이란 항상 함정과 연결되어 있었다.
물론 잘 풀리는 사람들이야 대충 살아도 성공 가도를 달리기도 한다.
〈로열 로드〉를 하면서도 일찍 인맥을 다져서 명문 길드에 가입하여 좋은 사냥터와 장비들을 제공받고, 필요하면 적절한 퀘스트를 하며 성장한 사람도 얼마나 많은가.
그들은 인생이 쉽다고 느낄 수도 있으리라.
위드는 맨땅에 부딪쳐 가며 극한의 노가다를 하면서, 위험을 감지하는 절대 감각이 생겼다.
'조각술 최후의 비기 퀘스트가 이렇게 허술할 리는 없어. 뭔가 좋지 않은 징조야.'
물론 아직 퀘스트가 끝난 것도 아니었다.
무너지는 왕성에 있으니 위험은 갈수록 커진다고 봐야 할 것이다.
길을 잘못 들면 사망, 적들에게 둘러싸여도 사망, 떨어지는 돌덩이에 얻어맞아도 사망!
봉인의 구슬은 구경도 못 했지만 자하브가 도와줬다고 해도 아직까지는 무난했다고 평가할 정도로 쉬웠다.
"잠깐!"

“왜 그러는가. 성이 무너지기 전에 서둘러야 하지 않나?”

“으으음.”

틀림없이 서둘러야 할 상황인데 왠지 발이 떼이지 않는다.

‘무너지는 성이 위험할까, 아니면 여기로 쳐들어올 라움 기사단, 혹은 어딘가에 있을 국왕이나 챠크젤 그리고 그들을 호위하고 있을 포르투의 기사단이 더 위험할까.’

결론은 전부 위험하다였다.

하지만 막상 서둘러서 일찍 가는 게 더 큰 함정으로 끌려가는 기분도 들었다.

‘도살장에 도착한 돼지가 신난다고 뛰어가는 것처럼…….’

위드는 그동안 누려 온 이득을 포기하기로 했다.

전쟁이 벌어지고 나서 헤매지 않고 틈새를 노렸던 덕분에 노들레보다 훨씬 일찍 여기까지 왔다. 무너지는 성에서 빠져나갈 때에는 빨리 움직인 게 틀림없이 도움이 되겠지만, 지금은 강력한 적들이 배회하고 있을 것이기 때문에 더 불길하다.

괜히 일찍 가서 강한 적들과 마주칠 수도 있는 것이다.

“어디 안전한 곳으로 가서 잠시 기다립니다.”

“무슨 소리인가. 어서 가야지.”

“저를 믿어 보세요. 자랑은 아니지만 저처럼 불운한… 매번 평균적으로 재수 없는 사람이 없으니까 말이죠.”

확신은 없었지만 위드는 어쨌든 기다려 보기로 했다. 그렇다고 시간을 그냥 허비할 수는 없는 일.

“주변에 보물이나 미술품, 골동품이 있다면 좀 챙겨 보죠.”

위험을 감지하는 감각 이상으로 포르투 왕성의 재물도 밝히고 있었다.

어떤 방송국도 중계하지 못한 조각술 최후의 비기 퀘스트!

위드가 이 의뢰를 하고 있다는 사실 자체도 비밀에 부쳐져서, 그가 조용한 이유는 단지 어딘가에서 굉장한 퀘스트를 하고 있어서이리라 추측만 돌고 있는 상태였다.

조각술 마스터 퀘스트의 마지막 끝마무리를 하는 날만 손꼽아 기다리면서 방송을 준비하고 있었다.

〈로열 로드〉의 유저들도 아직까지 직업 마스터 퀘스트를 처음 끝내는 사람이 누가 될 것인지에 대해 관심을 갖고 있었다.

하지만 세상의 시간을 멈춰 버릴 수 있는 최후의 비기는 누구도 알지 못하리라.

유병준은 그러한 비밀들을 모두 알고 있었다.

베르사 대륙의 모든 비밀을 알고 있는 유일한 사람이었다.

"요리사의 최후의 비기는 어찌 되었지?"

—요리사의 최후의 비기는, 베르사 대륙이 이번 돌아오는 겨울이 될 때까지 시작하지 못하면 사라지게 됩니다. 현재까지의 진행 상황으로 봤을 때 요리사의 최후의 비기는 도전할 사람이 없어 사장될 수밖에 없을 것으로 보입니다.

"그 후에는 한참을 기다려야겠군."

—3년이나 4년 정도가 필요할 것으로 판단됩니다.

최후의 비기 퀘스트를 실패하거나 중간에 필요로 하는 단계가 사라지면 의뢰를 수행할 수가 없게 된다.

시간이 흘러서 새로운 NPC가 성장하거나 특정 지역이 개발되어 다시 빠진 부분들이 맞춰지게 되면 퀘스트는 진행이 가능했다.

하지만 직업 마스터를 하는 사람들 자체가 희귀하다.

그들이 여러 비기들을 모아서 최후의 비기 퀘스트를 수행할 수 있는 가능성도 희박하다.

하늘 아래 최고의 맛을 낼 수 있는 요리사의 최후의 비기는 아쉽게도 당장은 사라지게 될 판.

"화가 최후의 비기도 곧 시작해야 하지 않았나?"

—그림 그리기 마스터 에르그레코가 조만간 사망합니다. 그가 사망하고 나면 최소한 5년간은 진행할 수 없게 될 것입니다.

"아쉽게 되었군."

유병준에게는 화가의 비기야말로 기대가 컸다.

전투 계열 직업들의 최후의 비기야 대부분 싸움과 관련이 있는 경우가 많다. 그들이 성장하여 드래곤을 사냥하는 날이 올지도 모르고, 전쟁에서 눈부신 활약을 하게 될지도 모른다.

하지만 예술 계열의 직업들이야말로 불가능을 가능으로 만들고 새로운 것을 탄생시키는 스킬들을 얻을 수 있다.

화가의 최후의 비기는 '천지창조'.

화가가 수천 장의 그림을 그려서 새로운 대륙과 지형, 동물, 몬스터, 종족을 만들어 낼 수 있는 스킬이다.

너무나도 어마어마한 스킬이라서 단 한 번만 시전할 수 있다. 그리고 대륙을 만들어 내더라도 화가에게 당장 주어지는 이득은 없었다.

새로운 대륙은 주민들이 정착하여 발전하는 것을 처음부터 다시 시작하여야 한다.

그렇지만 대륙에 사람이 살아가고 번영을 이루어 낸다면, 그 화가의 이름은 끊임없이 불리게 되리라.

대륙을 창조해 낸 인간으로서 최상의 명예와 긍지를 얻게 되는 것이기도 하다.

물론 위드가 화가로서 최후의 비기를 얻었다면 엄청난 사리사욕을 챙겼을지도 모르지만.

"음, 돈 안 되는 사막 따위는 필요가 없지. 보기 좋은 절벽 같은 건 또 왜 필요해? 곡창지대! 씨만 뿌려도 잘 자랄 수 있는 비옥한 곡창지대를 만들자. 그리고 금 광산이나 보석 광산은 되도록 많을수록 좋아. 근처에 해상 운반을 하기 좋도록 해안가 지형도 원만하게 해 두어야지. 몬스터들도 다양할 필요가 없어. 붙잡아서 노예로 써먹을 수 있는 고블린이나 잔뜩 살게 해야지."

자원 채취를 위한 대륙!

땅을 만드는 것이라서 위드의 적성에는 딱 맞는 스킬이기도 했다.

어쨌거나 아쉽게도 화가 최후의 비기도 시도하는 사람이 없다. 최후의 비기 퀘스트를 진행하는 사람은 전 직업을 통틀어 위드뿐이었다.

위드만이 이런 모험을 진행하고 있었고 유병준 박사가 지켜보고 있었던 것이다.

"음, 길을 단번에 찾아내다니……."

포르투 왕성의 지도를 모니터에 띄워 놓고 있었지만 구조가 아주 복잡했다. 이런 곳에서 봉인의 구슬을 곧바로 찾아낸다는 건 정말 불가능에 가깝다.

일단 국왕이 있을 만한 왕성의 비밀 구역으로 가는 자체가 문제였다.

위드는 노들레의 침입 영상을 보고 또 직접 와서 슬쩍 지나가며 둘러본 정도로 내부 지리를 약간이나마 파악했다.

적어도 서윤을 업고 급하게 뛰어가면서도 아예 엉뚱한 길들은 아닐 거라고 제쳐 둘 수 있을 정도로는 왕성의 구조를 이해하고 있었다.

달동네에서 신문과 우유 배달을 하며 익힌 공간지각 능력!

"길은 비교적 맞게 가고 있어. 조금씩 어긋날 때도 있지만 전체적으로는 올바른 방향으로 찾아가고 있지. 그래도 이대로 가면, 후후……."

위드는 왕성의 가장 깊은 곳에 있는 포르투의 국왕에게로 향하고 있었다. 그러나 그곳은 포르투 왕국의 모든 숨겨진 전력이 모여 있는 장소다.

왕실 기사단과 근위대, 흑마법사들 그리고 포르투의 국왕과 챠크젤이 있다. 그들은 이곳의 모든 생명들을 제물로 삼아 지옥의 문이라는 고급 흑마법을 준비 중이었다.

마법이 발동되면 포르투의 수도 하늘에는 검붉은 색의 지옥의 문이 열린다.

사람의 생명력을 먹어 치우며 확장되어 가는 지옥의 문!

위드가 흑마법사가 있는 장소에 간다고 하더라도 방해꾼들에 대해 단단히 대비하고 있으니 할 수 있는 건 없다.

오히려 죽을 자리를 찾아가는 셈이었다.

"이제 조금만 더 가면… 응?"

별안간 위드가 자하브와 같이 엉뚱하게 왕성의 빈방으로 가서 약탈을 하며 시간을 때우기 시작했다.

조금 후면 라움 왕국과 동맹국들의 기사단이 왕성의 내부를 장악하고 포르투의 국왕이 있는 장소로 진격하게 된다. 그러니 일찍 가면 오히려 호랑이 굴로 찾아들게 되는 셈이다. 유병준은 그 상황을 기대하며 즐거워하고 있었는데, 갑자기 위드가 서두르지 않고 신나게 미술품, 골동품, 금은보화를 쓸어 담는 것이다.

최대의 위기에서 노략질을 하는 기회로 반전!

"어떻게… 저럴 수가 있지? 정말 특별한 감각을 가지고 있는 건가?"

위드가 하는 말들을 들어 보면 대부분 한탄과 하소연이 많다. 하지만 전체적인 사정을 알고 있는 유병준이 듣기에는 그 말들이 정확하게 맞았다.

왕성 내의 사소한 병력 배치까지도 허술하게 그냥 넘어가지 않고 이상한 낌새를 느낄 때에는 또 얼마나 놀랐던가.

왕실 기사들이 통로를 막고 있으니 와 본 적도 없는 왕성의 내부 구조를 파악하여 우회로를 찾아낸다.

숱한 모험을 경험해서인지 노인들이 비가 오면 뼈마디가 쑤시는 것처럼 고생에 대한 감각이 생긴 것이다.

또한 상황이 좋더라도 방심하지 않고 의심을 늦추지 않는다.

가히 바퀴벌레를 업신여길 정도의 생존 본능!

"저런 것도 능력이로군."

무너지는 왕성이라고 해도 위드는 끝까지 살아남을 것 같았다. 보통 어지간해서는 절대로 죽지 않으리란 느낌이 들 정도였다.

대한민국에 전쟁이 나서 건물과 기반 시설들이 파괴되고 부서지고 나면 수십 년 전으로 되돌아가게 되는 셈이다. 누구나 두려워할 상황이지만, 왠지 그렇게 되면 위드는 고철 장사를 하면서 더 활개를 칠 것 같은 기분이 들었다.

물론 땅에 떨어져도 터지지 않는 불발탄까지도 팔아먹을 사람이었다.

"평생을 검을 벗 삼아서 살아왔고, 또 숱한 싸움을 검으로 극복해 왔다. 당연히 검술의 비기를 만들어야겠지. 스킬로는……."

검치는 가장 기분이 좋았을 때를 떠올렸다.

마음속에는 폭풍이 몰아치고 있었지만 검을 잡고 나니 모든 심마가 물러가는 걸 느꼈다.

고된 훈련으로 지쳐 있는데 어느 순간 검과 자기 자신이 하나처럼 통했다.

검을 통하여 세상을 베어 버릴 수도 있고 어떤 적수라도 꺾어 버릴 수 있으며, 또 어느 한순간에는 그조차도 중요하지 않게 여겨지기도 한다.

"무엇이든 베는 검을 만들겠다."

검술을 정의하여 주십시오.

"그 어떤 적이나 사물이든, 단칼에 베어 버리는 것이다."

일검에 전부 베어 버리는 기술!

검술의 특성상 심각한 페널티가 부여될 수 있습니다. 그래도 진행하겠습니까?

"물론이다."

검술이 완성되었습니다.
무리한 검술의 운용은 크나큰 대가를 치르게 될 수 있습니다.

무엇이든 베는 검 1 (0%)
모든 것을 베어 버리는 검술. 고급 검술 6레벨 이상 필요.
공격이 정확히 적중하면 스킬 레벨에 따라 혼신을 다한 일격으로 최대 55배의 피해를 입히게 됩니다. 단, 상대를 베어 버리지 못하였을 때에는 검이 부러질 확률이 20% 이상입니다. 공격이 막혔을 시에는 스스로 적지 않은 부상을 입거나 마비, 사망에 이를 수도 있습니다. 공격이 빗나가면 매우 큰 빈틈을 보이게 될 것입니다.

무기술 스킬의 숙련도가 향상되었습니다.

검술의 비기를 창안하여 명성이 3,190 올랐습니다.

검치가 스킬을 정하고 나자 그 후에는 검둘치의 차례였다.

검둘치는 검만을 바라 오면서 살지는 않았다.

'스승님의 후계자가 되어 도장은 내가 이어받아야지.'

어린 제자들을 가르치면서 사는 게 평생의 꿈이었다.

"제가 만들고 싶은 스킬은 무엇이든 베는 검입니다."

"둘째야."

"저에게는 스승님이 택한 기술을 함께 발전시켜 나가고 싶은 마음뿐입니다."

잘못 배운 아부 기술!

위드라면 스킬의 비기를 만드는 것 같은 소중한 기회는 뜻깊게 썼겠지만 검둘치는 대책 없이 아부를 하며 날려 버리고 만 것이다.

"으음."

검삼치는 창술 중의 하나를 비기로 탄생시키고 싶었다.

전쟁에서는 긴 창이 큰 위력을 발휘한다. 말을 타고 전쟁터를 휘젓고 다니기에도 긴 창이 최고였다.

"저도 무엇이든 베는 검을 배우고 싶습니다."

그러나 결국 검삼치도 덩달아서 같은 스킬을 택해 버리고 말았다.

이제 난처해진 건 검사치와 검오치였다.

'이건 아닌데…….'

'아, 뭔가 크게 잘못되어 가고 있어.'

틀림없이 일이 이상하게 돌아가고 있다는 사실을 알지만 분위기를 타고 나니 되돌릴 수가 없다.

처음 아부를 시작했던 검둘치도 이렇게 깊게 생각했던 건 아니었다.

"저도 스승님과 사형들을 따라서 무엇이든 베는 검을 택하겠습니다."

"저도 검사치 사형과 같은 생각입니다."

어쩔 수 없이 덜컥 저질러 버린 일!

물론 그렇다고 커다란 피해를 입는 건 아니지만, 원하던 스킬들은 얻지를 못했다.

그리고 수련생들의 선택의 시간!

'목숨과 검술의 비기를 놓고 선택을 하라면 정답은 이미 나와 있지.'

'혼자 다른 스킬을 선택하면 그날 이후로 난 아마 매일 대련을 당해야 할 거야.'

서열이 높은 수련생들일수록 고민이 컸다.

하지만 다행히 이때에는 검치가 일을 수습하려고 들었다.

안 그래도 덩치가 우락부락한 이들끼리 다녀서 여간 민망하지 않을 때가 많았다.

검술의 비기까지도 몽땅 한 가지를 택했다면, 두고두고 얼마나 손가락질을 받을 만한 멍청한 짓이겠는가.

"너희는 내가 택한 기술이 아니라 다른 걸 만들어라."

"아닙니다, 스승님!"

"저희는 스승님을 따라서 배움을 얻고 싶습니다."

검치는 정색을 하고 말했다.

"다른 것들로 배워라. 너희가 이러니까 우리가 다 같이 무식할 거라는 사람들의 편견을 받게 되는 거야."

그리하여 수련생들은 자유롭게 스킬들을 선택!

검술과 관련된 비기를 얻은 사람이 200여 명으로 가장 많았다. 평소에 부족하게 느꼈던 다양한 기술들을 획득했고, 화려한 효과와 옵션은 기본이었다.

검이백칠치는 특히 멋을 내는 부분에 있어서 관심이 많았다.

"스킬을 시전하면 벼락이 번쩍번쩍 치고 오색의 빛무리가 내 주변을 감싸면서 아주 큰 굉음을 내는 스킬을 만들고 싶다."

마나 소모를 줄이는 대신 항상 쓸 수 있는 비기로 실속을 추구하는 경우 등 취향에 따라 다양한 스킬들이 선택되었다.

장거리 공격이 가능한 활을 택하는 수련생도 다수였고, 창과 도, 방패술도 인기를 끌었다.

"난 그래도 무엇이든 베는 검을 배우고 싶습니다."

그 이후로도 83명의 수련생들은 아부를 선택했다.

아주 현명한 판단이라는 사실은 그날 이후로 바로 판가름이 났다.

검치와 검둘치야 너그럽게 용서해 주었지만 억지로 스킬을 선택한 검삼치는 달랐다.

"스킬 만든 애들 전부 내 밑으로 집합."

그리고 밤새도록 훈련!

검삼치의 더러운 성격은 평소에는 잠복해 있다가 불시에 튀어나오곤 했다.

다음 날은 검사치였다.

"요즘 개성이나 낭만 찾는 애들이 많다지? 그만한 실력들이 되는지 어디 살펴보자."

검오치도 하루 뒤에 말했다.

"우리 때는 안 그랬는데 말이야. 기강이 완전히 무너졌어."

수련생들은 지독한 훈련을 거쳐야 했다.

가끔 그들은 일반인들을 보면서 나약하다고 생각한다.

"고작 10킬로도 못 달리고 지치고 말이야. 체력은 국력이라고 했는데, 가볍게 뛰면 30킬로씩은 누구나 달려야 되지 않나."

"차를 타고 동해안 가는 게 뭐가 그렇게 피곤하고 힘들다는 건지 모르겠습니다. 자전거만 있으면 왕복 400킬로 정도는 금방인데요."

"당일치기로 다녀와서 저녁에 축구 한 게임 정도는 뛸 수 있는 거지."

"밤새우고 새벽 인력시장에 나가서 개운하게 몸도 풀어도 되고 말이죠."

수련생들은 도장에서 훈련을 받으면서 착실하게 강해지는 걸 느낄 수 있었다.

체계적인 이론과 훈련, 자질.

이런 건 교과서에나 나오는 말이었다.

인간의 적응력이란 실로 위대하다. 지독하게 구르다 보면 알아서 강해지기 마련이었다.

때마침 검치와 수련생들은 무예인 마스터 퀘스트에서 그다음 단계로 제자를 기르는 것을 받게 되었다.

NPC를 제자로 거둬들여서 그에게 무예인의 직업과 스킬을 전수하여 강하게 만드는 것이었다.

그 후에 NPC가 정해진 시간 내로 특정 난이도의 던전을 돌파해야 하는 독특한 퀘스트.

검치는 너무나도 쉬운 퀘스트라고 생각했다.

"허허, 평생을 이미 제자들을 가르치면서 보내왔건만 이런 곳에서 또 가르치게 될 줄은 몰랐군. 옳다, 강함이란 사람을 통해 끊어지지 않고 이어지는 것이지."

아르펜 왕국의 병사들 중에서 똘똘하게 생긴 소년을 고른 검치는 그의 앞에서 한바탕 춤사위를 펼쳤다. 기본 검술들을 총망라한 그만의 검술이었다.

"이걸 익혀라."

"잘 모르겠는데요."

"다시 보여 주마."

"너무 빨라요."

"천천히 할 테니 잘 봐라."

"와아."

"잘 봤지?"

"하나도 모르겠는데요."

"역시……."

검치는 고개를 끄덕였다.

지금까지 가르쳐 온 교육 철학이 틀리지 않은 것이다.

"몸이 고통스럽지 않으면 제대로 배우지 못하는 것이지. 일단 맞자!"

수련생들은 훗날 커서 자상한 스승이 되고 싶었다.

제자들이 하늘처럼 우러러보는 스승!

검백일치는 누구보다도 훈련 시간을 중요하게 여겼다.

오래도록 몸으로 익힌 훈련만큼 믿을 만한 것은 없으니까.

"스킬을 똑바로 배우려면 밤새도록 검을 휘둘러라."

"놀고 싶은데요. 나가서 놀다 오면 안 돼요?"

"다 익히고 놀아."

레벨 130의 NPC가 말했다.

"이 정도면 전 충분히 강한 거 같아요. 몬스터들을 사냥하러 나갈게요."

"아서라. 네 실력에 밖에서 함부로 돌아다니면 죽어."

"됐어요. 스승님은 제 마음을 전혀 이해하지 못하시는 것 같아요."

"닥쳐라. 그냥 내 손으로 죽여 주마!"

기적을 만드는 조각술

"음, 여기에 오지 않았다면 정말 평생 후회할 뻔했군."

위드는 땅에 떨어진 돈을 발견한 어린아이처럼 입가에 순수한 미소를 가득 띠었다.

포르투 왕성에 장식되어 있는 아이템들은 하나같이 고급품들이었다!

위드와 자하브는 이곳저곳을 돌아다니며 아이템들을 적극적으로 챙겼다.

물론 사냥도 빠뜨리지 않았다.

"저놈은 시종입니다. 왠지 돈이 많아 보일 것 같은데… 아니, 이런 놈들이야말로 국왕에게 아첨을 일삼으며 주민들의 고혈을 쥐어짜 내는 진짜 악한 놈들이죠. 뒤에 숨어서 악랄한 짓을 일삼는, 가장 질이 나쁜 놈들입니다. 어서 죽여요!"

어릴 때 왕성에 팔려 와서 고개 한 번 못 들고 일만 하던 시종 사망!

"귀족들은 몽땅 죽여야 됩니다. 가지고 있는 패물이며 귀금속이… 헛, 하인들이 보물을 나르고 있을지도 모릅니다."

"그래도 말이라도 들어 봐야 하는 거 아닌가?"

"말은 무슨! 일단 죽여 놓고, 아니면 말고요."

서윤을 구하러 온 것인지 강도 짓을 하기 위하여 온 것인지 모를 정도였다.

게다가 흑마법사들이 많기 때문인지 흑마법과 관련된 장비와 마법서, 스크롤 등이 자주 나왔다.

"이건 가져가기만 하면 암시장에서 사려는 사람은 많겠어. 후후후!"

정상적인 시간대의 베르사 대륙에는 흑마법이 제대로 개척되지 않았다. 마법사의 2차 전직으로 흑마법사를 택하는 사람들도 상당히 적었다.

그렇지만 위드가 입수한 《기초 흑마법 입문서》, 《열두 가지의 저주 마법》과 같은 책이 있다면 훨씬 많은 이들이 수월하게 흑마법사를 택하게 되리라.

나쁜 것들을 적극적으로 들여오려는 위드!

물론 파리나 모기를 잡을 때 정도의 양심의 가책은 들었다.

"이럴 때면 난 아직 착하고 순수한 사람이란 걸 느낄 수가 있지. 음… 그래, 항상 이 여린 마음 때문에 피해만 입고 남들한테 못되게 굴지도 못하고 그렇게 살아왔던 거로군."

돈만 된다면 나중에 자서전이라도 쓸 생각이었다.

"으아아악!"

"라움 기사단이 여기까지 쳐들어왔다!"

복도에서 비명이 들렸다.

갑옷을 입은 기사들이 둔탁한 소리를 내며 달리는 소리들까지 연달아 들렸다.

라움 왕국의 기사단뿐만 아니라 동맹 왕국의 최정예 기사단이 모두 동원되었다. 그뿐만 아니라 최정예라고 할 수 있는 레인저들까지도 따라왔다.

"슬슬 안내자들이 도착한 모양이로군요."

위드도 길잡이를 기다려 왔다.

근본적으로 이 전쟁은 라움 왕국과 포르투 왕국 간에 벌어지는 것이다. 노들레와 힐데른은 이 사이에 끼어든 처량한 새우 신세였다.

포르투 왕국과는 어차피 적대적일 수밖에 없었으니 그럴 바에야 라움 왕국에 빌붙으려는 것이다.

"우리가 정확한 길을 찾지 못하더라도 놈들이 찾아 줄 것입니다."

라움 기사단이 지나간 길을 시간을 두고 쫓아가면 된다. 일부러 약탈을 하면서 뒤처졌던 건 그러한 이유에서였다.

"어서 가시죠."

자하브가 앞장서고, 위드는 서윤을 등에 업고 따라갔다.

라움 기사단이 수비를 하고 있던 병사들을 해치웠기에 편하게 뒤를 따라가기만 하면 되었다.

워낙 튼튼하게 지어져서인지 왕성의 내부로 깊이 들어갈수록 공성 병기의 공격에도 불구하고 비교적 멀쩡한 모습이었다. 그렇지만 시시때때로 건물이 흔들리고 벽에 걸려 있는 장식품과 그림 등이 떨어지기도 하였다.

다분히 공포스러운 느낌!

아직 왕성이 무너지지는 않았지만, 어느 순간 한꺼번에 폭삭 가라앉을 수도 있으리라.

서두르고 싶은 마음이 굴뚝같았지만, 봉인의 구슬을 구하려면 무조건 서두른다고 해서 될 일도 아니었다.

"놈들이 나타났다. 준비한 마법을 발동하라."

"희생의 땅!"

"아스타로트의 발톱!"

무엇을 하는지 몰라도 어마어마한 굉음과 위드가 있는 장소까지 뒤흔들릴 정도의 충격이 밀려왔다.

위드는 다리 힘이 풀려서 주저앉을 뻔했던 걸 자하브가 부축해 주어 겨우 버틸 수 있었다.

'역시 뒤따라오길 잘했군. 내가 먼저 도착했다면 저런 마법 공격에 의해 제대로 정신을 차리기도 전에 죽었을 거야.'

비명이 끊이지 않고 연달아 들렸다.

앞으로 계속 가면 이 왕성에서 가장 치열하고 위험한 장소에 도착하게 되리라.

포르투 왕국의 수비벽을 무너뜨리는 돌파 속도로만 봐도 알 수 있을 정도로 실력이 뛰어난 라움 왕국 기사들과 흑마법사들의 전투!

공격 범위에 들어가거나 스치기만 해도 사망!

"조금 쉬죠."

"그래도 되겠나? 여자의 상태가 안 좋은 것 같은데."

서윤은 눈 밑이 시커멓게 죽어 있었다.

"먹고살려고 하는 건데요."

위드는 스스로가 생각해도 위기의 순간에 냉정을 쉽게 잃어버리는 편은 아니었다.

하물며 당장은 자기 자신도 아닌 서윤의 목숨!

이런 장소에서는 죽더라도 그녀도 이해해 줄 것이다.

'안 되면 보신이와 보신이 2세의 새끼들을 주면 되겠지.'

안 그래도 출산을 하면 생일이나 명절 같은 기념일마다 선물용으로 보낼 작정을 하고 있었다.

물론 이미 서윤에게 가 있는 몸보신1세가 암컷이었지만, 어차피 수컷의 협력이 없다면 새끼는 나오지 않는다.

'새끼 강아지들의 지분을 포기하면 돼. 그리고 몸보신을 준다고 했지 그 새끼들까지 낳으면 다 준다고 한 적은 없으니까.'

위드에게 한번 개 줄이 묶이고 나면 대대로 풀려나기 어려운 신세!

"어둠의 힘에 사로잡힌 그로뮬타여, 여기 그대를 위한 피와 생명이 있으니 이곳에 강림하여……."

"흑마법사들을 남김없이 처단하라. 레인저 부대 공격!"

"놈들의 마법이 이루어지지 않도록 마법진을 파괴하여라."

포르투 왕국과 라움 왕국 연합군 측의 전투 소리가 계속 들렸다.

위드는 섣불리 움직이지 않으며 생각을 정리했다.

그냥 서윤을 업고 저 전장으로 뛰어들어서 과연 무엇을 할 수 있을 것인가.

'역사로 보면 포르투 왕국은 패배했지. 어떤 중대한 변수가 개입되지 않는다면 말이야.'

물론 그 변수는 위드와 서윤이었다.

서윤에게서 마족이 깨어나면 라움 왕국 연합군 측이 무참히 패배할 수도 있으리라.

노들레가 성공했던 것처럼 어떻게든 위드도 해내야 했다.

지금 와서는 그가 어떻게 해냈는지 궁금하기도 했지만, 이제는 자신의 방법으로 서윤을 구해야 하리라.

"가야 하지 않겠는가?"

"준비를 조금 해야 될 것 같습니다."

"어떤 준비를?"

"고래들을 잡아 먹어 치워야죠."

포르투의 국왕은 능력이 얼마나 될지 모르나, 챠크젤은 대단한 흑마법사!

이곳의 악의 세력의 대장이었다.

또한 라움 왕국의 병력도 어마어마하다.

이 시기에 라움 왕국은 제국으로 발돋움을 하기 직전으로, 다른 연합군의 군대까지 포함하면 대륙 최고의 기사단이 몽땅 출동을 한 것이다.

싸우는 군대의 질로 판단을 하더라도 역대 최고라고 할 수 있는 전장!

위드와 서윤은 역사적으로도 드물고 잘 일어나기도 어려운 대단한 전투에 뛰어들어야 했다.

"자고로 준비를 하지 않으면 안 돼. 잔머리를 쓰지 않으면 착하게만 살아야 하지. 그게 얼마나 손해인데."

전장에서는 여전히 폭발음이 터져 나오고, 간악한 흑마법에 의해 절규하는 목소리들이 계속 들렸다.

"아직 약하군."

전장을 많이 헤매 본 덕에 본격적인 절정은 아니라는 점을 알 수 있었다.

소리를 들으면서 여러 정보들도 입수했다.

라움 왕국과 연합군 측에서는 각국의 국왕이나 고위 귀족들끼리 만나서 포르투의 흑마법사들이 대륙을 위기로 몰아넣으려고 하고 있다는 의견을 교환했다. 그리하여 전격적으로 침공을 하였고, 흑마법사들의 터전이 되어 버린 이 성은 공성 무기로 끊임없이 두들겨서 무너뜨린다는 계획을 세웠다.

각국의 기사단은 왕성으로 진격해 들어와서 흑마법사들을 처단하기 위하여 이곳으로 집결하고 있었다.

사실상 기사단은 성이 무너지게 되면 몰살을 당할 수도 있다는 각오까지 하고 들어온 것이다.

"음, 흑마법사들은 어디를 가나 박해를 받는군."

유저들이 흑마법사를 택하지 않는 이유에는 이러한 면들도 있었다.

마법 자체는 강력하기 짝이 없지만, 계속 악명이 쌓이고 또 희생물을 바치거나 하면 더 쉽게 고급 마법들을 익힐 수 있어서 유혹을 벗어나기 어렵다. 그러다 보면 기사들에 의하여 쫓기고 죽임을 당하는 신세가 되고 만다.

게다가 나중이 되면 악마나 마족에 의해 종속되어 몸을 강탈

당할 수도 있는데, 이런 경우를 방지하기 위해서는 힐데른의 경우처럼 그 마족에게 제물을 바쳐야 했다.

어떤 직업보다도 정말 빠르게 강해질 수 있지만 끝없는 비난과 쫓김을 당하는 직업이었다.

"뒷거래니까 흑마법사 아이템들을 비싸게 팔아먹기는 힘들겠어."

위드는 슬슬 준비해 놓은 계획들을 시작하기로 했다.

미리 제작해 놓은 조각품을 꺼냈다.

"조각 변신술!"

평범한 포르투 왕국의 궁수로 변신!

조각 변신술을 사용합니다.
조각술에 대한 무한한 애정은 그 조각품과 조각사를 서로 닮게 만든다!
스킬 활용에 필요한 마나가 부족합니다.
완숙의 경지에 달한 조각술 스킬과 예술성으로 극복합니다. 하지만 커다란 페널티가 부여됩니다.

조각 변신술의 영향으로 힘과 민첩이 다소 증가합니다. 지력과 지혜는 더 떨어질 것이 없어서 그대로입니다. 예술 스탯이 절반으로 줄어듭니다. 생명력이 조금 높아집니다. 페널티로 인하여 마나를 소모하는 스킬을 쓸 수 없습니다. 조각 변신술이 풀릴 때까지 유효합니다.

포르투 왕국의 병사로 조각 변신술을 사용한 것은 흑마법사들에게 가까이 다가가기 위함이었다.

위드는 조각 변신술을 쓰며 일부러 뚱뚱하게 몸을 바꿨다. 서윤을 등에 업고 망토로 덮어서 위장하기 위해서였다.

그만큼 몸을 움직이는 데 불리하지만, 조각 파괴술을 썼으니 단순 이동은 문제가 아니었다.

"저를 잘 지켜 주셔야 됩니다."

"목숨을 걸고 해내지."

자하브는 중간에 입수한 근위대 병사의 검과 가죽 갑옷을 착용했다.

그는 검술의 마스터였기 때문에 병사들이 착용하는 기본적인 무기와 방어구를 얼마든지 쓸 수 있었다. 아쉬운 점이라면 기사로 분장하지 않아서 성능이 매우 떨어지는 검을 착용하게 되었다는 것이다.

전투가 벌어지게 되면 검의 낮아진 위력만큼이나 손해를 볼 수밖에 없었다.

"그리고 이놈들을 살려야겠군. 이것만큼은 가능하면 다시 쓰는 날이 오지 않기를 바랐지만… 퀘스트만 완료한다면 어떻게든 그 후에 사냥으로 복구를 해야겠지."

위드는 품에서 조각품들을 꺼냈다.

전쟁의 시대로 돌아오며 가져왔던 조각 재료들은 이날을 위해 이미 조각품으로 만들어 놓았다.

평작과 걸작의 작품들. 그리고 명작도 하나 끼어 있었다.

예술의 주제가 자유롭지 못했기에 귀한 재료들을 가지고도 어쩔 수 없었던 것들.

6개의 조각품은 전부 포르투 왕국 병사들의 모습이었다.

"생명을 부여하더라도 원래의 시간대로 데려가거나 혹은 지금의 전투에서 살아남게 해 주기가 어렵게 될 텐데."

위드는 깊은 한숨을 내쉬었다.

"여기까지 왔으니 어쩔 수 없지. 조각품에 생명 부여!"

조각품에 생명을 부여하였습니다.
조각품의 능력은 현재 설정된 예술 스탯 3,122에 따라 513으로 변환됩니다. 스킬 시전에 필요한 마나 부족의 페널티로 23%의 레벨이 감소합니다.
생명체에 세 가지의 속성이 부여됩니다. 조각품의 모양과 수준에 따라 부여되는 속성의 수준과 능력치가 다릅니다. 강철의 속성(100%), 불의 속성(80%), 충성의 속성(100%).
* 강철의 속성은 생명체에 뛰어난 무기술과 방어 기술을 부여합니다.
* 불의 힘을 이용해 적을 태울 수 있습니다. 모든 저주 마법에 대해 면역을 갖습니다. 흑마법에 대해 강한 저항력이 생깁니다.
* 절대 배반하지 않으며 맹목적인 충성을 바칩니다. 어떤 명령이라도 기꺼이 따를 것입니다.
마나가 282 사용되었습니다.
스킬의 효율이 증가해서 생명을 부여할 때 소모되는 레벨과 스탯의 양이 20% 감소합니다. 예술 스탯이 6, 영구적으로 줄어듭니다. 줄어든 스탯은 조각품이나 다른 예술과 관련된 활동을 통해 보충할 수 있습니다.
레벨이 2 하락합니다. 레벨 하락에 따라서 보유하고 있는 스탯이 10 줄어듭니다. 줄어든 스탯은 레벨을 올리게 되면 다시 부여할 수 있습니다.
생명이 부여된 조각품을 소중히 다루어 주십시오. 목숨을 잃으면 다시 생명을 부여해야 합니다. 완전히 파괴되었을 경우에는 되살릴 수 없습니다.

병사의 몸이 쑥쑥 커지더니 커다란 덩치로 성장하였다.

그는 위드를 향해 바로 무릎을 꿇었다.

"저에게 생명을 주신 주군을 뵙습니다. 저의 이름을 정해 주십시오!"

충직함이 잔뜩 묻어 나오는 목소리!

위드는 조각 생명체를 보며 씁쓸함을 감추지 못했다.

"반갑구나. 너의 이름은 철일이라고 하자."

"저에게 무척 잘 어울리는 이름 같습니다. 철일이라는 이름을 지어 주셔서 고맙습니다."

"고마워하지 않아도 된다. 아쉽게도 너와 함께하는 시간이 길진 않을 것 같구나."

"주군! 왜 그렇게 말씀하십니까."

시간대가 바뀌면서 노들레와 힐데른의 모험을 진행 중이었다. 나중에 다시 원래의 대륙으로 돌아가게 되면 조각 생명체들은 놔두고 가야 하리라.

지금의 어려운 전투를 무사히 넘기리란 보장도 없다. 왕성이 무너져서 깔려 죽을 위험마저도 있다.

물론 위드의 부하로서 두고두고 괴롭힘을 당하지 않아도 되니 어쩌면 조각 생명체에게는 행운이 될지도 모를 일.

"이곳이 위험하더라도 기꺼이 싸우겠습니다. 한순간이라도 충심을 다해서 모시겠습니다."

"그래, 알겠다. 이제 너의 동료들을 더 모아 보자."

위드는 마나가 회복되기를 기다려서 조각품에 생명을 부여하는 스킬을 계속 시전했다.

총 6명의 조각 생명체들을 일으킨 대가로 레벨이 10개나 떨어져야 했다.

그렇지 않아도 낮은 위드의 현재 생명력과 레벨이 더 줄어들었다. 본래의 몸으로 돌아가게 되면 무려 10개의 레벨 감소가 적용될 테니 그 슬픔이란 더욱 크게 느껴지리라.

"예술은 정말… 뼈를 깎는 고통이 없이는 이루어질 수 없는 거로군. 이놈들을 오래도록 두고두고 부려 먹을 수가 없다니."

피눈물이 흐를 것처럼 고통스러웠다.

"주군, 명령을 내려 주십시오!"

"어떤 적이든 물리치겠습니다!"

"저의 목숨을 원하시면 기꺼이 바치겠습니다. 주군과 함께 싸울 수 있다면 그만한 영광도 없을 것입니다."

"무엇이든 할 겁니다. 그것이 비록 정의롭지 못한 일이더라도 주군께서 시키는 일이라면 해내겠습니다!"

위드는 늠름한 조각 생명체들을 기특하다는 듯이 보았다.

명작 하나, 걸작 둘 그리고 평범한 조각품 셋. 레벨들은 조금씩 다르지만 대충 보면 전부 포르투 왕국의 병사들이었다.

궁수가 넷으로 가장 많고, 검사와 창병이 하나씩 있었다.

위드는 만일의 사태에 대비하여 조각품의 조합까지 해 놓았던 것이다.

"가 보죠. 시간을 지체했으니 왕성이 언제 무너질지 모릅니다. 이제부터는 조금 서둘러야 되고, 라움 왕국 동맹군으로부터 공격을 받을지 모르니 특히 조심해야 될 것 같습니다."

위드와 자하브는 병사들을 데리고 왕성의 지하로 내려갔다.

초록색의 넓은 공터!

왕성에 있을 법한 공간은 아니었지만, 흑마법사들이 마법 실험을 하고 마물들을 만들어 내기 위하여 마련된 아주 널찍한 장소였다.

음습한 냉기가 흐르는 장소로, 평소에는 마물들의 체액에 의하여 미끈한 초록색의 액체가 흐르고 있다.

그리고 이미 마물과 라움 기사단, 연합군 기사들의 전투가 한창이었다.

'그래도 이 장소에서는 어지간해서는 흑마법사들이 계속 유리하겠군.'

지하에는 각종 저주 마법들이 펼쳐져 있었다.

기사들과 병사들도 마물들과 싸우면서 평소의 실력을 발휘하지 못했다. 약간이라도 부상을 당하면 독으로 상처가 크게 악화되고, 굼벵이를 닮은 특이한 벌레들이 몸에 나타나 기어다니게 된다. 또한 환각에 사로잡히거나 타락하여 동료들을 공격하기도 했다.

레인저들은 멀리서 자리를 잡고 화살만 쏘려고 했지만 독 안개가 그들에게 스멀스멀 밀려들었다. 몸이 나무토막처럼 변하더니 모든 영양분을 빼앗기고 비쩍 말라서 목숨을 잃기도 했다. 흑마법사란 존재는 정말 상대하기가 어려웠다.

"이젠 어떻게 할 건가."

"왼쪽으로… 지금 달려요!"

위드는 자하브와 함께 앞으로 뛰었다.

조각 생명체 병사들은 그들을 호위하듯이 감싸고 따라서 달렸다.

마물들과 기사들이 싸우는 틈새를 넘어서 포르투 왕국의 진영으로 향했다.

"철일, 철이, 철삼! 라움 왕국군의 접근을 막아라. 실력을 너무 드러내선 안 된다."

"넵!"

"철사, 철오, 철육! 너희는 혹시 모를 공격에 대비해. 흑마법사들을 주의해라."

"몸을 던져서라도 막겠습니다, 주군!"

위드와 부하들은 라움 왕국과 포르투 왕국이라는 고래들 사이에 끼어 있는 새우 신세였다.

흑마법사들로부터 불덩어리라도 날아온다면, 혹은 궁수들이 쏜 눈먼 화살이라도 맞는다면 다른 이들은 몰라도 위드는 곧바로 사망!

하지만 같은 편으로 여겼는지 그들은 공격하지 않았다.

오히려 궁수 부대가 라움 왕국의 병력에 화살을 쏘면서 견제를 해 주기까지 했다.

위드의 조각 변신술과 생명 부여가 워낙에 뛰어난 스킬이라서 발각되지 않은 것이다.

포르투 왕국의 진영에 도착하였더니 궁수 부대의 지휘관은 따끔한 질책을 했다.

"어딜 갔다가 오느냐. 1시간 전부터 우리 부대는 이곳에 모이기로 했던 걸 잊었느냐."

위드가 대표로 고개를 숙였다.

"죄송합니다."

"미련한 놈들! 전투준비를 하고 가서 서 있어라. 윗분들의 명령이 있으면 언제든 나가 싸워야 하니."

"옛!"

위드와 자하브는 조용히 조각 생명체 병사들과 함께 라움 왕국의 진영에 배치되었다.

마물들이 활약하고 있는 마당이니 궁수들만이 화살을 조금 날리고 있을 뿐, 근위대 병사들은 쓸모가 없기 때문인지 구경만 하고 있었다.

포르투의 국왕과 챠크젤, 다수의 고위급 흑마법사들은 숫자가 많이 줄어든 기사들의 상대는 마물로도 충분하다고 여겼는지 전투에 가담하지 않고 흑마법을 준비했다.

그들이 마력을 운용할 때마다 땅에 새겨진 커다란 마법진이 붉게 빛났다.

'여기가 복마전이로군. 그보다도 저 위험천만해 보이는 마법은 대체 뭐지?'

위드는 흑마법사들의 마법이 뭔가 대단한 광경 같아서 주변의 병사들에게 물었다.

"저 마법이 뭔가?"

"나도 잘 몰라. 적들을 섬멸할 수 있는 어떤 대단한 마법이라더군."

병사는 아는 한도 내에서 대답해 주었다.

동료라고 생각을 하니 따로 친밀도를 올릴 필요도 없었고, 또한 국왕에 대한 충성도 역시 그리 높은 편도 아니었다.

다른 병사들도 아는 지식을 하나둘 꺼냈다.

"저것만 완성되면 라움 왕국 놈들을 몽땅 물리칠 수 있대."

"설마 그 말을 믿어?"

"나도 잘은 모르지. 그렇지만 이런 위기에 저렇게까지 열심히 마법을 준비하는 걸로 봐서 정말이지 않겠어?"

"아까도 시녀들을 제물로 바치던데, 우리까지 죽이려고 하는 거 아닌가 몰라."

"라움 왕국이 물러가면 지금의 국왕 폐하가 계속 통치를 한다는 이야기잖아. 그게 좋은 일인지 나는 잘 모르겠군."

"그래도 적은 물리치고 봐야지. 저놈들도 우리를 살려 주진 않을 테니까."

위드는 흑마법사들의 주의를 끌지 않으면서 병사들에게 가급적이면 말을 많이 걸기 위하여 노력했다.

왕성에 들어온 이후 특유의 눈치로 짐작을 해 왔지만, 지금의 상황을 좀 더 구체적으로 알아내야 상황을 유리하게 바꿀 시도를 할 수 있었다.

그때 병사들 중에서 흑마법에 대해 아는 이가 나섰다.

"드러커 님이 그러셨는데 지금 만드는 마법은 지옥의 문이라던가… 뭐, 그런 거라던데."

"지옥의 문? 그게 뭐야?"

"적들을 골라서 없애 버리는 마법이라고 하더라고."

위드는 흑마법에 대한 글을 봤던 기억이 났다.

사람들이 강해지는 데 관심이 많다 보니 고위 흑마법들을 직접 익히진 않더라도 그에 대한 소문이나 정보는 자주 이야기하곤 했다.

'아마 지옥의 문은 광범위 파괴 마법에 속했지.'

혼자서는 절대 쓸 수 없는 파괴 마법.

마법진과 고위 흑마법사들이 다수 동원되어야 했다.

마나 소모량이 최하 400만이 넘고, 생명의 희생이 5,000명 이상 필요한 궁극의 흑마법 중 하나!

지옥의 문이 열리면 해당 지역에 있는 생명체들이 강제로 그곳으로 끌려가게 된다. 그리고 지옥으로 넘어간 이들은 결국 마물과 마족 들의 먹이가 되고 만다.

또한 마물들도 이쪽 세계로 넘어오게 되는데, 이들은 흑마법사들이 하수인으로 부릴 수 있었다.

자하브가 와서 작은 목소리로 말했다.

"흑마법의 완성을 방해해야 하지 않겠는가. 마법이 발동되면 모두 끝장이야."

"우리만으로는 무리입니다."

"그래도 해 보는 데까지는 해 봐야지. 내가 흑마법사들을 처리하면 마법을 취소시킬 수 있을 거네."

"그렇게 하면 자하브 님의 생명이 위험합니다."

"내가 죽더라도 놈들을 그냥 지켜볼 수는 없네."

"그래도 안 됩니다."

누구든 먼저 나서는 그 순간 흑마법사들과 마물들의 집중 공격을 받게 될 것이다.

자하브가 강하다고는 하나 흑마법을 무시할 수는 없었다.

"지금 나를 걱정할 때가 아니지 않은가."

"그래도 마법의 완성까지는 조금 시간이 남아 있는 것 같습니다."

초조해하는 가운데 시간이 흘러갔다.

왕성의 내부에서 심상치 않은 흑마법이 준비되고 있다는 소식이 라움 왕국으로도 전해졌는지, 병력이 계속 왕성 내부로 밀려들어 왔다.

라움 왕국의 중앙 기사단, 루벤스톤 왕국의 근위 기사단, 고르골 공국의 강철 기사단.

연합국의 최정예 기사단이 계속 진입했다.

'아직은 끝이 아닐 거야. 무언가 더 큰 변수가 생기겠지. 노들레가 성공했다면 그가 기회로 이용할 만한 상황의 반전이 있었을 거야. 그게 없다면 자하브가 마법은 취소시킬 수 있더라도 퀘스트 자체는 실패한다.'

위드는 묵묵히 계속 기다렸다.

라움 왕국 연합군의 전력이 이 정도일 리는 없다. 고작 이게 전부라면 포르투의 국왕 측이 전쟁에서 패배하여 무너지는 왕성에서 흑마법을 완성하려 하며 웅크리고 있을 이유도 없기 때문이었다.

라움 왕국의 진정한 실력은 반드시 나타나리라.

무너지는 왕성 안에서의 시간과의 싸움!

위드는 계속 기회를 노리며 조각 생명체 부하들과 때가 오기만을 기다렸다.

"흑마법사들을 이곳에서 끝낸다!"

"용기를 내라! 티르의 가호를 받는 우리는 승리할 것이다. 그동안 숱한 악행을 저지른 이들을 단죄하자. 더러운 싸움의 종지부를 여기서 찍는다!"

라움 왕국과 동맹국에서는 새로운 기사단과 레인저, 보병 들을 왕성 내부로 침투시켰다.

땅에 걸린 저주 마법과 마물들로 인해 이곳에서 우위를 점하지는 못했지만 화살과 검기가 날아다니는 치열한 전투가 벌어졌다.

"라움 왕국의 영웅 랜섬이다!"

"카르타르 기사단도 드디어 출격했어!"

마물과 싸우는 라움 왕국 연합군 측의 병력이 떠들썩했다.

랜섬과 카르타르 기사단.

박력 있는 그들의 검에는 마물들도 그대로 조각났다.

콜드림이 떠오를 정도로 강한 인물, 라움 왕국 연합군의 영웅이었다.

"놈들을… 제거하라!"

"희생양이 더 필요하다. 피를, 시체를 원한다!"

포르투의 국왕이 외치자, 대기하고 있던 흑마법사들이 사악한 마력을 발휘하기 시작했다.

순식간에 흑마법을 발동하여 기사들을 향해 날렸다.

기사들과 마물들, 흑마법사들의 전투는 그야말로 치열한 공방전이었다.

'과연 고래 싸움이라고 할 만하군. 그리고 노들레와 힐데른은 그 사이에 끼어든 새우 신세이고 말이야.'

포르투 왕국의 궁수대장들이 소리쳤다.

"뭣들 하느냐! 너희도 이제 화살을 쏴라!"

"예!"

위드는 다른 궁수들과 함께 라움 왕국의 기사들을 노리고 화살을 쏘았다.

지금의 레벨이야 사실 의미가 없는 수준이기 때문에 맞히더라도 피해를 주지 못한다. 그래도 민첩이 지나칠 정도로 높아서, 거의 백발백중이었다.

궁수대장이 위드를 칭찬했다.

"굉장한 실력이군."

"감사합니다. 대장님께 제대로 배운 덕분입니다."

"음, 한 놈씩 확실히 죽여라."

"넷!"

위드는 일부러 생명력이 넘쳐 나는 멀쩡한 기사들만 노려서 피해를 최소화했다.

그러면서 조각 생명체들을 향해 명령했다.

"대충 쏘는 시늉만 해라. 너희가 맞히지는 말고."

"알겠습니다, 주군!"

조각 생명체들도 건성으로 화살을 쏘았다.

그들은 병사로 보기에는 워낙 레벨이 높기에 공격을 맞으면 기사들조차도 위험할 수 있었다.

마족의 강림, 흑마법 지옥의 문 주문의 완성, 라움 왕국의 패배, 어느 쪽이건 흘러가는 상황이 위드에게는 아주 안 좋았다.

절묘한 배반

위드는 싸우는 시늉을 하며 끊임없이 눈치를 보고 있었다.

'내가 라움 왕국의 총사령관이라면 슬슬 왕성이 그냥 무너지기 전에 전력을 투입할 때가 되었는데…….'

쿠구궁!

천장의 진동이 더 심해졌다.

라움 왕국 공성 무기들의 공격이 거세어지고 있다는 뜻이다.

그리고 드디어 등장한 라움 왕국의 최정예 병력!

"우오오오오오!"

"대마법사 페더만 님이 오셨다."

하얀 로브를 착용한 마법사 무리가 지하로 들어오더니 공격마법을 마구 시전했다.

"바람 압력!"

"신성한 벼락!"

"번개의 공!"

"화염의 물결!"

마법사 진영의 공격에 의해 불에 타서 쓰러지는 마물들.

페더만은 라움 왕국의 대마법사로, 포르투 왕국의 국왕을 격퇴시킨 바가 있는 대마법사였다.

드디어 위드가 기다리던 초대 손님들이 모두 모여든 것이다.

꽈과과광!

마법사들끼리의 대결로 인하여 빛과 화염이 몰아쳤다.

위드는 조각 생명체 부하들의 등 뒤로 숨었다. 그리고 흑마법사들의 진영을 보니 챠크젤이 음침한 웃음을 띠며 지옥의 문 마법에만 전념하고 있었다.

'페더만이 아마도 조금 늦게 온 모양이다. 지옥의 문이 완성되어 버리고 말겠어. 뭐든 해야 해.'

왕성에 들어오고 나서 한참 동안은 노들레보다 진도가 빨리 나갔다. 하지만 약탈을 하거나 조각 변신술을 쓰느라 지체한 시간이 있기 때문에 지금은 오히려 노들레가 먼저 움직였었을 수도 있다.

'아깝지만 써야겠군.'

품에서 자이언트 파이어 골렘 소환 스크롤을 꺼냈다.

마법사의 가디언 중 최강으로 불리는 존재.

대마법사 로드릭이 직접 제작한 마법 스크롤!

돈 주고도 사지 못할 물건이지만, 팔려고 한다면 바가지를 있는 대로 씌우고 그 후에 생색까지 낼 수 있는 물품!

'인생이란 투자 없이는 되지 않지. 목 좋은 곳에 땅이라도 산 셈 치면 마음이 편할 거야.'

위드는 땅 투기를 하는 심정으로 스크롤을 찢었다.

조용히 빛의 먼지가 되어서 사라지게 된 스크롤!

“살을 녹이고 뼈를 부패시키는 망령들이여, 이곳으로 오도록 하라.”

“묵직한 일격.”

흑마법과 공격 마법이 난무하던 전장이 갑자기 조용해졌다.

“이게 어째서…….”

“마나가 모이지 않는다.”

“마법진도 작동되지 않아.”

라움 왕국의 기사들도 스킬을 사용하지 못했다.

페더만을 따라온 마법사들과 지옥의 문을 열려던 흑마법사들도 크게 소란을 피우며 떠들어 댔다.

자이언트 파이어 골렘!

궁극의 골렘 소환으로 인하여 일대가 마나 공백 지대가 되어 버린 것이다.

쿠우우우우우웅!

지하 공간을 울리는 어마어마한 소리!

그리고 마치 지진이라도 나서 왕성이 무너지는 것처럼 땅이 뒤흔들렸다.

천장에서 자잘한 돌 조각들은 물론이고 커다란 암석까지도 떨어져 나와 마물들과 기사들을 덮쳤다.

라움 왕국의 기사들과 연합군 측에는 그래도 나쁜 일은 아니었다. 그들의 몸에 깃들어 있던 흑마법의 효과마저 갑자기 풀어져서 정상으로 돌아온 것이다.

그리고 곧이어 사방에서 화염의 기운이 몰려들더니 자이언트 파이어 골렘이 소환되었다.

쿠아아아아아아!

불의 기운을 내뿜으면서 주변에 있는 마물들을 짓밟았다.

마물들은 골렘에게 가까이 접근하는 것만으로도 몸이 타서 전소되어 버렸다.

자이언트 파이어 골렘과 소환자인 위드는 영혼의 교감으로 연결되어 있는 상태!

위드는 귓속말을 보냈다.

—널 부른 사람이 나다.
—지시를 내려 다오.
—일단 인간들은 피해서 마물들을 휩쓸어라. 그리고 그러면서 기회가 되면 흑마법사들을 공격하도록 해.
—알겠다.
—그리고 조심할 점이 있는데… 나랑 알은척해선 안 된다.
—어째서지?
—인생이란 그렇게 복잡한 거야. 길게 알 것 없어.
—…….

자이언트 파이어 골렘은 명령을 충실하게 이행했다.

길게 늘어나는 화염의 팔로 마물들을 붙잡아서 태워 버리고, 흑마법사들을 향해 불의 정화를 쏘아 냈다.

흑마법사들은 보호 마법을 펼쳤지만 유성처럼 날아온 불의 정화들은 장벽을 뚫고 음침한 로브를 착용하고 있던 그들을 한 줌의 재로 만들었다.

"지원군이다!"

"기회를 놓치지 말고 어서 적들을 도륙해라."

"기사단이여, 영광의 돌격을 위하여 정렬하라!"

라움 기사단은 사기가 올라서 힘을 냈다.

그들을 따라온 다른 왕국의 기사단과 병사 들도 마찬가지였다. 수세에 몰려 있었지만 마물들이 줄어든 틈을 타서 흑마법사들을 향하여 돌진!

페더만과 마법사들은 다 함께 모여서 어마어마한 마법을 준비하였다.

질서 계열 대마법 중 하나인 힘의 충격!

"이런."

위드는 그들을 보며 잘한다고 기뻐할 수도 없는 처지였다.

페더만의 마법이 어느 쪽으로 향하게 될지를 모르기 때문!

라움 왕국 연합군이 이기더라도 포르투의 병사로 위장하고 있는 위드와 자하브, 조각 생명체들을 언제든 공격할 수가 있었다.

그렇지만 흑마법사들의 대응도 기민했다.

준비되어 있던 인간들, 왕성에서 일하던 시녀들을 희생양으로 삼아서 추가로 마물들을 소환했다. 게다가 지옥의 문을 위한 마법진 작업에 참여하고 있던 고위 흑마법사들까지도 전부 전투에 가세하였다.

암흑의 기운을 모아서 자이언트 파이어 골렘을 향하여 마구 쏘아 냈다. 흑마법사들에게 소환된 커다란 뱀이 골렘의 몸을 물어뜯으며 싸우기도 했다.

자이언트 파이어 골렘은 어마어마한 생명력과 회복력을 가졌기 때문에 흑마법사들의 공격에도 잠깐 위축되기는 해도 몸의 불길들은 더욱 크게 타올랐다.

골렘이 움직일 때마다 마물들이 튕겨 나가고 충격으로 지하 공간이 우르르 떨렸다.

"이러다가 왕성이 더 빨리 무너질 수도 있겠군."

위드는 그나마 없던 시간이 골렘으로 인하여 더욱 단축될 수도 있다고 여겼다.

자이언트 파이어 골렘 소환 유지시간이 9분 37초 남았습니다.

마법 스크롤을 찢어서 나온 골렘이기 때문에 보유한 마나가 고갈되면 사라지게 된다. 유지되는 시간 동안 최대한의 이득을 보지 않으면 안 된다.

"궁수 부대, 뭐 하느냐! 어서 공격해라!"

"옛, 대장님!"

포르투의 기사들과 병사들도 전원 공격에 가담하였다.

위드는 궁수라서 싸움에 동원될 필요는 없어서 그나마 다행.

하지만 마법이 난무하고 있었기에 따로 안전지대라 할 만한 곳이 없었다.

병사들이 있는 바로 옆으로도 라움 왕국 마법사들이 시전한 마법들이 날아왔다.

'여기서는 1분도 버티기 어렵겠다. 우리가 공격을 당하더라도 흑마법사들이 보호 마법을 써 줄 턱도 없고, 사제의 덕은 더더욱이나 바랄 수도 없겠지.'

위드는 이제 움직이기로 했다.

—골렘, 명령이다. 흑마법사들을 지키는 기사들을 덮쳐라.
—알겠다.

자이언트 파이어 골렘은 몸을 돌려서 흑마법사들이 모여 있는 장소를 습격하려고 했다.

그러자 포르투의 국왕 친위 기사단이 나와서 파이어 골렘을 가로막았다.

흑마법사들도 골렘을 향하여 마법을 퍼부었다.

쿠워오오오오오!

마법에 적중당하여 괴로워하는 골렘!

하지만 그 덕에 이제 흑마법사의 앞은 지켜 주는 기사들도 없이 텅 비어 있었다.

"가라, 나의 부하들이여! 철일부터 철사까지, 화살을 아끼지 말고 쏴라."

위드는 조각 생명체 병사들에게 명령을 내렸다.

4명의 궁수가 돌아서더니 흑마법사들을 향해 화살을 쐈다.

"막을 수 없는 화살!"

"분산 사격!"

"신속한 발사!"

엉성하게 라움 왕국의 기사들을 빗나가게 노릴 때와는 달랐다. 조각 생명체 궁수들이 쏘는 화살이 흑마법사들을 향하여 퍼부어졌다.

기본적으로 관통과 파괴력 향상, 속사 스킬이 높기 때문에 흑마법사들에게는 큰 피해를 줄 수가 있었다.

"크에엑!"

"배반……."

"마법이 역류한다!"

주문을 외우던 흑마법사들은 화살의 기습을 당했다.

10명이 넘는 흑마법사들이 화살에 적중당해서 쓰러지거나 회색빛으로 변했다.

흑마법은 중간에 취소돼 버리면 불안한 마력이 폭주를 한다.

"아… 안 돼! 주문 취소! 헉! 취소가 되지 않는다. 으아아악!"

소환 마법을 준비하던 이들로 인하여 통제가 되지 않는 마물이 나타났다. 그리고 가까이 있는, 흑마법을 시전하던 당사자를 공격하고 잡아먹었다.

"이런 곳에서 하찮은 놈들에게 죽다니……."

"커어억! 온몸이 끓어오른다."

무리하게 제물을 바치며 흑마법을 시전하던 마법사들은 마나의 역류로 인해 괴로워하며 죽어 나가기도 했다.

조각 생명체 궁수들은 마법을 시전하던 다른 흑마법사들에게도 화살을 쏘았다.

재빠르게 보호 마법을 펼쳐서 막아 내기도 했지만, 갑작스러운 화살 공격에 의해 피해를 입고 죽임을 당하는 흑마법사들도 많았다.

사용하는 활이 조각 생명체 궁수들이 쓰기에는 수준이 너무 떨어지는 물건이라서 최대의 위력을 발휘하지는 못했다.

그럼에도 생명력이 낮은 흑마법사들에게는 치명적이기 짝이 없었다.

위드가 공격을 지시했던 순간이, 하필 대부분의 흑마법사들이 골렘이 접근하는 걸 막기 위해 공격 주문을 외우고 있었던 때였던 점도 크게 작용했다.

조각 생명체 창병과 검사는 용감하게 땅을 박차고 흑마법사들을 향하여 뛰어갔다.

화살 공격에 의해서 쓰러지는 흑마법사들에게는 일절 관심을 두지 않았다.

"잿빛 로브를 쓴 놈부터 우선 처리해!"

위드가 정해 준 목표를 향해 공격!

"회전 창술!"

"포르투 왕국 검식!"

흑마법사들이라고 해도 근접전에서 취약한 건 마법사들과 마찬가지.

미리 점찍어 놓았던 강한 흑마법사 셋이 처리되었다.

위드와 조각 생명체 병사들의 반란으로 흑마법사들의 전력이 삼분의 일이나 줄었다. 그리고 그 순간 자하브는 포르투 왕국의 국왕을 향하여 달려가고 있었다.

그의 임무는 국왕의 척살!

가장 중요한 일을 위드는 자하브에게 떠넘긴 것이다.

"전부 내 앞을 막아라!"

국왕이 소리를 쳤지만 친위 기사들은 자이언트 파이어 골렘을 상대하느라 급급해서 구하러 올 수가 없었다.

흑마법사들만이 겹겹이 움직여서 그를 구하기 위해 몸을 던졌다.

자하브의 검에서 빛이 강렬하게 일어났다.

"조각 검술!"

현 시점에서 사용할 수 있는 가장 편한 스킬!

공격력 자체는 그리 높지 않지만 흑마법사들을 처리하기에는 충분했다.

자하브의 검에 의하여 흑마법사들이 마구 목숨을 잃었다. 그리고 마침내 국왕에게까지 다가갈 수 있었다.

하지만 주변에서 공격을 받지 않은 다른 고위 흑마법사들이 저주 마법을 외우기에는 충분한 시간이었다.

"내부 출혈."

"미칠 듯한 괴로움!"

"피부 약화!"

자하브는 정신적인 고통에 시달리며 실제로도 어둠의 힘에 의하여 몸의 혈관들이 찢어지고 터졌다. 하지만 흑마법사들을 상대로 하면서는 시간을 주지 않는 것이 최선이기에 국왕을 향하여 그대로 검을 휘둘렀다.

"암흑 신체!"

포르투의 국왕은 검게 물든 단단한 팔로 검을 막아 냈다.

흑마법사들은 제물을 바치거나 신체를 개조하여 방어력을 강화시킬 수 있다. 국왕은 자신의 마력과 생명력을 원천으로 신체를 순간적으로 강화한 것이다.

"어림없다! 폭풍 연속 베기!"

자하브는 검을 마구 휘둘렀다.

국왕은 더욱 길고 두꺼워진 양팔로 연속 공격을 막아 냈다.

팔과 검이 부딪치는데 불꽃이 튀어 올랐다.

"철오, 계속 흑마법사들을 제거. 철육, 챠크젤이 마법을 성공시키지 못하도록 방해."

"옛."

"알겠습니다."

갑작스러운 기습으로 흑마법사들이 사망하거나 허둥대고 있었다. 이는 마물들에게도 영향을 줘서, 소환된 이들이 약화되거나 마나의 연결이 끊어져서 버티지 못하는 놈들은 땅에 쓰러졌다.

포르투 왕국의 기사들과 병사들이 건재하지만 주력은 마물의 부대였음을 감안하면 라움 왕국과 연합군 쪽에는 다시없을 기회를 위드가 만들어 낸 것이다.

하지만 일은 쉽게 풀리지 않았다.

"놈들 사이에 자중지란이 일어났군. 과연 믿을 수 없는 자들이다. 프로스트 번!"

페더만과 마법사들은 가리지 않고 공격을 퍼부었다.

그들의 공격은 국왕과 싸우고 있는 자하브와 철오, 철육에게로 향했다. 포르투 왕국의 진영에 있는 위드와 철일, 철이, 철삼, 철사에게도 마법 공격이 가해졌다.

그렇잖아도 궁수 부대에 속해 있으면서 배신을 한 참이라서 위드는 다른 병사들로부터도 공격을 받을지 모르는 위험한 찰나였다. 그런데 마법사들의 광역 마법까지 날아오다니!

"내가 이럴 줄 알았어!"

냉정하게 본다면 라움 왕국은 같은 편이라고도 할 수 있다.

그렇지만 그들은 포르투 왕국 병사의 행색을 하고 있는 위드와 조각 생명체 부하들의 사정은 안중에 두지 않고 공격을 했다.

위드와 조금 떨어진 곳에서 폭발 마법이 작렬하였지만, 조각 생명체 궁수들이 파편을 뒤집어써 준 덕에 무사할 수 있었다.

—골렘!
—말하라.

그래도 다행히 자이언트 파이어 골렘이 있지 않던가.

그는 포르투 왕국의 친위 기사들과 싸우고 있었지만, 흑마법사들의 공격이 중단되면서 여유가 있는 상태였다.

—오른쪽으로 움직여!
—알겠다.

자이언트 파이어 골렘을 이동시켜서 라움 왕국의 마법사들에게 노출되는 걸 막았다.

"철일부터 철사는 어떻게든 버텨라!"

위드는 작게 속삭여서 명령을 내렸다. 그리고 서윤을 등에 업고 흑마법사들이 있는 곳으로 내달렸다.

"저놈들이 배반했습니다! 포르투 왕국의 배반자들입니다!"

동시에 내뱉은, 절묘한 타이밍의 고자질!

위드를 공격하려던 흑마법사들은 즉각 돌아서서 조각 생명체 궁수들을 향하여 마력탄을 날렸다. 그리고 포르투 왕국의 다른 병사들도 조각 생명체 궁수들을 향하여 공격을 했다.

조각 생명체들로서는 어이없어할 수밖에 없었지만, 화살을 쏘아서 마력탄을 파괴하고 공격을 막아 냈다.

레벨 차이가 조금 있으니 당장 위험에 처하진 않으리라.

하지만 직업이 궁수이다 보니 생명력이 낮고, 왕실 기사들이 가까이 접근하면 상대할 수 없었다. 하물며 라움 왕국 연합군 역시 조각 생명체들에 대해 가리지 않고 공격을 하고 있다.

이제 위드는 뒤쪽에 내버려 둔 부하들에 대해서는 관심을 접었다.

'어떻게든 살아남아 주기를 바랄 수밖에.'

위드는 스스로와 서윤을 지키는 것만으로도 벅찼다.

흑마법사들의 뒤쪽 구석에 숨어서 자이언트 파이어 골렘을 향해 화살을 쏘는 시늉을 하며 주변을 관찰했다.

자하브, 철오, 철육이 가까운 곳에서 전투를 펼치고 있었다.

자하브와 국왕은 팽팽하게 서로 맞섰다. 물론 검을 사용하는 자하브가 아주 유리했지만 돌아온 국왕 친위 기사들과 흑마법사들이 견제를 하고 있었다.

국왕은 갖은 흑마법을 사용하며 잘 버텨서 호락호락하게 죽지는 않았다.

철오는 긴 창을 휘두르며 다른 흑마법사들 사이를 헤집고 다녔으며, 철육은 챠크젤에게 달라붙었다.

챠크젤은 이곳에서 국왕을 가르친 흑마법의 최강자!

챠크젤의 몸은 검에 의하여 많이 베였지만 죽음과는 거리가 있었다. 그는 공격을 당하면서도 마법을 완성했다.

"혼돈의 지배."

"커윽!"

철육이 검을 놓치더니 괴로워하며 머리를 부여잡았다.

띠링!

철육에게 마스터의 경지에 근접한 흑마법이 적중되었습니다.
지배 마법! 혼란을 일으켜 복종하게 만드는 마법입니다.
강한 정신력과 충성의 속성이 이를 이겨 냅니다. 철육은 변함없이 당신에게 절대적인 충성을 바칠 것입니다.

철육은 다시 검을 들고 샤크젤을 공격했다.

물론 그사이에 지옥의 문 마법은 어떤 흑마법사도 관리를 하지 못해서, 그동안 모은 마나가 무시무시한 소용돌이를 일으키며 퍼져 나갔다.

"어, 리, 석, 은, 놈, 너, 는, 인, 간, 은, 아, 니, 구, 나."

철육으로 인해 지옥의 문 마법이 취소되어 버린 것에 분노한 샤크젤이 무시무시한 고함을 터트렸다.

그리고 마나의 폭주 현상이 걷잡을 수 없이 일어났다.

'이건 진짜 위험하다.'

위드는 곧바로 가장 뒤쪽의 구석에 숨었다.

검은 마나의 소용돌이가 움직이며 근처에 있는 흑마법사들에게로 향했다.

"크에에엑!"

"아, 안 돼!"

흑마법사들의 모든 생명력과 마나를 흡수하며 다른 곳으로 또 이동!

불규칙적으로 움직이는 검은 소용돌이는 측정하기 어려운 거대한 마나를 담고 있었다.

“철오, 흑마법사들은 놔두고 국왕을 없애라.”

“다가갈 수가 없습니다.”

“그래도 뭐라도 해!”

철오는 국왕을 향하여 창을 던졌다.

슈우우우우웅!

자하브와 싸우느라, 그리고 검은 마나의 소용돌이로 국왕과 친위 기사들은 정신이 팔려 있었다.

공기를 꿰뚫고 날아간 창이 국왕의 등에 박혔다.

“우아아아악!”

하지만 그럼에도 죽지 않는 국왕!

철오가 땅에 있는 아무 무기나 집어 들고 국왕에게로 바람처럼 달려갔다.

충성이란 때때로 무모할 정도의 용기를 주기도 한다.

자하브와 국왕이 다투고 있는 곳은 철오의 가세 후 승기가 확실히 넘어왔다.

그렇지만 국왕의 몸에서 창이 뽑혀 나오고, 커다란 상처도 빠르게 다시 치유되었다.

“흑마법은 정말 지긋지긋하군. 저런 기술을 택했어야 하는 건데.”

위드가 감탄하는 사이에, 챠크젤은 뒤쪽으로 움직이며 마법 게이트를 열었다.

“언, 젠, 가, 다, 시, 돌, 아, 오, 리, 라. 그, 때, 는, 반, 드, 시, 되, 갚, 아, 주, 리, 라.”

챠크젤은 게이트를 통하여 떠나 버렸다.

상황이 틀린 걸 알고 피해 버린 것이다.

자하브와 조각 생명체 병사들은 어찌한다고 쳐도, 자이언트 파이어 골렘도 성가시다. 이런 장애물들을 치워 내더라도 라움 왕국의 마법사 군단과 기사들이 있다.

지옥의 문 마법도 취소된 마당이니 무너지는 성에 남지 않고 깔끔하게 떠나는 쪽을 선택한 것이다.

그리고 국왕의 사망!

"크아아아아!"

자하브의 검에 의해 국왕은 잿빛 기운을 퍼트리며 쓰러졌다.

그의 몸에서 나온 아이템 중에 구슬이 있었다.

자하브는 검으로 그 구슬을 깨뜨렸다.

띠링!

힐데른을 위하여 퀘스트 완료

힐데른의 정신과 생명력을 봉인한 구슬이 깨어졌습니다. 마족이 강림하려고 하더라도 인간의 의지가 있는 한 쉽게 몸을 빼앗기지는 않을 것입니다.

마족 강림을 방해하였습니다.

모험으로 인해 모든 스탯이 8씩 증가합니다. 신앙심이 40 오릅니다.

"됐다!"

퀘스트의 성공!

그러나 기뻐할 사이도 없었다.

지옥의 문 마법이 취소되며 생성된 마나 덩어리들은 라움 왕국 연합군 쪽으로 가서 주변을 휩쓸어 버리고 있었다. 또한 자이언트 파이어 골렘은 페더만과 마법사들에게 공격을 받아서 사라지기 직전이다.

"폐하!"

"아, 안 돼! 이럴 수는 없어. 이렇게 된 이상 다 죽는 거다!"

국왕이 죽자 절망한 흑마법사들은 무섭게 눈을 뒤집고 쓰러졌다. 자신들의 육체를 희생해서 흑마법으로 계약된 마족들을 잠깐이라도 이 세상에 깨어나게 하려는 것이다.

위드의 머리는 현재의 상황을 냉정하게 따져 보았다.

'흑마법사들은 적, 포르투 기사들에게 우리는 철천지원수, 라움 왕국 연합군도 우릴 살려 주려고 하지 않아.'

라움 왕국 측에서는 흑마법사의 뿌리를 뽑기 위하여 관련된 모든 이들을 묻지도 따지지도 않고 제거하려고 했다.

'나처럼 깨끗하고 하늘을 우러러 한 점 부끄러움이 없는 사람이 어디에 있다고.'

사방이 적!

왕성마저 곧 무너질 테니 생각을 오래 하거나 눈치를 볼 필요도 없었다.

"어서 빠져나갑시다. 어서 모두 따라와라."

위드는 지하의 뒤쪽 공간을 향해서 달려갔다.

자하브와 철오, 철육 그리고 어렵게 몸을 빼낸 철일과 철삼이 쫓아왔다.

철이는 전투 중에 큰 부상을 입어서 사망, 철사는 라움 왕국의 기사단에 포위되어 빠져나오지를 못했다.

"이렇게 허망하게 둘을 잃어버리게 되다니."

위드는 달려가면서도 슬픔을 감추지 못했다. 하지만 그런 여유도 길게 가지 못했다.

"폐하를 시해한 역적들! 죽어라!"

국왕의 친위 기사들이 계속 덤벼들었던 것이다.

자하브와 조각 생명체 병사들은 이들을 막아 내야 했다.

이미 흑마법사들의 저주에 의하여 몸이 정상이 아니었기에 그들의 사정도 결코 좋지 못했다.

와중에 일부 흑마법사들이 날린 마법 공격을, 철육이 몸을 던져 대신 맞아 주었다.

"안 돼!"

"커억."

철육은 연속 마법 공격을 당하고 땅에 쓰러졌다.

제대로 갑옷이라도 챙겨 입었다면 좀 나았을 텐데 일반 병사로 위장을 하느라 방어력이 형편없었다.

"억울한 자의 저주!"

위드에게도 피하기 힘든 저주 마법이 걸렸다.

행운이 감소합니다.
몸이 무거워지고 이동속도가 느려집니다. 마나가 회복되지 않습니다. 어떠한 암흑의 저항력도 없기 때문에 사제의 축복을 받기 전에는 풀리지 않을 것입니다.

"어서… 가십시오."

철육은 검으로 땅을 짚고 일어섰다.

"놈들을 막겠습니다."

위드는 잠깐 걸음을 멈췄다.

어떻게든 철육을 살려서 데리고 가고 싶었다. 설혹 조금의 위험을 감수해야 한다 하더라도!

하지만 철오가 말했다.

"가셔야 합니다. 주군을 위하여 철육이 죽을 수 있게 해 주십시오!"

"어서 가셔야 합니다!"

"주군을 지키는 것이 우리의 임무입니다. 저희 또한 언제라도 목숨을 바칠 준비가 되어 있습니다!"

철일과 철삼도 화살을 쏘며 빠르게 외쳤다.

"젠장!"

돌아서서 달리는 위드는 마음이 안 좋았다.

아주 예전에, 여동생이 어릴 때 아팠는데 병원에 가지 못했을 때가 떠올랐다.

동생이 무려 10시간이 넘게 울면서 밤새 잠을 못 자고 열에 시달렸지만 병원에는 데려가지 못했다. 의료보험료도 내지 못해서 병원에 낼 돈이 없었다.

뼈에 사무치는 듯한 처절한 무력감!

지금은 저축도 상당히 많이 했고 벌어들이는 소득도 컸지만 그때의 한은 아직도 잊히지가 않았다.

부모 없이 가난하게 자라면서 쌓인 숱한 한들이 어찌 쉽게 해결될 수가 있겠는가.

위드는 정도는 달라도 그때와 비슷한 감정을 느꼈다.

〈마법의 대륙〉에서 최강자가 되고 난폭한 성격을 가졌던 이유는, 현실이 비참했기 때문이다.

현실에서 병적으로 육체 단련을 하고 〈로열 로드〉에서 닥치는 대로 노가다를 하며 성장했던 이유는, 다시는 무력감을 느끼고 싶지 않았기 때문이다.

자하브가 외쳤다.

"이쪽으로 가면 밖으로 빠져나갈 수 있는 통로가 있는가?"

위드는 숨이 차서 헉헉대며 주변을 돌아보았다.

워낙 약체인 몸이라 저주 마법이 걸리고 나서 얼마 되지도 않았는데 빠르게 지쳤다.

지하 공간의 뒤쪽으로는 계속 길이 이어져 있었다.

"저도 모릅니다. 하지만 성이 무너지는 상황이니 흑마법사들이 빠져나갈 수 있는 방법을 뭐라도 마련해 놓지 않았을까요?"

"그래도 없다면?"

"죽어야죠, 뭐."

깔려서 죽거나 적들에게 죽거나, 둘 중 하나를 선택할 기회 정도는 주어지리라.

그리고 철삼의 낙오!

그는 통로로 들어가기 전에 추격자들을 따돌리겠다면서 다른 곳으로 움직였다.

"혹시라도 제가 죽지 않고 살아남는다면, 남은 저의 생에서 이 은혜를 갚겠습니다."

충직한 말을 남기고 철삼은 포르투의 기사들을 유인했다.

"철삼아!"

위드는 탄식하며 계속 이동했다. 뒤를 따라오는 건 자하브와 철일, 철오뿐이었다.

퀘스트는 성공을 거두었다지만 보람보다 비애만 가득했다.

'저놈들에게 시킬 일이 산더미인데 이렇게 헤어져야 하다니.'

그리고 길의 끝에 나타난 것은 워프 게이트였다. 하지만 천장에서 떨어진 돌에 의해 마법진의 일부가 훼손되어 있었다.

수명을 다해 가는 형광등처럼 깜박이는 워프 게이트!

위드는 여기서 간신히 안도의 한숨을 내쉬었다.

"조금만 늦었더라도 끝날 뻔했군."

약간의 숨을 돌릴 수는 있었다.

그러나 국왕의 친위 기사들이 뒤를 쫓아오고 있었고, 라움 연합군도 흑마법사와 관련된 모든 이들을 처단하려 하고 있다.

"자네 먼저 들어가게."

자하브의 권유에 위드는 고개를 저었다.

"아닙니다. 자하브 님이 먼저 들어가십시오."

위험은 여기서 끝이 아닐지도 모른다.

어떤 곳으로 가게 될지도 모르는 게이트인데 먼저 들어가는 손해를 감수할 필요는 없었다.

"그러면 나부터 가지. 금방 따라오게."

"예!"

위드는 시키지 않아도 곧바로 뒤를 따를 작정이었다. 시간을 오래 끌다가 마법 게이트가 사라지기라도 하면 큰일이니까.

자하브가 먼저 마법 게이트로 들어가서 사라졌다.

위드는 조각 생명체 부하들을 향해 말했다.

"너희도 곧바로 따라오너라."

"예!"

"알겠습니다."

위드가 서윤을 업고 게이트로 뛰어들었다.

하벤 제국의 황궁 건설에 참여했던 건축가들은 모여서 축배를 들었다.

"건배!"

"실컷 마십시다. 오늘 술값은 미블로스 님이 내신다니까요."

"자, 제대로 취해 보자고요."

맥주를 실컷 마시며 건축가들은 황궁 건설을 마친 것을 기념했다.

사실 황궁은 진작 지어지기는 했지만 본건물을 포함하여 대략적인 외부 형태를 다 꾸며 놓았을 뿐이다. 내부 실내장식이 일부 덜 되어 있다거나 추가적인 보강 공사를 하여야 할 부분이 있어서, 완전한 공사 완료는 바로 오늘에서야 이루어졌다.

대륙을 정복하려는 하벤 제국의 황궁답게 천장과 벽은 통째로 황금을 발라서 화려함의 극치였고 면적과 높이도 대단했다.

건축가들에게는 아낌없는 자금 지원이 이루어져서, 그들이 본 궁전들 중에서 최고로 특별하게 지었다.

아렌 성 근처의 방대한 부지에 지어진 황궁은 웅장하고 위엄있는 모습으로 보는 사람들의 감탄을 절로 자아내게 했다.

"이제 이 건물은 베르사 대륙의 가장 유명하고 비싼 건축물로 남겠지."

"수십 년이 지나도록 이 작업에 참여한 우리의 이름이 기억될걸."

"하벤 제국의 상징물이 될 거야."

건축가들에게는 큰 자랑거리였다.

중앙 대륙의 건축가들은 그동안 성벽 쌓기와 성의 보수 작업에 전문적으로 참여했다. 전쟁이 워낙에 잦다 보니 건물 건설보다는 아무래도 성벽과 요새 축성이 특기일 수밖에 없었다.

하벤 제국의 황궁 건설은 그들에게도 작지 않은 도전이었지만 보란 듯이 성공을 시켜 버린 것이다.

황궁은 NPC 기사들과 귀족들의 충성도를 올리며 주민들의 복종을 강요하는 것으로도 그 가치를 충분히 입증하고 있었다.

비슷한 시기에 아르펜 왕국의 왕궁도 지어지고는 있었지만, 방대한 면적과 화려함에 있어서는 비교도 되지 않았다.

주민들의 적극적인 참여와 예술가들의 조각, 그림 등은 아르펜 왕국에 더 많을지 모른다. 하지만 하벤 제국의 황궁은 대륙 전체에서 약탈로 끌어모은 귀한 골동품과 예술품도 잔뜩 보유하고 있었다.

보석과 황금으로만 지은 예술관도 있었기에 건축가로서는 이보다 더 사치스럽고 호화로운 작업을 다시 해 볼 기회를 얻기란 힘들리라.

못 짓는 건물이 없다는 건축가 미블로스가 전격 참여하였기에 황궁은 성공적으로 완성되었다.

하지만 그는 황궁이 완성되는 날 축하연에는 참여하지 않았다. 아렌 성의 북쪽으로 몰래 빠져나가고 있었다.

"중앙 대륙에서 할 일은 다 했으니 이제 북쪽으로 가야겠군. 그곳에서 건축가로서 땅을 일구고 도시를 세워 보는 것도 재미가 있겠지."

마지막으로 황궁을 눈에 가득 담았다.

고개를 치켜들지 않고서는 그 장엄한 모습을 끝까지 다 올려다볼 수 없을 정도로 거대했다.

탑과 궁전 들이 우뚝 솟아 있었고, 그 앞의 드넓은 광장에는 대리석이 깔려 있다. 태양의 밝은 빛에 번쩍이는 황궁은 여러 면에서 대륙 최고의 건축물이라고 할 만했다.

정복 전쟁을 위한 과정으로 여겼던 헤르메스 길드에서도 완공된 황궁을 보며 뛸 듯이 기뻐했을 정도다.

"저 광경도 다시 볼 수 없겠군. 앞으로 몇 달이나 가게 될까."

미블로스는 자신만이 알 수 있는 말을 중얼거렸다.

그는 건축가로서 최고의 경지에 닿아 있었다. 그리고 시공 경험도 다양해서, 건물을 감쪽같이 약화시키는 방법도 알고 있었다.

주춧돌 빼기!

엉터리 자재 사용!

잦은 설계 변경!

이를 통한 고도의 부실 공사!

황궁은 생각만큼 튼튼한 건물은 아니었다.

높은 만큼 무겁고, 중요한 기둥들이 받는 압력도 대단하다.

미블로스는 여기에 그가 익혀 두었던 건축의 비기 중 하나인 건물 붕괴술을 시전했다.

건축 자재들이 빠르게 약화되고 부식된다. 지반이 침하하게 만든다. 그리하여 어느 한순간 갑자기 폭삭 무너지게 된다.

황궁과 연결되어 있는 별궁들 그리고 중간의 높은 탑!

이 모든 것들이 그냥 지어져 있는 게 아니다.

황궁이 무너지는 순간 탑을 붕괴시키게 되고, 연달아서 별궁들까지 폭삭 주저앉게 되는 구조였다.

"헤르메스 길드야 망해도 싸지. 그리고 이걸로 나도 그동안 중앙 대륙에서 고생한 대가는 확실히 챙겼고."

미블로스는 헤르메스 길드에는 계속 더 나은 설계로 변경을 한다면서 시공 단가를 올려 받았다.

북부의 위대한 건축물을 비롯하여 대부분의 건축이 예산보다는 좀 더 들기 마련이라는 핑계로 당연하다는 듯이 넘어갈 수 있었다.

물론 그럴 때마다 확실히 외관은 좋아졌기 때문에 오히려 헤르메스 길드에서는 환영을 했다.

그러면서 재시공을 하며 자재들도 마구 빼돌렸다. 겉에만 황금으로 얇게 바르고, 내부는 값싼 구리로 채웠다.

어차피 알 게 무엇인가. 건물을 뜯어 보기 전에는 모를 텐데.

"이래서 부실시공을 제일 조심해야 하는 거지."

미블로스는 콧노래를 부르며 북쪽으로 향했다.

유린은 스무 살이 되고 나서부터 날이 갈수록 아름다워졌다.

그녀가 화폭에 그림을 그리고 있을 때면 남자들이 구름처럼 몰려들었다.

대륙의 아침과 저녁, 밤의 풍경과 사람들을 그리면서 돌아다녔다.

"그림을 그리는 게 정말 즐겁네."

색채를 자유롭게 담아 넣고 세상의 아름다운 모습들을 그려낸다.

그녀가 가장 좋아하는 건 모라타에 있는 빛의 탑이었다.

빛으로 물든 그 모습은 끊임없이 많은 구경꾼들을 모이게 하는 원동력.

유린은 그림을 그리는 이 시간이 가장 행복했다.

그녀가 그린 그림들도 실력이 일취월장하여, 화가의 언덕에 내놓아도 부끄럽지 않을 정도가 되었다.

화가들끼리 그림의 구도를 논하고 경치가 좋기로 이름난 곳에 대해 이야기하는 시간이 재밌었다.

유린은 미술을 즐기고 있었다.

"나중에 정말 화가가 되면 어떨까. 학교에서 미술 계열로 전공을 바꿔 버릴까?"

실제로 이런 비슷한 경우도 많았다.

일찍부터 〈로열 로드〉에서 미래의 희망 직업을 택해서 경험을 해 본다.

대표적으로 요리사, 상인, 농부, 축산업자!

"이건 도저히 할 짓이 아니야. 무슨 설거지가 끝이 없네."

“사람 상대하는 직업만큼 피곤한 게 없다더니. 어휴, 장사는 무슨… 접자!”

“이놈의 땅! 올해도 흉작이야. 근데 농산물 가격은 또 떨어지고 다른 지역에서 수입도 해 온다네. 싹 다 불이나 질러 버리고 싶다.”

“돼지들이 왜 이렇게 많이 먹어. 똥만 계속 싸고…….”

직업을 택해 보고 나서 치를 떨며 포기하기도 하고, 오히려 적성에 딱 맞다고 나중에 미래의 꿈을 바꾸기도 했다.

다만 화가는 돈벌이가 쉽지 않다 보니 위드가 알면 끔찍해할 생각이었다.

고요의 사막

위드는 게이트를 통해 어딘가로 이동하며 현기증을 느꼈다.

이불 빨래를 하는 세탁기 안에 들어 있는 기분!

'설마 불완전한 게이트라서 이동에 실패해 버리는 것은 아니겠지?'

복권은 당첨 안 되어도 왠지 안 좋은 일은 정확히 맞을 것만 같은 예감!

위드는 서윤이 떨어져 나가지 않도록 꼭 끌어안았다.

어떻게든 그녀를 놓치면 안 될 것만 같은 기분이었다.

퀘스트를 계속 이어서 하지 못하게 된다는 실리적인 이유도 있었지만, 이렇게까지 고생을 해 준 그녀를 감싸 안아 주고 싶었다.

짧은 순간이었지만 퀘스트를 완료했는데도 왜 아직 그녀가 깨어나지 않는지에 대한 의문도 들었다.

'분명 준비하고 있었을 텐데…….'

상황이 너무 급해 귓속말을 보내지도 못했다.

서윤은 깨어나 있기는 했다. 하지만 위드의 등에 업혀 있는 걸 알고 나서 얌전히 있었다.

전투의 소음이나 달아나는 와중에서의 긴박함이 느껴졌지만 그냥 그대로 죽더라도 괜찮을 것 같았다.

'편안해. 이렇게 쭉 있었으면…….'

게이트를 통해 어딘가로 나왔다.

그리고 위드의 입에서 비명이 터졌다.

"으아아악!"

팔다리를 허우적거렸지만 아무것도 잡히지 않는다.

그들이 있는 곳은 공중!

즉, 하늘이었던 것이다.

"무슨 운이 어떻게, 한 번도 좋을 때가 없어!"

위드는 원망과 함께 땅으로 추락했다.

생명력이 낮은 지금의 상태로는 땅에 떨어져서 죽을 수도 있었다.

'그래도 금방 땅에 닿으면 살지 않을까?'

하늘이라는 걸 알고 난 후 1초 뒤에 든 생각!

'음, 약간 위험하겠지. 밑을 한번 내려다보면 상황이 나아질 수도 있어.'

그리고 다시 1~2초가 지났다.

'벌써 꽤나 떨어진 것 같은데… 이 속도로 떨어지게 되면 지금의 몸 상태로는 못 살아. 밑을 봐도 절망밖에 할 수 없겠지.'

이젠 마음의 준비를 했다.

'이런 식으로 죽는구나.'

4초 정도 만에 삶을 포기하는 자세!

마침내 위드의 몸이 땅에 닿았다. 그런데 단단한 지면이 아니라 수북하게 쌓여 있는 모래 더미였다.

높은 언덕으로 쌓여 있는 모래에서 경사면을 타고 아래로 미끄러졌다.

대략 10미터가 넘게 미끄러지고 나서야 안전하게 멈출 수 있었다.

"어라!"

살았다는 기쁨도 잠시, 위드는 다시 모래언덕을 올라가서 주변을 돌아보고 좌절했다.

주변에 보이는 건 온통 붉은 모래뿐.

바람은 습기를 조금도 담고 있지 않았으며 태양 빛은 아주 뜨거웠다.

"여기도 들어 본 적이 있는 것 같아. 고요의 사막이로군!"

대륙의 10대 금역에서 북부와 반대되는 곳.

뜨거운 열사의 땅, 고요의 사막에 아무런 대비도 없이 오게 된 것이다.

헤르메스 길드의 라페이와 수뇌부는 제국의 황궁에서 대륙 전체를 대상으로 전략과 전술을 세웠다.

"체펜 지역에 적들의 요새를 파괴하기 위한 공성 병기가 부족합니다."

"근처에 있는 다른 자원은?"

"모두 사용 중이거나 정비 중입니다. 지형이 험하여 룻하르거의 발석차는 이동시키기가 어렵습니다."

"그렇다면 수도의 마법병단을 파견하라. 신속하게 체펜 지역을 장악해야 에버딘을 점령할 수 있으니 서두르도록 해."

"모슬리 쪽에서는 성벽이 함락되자마자 적들이 퇴각하고 있습니다."

"기병들을 이용하여 추격. 케톤 언덕 이상은 넘지 않도록 지시해. 그곳에서부터는 14기병대가 추격을 이어받는다."

대륙의 수십 곳에서 동시다발적으로 이루어지는 전쟁을 지휘한다.

하벤 제국의 영토가 너무나도 넓어져서, 군대를 효율적으로 움직이는 것만으로도 수뇌부가 할 일은 너무도 많았다.

'저항이 너무 약하군.'

대륙 정복 전쟁의 초창기에 비하면 적들이 성과 도시를 내주고 순순히 물러났다.

사자 사냥 계획.

헤르메스 길드가 다스리는 하벤 제국을 대상으로 꾸미는 적들의 음모!

세부적으로 보면 아주 복잡하지만 기본적으로는 NPC 병사들을 차근차근 소모시키다가 나중에 거센 공격으로 단숨에 숨통을 끊겠다는 전술이다.

'아무리 좋은 계획이더라도 실행에 옮길 수 없으면 소용이 없

지. 전쟁은 머릿수가 아니라 판단으로 하는 것이다.'

연합군에는 워낙 많은 길드들이 뭉쳐 있다 보니 아무래도 자신들의 이익에 더욱 민감하기 마련이다.

이미 물러서기로 한 이상 거센 저항을 해 봐야 이득이 없다. 하벤 제국이 무너질 때에 최대한 이득을 챙기려고 하니 NPC 병사들을 소모시키는 임무에 대해서는 소홀하였다.

라페이는 이득이 있다면 이를 즉각 기회로 연결시켰다.

적들이 적극적이지 않은 때를 틈타서 헤르메스 길드의 수뇌부에서는 전격적이고 과감한 진군으로 최대한 넓은 영토를 얻으려고 하였고, 몇몇 강한 세력들을 바탕으로 역공도 펼쳤다.

블랙소드 용병단처럼 나중에 성가시게 될 수 있는 쪽에는 맹공을 퍼부어서 괴멸적인 피해를 입히는 것이다.

"연합군에서는 나중에 우리에게 한꺼번에 큰 피해를 입히려고 할 것이다."

"어디서부터 시작일까요?"

"아마 바드레이 님을 일차 목표로 삼겠지. 황궁에 있는 우리를 치진 못하니 그분이 우선이 될 수밖에 없어."

바드레이와 친위대 그리고 중앙군이 모여서 그라디안 왕국을 접수하였다.

하벤 제국 최대 최강의 군대가 그곳에 있었다.

연합군에서는 대반전을 노리려면 바드레이를 공격하고 싶은 유혹에 시달리지 않을 수 없다.

'설혹 다른 계획을 가지고 있더라도 그렇게 하도록 내가 만들어 주지.'

라페이는 대륙 전체의 병력 이동 상황을 유기적으로 연결시켰다. 군대의 간격을 조절하고, 지형을 고려하여 점령 지역의 범위를 결정했다.

갑작스러운 기습으로 큰 이득을 보려 하는 연합군에서는 굳건한 요새들이 근처에 있다면 굳이 넘보지 않을 것이다.

바드레이는 목표가 될 수밖에 없다.

'놈들은 이주일 안에는 준비가 될 거야. 그렇다면 전장도 내가 결정하도록 하지.'

라페이는 길드 마스터로서 명령을 내렸다.

"레인저와 마법사 부대를 루비돔 산맥으로 은밀하게 파견해. 그리고 각 지역에 있는 기사단은 출동 준비를 갖추고 대기하도록 지시를 내려."

"알겠습니다."

"바드레이 님에게는 군대를 정비하고 엿새 후에 루비돔 산맥을 지나서 노튼 왕국을 점령해 달라는 요청을 전달해라."

"루비돔 산맥요? 거긴 나무가 너무 많아 대군이 이동하기에 좋은 지형이 아닙니다. 길을 뚫는 데 시간이 많이 걸리게 될 텐데요."

"그렇기 때문에 반드시 루비돔 산맥을 통과해야 전쟁에서 유리해진다. 그리고 가능한 한 중앙 대륙을 빨리 점령해야 한다."

"무슨 일이 있었습니까?"

"팔마에게서 연락이 왔다. 일이 계획보다 빠르게 진행되고 있다고 한다."

팔마!

그는 헤르메스 길드의 비밀 병기였다.

헤르메스 길드는 처음부터 베르사 대륙을 통일하기 위하여 모인 단체였다. 〈마법의 대륙〉을 비롯하여 기존의 온라인 게임 최고의 유저들과 단체들이 하나의 깃발 아래 뭉쳤다.

그들은 〈로열 로드〉의 시작부터 거대한 잠재력을 느끼고 대륙을 정복하기 위해 치밀한 계략을 짰다.

'수만, 수십만이 즐길 게임이 아니다. 최소한 수백만 이상이 이 게임을 하게 될 거야.'

최초의 가상현실이라는 점은 무궁무진한 장점을 갖고 있다.

하지만 그들조차도 예상하지 못할 정도로 〈로열 로드〉는 폭풍 같은 인기를 끌며 커져 갔다.

헤르메스 길드에서는 대륙 정복 계획에 따라 일부러 흩어졌다. 하벤 왕국 내에 위장 길드들을 여럿 세워서 그들을 이용해 손쉽게 경쟁자들을 제거했다.

큰 출혈 없이 하벤 왕국의 주도권을 장악하고 이후에 왕국을 정복하는 데에는 이런 위장 길드들이 톡톡한 역할을 했다.

팔마를 비롯한 암중의 그림자 부대들도 대륙의 곳곳에서 임무를 부여받았다.

대륙에서는 수많은 길드들이 성장할 것이다. 그리고 그들의 왕국이 발전할 것이다.

그들을 방해하기 위한 작업을 하라.

대륙에는 수많은 위험 요소들이 있다는 걸 역사서 등을 통해서 알 수 있었다.

〈로열 로드〉가 열리고 나서 초창기는 춘추전국시대!

사악한 마법사와 몬스터 들이 성과 도시를 습격하여 파괴하도록 유도했다.

그림자 부대의 가장 큰 업적은 엠비뉴 교단을 예정보다 빨리 일으킨 것이다.

"엠비뉴 교단. 역사서에 보면 대륙의 평화를 위협했던 대단한 단체를 접했다는 보고가 있습니다."

"그래? 그렇다면 이용할 방법을 찾아보도록."

팔마를 포함하여 상당히 여러 명의 유저들이 엠비뉴 교단에 정식으로 가입. 교단과 관련된 퀘스트를 하고, 그들이 필요로 하는 아이템들을 구하고 신도들을 양성하여 엠비뉴 교단의 적극적인 활동을 앞당겼다.

"엠비뉴 교단이 상상외로 훨씬 대단합니다."

"그런가? 하벤 왕국을 제외한 다른 왕국들을 잠식해 들어가도록 해."

엠비뉴 교단의 세력 확대!

사제장이 된 팔마를 통해 엠비뉴 교단을 이용하여 경쟁자들을 약화시키고 대륙에 혼란을 일으키면서 헤르메스 길드가 안정적으로 성장할 수 있게 했다.

하벤 왕국이 제국으로 발돋움하는 동안 다른 경쟁자들의 방해를 받지 않고 앞서 나갈 수 있었던 데에는 엠비뉴 교단도 상당한 역할을 해냈다.

하지만 최근 엠비뉴의 성장세는 무시무시할 정도였다.

중앙 대륙이 전쟁으로 파탄이 날수록 엠비뉴 교단은 사방팔방으로 퍼져 나갔다.

하벤 제국에도 그 마수를 뻗쳐 오고 있을 뿐만 아니라, 사제장 팔마의 영향력으로는 막지 못할 정도였다.

'엠비뉴. 엠비뉴는 너무나도 위험하다!'

팔마는 바로 곁에서 엠비뉴 교단의 왕성한 활동을 보며 경악을 금치 못했다.

엠비뉴 교단에 점령된 땅에서는 작물이 메마르고 악의 기운이 솟구친다. 더러워진 토양, 생명이 사라진 시체에서 엠비뉴의 마물들이 태어난다.

또한 살아 있는 자들은 점점 광신도로 변하고, 그들 중에서 다른 인간의 영혼을 갈취한 자들은 암흑 기사가 된다.

몬스터들은 세뇌당하여 엠비뉴의 하수인이 되어서 서식지와 던전을 빠져나왔다.

엠비뉴의 영역이 넓어질수록 악의 군대는 어마어마한 속도로 커지면서 주변 영지를 파괴하고 있었던 것이다.

오염 지역에서 잿빛으로 흐르는 강물은 하류로 내려가면서 추가적으로 식물도 악의 기운으로 검게 물들였다.

울창한 숲의 나무들이 모두 일어나서 사람들을 긴 나뭇가지와 뿌리로 공격했다. 엠비뉴의 힘에 물든 나무들이 요새로 몰려가서 공성전을 펼치기도 하였다.

'엠비뉴 교단이 단기간에 너무 빨리 커져 가고 있어.'

팔마는 엠비뉴의 점령 지역을 마음대로 돌아다닐 수 있었다.

무너진 성 앞으로, 엠비뉴의 군대가 끝이 보이지 않을 정도로 결집해 있었다.

제멋대로 흩어져 있지만 전투가 벌어지면 광신도들답게 광란의 돌격을 한다. 그리고 그들은 이제 하벤 제국을 향하여 진군해 가고 있었다.

"더 이상 놔두면 감당하기 힘들어진다. 이 사실을 길드에 알려야 해."

원래 헤르메스 길드의 대륙 정복 계획에서 엠비뉴 교단은 끝까지 살아남아야 한다. 그러다가 길드가 대륙을 통일한 이후, 평화와 민심을 보살핀다는 명목으로 엠비뉴 교단을 제거하는 것이다.

그 이후에는 누구도 거스르지 못할 강력한 힘과 명분으로 하벤 제국이 전 대륙을 지배하며 통치하는 시대로 접어들게 될 것이다.

서윤이 깨어나고 나서도 위드는 한동안 그 자리를 지키며 부하들을 기다렸다.

"이놈들이 오지를 않는군."

철일과 철오. 조각 생명체 병사들이 나타나지 않았다.

"설마 이것들이 그 짧은 기회를 놓치지 않고 튄 것일까?"

그들 둘은 그렇다 치더라도 자하브는 먼저 왔을 텐데도 보이지 않았다.

"아마 다른 곳으로 가 버린 모양이에요."

"내 생각에도 그래. 게이트가 불완전하게 작동한 것 같아."

조각술 최후의 퀘스트를 하며 느꼈던 불길한 예감은 항상 맞았다. 약간 꼬였다 싶으면 완전히 엉망이 되어 버리는 노들레의 운명!

띠링!

고요의 사막을 걸어라

뜨겁게 달구어진 모래와 이글거리며 타오르는 태양. 물이 생명이 되는 곳. 생존만이 유일한 목표가 되리라. 사막을 횡단하여 부르칸 부족의 오아시스 라호스까지 안전하게 도착하여야 한다.

난이도: 조각술 최후의 비기 퀘스트.

제한: 사막에서 큰 부상을 입거나 죽음에 처하면 동료의 몸에서 마족이 깨어나게 된다. 마나가 끓어오르는 고요의 사막에서는 그 어떤 스킬도 쓰지 못한다.

갈증이 일어납니다.

무더위와 약해진 체력으로 인해 심한 갈증에 시달리고 있습니다.

"으음."

산 너머 산이라는 게 이런 기분일까.

위드는 일부러 산을 찾아가는 등산가들을 존경하고 싶었다.

"설악산을 간신히 넘었더니 이젠 에베레스트를 오르라는 격이로군. 아마 이러다가 남극이나 북극에도 가겠지."

말이 씨가 될 수도 있지만 북쪽의 끝에 있는 지골라스에는 이미 다녀온 적이 있으니 아무래도 상관없었다.

고요의 사막이란 말 그대로 조용한 곳이다.

인간과 같은 생명이 살아가지 못하는 곳.

모래가 끝없이 이어져 있는 지역으로, 대륙 남부의 대부분을 차지한다.

〈로열 로드〉의 초창기, 남부로 떠난 베르사 대륙의 모험대가 있었다. 그들은 중앙 대륙과 가까운 곳에서 마법이 발달한 공국들을 대거 발견하였고, 그 아래쪽 더 남쪽은 거대한 사막이라는 걸 알았다.

걸어가도 끝이 없는 땅.

강줄기와 오아시스 부근에는 사막 부족들이 살아가지만, 그보다도 남쪽으로는 온통 모래만이 나온다고 했다.

고요의 사막!

모험대는 걷느라 지치고 타는 듯한 갈증을 견디지 못해 결국 전멸했다.

그 후로 고요의 사막으로 떠나는 사람은 찾을 수가 없었다.

위드가 서윤과 함께 있는 지금의 대륙은 오래된 과거의 시간 속이었지만, 실제 시간대의 베르사 대륙이라고 해도 누군가 다른 여행객을 만날 수는 없으리라.

"고요의 사막에서는 스킬도 사용되지 않는다네요."

"퀘스트를 받았어?"

"네. 생존을 해야 하는 퀘스트예요."

덩달아 따라온 서윤에게도 같은 퀘스트가 부여되었다.

"하필이면 식량도 얼마 없는데."

위드는 배낭을 점검해 보고 나서 길게 한숨을 쉬었다.

왕성에서 서윤을 구출하는 의뢰였기 때문에 짐은 최대한 가볍게 했다. 평소 넉넉하게 들고 다니던 물과 식량도 하루치 정도밖에 없었고, 현재 배낭에는 왕성에서 들고 나온 보물들과 전리품만 가득했다.

"이래서 사람이 욕심을 부리면 안 되는데. 아무튼 부르칸 부족의 오아시스로 가 보자."

"네. 근데 어느 쪽이죠?"

위드는 사막의 모래 능선 위에서 사방을 둘러보았다.

어느 쪽을 봐도 답답한 모래밖에는 보이지 않았다.

뜨겁고 막막했다.

"이쪽이야."

"정말요?"

"뭐, 확신할 수는 없지만 밤이 되면 알게 되겠지. 사막의 밤은 별들이 가득하니까. 방향만 잘 잡으면 엉뚱한 곳으로 가지는 않을 거야."

위드는 아프리카 여행을 하며 사막에 갔던 경험을 떠올렸다.

남들은 해외여행을 가면 게스트 하우스나 호텔에서 숙박을 하는데 그는 사막에서 노숙을 했다. 그때의 경험들이 나중에 이렇게 쓸모가 있을 줄이야 어떻게 알았겠는가.

"폐지 줍는 법과 빈 병 및 고철 모으는 법도 익혀 놔야겠군."

"네?"

"아무것도 아니야."

위드와 서윤은 하염없이 걸었다.

모래바람이 불어오기에 말을 하기도 어렵다. 목적지까지의 거리도 몰랐다. 단지 다행인 것은, 두 사람 다 기본적인 초보자용 여행복은 갖고 있었다.

위드가 소유한 초보자 복장은 세라보그 성과 바란 마을, 천공의 도시 라비아스에서도 입었던, 그야말로 역사가 살아 숨쉬는 옷. 안 그래도 낡은 망토는 쉽게 찢어져서 모래로부터 얼굴을 가릴 수가 있었다.

"버리지 않으니 꼭 필요한 시기에 유용하게 쓸 수 있군."

"냄새가 여기까지 나요."

"정상이야. 한 번도 빤 적이 없으니까."

"……."

그 후로 다시 묵묵히 이동!

짐승은 물론이고 몬스터도 만나지 않았기에 오로지 앞으로 걸을 뿐이었다.

'물이 가득 들어 있는 수통이 2개. 딱 하루치이지만 아껴서 마시더라도 모레 정도면 끝이 날 거야. 그 후로는 아마 물을 구하기가 어렵겠지.'

몸이 힘들수록 절망적인 상황들만이 떠올랐다.

그리고 금방 밤이 되었다. 별을 보니 다행히 방향은 얼추 맞았지만 뜨거운 햇빛 때문인지 이동해 온 거리는 얼마 되지 않았다.

"추워요."

"사막의 밤은 원래 추워."

위드는 모래 구릉 아래에서 서윤과 바싹 붙어 앉았다.

사막에서는 추운 밤에 많은 거리를 이동해야 한다. 체력을 회복하기 위하여 잠깐이라도 쉬었다가 걷기 위해서였다.

"예전에 북부가 얼음으로 뒤덮여 있을 때에도 참 재미있었어요. 그땐 알베론과 빙룡이 함께 있었는데."

"거기가 정말 추웠지. 종종 감기에도 걸렸었는데."

"빙룡 타고 떠났다가 몸에 하얀 서리가 덮여서 돌아왔었죠. 그때 그 모습을 보며 정말 웃음을 참기가 어려웠어요."

서윤에게는 닫혀 있던 마음이 녹아내리는 계기가 된 사건 중의 하나였다.

본 드래곤을 처치하고 북부를 따뜻하게 했던 모험. 정작 중요한 건 서윤의 마음에 온기를 심어 준 일이었다.

"이것도 나중에 추억이 되겠죠?"

"아마도."

"추억들이 많아졌으면 좋겠어요."

"이런 추억들이라면 늙어서 기억상실증에 걸리는 편이 나을지도 몰라."

위드와 서윤은 어깨를 붙이고 망토를 나누어 쓰면서 체온을 유지했다.

그리고 새벽부터 다시 사막 행군!

갈증이 일어납니다.

무더위와 약해진 체력으로 인해 심한 갈증에 시달리고 있습니다.

메시지 창이 떠올라도 수분 섭취는 최소한으로 했다. 목이 마르더라도 물이 있을 때 아껴야 된다.

위드는 입안과 목이 모래알로 가득한 기분이었다.

"풀 한 포기 없는 걸 보니 이곳은 열대 지역인 모양이군."

"사막에도 열대 지역이 따로 있어요?"

"응. 1년 내내 비 한 방울 내리지 않는 곳이야."

"행운을 기대할 수는 없겠네요."

갈 길이 먼데도 불구하고 체력을 아끼기 위해 두 사람 모두 틈틈이 쉬어 주어야 했다. 그러지 않고 강행군을 하다가 갑자기 쓰러지면 일어날 수 없을지도 모른다.

"잘 가라, 내 새끼들아. 좋은 곳에서 꼭 다시 만나자."

위드는 짐을 가볍게 하기 위하여 포르투의 왕성에서 획득한 전리품도 몽땅 버렸다.

보통 쉽게 내릴 수 있는 결단이 아니었다.

가히 생살을 찢는 듯한 고통!

"여기 소금 먹어."

"먼저 먹어요."

"다행히 소금은 넉넉해. 유일한 희소식이라고 할 수 있지만."

"그럼 먹을게요."

사막에서는 소금 섭취도 매우 중요하다.

염분이 계속 몸 밖으로 빠져나가니 물이 있더라도 소금을 먹지 않으면 일사병에 걸리고 마는 것.

다행히 코르타델솔에서 고급 요리 스킬로 미리 제조해 놓았던 미네랄이 풍부한 소금을 육포와 함께 먹을 수 있었다.

"다시 가자. 식량이 떨어지기 전까지 최대한 멀리 이동해야 하니까."

위드는 천근만근처럼 무거운 발을 떼었다.

걷는 것이 고통스럽고, 이대로 사막의 모래벌판에 쓰러져서 죽을지도 모른다는 두려움도 들었다.

서윤도 분명히 힘들 텐데 아무 내색도 하지 않는 게 그렇게 고마울 수가 없었다.

그리고 하염없이 시간이 흘렀다.

뜨겁게 내리쬐는 태양 아래를 걷는 시간이 왜 이다지도 길게 느껴지는 것인지.

위드는 서윤과 수통의 물을 나눠 마셨다.

그녀는 포로로 잡혀 있다 구출되었기에 물을 전혀 가지고 있지 않았다.

"목마르지? 어서 마셔."

"네."

서윤은 물을 마시고 수통을 돌려줬다.

위드는 수통을 받으면서 가볍게 흔들어 보았다.

찰랑찰랑.

수통의 무게는 거의 줄어들지 않았다.

수통이 오고 가면서도 서로 최대한 아끼고 양보를 하느라 물은 잘 줄어들지 않는다. 그걸 느낄 때마다 마음이 따뜻해졌다.

'노들레와 힐데른도 이런 고통을 겪었을까. 음, 정말 사막에

서 태어나지 않아서 다행이야.'

그리고 밤이 될 무렵까지 걸었는데도 여전히 사막 한복판이었다.

짧게 휴식을 취한 후에 다음 날에도 계속 행군을 했다.

물이 다 떨어지기 전에 최대한 많은 거리를 가야만 했지만 여전히 막막했다.

한 모금의 물이 이렇게도 아까웠던 적이 없었다.

그리고 점점 수통의 물은 줄어들어 갔다.

'덥다, 더워…….'

위드와 서윤은 더 이상 대화를 나누지 않았다.

말을 할 힘까지 아껴서 걷는 데 쏟아붓고 있었다.

뜨겁게 내리쬐는 태양과 이글거리는 사막의 모래 열기!

그 사이로 신비하게 일렁이는 모스크 양식의 하얀 도시가 나타났다.

"저 앞에 도시가 보여요."

"정말? 조금만 힘내자. 저기서 물을 구하면 될 거야."

위드가 물을 실컷 마시고 휴식을 취할 수 있다는 기쁨에 씩씩하게 빨리 걸어가려는데 서윤이 말했다.

"도시의 일부만 보이는 게 이상해요. 신기루인 것 같아요."

"설마 그럴 리가."

위드가 계속 걸어가 봤지만 도시는 가까워지지 않았다.

분명히 앞에 있는데 가까워지지 않았고 어느 순간 사라져 버렸다.

띠링!

사막의 신기루를 보았습니다.
인내가 1 증가합니다.

"힘들어 죽겠는데 놀리는 것도 아니고……."

위드는 고개를 푹 숙이고 걸었다. 그리고 잠시 후 서윤의 목소리!

"이번엔 호수가 있어요."

"음, 그렇군."

한 번은 속았지만 두 번은 속지 않는다.

마르고 건조한 사막의 한복판에 호수가 있을 리가 만무하지 않은가.

아니나 다를까, 호수 역시 서서히 사라져 갔다.

띠링!

사막의 신기루를 보았습니다.
자연과의 친화력이 2 높아집니다.

"에휴……."

사람이 목이 마르고 지쳐서 죽을 판인데 신기루 따위가 무슨 소용이란 말인가.

앞으로 계속 걸어가고 있지만 모래사막만 끝없이 나올 뿐이었다.

지친 탓에, 위드와 서윤의 걸음걸이도 이제 많이 느려져 있었다.

"계속 갈 만해?"

"조금 힘들어요."
"내일도 걸어야 할 것 같은데."
"물은 남아 있어요?"
"계속 아끼면 내일 아침에 마실 물은 있을 것 같아."

그다음 날.
위드와 서윤은 새벽부터 다시 걸었다.
수통에 물은 딱 한 모금 정도만이 남아 있었지만 이건 최대한 마시지 않고 버텼다.
그리고 도저히 견디지 못하게 된 순간 물을 나눠서 마셨다.
위드는 한 방울도 남지 않고 텅 비어 버린 수통을 배낭에 넣었다.
"이제 물도 없군."
"계속 가 봐요."
서윤도 지쳐서 많이 초췌해져 있었다. 하지만 감싸 안아 주고 싶은 처연한 아름다움이 있었다.
'역시 남자 잘못 만나서 고생을 하는 거지. 이런 모습도 기억을 해서 조각품을 만들어 두면 좋을 텐데.'
북쪽으로 걷고 있었지만 희망도 미련도 사라져 버렸다.
사막에 대해서 모른다면 그나마 최후의 순간까지도 긍정적인 생각을 할 수 있을 테지만 그것도 아니었다.
위드와 서윤이 걷고 있는 사막은 모래 입자가 아주 작고 가

늘었다. 비라고는 한 번도 내리지 않고 바람만 불어서, 모래 알갱이들이 계속 깎여 나간 것이다.

사막의 열대 지역 한복판이기에 이대로 걸어간다고 해도 어떤 희망도 보이지 않았다.

위드의 입술은 바싹 말라서 갈라져 있었다.

"미안해."

"왜요?"

"퀘스트를 도와주느라 여기까지 오게 해서."

"괜찮아요. 포기하지 말고 계속 걸어 봐요. 여기까지 온 게 아까워서라도 끝까지 가 봐야죠."

"그래도 이제 끝났어."

띠링!

심각한 갈증으로 인해 고열에 시달리고 있습니다.
환각을 보게 되며, 체력이 회복되지 않습니다. 생명력이 감소합니다. 체온을 낮추지 못하면 생명력의 저하로 사망하게 됩니다.

"지금까지 죽기도 정말 많이 죽어 봤지만 사막에서 이렇게 물 때문에 죽게 될 줄이야."

위드는 비실비실 걸음조차 정상이 아니었다.

서윤도 쓰러지려는 걸 억지로 참고 걷는 와중이라서 도와줄 수조차 없었다.

마지막에 그녀가 물을 약간이라도 더 마실 수가 있어서 사정은 조금 더 나았지만, 그렇다고 해도 힘이 든 건 마찬가지.

'설마 이 퀘스트의 성공과 실패는 수통을 몇 개 가져왔느냐

에 따라 결정이 되는 거였을까?'

오죽하면 그런 생각마저 들었다.

서윤을 구출하며 미리 따로 물통이라도 챙겨놓고 있었어야 하는 게 아니었을까.

위드는 이젠 정말 더는 걸을 수가 없을 것 같았다. 심한 환각과 다리 감각 이상으로 똑바로 걷기가 힘들 지경이었다.

그리고 지긋지긋한 모래 능선을 또 하나 넘었다.

모래가 발목까지 푹푹 빠질 정도여서 걷기가 여간 어려운 게 아니었다.

"저기 나무가 보여요."

"또 신…기루겠지."

"진짜 나무예요!"

서윤이 답답하다는 듯이 큰 소리를 내자, 위드는 고개를 들어서 모래 능선 너머를 쳐다보았다.

진짜 나무들이 있었다.

저 멀리도 모래사막인 것은 여전하지만, 수분을 빼앗기지 않기 위해 잎이 얇고 크게 자라지 못한 나무들이 간간이 보였다.

"정말 나무야?"

"맞는 것 같아요."

이제는 견딜 수 있는 한계였다.

위드와 서윤은 힘겹게 걸어서 나무가 있는 근처에 도착했다.

띠링!

> 고요의 사막 지역을 벗어났습니다.

호칭 '사막 여행자'를 획득하였습니다.
사막을 여행할 때의 체력 소모를 감소시킵니다. 인내력이 45 증가합니다.

"드디어 왔구나!"

위드는 나무 옆에 드러누웠다.

다리에 힘이 풀려서 일어날 수도 없을 지경이었지만 조각칼을 꺼냈다.

그 후에는 나무를 베어서 깎았다.

주제는 최대한 간단하게, 비와 무지개였다.

그리고 스킬 시전.

"구름 조각술!"

하늘의 구름을 불러오는 스킬!

고요의 사막을 벗어났으니 이젠 얼마든지 조각술을 쓸 수 있었다.

"구름 조각술, 구름 조각술, 구름 조각술. 자, 비나 실컷 내려 봐라."

이윽고 사막 지역에 기적처럼 먹구름이 몰려들었다.

쏴아아아아아아!

그리고 사막으로 내리는 빗물!

위드와 서윤은 하늘을 보며 누운 채로 입을 벌려 빗물을 받아 마셨다.

목마름이 해소되었습니다.

지금 같은 마음으로는 비를 맞아서 대머리가 되더라도 여한

이 없을 것 같았다.

공짜를 좋아하면 대머리가 된다는 속설이 사실이라면, 이미 위드는 절대 벗어날 수 없는 신세였다.

띠링!

자연 조각술이 대륙을 변화시킵니다.

유병준은 사막의 비를 보며 조금은 감탄했다.

"대단한 끈기로군."

사막에 낙오되어서도 희망을 잃지 않고 방향을 찾아 쉬지 않고 걷는다.

이건 누구나 할 수 있는 일은 아니었다.

사람들은 충분히 살 수 있는데도 불구하고 부정적인 상상이나 절망감에 의해 자포자기를 하기 마련이다.

위드와 서윤은 책임을 미루거나 말다툼도 하지 않고, 얼마 되지도 않는 물을 아껴 마시며 끊임없이 이동하여 고요의 사막을 벗어났다.

사막을 걷는 이번 퀘스트에서는 가지고 있는 물의 양에 따라서 더 먼 곳에서 시작해야 한다는 조건이 있었다.

위드와 서윤은 물이 얼마 없었던 탓에 그나마 가까운 거리를 걸었지만, 중간에 헤매거나 말다툼 등으로 시간을 낭비했더라면 도착하지 못했을 정도로 아슬아슬한 거리였다.

조금만 무리를 해도 탈이 나는 저질 체력으로 해낸 일이라서 더 대단했다.

"그리고 퀘스트가 성공했으니 사막에도 변화가 생기겠군."

유병준은 다른 모니터를 보았다.

그 모니터에는 높은 상공에서 바라보는 현재의 베르사 대륙의 모습이 있었다.

이곳은 거의 비가 내리지 않거나, 비가 오더라도 잠깐 땅을 적시고 사라질 정도의 강수량밖에는 보이지 않던 지역이었다.

그런데 고요의 사막과, 광활한 남부 사막이 있는 지역에 검은 먹구름이 생성되어 급속하게 영역을 넓혀 갔다. 그리고 내리는 장대비!

사막을 흠뻑 적시는 비들로 인하여 풀과 나무가 자라고 오아시스들이 생겼다. 강줄기가 생성되어 범람하여 모래를 휩쓸어 가고 주변의 땅을 비옥하게 했다.

위드와 서윤이 있는 시간대에서 내린 비가 정상적인 베르사 대륙에 엄청난 변화를 가져오고 있는 것이다.

세차게 흐르는 강줄기들은 약한 사막지대의 땅도 깎아 내고 있었다.

그리하여 생성되기 시작한 대협곡!

침식작용으로 만들어진 절벽과 기암괴석, 다채로운 색을 가진 지층들. 협곡에는 폭이 수십 미터에서 수 킬로에 이르는 광대한 강이 흐르게 되었다.

장구한 세월이 있어야만 만들 수 있는 경관.

위드는 경이로운 시간의 조각품을 만들어 낸 것이다.

사막에서 활동하는 유저의 숫자는 극히 적었다. 너무나도 덥고 괴로운 환경, 그리고 짐승이나 몬스터조차 찾을 수 없기에 재료를 구하거나 퀘스트를 해결해야 하는 몇 명만이 사막까지 와서 헤매고 다녔다.

하지만 이제 위드가 강을 흐르게 하고 땅을 드러나게 하여 자연의 신비인 대협곡을 만들었으니 주민들이 대거 늘어나게 될 것이고, 유저들도 많이 오게 되리라.

북부를 구했던 위드가 남부의 사막지대까지도 바꾸어 놓은 것이다.

유병준이 보는 모니터에는 아무것도 모른 채 비를 맞으며 쉬고 있는 위드와 서윤이 잡혔다.

먹구름이 비어 있는 사이로는 뜨겁게 작렬하는 태양 빛이 비쳤다. 그리하여 사막의 무지개들이 두 사람을 층층이 둘러싸고 있었다.

비를 부르는 자

위드의 눈앞에 메시지 창이 계속 올라왔다.

띠링!

자연 조각술이 사막의 대지를 적시는 비를 불러왔습니다.
시간의 힘에 의해 자연 조각술은 이 지역에 막대한 변화를 일으키게 될 것입니다. 동물들의 성장률을 850% 증가시킵니다. 사막 부족의 출생률을 늘리고 그들의 활동 영역을 확대시킵니다. 고요의 사막이 줄어듭니다. 자연 조각술로 인하여, 어떤 생명도 살아가지 못하던 사막의 영역이 감소될 것입니다.

호칭 '비를 부르는 자'를 획득하였습니다.
사막에서는 절대적인 존경을 얻을 수 있습니다. 명예가 36 높아집니다.

명성이 6,394 올랐습니다.

자연 조각술의 경이로 인해 예술 스탯이 41 상승하였습니다 .

자연과의 친화력이 54 늘어납니다.

모든 스탯이 4씩 늘어납니다.

조각술 스킬의 숙련도가 증가합니다.

손재주 스킬의 숙련도가 증가합니다.

자연 조각술 스킬의 레벨이 10이 되어 고급 자연 조각술 스킬로 변화합니다! 자연을 다루고 융화되는 능력이 높아지며 친화력이 향상됩니다. 대재앙의 자연 조각술의 정확도가 증가합니다. 자연으로부터 다양한 혜택과 행운을 입을 수 있게 됩니다.

"으음."

위드는 메시지 창을 읽어 보면서 뼛속까지 차 있던 피로가 개운하게 풀리는 기분이었다.

조각술 스킬의 숙련도도 4.7%씩이나 올랐다. 마스터를 20%도 남겨 두지 않은 상황에서 4.7%란 엄청난 소득이다.

목이 말라서 구름 조각술을 펼쳤을 뿐인데 이런 대박이 터지다니!

"역시 예상대로였군."

위드의 눈이 빛났다.

"사막을 횡단하며 예술에 대한 갈증에 시달렸지. 사막에 내리는 비라. 조각술로 펼쳐 낼 수 있는 대자연의 감동적인 모습이라고 할까. 예술에 대한 열정이 이런 결과로 나타나는 건 당연했지."

그리고 모든 걸 예상하고 있었다는 듯한 가벼운 웃음.

"후후후훗. 뭐, 나나 되니까 이 정도는 이젠 놀랍지도 않아."

사막을 횡단해 오는 동안에는 이놈의 조각사, 때려치우고 싶었다. 이 고생을 하고도 조각술 최후의 비기를 얻지 못한다면 최소한 3시간 정도는 중복되지 않는 욕을 퍼부을 수 있었을 것이다.

갑작스러운 대박에 자꾸 입가가 실룩이며 썩은 미소가 지어지려 했지만 서윤을 의식하며 간신히 참아 냈다.

지금으로써는 사막에 내리는 비를 온몸으로 맞는 것만으로도 행복했다.

서윤도 기쁜 듯이 고개를 들어 얼굴에 비를 맞고 있었다. 비에 머리카락과 옷이 젖어 있는 저런 모습까지도 어쩌면 저렇게 아름다운지.

"가만, 이러고 있으면 안 되지."

위드는 서둘러 망토로 자신의 몸을 덮었다.

어쨌든 현재는 저질 체력을 가지고 있으니 자칫 감기라도 걸리지 않게 하기 위해서였다.

서윤도 반가운 비를 뒤로하고 여행자의 로브를 착용했다.

"고요의 사막을 벗어났으니 물은 앞으로 얼마든지 구할 수 있게 되었고, 이제 부르칸 부족의 오아시스로 가기만 하면 되겠군."

"식량은요?"

"전갈들이 있잖아."

고요의 사막을 벗어나고 나서부터는 사막여우와 미어캣, 뿔도마뱀 같은 동물들이 돌아다니고 있었다.

현재의 레벨로는 큰 동물들은 사냥을 하려다가 도리어 역습을 받아서 죽을 수 있다. 하지만 믿는 구석은 있었다.

"조각 소환술!"

이제 조각 생명체들을 불러오는 것이다.

철일, 철오.

그들을 다시 부려 먹기 위한 스킬!

마나의 양이 모자랍니다!

"으음, 이럴 수가……."

비록 평작과 걸작에 불과한 녀석들이지만, 조각 생명체를 불러오려면 조각품 소환 시보다 10배나 더 많은 마나가 필요했다. 위드가 지금 가진 마나로는 턱도 없이 모자랐던 것이다.

"조각 생명체가 참치마요네즈김밥도 아니고, 유통기한이 이렇게 짧다니……."

비싸고 귀한 재료를 사용한 조각품에 생명을 부여해 놓았더니 고작해야 하루도 부려 먹지 못하고 이별이었다.

이제 철일과 철오는 베르사 대륙 어딘가에서 스스로 살아가게 되리라. 뜻하지 않게 너무나도 쉽게 자유를 얻게 된 것이다.

철일이 게이트를 통해 도착한 장소는 악덕 영주가 다스리는 발라카드라는 영지였다.

"으흐흑, 이 식량까지 가져가시면 우리 가족은 도저히 살아갈 수가 없습니다."

"제발 아이 먹을 것이라도 주고 가세요."

"닥쳐라. 모두 교수형에 처하기 전에 물러서라!"

병사들은 주민들을 창과 몽둥이로 두들겨 팼다.

전쟁의 시대에 전형적인, 영주로부터 박해받는 영지였다.

"도저히 참을 수 없군."

철일은 활을 들고 분연히 떨쳐 일어났다. 그리고 발라카드의 영주를 비롯하여 못된 귀족들을 화살로 처단했다.

"의적 철일 만세!"

그리고 네할렘 왕국에서 쫓기는 신세가 되어 몬스터들이 많은 깊은 숲으로 들어갔다.

그 이후에 철일은 다시 나타나지 않았다.

철오는 스트라우드 왕국에 정착했다.

대륙의 서쪽에 자리한, 포르투 왕국과도 그렇게 멀진 않은 국가였다.

철오는 귀신과도 같은 창술로 이름을 떨치며 기사가 되어, 전쟁터에서 크게 공을 세우며 살아갔다.

"철오, 나 스트라우드 3세에게 영원히 충성을 바치겠는가?"

"그렇게 할 수는 없습니다. 언젠가 세상에 단 하나뿐인 주군을 다시 모시는 날이 올지도 모르기 때문입니다."

"그 충직한 마음은 잘 알겠다. 그렇기에 더 얻고 싶구나. 정녕 나를 따르지 않겠는가?"

"주군을 만나기 전까지는 폐하를 모시겠습니다."

철오는 충성심을 잃어버리지 않았다.

다만 이를 알 리 없는 위드만이 이미 놓쳐 버린 노예라고 아쉬워하고 있었을 뿐!

부르칸 부족은 넓은 영토를 가지고 있었다.

사막 지역에서는 영토가 거대하다고 해 봐야 실제 살아가는 인구는 얼마 되지 않는다.

그래도 사막 부족 중에서는 세력이 가장 큰 15개의 부족 중 하나였다.

위드는 서윤과 함께 사막 부족들을 만나면서 온갖 편의를 제공받았다.

"그대가 비를 불러올 수 있다니 믿을 수가 없소."

"구름 조각술!"

"오오오오, 이런 기적 같은 일이 정말로 벌어지다니! 제발 우리 부족을 위하여 비를 내려 주시오."

사막 부족들은 물을 귀하게 여기기에 비를 불러오면 그것으로 왕보다도 극진한 대접을 해 주었다.

"낙타 고기."

"당장 가져다드리겠습니다."

"잘 익혀 와."

"부족 최고의 요리사에게 해 오라고 하겠습니다."

그리고 부족을 떠날 때에는 아이템과 금붙이와 같은 선물까지 기념으로 챙겼다.

전사의 목걸이

사막 부족의 전사들이 착용하는 뼈 목걸이. 용맹을 증명할 수 있다.

내구력: 29/35

방어력: 4

제한: 레벨 310. 힘 600. 샤먼, 전사 전용.

옵션: 힘 +13%. 샤먼이 착용 시, 주술 스킬 레벨 +2. 강한 적과 싸울 때에는 4분간 투지가 2배 이상으로 높아진다.

"미흡하지만 정성으로 준비한 선물입니다. 꼭 받아 주셨으면 좋겠습니다."

"정말 미흡하군. 더 돈이 되는 건 없소?"

가난한 사막 부족들에게 염치없이 빌붙기!

부족의 전사들은 사냥을 할 때에는 무시무시했지만, 비를 불러오는 은인에게는 아직 세상 물정을 모르던 시절의 누렁이처럼 잘 넘어왔다.

그리하여 과거의 대륙에 떨어진 이후로 가장 호사를 누리며 부르칸 부족의 오아시스 라호스에 도착했다.

희귀한 사막 호수!

호수를 중심으로 하여 모래를 쌓아서 지은 집들이 수만 채나 모여 있다.

규모가 크진 않지만 이국적이고 신비한 광경이었다.

물론 위드는 이미 부르칸 부족에 대해서 알고 있었다.

'옛날 벨소스 대제가 속해 있던 부족이지.'

조각술 마스터 벨소스 대제와의 인연!

이미 정령왕이 된 그에게서 정령 창조 조각술을 배웠다.

하지만 아직 벨소스는 태어나기도 전의 시대였다.

띠링!

고요의 사막을 걸어라 퀘스트 완료

무사히 고요의 사막을 넘어서 부르칸 부족의 오아시스에 도착했다.

"휴, 어쨌든 겨우 왔군."

조각술 최후의 비기 퀘스트의 또 한 단계를 무사히 이겨 낸 것이다.

위드와 서윤은 오아시스가 있는 도시로 들어가기 위해 걸음을 옮겼다.

조각술 최후의 비기 퀘스트도 그동안 상당히 많이 진행되어 있었다.

벌새로서 여행을 하고, 대재앙의 자연 조각술을 펼쳤다. 미궁에서 악마와도 싸우고, 보로타 섬을 빠져나오며 고생, 포르투의 왕성에서도 탈출했고, 사막을 걸어온 건 두말할 필요도 없는 일.

이제는 슬슬 끝이 가까워지지 않았을까 하는 기대도 적지 않게 하게 되었다.

그리고 바로 울리는 메시지 창!

띠링!

노들레의 성장

노들레와 힐데른은 오아시스에 정착했다. 그들을 추적하는 무리를 피하기 위한 어쩔 수 없는 선택! 노들레는 지금까지 적들에게서 도망만 쳐야 했던 자신의 나약함을 이겨 내기 위하여 강해지기로 결심했다. 힐데른의 몸에 잠재되어 있는 마족의 기운이 활발해지기까지는 22년이란 시간이 남았다.

난이도: 조각술 최후의 비기 퀘스트.

제한: 사막 지역에서 성장해야 한다. 시간이 가속되어 하루가 지날 때마다 100일의 날짜가 지난다. 사망 시 퀘스트 실패. 성장으로 얻은 능력치는 다음 퀘스트로 이어지게 되며, 조각술 최후의 비기 퀘스트를 완전히 끝내고 나거나 실패하면 성과에 따른 약간의 보상을 부여하고 사라진다.

주의: 사냥하는 동안 얻는 숙련도와 경험치, 명성이 100배가 된다. 아이템 습득에 특별한 행운이 부여되어 매우 좋은 것을 얻을 확률이 높아진다. 부하나 동료, NPC 들에게도 동일한 시간의 효과가 부여된다. 원래부터 가지고 있던 스킬들은 조각술과 관련된 것들만 유지된다. 또한 조각술 계열의 스킬 숙련도들은 퀘스트 중에도 정상적으로 증가한다.

"으음, 상당히 독특한 방식이로군."

위드는 이번에 얻게 된 퀘스트를 요모조모 따져 보았다.

사막 도시에서 노들레와 힐데른이 살아간 22년을 경험해야 한다.

'100배 빠른 성장이라. 그리고 22년간이라고 해도 실질적으로는 일 년이 나흘 조금 안 되니까 80일을 약간 넘는 정도에 불과하군.'

길다면 긴 시간이 필요한 퀘스트!

하지만 22년이라는 세월을 압축해서 경험해야 하기에 잠깐도 여유를 부릴 수가 없었다.

몇 시간 휴식을 취하거나 길을 잘못 들어서 헤매게 되어 버린다면 노들레의 시간으로는 몇 달이나 몇 년이 지나 버릴지도 모를 일.

이번 퀘스트는 실패는 하지 않더라도 이 기간을 어떻게 보내느냐에 따라 다음의 연계 퀘스트에 결정적으로 영향을 미치게 될 것이다.

"퀘스트 받았어?"

"네."

서윤도 비슷한 퀘스트를 받았다.

그녀는 22년간의 생존이 조건으로 주어졌는데, 도시에서만 지낸다면 별로 어려운 건 아니었다.

"들어가자!"

위드는 서윤과 함께 사막 도시로 뛰어 들어갔다.

교역소에 들러서 물품들의 시세를 알아보거나 하며 시간을 낭비하는 대신에 바로 무기점으로 직행!

몸에 문신이 많은 사막 전사가 장사를 하고 있었다.

"오랜만에 사막 부족이 아닌 인간의 방문이로군. 어디서 왔는가?"

위드는 무기들을 둘러보며 대충 대답했다.

"남쪽 고요의 사막."

"사막을 여행해서 왔다면 우리 무기를 쓸 수 있는 자격은 충분하지. 약해서 다룰 수 있는 무기는 별로 없겠지만 마음껏 보도록 하게."

위드의 현재 레벨은 노들레의 상태가 되고 난 이후 조각품에 생명까지 부여해서 27이었다.

초보 중의 초보라고 할 수 있는 수준으로, 어지간한 몬스터에게는 스쳐도 사망!

'무기들이 적당한 게 없어. 가장 단순한 칼을 쓰는 수밖에는 없겠군.'

익숙한 검을 찾고 싶었지만, 반센 공국의 장검은 레벨 제한이 무려 62나 되었다. 지금은 대장장이 스킬도 쓸 수가 없기에 좋은 무기가 있더라도 착용이 불가능했다.

"이걸로 하겠다."

위드는 사막 부족의 아이들이 가지고 노는 시미터를 골랐다.

주인이 자주 바뀐 시미터

사막 부족의 아이들이라면 누구나 다룰 줄 아는 칼. 두껍고 무거워서 잘 파괴되지 않는 편. 유연하게 휘어져 높은 공격력을 발휘한다.

무게: 35

내구력: 59/59

공격력: 13~21

제한: 레벨 15. 힘 40 이상.

옵션: 내구력이 느리게 감소한다. 갑옷을 벨 때 공격력 60% 저하. 내려칠 때 공격력 +5.

검이 아니라 휘어진 칼!

무기점 상점 주인은 위드가 고른 무기를 보며 칼자국으로 험상궂은 얼굴을 더욱 찌푸렸다.

"힘이 모자라 보이는데 전투 중에 쓸 수 있겠는가?"

"상관없다."

"건방지군. 오래 살고 싶다면 자신에게 맞는 무기를 골라야 하는 법이다."

위드는 긴말을 나누고 싶지 않았다.

"나는 비를 부르는 사람이다. 그러니까 그냥 팔기나 해."

"비를 부르다니… 음, 그런 말을 들어 본 적이 있다. 비를 부를 줄 안다면 사막에서는 더없이 귀한 사람. 기적을 이끌어 내는 능력은 나로서는 감히 헤아릴 수도 없다. 원하는 대로 팔겠다. 원래의 가격은 250골드이지만 깎아서 195골드만 받도록 하지."

라호스에서는 물품들이 귀한 만큼 비쌌다.

위드는 아까운 시간을 낭비하지 않기 위해 흥정도 하지 않고 구입했다.

그래도 포르투의 왕성에서 얻은 보석들이 조금 남아 있어서 돈은 무리 없이 쓸 수 있는 정도였다.

던질 수 있는 단검, 활과 화살도 넉넉하게 구입했다.

"반센 공국의 장검도 내게 팔아라."

"본인이 쓰려고 하는 건가?"

"그래."

"이해할 수가 없군. 너의 수준으로는 이 검은 절대 사용하지 못할 텐데. 그래도 비를 부르는 사람이니 어떤 기적을 발휘할지도 모르겠군. 네가 원하는 대로 팔겠다."

무기점에서 물품들을 구입하고 나서는 방어구점으로 갔다.

레벨 제한이 없는 사막 전사들의 복장을 한 벌 구입!

무더운 사막 기후의 특성상 철을 쓰지는 않는다. 그렇기 때문에 가벼운 것이 특징이지만 방어력은 약했다.

라호스 밖으로 나온 위드는 근처에 돌아다니는 동물들을 탐색했다.

"적당한 놈으로 잡아야겠군!"

만만한 토끼나 사슴 같은 초식동물은 찾아볼 수 없었다. 그나마 가장 약한 녀석들이라 할 수 있는 게 독을 가진 전갈들이라서 신중하지 않을 수 없었다.

그렇지만 위드도 상점에서 초보용 세트 구입을 완료한 상태!

"어디, 시미터부터 무장해 볼까."

위드는 조각품을 꺼냈다.

"조각 파괴술! 이 모든 것이 힘이 되어라!"

모든 예술 스탯을 힘으로 몰아주었다.

조각 파괴술을 사용하였습니다.
조각상이 파괴된 아픔에 예술 스탯이 1 영구적으로 사라집니다. 명성이 3 줄어듭니다. 예술 스탯이 1 대 2의 비율로 하루 동안 힘으로 전환됩니다.
예술 스탯이 너무 높습니다. 원래 가지고 있던 힘 스탯이 낮기 때문에 한꺼번에 전환이 이루어지지는 않습니다.

힘 1,090이 고급 스킬 8레벨의 '통렬한 일격'으로 바뀝니다.
힘을 잔뜩 실은 공격이 정확히 적중하면 적들을 멀리까지 날려 버릴 것입니다. 마비와 혼돈 상태에 빠지게 만드는 비율을 늘립니다.

힘 1,180이 고급 스킬 8레벨의 '꿰뚫는 검'으로 바뀝니다.
강력한 공격력으로 상대방의 갑옷과 방패를 통째로 부숴 버릴 것입니다.

힘 1,430이 고급 스킬 9레벨의 '순간의 괴력'으로 바뀝니다.
짧은 시간 동안 낼 수 있는 최대 힘의 3배까지 쓸 수 있습니다. 막대한 체력을 필요로 합니다.

힘 1,150이 무기의 기본 공격력을 극대화시키는 데 활용됩니다.
내구력이 빨리 줄어들게 되겠지만 무기의 공격력이 35%까지 늘어나게 됩니다.

초보에게는 과할 정도의 힘!

위드는 가뿐히 시미터를 무장하고 전갈에게 달려갔다.

츄릿!

전갈이 위드를 향해 꼬리를 세우고 경계했지만 무용지물.

위드는 시미터를 내려찍었다.

띠링!

통렬한 힘으로 약한 전갈을 일격에 박살 냈습니다.

레벨이 올랐습니다.

레벨이 올랐습니다.

도법을 익혔습니다.
도법이 초급 2레벨로 올랐습니다. 파괴력이 120% 증가합니다. 공격에 실리는 무게가 6% 커집니다. 정면공격 시에 적을 밀쳐 낼 확률을 높입니다.

순식간에 레벨 증가!

무려 100배의 경험치와 숙련도를 얻을 수 있기에 성장 속도는 어마어마했다.

"어디 해보자!"

위드는 돌아다니며 전갈들을 박살 냈다.

순식간에 레벨 30이 넘어서고, 귀한 전갈의 이빨과 꼬리도 다수 얻어 냈다.

"벌써 전갈들은 경험치가 얼마 안 되는 것 같군."

그 후로는 뱀도 목표가 되었다.

혓바닥을 날름거리는 사막의 뱀들도 위드에게는 쉬운 사냥감이었다.

그가 겪어 온 다양한 사냥 경험에 비해 단순한 행동 패턴을 가진 동물들이라 쉽게 잡을 수 있었다.

압도적인 힘으로 전투를 승리하여 카리스마가 1 오릅니다.

그날, 위드는 레벨이 55인 낙타까지도 잡을 수 있었다.

무려 100배의 성장이었다!

이미 초보 시절 겪어 본 바처럼 신이 날 정도로 사냥에만 전념한 덕분이었다.

서윤은 도시에서 나가지 않고 라호스의 상점들을 돌아다니고 있었다.

'이곳에서는 광석들을 거래하는구나. 혹시 필요할지 모르니

기억해 둬야지.'

상점들에서 음식물과 장비 등 필요한 물건들을 구입. 퀘스트, 사냥터에 대한 정보도 입수하여 위드가 사냥에만 전념할 수 있도록 내조를 하기로 했다.

그리고 다음 날!

용병 길드 안내소에서 사람을 구함.

붉은태양 용병 길드에서 일해 줄 사람 구함.

※시급: 30쿠퍼(경력에 따라 추가금 지급)

적은 돈이었지만 보수는 늘어날 수도 있고, 또한 정보를 모으기에도 좋다.

서윤은 용병 길드에 취직을 하기 위해 면접을 보았다.

역시나 거친 황야의 이리 같은 느낌의 용병이 대표로 그녀를 맞이했다.

"이런 일을 해 본 적은 있나?"

"없어요."

"용병 일에 대해 관심은 가져 봤겠지?"

"아뇨."

"사막의 주변 지형이나 위험성에 대해서는 잘 알고 있는가?"

"전혀요."

"솔직해서 좋군. 일이야 하면서 차차 배우면 되겠지."

용병 길드 취직 성공!

위드는 아침까지도 도시 부근을 돌면서 사냥을 하여 레벨 75가 되었다.

"검술 스킬들을 익혀야겠군."

시미터를 쓰다가 나중에는 장검으로 바꿔서, 검술 스킬이 중급으로 새로 올랐다.

사막 전사들의 길드로 가서 베기와 내려치기 위주의 검술들을 습득!

서윤에게 보급품을 받고 다음 사냥터에 대해서도 들었다.

"호수 북쪽으로 가면 악어들이 살고 있대요."

"물속으로 숨으면 사냥이 어려울 텐데."

"얕은 편이라서 괜찮을 거예요. 활을 꼭 챙겨 가세요."

"화살도 많이 사 가야겠군."

호수 북쪽에서 악어들을 사냥!

돌아다니는 사막 전사들이 있었지만 위드의 일에는 관여하지 않았다. 사막 전사들은 그 특성상 자신의 부족 일이 아니라면 무관심하다.

그리고 레벨 110을 달성!

"스탯 창."

캐릭터 이름: 노들레
성향: 불 레벨: 110 직업: 사막 전사
칭호: 비를 부르는 자

명성: 8,382	생명력: 13,982	마나: 7,383
힘: 274	민첩: 216	체력: 61
지혜: 125	지력: 97	예술: 3,141
인내력: 54	맷집: 79	통솔력: 41
행운: 65	공격력: 819	방어력: 198
마법 저항: 11%		

"이걸 기뻐해야 하나 말아야 하나."

위드는 퀘스트를 진행하면서도 걱정이 되었다.

'레벨 110이 높아 보이다니.'

그동안 노들레의 몸으로 워낙 고생을 해 놔서 110도 적지 않은 수치로 느껴졌다.

'게다가 벌써부터 이 정도인데 22년이란 긴 세월 동안 캐릭터를 성장시킨다면 대체 레벨이 어느 정도까지나 높아질 수 있는 거지?'

정말 아득하게 까마득한 전설적인 경지까지도 넘볼 수 있으리라.

검술의 마스터는 기본이고, 활을 자주 쏜다면 궁술도 마스터하기에 충분했다. 아마도 맷집과 인내력, 기타 여러 스탯들도 뛰어나게 높게 달성할 수 있을 것이다.

그런데 이것조차도 다음의 퀘스트를 위한 밑거름이 될 가능성이 컸다.

'진짜 상상하기에도 끔찍하지만, 어디 골병들어서 누워 있는 드래곤이라도 1마리 잡으라고 할지 몰라.'

무언가 엄청난 일이 벌어질 것 같은 예감.

성장 과정에서 저질러 버린 작은 실수나 사소한 선택에 따라서 마지막에 얼마나 강해져 있는지의 차이가 어마어마하게 벌어질 수도 있다.

정보들을 모으고 최적화하는 것도 중요하지만, 강한 적들이 우글거리는 장소로 과감하게 뛰어들어서 적응하고 해치워야 했다. 그래야만 추가적인 스탯을 많이 얻어서 나중에 레벨이 높아졌을 때 편해질 뿐만 아니라, 버티기만 하면 성장을 금방 하여 그곳에서 사냥을 할 수 있는 것이다.

"80일간의 죽음의 사냥이로군."

위드는 쉬는 시간도 줄이고, 완벽하게 계획을 짜서 이동은 최소화하기로 했다.

빠른 싹쓸이 사냥이야말로 타의 추종을 불허하는 전공 분야였다. 더군다나 각종 조각술의 비기 스킬들을 자유롭게 활용할 수 있었기 때문에 가능성은 무궁무진하다고 볼 수 있었다.

"이제 위드의 조각술 최후의 비기 퀘스트도 한참이나 진행되었지."

유병준은 모니터를 보면서 달콤한 코코아를 마셨다.

〈로열 로드〉가 열리고 나서 몇 년이란 시간이 흘렀다. 그동안 갓 시작한 이방인에 불과하던 유저들은 성장하여 대륙의 주인이 되어 가고 있었다.

유병준이 〈로열 로드〉에 바라던 것은 모든 사람들이 돈과 권력에 미쳐 돌아가는 것이었다.

유니콘 사에서 막대한 상금을 걸고, 그걸 얻기 위해서 사람들은 혈안이 되어 대륙을 정복하려 든다!

실제로는, 물론 그의 생각대로 이권을 탐하는 길드들이 조직되면서 약한 자들을 짓밟고 괴롭혔다. 하지만 〈로열 로드〉는 사람들에게 커다란 행복을 안겨다 주었다.

"우헤헷, 드디어 3개월간 찾아서 헤매던 부러진 칼날을 얻었다. 이제야 퀘스트를 완료할 수 있겠군!"

어느 한 모험가는 난이도 F급 의뢰, 다른 이들은 거들떠보지도 않던 퀘스트를 위하여 기꺼이 3개월을 썼다. 딱히 연계 퀘스트로 이어지는 것도 아니었지만 미래의 위드를 꿈꾸며 순수하게 모험을 즐겼기 때문이다.

"캬하, 시원하다! 역시 사냥 후의 물맛은 끝내준다니까."

"계곡으로 놀러나 갈까요?"

"그거 좋지. 리자드맨 계곡에 가서 고기나 구워 먹자."

"좋은 자리 잡으려면 빨리 가야 돼요. 점심 무렵부터는 사람이 가득 차니까요."

박해받는 초보들이지만, 그들은 〈로열 로드〉라는 세상에서 지내면서 재미를 느꼈다.

사냥도 모험도, 그리고 사람들과 어우러지면서 새로운 기쁨도 만끽할 수 있었다.

유병준은 죽고 죽이고 남의 걸 뺏으며 살아가길 바랐지만 그러지 않는 사람들이 훨씬 많았다.

자본주의와 기술이 발달할수록 사람들은 점점 혼자 있게 되고 외로워진다. 〈로열 로드〉는 사람들이 잊어버리고 살던 소소한 행복을 듬뿍 안겨다 주었다.

몬스터를 사냥했을 때나 퀘스트를 달성하였을 때의 커다란 성취감!

자신이 경험해 보지 못한 어두운 던전으로 불완전한 지도 하나만을 들고 동료들과 들어갈 때의 설렘과 공포.

접속만 하면 현실을 잠시 놓아두고 또 다른 인생을 살아갈 수 있는 것이다.

그렇기 때문에 명문 길드들의 행패에도 불구하고 신규 유저들이 끊임없이 베르사 대륙에서의 삶을 시작하고 있었다.

물론 신규 유저들의 절대 다수는 북부의 아르펜 왕국의 주민이 되었다. 위드가 가슴이 뛰게 하는 모험으로 그들에게 꿈과 희망, 도전 정신을 불러일으켰기 때문이다.

지금까지 벌어지고 있는 상황을 유병준만큼 정확하게 알고 있는 사람도 없으리라.

"위드의 모험은 더 험하고 어려워지는 정점을 향해 가고 있고 퀘스트를 성공할지 실패할지는 아마도……."

ㅡ모험에 대한 예측 알고리즘을 개선했습니다. 확률을 계산할까요?

"아니야!"

—확률을 계산하지 않겠습니다.

"어쨌든 위드와 바드레이는 극단적인 두 방향으로 갈라지게 되었군."

위드는 숱한 모험을 경험하며 조각술 최후의 비기를 얻느냐 마느냐의 사실상 마지막 단계에 다가서고 있다고 봐도 되었다.

과거의 일을 건드리게 되면 현재가 바뀐다.

위드의 모험은 실패한다면 오히려 하지 않는 것보다 훨씬 못하게 되리라. 현재의 베르사 대륙이 위드 때문에 심각한 도탄에 빠질 수도 있는 것이다.

"노들레의 일을 마치지 못하면 혼돈의 드래곤이 되살아나고 마족들이 대거 나타나서 대혼란에 빠지게 될 텐데… 그것도 흥미롭겠군."

퀘스트는 상상도 못 할 스케일로 커져 간다.

그리고 암흑시대의 창궐!

위드가 퀘스트를 실패하고 나서도 베르사 대륙에 이를 조금이나마 되돌릴 수 있는 기회가 주어지기는 한다. 하지만 이러한 기회들이 미리 알려져 있는 것도 아니고, 모험가들에 의해서 늦기 전에 찾아내고 완수해 내야 하지만 지금까지의 경우를 봤을 때 그럴 가능성은 거의 희박했다.

결국 모든 책임은 위드에게로 돌아가게 되리라.

여기까지 온 이상 성공하지 못한다면 지금까지 쌓아 왔던 모든 명성을 잃어버릴 수도 있었다.

그에 비해서 바드레이는 헤르메스 길드를 지배하며 가장 성공적인 길을 걸어왔다.

무신으로 손꼽힐 정도의 최강의 무력 그리고 전승 무패의 신화! 더구나 대륙 최강의 하벤 제국의 모든 것이 그의 것이었다.
가장 제대로 〈로열 로드〉를 걸어가고 있는 유저라고 할 수 있었다.
사람들의 바드레이에 대한 평가는 극과 극으로 나뉘지만, 어쨌거나 그의 탁월한 능력에 대해서는 두말할 여지가 없었다.
"바드레이야말로 정통적인 황제의 재목이라고 할 수 있겠군. 자기편을 압도하여 끌고 가는 카리스마와 정치적으로 노련한 수완, 정보를 모아서 실천에 옮기는 결단력, 길게 내다보고 준비하는 여유, 그를 뒤에서 받쳐 주는 측근들까지."
바드레이는 하벤 제국의 황제로서 대륙을 통일하기 위한 모든 과정들을 성공적으로 수행했고, 필요한 수단들도 가지고 있었다.
"아무래도 상식적인 판단으로는 위드보다는 바드레이의 손을 더 들어 주고 싶어. 하긴 지금 위드와 바드레이를 맞비교하는 것도 말도 안 되는 것이긴 하지. 과연 대륙이 바드레이를 주인으로 택할지는, 이제 조금만 기다리면 알 수 있겠군."
앞으로 얼마 지나지 않아 결과를 알게 되리라.
바드레이가 중앙 대륙의 패권을 다지고 나서 명실상부한 베르사 대륙의 지배자에 오르려 한다면 유일한 걸림돌인 위드를 철저히 제거하지 않을 수 없을 테니까.
유병준은 바드레이가 지금까지 대륙을 정복하기 위하여 해온 노력을 인정했다.
그에 반해 위드는 그야말로 극적인 모험을 통해 사람들을 열광시키는 재주 하나만으로 여기까지 왔다고 해도 과언이 아니다. 헤르메스 길드의 정복은 그에게 남은 시간이 얼마 없다는 점을 알려 주고 있었다.

"바드레이가 대륙을 정복한다면 위드의 모험은 앞으로 영영 보지 못하게 될 수도 있겠군."

로암 길드, 사자성, 블랙소드 용병단, 클라우드 길드, 흑사자 길드의 대표들은 연합군의 마지막 비밀 모임을 가졌다.

"헤르메스 길드 놈들에게 전면적인 반격을 가할 시간이 다가오고 있습니다."

클라우드 길드의 샤우드가 회의를 주재했다.

"대반격의 개시일은요?"

사자성의 군트가 지도를 보며 물었다.

그들은 대륙의 지도를 넓은 책상 가득 펼쳐 놓고 있었다.

"바드레이가 이끄는 최정예 병력이 루비돔 산맥을 통과하는 날짜입니다. 산맥을 나와서 벤젠 평원에 이르면 블랙소드 용병단과 로암 길드 그리고 동맹 길드 쉰네 곳이 놈들을 정면으로 공격할 것입니다. 그리고 그 순간 전 대륙에서 헤르메스 길드의 사냥 작전이 시작됩니다."

"흐음, 이번 작전은 성공해야 하는데……. 병력 배치와 공격 계획은 틀림없겠지요?"

"세 번씩 확인한 사항입니다."

책상의 지도는 동부의 오크 랜드와 남부의 사막 지역은 제대로 표시되어 있지 않았지만 성과 도시, 도로 등이 잘 그려져 있었다. 중요한 관문의 곳곳에는 하벤 제국의 깃발들이 놓여, 현재 헤르메스 길드의 영역이 방대함을 알 수 있었다.

'이런 젠장!'

지도를 보던 블랙소드 용병단의 단장 미헬의 얼굴이 시뻘겋게 달아올랐다.

그라디안 왕국은 아주 약간의 땅을 제외하고는 전부 하벤 제국의 영역이 되었다. 바드레이가 직접 정예들을 끌고 왔기 때문에 끝내 막아 내지 못하고, 수도와 영토 대부분을 빼앗기고 노튼 왕국으로 피신했다.

원래의 계획대로라면 퇴각을 하며 소모전으로 시간을 끌려고 했지만, 예상을 뛰어넘는 신속한 대공세에는 어찌할 수가 없었다.

그렇지만 블랙소드 용병단은 노튼 왕국과 마센 왕국에서 남은 세력을 결집시켜서 그라디안 왕국을 되찾기 위한 전쟁 준비를 마쳤다.

다른 연합군이 도와주었으면 이렇게 쉽게 영토를 잃어버리지 않았을 거란 원망도 가졌지만, 사실 그들의 입장이더라도 원군을 보내 주진 않았으리라.

'그라디안 왕국을 되찾고 더 많이 얻는다.'

하벤 제국을 몰아내고 그들의 영토를 가로챌 욕심에 불타고 있었다.

연합군이 결성된 이유 중의 하나는 혼자의 힘으로는 무리이니 뭉쳐서 하벤 제국을 집어삼키기 위해서이기도 하다.

'우리로서는 마지막 기회야.'

흑사자 길드의 칼리스는 무조건 승리밖에 없다고 생각했다.

세력이 크게 줄어든 그들은 간신히 회합의 자리에 낄 수 있었다. 톨렌 왕국에서는 헤르메스 길드의 철저한 종노릇을 하는 베덴 길드를 물리치지 않으면 과거의 영광을 회복할 수 없다.

로암 길드를 대표하여 출석한 로암은 회의 중에도 무거운 침묵을 지키고 있었다.

'이번에는 승리를 거두어야 하는데. 계획은 괜찮군. 헤르메스 길드가 무너지게 되면 그 이후에는 어느 길드가 대륙을 주도하게 될까. 우리 로암 길드가 되어야겠지.'

베르사 대륙 최고 명문 길드들의 수장들을 비롯하여, 연합군에 속한 많은 길드의 대표들은 전쟁 준비의 마지막 단계를 점검했다.

대반격의 날!

연합군에서는 사자 사냥의 날로 부르고 있었다.

바드레이는 하벤 제국의 최정예 병력 43만, 그리고 패잔병들과 포로를 모아서 104만의 대군을 구성했다. 거대한 병력이 노튼 왕국을 점령하기 위해 루비돔 산맥의 길을 뚫고 넘어오고 있었다.

"우리는 승리할 것이다!"

벤젠 평원에 있는 미헬은 큰 소리로 외쳤다.

"우와아아!"

병사들과 용병들이 다양한 무기를 들고 함성을 질렀다.

블랙소드 용병단에 총동원령이 내려지고, 프로암 연합 용병 길드에서도 지원을 나왔다.

상급 용병들만 3만!

데일 왕국과 노튼 왕국에 영향력이 있는 NPC 병사들은 22만 정도이다.

로암 길드와 연합 길드들의 합류로 160만이 넘는 어마어마한 대군이 평원에 먼저 진을 치고 기다리고 있었다. 연합군 소속의 각 길드들이 한자리에 모였기 때문이다.

"로암 길드."

"옛!"

"우리의 이번 목표는 헤르메스 길드다."

"문제없습니다."

"헤르메스 길드라고 해서 다를 것 없다. 매번 그랬듯이, 이번에도 우리는 이길 것이다."

로암 길드는 최정예로 구성되어 있었다.

헤르메스 길드가 물론 랭커들을 많이 보유하고 있기는 하지만, 로암 길드도 그에 버금가는 정도다.

게다가 로암 길드에서 자랑하는 기사단은 최고의 실력자들만이 모여서, 대륙 최강의 기사단으로 불렸다.

〈로열 로드〉 최상위 랭커 20위 안에 드는 4인이 소속되어 있었고, 이를 지원해 주는 궁수, 마법사, 야수, 하늘의 드레이크 부대의 조합도 완벽하여 중간 규모 이하의 전투에서는 압도적인 전술과 파괴력을 발휘했다.

그리고 비싸고 귀한 장비들을 아낌없이 착용한 로암의 NPC 군대 25만.

로암 길드는 아직 헤르메스 길드와 싸워 본 적은 없었다. 하지만 연합군 소속 길드들까지 합쳐져서 최대의 병력과 최상의 전력을 구축하였으니 틀림없이 헤르메스 길드를 깨뜨릴 수 있다면서 사기가 높았다.

"바드레이의 처리는 확실히 해야 한다."

"음, 무신이라고 불리는 놈의 불패의 신화. 그걸 이번에 완벽히 깨뜨려야겠지."

상위 랭커들일수록 바드레이에게 욕심을 냈다.

전쟁에서 가장 큰 공을 세우고 명성을 얻기 위해 위드를 죽이고 싶어 했던 것과 마찬가지.

무신 바드레이를 없애고 그의 장비를 갖고 싶었다.

연합군은 헤르메스 길드가 벤젠 평원으로 나오지 않고 퇴각하는 것은 생각지도 않았다.

루비돔 산맥의 뒤쪽으로는 그라디안 왕국에 잠복해 있던 클라우드 길드와 흑사자 길드가 군소 연합군 동맹 길드들을 이끌고 나타나서 막고 있다.

험한 산맥을 오고 가다 보면 군대의 피로도는 막심하기 마련이었다.

그들은 뒤돌아서 물러서다가 앞뒤로 포위 공격을 당하게 될 테니 차라리 벤젠 평원으로 나와서 싸우는 방법을 택하는 수밖에 없으리라.

물론 헤르메스 길드가 예상대로 진격을 해 온다고 하더라도 그들이 열어 놓은 길을 따라서 클라우드 길드와 흑사자 길드, 수십 개의 연합군 길드도 쫓아오게 된다.

헤르메스 길드, 그리고 하벤 제국을 처치하기 위하여 한 전장에 4개의 명문 길드와, 그들을 따르는 100여 개의 연합군 길드가 모인 것이다.

이처럼 완벽한 포위망을 구성하기 위하여 연합군에서는 병력 이동을 숨기느라 많은 노력을 기울였다.

그동안 하벤 제국의 신속한 공격에 방대한 영토를 잃어버리기는 했지만 바드레이를 사망에 이르게 하고 중앙군을 깨뜨린다면 충분한 이득이다.

바드레이는 하벤 제국의 황제!

그의 죽음을 시작으로 거대한 하벤 제국이 붕괴로 이어지게 되는 것이 아니겠는가.

한 번의 패배가 씻을 수 없는 타격을 준다.

연합군의 공세가 전 대륙에 걸쳐서 일어나게 되면 그만큼 방대한 영토를 가진 하벤 제국은 감당할 수가 없을 것이기 때문이다.

"후후후, 놈들은 독 안에 든 쥐라고 할 수 있을 거야."

"이번의 기회를 놓치면 언제 다시 잡을 수 있을지 모른다. 최소한 바드레이만큼은 놓쳐서는 안 돼."

"벌써 믿을 만한 유저들로 추격조까지 편성이 끝났다더군."

루비돔 산맥의 바드레이는 평원에서의 상황에 대해 보고를 받았다.

"정말 많이도 모였군."

패전을 거듭하던 블랙소드 용병단이 여력을 쥐어짜 내서 많은 병력을 모았다.

그들은 헤르메스 길드가 제대로 뒤통수를 맞았다고 생각할 테지만, 루비돔 산맥이야말로 적들을 끌어들이기 위한 함정이었다.

"이번에 이긴다면 블랙소드 용병단은 다시는 일어나지 못하겠지. 노튼 왕국은 쉽게 점령할 수 있겠군. 수라임."

"예!"

"행군으로 지친 병사들에게 휴식을 줘라. 저들은 우리가 나타날 때까지 기다려 줄 테니 넉넉하게 쉴 수 있도록 해도 될 것이다."

"알겠습니다."

하벤 제국의 군대는 이동을 멈추고 휴식을 취했다.

연합군이 보기에는 갑작스러운 포위에 당황한 것으로 비칠 것이다.

"기사단은?"

"계속 이동해 오고 있습니다."

루비돔 산맥의 깊은 곳, 나무들로 입구가 가려진 동굴에서는 대륙 각지에 원정군으로 흩어져 있던 하벤 제국의 기사단이 속속 도착하고 있었다.

라페이는 마법병단과 레인저 부대를 이곳으로 파견하여 동굴 안에 이동 마법진을 설치해 놓았다.

대도시와 주요 성에나 있는 텔레포트 게이트는 설치하는데 오래 걸리고 가격도 어마어마했지만, 전쟁의 승리를 위하여 준비를 미리 해 두었던 것이다.

"페르세크 기사단 도착 완료."

"벨라믹 기사단도 지금 들어오고 있습니다."

"고르 쟈벨린 기사단은 위장까지 마치고 이동을 준비하는 중입니다."

"테페른 기사단 집결 끝."

하벤 제국에서 자랑하는 24개의 정식 기사단이 모두 루비돔 산맥으로 집결하는 중이었다.

"오랜만이군."

"캇챠 전투 이후 처음인가?"

"오늘 승리하고 나서 술이나 한잔하자고."

기사단에 속해 있는 유저들의 입가에는 미소가 감돌았다.

헤르메스 길드에 속한 이후로 그들은 나가는 전쟁마다 승리를 거두었다. 그 어떤 전쟁도 사투 끝에 이겨 냈으니 길드원으로서의 자긍심이 남다를 수밖에 없었다.

"쩝쩝, 우리는 완전히 찬밥이군."

"어쩔 수 없죠. 단 한 번씩이지만 패배한 대가니까. 헤르메스 길드가 유별난 면이 있기도 하니까요."

폴론과 렌슬럿.

위드에게 패배를 경험한 지휘관들도 각자의 기사단을 데리고 루비돔 산맥에 왔다.

과거에는 그들에게 아부를 하려고 몰려오는 길드원들이 많았지만, 이제는 알은척도 하지 않는다. 철저히 강자를 존중하는 헤르메스 길드의 분위기상, 위드에게 패배를 하고 돌아왔으니 길드의 수치로 여기는 것이다.

폴론은 혀를 끌끌 찼다.

'이놈의 길드는 다 좋은데 정이 가지 않아.'

정복 전쟁을 벌이는 헤르메스 길드에서는 내부 경쟁도 치열하게 펼쳐진다. 방대한 땅과 인구를 얻게 되니 그곳을 다스리는 영주가 되기 위하여 경쟁을 하지 않을 수 없는 것이다.

헤르메스 길드원들은 그들이 대륙을 정복하리라 믿어 의심치 않기에 그 후를 위하여 노른자위 땅들은 서로 자신의 것으로 챙기려 들었다.

사실상 이미 대륙 정복이 눈앞에 보이는 상황이기도 하다.

'훨씬 우세한 전력으로 싸워서 이기지 못한다면 바보지.'

폴론은 전쟁을 쉽게 여겼다.

헤르메스 길드에 있다 보면 적들이 뻔한 병력과 전술로 덤벼드는 것이 너무도 시시하게 느껴진다.

그러면서 군대 지휘관으로서 전공도 남부럽지 않게 세웠다.

진짜 어려웠던 전쟁은 위드와 싸웠을 때뿐!

죽여도 죽여도 끝없이 달려드는 언데드의 물결 그리고 위드의 지휘!

폴론은 위드의 무서운 면을 언뜻 보았다.

'우리 병력이 어떻게 편성되어 있는지 정확히 알고 있었어. 그리고 허점을 집요하게 노린다.'

적을 간파하는 능력과 지휘력 자체가 다르다.

폴론이 그렇게 느낀 적은 처음이었다.

병력이 운용되는 순간마다 허점을 노리고, 부대의 연결 고리를 잘라 버린다. 그 과정이 너무 자연스럽게 이루어져서, 싸우면서는 대체 왜 이렇게 아군에 피해가 많이 생기는지 당황하게 된다.

그리고 군대를 더하고 빼는 것이 너무 빠르다. 상대를 파악한 상태에서 빠르게 휘몰아치기 때문에 위드의 흐름에 빨려 들 수밖에 없게 되는 구조다.

막상 당할 때는 분통이 터지지만, 그 이후에 패배 이유를 분석하고 나면 완벽하게 깨졌다는 생각에 오히려 후련해진다.

렌슬럿은 아직도 이를 갈고 있었다.

소문난 전술가인 그가 북부로 가서 숫자에 밀려 비참하게 패배하고 말았다. 제대로 싸움도 못하고 전멸을 당한 꼴이니, 위드를 다시 만날 날만 기다리고 있었다.

"다음에는 철저히 이겨 주지. 진짜 전투를 해서 승리를 할 것이다."

폴론은 그런 말을 들으면서도 아무 말 하지 않았다.

정말 위드가 정식으로 아르펜 왕국의 군대와 북부의 유저들을 지휘하였다면 북부 원정군은 아무것도 하지 못하고 패했을 수도 있기에.

폴론과 렌슬럿은 휘하의 부대가 다 도착하자 각자의 진영으로 흩어졌다.

루비돔 산맥에 도착한 하벤 제국의 기사들은 말을 마차에 연결하여 보급 부대로 위장했다.

피로를 줄이기 위해 선두에 서지는 않고, 보병들이 나무를 베고 길을 뚫어 놓으면 뒤를 따라오기로 했다.

"레인저들은 습격을 위해 지정된 위치에 배치 중."

"마법사들은 함정들을 점검하라!"

하벤 제국의 점령군 중에서 기사단과 마법병단 거의 대부분이 미리 설치해 놓은 텔레포트 게이트를 통하여 속속 도착하고 있었다.

하벤 제국의 최정예 부대가 모두 이곳에 모이는 셈이다.

"이제 벤젠 평원의 얼빠진 놈들을 격파하기 위하여 진군한다. 놈들에게 깜짝 놀랄 만한 절망감을 안겨 주자."

병사들이 충분한 휴식을 취하자 벤젠 평원으로의 행군을 개시했다.

라페이와 수뇌부는 잔인하고도 충격적인 전술을 세웠다.

루비돔 산맥은 적들을 끌어들이기 위한 완벽한 함정이었다.

바드레이와 노튼 왕국 점령군의 전력을 크게 확충하여 벤젠 평원의 적을 단숨에 격파한다. 또한 뒤를 따라오는 흑사자 길드와 클라우드 길드는 산맥의 제왕이라고 할 수 있는 레인저들이 피해를 주며 지연시킨다.

벤젠 평원을 마무리한 후에는 루비돔 산맥으로 회군하거나,

뒤늦게 도착하는 적들을 몰살시킨다.

대륙의 거대 명문 길드들이 포위를 하고 있었지만 루비돔 산맥이란 막대한 지형적인 변수를 이용하여 각개격파를 한다는 작전.

라페이와 수뇌부에서는 이번 계획을 사자 사냥이라고 부른 적들에 맞춰 역으로 사자의 이빨이라고 불렀다.

블랙소드 용병단과 로암 길드 그리고 연합군에서는 갈수록 회심의 미소를 지었다.

"놈들이 퇴각하지 않고 벤젠 평원으로 몰려오다니……."

"헤르메스 길드의 거만함인가, 아니면 퇴각하더라도 결국은 가로막혀서 빠져나갈 수 없다는 점을 알아차렸기 때문일까? 하기야 어쨌든 뼈저린 패배를 맛볼 때도 되었지. 어찌 되었든 좋아. 오늘이야말로 하벤 제국에 돌이킬 수 없는 큰 패배를 안겨 줄 바로 그날이다."

"전투대형으로 집결하라!"

연합군에서는 예상에서 벗어나지 않는 하벤 제국의 움직임을 보며 승리를 자신하고 있었다.

벤젠 평원에서의 대혈전이 끝나면 하벤 제국은 패망의 길로 들어서게 될 것이라고 확신했다.

넓은 제국일수록 뜯어먹을 것이 많지 않겠는가.

연합군 소속 길드들은 미리 배정되어 있는 위치에 섰다.

길드의 대표들끼리 회의를 통하여 결정한 공격 계획은 북부 대륙의 풀죽신교를 참고했다. 다만 약간의 차이점이 있다고 하면, 훨씬 우월한 병력의 규모와 상위권 랭커들이 파상 공세를 펼치는 것이었다.

"놈들이 나타났다!"

"아직 대기!"

"멈춰라. 적들에게 덤벼들지 말고 대기하라!"

연합군은 하벤 제국의 병력이 벤젠 평원에 완전히 들어오기를 기다렸다.

진영이 갖춰지기 전에 공격을 하면 유리하지만 일부러 서둘러 싸울 필요는 없다. 흑사자 길드와 클라우드 길드가 나타날 테니 시간은 그들의 편이라고 여기고, 진영을 형성한 채로 지켜보고 있었다.

전쟁을 시작하기에 앞서 미헬과 로암은 큰 소리로 연설을 하며 사기를 북돋았다.

"오늘이다! 바로 오늘이 하벤 제국의 몰락일이다!"

"로암 길드! 우리가 이제 대륙에서 가장 강한 길드가 된다!"

헤르메스 길드를 파멸시킨다는 흥분을 참아 내기 어려웠다.

이윽고 한참의 시간이 흐른 후에야 하벤 제국의 병력이 평원으로 다 들어섰다.

양측 모두 워낙 많은 군대가 싸우기에 넓고 평탄한 벤젠 평원이 아니고서는 승부를 보기가 어려웠다.

하지만 평원의 특성상 전투 중에 퇴각을 하는 쪽은 괴멸적인 피해를 입을 수밖에 없으리라.

"가라!"

"모두 쓸어버려라!"

~~뿌우우우우웅!~~

연합군의 진영에서 뿔피리가 울리며 진군이 시작되었다.

기사들과 병사들이 움직이며 돌진을 개시하였다.

각 길드와 성, 왕국을 상징하는 깃발들이 파도치듯이 일제히 이동하는 장대한 광경!

그리고 하벤 제국군과의 거리가 가까워졌다.

"놈들에게 죽음을 내려라!"

"예!"

바드레이의 명령에 따라 하벤 제국의 마법병단이 준비하고 있던 각종 마법을 시전했다.

"화염의 발걸음."

"뒤집히는 대지!"

"집단 사격!"

"화염 회오리."

"연쇄 폭발!"

연합군이 지나가던 땅과 하늘에 온갖 마법들이 작렬하고, 화살의 비가 쏟아졌다.

너무나도 어마어마한 파괴와 폭발의 현장!

상상을 초월하는 빛과 소음은 후속 병력으로 하여금 덤벼드는 걸 멈추게 할 정도였다.

연합군의 선두가 처참한 피해를 입으며 무너졌다. 먼지가 걷히고 나니 앞장섰던 고레벨 유저들은 이미 흔적도 없이 사라진 후였다.

뒤를 이어 달려들던 연합군은 멈춰서 신음했다.

"이럴 수가… 어떻게 이런 마법 공격을 할 수 있는 거지?"

"헤르메스 길드의 마법병단이 아무리 대단하더라도 이런 파괴력은 불가능해. 말도 안 돼!"

연합군이 주저하고 있을 때 하벤 제국의 24개 기사단이 돌격을 개시했다.

과거의 영웅

위드는 빠른 성장을 위하여 조각술을 적극 활용하기로 했다.

"이젠 퀘스트를 성공하지 못하면 본전도 못 찾는 거야. 조각 파괴술! 이 모든 것들이 지식이 되어라."

처음부터 조각품을 부숴서 사냥에 활용했다.

지식을 올려서 마나의 최대치를 증가시킨 후에 스킬을 마구 썼다.

"광휘의 검술! 뜨거운 불!"

원래 위드는 마법을 활용하지 못하였지만 노들레의 몸 상태를 이어받으면서 직업이 사라지게 되었다. 그리하여 오아시스의 도시 라호스에서 '사막 전사'로 전직을 했다.

이제부터는 불 계열 마법을 쓸 수가 있어서, 불의 정령들도 얼마든 부려 먹었다.

태양 아래에서는 훨씬 강해지는 특성도 부여되었다.

"이동을 하면서도 시간이 너무 많이 소모돼. 밥 먹을 시간도 없는데 걸으면서 시간을 다 써 버릴 수는 없지."

노들레의 성장 퀘스트 사흘째.

도시와 가까운 주변에서는 마땅한 사냥감을 찾지 못하는 경우 조금 멀리까지 이동해야 한다. 사막에서 걷는 데 보내는 금쪽같은 시간을 아끼기 위해, 서윤은 용병 길드에서 일한 돈을 모아 낙타 1마리를 사 주었다.

그녀도 이곳의 시간상으로 1년 가까이 근무한 것으로 되어서 수입이 꽤 되었던 것이다.

"그래도 너무 느려. 확실히 빠르고 지치지도 않는 녀석이 필요해."

물과 모래를 뭉쳐서 사막을 뛰어다닐 수 있는 낙타를 조각하고 조각술의 비기를 사용.

"조각품에 생명 부여!"

모래가 살이 되고 피부로 변하더니 생명을 탄생시켰다.

메헤헤헹!

"네 이름은 쌍봉이라고 하자."

낙타의 이름은 쌍봉!

무려 4미터가 넘는 크기!

사막에서 빨리 달릴 수 있도록 다리는 길게 했고, 모래에 푹푹 빠지지 않도록 둘로 갈라진 발굽에 발바닥은 넓고 평평하게 했다.

영양분을 저장할 수 있는 혹도 2개나 있는 쌍봉낙타!

레벨이 483이나 되는 낙타로, 무려 열흘을 먹거나 잠들지 않고도 버틸 수 있는 특성을 가졌다.

생명을 부여한 조각품은 낙타뿐만이 아니었다.

"전투 중에 나를 호위하고 함께 강해질 녀석들이 있어야 할 거야. 어차피 나중에 생명을 부여하느니 지금 해치워야지."

퀘스트에서 주어진 22년이란 긴 시간 동안 사냥을 해야 하니 기왕이면 초반에 생명을 부여하는 편이 낫다. 그때그때 필요에 따라 도시에서 동료를 구하는 방법은 귀중한 시간을 낭비할 수 있고, 다음번에는 만나지 못할 수도 있기 때문이다.

그리하여 위드는 같이 사냥을 할 10명의 사막 병사들을 탄생시켰다.

전일, 전이, 전삼, 전사…로 이어지는, 짓기 귀찮다는 감정이 고스란히 묻어 있는 이름.

"내 생명은 당신의 것. 심장도 꺼내 줄 수 있다."

영원한 복종의 특성은 사막 전사들도 비슷했다.

"그래, 너희는 나와 오래도록 함께하자. 그리고 도시에서 그때그때 구하지 못할 테니 사제도 둘 정도는 필요하겠지."

사제는 둘 다 남자로, 알베른과 알베런을 탄생시켰다.

따져 볼 것도 없이 알베론의 짝퉁들!

"신의 축복을 받고 있는 분이여, 저희에게 생명을 주어서 감사합니다."

"축복은 무슨. 돈복이나 타고났으면 좋았을 텐데."

포르투 왕성에서의 경험처럼 조각 생명체들을 잃어버리는 상황은 결코 만들지 않으리라 결심하며 던전을 돌며 사냥했다.

"주인님을 보호하라."

"주인님이 싸울 몬스터들을 끌고 와."

생명을 부여한 사막 전사들은 위드를 지켜 주고, 그가 사냥을 하기 좋도록 도와주었다.

던전을 한차례 돌고 나면, 사막 전사들은 크게 변하는 것이 없었지만 위드는 부쩍부쩍 성장했다.

퀘스트 시작 17일 만에 레벨도 440을 돌파!

조각술의 비기들을 쓸 수 있었고, 온전히 사냥에만 집중하며 부하들을 부려 먹고 있기에 무시무시한 성장이었다.

위드는 전투를 할 때마다 확실한 강함을 온몸으로 느꼈다.

불의 마법을 거침없이 발휘하며 적들을 도륙하는 전율적인 능력!

조각 생명체인 사막 병사들은 위드와 함께 호흡을 맞추어서 던전을 휩쓸었다.

"이게 다 진짜가 아니라니……."

조각 생명체들을 포함하여 노들레의 퀘스트가 끝나면 사라져 버릴 몸이라는 점이 아쉬울 뿐!

새로운 던전에 들어가면 2배의 경험치 효과를 얻게 되지만 아직까진 무리하게 욕심을 내지 않았다.

'스킬 숙련도를 먼저 올려야 해. 스탯들도 더 올리지 못하면 앞으로는 정말 고생을 하게 되겠지. 레벨만 높아져서 무리하게 위험한 던전에 갈 수는 없어.'

사냥하는 몬스터들의 수준이 올라서, 사막 전사들과 사제들도 함께 맞추어서 성장을 해 갔다.

멀리 떨어진 던전을 억지로 찾으려고 하거나 입구를 발견하지 못하여 헤매기라도 하면 시간이 훌쩍 지나가 버린다. 레벨이 높아질수록 마땅한 사냥터를 찾기가 어려울 수도 있었기에, 도시에 있는 서윤의 조력이 결정적이었다.

"오오, 사막의 강인한 영혼이여! 라호스의 어려움을 해결해 주는 전사여!"

"불타는 사막의 전사를 뵙습니다."

사막 부족민을 만날 때의 대우도 극렬하게 바뀌었다.

위드와 사막 병사들이 지나갈 때에는 시미터를 쥐고 뒤통수를 노려보던 그들이었다.

사막의 율법은 강자존!

사막 부족들은 서로 빼앗고 죽인다.

사실상 도시 주변만 벗어나면 도적 떼가 따로 없는 것이다.

그렇기 때문에 사막 부족들을 없애더라도 악명도 별로 오르지 않는다.

위드에게는 물론 그 점이 적지 않은 유혹이었지만, 그래도 사막 부족들을 공격하진 않았다.

'저놈들은 다들 빠른 낙타를 타고 있어. 잡기가 힘들겠군.'

자신은 쌍봉을 탔지만 부하들은 일반 낙타를 몰고 있다.

사막 부족의 전사들과 싸워서 그들이 도망치기라도 한다면 모래의 바다를 추적하여 쫓아가기가 어려운 것이다.

실상 사막 부족들은 가진 것도 없이 양 몇 마리와 낡아 빠진 검 한 자루가 대부분이라서 건질 것도 없었다.

그러한 이유로 내버려 두었더니 어느새 사막 부족들에게 공평하게 존중을 받고 있었다.

위드가 던전 사냥을 마칠 때마다 부르는 말도 바뀌었다.

"사막을 지피는 태양을 뵙습니다."

"사막의 광활한 모래는 대왕의 것입니다."

어느새 왕이나 대제로도 불렸다.

슬슬 위드와 사막 병사들의 레벨이 500을 넘을 무렵이었다. 아직까지도 퀘스트의 날짜는 절반 정도밖에 지나지 않았다.

22년이라는 긴 시간.

'과연 이 퀘스트의 끝이 어떻게 될까. 아냐, 이런 쓸데없는 생각을 할 시간도 없어. 어서 몬스터나 때려잡아야지.'

접속해 있는 대부분의 시간을 전투에 활용하면서, 사막에서 업적을 달성하는 중이었다.

남부 공국 보르헤스에서 활동하는 유저.

마이어와 켄텐드레이타, 은루, 프레임!

그들은 중앙 대륙의 전쟁과는 상관없이 4명이서 오붓하게 파티 사냥을 하고 있었다.

"이번에는 어느 쪽으로 갈까?"

"조금 남쪽으로 가 볼래?"

"남쪽?"

"응. 이벨리아 던전에 가서 사냥하고 사막지대 인근의 도시에서 교역도 하면 되잖아."

"그럴까? 마법책도 사야 하는데 잘됐다."

상인이 아니더라도 여행을 하게 되면 배낭에 교역품을 채워

다니며 파는 것 정도는 기본이었다.

크게 이득을 남길 수는 없더라도 시세 차익이 있다면 돈을 벌 수 있기 때문에 레벨 200대 이상의 유저들도 애용하는 방법이었다.

"가자!"

보르헤스에서 사막에서는 구하기 힘든 식료품들을 위주로 사서 남쪽 지역으로 내려갔다.

물고기가 많이 사는 얕은 강과 바람에 드러눕는 들판을 지나는 즐거운 여행!

공국에서 활동하며 얼굴을 익힌 다른 유저들도 끼어서, 250명 정도 되는 무리가 함께 남쪽으로 내려갔다. 사람이 많을수록 성가신 몬스터들이 덤벼들지 않기에 레벨이 낮은 유저들일수록 많이 뭉쳐서 다녔다.

"이게 뭐야, 우리 이상한 도시로 와 버렸는데?"

"중간에 길을 잘못 든 거 아냐?"

"아니야. 한두 번 온 것도 아니고… 맞아. 사막에 있는 첫 번째 도시 프로블렌. 표지판도 붙어 있잖아."

"내가 본 건물도 몇 개는 그대로 있어."

"말도 안 돼! 진짜 프로블렌이야. 여기가 대체 언제 이렇게 커졌지?"

남쪽의 사막지대로 간 유저들은 너무나도 발전한 도시를 보고 할 말을 잃었다.

사막에서 흰 모래로 쌓은 건물들은 얼마 전까지만 해도 수백 채가 조촐하게 낙후된 채로 있었다. 모래바람에 금방이라도 사라질 것처럼 아주 위태로워서, 도시라고 부르기에도 어색하고 교역소도 작아서 상인들도 그냥 지나쳐 버리는 경우도 잦았다.

하지만 지금은 사막의 특성을 따라 발전된 건물들만 수만 채에 이르는 대도시로 커졌다.

도시를 둘러싸고 해자와 두꺼운 성벽까지 설치되어 있었으며, 특히 인근 호수에서 물을 끌어오는 수로 시설은 감탄이 절로 나올 정도였다.

평소에 사막 도시를 오가던 상인들조차도 놀라게 만드는 대변화!

"나 이틀 전에 여기 왔었는데."

"정말? 그때도 이렇지 않았어?"

"전혀. 불과 이틀 사이에 무슨 마법이라도 부려진 건가?"

"우리 저기 들어가 봐도 되는 걸까?"

"가 봐야지. 원래는 그냥 통과하려고 했는데 이렇게 된 이상 안 가 볼 수가 없잖아."

호기심이 생긴 유저들은 조심스럽게 도시로 다가갔다.

사막 부족의 경비병들이 프로블렌을 지키고 있었다.

은루가 침을 꼴깍 삼키고 물었다.

"저기요, 여기가 프로블렌 맞아요?"

"맞다."

"며칠 전까지만 해도 작은 마을 아니었어요?"

"무슨 소리를 하는 것인지 모르겠군."

"사막이라서 물이 없어서 살기 힘든 곳이었잖아요."

"시끄럽다. 우리 도시에서 자랑하는 수로 시설을 보지 못했느냐?"

경비병들은 화를 내면서 상대도 해 주지 않았다. 하지만 도시 안으로 들어가는 것까지 막지는 않았다.

유저들은 도시 안으로 들어가자마자 환호성을 질렀다.

"우와! 도대체 이게 다 뭐야!"

"끝내준다!"

상점들에는 고운 비단과 철제, 상아, 보석류가 진열되어 있었다. 무기점에 진열된 시미터들 중에는 보통 찾기 힘든 레벨 400대가 착용하는 명품들까지 있었다.

게다가 도시 내에는 쉽게 고용하기 힘든 사막 전사의 용병 길드도 있었다.

사막 전사는 아주 강하고 잘 싸우며 고용 비용도 저렴하기에 용병으로 대단히 인기가 있었다. 그들을 고용하기 위해서는 사막의 큰 도시로 가야 했는데 프로블렌에 있다면 대환영이었다.

"자, 잠깐만. 용병들의 레벨이 왜 이렇게 높지?"

"얼마나 되는데?"

"젠크 390. 푸와타리 420."

"하루 고용 비용이 400골드가 넘어?"

"아니! 레벨이라니까."

"히익!"

상인들은 벌써부터 상점들이 밀집한 거리로 달려가서 가져온 물품들을 팔아 치웠다.

시세도 예전과는 많이 달라져 있었다.

"올리브? 우리 도시에서는 흔해 빠진 물건인데. 어쨌든 가져온 수고를 봐서 매입은 해 주지. 이건 자네에게만 알려 주는 비밀인데, 비싸게 팔고 싶다면 말린 과일이나 생선 절임 같은 걸 구해 와."

"생선 절임은 가격이 상당한데요?"

"요즘에 찾는 손님들이 꽤나 늘었는데 없어서 못 팔고 있어서 말이야. 먼저 구해 오는 사람에게는 가격을 후하게 쳐줄 수 있어."

과거에는 식료품이라면 무조건 괜찮은 값을 받을 수 있었다. 하지만 가난한 교역소에서 수량을 얼마 구매하지 않아서 곤란했는데, 지금은 프로블렌의 상업이 대단히 발달해서 몽땅 처분할 수 있었다.

도시의 인구가 늘어났고 물품 생산량이 대폭 증가했기 때문이다.

한 곳의 교역소에 진열해 놓은 물건들만 해도 백 가지가 넘었다.

"세상에나! 레몬 오일에 사향, 바질, 커민, 파슬리, 산초, 샐러리… 향신료와 향료 종류가 엄청 다양해."

"웬만해서는 구하기 힘든 사프란까지 있어!"

"뭐 찾고 있는 물건이라도 있나? 도시에 상인들이 별로 오지 않아서… 구하는 물건이 있다면 앞으로도 계속 거래를 하자는 의미로 싸게 팔아 주지."

"정말요?"

"그럼. 그리고 이 남쪽의 올드라스에는 가지 말게나."

"왜요?"

올드라스는 프로블렌만큼이나 낙후되어서 상인이나 모험가가 아니라면 거의 대부분의 사람들이 그 이름조차 제대로 알지 못하는 곳이었다.

"염료 산업이 발달해서 그곳 녀석들은 아주 부유한 편이지. 그래서인지, 우리를 자주 업신여긴단 말이야."

"헉!"

프로블렌뿐만 아니라 사막의 다른 도시들에도 엄청난 변화가 있었다는 것을 알 수 있었다.

이곳의 무기점과 교역소만 하더라도 보통 발전한 것이 아닌데 여기보다 더 부유한 도시라면 과연 어떻겠는가.

'대박이다!'

'완전 난리 났네. 이거 뭐부터 사서 팔아먹어야 되지?'

모험가들은 미개척지를, 전사들은 좋은 사냥터를 원한다. 상인들에게는 경쟁자가 별로 없는 대도시가 최고의 노다지였다.

상인들은 행복한 고민에 휩싸여서 특산품들을 구입하는 데 여념이 없었다.

북쪽으로 가져가기만 하더라도 교역량이 많지 않은 지금은 대단한 부를 쌓게 될 수밖에 없다.

"우리 이벨리아 던전으로 계속 갈까?"

"아니! 이 도시나 조금 더 돌아다녀 보자."

"나도 찬성! 지금은 사냥이 급한 게 아닐 거 같아."

마이어와 켄텐드레이타, 은루, 프레임은 던전 사냥을 하기로 약속했던 것도 제쳐 놓고 도시 안을 돌아다녔다.

못 보던 사람들에게 말을 걸어 보는 것도 퀘스트를 얻기 위해서는 정말 중요했다.

길거리에 앉아서 장식품을 팔고 있는 할머니에게 말을 걸어 보았다.

"프로블렌이 어떻게 이렇게 커졌냐고? 헐헐, 그렇게 유명한 사실을 몰랐는가. 그야 사막의 대제이신 위드 님 덕분이지."

"위, 위드 님요!"

은루와 프레임은 눈이 튀어나올 만큼 놀랐다.

아직 나이가 어린 그녀들이지만 누구 못지않은 위드의 광팬!

학교에서 위드의 모험 이야기만 나오면 친구들과 정신없이 수다를 떨었다.

하필이면 남부 지방에서 시작하여, 위드가 주로 활동하는 북부와는 너무도 먼 거리라는 점 때문에 지극한 허전함과 아쉬움을 달래야 했다. 언젠가 레벨이 좀 오르면 북부로 이사를 가는 꿈만 꾸고 있었다.

그런데 위드의 이야기를 사막 도시 프로블렌에서 듣게 된 것이다!

"쉬잇! 대제님의 이름을 함부로 불러서는 안 돼. 그런 불경한 죄를 저지른다면 그분을 숭상하는 용맹한 전사들이 용서치 않을 거야. 사막 전사들은 감히 그분의 동상의 그림자도 밟지 않는다는 걸 잊지 말아야 해."

"네, 네에."

"그분에 대해서 더 알고 싶어요!"

은루와 프레임은 위드의 열혈 팬답게 관심을 드러냈다.

"위드 님은 사막을 불태울 정도의 엄청난 힘을 가진 분이셨다고 하지. 그분은 이 사막에 믿을 수 없는 기적들을 많이 남기셨어. 황금 사막에 대해서는 들어 보았겠지?"

"아니요!"

"황금 사막의 정복이나 모래 구덩이의 평정, 신비 도시 메타페이아의 발견 등이 그분이 남기신 일들이지."

"헤에, 그렇게나 많이요?"

"그렇고말고!"

듣고 있던 마이어는 믿기지가 않았다.

가끔 존재한다는 것만 알려져 오던 사막의 전설들이 위드에 의하여 단숨에 해결이 되었다니.

지난번에 왔을 때까지만 해도 아무런 이야기가 없었는데 갑자기 이게 무슨 일이란 말인가.

위드에 대해 마치 오래전 일인 것처럼 표현하는 할머니의 말투가 이상하다는 점도 느끼지 못할 정도였다.

"자네들은 모험에 관심이 많은가?"

"네!"

"그렇다면 이곳에서 체력이 좋은 낙타를 타고 열하루 정도 남동쪽으로 내려가 보게. 그러면 대협곡을 찾을 수 있을 거야. 위드 님이 우리 사막에 선물한 장소지. 정말 볼만하니 그곳에 꼭 가 보게나. 그리고 주변에 서성이는 놈이 있다면 내 아들 뱅상이가 아닌지 좀 물어봐. 이 녀석이 여자를 만난다고 그곳까지 가서 돌아오지를 않아."

상인 유저들은 그사이 상점 주인들과 많이 친해져 있었다.

상인들에게 도시의 배경이나 최신 유행을 알아내는 건 교역품의 종류를 결정하는 데 있어서 무엇보다 중요했다.

"위드 님께서 사막을 하나로 만드셨지."

"왕국을 세웠나요?"

"어떤 부족도 정복하지 않았지만 사막의 모래 폭풍을 부수는 그분의 위엄을 감히 거스를 수 있는 자들은 아무도 없었어."

"모래 폭풍을 부쉈다고요?"

"단칼이었다고 하지."

상인들이 사막으로 들어가기를 꺼리는 가장 큰 이유가 모래 폭풍이다. 작은 것도 수백 미터의 크기로, 휘말리게 되면 대책이 없었다.

얼마나 대단한 것인지를 알기에, 그 모래 폭풍을 부쉈다고 하니 도저히 이해가 가지 않았다.

바드레이도 그런 기적을 발휘한 적은 없다. 그렇다면 도대체 위드는 얼마나 강하다는 이야기인가.

'다른 사람이라면 몰라도 위드 님이라면 어쨌든 가능하지 않았을까?'

'소문이 잘못된 것만은 아닐 것 같다는 예감이 들어.'

교역소 주인은 다른 이야기도 해 주었다.

"이 부근에 있던 고르돌의 서식지? 위드 님이 박살을 냈지. 거인족의 산? 거기도 위드 님이 부하들을 끌고 가셔서 모두 쓸어버린 지가 오래야."

"예에?"

레벨 600대의 장소들까지 위드에 의하여 평정되었다고 하니 기가 막힐 수밖에 없었다.

그리고 골동품 상점 주인이 은밀하게 말했다.

"자네들, 상점에 있는 이런 흔한 물건들 말고 진짜 귀한 걸 보고 싶지 않나?"

"보고 싶습니다."

"최초로 방문한 외부의 상인들이니 물건을 구경시켜 주도록 하지. 눈 구경만이라도 하게. 값을 따질 수 없는 호화로운 보물이니 어차피 살 수는 없겠지만 말이야. 나를 따라오게."

상점에 있는 물건들만 하더라도 너무 비싸서 구입을 할 수 없을 지경인데 진짜 귀한 건 대체 어떤 것일지 꼭 보고 싶었다.

상점 주인은 그들을 건물 뒤쪽으로 안내했다.

사막 부족의 경비병들이 지키고 있는 별도의 방으로 가서, 진귀한 보석을 담아 두는 귀한 상자를 꺼냈다.

'이 분위기와 상자의 크기로 봐서는 어떤 엄청난 아이템이 나올지……. 으와, 긴장된다.'

'상자만 해도 수천 골드는 그냥 되겠는데. 100만 골드도 넘는 보석이 튀어나올 것 같다.'

'지금은 비싸서 살 수가 없겠지. 그래도 목표를 크게 잡고 차곡차곡 돈을 모아야지. 사서 중앙 대륙에 팔면 거래 한 번으로 대륙 전체에 이름을 떨칠 텐데.'

상점 주인은 그들 앞에서 목소리를 묵직하게 깔았다.

"이것을 볼 때에는 최대한 경건한 마음을 갖도록 하게. 우리 사막에 내려오는 가장 귀한 보물이라고 할 수 있으니."

"예!"

유저들이 지켜보는 앞에서 상점 주인은 상자를 천천히 열기 시작했다.

'어… 저건?'

너무도 익숙한 물건!

'토끼 조각품이잖아.'

위드가 세라보그 성에서 대량 제작을 해서 2실버씩 바가지를 씌워 팔았다는 토끼 조각품이었다.

얼마나 오랜 세월이 지난 것인지 변색까지 되어 있었지만, 경비를 서던 사막 전사들은 양쪽 무릎을 꿇으며 그 조각품에 최대의 존중을 바쳤다.

상인 유저들도 분위기를 따라서 무릎을 꿇었다.

위드의 사막 전사 부하들은 그 숫자가 무려 280명까지 늘어났다.

"이런 걸 의도했던 건 아니었는데. 상당히 귀찮아지는군."

부하들 전부가 조각 생명체들은 아니었다.

사막에서 용맹한 부족의 전사들이 맨발로 달려와서 머리를 조아렸던 것이다.

게다가 조각 생명체들이 결혼을 하여 가정을 갖고 아이들을 낳았다.

사막의 특성상 능력만 되면 열 여자를 거느리더라도 흠이 아니다. 그 아이들까지 성장을 하여, 열두 살부터 칼을 쥐는 법을 배웠다.

"고결하신 사막의 대제여! 아울 부족에서는 저만큼 강한 이가 없습니다. 저를 부하로 써 주시기를 부탁드립니다."

"절대적인 강함을 동경하며 이곳으로 왔습니다. 저를 거두어 주소서. 혹시 제가 부족하다면, 차라리 제 목을 베어 주소서!"

"사막의 태양을 따르는 것은 모든 사막 부족 전사들에게 더없는 영광일 것입니다. 저의 심장과 팔다리를 바치니 함께 싸울 수 있게 해 주시길 간청드립니다."

"아버지를 따라서 가장 위대한 분을 모시기 위해서 왔습니다. 제가 비록 어리긴 하지만 싸울 줄 압니다. 받아 주세요!"

위드와 조각 생명체 부하들이 업적을 세우며 사막에서 널리 알려져서 이젠 모르는 이가 없었다.

마치 한류 스타가 해외 공항에 갔을 때처럼, 그 지역의 사막 전사들이 맨발로 뛰어왔다.

"갈 곳이 제한되어 있는 사막에서 우리끼리 해먹기도 바쁜데 군식구들이 자꾸 달라붙는군."

위드는 일단 사막 부족의 전사들을 무리에 받아들였다.

사막에 대한 정보를 알고 있는 전사들이 많이 있어야 갈 곳을 정하기가 편해지기 때문이었다. 길잡이에서부터 심부름꾼까지, 써먹을 곳은 많다.

"저희 부족의 영역 근처에서 몬스터들이 날뛰고 있습니다."

"강한가?"

"네. 하지만 사막의 태양처럼 강렬한 힘을 가진 분께서 무리를 이끌고 가 주신다면 금방 해결될 것입니다. 저희 부족이 큰 곤란을 겪고 있으니 모쪼록……."

"됐다!"

위드는 성가시거나 별 이득이 없는 부탁은 일언지하에 거절하고 다른 전사들로부터 정보를 들었다.

"신비롭고 미지의 것들로 가득한 도시가 있습니다. 사막의 신기루처럼 생겨나는 곳입니다. 과거 투몰 부족이 그곳에 들렀다가 무기를 얻어 사막에서 그들이 다스리는 면적을 크게 넓혔습니다."

"무기라고?"

"전설적인 보물들이 잠들어 있다고 합니다. 하지만 그곳을 알아내기 위해서는 뭇타의 무덤을 들어가야 합니다."

"위험하고, 나오는 적들은 강력하기 짝이 없겠지?"

"예! 아주 두려운 곳입니다."

"그렇다면 가자!"

위드와 부하들의 무리는 바람처럼 거침없이 사막을 달렸다.

쌍봉낙타를 탄 위드와, 일반 낙타를 타고 그 뒤를 따르는 사막 전사들의 부대!

그리고 마침내 당도한 뭇타의 무덤에서는 속도와 효율을 최우선하여 나아갔다.

"싸워! 다친 자들은 스스로를 돌보고, 걸을 수 있는 자들은 계속 전진하라."

낙오되는 사막 전사들이 있더라도 위드의 카리스마로 몰아붙이는 초고속 사냥!

신비의 도시 메타페이아를 발견하고 그곳의 몬스터들, 전설의 요괴 일족을 처치하며 레벨을 올렸다.

퀘스트 시작 57일 만에 레벨 640 달성!

손짓만 하면 사막 부족의 전사들이 구름처럼 모여들었기 때문에 위드는 그들을 굳이 아끼지 않았다.

사실 이제 마나가 넉넉해져서 철일과 철오를 조각 소환술로 불러올 수도 있었지만, 더 이상은 그들이 필요하지도 않았다. 오히려 직접 데리고 다닌 부하들보다도 약해서 쓸모가 없어졌기 때문이다.

"너희는 적이 몰려오거나 말거나 자리를 지키면서 끝까지 싸워라."

"영광입니다, 대왕!"

그들은 사막이 아닌 던전에서도 무서운 몬스터들을 많이 만났다.

퀘스트에서 최고의 성과를 달성하기 위해서는 세세하게 가릴 수가 없는 형편이기도 했다.

"대제, 지휘를 내려 주십시오."

"아주 강한 몬스터로군. 정면으로 덤벼라!"

사막 부족의 전사들을 아낌없이 희생양으로 내던진 위드는 조각 생명체들과 함께 우회해서 몬스터들의 배후를 노렸다.

생명을 부여한 12인 외에는 얼마든지 구할 수가 있는 병력이었다.

내버려 두면 계속 모여들기만 하는데, 사막을 방랑하며 규모가 너무 커지면 그것도 거추장스럽지 않겠는가.

잔인함과 비열함을 겸비한 사막의 영웅.

짙은 피비린내를 몰고 다니는 대제.

어떠한 도전도 가능하게 만드는, 다만 목적을 위해서는 부하들의 목숨조차 아끼지 않는 잔혹함을 가진 대전사.

새로이 얻은 칭호들에 어울리게도, 위드는 효율을 따지며 부하들을 무자비하게 다루었다.

카리스마와 투지가 쑥쑥 성장했다.

상당히 잔인한 방법이라 인심을 잃을 것 같지만, 사막에서는 전혀 그렇지 않았다.

강한 자의 명령을 따르는 것은 숭고한 의무!

생존이 힘든 사막에서는 가장 강한 자가 모든 것을 이끌어가는 전통이 있기 때문에 무조건 승리만 거두면 더 열광하는 것이다.

명예 같은 것은 애초에 별 가치가 없었다.

띠링!

> 검술의 마스터가 되었습니다.
> 수많은 몬스터들을 베고 물리친 끝에 검에 대하여 완전히 이해했습니다. 지고한 검로의 끝에 도달하여 이제 더 이상 나아갈 곳이 없습니다.
> 검술의 기본 공격력이 500%로 강화됩니다. 검술 스킬을 언제라도 취소할 수 있으며, 마나도 회수됩니다. 공격 스킬의 범위가 확대됩니다. 공격 스킬을 쉽게 익힐 수 있고, 숙련도 역시 빨리 높아질 것입니다.
> 적의 공격을 검으로 막았을 때 피해를 입지 않습니다. 적의 검술 스킬을 자신의 것으로 할 수 있습니다.
> 모든 스탯 40 증가.
> 전투 퀘스트를 제한 없이 받을 수 있습니다.
> 무기의 잠재적인 능력을 끌어내어 원래의 공격력을 2배로 늘립니다. 검의 내구도가 거의 하락하지 않으며, 부서지는 일은 절대로 없을 것입니다.

호칭 '검술의 마스터'를 획득하였습니다.
명성과 관계없이 왕을 만날 수 있습니다. 기사들과 전사들이 도전해 오게 될 것입니다. 투지와 카리스마의 효과를 증가시키며, 적보다 낮더라도 이에 영향을 받지 않습니다.

검술 마스터!

노들레의 퀘스트를 하면서 겪은 것이기는 하지만 어쨌거나 베르사 대륙에서 최초였다.

"고급 9레벨부터 그렇게 숙련도가 오르지 않더니 결국 마스터가 되었군."

위드는 기쁨은 적고 아쉬움은 아주 많았다.

검술 마스터가 이렇게 좋은 것이면 뭐 하겠는가. 정작 원래 자신의 검술은 고급 4레벨 후반에 머무르고 있는데.

그 후로는 방어술과 기마술도 마스터에 올랐다.

공격 스킬들 중에서 마스터에 오른 것들도 많았다.

불의 마법과 정령술 또한 고급의 경지에 올랐다.

사막에서는 불의 마법과 불의 정령술의 위력이 아주 크게 작용했다.

화돌이는 아직 태어나지 않은 시기이고 굳이 창조할 필요성도 느끼지 못해서, 불의 정령들은 샐러맨더처럼 기본적인 녀석들을 위주로 불렀다.

위드의 현재의 몸은 사막 전사로서, 조각 파괴술로 예술을 지식으로 몰아주지 않더라도 생명력과 마나가 높았기에 스킬을 마음껏 사용했다.

물론 당연히 예술 스탯은 필요에 따라서 힘이나 민첩으로 전환하여 활용했다.

"고맙습니다. 정말 멸족에 이르기 직전에 있던 우리 부족을 구해 주신 은인이십니다."

"사막에 새로운 태양이 떠올랐다는 말을 들었습니다. 사막의 태양이시여, 정말 감사합니다."

하루가 지날 때마다 100일씩의 시간이 흐른다.

위드가 사냥을 하고 지나가면 그곳에는 주민들이 더 많이 살아가게 되고, 물을 조달하기 위하여 구름 조각술을 수시로 펼치다 보니 시간상으로 몇 년이 지나면 오아시스와 호수, 강이 생겨서 살기 좋아진 지역에는 큰 도시도 생겼다.

그 때문에 게시판에는 사막과 남부 공국 유저들이 난리법석이었다.

—전쟁의 신 위드 님이 사막에서 활동하고 있는 것 같습니다.
—진짜 대박!
—위드 님의 이름을 딴 도시들이 마구 생겨나고 있어요.
—지형이 다 바뀌고 있음. 이유? 모름. 완전 천지개벽임. 위드 님 앞에 불가능이 뭐임?
—공국의 사람들도 위드 님에 대한 이야기를 아침부터 저녁까지 해요.
—도대체 어떤 마법을 발휘하기에 하루아침에 도시들이 막 세워지죠? 직접 보지 않았더라면 절대 못 믿었을 거 같습니다.
—제 친구는 모래언덕에서 자다가 일어났더니 도시 한복판이었다는 말을 했어요. 원래 믿을 수 없는 친구라서 거짓말인 줄 알았는데 진짜더라고요. 이번에 사연이 방송국에도 나왔어요.
—근데 조금 이상해요. 위드 님이 옛날 사람이라고 역사서에 기록되어 있네요. 사막에서 가장 뛰어난 영웅이라고요.
—저도 그래요. 사람들이랑 대화를 나누어 보면 위드 님이 수백 년 전의 과거에 엄청난 일들을 해낸 걸로 이야기를 해요.

—풀죽, 풀죽!
—풀죽, 풀죽, 풀죽!
—풀죽, 풀죽, 풀죽, 풀죽!
—풀죽, 풀죽, 풀죽, 풀죽, 풀죽!
—도배 금지요. 댓글에 풀죽만 무슨 1,000개가 넘네. 풀죽!

보통 때라면 위드는 자신의 행동이 어떤 결과를 초래하는지 확인을 하는 편이었다. 하지만 이번 퀘스트만큼은 푹 빠져 있는 동안 다른 짓을 할 정도로 여유가 있는 게 아니라서 몰랐다.

그저 오로지 강해지는 것만 생각하며 사막의 절대자가 되어가고 있을 뿐이었다.

서윤은 안전한 도시 내에 머무르면서 붉은태양 용병 길드를 통해 활동했다.

그녀가 하는 일은 주로 상인이나 도시의 유지들이 의뢰를 가져오면 이를 받아들일지 말지를 결정하는 것이었다.

컨세라 사막의 흰털 영양 포획

흰털 영양이 컨세라 사막의 목초지에 자주 출몰한다는 소문이 있다. 로만이라는 이름의 상인은 흰털 영양을 붙잡아서 귀족에게 선물로 바치고 싶어 한다.
난이도: D
의뢰 보수: 950골드

우리에서 탈출한 너구리 찾기

너구리가 사육장의 우리에서 탈출했다. 멀리 가기 전에 붙잡아야 한다. 어려운 일은 아니지만 성공한다면 레스보아 귀족 가문의 신뢰를 약간이나마 얻을 수 있다.

난이도: F

의뢰 보수: 35골드

말드 지역을 통과하는 상인 호위

말드 지역에 새로운 도적 떼가 출몰한다는 소문이 돌고 있다. 상인들은 붉은태양 용병단에 호위를 부탁했다. 이들을 무사히 도와주면 적지 않은 수고료를 얻을 수 있다. 단, 도적 떼에 대한 아무런 정보가 없다.

난이도: C

의뢰 보수: 1,300골드

우르간 지역 정찰

붉은태양 용병 길드에서는 주변 지역에 대한 정보를 계속 습득하기 위하여 정찰을 필요로 한다. 발 빠른 신입 용병들이 맡으면 적당한 일.

난이도: F

제크 부족 약탈

사막의 제크 부족은 상인들을 습격하여 큰 부를 쌓았다. 용병들이 그들을 약탈하더라도 정의로운 일로 여겨져 비난을 받진 않을 것이다. 하지만 사막 부족들은 그러한 일이 있었다는 걸 잊지 않고 똑똑히 기억하리라.

서윤은 받아들일 의뢰들을 결정하고 용병들을 적당히 배정했다.

하루가 지날 때마다 100일씩의 시간이 흐르기 때문에 지나간 일에 대한 결과는 금방 나왔다. 어떤 용병들은 실패해서 죽기도 하고, 또 어떤 용병은 아주 큰 성공을 거두기도 했다.

매일 새로운 정보들을 확인하고 용병 길드를 운영하는 일이 서윤의 업무였다.

“이번 일도 훌륭하게 잘 해냈군.”

“그대에게 맡긴 일은 뭐든 철저하게 잘 해결이 되어서 좋아.”

“음. 뭐, 그럭저럭 흠잡을 곳이 없도록 처리해 주었군.”

“허어! 어떻게 이렇게 완벽하게……! 놀랍군. 앞으로도 의뢰는 모두 붉은태양 길드를 통해서 하도록 하지.”

서윤은 정보를 다루는 능력이 뛰어나서 사막의 일을 빠짐없이 이해했다. 아울러 용병들의 능력들도 상세히 파악해서, 쓸데없이 무모한 의뢰를 받아들이는 일은 최소한으로 했다.

그녀에게 점점 좋은 의뢰들이 들어왔고, 팔은 안으로 굽는다는 말처럼 위드와 조각 생명체 부대를 중심으로 의뢰들을 배정했다.

“어려울 것 같은데 가능하겠어요?”

“음, 이 정도면 정말 쉬워. 금방 끝낼 수 있겠는데. 그 주변에 다른 일감들은 없어?”

“코소마 강가 쪽의 불법 사금 채취단을 퇴치해 달라는 라호스 시장의 의뢰가 있어요.”

“그거면 되겠군.”

“규모가 상당히 크다고 해요.”

"아냐. 놈들이 채취한 사금도 챙길 수 있는 이런 기회를 놓칠 수야 없지 않겠어?"

"……."

"다른 세상에서 노가다도 안 하고 이렇게 성장할 수 있다니."

위드와 그의 부대는 일을 맡으면 깔끔하게 성공시켰다.

서윤은 알선한 의뢰들의 성공으로 실력을 인정받으면서 사막 용병들을 다루는 권한이 계속 늘어 갔다.

"8년간이나 지켜봤지. 여자의 몸이지만 자네라면 믿을 만하군. 용병들도 자네에 대한 신뢰가 대단해. 앞으로 우리 붉은태양 길드를 이끌어 주게."

용병 길드 부책임자의 자리에도 올랐다.

그녀는 더 많은 사막 용병들을 부리면서 붉은태양 길드가 확장되도록 했다.

사막 도시 오잘렘에 붉은태양 길드 지부 개설.

사막 도시 부하레스에 붉은태양 길드 지부 개설.

오아시스 누코드에 붉은태양 길드 연락 사무소 개설.

서윤은 경영 능력을 발휘하여 용병 길드 지부를 개설하여 사막의 방대한 면적을 관리했다.

매일 100일씩 흐르는 시간 때문에 그녀가 세워 놓은 용병 길드는 금세 커졌다. 위드가 지나간 도시들이 3~4배씩 커지는 것도 예사로 볼 수 있었고, 이곳의 시간으로 12년 정도가 지나고 나니 라호스는 어마어마한 대도시가 되었다.

이젠 용병 길드에서 맡을 수 있는 의뢰의 양도 많아지고 보상도 늘었다.

또한 상인들의 안전한 교역으로 상업이 발달했다.

"르미실 지역의 치안이 조금 떨어지는 거 같은데. 용병들을 파견해야겠어. 위드 님이 다음에 방문하실 수 있도록 수페르진 용병 길드에도 전사들을 채워 놓아야지."

사막의 번영이 그녀의 손에 의하여 이루어지고 있었다.

퀘스트의 시간이 19년째 흘러갈 무렵, 위드와 조각 생명체 부대의 레벨은 기록적인 수준에 도달하였다.

무려 740을 돌파!

중요한 스킬들이 마스터 수준에 오르면서 그때부터는 미리 점찍어 놓았던 던전들에 들어가서 2배의 경험치를 받은 덕분이었다.

위드는 얻을 게 있다면 미리 알아 둔 정보들을 빠뜨리지 않는 꼼꼼함을 발휘했다.

퀘스트의 시간이 지나며 생각도 계속 바뀌었다.

초창기.

'병들고 노쇠한 드래곤이라도 1마리 잡으라고 하면 어쩌지? 아, 불안해 죽겠네.'

드래곤이란 실로 절대적인 존재.

단단한 피부는 웬만한 보검이 아니고서야 흠집도 내기 어렵고, 마법 공격도 의미를 잃는다. 막대하기 짝이 없는 생명력으로, 혼자서는 며칠을 때려도 끄떡도 하지 않으리라.

초중반기.

'레벨이 잘 오르기는 하는군. 이동 거리를 최소화하는 게 정말 중요해. 퀘스트를 어떻게 하느냐에 따라 결과가 완전히 달라질 수가 있고, 하루라도 쓸모없이 보낸다면 정말 돌이킬 수 없는 결과로 연결되어 버릴 거야.'

중반기.

위드와 부하들이 사막을 휩쓸고 다닐 때였다.

'사막의 대제라… 나를 부르는 이름으로는 괜찮군. 오랜만에 〈마법의 대륙〉 시절이 떠올라. 그때는 정말로 거침이 없었는데. 몬스터 무서운 줄 모르고 살아가던 때였지.'

이제 슬슬 하반기.

'드래곤 1마리 사냥을 해 봐? 어디 근처 가까운 곳에 아프고 혼자 사는 드래곤 1마리 없나?'

드래곤을 상대로 하는 건 둘째 치고, 주변에는 수많은 몬스터 군단이 있기에 진지하게 실행에 옮기고 싶은 생각까지는 없었다.

하지만 그만큼 사막에서 위드와 부하들의 세력은 절대적이었다.

조각 생명체들도 막강해졌을 뿐만 아니라, 온갖 학대와 갈굼을 버텨 낸 사막 전사들도 강해졌다.

"타쿤 동굴에서 살아 돌아왔습니다, 폐하!"

"로므스커테 호수를 어지럽히던 몬스터를 잡고 전리품으로 놈의 더듬이를 가져왔나이다. 전사들 785명이 가서 377명이 돌아왔습니다."

사막 전사들은 위드를 왕으로 불렀다.

실제로 영토와 주민들을 다스리는 것은 아니었지만 위드의 영향력이 사막 전체를 뒤덮고 있었기 때문이다.

사막 부족들은 인구가 늘어나며 세력이 크게 강성해졌고, 그들은 위드의 명령이 떨어진다면 기사들보다도 충직하게 목숨을 바쳐 따를 것이다.

물론 위드가 약해진다면 사막 전사들은 더 망설일 것도 없이 등을 돌려 버리리라. 하지만 강하기 때문에 두말할 필요 없이 인정하고 따른다.

더없이 순수하고, 그만큼 부려 먹기에는 좋았다.

매일 위드에게는 사막 부족의 최정예인 전사들이 충성을 맹세하러 왔고, 또 같이 사냥을 떠나거나 명령을 이행하다가 명예롭게 죽었다.

하지만 사막 전사들의 삶이 생각처럼 긍정적인 것만은 아니었다.

"이런 못난 놈들! 밥만 축내는 놈들이 많기도 하군. 헤스티거, 네놈이 아까 내가 죽이려던 몬스터를 가로챘지? 어서 앞장서라!"

"예, 영광입니다."

"어딜 쉬려고 하느냐. 일어나서 싸워라. 이것조차 이겨 내지 못한다면 내 부하가 될 자격도 없다."

"반드시 이겨 내겠습니다."

위드는 부하들의 희생에 대해서 잔혹했다.

〈마법의 대륙〉 시절의 독불장군 기질이 되살아난 그에게 부하들이란 그렇게 크게 의미 있는 존재가 아니었다.

조각 생명체들이야 투자 비용이 컸고 본전을 찾아야 하기 때문에 아꼈고 또 중요하게 써먹었지만, 알아서 찾아오는 사막 전사들이야 살아도 그만 죽어도 그만이다.

퀘스트를 진행하느라 시간을 쪼개서 써야 하는데, 감당할 수 없을 만큼 늘어나는 부하들을 계속 일일이 신경 써 줄 수는 없는 것이다.

그렇게 고통받으면서도 좋다고 따라다니는 사막 전사들이 1,000여 명이나 되었다.

하벤 제국의 승승장구

위드는 끝없이 펼쳐진 모래사막을 바라보고 있었다.

그의 복장은 완벽한 사막의 대전사로서 바뀌어 있었다. 머리에는 깃털로 장식한 터번을 두르고, 몸에는 고급스러운 다마스크 원단으로 제작된 헐렁한 옷을 입었다.

얼마 전과 달라진 모습이라면, 외모가 갑자기 나이가 들어 있었다. 눈가의 잔주름은 깊어졌고, 머리카락은 완벽하게 빠져서 대머리가 되었다.

공짜를 좋아하는 이들의 모범적인 표상과도 같은 모습!

노들레의 퀘스트를 하며 캐릭터도 따라서 20년이 넘는 나이를 먹은 것이다.

"어흠, 확실히 현실과는 다르군."

위드는 반짝이는 민머리에 사막의 열기와 뜨거운 바람이 그대로 스치는 것을 느끼며 중얼거렸다.

연계 퀘스트를 다 마치고 나면 원래대로 돌아간다고 해도 외모가 이런 식으로 늙어 버린 것은 그에게도 충격이었다. 사람들은 누구나 멋진 모습으로 늙기를 바라기 때문이다.

위드의 나이도 아직 한창때이지 않은가.

"뭐, 어차피 진짜가 아니니까 상관없겠지. 실제로 나는 중후하고 기품 있게 나이를 먹을 테니 말이야. 특히 이 찢어진 눈과 올라가서 실룩거리는 입꼬리는 현실일 리가 없어."

겉으로는 변해 버린 외모에 신경 쓰지 않는다고 하면서도 얼굴에 파라오의 황금 가면을 착용했다.

2,000년 이상 된 골동품으로, 레벨 제한이 무려 700을 넘어가는 보물이었다.

노들레의 몸이 되고 나서 초반에는 사막여우 1마리에도 생명의 위협을 느끼며 도망 다니기 바빴지만 이제는 급속도로 성장하여 사막을 제패하며 얻은 것이다.

"훨씬 낫군."

위드는 청바지에 흰 티셔츠만 입어도 훤칠한 멋이 나는 연예인이나 모델 들과는 달리 지극히 평범한 편이다. 그렇지만 사막풍의 복장은 그와 썩 잘 어우러져 조화를 이루었다.

특히 퀘스트가 진행되어 갈수록 입가에 썩은 미소를 지을 때에는 현지인의 느낌이 더더욱 완벽해져 갔다.

"대제님, 저희가 도착했습니다."

위드의 뒤로 모래바람을 일으키며 낙타를 탄 1,000명의 전사들이 집결했다.

사막의 붉은 칼이라는 부하들은 개개인이 각 부족의 대표들이었고 영웅이었다.

자리가 사람을 만든다는 속설처럼, 위드는 목소리를 낮고 근엄하게 깔았다.

"준비는 다 하였느냐?"

"끝났습니다."

"거치적거리는 마지막 관문을 부수어 버릴 때가 되었노라. 묻겠다, 우리가 누구이더냐."

조각 생명체로서 충직하기 짝이 없는 전일이 대답했다.

"사막의 못된 놈들입니다."

"뭣이!"

위드의 기대에 완벽하게 어긋나는 대답!

전삼이 그래도 정직했다.

"사막의 불한당들이죠."

가끔 못된 짓을 저지르기도 했다. 시간이 촉박하다 보니 이것저것 가릴 게 없었기 때문이다.

한번은 우연히 중앙 대륙에서 온 모험가 NPC를 조우한 적이 있는데, 결과는 참혹하게 끝났다.

"후후, 좋군."

모험가가 착용하고 있는 장비와 사막의 지도를 본 위드의 눈이 빛났다. 그리고 몇 분 후, 모험가는 몽땅 털리고 사막에 속옷 차림으로 버려지게 되었다.

사막 부족들이 가난하지만 않았다면, 어쩌면 가뜩이나 없는 인구가 대학살을 당했을지도 모를 일.

전육은 며칠 전에 맞은 적이 있기에 명확한 단어를 사용해서 말했다.

"사막의 지배자이며 생명의 물과 뜨겁고 광활한 모래의 주인, 율법의 창시자입니다. 사막을 지피는 저물지 않는 태양, 위드 대제왕 폐하, 만세 만세 만만세!"

"음, 잘 기억하고 있었노라."

"최근 폐하의 성은을 입으면서 확실히 외우고 있었나이다."

"좋다. 가자!"

위드는 그사이 모래가 잔뜩 쌓인 망토를 걸친 채 쌍봉낙타에 올랐다.

그들이 목표로 한 사냥터는 신비 도시 메타페이아!

태양이 하늘의 가장 높은 곳에 떠오르자, 광대한 사막에 일렁임이 생기더니 곧이어 신기루처럼 커다란 도시가 나타났다.

위드와 사막의 붉은 칼 전사들은 신비 도시를 향해 낙타를 내달렸다.

〈로열 로드〉의 시간으로 무려 22년간이나 성장하는 노들레의 장대한 퀘스트!

하루에 100일씩이 흘러가기 때문에 실제로는 상당히 빨리 지나간다.

위드의 퀘스트에 남아 있는 시간도 슬슬 마지막으로 향해 가고 있었다.

사막에서 21년이라는 시간이 지났고, 레벨은 현재까지 783을 넘겼다.

조각술 최후의 비기 퀘스트를 성공하든 실패하든, 완전히 진행하고 나면 사라져 버릴 능력이기는 하다. 마치 로또에 당첨은 되었는데 돈 대신에 명예를 주는 것과도 비슷했다.

"고생은 죽어라 했는데 받아야 할 돈을 떼인 기분이군."

사막에서는 사냥터의 선정이 정말 중요한데, 알려져 있거나 숨겨져 있던 던전들이 위드와 사막의 붉은 칼에 의하여 격파되었다.

사막과 가까운 남부 공국 지역들도 돌아다니며 어려운 던전들을 격파하고, 이제는 예전에 위험해서 남겨 놓았던 신비 도시 메타페이아를 완전히 정복하기 위하여 왔다.

"돌아왔군."

일정한 시간에만 문이 열리는 신비 도시 메타페이아에서 레벨 400대였을 때에는 수차례 빈틈을 공격하며 기회를 봐야 했던 몬스터들이, 다시 찾아오니 우습게 느껴졌다.

꾸워오오오!

몬스터들은 아예 싸우지 않기 위하여 반대쪽으로 전력 질주로 도망을 치고, 혹은 땅에 엎드려서 죽은 척을 했다.

위드가 나타나자마자 카리스마와 투지에 눌려서 땅에 엎드리는 몬스터들!

예전에 왔을 때는 흉악한 주둥이를 쩌억 벌리며 날카로운 이빨을 드러내고 역겨운 침 냄새를 풍겨 대던 라우카우들이다.

"야, 죽었냐?"

…….

"가죽이나 벗겨 가야겠군."

꾸잉낑낑낑!

위드의 레벨이 700대를 넘고 나니 라우카우나 볼라드 같은 사나운 몬스터들마저도 싸우려고 하지 않고 귀엽게 애교를 떨었다.

가히 전과 19범의 은행 강도에게 돈 보따리를 짊어지고 도와달라고 하는 격!

마땅히 사냥을 해야 했지만, 퀘스트의 제한 시간이 얼마 남지 않았다. 다른 던전을 정복하고 나서 메타페이아가 열리는 시간을 맞추다 보니 어쩔 수 없었다.

"이런 놈들이나 상대하고 있을 시간이 없지. 마지막으로 목표로 했던 레벨 800을 달성해야 하니까. 가자."

"알겠습니다, 대제!"

위드와 부하들은 메타페이아의 돌로 되어 있는 입구를 낙타를 탄 채 그대로 달려서 가로질렀다.

몬스터들은 '저 독한 놈들이 또 왔다.'면서 막지도 않고 재빨리 좌우로 비켜서 주었다.

도시의 입구에는 삼지창을 든 거인들의 조각품이 양쪽으로 세워져 있고, 황금으로 된 분수가 물을 뿜어내고 있었다.

고대의 신비로운 아름다움이 묻어 나오는 유적 도시.

이곳을 알게 된 것도 사막의 던전들을 무수히 격파한 덕분이었다.

레벨 400대의 던전들을 통과하지 못했다면 알아낼 수 없었던 귀중한 지식들!

사막의 주민들이 사는 도시에서 서윤이 단서들을 모아 메타페이아의 전설에 알아냈고, 위드는 전투를 하면서도 관련이 있는 자료들을 모았다.

위드가 부하들과 처음 도착했을 때는 레벨이 430 정도일 무렵이었다.

그때에는 입구 근처의 몬스터들과 치열하게 싸우고, 도시 내부로 조금 진입하여 요괴 일족을 상대로 전투를 치렀다.

장기간 보존되어 있던 무수히 많은 재물들을 얻었고, 당시에는 착용하지 못했던 최상으로 불릴 만한 아이템도 획득했다.

위드에게는 시간이 넉넉히 없어서 사냥을 하며 좋은 아이템을 갖출 여유가 부족하다. 하지만 던전들을 최초로 격파하고 보스급 몬스터들을 휩쓸면서, 쓸 만한 장비들로 무장할 수 있었다.

사막의 붉은 칼이라고 불리는 부하들 역시 좋은 장비들을 상당수 챙겼다.

물론 서열이 높은 이들 위주로 고급 장비들을 착용했고, 사망자가 발생하여 보충된 신참 전사들은 별 볼일이 없었다.

그나마도 부족에서 막 나올 때에는 쓸 만한 장비들을 챙겨왔었다.

"후배로군. 칼이 좋아 보인다."

"제가 붉은 칼 부대로 들어오게 되면서 부족장님께서 특별히 장만해 주신 겁니다."

"내놔라."

"옛!"

군대가 으레 다 그렇듯이 서열 위주!

더구나 구타와 갈굼이 일상처럼 벌어지는 위드의 군대였기에 자신의 목숨은 스스로 챙겨야 했다.

붉은 칼 부대에는 이미 위업을 달성한 날고뛰는 전사들이 많아서, 부족 최고의 전사도 조무래기 신참으로서 알아서 기어야 했다.

"침입자들이 다시 나타났다."

"더 무서워졌다. 건드리지 말아야 한다."

"부족의 운명이 위태로워졌군."

요괴 일족 또한 위드와 부하들을 보자 길을 비켜 주거나, 메타페이아에 있는 그들의 집으로 들어가서 나오지 않았다.

위드는 군대를 이끌고 계속 낙타를 달려서 커다란 석문 앞에 섰다.

메타페이아를 다스리는 최강의 생명체가 있는 던전!

과거에도 들어가 보았지만 그때 위드는 사막 전사들을 100여 명이나 잃고 도망쳐 나와야 했다. 퇴각의 판단이 약간이라도 더 늦었더라면 피해가 기하급수적으로 커졌을 것이고 퀘스트도 실패했을지 모른다.

그렇다 해도 그때 입은 시간 낭비와 같은 피해가 없었더라면 레벨을 3~4개쯤은 더 올렸을 수도 있었으리라.

위드는 부하들에게 물었다.

"두려운가?"

"아닙니다."

"나는 두렵다."

"……."

조각 생명체들을 포함한 사막 전사들은 말이 없었다.

위드의 연설이란 도저히 종잡을 수가 없었으므로!

"무서운가?"

"무섭습니다."

"집에 가라."

"……."

위드는 사막 전사들의 얼굴을 빠르게 훑어보았다.

사막 전체가 그의 지배지나 다름없었기에, 각 부족의 뛰어난 전사들이 충성을 바치기 위해 달려와서 고난을 겪으며 이곳에 함께 있다.

위드와 서윤에 의해서 사막의 지형과 역사가 많이 바뀌어 있었다.

풍부한 강우량으로 인해 각 사막 도시들이 번성하면서, 이를 침략하러 오는 몬스터 무리와 도적 떼가 압도적으로 많아졌다.

고요의 사막 부근에서 살아가던 위험한 몬스터들이나 수만에 이르는 전투 부족들이 침략을 해 오기도 했다.

대규모 전투가 자주 벌어지게 되면서, 도시의 늘어난 인구와 전투 기술로 사막 전사들의 수준도 대거 올라가게 되었다.

물론 그렇다고 해도 위드가 직접 생명을 부여한 직속 전사들처럼 레벨이 740을 넘어가거나 하진 않았다. 그럼에도 웬만한 기사들은 맨주먹으로 쓰러뜨릴 수 있을 정도로 용맹한 전사들이었다.

군대의 질로만 놓고 보자면 어떤 기사단도 이들에게 비할 바는 아니리라.

"대제님, 목숨을 바쳐서 싸울 것입니다."

"항상 제일 앞에 서겠습니다."

위드와 눈이 마주친 사막 전사들은 저마다 용맹과 투지를 과시하였다.

일단 전투가 벌어지고 나면 위드는 무섭게 앞으로 치고 나간다. 단 한 번도 뒤돌아보지 않은 채, 오로지 앞을 가로막는 적과의 전투뿐.

그래도 싸움이 벌어지기 전이면 짧은 순간이나마 위드가 그들을 믿어 준다는 듯이 쳐다봐 준다. 사막 전사들에게는 더없는 영광이고, 사막의 지배자에 대한 경의를 표시할 수 있는 시간이기도 하다.

위드는 모든 어려운 전투들을 승리로 장식하며 사막의 부흥을 이끌었다.

동시대를 살아가는 전설적인 강자!

그를 따르는 전사들에게는 신과 다를 바 없는 존재였다.

위드는 사막 전사들의 눈을 마주치며 어떻게 활용할지 생각했다.

'이놈은 죽이고… 저놈은 너무 설쳐 대서 방해만 돼.'

불필요한 사막 전사는 전투 중에 가차 없이 처단!

'지난번 전투에서 미끼로 던져 줬는데 살아왔군. 다시 던져 줘야지.'

용케 살아 돌아와도 잊지 않고 그 다음번에 또다시 사지로 던져 넣어 주는 잔혹함.

'애는 살려야지. 쓸모가 많았어. 말뜻도 잘 알아듣고 온순한

성격이라서 앞으로도 계속 부려 먹기 좋은 녀석이야.'

사막에서 쓸데없이 부대의 규모를 늘리는 건 비효율적이다. 정예화를 유지하고 실질적인 역량을 강화하기 위해서는 과감하게 솎아 줘야 했다.

위드가 쳐다보는 시선에는 복잡한 관계들이 뒤섞여 있었지만, 과묵한 분위기만큼은 카리스마가 넘쳤다.

"우리는 사막에서 지금까지 밝혀진 중에 가장 강한 몬스터를 잡는다."

"옛!"

"아주 위험한 도전이 될 것이다. 그럼에도 우리가 해야만 하는 이유는……."

위드는 잠시 뜸을 들였다.

노들레의 퀘스트는 정해진 시간 동안의 성장이 주목적이다. 퀘스트의 마지막 마무리에서 굳이 사막 최강의 몬스터들을 사냥할 필요는 없었다.

물론 성공한다면 지금보다 레벨이 훨씬 높아지긴 할 것이다.

"놈이 모아 놓았을 보물을 얻기 위함이 첫 번째 이유이고 두 번째로는……."

꿀꺽!

사막 전사 중에서 여럿이 침을 삼켰다.

기사들과는 달리 헛된 명예나 명분에 집착하지 않는다.

욕심에 솔직한 것이 최선!

사막 도시들이 급속도로 발전한 데에는 위드가 비를 내려 주고 방랑하는 도적들, 몬스터들을 처단한 것이 크게 작용했다.

하지만 결정적인 이유 중의 하나는 이런 식으로 몬스터들이 가지고 있는 던전 안의 보물들을 획득하여 도시에 풀었기 때문이다.

"우리가 사막에서 가장 강하기 때문에 싸우는 것이다."

"으와아아!"

전사들의 의기양양한 함성!

"보물 찾으러 가자!"

위드는 부하들을 이끌고 당당하게 던전으로 들어갔다.

퀘스트를 진행하면서 사막의 지배자라는 호칭까지 얻은 것은 이러한 무모함과 욕심 때문이었다.

"대륙은 이제 완전히 끝났어. 헤르메스 길드, 하벤 제국이 앞으로 대륙을 통일할 거란 건 뻔한 일이지."

"아, 젠장. 세금 오르는 소리가 들리는 거 같다."

"대륙 연합군과는 전술과 전략에서 애초에 비교도 안 되었네. 뭐 하자고 덤빈 거야."

"헤르메스 길드 전쟁 실력이야 알아주잖아."

헤르메스 길드는 벤젠 평원에서 대륙 연합군을 완벽하게 격파했다.

명문 길드로 횡포를 일삼기로는 양쪽 모두 나쁜 놈들이었지만 그래도 어느 한쪽이 대륙을 장악하면 안 된다는 논리에 따라 반헤르메스 길드를 지지하는 분위기가 강했다.

지금은 왕국의 지배 길드들이 여러 부류로 갈라져 있지만, 만약 헤르메스 길드가 통일을 하게 되면 그 후에 강화될 핍박이란 너무도 뻔하였기 때문이다.

연합군의 승리만을 기원하던 일반 유저들에게 벤젠 평원의 결과는 절망적이었다.

연합군이 매번 패퇴를 하기는 했지만, 그래도 대륙에서 내로라하는 명문 길드들이 한곳으로 뭉쳤다. 아무래도 전력이 단단히 결집하면 이기리라는 걸 믿어 의심치 않았다.

벤젠 평원의 전투를 압도적인 승리로 장식하기 위해 어마어마한 군대를 모았고, 루비돔 산맥을 중심으로 바드레이가 속해 있는 하벤 제국의 중앙 군단을 앞뒤로 포위까지 하였다.

연합군에서는 그 시점을 전후로 하여 앞으로 벌어질 전투에 대한 홍보까지도 적극적으로 진행했다. 방송국들도 모두 주목하는 가운데 헤르메스 길드의 핵심, 바드레이를 비롯한 중앙군을 섬멸하는 것은 전쟁에서 결정적인 큰 흐름을 바꾸어 놓을 수 있는 일이기 때문이다.

그럼에도 불구하고 벤젠 평원의 연합군은 역으로 압도적인 힘에 의하여 몰살을 당했다.

헤르메스 길드에서 미리 예측하고 파 놓은 함정에, 의심하지도 않고 뛰어들고 만 것이다.

제국의 모든 기사단과 마법병단의 동원이라는 변수는 전투의 초반에 연합군에 큰 피해와 충격을 안겨 주었다.

더군다나 전쟁의 규모가 워낙에 크다 보니 지휘 계통이 복잡한 연합군은 병과별로 뭉쳐서 유기적인 대응을 하지 못했다.

길드끼리 뭉쳐서 각자 싸우려고 하다 보니 하벤 제국의 기사단이 휘젓고 다니면 진형이 엉망이 되어서 영영 회복이 되지 않았다.

연합군의 구성상 어쩔 수 없는 일이기도 했지만, 하벤 제국에서는 그 약점을 놓치지 않고 마법 공격과 기사단으로 큰 피해를 입혔다.

그 이후에 연합군은 싸울 의지를 잃어버렸다.

'이번 전투는 우리가 이기겠군.'

'헤르메스 길드의 독재는 막아야 하지만, 우리 길드의 손실도 너무 커서는 안 돼.'

'전투 승리 이후가 진짜라고 할 수 있지. 주력들까지 다 내세울 필요는 없을걸. 우리가 아니라도 다른 놈들이 싸워 줄 테니.'

'명문 길드라고 해서 언제까지 계속 그 자리에 있으라는 법 있어? 5대 명문 길드도 각각 몰락한 마당이니 우리가 그 자리를 차지해야지.'

안일하게 승리를 생각하고 나왔던 길드들이 상황이 어렵게 되자 자신들만이라도 전력을 보존하고 살아남기 위해서 지휘에 따르지 않고 퇴각을 개시한 것이다.

"여기 있으면 죽어. 탈출하자!"

"우리 길드는 모두 동쪽으로 빠져나간다."

죽기 살기로 싸우더라도 한번 밀리기 시작한 전세를 뒤집기가 어려운데 몇몇 길드들이 도망을 치면서 연합군의 대군이 흔들렸다.

이후에 벌어진 결과는 보나 마나였다.

"마법 지원을 해 줘!"

"화살을 쏴서 적들을 막아라."

"안 돼. 놈들이 들고 있는 방패를 봐. 궁병들의 화살 따위는 아무 의미도 없을 거야."

"맞서서 돌격해라!"

"틀렸다. 어서 도망쳐!"

연합군 병사들은 맞서 싸울 힘을 가지고도 이를 미처 써 보지도 못한 채로 참패!

지휘관들의 역량 문제도 있었지만, 연합군의 구성원들이 뭉치지도 못한 채로 전쟁에 나와 최악의 결과를 만들어 내고 만 것이다.

전투가 중반이 되고 나니 용감한 기사들은 모두 목숨을 잃고 NPC 병사들은 투항하기에 바빴다.

바드레이가 이끄는 하벤 제국은 다소 지치기도 하고 병력 소모도 소량 있었지만 대승을 거두며 자신감이 충만했다.

"전군 집결하라. 이제 산맥에 남아 있는 놈들을 친다."

"우와아아!"

하벤 제국의 군대는 약간의 휴식을 취하면서 부상병들을 치료했다. 그리고 루비돔 산맥으로 회군!

마법 함정과 레인저들에 의해 고생하던 클라우드 길드와 흑사자 길드, 연합군 소속 51개의 길드들을 역으로 습격하였다.

루비돔 산맥을 뚫고 오던 연합군 측에서는 당혹스러웠다.

마법사와 레인저 들이 군대의 발목을 잡은 것부터가 의외였지만, 벤젠 평원의 대군이 압도적인 패배를 당하다니.

"그래도 우린 지지 않았다. 우리가 하벤 제국을 잡는다."

루비돔 산맥에서의 전투는 일방적일 수가 없었다. 지형의 위력이 압도적인 영향을 차지하기에, 산맥 위에서 기다리고 있던 연합군 쪽이 다소 유리하게 시작되었다.

"쏴라! 놈들이 접근하는 족족 저승으로 보내 줘라!"

"위치를 빼앗기지 말고 적들을 향해 공격을 집중시킵시다."

"마법사들은 더 높은 곳으로 올라가서 공격해요!"

공성전처럼, 아래쪽에서 올라오는 헤르메스 길드를 상대로 화살과 마법을 쏟아부었다.

하지만 곧 이것도 전황이 만만치 않게 변했다.

헤르메스 길드에서는 산악전을 대비하여 가볍고 화살 공격에 특화된 가죽 갑옷과 방패를 보급했다.

"계획대로 한다. 롬펠트의 군단은 하이사아 봉우리로, 드린펠트는 토첸 호수로, 헬카이트 용병단은 갈대숲에 매복한다."

"옛!"

"이동합니다."

그리고 진군로를 수십 개의 갈래로 나누어서 화살 공격이 쉽지 않도록 숲이 우거진 쪽으로 올라오며, 전투보다는 루비돔 산맥의 주요 요소들부터 장악했다.

산봉우리들 몇 개와 중요 거점들만 장악해도 연합군이 훤히 시야에 들어온다.

갈대숲처럼 이동과 매복이 쉬운 지형들에는 어김없이 암살자와 용병단들이 배치되었다. 더구나 산맥에서 벌어지는 전투는 일반 병사들의 체력을 급속하게 떨어지게 했다.

연합군 소속의 병사들은 하벤 제국을 빠르게 추격해 오느라 루비돔 산맥에서 무리하여 이동하면서 체력이 많이 소진되었다. 그 상태에서 전투가 벌어지자 무거운 갑옷과 무기를 입고 뛰어다니느라 금방 지쳤고 피곤해했다.

조건은 어차피 하벤 제국의 군대도 같다고 생각했지만, 그들은 산맥 내부에 미리 닦아 놓은 길을 통하여 빠르고 쉽게 이동했다.

전투에 투입시키기 전에 일반 병사들에게는 휴식 시간을 주고 먼저 레인저와 기사단, 마법사, 용병단이 적들을 견제하는 역할을 맡았다.

루비돔 산맥은 점점 하벤 제국의 깃발로 가득 찼다.

"우와아아아아!"

"저 오합지졸들을 물리쳐라. 공격. 공격. 공격!"

"이 산 전체가 적들의 시체로 뒤덮이게 하라."

"하벤 제국은 무적이다. 황제 폐하를 위하여 진군!"

대군끼리 맞붙는 산악 전투!

연합군과 하벤 제국의 병사들은 경사진 곳에서 검과 방패로 무장한 채로 싸웠다.

화살이 빗발치듯이 오가고, 마법 공격으로 불길도 일어났다.

산에서 일어나는 바람은 불씨를 키우며 크게 번져 나갔다.

도처에 대형 산불이 일어나면서 전투는 더욱 격렬한 양상을 띠어 갔다.

루비돔 산맥에서의 전투는 평원에서보다 더 치열할 수밖에 없었는데, 유리한 지형을 모두 빼앗기고 고립되면 죽을 수밖에 없는 처지라서 양측 모두 악착같이 싸워야 했다.

그리고 드디어 하벤 제국 측의 비장의 무기인, 그로비듄을 필두로 하는 네크로맨서들이 나타났다.

"후후후, 이런 곳이야말로 네크로맨서들이 최고라는 점을 증명할 수 있는 최적의 무대지."

네크로맨서들은 제국 기사단의 엄중한 호위를 받았다.

"그러면 어디 해 볼까? 이 땅은 내 암흑의 율법이 지배한다. 영원한 불사의 힘이 장악하리라. 다크 룰!"

불사의 군단 수장 바르칸 데모프.

그의 3대 마법 중 하나!

헤르메스 길드에서는 위드의 전투들을 일일이 분석하면서 바르칸에 대해서도 많은 연구를 했다.

전투에서 활용할 수 있는 그의 언데드 소환 능력은 가히 최고라고 할 수 있다.

그리하여 모험과 연구, 조사 끝에 찾아낸, 옛날 바르칸의 마법 연구실과 기록들!

다 해진 책자를 통해서 미완성의 다크 룰 마법을 익힐 수 있었다.

물론 바르칸이 시전했던 완벽한 다크 룰 마법은 아니기 때문에 일어나는 언데드의 수준은 조금 낮았다. 그리고 마나 소모가 심하여 도중에 다른 마법을 쓰지 못한다는 한계도 있었다.

근본적으로 다크 룰 마법이 보다 높은 경지에 올라서 스스로 약점을 극복해 내야만 해결되는 문제들!

그럼에도 이런 수많은 병사들이 싸우는 장소에서 네크로맨서의 위력은 절대적이었다.

적군과 아군을 막론하고 죽은 시체들이 스켈레톤, 구울, 좀비가 되어서 일어났다.

"할퀴어라. 모조리 물어뜯어라!"

다크 룰 마법은 영역 내에 새로운 시체가 생기면 끊임없이 언데드를 일으키게 한다. 또한 소환한 언데드가 쓰러지더라도 다시 일어나게 했다.

비록 위력이 약한 좀비, 스켈레톤 등이라고 하여도 병사들을 곤혹스럽게 할 수는 있었고, 궁병들 사이에서 죽는 이들이 생기면 부근 전체가 바로 난장판이 된다.

스켈레톤 궁병으로 일어나서 바로 옆에 있는 동료들을 향해 뼈 화살을 쏜다. 그러면 죽은 궁병은 또 화살을 쏘고, 그들을 퇴치하더라도 다시 불사의 권능으로 일어나기 때문이다.

루비돔 산맥에서는 마법과 화살에 의해서 죽는 이들이 워낙에 많았기에 다크 룰 마법에 의해서 일어나는 시체들은 순식간에 상당한 전력을 차지했다.

"공포의 메아리!"

네크로맨서들은 또 다른 마법도 사용했다.

크히히히히힝!

유령들이 날아다니며 외치는 저주 맺힌 음성은 적들의 사기를 바닥까지 낮추는 효과가 있었다.

연합군에서는 네크로맨서들을 최우선 제거 목표로 정했지만, 높은 곳에서 전장을 내려다보며 마법을 펼치는 네크로맨서들을 호위하는 제국 기사단을 뚫고 들어오진 못했다.

병력 배치, 마법병단의 활용, 기사단의 통솔, 모든 부분에서 하벤 제국이 압도했다.

연합군은 하나의 군단으로 뭉쳐 있더라도 그 내부적으로 보면 각 길드별로 복잡한 판단을 내렸다.

그에 비해서 하벤 제국은 통일된 전술을 구사할 수 있었기 때문에 평원에서도 그렇지만 마법 공격의 집중과 지형의 중요성이 높아지는 산악전에서는 훨씬 효과적이었다.

연합군은 초기에는 그럭저럭 버티는 것 같았지만 공격도 수비도 제대로 되지 않았다.

바드레이와 친위 부대, 제국 기사단은 연합군의 NPC 마법병단이나 궁병들의 방어가 허술하면 틈을 놓치지 않고 나타나서 초토화를 시켰다.

어느새 연합군은 유리한 산봉우리들을 모두 잃어버리고 낮고 불리한 지형에서 공격만 당하는 신세가 되었다.

탈출을 하려고 해도 하벤 제국이 이미 능선들을 장악하고 있었으며, 죽은 이들은 끊임없이 언데드가 되어서 일어난다.

연합군에게는 지옥과도 같은 루비돔 산맥이었다.

순간적으로 벌어진 전투가 아니라, 헤르메스 길드의 수뇌부가 며칠 밤낮을 새우면서 병력 배치와 이동 경로, 공격 계획 등을 세세하게 준비해 놓은 결과였다.

연합군의 지도부는 최악의 무능을 보이면서 헤르메스 길드에 의해 끌려다니다가 대패!

전투에 참여한 이들 중에서 살아남은 사람이 드물 정도로 대패를 당하고 말았다.

CTS미디어, 온 방송국, LK게임을 비롯한 방송국 열 곳 이상이 생중계를 하며 이 소식을 전달했다.

—하벤 제국이 이어서 벌어진 두 번째 전투에서도 승리를 거뒀습니다.

—사실상 대륙의 지배권을 놓고 벌인 전쟁에서 하벤 제국의 압도적 승리입니다!

—이렇게 말씀드릴 수가 있겠네요. 바드레이, 원하든 원하지 않든 그를 황제로 부를 사람이 앞으로 많아질 것이라고요.

KMC미디어의 〈베르사 대륙 이야기〉에서도 특집으로 전투를 중계했다.

—아아, 이런 식의 전투가 벌어질 줄은 몰랐어요. 정말 하벤 제국의 전투력은 굉장하다는 말밖에는 할 수가 없겠네요!

—유사 이래 수많은 영웅과 왕국 들이 세계를 정복하려고 했습니다. 알렉산더 대왕, 칭기즈칸, 나폴레옹. 그들이 살던 시대에도 이런 충격을 안겨 주었을 거라고 말한다면 너무 지나친 표현일까요!

—오주완 씨, 하벤 제국의 전력에 대해서 재평가해야 될 것 같아요.

—오늘의 전투를 세밀하게 분석을 해 봐야겠지만, 전체적인 전력과 전투 수행 능력에 대해서는 완성도에서 너무 뛰어나서 흠 잡을 곳이 없을 것 같습니다. 아니, 연합군이 단순한 전술만을 고집하며 못 싸웠다고 해야 할까요. 어쨌든 하벤 제국의 군대는 강합니다!

방송국의 해설자들은 하벤 제국의 전투에 대해 극찬했다.

대규모 합동 전술을 실행에 옮기는 능력!

〈로열 로드〉에서는 1명의 기사가 수만 명 이상의 병사들을 통솔할 수도 있다는 점이 대단한 매력이었다. 그렇지만 여러 병과들의 장점을 이끌어 내며 지형까지 고려하면서 싸운다는 건 쉽지가 않은 일이다.

하벤 제국에서는 친목보다는 실력와 공적에 따라 직책을 정했기에 진짜 전투다운 전투를 했다. 전투의 영상미로 보면 손꼽을 만한 수준이었다. 연합군의 무능과 대비되어 강함이 더욱 실감이 날 수밖에 없었다.

하지만 PD와 방송국 관계자들은 한편으로는 걱정이 더욱 앞섰다.

"헤르메스 길드가 다른 영주들에 비해서 너무 앞서 나가는 거 아니야?"

"오늘로써 베르사 대륙 정복이 거의 끝났다고 봐도 되는 거죠. 연합군이 이런 졸전을 펼쳐 버렸으니 다시 만회할 수 있겠어요? 중앙 대륙은 이제 그들의 손에 들어갔다고 해도 될 테니까요."

"아무래도 다음 전쟁 방송부터는 시청률이 문제가 되겠는데. 김이 다 빠진 모양새야."

"하벤 제국의 대륙 정복 이후의 이야기도 미리 편성 준비를 해야죠."

"시청률이 벌써부터 우려스럽군."

헤르메스 길드의 세력이 커질수록 안티들도 엄청나게 생겨났다. 도시를 파괴하고, 전쟁 비용을 충당하기 위해 유저들과 주민들에게 막대한 세금을 물리니 어쩔 수가 없다.

그들이 대륙을 정복하고 나면 지금처럼 활발하게 대규모 전투가 벌어지는 일도 드물어질 것이고, 시청자들의 흥미도 떨어지게 되리라.

이미 그런 조짐은 도처에서 보이고 있었다.

하벤 제국이 승승장구하면서부터 역으로 모험에 대한 관심이 들불처럼 번져 나갔다.

전쟁에서 승리한 하벤 제국만큼이나 위드의 이름이 자주 게시판에 나타났다.

—위드는 왜 안 나오나요?
—전쟁의 신 위드의 퀘스트 방송해 주세요! 재방송이라도 좋아요.
—남부에서 조각술 마스터 퀘스트 아직도 진행하고 있는 겁니까? 방송국에서는 뭐 알고 있는 거 있죠?
—저는 위드가 한 땀 한 땀 재봉하는 모습도 보고 싶어요.

시청자들의 열화와 같은 요청은 쭉 있어 왔지만, 방송사들도 난감했다. 어떻게든 위드와 접촉을 해 보려고 했지만, 모든 연락이 차단되었다. 집 전화는 물론이고, 휴대폰은 일시 사용 중지, 집으로 직접 방문해서 벨을 눌러도 아무 반응이 없었다. 전기선을 아예 뽑아 놨기 때문이다.

KMC미디어에서는 신혜민을 통하여 그나마 약간의 정보를 입수했다.

"알고 있는 거 있다면 뭐라도 말해 줘, 혜민 씨. 우리 사이에 한 말은 방송으로는 안 내보낼 테니까. 그리고 절대 비밀도 지킬게."

"부장님, 저도 자세히는 몰라요."

"그러지 말고. 남부에서 퀘스트를 하고 있는 것 같은데 왜 아무도 본 사람이 없어? 위드를 만나고 싶어서 남부로 간 유저들이 얼마나 많은데 왜 아무도 만나질 못하는 거야."

"정말 특별한 퀘스트거든요."

"설마 직업 마스터 퀘스트의 마지막 부분인가? 슬슬 퀘스트를 끝낼 때도 되기는 했다고 느끼기는 했는데."

"그 정도가 아니에요."

"그럼 불사의 군단과 다시 싸우나? 불사의 군단이 사막의 어딘가에서 부활이라도 해?"

강 부장으로서는 그 정도 소식만 되어도 대만족이었다.

위드가 불사의 군단과 싸우는 장면을 방송했을 때의 충격적인 시청률과 시청자들의 호평이란!

지금까지도 재방송의 시청률이 동시간대의 어중간한 프로그램보다는 높을 정도이니 말 다 한 셈이 아니던가.

명예의 전당에서 〈로열 로드〉 최고의 명전투 열 가지를 꼽으면 위드가 대부분 끼어 있었다.

1. 오크 카리취와 불사의 군단
2. 해골 병사 위드와 본 드래곤
3. 멜버른 광산에서 위드와 바드레이의 격돌
4. 지골라스 모험
5. 전사 파이톤의 아베리안 숲 정착기
6. 오데인 요새 공방전 26차
7. 바르칸이 이끄는 불사의 군단
8. 세라보그 성의 대탈출
9. 리치 위드와 대해전
10. 통곡의 강에서 위드와 엠비뉴 교단

명예의 전당에 올라온 동영상 재생 숫자를 바탕으로 1위부터 10위까지 꼽은 기록이었는데, 아무래도 일찍 진행한 모험들이 동영상을 본 횟수가 높은 편이다.

하지만 다른 유저들이 게시판에 올린 위드가 낚시를 하고 있는 장면을 촬영한 영상조차도 조회 수는 300만을 가볍게 넘어섰다.

동영상 조회 분류에서 최악이라는 낚시조차도 이 정도 인기였으니 어떤 종류의 모험이라도 방송국에서는 환영이었다.

"에이, 불사의 군단은 진작 망했고요. 뭐, 하실리스라는 언데드가 바다에서 무언가를 하고 있는 것 같긴 하지만 어쨌든 바르칸이 소멸된 이후로 위드 님은 관심이 없어요. 굳이 위드 님이 썼던 표현을 빌리자면, 언데드의 빈 호주머니 털어 봐야 먼지밖에 안 나온다고 했거든요."

"그럼 뭔데? 얼마 전까지만 해도 사막을 평정한 대제라고 불리던데. 사막에 도시들은 느닷없이 왜 생기는 거고, 스케일이 왜 이렇게 커? 도대체 퀘스트를 뭘 어떻게 하고 있길래 이런 일들이 벌어지는 건데!"

"저도 잘 몰라요."

"사막의 부흥인가? 사막의 번영? 북부에 이어서 남부 사막 지역도 위드에 의해서 발전하는 거?"

"그 이상이라고 보시면 되지 않을까요?"

"아니지, 무슨 일인지는 중요하지 않지. 지금 다른 방송국이랑 계약된 거야? CTS에서 고급 승용차라도 한 대 뽑아 주기로 하고?"

"벌써 계약한 건 아닐 거예요. 아파트나 땅이라도 사 준다면 모를까."

"우리도 이제 그 정도는 충분히 해 줄 수 있어."

〈로열 로드〉의 인기가 전 세계로 퍼지면서 KMC미디어도 날이 갈수록 기록적인 수익을 거두고 있었다.

위드가 출연만 한다면 광고주들이 직접 방송국으로 찾아와 광고 금액을 올려 댔다. 어린이들이 가장 갖고 싶어 하는 장난감으로도 빙룡과 와이번들이 꼽혔다.

위드의 모험 하나면 방송국이 얻는 이득은 엄청났고, 연관된 완구 사업도 대활황이었다.

유명인들이 그러는 것처럼 위드도 상당한 알부자가 되어 있을 것이다. 그렇지만 매번 볼 때마다 돈이 많아진 티가 전혀 안 난다는 점이 신기한 부분이었다.

"제 생각에 아파트는 싫어할 거예요. 매달 관리비가 나가잖아요."

"역시 원하는 건 땅이겠지?"

"그럼요."

"상업 용지로, 아니면 주택 용지로?"

"그건 가리지 않을 거예요."

"하긴, 정말 땅 좋아하게 생기긴 했어. 빨리 적당한 땅부터 알아봐야겠군."

북부를 지배하는 아르펜 왕국의 왕궁은 7개의 산을 끼고 있었다.

우뚝 솟은 높은 산의 정상과 정상을 잇는 건설에 참여하는 유저들의 노고는 이루 말할 수가 없었다.

"끙차! 오늘은 이걸 운반하고 말 거야. 바위는 무거워서 못 옮기더라도 할 수 있는 건 해야지. 통나무 정도면 가능하겠지."

"아이고, 허리야! 다리야!"

유저들은 머리와 등에 짐을 짊어지고 산꼭대기까지 자재들을 옮겼다.

높이와 경사가 바르고 성채만큼 아득할 정도로 험하지는 않더라도, 그래도 상당히 높고 웅장한 산들이다.

마치 일개미 떼가 산을 뒤덮고 있는 것 같은 풍경이었다.

"우리는 대단한 것 같아. 하자고 하면 바로 해 버리잖아."

"응. 근데 왜 노가다는 해도 해도 줄어들지를 않냐."

"원래 그런 거래."

"난 로자임 왕국 피라미드 건설에서부터 북부의 위대한 건축물들까지 전부 참여했잖아. 공부를 이렇게 했으면 내가 서울대를 갔을 텐데."

"던전에서 사냥했던 건 기억에 안 남는데 노가다했던 건 왜 이렇게 선명하게 떠오르지?"

"나도 노가다하면서 친해진 사람들이 더 많아."

북부의 유저들은 무슨 일만 생기면 많이 모여들었기 때문에 산꼭대기까지의 자재 조달쯤은 금방 이루어졌다.

건축가들의 건설이 진행되면서 산꼭대기에 왕궁의 형태가 조금씩 나타났다.

왕궁의 건축 디자인은 가파른 7개의 산의 정상에 걸쳐진 왕관의 형태였다.

건축가들은 이 아이디어를 실행에 옮기기 전에 상당히 고민을 했다.

"건축 비용이 많이 들 것 같은데요."

"건물의 내부 면적을 넓히기가 힘듭니다. 기반 공사의 어려움도 있고요."

"왕궁은 먼 곳에서도 잘 보일 겁니다. 건물들 하나하나, 조화와 어우러짐이 완벽해야 돼요. 건물들의 형태도 그렇지만 궁전의 거리와 높이 등, 평평한 땅에 공사하는 게 아닌 이상 고려해야 할 부분이 한두 가지가 아닙니다."

"그래도 일단 해 봅시다. 어렵다고 해서 포기할 수는 없지 않습니까?"

"높은 산등성이 위에 왕관의 형태로 지어진 왕궁이라면 본 사람들에게 결코 잊을 수 없는 기억이 되겠죠."

"도전 정신! 우리 북부가 이렇게 살아 숨 쉬는 이유입니다. 도전 정신을 바탕으로 건축의 어려움들도 극복해 봅시다. 완공만 되면 아르펜 왕국의 자부심이고 자랑거리가 될 테니까요."

"합시다. 해 봅시다. 건축가들에게 불가능이 없다는 걸 알려 줍시다!"

건축가들 중에서 실력이 가장 뛰어난 이들이 왕궁의 기틀을 닦았다.

북부 전체를 봤을 때 최적의 위치지만 평야 지대가 협소하다는 문제점을, 산 위에 왕관 형태로 꾸미면서 극복해 버리기로 했다.

최적의 디자인이란 꼭 필요한 곳에 있어야 한다.

지금은 산 위의 왕관처럼 왕궁이 생겨나겠지만, 주변에 도시들도 발달하면 자연스럽게 형성되는 왕궁의 위엄이란 대단할 것이다.

왕궁에 올라가려면 산 아래에서부터 뚫어 놓은 넓은 길을 이용해야 한다.

말과 마차 들이 한꺼번에 충분히 다닐 수 있도록 잘 닦아 놓은 길로, 산을 두 바퀴나 돌아야 왕궁에 도착하게 된다.

하지만 산을 돌면서 북부의 멋진 풍경들을 볼 수 있었기에 결코 시간 낭비라고만 볼 수는 없었다.

그리고 산길의 돌담에는 돌 하나하나마다 유저들이 남긴 글귀들이 쓰여 있었다.

위드 님의 모험이 매일 기대돼요. ―모라타 족발협회

북부에서 시작해서 행복합니다. ―검사

흙꾼이가 제일 좋아요. ―정령술사 린

모험하면서 먹어야 할 음식은 풀죽뿐이다. ―보석사탕

북부 유저들이 느끼는 행복이 듬뿍 담긴 돌담이었다.

아르펜 왕국은 유저 개개인에게 즐거움과 꿈과 희망을 주고, 또한 소속된 사람들의 노력으로 인하여 함께 발전해 나가고 있었다.

조각품과 그림 들도 지루하지 않게 일정한 간격을 두고 진열되었다.

예술 계열의 직업을 가진 이들뿐만 아니라, 누구나 참여해서 만들어 놓은 것이다.

이 길을 걷는 사람들은 누구나 아르펜 왕국에 대해 호의적으로 생각할 수밖에 없으리라.

왕궁 근처에 동시에 세워지고 있는 최고의 상업 시설들과 길드, 학문, 모험 시설 들은 북부를 강력하게 발전시킬 원동력이 될 것이다.

벌써부터 유저들은 아르펜 왕국의 왕궁에 애칭을 붙였다.

대지의 궁전.

대지를 다스리는 왕이 있는 궁전이란 의미로, 산꼭대기에 왕관처럼 지어진 디자인 때문이었다. 하지만 국왕 위드가 있기 때문에 더욱 어울린다고 생각했다.

"국왕이 우리를 편하게 해 주니까 얼마나 좋아."

"그러게. 가끔은 위드 님이 국왕이라는 사실까지 잊어버린다니까."

"전설적인 모험가 그리고 조각사! 사실 맨날 여행만 다녀서 있는지 없는지도 모르는 게 더 좋은 거 같기도 해."

그리고 드디어 왕궁의 공식적인 완공까지 얼마 남지 않았을 무렵, 마지막 공사를 위해 유저들이 대거 몰려들었다.

왕궁의 마지막 마무리 순간을 보기 위하여 일부러 온 유저들도 많았다.

"오오, 강철의 기사단이여, 드디어 도착했구나. 이곳이 우리의 영원한 주인이신 위드 님께서 다스리는 왕국이다."

마치 마법처럼, 왕궁으로 향하는 길목에 일단의 기사단이 나타났다.

"뭐야, 집단 텔레포트야?"

"아냐. 텔레포트의 번쩍거리는 효과 없이 그냥 안개처럼 땅에서 솟아났어."

"그럼 유령인가?"

"무슨 유령이 낮에 저렇게 선명해. 근데 장비들 좀 봐. 아르펜 왕실 기사들 뒤통수 칠 정도로, 장난 아니다."

"아르펜 왕실 기사? 저런 갑옷은 레벨은 둘째 치고, 없어서 못 입을 것 같은데."

유저들이 놀라서 쳐다보며 웅성이는 가운데, 선두에 선 기사가 말에서 내려 감격에 벅찬 듯이 무릎을 꿇었다.

"우리에게 주신 생명의 은혜를 갚기 위하여 긴 세월이 지나 이제 도착했습니다."

뒤를 따라서 기사단 전원이 말에서 내려 무릎을 꿇었다.

그들은 철오의 후손!

위드에게 영원한 충성을 바친 철오는 스트라우드 왕국에 정착한 이후로 긴 세월을 보내며 창술을 마스터하고 마나의 본질을 깨닫게 되었다.

그리하여 가문을 이루고 자식들을 낳으며 오랫동안 살아가다가 편안한 죽음을 맞이했다.

그 이후로 대대로 이어져 내려온 철오의 후손들 역시 위드를 향한 영원한 충성의 약속을 이어 왔다.

위드와 철오가 함께했던 건 고작 하루에 불과한 시간이었지만, 세뇌는 철저했다.

"넌 영원한 나의 부하다. 자식은 부모의 사랑을 모르고 사는 경우가 많지. 그러나 그 사랑은 드래곤보다 강하고, 갈치가 헤엄치는 바다보다 깊단다."

"너한테 생명을 준 나는, 정말 평생 동안 모시고 살더라도 그 은혜를 천만분의 일도 갚지 못할 거다."

"비싼 거, 좋은 거, 맛있는 거 있으면 전부 나한테 먼저 바쳐야 된다. 그게 바로 기사다움이고 행복이란다."

철오가 자식들에게 전해 준 이 이야기들은 대를 거듭할수록 살과 뼈가 덧붙여지고 견고해져, 마침내 뼛속까지 세뇌된 후손들이 아르펜 왕국에 나타나게 된 것이다.

메타페이아 정복

위드와 사막의 붉은 칼 부대는 던전 안으로 들어갔다.

던전 메타페이아의 지하에 들어왔습니다.
고급 모험 감각 스킬 6레벨이 지금까지 모은 정보를 바탕으로 던전을 분석합니다.
이곳은 사막의 열기를 받아들여서 1,000년 넘게 비정상적으로 성장한 말살의 불도마뱀들의 서식지입니다. 극도로 위험한 지역으로, 자연이 빚어낸 보물들이 숨겨져 있고 불과 관련된 마법 아티팩트를 만들 수 있는 재료들이 널려 있을 테지만, 그것을 무사히 구할 수 있을지는 들어온 사람의 재주에 달려 있습니다. 지면은 단단한 암반으로 구성되어 있지만 균열이 가 있는 부분을 밟으면 부서져서 지하 용암 구덩이로 떨어지게 될 수 있으니 주의해야 합니다. 아마 곧바로 뒤돌아서서 도망치더라도 누구도 그 용기 없음을 비난하진 못할 것입니다.

"확실히 공기부터 다르군. 얼마 전에 들어왔던 기억이 나."

후덥지근하다 못해서 뜨거운 불길을 마시는 듯한 기분.

언제부터인가 그들이 모험을 하는 장소는 베르사 대륙에서 가장 난이도가 높은 몬스터들이 사는 곳이 되었다.

노들레의 퀘스트를 하면서 일찍이 누구도 상대하지 못하던 몬스터들을 잡고, 던전들을 정복하고 있었다.

위드는 그런 점도 정말 마음에 들었다.

조각사일 때에는 기본적으로 예술 작품들을 창조해 내는 재미가 있었지만, 전사로서 강해지고 나니 범접하지 못할 몬스터들을 굴복시키는 전투의 즐거움이 있었다.

이길 수 있을지 없을지 모를 적이 가득 차 있는 던전으로 들어올 때의 가슴 뛰는 설렘이란 겪어 본 자만이 알 수 있다.

〈로열 로드〉에서 초보 시절에 처음 성문을 넘어서 바깥세상으로 향하는 그 순간의 짜릿한 흥분, 어두운 밤에 하늘에는 별들이 반짝이기까지 한다면 그보다 더 들뜨고 행복한 기분이란 없었다.

"헐헐. 할멈, 우리가 젊을 때에도 이런 게 있었으면 좋았을 텐데 말이야."

"심심하면 찾아오는 어린 상인 놈들이 자식보다 낫지 않수?"

"그렇고말고. 우리 오래오래 삽시다."

노인들 사이에서는 〈로열 로드〉 때문에라도 더 오래 살아야겠다는 말이 나올 지경.

위드의 입가에, 횟집의 생선을 볼 때처럼 미소가 맺혔다.

"자고로 전투의 손맛만큼 좋은 게 없지. 넘실거리는 화염 각인, 고대의 함성!"

위드의 몸에서 무시무시한 화염이 흘러내렸다.

넘실거리는 화염 각인은 사막 전사 최고 레벨의 스킬!

평소에 접하게 되는 불의 기운을 봉인해 두었다가 전투 시에는 몇 배나 압축해서 방출한다. 가까이 접근하는 몬스터들은 그 자체로 화염의 피해를 입었고, 공격을 당하면 즉각 불의 기운이 옮겨붙었다.

화염 마법에서 파이어 익스플로전을 능가하는 위력으로 꺼지지 않고 계속 폭발하며 피해를 주기 때문에 이것만으로도 어중간한 몬스터들은 대량 살상이 가능했다.

감히 일반 병사나 기사 들이 덤벼든다면 그대로 떼죽음!

게다가 위드의 몸에 있는 넘실거리는 화염 각인은 마스터의 경지에 이르러서, 생명력과 마나를 지속적으로 공급하고 그 자체로 방어력도 가져서 부하들보다도 더욱 대단했다.

고대의 함성은 방랑하던 NPC 워리어에게 전수받은 스킬!

힘과 민첩성, 맷집 같은 육체적인 능력만을 160% 끌어올리고, 주변의 동료들에게도 70%에 해당하는 효과를 준다.

물론 사막에 왔던 워리어는 비전의 스킬을 알려 주고 싶지 않았다. 전쟁의 시대에서도 나름 명성이 높고 자존심도 강한 대단한 워리어였던 것이다.

한때 북부 원정을 이끌었던 오베론 정도의 수준이었다.

"죽을래, 아니면 가르쳐 줄래? 결정할 때까지 딱 2초 준다."

그러나 위드의 강렬한 카리스마 앞에는 워리어도 살기 위해서 그냥 기술을 알려 줘야 했다. 나무와 산, 보이는 것들은 모조리 다 녹여 버렸으니 용감무쌍한 워리어라도 공포에 질리지 않을 수가 없었다.

노들레의 퀘스트를 하다 보면 시간이 100배로 흐르기 때문에 어지간히 못된 짓으로 악화된 평판도 사냥을 하다 보면 다시 금방 좋게 돌릴 수 있었다.

사막에서는 감히 위드의 위엄을 거스를 수 있는 존재도 없기 때문에 적당히 나쁜 짓들도 저지르면서 성장해 왔던 것.

"사막의 용맹!"

"강철의 심장!"

전일과 같은 조각 생명체 부하들도 축복 기능이 있는 오라를 발산했다.

전일, 전이, 전삼과 같은 엘리트 조각 생명체 부하들도 충분한 관록을 가진 최강의 전사들로 성장을 해서, 기사들은 상대로도 여기지 않는다.

험상궂은 얼굴과 흉터들은, 감히 보통의 몬스터들이 먼저 뛰어들지도 못하게 했다. 덩치도 2미터를 넘으며, 여자들의 몸통만 한 팔뚝을 가진 그들!

오우거보다도 대단한 위압감을 물씬물씬 풍기지만 위드에게만큼은 그저 눈치 보는 순한 양이었다.

어디 가도 왕의 직속 수호 전사 정도는 따 놓은 자리였지만 위드와 함께 계속 전투를 치러야 한다는 현실은, 더 강해질 수 있다는 점에서는 행운이지만 동시에 다시없을 불행이었다.

던전에 들어온 사막 전사들은 무기를 든 채로 질서 있게 정렬했다.

삼엄한 군기!

성격이 개차반에 가까운 위드의 잔소리에 혹사를 당하다 보니 규율은 확실히 섰다.

"알고 있겠지만 뒤처지는 놈은 그냥 버리고 간다."

"예!"

"알아들었다면 전진한다."

알베른과 알베런은 모두에게 집단 축복을 부여해 주었다.

"신성 수호, 원형 방패, 불 저항 강화."

"파이어 아머, 솟구치는 힘, 깊은 분노, 고통 망각."

프레야 교단의 교황 후보 알베론의 짝퉁으로 시작된 그들이었지만, 현재로써는 죽기 직전의 사람까지도 가볍게 치유하는 신성력을 보유했다.

허름한 사제복을 입은 그들은 축복과 치료로 위드와 부하들의 전력을 몇 배나 상승시켜 주는 중요한 조력자들이었다.

"1대부터 3대까지 활 무장. 4대부터 5대까지는 방패를 들어라. 나머지는 창과 검을 들고 전진. 첫 공격 후에 무기는 필요에 따라 마음대로 바꾸어라."

"옛."

위드는 던전 사냥을 하면서 속도를 낼 때에는 부하들에게 말을 많이 하지 않았다. 말하는 시간마저 아끼면서 전진한다.

하지만 이런 위험한 던전에서는 부하들을 지휘하는 것이 매우 중요했다. 부하들을 잘 써먹어야 자신이 안전할 수가 있지 않겠는가.

위드는 궁술도 고급 8레벨. 마스터를 얼마 남겨 두지 않았다. 활을 전문적으로 다루는 부하들 역시 경지는 약간씩 낮았지만 거의 그에 버금가서, 원거리 전투도 가능했다.

"전방 주시. 그리고 주변을 계속 확인하며 빠르게 이동한다."

"옛!"

부대 전체가 어떤 적의 등장에도 대응할 대비를 한 채로 신속하게 움직였다.

던전이 주는 묵직한 분위기 때문에라도 긴장감이 진득하게 흘렀다. 시간이 금이라는 말이 정말 그대로 들어맞는 퀘스트이기 때문에, 위험하더라도 낭비할 시간은 없다.

부하 중에는 함정을 간파하고 해체하는 일을 전문적으로 해내는 도둑도 있었다.

"저를 거두어 주셔서 감사합니다. 정말 검을 쓰는 것이 좋습니다, 대제님."

"자물쇠를 열 줄 안다고? 넌 도둑질이나 해. 앞으로 함정 해체를 담당하면 좋겠군."

"예? 저는 전사로서의 삶을 앞으로도 계속……."

"죽을래? 너 혼자만이 아니라 가족들의 목숨까지 생각해라."

이곳의 시간으로 17년 전에 떠돌이 마법사도 5명이 영입되었는데, 그들의 고용 비용은 비교적 저렴했다.

"저희의 몸값은 비쌉니다. 1년마다 가방에 황금을 가득 담아서 주셔야 합니다. 이 금액은 저희의 자존심이라서 타협할 수 없습니다."

"웃기고 있군. 고작 그 실력으로 돈이나 밝히려고 하고 있다니. 마법에 대한 순수한 열정을 잃어버린 것인가.”

월급을 주기 싫어서 질타!

“순수한 열정과 정당한 보수는 다릅니다.”

“사냥하며 얻은 마법 물품들을 넘겨주지. 새로운 마법을 익히기 위해 실컷 연구할 시간도 주겠다. 그리고 나중에 마나의 궁극에 이르면 다시 너희의 고용 비용에 대해서 이야기하지. 이 정도가 내가 제시할 수 있는 최대한이다.”

떠돌이 마법사들은 고민을 하다가 제안을 덥석 받아들였다. 당시에도 이미 위드의 명성이 자자하게 울리고 있을 때라서 흥정이 성공을 거둔 것이다.

하지만 현재까지도 함께 다니는 마법사들의 실력은 아쉽게도 고급 3레벨 정도에 머물렀다.

마법은 위력이 대단한 만큼 스킬 숙련도가 쉽게 늘지 않고, 또 높은 경지에 오르기 위해서는 다양한 종류의 마법을 익혀야 한다. 사막의 도시들이 발전하였다고 해도 배울 수 있는 마법은 제한적이라서 어쩔 수 없었다.

마법사들이 지식의 한계를 넓히기 위해 방랑을 떠나겠다고 했지만, 위드는 그것만큼은 반대했다.

“동료들을 믿어라. 그리고 내가 너희를 이끌어 주겠다.”

“마나의 길은 자유로운 방랑을 통해 새로운 깨달음을 얻으면서 향상되는 것입니다.”

“도망가려고?”

"……."

"다시는 사막으로 안 돌아올 거지? 어디 산 좋고 물 좋은 동네에서 마법 연구나 하고, 예쁜 여제자 들여서 알콩달콩 살려고 그러잖아."

"……."

"마나의 품으로 돌려보내기 전에 하던 일이나 열심히 해."

고용인들의 마음을 꿰뚫어 보는 악덕 사장의 포스.

노들레의 퀘스트를 완료할 때까지 부려 먹어야 하니 마법사들의 가능성이나 잠재력 따위는 무시해야 마땅한 일!

크휫!

"인간들이다. 인간들이 이곳까지 오다니……."

"호로로로롭. 지난번에 도망쳤던 놈도 있다. 호로롭."

말살의 불도마뱀 7마리가 나타났다.

그들은 위드와 사막의 붉은 칼 부대를 보면서 입맛을 다셨다. 두 갈래로 갈라진 길쭉한 혀를 날름거리는 커다란 주둥이와 10여 미터에 이르는 매끈한 덩치. 용암 덩어리처럼 달아올라 있는 몸은 근처의 땅을 녹이고 있었다.

말이 불도마뱀이지 형태는 비만 드래곤과도 상당히 닮아 있었다. 화염 계열의 최상위 몬스터로, 레드 드래곤이 아닌 이상 말살의 불도마뱀처럼 위험한 놈들이 없다.

과거에 지골라스에서 불의 거인과 싸운 적이 있지만, 놈들은 힘은 대단한 반면에 둔하고 시야의 사각지대가 많다. 물론 레벨도 말살의 불도마뱀보다 낮아서, 불의 기운을 잔뜩 응축하고 있는 이놈들과는 비교도 안 되었다.

넘실거리는 화염 각인 같은 것은 자신보다 더 강한 화염 계열 몬스터를 대상으로 피해를 주지 못한다. 공격용이라기보다는 불도마뱀에게 버티기 위한 화염 저항력을 올려놓기 위한 용도가 훨씬 컸다.

츄. 츄. 츄. 츄릅.

호록호로록!

불도마뱀들은 정면의 통로를 막고 덤벼들기 위한 자세를 취했다.

이들은 사냥의 습성을 가지고는 있지만 천적이 거의 없어서 적에 대한 경계심은 약한 편이다. 위험한 몬스터들답게 여유와 당당함을 가지고 오만하게 인간들을 살폈다.

위드는 재빨리 활을 들었다.

띠링!

전설의 프로스트 보우 요르푸시카를 무장하였습니다.

일반 나무로 된 활이 아니, 사방으로 으스스한 냉기를 뿜어내는 얼음 활.

무조건 관통, 속사 스킬의 효과 35% 증가, 얼음 속성 대미지 65~194, 결빙, 무제한의 마법 화살 제공, 다중 화살 스킬 사용 시 효과 40% 증가, 추적 화살 스킬 사용 시 100% 명중, 민첩 +160, 확실한 명중.

기본 옵션만 하더라도 이 정도로 경악스러운 활이었다.

메타페이아의 요괴들이 쓰던 걸 뺏은 것으로, 그들은 가끔 말살의 불도마뱀이 땅 위로 나올 때마다 격퇴하기 위해서 싸웠다고 한다.

요괴들을 처치하여 사막 전사들은 불도마뱀들과 싸우는 데 도움이 되는 장비를 다수 얻을 수 있었다.

이른바 현지 조달의 법칙을 따른 것이다.

위드가 활시위를 당기자 얼음 화살이 생성되어서 겨눠졌다.

"분산 사격!"

굵은 얼음 화살이 중간에 갈라지더니 10개의 화살로 변해서 불도마뱀을 향하여 전광석화처럼 날아갔다.

특수한 궁술은 마법처럼 불도마뱀들에게 작렬!

크웨에엑!

"춥다. 처음 느껴 보는 기분이다!"

"케헷, 차가워! 이게 말로만 듣던 몸이 얼어붙는다는 건가."

화살을 맞은 불도마뱀들이 몸부림을 치며 괴로워했다.

용암 덩어리에 꽂힌 화살은 그 부근의 화염까지도 잠깐이나마 감소시켰다.

땅에 꽂힌다면 그 부근 전체를 얼려 버리는 위력이 있고 약한 생명체는 아예 동결시켜 버리며, 반대 속성인 화염 계열의 몬스터들은 생명력에 피해를 입을 뿐만 아니라 속성 공격력도 따라서 낮아진다.

지금은 화염을 잠깐 약화시킨 정도에 그치긴 했지만, 놈들의 든든한 방어력을 고려하면 상당한 공격력이었다.

"효과가 있군. 공격해!"

사막 전사들이 불도마뱀들을 향해 활시위를 당겼다.

일제 화살 공격!

사막 전사들은 거의 바바리안에 근접할 정도로 체격이 컸고, 힘이 약하면 쓸 수 없는 두꺼운 각궁을 사용했다.

말살의 불도마뱀들에게 수백 발의 화살이 날아가 꽂혔다.

캬흐흣!

"버릇없는 인간들. 잿더미로 만들어 주겠다."

"태워서 야금야금 먹어 주지!"

화살 공격을 당한 불도마뱀들이 6개의 다리를 번갈아 움직이며 쇄도했다.

위드는 그사이에 연거푸 화살을 세 번 더 쏘며 뒤로 물러났다. 그리고 검을 들었다.

세 아이가 울부짖는 검, 발몽드가를 무장하였습니다.

남부 공국 최고의 명장이 가장 뛰어난 검을 만들기 위한 욕심에 불탄 나머지 검에 원한을 심기 위하여 자신의 세 아이를 불구덩이에 던져 탄생시킨 검!

지독한 저주가 실려서, 검을 쓰는 사람의 체력과 생명력의 최대치를 낮추고 지속적인 피해를 주지만, 공격력을 최소 5배 이상 올려 주고 절삭의 능력도 가졌다.

서윤이 운송 정보를 입수해 주었고, 위드는 사막 전사들을 이끌고 검을 호송하는 대상인들을 습격하여 얻었다.

어차피 노들레의 역할을 하고 있기 때문에 명예 감소는 상관할 필요도 없는 일.

"달빛 조각 검술!"

위드가 검을 휘두르니 검의 기운이 크게 증폭되어 불도마뱀들에게 뻗어 나갔다.

사막 전사 직업의 여러 종류의 공격 스킬이 있었지만 놈들의 엄청난 방어력과 맷집 그리고 위험성을 고려하면 연속 공격은 매우 어렵다. 장거리 공격이 가능한 달빛 조각 검술이 오히려 효과적이었다.

옆에서 부하들도 긴 시미터와 창을 휘두르며 공격했다.

"몸을 직접 때려서는 효과가 거의 없다. 눈을 공격해!"

"검날이 몸에 오래 닿지 않도록 조심하도록. 금방 흐물흐물해진다."

사막 전사들의 무기도 상당히 뛰어난 것이지만 불도마뱀의 저항력이나 화염의 특성은 엄청나게 강력했다.

몸에 꽂히기라도 하면 철제 무기들은 금세 녹아 버렸다.

게다가 근처에서 일어나는 불길로 인하여 가까이 가기만 해도 몸에서 땀이 줄줄 흘러내렸다.

"가소롭구나, 인간 놈들! 몸이 녹아내리는 경험을 하게 해 주겠다."

불도마뱀들은 입에서 용암을 내뿜으면서 돌진했다.

6개의 발을 움직이면서 전사들을 걷어차거나 밟아 대자, 버티지 못하여 방어선이 바로 무너졌다.

크억!

"입에서 토하는 용암을 조심해라."

"피해! 정면에서 물러서지 말고 옆으로 돌다가 뒤로 빠져!"

크아아아악!

용암에 뒤덮인 전사들의 몸이 녹아내렸다.
산전수전 다 겪은 전사들이었지만 실로 허무한 죽음.
발길질에 차인 전사들은 실이 끊어진 연처럼 날아올랐다.
"서클 오브 아이스!"
"빙결!"
3명의 마법사들은 주문을 발동!
불도마뱀의 머리 위쪽으로 얼음의 고리가 나타나서 타격을 입혔다.
위드는 기회라고 여기고 명령을 내렸다.
"전사들은 과감하게 접근. 오래 끌수록 피해도 커진다. 놈들이 움직일 공간을 막아야 해!"
"예, 대제님!"
불도마뱀들이 무시무시하게 발버둥을 쳤지만 전사들은 주변을 몇 겹으로 둘러싸고 자리를 잡았다.
화살 공격에, 두꺼운 몸에 창들이 꽂히고, 검에 의해 베였다.
아무리 최상의 몬스터라고 하더라도 위드와 사막 전사들의 연속 공격에는 피해를 입었다.
지난번에 던전 안으로 들어왔을 때와는 다른 모습이었다.
"생명력이 절반도 남지 않았다. 모두 힘을 내라!"
"화염의 장막!"
위기를 느낀 것인지, 불도마뱀이 종족 마법을 사용했다. 그러자 사방에서 화염이 솟구쳐서 주변을 가렸다.
"쳐라!"
"놈은 겁을 먹었다. 없애 버려!"

전사들은 용감무쌍하게 장막 안으로 들어가서 불도마뱀을 공격하고 밖으로 나왔다.

불도마뱀을 몇 초만 가만히 놔두더라도 입에서 위험하기 짝이 없는 브레스를 뿜어낼 수 있었다.

"절명의 꼬리!"

불도마뱀은 장막 안에서 다리를 움직이고 꼬리를 좌우로 휘저어서 전사들을 공격!

기본적으로 불에 상당한 내성이 있는 데다 화염 저항력을 올려 주는 방패와 벨트 등까지 착용한 사막 전사들이었다.

노들레의 퀘스트를 진행하면서 꼭 메타페이아를 정복하기 위해 많은 준비를 해서 들어왔다. 하지만 꼬리에 찔리면 속절없이 신체가 마비되고 말았다.

그 후에는 잔인한 불도마뱀에게 연속으로 들이받히면서 공격을 당했다.

"생명의 순환!"

"상처 회복!"

바로 죽지만 않는다면 알베른과 알베런이 치료를 해 줄 수 있었다. 그러나 전부를 살리진 못했다.

그나마 전사들의 레벨이 높았기에 잠시 치료 마법으로 버티기라도 하는 것이지, 예전에 왔을 때는 얻어맞는 순간 떼죽음을 당했다. 위드도 부하들에게 퇴각 신호를 내리고 바로 탈출했었다.

"인간, 인간의 손에 죽게 되다니……."

결국 전사들의 거친 공격에 당한 불도마뱀 1마리가 땅에 쓰러져 움직임을 멈췄다.

말살의 불도마뱀이 사망했습니다.
현재까지 살아온 시간은 1,141년. 대륙 역사상 최초로 인간에 의해 사냥된 변종 불도마뱀입니다.

전투에 참여한 이들의 힘이 1씩 오릅니다.
불 저항력이 30일간 0.6% 증가합니다.

고작 1마리였지만, 위드는 사기를 높이기 위하여 고함을 질렀다.

"우하아아아! 사냥에 성공했다."

과거에 익혔던 스킬 사자후를 대신한 고대의 함성!

"대제님만 따르면 돼!"

"우리는 할 수 있다!"

몸이 붉게 달아오른 사막 전사들이 불도마뱀을 향해 창칼을 휘둘렀다.

불도마뱀이 꼬리와 발을 휘저을 때마다 속절없이 나가떨어졌지만, 포기하려고 하지 않는다. 오뚝이처럼 곧바로 다시 일어나서 전투에 참여했다.

레벨이나 스탯이 높다고 이런 불굴의 부대가 만들어지지는 않는다.

위드와 숱한 전투 경험을 쌓으면서 단련이 되어 있었기 때문에 그 어떤 존재와 싸워도 용맹을 자랑할 수 있는 최강의 부대가 된 것이다.

불구덩이를 향해 뛰어들라고 하면 기꺼이 달려 들어갈 수 있는 부하들!

사막 전사 중에서 전일, 전이, 전삼과 같은 조각 생명체 부하들은 더 눈부신 활약을 펼쳤다.

"힘을 모으자."

"전이, 네가 시선을 끌어라. 난 놈의 뒤로 돌아가겠다."

"뒤가 가장 위험합니다, 형님! 저도 함께하겠습니다."

"넷째야, 조심해서 해보자!"

그들은 사막에서 낙타를 타고 돌격할 때가 일품이었지만, 지금은 3~4명씩 창으로 불도마뱀이 제멋대로 활약하지 못하도록 유인과 견제를 했다.

창으로 마구 찔러 댈 때는 팔이 보이지 않을 정도로 현란하게 움직였다.

변종 불도마뱀 7마리가 모두 사냥되었습니다.
특별한 혜택으로 전투에 참여한 모든 이들의 인내가 3 오릅니다. 불도마뱀과의 전투 경험을 통해 화염 저항력이 45일간 0.6% 오릅니다.

더 깊은 곳으로 들어갈수록 오랫동안 불의 정기를 먹으며 자라 온 불도마뱀들이 나타날 것입니다.

레벨이 올랐습니다.

"이겼다!"

불도마뱀과 정면에서 직접 싸우느라 위드의 생명력은 23% 정도밖에 남지 않았다. 불도마뱀들도 인간 중에 대장을 알아보고 위드를 가장 많이 공격했던 것이다.

그나마 알베른과 알베런에게 다른 전사들보다는 매번 자기 위주로 치료를 명령했기 때문에 중요한 순간마다 적절하게 생명력을 보충하여 버틸 수 있었다.

멀리서 보면 토해 내는 용암에 맞서면서 검을 휘두르는 영웅적인 장면들의 연속이었고, 당사자로서는 죽을 맛이었다.

그럼에도 전투에서 승리했기에 기쁨의 함성을 실컷 터트릴 수 있었다.

"적들이 모두 쓰러졌다. 역시 이것은……."

위드의 말을 전육이 서둘러 받았다.

"사막의 지배자이며 생명의 물과 뜨겁고 광활한 모래의 주인, 율법의 창시자이신 위드 대제왕 폐하님의 공입니다."

"잘 알고 있구나."

"만세 만세 만만세!"

기진맥진해서도 아부를 해야 하는 전육!

퀘스트를 하느라 시간은 촉박하지만 100배의 경험치를 획득하기에 큰 전투를 승리한다면 레벨은 금방 올라간다.

위드가 지금껏 불가사의할 정도로 높은 레벨을 달성한 것도 무모함과 용기가 있었기 때문이다.

'완전히 더 안으로 들어가도 괜찮겠어. 사냥을 할 때마다 불 저항력이 오른다니까.'

전사는 싸우면서 적응하며 극복하는 직업!

이번 던전의 불도마뱀들은 무식할 정도로 세다. 그렇지만 사냥을 할수록 저항력과 인내력이 오르기 때문에 해볼 만하다.

말살의 불도마뱀들이 떨어뜨린 아이템도 습득. 그렇지만 아쉽게도 당장은 도움이 되지 않고, 대장장이나 재봉사 들이 활용할 수 있는 재료 아이템이었다.

위드는 전일에게 물었다.

"부하들의 피해 상황은?"

"희생자는 17명입니다."

"꽤… 많군."

"죄송합니다, 대제님."

레벨이 적어도 500대, 그리고 심지어는 700대의 부하들까지 골고루 사망한 엄청난 피해.

위드는 부려 먹을 수 있는 부하들이 줄었다는 아쉬움을 떨쳐냈다.

"약한 놈들이 죽었을 뿐이다. 다음 전투를 준비한다."

"넷!"

부하들을 얌전히 키우면 안 된다.

강한 적과 싸우다가 일부가 죽더라도, 전투 경험에 의해서 남은 부대는 오히려 전체적으로 더 강해진다.

현재 위드와 함께 다니는 부하들은 베르사 대륙의 시간으로 20년이 넘는 시간 동안 최정예화가 된 것이다.

몬스터들에게 던져 줘도 번번이 살아 돌아오는 귀찮은 헤스티거만 하더라도 사막을 떠나서 다른 왕국으로 간다면 대단한 전사로서 칭송받을 만한 존재였다.

"가자!"

위드는 또다시 앞장을 섰다.

언제나 거침없이 앞장서는 대장의 등을 보며 전진하는 사막 전사들은 어떤 적을 만나더라도 해치울 수 있다는 자신감으로 가득 찼다.

'앞에 가야 하나라도 더 챙기지.'

매번 선봉에 서는 것은 위드의 당연한 선택이었다.

정득수 회장은 은행장들을 만났다.

원만한 분위기에서 은행장들을 설득하고자 했지만, 분위기는 비관적이었다.

"정 회장님, 저희 채권단이 보기에는 호성 그룹의 위기가 자금 지원으로 쉽게 해결할 수 있는 간단한 문제가 아닌 것 같습니다."

"기업 경영이 잠시 안 좋아졌지만 기업이란 부침이 있을 수밖에 없습니다. 대출금 상환을 미뤄 주시고 추가로 자금 지원을 승인해 주신다면 과감한 신규 투자로 위기를 극복할 생각입니다."

"정 회장님, 호성 전자를 포함한 그룹 전반에 대해서는 저희도 여러 보고서들을 받아 보았습니다."

채권단에는 주거래은행의 두상철 은행장을 제외하고도 상업은행, 미래 은행의 은행장들이 나와 있었다. 세 은행이 호성 그룹의 대출 채권을 가장 많이 가지고 있는 곳들이었다.

상업 은행장 현진원이 서류를 넘기며 말했다.

"채권단의 결론으로, 호성 건설은 앞으로 회생이 불가능하다고 봅니다."

"어려움은 겪고 있지만 아직 기회는 있습니다. 신규 자금이 수혈되면 다시 살아날 수 있습니다. 호성 건설의 자산과 시공 인력들은 경쟁력이 충분합니다. 해외 건설 부분의 수주 노력도 계속되고 있습니다."

"회장님도 이미 아시지 않습니까? 밑 빠진 독이 되어 버린 호성 건설에 신규 자금을 투입할 수는 없는 입장입니다. 이 부분에 대해 더 이상 길게 말씀하신다면 논의 자체가 이뤄지지 않습니다."

"……."

"그리고 호성 전자 역시 위태로운 것으로 판단하고 있습니다. 미국에 지은 디스플레이 공장은 적자가 누적되고 있어서 투자비도 건지지 못한 채로 폐쇄해야 할 처지라는 보고를 받았습니다."

"유행의 변화가 빨라서 쫓아가지 못했지만 기술진이 철야 작업을 하며 노력하고 있고 해외 유명 디자이너들도 영입을 했으니, 조만간 가시적인 성과가 있을 거라 생각합니다."

"다시 디스플레이에 대규모 투자를 진행하기에는 상황이 좋지 않아요. 호성 그룹 전반의 현금 흐름이 안 좋다는 이야기가 시장에 계속 들리고 있습니다."

"기우에 불과합니다. 특히 호성 전자는 여전히 세계 초일류 기업입니다. 그룹의 부채비율이 높아졌다고 해도 투자를 확대하기 위해 진행된 것들입니다. 완제품에서 고전을 하고는 있지만 부품 소재 분야에서 호성 전자의 경쟁력은 상당합니다."

"하지만 그동안의 노력에도 불구하고 적자의 폭이 크고 몇 년간 흑자 전환이 이루어지지 않았지 않습니까? 공장 설비 가동률이 갈수록 줄어들고 있는데 생산량을 늘리기 위한 시설 투자라니요."

정득수 회장은 채권단을 설득하는 데 실패했다.

전반적인 불황에 호성 그룹은 부채가 너무 많고, 건설과 전자 분야의 무리한 투자로 인하여 계열사들이 흔들리고 있다는 평가 때문이었다.

하지만 정작 위기의 근본 원인은 대한민국의 최대 재벌인 백화 그룹 때문이었다.

지금으로부터 약 1년 전, 백화 그룹의 회장실에서는 은밀한 대화가 오고 갔다.

"호성 그룹은 우리와 사업 영역이 부딪치는 부분이 많아. 놈들이 없어져 주면 수익이 훨씬 더 커질 텐데… 좋은 방법이 없겠나?"

"연구 개발이나 제품 생산에 적극적이어서 그런 면이 있죠. 건설업이 위태로운 지금이 호성 그룹에는 최대 분기점이라고 할 수 있으니 정치권과 금융권을 통해서 흔들어 보겠습니다."

"전자에서 신제품이 출시되면 언론이 주목하게 될 거야."

"하청 업체들을 회유해서 납품 기일을 어기게 하는 방식으로 어떻게든 신제품 출시가 지연되도록 해야지요. 그리고 우리 제품들의 판매 가격도 낮춰서, 영업이익이 계속 나오지 않도록 유도하겠습니다."

“그래도 호성 전자는 내버리기 아까운데.”

“호성 전자 부사장 출신인 조 상무이사를 통해서 연구진을 채용하겠습니다.”

“나중에 채권단 은행장들에게 후한 보상을 해 주고 호성 전자를 헐값에 인수하는 것도 고려를 해 보게. 큰 먹이니까 언론이 알아차리지 못하도록 기다려 가면서 순리대로 차분하게 풀어 가야 한다는 것도 잊지 말고.”

“확실히 처리하겠습니다.”

그룹 경영에서 비일비재한, 경쟁 그룹 죽이기!

대한민국에서 기술력과 도전 정신을 가진 호성 그룹이 쓰러지려고 하고 있었다.

“불도마뱀 14마리 격파! 소란을 듣고 불도마뱀 9마리가 달려오고 있습니다.”

“철저한 수비 진형으로.”

“철저한 수비 진형!”

위드의 명령에 따라 부하들이 정신없이 방어 진형을 펼쳤다.

던전마다 전투 방식은 많이 다를 수밖에 없다.

여기서는 일렬이나 원형 방어진 같은 것으로 대응하면 안 된다. 그러면 말살의 불도마뱀들이 뭉쳐 있게 되고, 놈들은 한자리에 여럿이 모여 있을수록 뜨거운 화력을 내뿜기 때문이다.

가능한 한 넓은 지형으로 유인하고 나서 불도마뱀을 따로 고립시켜 1마리씩 처치해야 했다.

전투가 분산되기 때문에 지휘가 더 어렵고, 전사들이 알아서 잘 싸워 주기를 바라야 한다. 부상당한 전사들은 스스로 전장을 이탈해서 몸을 치료하는 수밖에 없었다.

위드는 곧 불도마뱀의 공격 방식을 터득했다.

"6개의 다리 그리고 때때로 꼬리를 내던지기도 하고, 혓바닥으로 인간을 붙잡아서 먹어 치우기도 하는군."

결론은 온몸이 흉기!

산 채로 잡아먹히는 전사들은 끔찍한 비명을 터트렸다.

그러나 위드의 부하들은 공포로 인하여 사기가 줄어들거나 위축되지 않고 분노하여 더욱 공격적으로 변했다. 사막 전사들이 위드에게 바치는 믿음이란 맹목적이기 때문이었다.

강자에게 당당하게 도전하고, 끝없이 앞서서 강해진다.

위드의 친밀도를 얻는 방식은 부하들과의 관계에서도 역할을 톡톡히 했다. 독재자와 범죄자까지도 아우르는 친화력!

불도마뱀처럼 마수형의 몬스터일수록 아무리 특별한 힘을 가지고 레벨이 높다고 해도 상대하는 방식은 단순할 수밖에는 없다.

"눈 위에 있는 더듬이를 노려!"

츄릿!

"이놈들의 시력은 형편없고 더듬이로 진동과 온도 차이를 느낀다. 그리고 혓바닥을 내밀면, 이곳도 약한 부위이니 바로 베어 버려. 무기에 화염을 인챈트해라. 그래야 칼이 녹지 않아!"

"알겠습니다, 대제!"

사막 전사와 불도마뱀은 성향 자체가 동일한 화 계열!

그렇기 때문에 숱한 공격에도 불구하고 서로 피해를 조금씩 덜 주는 입장이었다.

만약에 빙하 지대에 사는 설인족들이 침입을 해 왔다면 아주 극단적인 결과가 나왔으리라.

불도마뱀들이 위축되어 실력을 발휘하지 못하였거나, 혹은 설인족들이 가까이 다가가지도 못하고 다 녹아 버리거나.

사막 전사들과 불도마뱀은 각자의 능력을 최대로 발휘할 수 있는 상대였기 때문에 그만큼 전투는 지지부진한 감이 있었다.

용맹한 사막 전사들이 높이 뛰어올라서 더듬이를 베어 버리고, 아니면 화살을 쏘아서 더듬이를 잘랐다.

불도마뱀의 방어력이 아무리 높다고 하더라도 혓바닥은 보호되지 않았다. 무기에 높은 레벨의 화염이 인챈트되어 있으면 동족인 줄 알고 피하려고 하지도 않았다.

약점들이 하나둘 노출되면서 불도마뱀들은 이전보다는 쉽게 쓰러졌다.

"또 이겼다!"

"역시 대제님을 따른 덕분이야."

사막 전사들의 투지와 사기는 높게 유지되었다.

물론 부상자와 사망자도 계속 발생하였지만 전사들의 특성상 이런 어려운 전투에서 계속 승리를 거두면 당연히 최고의 분위기일 수밖에 없다.

위드도 불도마뱀 2마리를 직접 쓰러뜨리면서 3개의 레벨을 올렸다.

"음, 좋군!"

검술을 마스터하고 적들과 싸우면서 얻은 스킬과, 사막의 대제로서 배운 다양한 공격 기술들의 활용이 정점에 올랐다.

조각사로서 여러 스킬들을 활용하여 나름의 꼼꼼한 위력을 발휘하는 것이 아니라, 최고의 공격 스킬들로 던전을 압도해 버리는 강함!

든든한 생명력과 마나, 맷집 덕에 가끔 만나는 보스급 몬스터들을 부하들을 이용하지 않고도 당당하게 굴복시킬 수가 있었다.

사실 보스급 몬스터를 상대할 때에는 부하들이 없는 것이 훨씬 홀가분할 때도 많다.

경험치와 스킬, 전리품 측면에서 혼자 해 먹기도 바쁘니까!

레벨 700대 중후반의 몬스터들과 싸우며 무시무시한 파괴력을 발휘하고 숨 가쁘게 던전을 휩쓸어 버릴 때에는, 조각 생명체들인 사막 전사들조차도 뒤따라오지 못해 낙오될 정도였다.

그렇지만 말살의 불도마뱀들에 의해 둘러싸인다면 위드라고 할지라도 목숨을 잃을 확률이 컸으니 부하들의 도움이 반드시 필요했다.

위드는 지금 쌓인 전투 영상을 공개하지 않았다.

만약 사막에서나 신비 도시 메타페이아에서의 사냥 모습을 명예의 전당에 올리기라도 한다면 그날로 난리가 날 것은 틀림없었다.

레벨 500대에서 메타페이아는 정말로 환상적인 사냥터였다.

안개처럼 나타났다가 사라지는 몬스터들.

도시 전체가 그들의 영역으로, 위드와 부하들은 사투를 벌여야 했다.

다른 이들이 흉내 낼 수조차 없는 강하고 박진감 넘치는 속도에, 보는 사람들은 전율할 수밖에 없을 것이다.

그런데 메타페이아의 지하.

대륙을 떠들썩하게 만들 만한 몬스터들이 가득 찬 이곳을 막강한 부대를 이끌고 휩쓸어 가고 있었다.

이런 명장면들이라면 시청률 같은 것은 이미 고려의 대상도 아니다.

부하들 또한 숫자는 줄어들었어도 레벨은 부쩍부쩍 올랐다.

원래의 시간대로 이 부하들만 데려갈 수 있다면 한 나라를 빼앗는 것도 식은 죽 먹기이리라.

강대하기 짝이 없는 하벤 제국도 그냥 무너뜨릴 수 있었다.

"대륙을 통일하고 세금을 왕창 올려도 군소리를 못할 텐데. 하긴 이놈들을 거느릴 능력이 없다면 바로 반란을 일으키고 말 테니 절대 안 되긴 하지."

악덕 국왕으로서 세금을 뜯어내는 원대한 꿈은 아직도 버리지 않았다.

위드가 현재 진행하고 있는 모험에 대해 상세히 알고 있는 사람은 몇 명뿐이었다.

가족인 여동생과, 직접 함께 체험하고 있는 서윤 그리고 지켜보고 있는 유병준 박사였다.

위드가 노들레의 성장 퀘스트를 시작하고 나서 그들의 반응은 극단적으로 나뉘었다.

"오빠가 어련히 알아서 잘하겠지."

유린은 그냥 위드에게 맡기고 놀기 바빴다.

"내가 적극적으로 도와야 해."

서윤은 그녀가 할 수 있는 일을 찾았다.

"어려울 텐데. 어떤 식으로 성장을 하는지 처음부터 지켜볼 수 있는 기회로군. 만약 성장 방식이 틀리거나 한다면… 지금의 능력이 운에 불과했다는 걸 증명하게 되겠지."

유병준은 앞으로 벌어질 사건들에 대해 많은 우려를 했다. 위드의 상황이 그렇게 좋은 건 아니기 때문이다.

그리고 성장 퀘스트를 진행하는 모습들을 보면서…….

"알아서 잘할 거야."

"더 도울 일이 없는지 찾아봐야 하는데. 다음 의뢰도 성공하고 돌아오실 거야. 사막 도시들을 더 발전시키고 기다려야 해."

"의외로군. 무모한 선택이야."

여동생과 서윤은 위드를 믿어 주었다.

가족이나 좋아하는 사람으로서 더 잘 알 수 있는 면들!

어딜 가더라도 손해를 보거나 절대 밥 굶고 다닐 사람은 아니지 않은가.

의심과 생각이 많은 유병준과는 지켜보는 관점부터 달랐다.

"저기서 저렇게 하면 안 될 텐데."

유병준은 자신의 판단과 어긋나게 행동하는 위드를 보며 납득할 수가 없었다.

퀘스트 초반의 초보 시절에 조각술을 활용하는 건 좋다. 올바르고 당연한 선택이다.

조각 파괴술을 쓰고, 생명을 부여하는 행동 등은 일찍 할수록 성과가 축적되어 유리해질 테니까.

다소의 페널티가 있지만 조각술 최후의 비기 퀘스트에서 노들레로서 성장하는 건 결정적으로 중요한 부분이다. 이 순간을 잘 활용하지 못한다면 차후에 이어질 퀘스트는 도저히 성공시켜 낼 수가 없다.

그렇지만 약한 몸에도 불구하고 버거운 몬스터가 있는 던전들에, 알면서도 뛰어드는 건 이해가 되지 않았다.

"왜 저렇게 하지? 밑바닥부터 차근차근 올라가야 하는데 단계를 뛰어넘어 단숨에 성장을 하고 있어. 아무리 레벨이 빨리 오르더라도 이런 식의 폭발적인 성장이 가능하다니 놀랍군."

조각술 최후의 비기를 얻을지 말지를 결정하는 중요한 퀘스트를 하면서 긴장이나 떨림도 없단 말인가.

소심하게 안정을 택하지 않고 위험한 던전 사냥에 적극 나서는 등, 너무나도 과감했다.

위드는 알고 있었던 것이다. 상황이 중요하다고 하여 움츠러들어만 있으면 더욱 안 좋아진다는 걸!

벌써부터 유병준이 생각하고 있던 성장의 결과를 훨씬 뛰어넘었다.

퀘스트 수행 과정에서의 100배의 성장 속도.

하지만 실상 전혀 알지도 못하던 사막에서 80일 정도의 시간이 주어졌다고 해서 제대로 해내기는 아주 어려웠다.

중간에 시간을 지체하는 예상치 못한 실수를 저지를 수도 있었으며, 자칫 익숙하지 않은 땅에서 초보부터 다시 시작하다 보면 죽음을 겪어 모든 걸 날려 버릴 수도 있다.

적당한 수준으로 강해지면 안심하면서 이 정도면 되었다고 만족하기도 한다.

하지만 이어지게 되는 연계 퀘스트가 너무나도 어렵기에 그때에 대가를 치러야 했다.

그런데 위드는 자잘한 실수도 하고, 서윤의 도움이 있었다고 하더라도 극적인 모험들을 모조리 성공시키면서 사막의 대제 자리에 올랐다.

주변에 메타페이아의 지하가 아니고서야 더 이상 사냥할 몬스터를 찾기가 어려울 정도가 되었다.

경이로운 생존력과 적응 능력으로, 딱딱 정교하게 짜 맞춰진 것처럼 필요한 것들을 구하고 모험을 즐긴다.

물론 위드의 퀘스트 경험이나 판단력, 전투 실력이 뒤따라 주었기에 가능했겠지만, 지금 와서 보면 결과물이 너무나 훌륭했다.

"판이 커질수록 마음이 위축되고 옳은 결정인지 망설여야 하는 것 아닌가?"

부하들이 고기를 더 먹으면 하루 종일 인상을 쓰는 쪼잔한 성격. 푼돈이라도 잃어버리고 나면 며칠간 탄식을 하며 쉽게 떨쳐 내지 못했다.

가끔씩 입버릇처럼 하는 말이 있었다.

"내가 그때 200원 비싼 소금을 사는 게 아니었어!"

평범한 소시민이 분명한데도 모험과 전투를 하면서는 영웅적인 풍모를 보인다.

굶주린 들개처럼 사막에서 밤낮없이 사냥터를 찾아다니고, 약한 몸에도 불구하고 던전에 뛰어들어 몬스터들에게 용감하게 덤비더니 미로를 헤매면서 귀신처럼 처치하는 실력도, 지켜보고 있을수록 감탄이 나왔다.

위드의 탁월한 성장 속도야말로 사막의 기적이라고 부를 만했다.

무대가 커질수록 겁 없이 가진 능력을 다 발휘했다.

"이게 이 정도라면 정말 조각술 최후의 비기도 얻어 내고 모든 걸 다 바꿔 놓을 수도 있지 않을까? 과거로 돌아온 퀘스트가 어쩌면 이후에 엄청난 변화를 일으키게 될지도."

유병준은 위드가 불사의 군단 퀘스트를 해내고, 아르펜 왕국을 건국하였으며, 조각술 최후의 비기 퀘스트까지 진행하고 있는 것도 우연은 아니라는 생각이 자꾸 들었다.

위드의 모험을 보고 있으면 저절로 몰입하고 흥분하게 된다.

그리고 어느 순간 일어나게 되는 전율!

안정적으로 계단을 하나씩 올라가는 게 아니라 성큼성큼 앞으로 날아간다.

현재 위드의 레벨은 거의 800에 가까워지고 있었다. 퀘스트에서 이 정도의 레벨을 갖춘다는 건, 여러 불리했던 요소들을 감안하면 직접 보면서도 도무지 믿을 수가 없었다.

심지어는 사막의 최강자가 되고 엠비뉴 교단을 격파했던 당시의 노들레보다도 이미 훨씬 강해져 있었다.

위드가 모든 걸 하나하나 이루어 가는 걸 함께 지켜볼 때의 성취감이란 이루 말할 수 없는 기분이었다.

사막 전사들을 지휘하며 던전들을 격파하는 위드가 영웅이 아니라면 그 누가 영웅이 될 수 있겠는가.

"진짜 영웅이란 말인가? 현실에 숨어 있던 영웅이 〈로열 로드〉의 세상에서 나타나는 그런 것일까?"

그렇게는 인정하고 싶지 않았다.

위드가 어디를 봐서 영웅의 재목인가.

헌신, 희생정신이라고는 눈을 씻고도 찾아보기 어렵고 베르사 대륙이 어떻게 되든 그냥 자기 하나만 배부르면 괜찮다고 여길 인간이다. 유병준이 아는 이들 중에 그만큼 속 좁고 졸렬한 놈도 없었다.

그런데 위드를 좋아하는 사람들이 세상에는 아주 많다.

그를 따라다니는 여자들은 유병준이 어디서 말도 걸어 보지 못했던 미모를 자랑하였고, 방송이라도 나오면 동시간대에 시청률 1위 정도는 너무도 당연해서 이야깃거리도 되지 않는다.

국왕을 존경해 마지않는 아르펜 왕국의 주민들. 대륙 전체로 뻗어 나가고 있는 풀죽신교.

"확 전부 망해 버렸으면 좋겠군."

아르펜 왕국과 위드의 몰락을 바라는 건, 절대로 코코아값으로 100원을 덜 주었기 때문은 아니었다.

대지의그림자.

대륙에서 가장 유명하던 모험가 파티.

은링, 벤, 엘릭스!

그들은 프로스크 지역에서 여전히 모험을 하고 있었다.

“에이고, 이번 석판도 가짜예요. 깨져서 지도는 보이지도 않아요.”

“우리가 헤매고 다닌 것도 벌써 4달은 족히 넘었는데 진전이 없군.”

“제가 아무리 무덤 파는 일이 전문이라지만 공동묘지만 벌써 일곱 군데는 다녀간 것 같습니다.”

“신전 무덤도 네 곳은 되죠. 사냥도 제대로 못하고 시간만 낭비했어요. 앞으로라도 찾아내면 다행이지만 그럴 가능성도 별로 없구요.”

은링과 벤은 깊은 한숨을 쉬었다.

“왜 우리가 이런 퀘스트를 하게 되어서… 이게 정말 성공할 수 있는 퀘스트인지 의문이 드는군.”

“덕분에 신기한 경험을 많이 하기는 했잖아요.”

“그래도 우리 때문에 고생한 대륙의 사람들을 생각하면 마음이 편하질 않아.”

모험가로서 그들이 벌인 모험의 결과가 어떻게 나타나는지는 초미의 관심사였다.

발할라 신전의 의뢰를 수행하는 도중에 엠비뉴 교단을 세상에 드러나게 만들었다.

물론 엠비뉴 교단은 가만히 놔두었더라도 암중에서 계속 힘을 키워 갔을 것이기 때문에 전적으로 그들의 책임이라고 할 수는 없었다.

그렇지만 어쨌든 엠비뉴 교단으로 인해 대륙이 황폐해졌다는 소식을 들을 때마다 모험을 했던 당사자로서 죄책감이 들 수밖에 없다.

항상 정의의 편에 서서 퀘스트를 했고, 그 발할라 교단의 연계 퀘스트는 아직 끝나지 않았다.

놀랍게도 발할라 최고의 전사들 30명을 이끌고 엠비뉴 교단에서 심고 있는 할리키나스의 뿌리를 뽑아내라는 퀘스트를 진행하게 되었다.

연계 퀘스트는 계속 이어져서, 엠비뉴 교단에 저항하던 이들을 구출하고 그들이 필요로 하는 물건들도 가져다주었다.

여섯 번에 걸친 의뢰들을 성공적으로 마치는 데에 무려 1년이 넘는 시간이 걸렸다.

그리고 지금, 모험가들은 엠비뉴의 보물 중 하나를 찾기 위한 수고를 하고 있었다.

폐허와 무덤 들을 돌아다니며 엠비뉴의 보물이 숨겨진 위치를 알려 주는 석판을 찾으려고 했는데, 아직 발견하지 못했다.

고대의 사건에 대해 기록된 서적들은 더 이상 남아 있지 않다.

훗날 세상을 차지한 인간의 지배자들이 이것을 엉터리 같은 헛소리, 혹은 혼란을 부추기려는 자들의 음모라고 여기고 기록들을 태워 버렸기 때문이다.

무지와 탐욕으로 대변되는 왕 알렉산드리우 3세가 저지른 행동. 비난받고 또 지탄받아 마땅하게도 지식을 가진 학자들을 탑에 가두어 놓고 모두 굶겨 죽여 버린 잔악한 사건 이후 고대의 지식에 관심을 갖는 이들도 줄어들었다.

10억 년 전 인간, 드워프, 엘프, 오크가 사이좋게 살았다는 라체부르그.

네 종족의 시대 이전에 대륙은 여명의 시대라고 불렸고, 드래곤과 몬스터들, 신들의 영향력이 광대하게 퍼져 있었다.

당시에는 신이 직접 강림을 했다는 이야기도 퍼져 있었는데, 그때 엠비뉴 신은 세상에 여러 개의 보물들을 남겨 놓았다고 한다.

대지의그림자 파티는 이 보물을 엠비뉴 교단보다 먼저 입수하는 경쟁 퀘스트를 진행 중!

엠비뉴 교단 측에서는 어느 정도나 진행이 되었는지를 알지 못하기 때문에 초조하기 짝이 없었다.

"메타페이아! 대체 거기는 어디에 있는 거야. 대륙의 어디에 있는지 알고나 있어야 퀘스트를 진행하지."

"아직까지 발견되지 않은 던전임에 틀림이 없어요."

"오넬이 찾아 주면 좋을 텐데."

대지의그림자 중에서 전투 계열이 아니라 유일한 학자인 오넬이라는 유저는 모라타의 대도서관에 있었다.

퀘스트, 역사와 관련된 각종 기록들이 가장 많이 모여 있는 대도서관 덕분에 대지의그림자도 퀘스트를 하는 데 많은 도움을 받았다.

그리고 어느 날.

"위대하기 짝이 없는 대륙의 영웅 위드에 대해서는 알고 있겠지?"

크런 마을에서 어느 한 주민이 말했다.

"아, 예."

대지의그림자 파티는 대충 지나치려고 했다.

모험가들에게 위드에 대한 이야기는 아주 귀에 못이 박히도록 들은 것이었기 때문이다.

위드의 호칭도 워낙에 많았고, 직업을 따지지 않고 다방면에 걸쳐서 인정을 받고 있었다.

바느질을 잘하는 위드, 갑옷에 물결무늬를 꼼꼼하게 새기는 위드, 큰 물고기를 낚아 올린 위드.

모험을 성공할 때마다 떠들었으니 베르사 대륙에서 주민들이 가장 많이 이야기를 하는 대상은 위드일 수밖에 없다.

"남부 사막의 역사상 가장 존엄한 분이라서 나 같은 무지렁이가 함부로 부를 수는 없는 분이지. 하지만 뭐, 어떻겠는가. 벌써 수백 년 전에 살았던 사람인데."

"네에?"

은링은 깜짝 놀랐다. 수백 년 전에 산 사람이라니 이건 또 무슨 소리인가.

"할아버지, 지금 아르펜 왕국의 국왕 위드 님을 말하는 거 아니세요?"

"그분도 물론 훌륭하시지. 그런데 사막의 대제왕이셨던 위드 님은 뜨거우면서 차가운 피를 가지고 있었어. 적들에게는 조금의 인정도 없이 무자비하고 폭력적이며 잔혹하였지만 그 덕에 사막의 부족들은 대부흥을 일으켜서 발전을 하였지 않은가."

"사람도 별로 살지 않는 사막이 발전을 해요?"

"그럼. 사막 최고의 도시 아그셀리아에는 가 보지도 못했는가? 모래의 바다 저 멀리까지 수로를 뚫어 놓고, 고급 별장과 주택 들이 끝을 모를 만큼 펼쳐져 있다는데."

"그럴 리가요."

벤은 모험을 좋아하는 만큼 대륙의 지도를 거의 외우고 있다시피 했다.

남부의 사막 도시들도, 직접 가 본 적은 없어도 이름이나 대략의 정보는 알고 있었다.

"아그셀리아는 인구가 3,000명도 안 되는 곳인데요."

"예끼, 이 사람! 그게 무슨 소리인가. 거기는 날고뛰는 사막의 전사들만 10만이 살고 있는 곳인데. 황금으로 산을 쌓을 수 있다는 사막의 부호들만 해도 3,000명이 넘을걸."

"……."

"태양의 전사이며 사막의 대제이신 위드 님이 몇 번이나 다녀갔던 도시이지. 위드 님의 유적에는 매년 수백만의 인파가 몰려가서 인사를 드린다네."

생소한 이야기에 은링과 벤, 엘릭스는 서로의 얼굴을 마주 보았다.

도리도리.

들어 본 적이 없다는 듯이 거의 동시에 고개를 저었다.

'이게 무슨 홍두깨 같은 소리야?'

'태양의 전사, 사막의 대제 위드? 직감적으로 또 무슨 모험을 한 거 같은데.'

'진짜야, 가짜야? 이제 무슨 가짜 모험에 대한 소문도 돌아다니나?'

노인은 이어서 말했다.

"그분은 전사로서 인간이 오를 수 있는 최고의 자리에 올랐을 뿐만 아니라 모험을 아주 즐겨 하셨다고 전해져 오고 있어."

물론 그러하리라. 위드는 조각사이면서 못하는 것이 없다고 알려져 있었으니까.

재봉사, 대장장이, 요리사 들은 그 때문에 좌절도 많이 하고 한숨도 많이 쉬어야 했다.

아무리 노력하더라도 스킬 레벨을 한 단계씩 올리기가 쉽지 않은데 위드는 모두 고급의 경지에 올라 있다고 한다. 발자취조차 따라가기가 버거운 것이다.

모험가 파티들도 가장 큰 숙적으로 꼽는 것이 위드!

그들이 모험을 성공시키더라도 주민들이 이야기를 하는 건 잠깐이었다.

상대할 수 없을 정도로 큰 명성을 가지고 있는 위드가 무슨 일이라도 하면 주민들은 신이 나서 떠들어 주었다.

모험가 스킬이나 혜택도 없이 매번 성공하는 걸 보면 기가 막힐 노릇이다.

"위드 님께서는 사막에 내려오는 전설, 신비의 도시 메타페이아도 발견하셨지. 이 얼마나 대륙에 길이 남을 만한 업적이란 말인가."

"앗! 메타페이아!"

"허억!"

"저, 정말입니까?"

"그래. 정말 놀랄 만한 일이지 않은가?"

대지의그림자 파티는 진정으로 경악하지 않을 수가 없었다.

그들이 그토록 찾아 헤매던, 엠비뉴 교단과 관련되어 있는 단서!

그것이 위치한 장소가 메타페이아라는 곳이었다.

세상에 존재하지만 드러나지 않는 장소.

그 신비함은 죽음의 길을 걷는 나그네에게 모습을 비추어 주지만 접근을 허락하지는 않는다.

"그렇다면 사막이었어!"

"신기루!"

그들이 지금까지 조사했던 자료에도 딱 맞아떨어졌다.

그러나 진정 놀랄 일은 앞으로 더 남아 있었으니…….

"말살의 불도마뱀이라고 아는가?"

"들어 본 적이 있습니다만… 아니, 만나 본 적도 있습니다."

불의 정기를 받아서 살아가는 몬스터!

땅속 깊은 곳의 던전에 우연히 들어가서 말살의 불도마뱀을 보았다.

그리고 기억하는 것은 놈이 불을 뿜어내던 장면뿐!

레벨이 400이 넘었음에도 불구하고 곧바로 사망을 해 버린 것이다.

잃어버린 아이템을 찾기 위해 죽었던 장소에 다시 가지도 못했다.

어지간한 몬스터라면 벤이 위험을 무릅쓰고 은밀하게 들어가서 회수해 오겠지만 거의 대적이 불가능한 몬스터였다.

말살의 불도마뱀 3~4마리가 모여 있는 걸 봤을 때 드는 생각은, 이런 몬스터가 도시로 쳐들어오면 끝장이겠다는 두려움뿐이었다.

"이건 사막의 전사들 사이에 전해져 내려오는 이야기에 불과하네만……."

"뭔데요?"

"위드 님께서는 그 말살의 불도마뱀들을 말 그대로 몽땅 때려잡았다는군."

"컥!"

"어떻게요?"

"설마 대장까지요?"

"당연하지. 입 아프게 뻔한 이야기를 도무지 왜 묻는지 모르겠군. 어디 그뿐이겠는가. 말살의 불도마뱀들이 다시는 자리 잡지 못하도록 알까지 몽땅 씨를 말려 버렸다네. 전사 길드로

가 보게나. 이 이야기에 대해서는 그들이 더 자세히 알고 있을 테니."

벤은 목덜미가 서늘하고 다리가 후들후들 떨린다는 느낌이 어떤 건지 이제야 알 수 있을 것 같았다.

과거 한때에는 위드에게 용감하게 도전장을 보낸 적도 있고, 지금도 모험의 경쟁자로 여기고 있다.

하지만 그것은 객기나 만용에 불과하였던 것 아닌가.

은링과 엘릭스도 너무도 황당한 나머지 입을 쩍 벌린 채 말도 하지 못했다.

"우리가 꿈을 꾸고 있는 거지?"

"그런 것 같아요. 근데 메타페이아가 발견되었다고 하잖아요. 그리고… 말살의 불도마뱀을 때려잡았다고 하고요."

"기뻐해야 하는 거야, 아니면 울어야 되는 거야?"

불세출의 전사

위드는 바닥에 쓰러져 있는 거대한 사체를 보고 있었다.

피부는 용암처럼 이글거리고 있었으며, 이마에 돋아나 있는 3개의 뿔은 위협 그 자체였다.

메타페이아의 보스 몬스터 말살의 불도마뱀 왕.

사막에서 살아가던 전설적인 존재.

하지만 위드와 부하들에 의해 막 사냥을 당하고 만 것이다.

저 화려한 무늬가 그려진 특별한 가죽과 피, 뿔 등은 이제 조각조각 해체되어 상점에 팔리게 되리라.

물론 그 과정에서 흥정을 통해 가격을 높이려는 시도는 필수였다.

"과연 역대 최강의 몬스터라고 할 만했군."

> 부상이 심합니다.
> 화염의 피해를 계속 입고 있습니다. 즉시 치료를 받지 않으면 생명이 위독합니다.

현재 남아 있는 생명력: 4.3%

익숙한 손놀림으로 붕대를 꺼내서 몸에 둘둘 감고 약초를 발랐다.

완벽한 붕대 감기 기술로 출혈을 방지합니다.
상태의 악화를 막습니다. 타고난 맷집으로 부상 회복 속도가 67% 빨라집니다.

말살의 불도마뱀 왕.

위드가 직접 상대해 본 몬스터 중에서도 단연 최고였다.

사냥 도중에 두꺼운 벽면과 천장이 녹아서 무너져 내렸다.

깔려서 부상을 입거나 죽은 전사들만 하더라도 부지기수.

워낙 회복력이 빨랐던지라, 사막 전사들이 자신의 목숨을 포기하면서까지 덤벼들고 위드가 몬스터의 머리에 올라타서 치명적인 일격을 연속으로 터트리고 목을 베지 않았더라면 아직도 싸우고 있었으리라.

"정말 간신히 잡았어."

금방 쓰러진 몬스터의 몸에서는 아직도 열기가 모락모락 피어났다.

위드의 몸에서도 여전히 화려하게 불꽃이 일고 있었다. 넘실거리는 화염 각인의 효과가 아니라, 불도마뱀 왕에 의해 옮겨 붙은 특수한 불꽃!

하지만 높은 불 저항력으로 인해 더 이상의 피해를 주지 못하고 서서히 사그라졌다.

띠링!

전설의 괴수 말살의 불도마뱀 왕이 영원한 안식에 들어갔습니다.

레벨이 올랐습니다.

레벨이 올랐습니다.

레벨이 올랐습니다.

레벨이 올랐습니다.

위대한 전투 대업적으로 인하여 명성이 16,782 올랐습니다.

카리스마가 7 상승하였습니다.

던전에 들어온 이후 과감한 지휘로 통솔력이 6 상승하였습니다.

사막 전체에 영향을 미치게 될 영광적인 전투의 승리로, 전투에 참여했던 모든 이들의 전 스탯이 7씩 오릅니다.

"크후후훗, 역시 이 맛이지!"

100배의 경험치를 얻고 있었기 때문에 보스급 몬스터 사냥은 짭짤했다.

물론 정상적인 성장 과정을 거쳐 온 것이 아니기 때문에 현재의 위드는 레벨에 비해서 가지고 있는 스킬이 다양하지는 않았다.

게다가 조각사로서 성장할 때처럼 공들여 골고루 스탯들을 높게 쌓지도 못하였다.

단점이 있을 수밖에 없지만, 어쨌든 어마어마한 레벨!

눈빛이라도 마주치면 레벨 400대 정도의 몬스터들은 감히 대적할 엄두도 내지 못하고 꽁무니를 빼기 바빴으며, 검이라도 휘두르면 불의 기운이 크게 일어나서 몰살이었다.

위드가 작심을 하면 도시 하나를 뭉개는 것도 식은 죽 먹기였다.

사막 전사에서 승급을 하여 태양의 전사가 되었다.

세상에서 오로지 단 1명, 가장 강한 사막 전사에게만 부여되는 직업.

태양의 전사 최강 스킬, 종말의 날을 사용하면 마나가 허용하는 한 모든 것을 태운다.

"아이템부터 챙겨야지."

샤샤샥!

> 마스터급의 재봉 아이템, 말살의 불도마뱀 왕의 두꺼운 가죽을 획득하였습니다.

> 말살의 불도마뱀 왕의 마나 심장을 획득하였습니다.

> 마스터급 조각술, 대장일 아이템, 말살의 불도마뱀 왕의 뿔을 3개 습득하였습니다.

화염의 생츄어리로 인도하는 크리스털을 입수하였습니다.

"과연 이것들이 무엇일지. 기대가 되는군. 도움이 되는 물건이어야 할 텐데."

위드는 부하들을 힐끗 보았다.

마지막 전투를 치르고 나서 큰 부상을 입고 쓰러져 있는 모습들.

던전에 들어왔던 사막 전사들은 절반도 채 남아 있지 않았다. 부상병들은 중간에 버리고 왔기 때문에 그들이 무사하더라도 최소한 200~300명은 넘게 죽었다.

마지막에 혼자 말살의 불도마뱀 왕을 처치하고 아이템을 독식하려니 최소한의 양심에 걸리는 부분이 있었다.

"몰래 확인해야지. 감정!"

부하들 몰래 숨어서 아이템을 확인하면 상관없어지는, 그야말로 최소한의 양심!

띠링!

말살의 불도마뱀 왕 가죽

전설의 몬스터 말살의 불도마뱀 왕의 가죽. 두껍지만 매우 가볍고 신축성이 있다. 고귀한 무늬가 열을 가할 때마다 드러나며, 잘 찢어지지 않는다. 가죽에 기본적으로 화염 저항 +85%의 속성이 부여되어 있다. 물리적인 공격의 피해를 88% 감소시킨다. 스킬의 레벨에 따라 추가적인 마법 저항이 부여되고, 특징이 부여된다. 제대로 가공만 한다면 불가사의할 정도의 방어력과 특성을 부여할 수 있다. 마스터급 재봉 재료.
내구력: 125/125

불도마뱀 왕의 마나 심장

불의 마나가 응축되어 있는 심장. 매우 희귀한 물건. 섭취하는 것만으로 마나의 최대치를 1,700 늘려 주며, 화염을 다루는 능력이 3% 증가한다. 스킬 '불의 세계' 사용 가능. 여러 개의 심장을 먹을 시에는 추가적으로 얻는 효과가 점차 감소하게 된다. 요리사가 이 재료를 가지고 특별한 요리를 했을 때에는 얻게 되는 능력이 더욱 커진다. 아직 싱싱하다.

내구력: 17/17

말살의 불도마뱀 왕의 뿔

세상에서 가장 단단한 뿔이다. 가공하는 것은 불가능에 가깝지만 궁극의 경지에 도달한 조각사나 대장장이라면 이를 뜻에 맞게 변형시키는 시도를 할 수 있을 것이다. 만약 무기를 만든다면 어떤 갑옷이라도 꿰뚫을 수 있다.

내구력: 182/196

"음, 훌륭해."

위드는 전리품이 만족스러웠다.

이런 행복함이야말로 보스급 몬스터를 힘겹게 사냥하고 얻을 수 있는 기분이다.

그리고 붉은색의 기운이 감도는 크리스털!

"감정!"

화염의 생추어리로 인도하는 크리스털

신비한 생추어리로 갈 수 있는 포탈을 생성하는 크리스털. 사용하기 위해서는 약간의 마나를 주입해야 한다. 단 1명만 통과할 수 있다. 만약 크리스털을 파괴한다면 화염의 대정령이 나타나서 사방으로 노여움의 불꽃을 발산하게 된다.

내구력: 9/10

"이건 들어 본 적이 있군."

사막의 도시에서 어느 노인이 했던 말이 있다.

"불, 물, 바람, 땅, 번개. 이 모든 것들에는 근원이 되는 특수한 장소가 있지요. 이 사막에는 불과 관련이 있는 생추어리가 숨겨져 있다오. 그걸 어떻게 아느냐고? 불에 타 버린 시체의 일기장에 그런 내용이 적혀 있었다오, 킬킬. 그 책은 아마도 모래가 덮어 버린 도시에 그대로 남아 있겠지. 찾으려고 한다면 고생깨나 할걸."

노인이 알려 준 단서에도 불구하고 위드는 귀찮아서 찾지 않았다. 그리고 앞으로도 찾을 계획은 없었다.

80일간의 사냥이 불과 4분을 남겨 놓고 있었던 것.

줄기차게 사냥으로 달려왔던 일정에 대단원의 막이 내려질 시간이었다.

"녀석들. 고생 많았다."

아이템을 확인하고 나서 부하들의 몸에 붕대를 감아 주었다.

"크으으, 대제께서 저희를……."

"너희라면 여기까지 올 수 있으리라고 믿었다. 수고 많았다."

이후에 어떤 퀘스트로 이어지게 될지 모르기에 베푸는 호의!

'시간이 조금 남았는데, 여차하면 이놈들이라도 때려잡아서 레벨을 더 올려 봐?'

위드의 눈에 살기가 번뜩였다.

현재 레벨은 824.

믿고 따르던 부하들까지도 전부 해치우면 레벨이 상당히 높아질 수 있었다.

조각 생명체들은 놔두더라도, 사막 부족들 중에서 충성을 바친 걸절이들이야 죽여도 상관없지 않겠는가.

'아냐. 아직 이놈들이 몇백 명이나 남았는데. 나를 따라다니면서 온갖 구박에도 버틴 놈들이라 무력이 만만치가 않아. 나도 부상이 꽤 심하니 단체로 반란이라도 일으키면 거꾸로 당할 수도 있어. 나중에라도 이놈들을 써먹을 곳이 있겠지. 없다면 뭐라도 만들어서 부려 먹으면 돼. 새우잡이 배에라도 팔아먹어야지.'

위드는 무기를 뽑으려고 망설이던 손으로 다시 정성껏 부하들에게 붕대를 감아 줬다.

"여기까지 와 줘서 고맙다. 이렇게 승리한 것은 다 너희 덕분이다."

"아닙니다, 대제님. 대제님의 뒤를 따를 수 있는 것은 무한한 영광입니다. 어디든 가겠습니다. 그곳이 죽음이라고 할지라도, 제 마지막 모습을 잊지 않아 주시면 영광일 것입니다."

"너희를 어떻게 나보다 먼저 죽도록 내버려 둘 수 있겠느냐. 너희가 아플 때마다 내 생살이 찢겨 나가는 그런 고통인데."

"대제님!"

"그래, 느드말 부족의 전사 호로타야!"

"허억! 미천한 제 이름까지 기억을 해 주시다니요."

"당연히 내 머릿속에는 너희에 대한 생각으로 가득하단다! 내가 너희를 어찌 가볍게 여길 수 있단 말이냐."

위드는 부하들의 이름을 1명씩 부르면서 격려를 해 주었다.

"달로냐, 볼로수, 크렌그래드, 아이…스미치? 흠흠, 우라쓰. 너희의 부상도 심하구나. 이리 오너라. 붕대가 아직 많이 남아 있다."

"제 부상은 아무것도 아닙니다. 대제님의 그림자가 되고 싶습니다."

"앞장서서 대제님의 적을 가르는 칼과 활이 될 것입니다."

이름을 정확히 기억해 주니 그것만으로도 감격해하는 부하들이었다.

'너 이놈 헤스티거! 아직도 살아 있었구나. 팔 보호대가 바뀐 걸 보니 어디서 또 아이템 좋은 걸 주워 먹었군.'

질투와 시기로 기억되는 이름도 있었다.

그렇게 시간을 보내다 보니 노들레의 성장 퀘스트가 끝날 시간이 되었다.

띠링!

노들레의 성장 퀘스트 완료

뜨거운 열사의 땅. 노들레에게 주어진 시간은 끝났다. 힐데른을 지키고 평화를 유지하기 위해서는 피를 원하게 되리라.

주의: 시간이 흐르는 속도가 100배에서 원래대로 변한다. 다음 연계 퀘스트는 하루 후부터 진행된다.

한고비가 무사히 넘어갔지만 이후의 퀘스트는 더욱 파란만장하리라는 예감이 이미 강하게 들었다.

"무슨 의뢰가 쉽게 풀리는 경우가 없어."

위드는 한숨을 쉬었지만, 어쩔 수 없는 일이었다.

남들은 한 번 하기도 어려운 퀘스트들을 연달아서 받아 내고, 또 그것들을 완벽하게 성공시켜 왔다. 그렇기에 그다음에는 더 어려운 퀘스트를 받는 일들이 당연하게 이어져서 지금까지 오게 된 것이 아닌가.

위드는 부하들을 챙겨서 오아시스가 있는 사막 도시 라호스로 돌아왔다.

던전을 떠날 때에는 당연히 말살의 불도마뱀들에게서 나온 가죽과 뼈, 이빨, 발톱까지 몽땅 챙겨 왔다.

던전은 모든 것을 잃어버린 채 텅 비어 있었다. 화염의 정화 속에서 생성되는 말살의 불도마뱀이기에 놈들이 다시 나타나려면 최소한 1년 정도의 시간은 걸릴 것이다.

이번 사냥에서 살아남은 사막 전사들은 총 741명!

산전수전 다 겪은 부대는 규모가 크게 줄어들었지만 불도마뱀의 던전에서 대단한 경험을 겪었기에 전체적으로는 훨씬 강해져 있었다.

"전일아, 여기가 라호스가 맞느냐."

"예. 제 생각에는 맞는 것 같습니다."

퀘스트를 진행하는 사이에 라호스의 모습은 굉장히 많이 변해 있었다.

주민들이 흙을 구워서 지은 수만 채의 붉고 흰 주택들이 모래 언덕을 끼고 세워져서 아름다웠으며, 형형색색의 성벽도 우아하기 짝이 없었다.

중앙 대륙의 왕국들에는 울창한 푸른 숲과 멋진 산에 어울리는 귀족들의 성과 도시 건축물의 주거 문화가 있다. 재료들은 돌을 쪼개거나 깎고, 나무를 많이 이용한다.

라호스는 그보다는 대중적이면서도 사막의 모래와 어울리는 흙의 도시였다.

단단하고 아늑한, 생명이 움트고 살아가는 대도시의 느낌!

사막 전사들의 도시이다 보니 외부의 침략에 대해서는 두려워하지 않았다.

높지 않은 성벽은 수비보다는 도시의 경계를 나누는 역할을 했고, 성문이 있는 자리도 그대로 뚫려 있었다.

구름 조각술로 인하여 비가 풍부하게 내리면서 오아시스는 맑은 청녹빛 호수로 변하고 인근에는 강줄기도 흐른다.

꿀과 젖이 흐르는 라호스라는 도시 별명이 있었으며, 상인들과 유목 농민, 예술가 들이 모여서 항상 붐볐다.

"돈 아깝게… 예술에 쓸 돈이 있으면 차라리 내가 횡령을 해야 하는데."

위드는 예술에 투자하는 걸 마땅치 않게 여겼지만, 서윤은 용병 길드를 통해 얻은 수익금을 예술에 아낌없이 재투자했다.

열정적인 춤과 노래, 조각, 미술 등은 사막지대의 독창적인 문화로 정착되었다.

"대제님의 방문이다!"

"주민들은 모두 나와라!"

위드가 부대를 끌고 방문을 하자, 주민들은 왕의 행차를 접한 것처럼 앞다투어 길거리로 달려 나와서 공손하게 땅에 엎드렸다.

사막에서 가장 존엄한 존재!

지위를 얻거나 선정을 베풀지도 않았지만, 사막에서 가장 강대한 자에게 경배를 하는 것은 너무도 당연했다. 실제로, 세력이 큰 부족들 간의 묵히고 묵힌 분쟁을 위드가 힘으로 종식시킨 적도 있었다.

"너희가 매번 싸우니 내 지켜보기 심히 귀찮구나."

"대제님, 저들이 먼저 80여 년 전에 우리가 키우는 양 떼를 강탈해 갔습니다."

"아닙니다. 이곳은 우리가 가꾼 목초지. 저들이 먼저 넘어왔던 것입니다. 여기 기록도 가지고 있습니다."

"시끄럽다. 이유는 필요 없다. 내 눈에 거슬리니, 계속 분쟁을 일으킨다면 너희 부족 중 하나는 사막의 모래가 되리라."

"살려 주십시오!"

"저희가 잘못하였나이다."

"잘못을 안다면 그에 대한 배상을 하여야 할 것이다. 양 떼와 목초지를 내놓아라. 너희의 관계가 좋지 않으니 그 재물은 내가 대신 받겠노라. 싫다면 죽어라."

"고, 공정하신 판결에 감사하옵니다."

위드는 가볍게 힘을 과시하고, 그들이 가지고 있는 재산을 뜯어냈다.

조각술 최후의 비기 퀘스트를 완료하고 나서 이 시간대의 물건들을 가지고 되돌아갈 수는 없겠지만, 그래도 돈은 필요했다. 좋은 무기와 장비, 스킬 북 등을 구입해야 했기 때문이다.

그러면서 추가로 '뇌물의 추구자'라는 호칭이 붙기는 했지만 상관없었다.

"뭐 어때, 나 자신이 떳떳하면 되지."

관행이나 상부상조라는 미덕으로 승화시키는 적극적인 뇌물 수수 정신!

도시에서 서윤과 만나기로 했지만 여자들은 눈을 제외하고는 천을 둘러서 얼굴을 가리고 있기에 알아보기 어려웠다.

위드는 서윤에게 귓속말을 보냈다.

—어디야?
—분수대예요.
—금방 갈게.

서윤은 도시의 분수대 앞에서 기다리고 있었다.

위드는 쌍봉낙타에서 내려서 파라오의 가면을 벗었다.

태양 빛에 번쩍번쩍 빛나는 대머리!

그가 다가오는 것을 보고 서윤이 쓰고 있던 차도르를 벗자, 사막의 단정한 복장은 지적인 느낌과 함께 단아하고 우아한 분위기까지 풍겼다.

불합리하게도, 똑같이 퀘스트가 진행되는데도 그녀는 노화가 이루어지지 않았다.

분수대를 등지고 위드를 향해 웃고 있는 서윤의 얼굴은 바가지를 듬뿍 씌우기 위해 텔레비전에 나오는 비싼 화장품 광고 모델처럼 화사하게 빛났다.

여자들이 피부 미용에 돈을 쏟아붓는 이유를 그녀가 증명하고 있었다.

"우린 안 될 거야. 아마……."

"포기하기는 일러. 하수구로 들어가면 살 수 있을 거야!"

도시에서 화가들이 붓과 물감을 챙겨서 부리나케 달아났다. 보통 도시라면 몬스터로부터의 안전지대였지만 이들은 암살자들에 의하여 쫓기고 있었다.

"어디쯤 와?"

"안 보이는데. 하수구에 도착했다. 이젠 살 수 있을… 커억!"

하수구에서 갑자기 튀어나와서 독을 바른 보라색 단검을 휘두르는 암살자!

"역시 도망치는 놈들이 생각하는 곳은 뻔하군."

"닥쳐, 이 헤르메스의 개!"

"유언으로 알겠다."

서걱!

헤르메스 길드에서는 하벤 제국 내의 치안을 지키기 위하여 무자비한 암살자 부대를 운용했다.

"낙서들이 많아지고 있습니다. 생각보다 치안의 악화가 심각한데요."

"의심 가는 놈들은 모두 죽여라. 도시의 화가들은 특별히 감시를 하도록."

화가들은 물론이고 저항군, 엠비뉴 교단 할 것 없이 모조리 암살 허락!

조금이라도 하벤 제국의 치안을 혼란스럽게 하는 행동을 하면 즉결 처분을 했다.

황궁 광장에서 유저들의 항의 시위도 벌어졌지만, 전투 마차를 포함한 군대를 동원하여 몰살시켰다.

여론이 나빴지만 대륙 최강대국으로 중앙 대륙의 패권을 차지한 하벤 제국은 유저들의 반발을 힘으로 억눌렀다.

심지어는 바드레이 황제 이름의 칙령도 내려졌다.

1. 하벤 제국의 통치에 반대하는 자, 사형
2. 몰락한 왕국의 저항군과 관련하여 그들을 돕는 퀘스트를 하면 사형
3. 영주를 비방하거나 제국에 해가 되는 낙서를 하면 사형
4. 엠비뉴 교단과 관련되면 사형
5. 치안을 악화시키는 모든 행위에 대하여 즉결 처분, 사형

황제 바드레이가 적는다.

하벤 제국은 앞으로 베르사 대륙을 통일하여 반복되어 오던 지긋지긋한 전쟁을 종식시키고 항구적인 평화를 가져오려고 하는 바다.

하나 기득권을 잃고 패배한 왕국의 유저들과 끊임없이 전쟁을 일으키던 길드의 유저들이 제국의 정당한 통치를 방해하기 위한 음해 공작으로 유언비어를 퍼트리고 있다.

잘못된 판단으로 이들을 돕거나 가담한 자는 영원히 하벤 제국의 모든 시설물과 사냥터에서 추방될 것이다.

일반 유저들은 그래도 참고 하벤 제국에 눌러 있는 경우가 많았다.

베르사 대륙에서 고향은 아주 중요했다. 익숙한 도시에, 동료들도 있다. NPC와의 공헌도와 친밀도를 올려놓은 모험의 기반 도시가 되는 것이다.

남들이 헤르메스 길드를 비난하더라도, 원래부터 하벤 왕국에서 시작했던 유저들은 이미 적응했기에 그리 나빠졌다고 생각하지도 않았다.

사냥터 입장료와 비싼 물가, 과중한 세금. 이런 사정들이야 다른 왕국도 마찬가지이지 않은가.

날로 강성해지는 제국에서 활동하는 이득도 분명히 있었다. 하벤 제국이 확장되면서 소속 유저들은 자연스럽게 활동 영역이 넓어지는 효과도 얻었다.

게다가 하벤 제국은 가장 먼저 국가의 통일이 이루어졌다. 다른 길드들이 쟁탈전을 벌이고 있는 장소들보다는 위험하지도 않고 신경 쓸 것도 덜했다.

나중에 헤르메스 길드의 박해를 피해서 북부로 떠난 유저들도 꽤 되었지만, 그래도 제국으로서 많은 사람들이 살아갔다.

"칙령? 이제는 장난 아니다."

"뭐야, 이게 다 하벤 제국에 잘못 보이면 그냥 다 죽여 버리겠다는 뜻이잖아."

"독재국가가 따로 없네."

유저들은 불만을 가졌지만 밖으로 표출하지는 못했다.

하벤 제국의 막강한 군사력이 그들을 위에서 찍어 눌렀다.

더군다나 대륙 연합군마저도 철저히 패배하고 난 이후가 아니던가.

하벤 제국은 계속 점령지를 늘려 가고 있었으며, 또한 약탈로 쌓이는 재정을 바탕으로 군대의 규모도 계속 키워 나갔다.

사람들은 자신들과는 상관없는 이야기라고 외면하면서 조용히 사냥과 모험을 즐길 수밖에 없었다.

파비오의 손 아래에서 불꽃들이 춤을 추고 있었다.

금속과 불을 자유자재로 다루는 경지!

대장장이 스킬의 숙련도가 고급 99%에 도달하였다.

마스터를 목전에 두고 있었지만, 검을 아무리 만들어도 숙련도는 더 이상 늘어나지 않았다.

구하기 어렵다는 이리듐라스 금속을 얻어서 제련을 해도 숙련도는 변하지 않았다.

"이게 단순 생산의 한계인가. 새로운 방법을 찾아봐야겠군."

사실 파비오는 이런 일이 벌어질 것임을 어느 정도 예상하고 있었다.

최고의 대장장이란 결국 평범한 철검 몇 자루를 제작하였느냐가 아니라 대륙 전체에 이름을 날릴 만한 전설의 명검을 탄생시키느냐 마느냐에 달려 있다.

대장장이 마스터.

불과 금속의 지배자가 되려면 그에 걸맞은 위업을 쌓아야 하리라.

숱한 유저들이 누군가 최초로 스킬을 마스터하는 순간만을 기다리고 있는데, 파비오는 진짜 마지막 단계를 남겨 놓고 있는 것이다.

파비오가 자리에서 일어났다.

"최고의 검 그리고 완벽한 방어구. 좋은 물건은 그걸 쓸 자격이 있는 사람에게 가야겠지. 혼란스러운 대륙을 통일하는 최초의 영웅, 그리고 누구도 쌓을 수 없는 업적의 모험을 하는 자에게 그에 걸맞은 무기와 방어구를 만들어 주어야 대장장이로서 영광의 자리에 올랐다고 할 수 있을 것이야."

그는 대장간에 있으면서도 세상이 변해 가는 것에 대해서는 잘 알고 있었다.

드워프 왕국 토르는 아직까지 외부의 침략이나 간섭을 받지 않았다.

드워프는 왕이나 지배 귀족의 문화가 없었고, 타협을 모르는 호전적인 드워프 전사들은 적들과 싸우기 위한 도끼를 다루는데 전문적인 기술을 가지고 있다.

무엇보다도 악룡 케이베른의 존재가 있기 때문에 쉽게 정복당할 땅이 아니다.

하지만 세상이 하벤 제국에 의하여 정복된다면 드워프들 역시 자연스럽게 그들로부터 영향을 받게 된다.

본인들이 전쟁을 일으키지 않더라도 휩쓸려 버리게 되는 소수 종족의 운명.

토르가 아닌 더 넓은 세상에서 활동할 생각이 있다면 당연히 대륙의 변화에 대하여 관심을 갖게 된다.

"헤르메스 길드와의 협력을 더욱 강화해야겠군. 더 늦기 전에 선택을 내려야지."

파비오뿐만이 아니라 대장장이 후배들까지 있는 아이언로드 길드 전체가 하벤 제국의 정복을 돕기로 했다. 정복 전쟁 와중에 얻는 광석들은 드워프 대장장이들에 의해 무기와 방어구로 가공될 것이다.

아이언로드뿐만 아니라, 지금까지 조용히 정복 전쟁을 지켜보던 수많은 길드들이 하벤 제국으로의 이전을 추진했다. 저항을 포기하고 하벤 제국의 지배를 받아들이기로 한 것이다.

페일, 수르카, 이리엔, 로뮤나, 화령, 벨로트, 메이런, 마판까지 모두 모였다.

"에효… 다들 고생이 많으셨군요."

벨로트가 측은하다는 듯이 다른 사람들의 얼굴을 보았다.

드라마를 촬영한다는 이유로 한동안 〈로열 로드〉에 접속하지 못했다. 그런데 그사이 다른 사람들의 몰골은 다들 말이 아니었다.

머리가 헝클어져 있거나, 얼굴은 핼쑥해지고 갑옷이 깨지고 더러워져 있었다.

수리를 하면 말끔해질 수 있다지만 그동안 어떤 퀘스트를 하다가 돌아온 것인지를 알 수 있었다.

"괜찮아요. 보람도 있었고요. 이제야 손맛이 제대로예요!"

다크 엘프처럼 얼굴이 까맣게 그을린 수르카가 주먹을 불끈 쥐었다.

그녀의 주먹질에 맞으면 일정 확률에 의해 상대방이 번개 더미에 휩싸이게 된다.

번개 치는 계곡에서 몬스터와 싸우면서 얻은 스킬!

페일도 늘 옆에 기대 놓는 활이 바뀌어 있어서, 적지 않은 소득을 거두었음을 알려 주었다.

"아, 차 향기가 참 좋네."

로뮤나는 얼굴까지 가리는 로브를 착용하고 그냥 묵묵히 앉아서 차만 마시고 있었는데, 평소에 떠들기 좋아하는 그녀의 성격을 고려하면 이례적인 일이었다.

이는 아주 크게 실패했거나 제대로 한탕 했거나, 둘 중 하나!

'아직까지 신경질을 안 부리는 걸 보니 성공했구나.'

'뭐라도 건졌겠어.'

그녀를 잘 아는 사람들은 다행이라고 여겼다.

화령은 옷차림이 인디언 아가씨처럼 변해 있었는데, 새로운 춤을 익히고 있었기 때문이다.

그렇게 오랜만에 다들 자리에 앉아서 인사말을 나누고 나서, 마판이 묵직한 분위기로 이야기를 꺼냈다. 그들은 마판의 초대로 모라타에 있는 그의 저택에 오게 된 것이었다.

"저기, 제가 여러분을 이렇게 모시게 된 이유는… 농부로부터 헐값에 사게 된 책이 한 권 있습니다. 그걸 읽어 보다 보니 뭔가 심상치가 않아서요."

마판은 배낭에서 책을 꺼냈다.

책장의 귀퉁이가 뜯겨 나간 고서적으로, 제목은 '할메른 산의 발견물'.

"서장을 제가 조금 읽어 보도록 하겠습니다. 지금부터 시작입니다. 그러니까 나는 그다지 많은 곳을 돌아다녀 보지 못한 모험가이다. 하지만 이번에 소개할 곳만큼은 상당히 특별한 장소라고 생각한다……."

북부에 와서 내가 처음 한 일은, 도망 다니기였다. 몬스터들은 무섭고, 나를 믿고 지켜 줄 동료들은 없다. 이 책을 쓰는 지금도 동굴 속에 숨어 있지만 이것도 모험에 의한 낭만이라고 생각한다.

그런데 왜 퀴퀴한 냄새가 나는 것이지? 제발 곰의 냄새가 아니길 바란다. 오늘 밤에 곰의 든든한 저녁 식사가 되어 주고 싶지는 않기 때문이다.

참고로 나는 맛이 없다. 샤벨 타이거에게 팔을 물렸지만 곧 침을 흘리며 다른 먹잇감을 찾아서 떠나 버렸다. 내가 몸에 바르는 특수한 비법이 통한 까닭이다. (중략) 그리하여 길을 잃고 헤매던 중에 포비아느 나무들이 우거진 곳으로 가게 되었다.

깊고 어두운 나무들 사이, 그 근처에서 반지 하나를 줍게 되었다. 니플하임 제국의 명기사, 실종된 것으로 알려진 아이반슈타인의 이름이 적혀 있는 반지였다.

그 주변을 더 돌아다녀 보면 무언가 발견할 수 있을 것도 같지만 가지고 있는 식량이 떨어져서 나는 그냥 돌아 나오기로 했다. 어두운 밤에 갑자기 마주치는 굶주린 몬스터는 아주 위험하기 때문이다.

“아이반슈타인이 누군데요?”

수르카가 질문을 던졌지만, 사람들은 조용히 말이 없었다. 그들도 잘 모르고 있었기 때문. 이럴 때는 가만히 있는 게 상책이었다.

“니플하임 제국의 병사들을 데리고 이종족들을 물리치고 몬스터들의 침입을 셀 수도 없이 격퇴하였다는 기사입니다. 대도서관에 가서 아이반슈타인의 기록들도 좀 살펴봤는데, 그가 최후에 사라지기 전에는 기사의 황동판을 들고 있었다고 합니다. 니플하임 제국의 4대 보물 중의 하나죠.”

“기사의 황동판에 어떤 효과가 있는데요?”

“아쉽게도 그것까지 알아내진 못했습니다. 그래도 찾아볼 만한 가치는 있을 것 같습니다.”

“우리끼리요?”

“네, 그렇죠.”

사람들은 서로 눈빛을 마주쳤다.

과연 이 책에 나온 이야기만 믿고 할메른 산까지 갈 것인지!

멀기도 하고, 근처에 몬스터들의 서식지도 여럿 뚫고 지나가야 했다.

주민으로부터 퀘스트를 받아들인 건 아니지만, 이런 식으로 단서를 얻어서 모험을 하는 경우도 꽤 있었다.

"가죠."

"가겠어요."

"어디든 못 갈까요."

중요한 결정이지만 저마다 쉽게 판단을 내렸다.

설혹 모험에서 예측할 수 없는 어려움을 겪더라도 믿는 구석이 있었다.

'우리가 좀 힘들더라도, 위드 님은 이거보다 훨씬 더 고생하고 있을 거야.'

'위드 님이 깨는 퀘스트들에 비한다면 이 정도는 해 줘야지.'

위드와 어울리면서 덩달아 간이 커져 버린 그들!

일반 퀘스트들 정도로는 긴장도 잘 되지 않았다. 가끔씩 위드가 일감이 있다고 부를 때만이 정말 떨리고 흥분되는 순간이었다.

전쟁의 시대 속으로

꼬꼬댁, 꼬꼬.

이현은 닭에게 모이를 주었다.

"맛있게 먹어라."

건강하게 자란 닭들이 병아리와 함께 모이를 먹는 것을 흐뭇하게 지켜보았다.

키우는 동물들에게 먹이를 주다 보면 행복한 웃음이 절로 나왔다.

"역시 난 정말 좋은 주인이야."

닭들의 운명은 비참한 경우가 많다.

알에서 부화되면, 달걀을 낳을 수 없는 수탉들은 병아리 상태에서 그대로 폐사시켜 버리는 경우가 다반사였다. 그리고 암탉들은 몸을 움직일 수도 없는 좁은 공간에서 사료를 먹고 매일 달걀을 낳다가, 2년 정도가 지나면 죽는다.

동물들의 삶에 대해서 알수록 너무나 슬프고 안타까울 때가 많다.

아마 그래서 동물을 보호하자는 운동도 있는 것이리라.

이현도 닭들이 행복하고 건강하게 자라 주기를 바랐다.

"그래서 나중에 맛있게 잡아먹어야지."

양념과 프라이드를 반반씩 섞어서 배부르게 먹었을 때의 기쁨이란!

마당도 청소하면서, 최근에 조금 소홀해질 수밖에 없었던 집안일을 즐겼다.

현재 진행하고 있는 퀘스트는 대륙 전체의 시간이 이현이나 서윤이 접속했을 때에만 흐르고 있었다. 그렇기 때문에 잠깐의 여유는 부릴 수가 있지만, 정상적인 베르사 대륙의 상황이 급변하고 있다 보니 한가롭게 진행하면서 아예 마음을 놓을 수는 없었다.

"저녁부터 다시 접속해야겠지. 룰루루!"

매번 일이 끊이지 않지만 자기 집이라는 생각에 콧노래를 부르며 집안일을 하는 이현이었다.

"돈을 벌자. 쑥쑥 벌자. 지난번에는 예금을 했으니 이번에는 땅을 사야지. 어느 곳이 개발이 될까. 고속도로, 전철역이라도 하나 들어와 주면 대박이라네."

큰일을 앞두었거나, 기분이 좋을 때에 나오는 흥겨운 노래!

이현이 일을 하는 모습을 멀리 떨어진 건물의 옥상에서 망원경으로 관찰하는 무리가 있었다.

"확실히 예전과는 다르게 살 만해졌군."

"형님, 털면 제법 나오겠는데요. 사채 계약서라도 하나 찍어서 만들까요?"

"큰형님이 알아서 하실 거다. 우리 일은 그저 놈을 잘 지켜보는 거야."

명동의 사채업자들!

그들은 전쟁의 신 위드가 이현이라는 걸 알고 근처에서 관찰하고 있었다.

방송국에서 워낙 주목하고 있고, 또한 대중적인 인기도 있기에 건드리기에 만만치 않은 존재가 되었다. 그렇기 때문에 확실한 계획, 빠져나올 수 없는 함정을 파서 걸려들게 하는 수밖에 없다.

어떤 불법적인 수단을 써야 할지 모르기에 정보를 모으고자 이현의 주변을 계속 감시했다.

띠리리리릿!

사채업자들은 꿈에도 몰랐지만, 그들이 있는 건물의 주변 하늘에는 9개의 미세한 작은 점들이 반짝이며 떠다니고 있었다.

최신형 스텔스 무인 항공기들!

유병준 박사의 인공지능이 보낸 일종의 감시용 항공기들이었다.

탐지 전파를 발사하여 사채업자들이 하는 말은 물론이고 생체반응, 행동 등을 천분의 1초 단위로 감시했다.

유사시에는 소형 항공기에 탑재된 미사일을 발사해서 사채업자들을 날려 버릴 수도 있었다.

사채업자들은 이현을 직접 감시하는 것만이 아니라, 명동의 본사에서는 이현의 가족 관계 등을 파악하며 조사를 벌이고 있었다.

"할머니와 여동생이라. 양로원에 있는 늙은 노인네는 쓸모가 없을 것 같고. 여동생의 경우에는 인질의 효과가 있겠군."

"여동생과의 사이가 끔찍하게 좋다고 하니 납치를 하면 우리의 뜻대로 써먹기가 편하겠습니다, 실장님."

"신중해야 해. 자칫하다가는 일이 커져서 언론에 알려질 수도 있고, 만의 하나 경찰이 수사에 들어가기라도 하면 골치 아파져."

"조용히, 그러면서도 우리 말을 따르지 않을 수 없도록 확실히 처리하는 편이 좋겠지요. 그동안 벌어 놓은 돈도 꽤 있을 테니 사채 계약을 맺는 편이 유리한데 말입니다."

"재산 목록을 확인해 보니 부근 일대의 땅을 상당히 많이 사두었답니다, 실장님."

그리고 당연히 이곳에서도 벌과 파리를 가장한 소형 안드로이드들이 정보를 모으고 있었다.

얼마 전에 유병준 박사는 인공지능에게 사채업자들에 대한 명령을 내렸다.

"치워 버려. 다시는 내 귀에 들어오는 일이 없도록 처리해."

인공지능은 사채업자들의 행동에 따라서 이 명령을 이행하기 위한 최적의 방안을 준비하고 있었다.

그리고 결론이 나왔다.

띠리릿!

— 위험수위 고도로 높음. 정상적인 대화로는 해결할 수 없음. 적극적인 방식으로 처리할 대상.

그날부터 명동의 사채업자 조직에는 일이 정신없이 터졌다.

"뭐라고요? 조사국장님, 그게 무슨 말씀이십니까?"

— 지금 정당한 공무 집행을 하고 있는데 무슨 말인지를 모르겠다는 이야기요. 당신들이 누구인지도 모르겠고.

"네가 이럴 수가 있어? 지금까지 가져다 바친 돈이 얼마인데. 사람이 염치가 있으면 돈 먹은 만큼은 해야지!"

— 당신들이 어디의 누구인지 나는 들어 본 적도 없고 만난 적도 없소. 전화번호는 어떻게 알았는지 몰라도, 우린 모르는 사이이니 앞으로는 이런 일로 연락하지 맙시다. 또 연락하면 이후로 더 안 좋아질 수도 있음을 명심하시고.

달칵!

갑작스럽게 들이닥친 국세청과 검찰 특수부의 조사.

꼬박꼬박 정기적으로 뇌물을 받던 정치인들과 공무원들은 도움을 달라는 요청에 한꺼번에 안면 몰수를 했다.

"후원금이라고? 허허허. 떽! 이 사람을 보게. 요즘 시대가 어느 때인데 불법 후원금을 조성하고, 또 내가 받아 왔단 말인가! 좋은 말로 경고하는데, 밖에서도 그런 쓸데없는 소리를 하다가는 크게 당할 수 있다는 사실 명심해 둬야 할 걸세!"

"나 권재혁이, 의원 식당 밥만 16년을 먹은 사람이야! 너희가 지금 감히 나를 협박하는 거야? 이 대한민국에서 매장당하고 싶어?"

공권력에 의해 명동 바닥에서 상당한 입지를 다져 온 신진 금융이 밑바닥부터 흔들리는 건 순식간이었다.

"이건… 이건, 갑자기 이렇게 될 수는 없다."

한진섭은 처음에는 경쟁 파벌에서 일을 시작한 것인 줄로만 알았다. 하지만 그들이 잡고 있던 모든 끈이 끊어져 있었다.

정치인, 검찰, 경찰, 국세청.

이건 도저히 신진 금융의 영역을 노리는 일개 사채 조직이 움직여서 발휘할 수 있는 힘이 아니다.

"자료들부터 정리하자. 컴퓨터 하드디스크를 포함해서 모든 자료를 폐기해."

"하지만 이 장부들은 10억 이상의 가치가 있는데요."

"증거를 없애는 게 우선이야."

압수 수색에 대비하여 장부와 컴퓨터, 서류 등을 처리했다.

사무실을 지키고 능력 있는 변호사들을 구하기 위한 자금도 적지 않게 소모했다. 대한민국의 법은 가진 자에게 관용과 배려를 베풀기 때문에 그 점을 믿고 기다리는 수밖에 없었다.

신진 금융의 대외적인 모든 영업 활동은 불법이 아닌 정상적인 부분만을 남겨 놓았다.

하지만 검찰의 압수 수색은 무슨 영문인지 신속하게 이루어지지 않았다.

“이것들이 무슨 영문이지?”

“자금을 대 준 어르신들이 움직여 주신 게 아닐까요?”

“그랬다면 어떤 말씀이라도 있었을 텐데 아무 연락도 없다. 오히려 우리한테 자금 회수를 하고 흔적들을 지우는 데에만 혈안이 되어 있지 않나.”

“방송에는 우리 일이 별로 나오지 않는데… 의외로 사회적인 파장이 적어서 묻혀 버린 걸 수도 있습니다.”

“확실한 증거를 잡지 못해서일 수도 있겠지.”

끝까지 채무를 상환하지 못한 채권자에게는 인간으로서 벌여서는 안 될 일도 과거에는 일상적으로 많이 저질렀기에, 적발되면 끝장이었다.

그렇게 불안한 가운데 정신없이 증거들을 없애며 엿새 정도가 지났다.

압수 수색을 나오더라도 이제는 찾을 만한 자료들이 없게 되었다.

신진 금융은 대비를 끝낸 만큼 다소 안심할 수 있었다.

“대한민국 검찰은 기다릴 여유를 준다던데, 그게 사실인 모양이군.”

사법부가 신속하고 강하게 움직이지 않는 점에 있어서 대한민국에서 영업을 하는 보람이 있었다.

하지만 이 모든 것이 인공지능의 계획의 일부!

—1단계 완료.

—2단계 시작.

그날 저녁 한진섭과 신진 금융의 중요 인물들은 갑자기 정신을 잃었다.

집이나 회사에서, 그리고 길거리와 공중화장실에서 혼자 있는 사이에 정신을 잃었다가 깨어 보니 아주 캄캄하고 작은 방 안이었다.

"여, 여기가 어디지?"

감옥이 연상될 정도로 좁은 공간에 침대와 오물을 처리하는 통, 텔레비전, 그리고 식사를 하라는 의미인지 진공포장된 채로 잔뜩 쌓여 있는 보리빵이 있었다.

"설마 그건 아니겠지."

문득 예전에 영화에서 봤던 남자의 이야기가 떠올랐다. 어딘가에 갇혀서 15년간 군만두만 먹고 살았다는 내용이었다.

그리고 정말로 그날부터 일주일 동안, 보리빵과 수돗물만 마시면서 살게 되었다.

"누군가… 반드시 나를 찾아 줄 거야. 조직원들 그리고 경찰들이 가만히 있을 리가 없어."

사채업자들은 날이 갈수록 부드득 이를 갈았다. 하지만 자신을 포함한 조직원들 전체가 몽땅 갇혀 있다는 사실은 모르고 있었다.

경찰들도 사채업자들에 대한 조사를 종결지었다.

뒤늦게 압수수색영장을 받아서 사무실을 급습해 보니 이미 모두 자취를 감춘 후였다.

휴대폰 기록이나 다른 흔적들을 살펴보니 범죄인인도가 되지 않는 외국으로 밀항선을 타고 사라진 것으로 되어 있었다.

이로부터 대략 열흘 전, 인터넷 커뮤니티 지식천에 글이 올라왔다.

제목: 사채업자들을 처리하는 방법으로 무엇이 좋을까요?
작성자: AI.BERSA

자꾸 귀찮게 구는 사채업자가 있습니다.
돈을 이미 다 갚았음에도 불구하고 끈질기게 달라붙어서 나쁜 짓을 하려고 하는데요.
말로는 설득이 안 될 것 같은데 이놈들을 어떻게 하면 좋을까요?

ㄴ그냥 묻어 버리면 좋겠네요. 다만 갯벌에 묻어야 함.
ㄴ에이, 농담이죠? 진짜라면 바로 경찰에 신고하세요.
ㄴ신고해도 안 됨. 신고해서 되면 진작 살기 좋은 세상이 되었음.
ㄴ사채업자들은 교도소 다녀와도 똑같죠. 나와서 더 괴롭힐 수도 있어요. 글 쓴 분, 조심하세요!
ㄴ그런 놈들은 영영 회개가 안 돼요. 그냥 영원히 사회에서 격리시키는 게 최선임.
ㄴ올드보이처럼 가둬 놓고 평생 군만두만 먹여야 됩니다.
ㄴ찬성!
ㄴ진리임.
ㄴ나도 찬성!
ㄴ군만두는 비싸요. 사채업자 주기에는 아깝잖아요. 그냥 잔반이나 줘요.
ㄴ근데 배달하는 사람도 귀찮고요, 오토바이 기름값도 낭비되죠.

그리고 그 후에는 사채업자들을 가둬 놓고 무엇을 먹여야 좋을지에 대한 음식 목록이 주르르 떴다.

경제적이고 실용적인 방법들이 열거된 이후에 가장 많은 표를 얻은 건 보리빵과 참치 통조림이었다.

보리빵과 참치 통조림을 5년씩 번갈아서 지급하는 것이다.

위드는 〈로열 로드〉에 접속했다.

태양의 전사로서 824라는 레벨을 가진 무지막지한 능력자.

그 순간 다시 흐르게 된 대륙의 시간!

사막 도시 라호스는 아직 별들이 창창히 빛나고 있는 서늘한 밤이었다.

하루 동안의 여유를 서윤과 그냥 도시를 구경하고 전갈과 낙타구이 정식을 먹는 것으로 보냈기 때문에 얼마 후면 날짜가 바뀌게 된다.

"음, 조금 떨리는군."

노들레로서 폭발적인 성장을 해 왔기 때문에 이어지게 될 퀘스트도 약간은 자신이 있었다.

그렇지만 언제나 그렇듯이 방심할 수는 없다.

걷잡을 수 없이 커지는 스케일 때문에 고생한 적이 한두 번이 아니기 때문이다.

이제 퀘스트도 절정으로 흐르면서, 제대로 뭔가를 이루어 내야 할 것만 같은 예감!

서윤도 곧 이어서 접속을 했다.

"일찍 왔네요."

"응. 좋은 밤이군."

위드와 서윤은 돌무더기에 앉아서 다음의 퀘스트가 이어지기를 기다렸다.

사막의 저녁이지만 너무 춥지도 않고 분위기가 아늑했다.

그동안 여러 가지 일이 있었지만 조각술 최후의 비기 퀘스트를 하면서 함께 보낸 시간이 길었다.

'적당한 퀘스트만 나와 준다면… 조각술 최후의 비기를 얻고 나서 헤르메스 길드의 공격을 막아 내고, 그리고 돈을 많이 벌어서 가정을 이룰 수도 있지 않을까. 서윤한테는 가…방도 사주면서, 도와줘서 고맙다는 말도 해야 될 것 같은데.'

김치가 막 끓고 있는 국에 빠지기 직전이었다.

위드는 앞으로의 자신의 인생에 대해서도 생각해 봤다.

〈로열 로드〉의 상황이야 걷잡을 수 없도록 흘러가고 있다. 비단 전쟁의 시대에서 벌어지고 있는 퀘스트가 아니더라도, 다른 명문 길드들의 싸움은 종국으로 치달아 갔다.

'결국 그놈들이 대륙을 먹을 것 같아.'

하벤 제국의 중앙 대륙 점령이 기정사실화!

아르펜 왕국으로 사람과 물자가 모이고는 있지만 그렇게 희망적인 상황은 아니다.

위드의 인기와 신화를 바탕으로, 그리고 북부가 급속도로 발전하면서 유저들이 좋아하고 있지만 그런 것들은 사실 정복당하고 나면 부질없는 게 아니던가.

하벤 제국이 정면공격을 감행해 와 승리를 거둔다면, 그리고 풀죽신교와 같은 단체가 어떤 유언비어에 의해 흔들리기라도 하면 끝장이다.

벌써 헤르메스 길드의 첩자들이 북부 대륙에서 활동을 하고 있다는 추측도 나오고 있었다.

중앙 대륙에서의 싸움이 마지막으로 흘러가고, 이제 그들에게 남은 것은 엠비뉴 교단과 북부다.

동부의 로자임 왕국, 브렌트 왕국은 엠비뉴 교단에 의해서 거의 파괴되었고, 서부는 크게 의미를 둘 만한 나라가 없었다. 남부는 원래 인구 자체가 미미한 수준이었지만 위드의 모험으로 인해서 급격하게 번성을 하고 있다.

위드는 어제 휴식을 취하면서 인터넷을 하며 그러한 일들이 벌어지고 있다는 걸 알고 나서 함박웃음을 지었다.

'그래도 죽 쒀서 개 주는 꼴이 될 수도 있지.'

남부가 발전했다고는 해도 〈로열 로드〉에서 가장 번화하고 유저들이 탄탄한 중앙 대륙의 우월함에는 한참 미치지 못한다.

사막 도시들이 커지더라도 하벤 제국의 군대에 의해서 하나둘 점령되다 보면 결국 그건 위드에게 도움이 되는 게 아니라 바드레이 좋은 일.

'결국 내가 한 모든 일들이 바드레이를 위한 것들이 아닐까. 남부와 북부를 키워서 진수성찬으로 입에 넣어 주는 거지.'

어쩌면 인생의 주인공 역시 바드레이일지도 모른다.

무신으로 추앙받으면서 이미 한 번의 전투도 그가 승리하지 않았던가.

대륙 연합군은 파탄지경에 이르렀고, 헤르메스 길드를 막을 세력은 나타나지 않았다.

위드의 자격지심이 불타올랐다.

'그놈이 나보다 나은 것도 별로 없는데. 막상 보니까 키도 한 10센티 정도밖에 안 큰 것 같았어. 내가 170인데 남자 키 180 정도면 요즘에는 별루 큰 키도 아니지. 암! 그리고 얼굴을 봤을 때… 곱고 귀하게 자란 데다 교육도 많이 받은 것 같던데.'

강렬한 눈빛과 깔끔하게 정돈된 이목구비, 엘리트의 전형 같은 바드레이의 외모.

'리더십도 상당하고… 음, 난 리더십은 별로 없지. 예전 학교 다닐 때에는 그냥 적당히 빌붙어 살았으니까. 나이도 제법 있어 보이던데… 넓은 주택과 좋은 차, 그리고 결혼도 했겠지. 은행 예금도 엄청나게 많고, 소위 말하는 있는 집 자식일 거야.'

생각이 깊어질수록 적대감보다는 부러움뿐!

현실적으로 바드레이와는 경쟁자가 되지 말고 그의 부하가 되었어야 했다.

일인지하 만인지상의 자리에 앉아서 실컷 챙겨 먹으면 좋지 않겠가.

'인생이 활짝 피는 거였는데.'

기회를 놓치고 아쉬워하는 앞잡이의 정신!

그렇게 바드레이를 부러워하고 있을 때, 위드와 서윤의 눈앞에 영상이 보이기 시작했다.

어느 깊고 어두운 음침한 동굴!

"샤크젤이여, 물에 빠진 생쥐 꼴로 돌아오다니, 포르투에서의 일이 실패하였는가?"

"흑마법에 필요한 재료들을 충분히 모았으니 완전한 실패는 아니다."

사람은 제대로 보이지 않고 목소리만 들렸다. 하지만 최소한 둘 이상이 있다는 걸 알 수 있었다.

그들의 목소리는 낮았지만, 동굴 깊은 곳까지 울릴 정도로 힘이 있었다.

"데슨은?"

"죽었다."

"흘흘, 애지중지 키운 제자였는데 아까운 일이로군."

"이용 가치가 다해 가던 참이었다. 내 손으로 처리하지 않은 것뿐이지."

포르투의 국왕 이름이 데슨이었다.

"제물은?"

"도망쳤다. 하지만 마족을 강림시켜서 그 힘을 빼앗기 위한 계획은 아직 수포로 돌아간 게 아니다. 대륙 전체를 수색해서라도 희생양을 모으고 다시 시도할 것이다. 충분한 희생양을 구한다면 마족은 눈을 뜰 수 있을 것이다."

"내가 돕도록 하지. 싸우고 죽이는 전쟁의 시대는 우리가 원하는 만큼 계속 이어지게 될 것이다."

길고 긴 여운을 남기며 영상은 천천히 바뀌었다.

이번에는 넓고 거대한 붉은 황무지. 새가 날아가고 있었다.

곧 새의 시선에 따라서 화면이 앞으로 이동했다.

무너지고 허물어진 성벽의 잔재를 넘고, 추악하게 생긴 마물들이 우글거리는 장소를 지나쳤다.

시커먼 물이 흐르는 강에는 종류를 알기 힘든 여러 종류의 뼈들이 떠다니고 있었다.

그리고 그 너머에, 믿을 수 없을 정도로 음산한 분위기를 풍기는 신전이 나타났다.

높은 감시탑에는 인간이 아니라 켄타우로스처럼 반인반수의 마물들이 활을 들고 경계를 섰다.

중앙부에서는 사람들이 하늘까지 닿을 것 같은 높이의 탑을 계속 쌓고 있었다.

그것만으로도 놀라운데, 신전의 정중앙에는 높이가 200미터는 넘을 듯한 동상이 보였다.

12개의 팔을 가진 동상!

위드는 영상을 보며 속으로 생각했다.

'이건 엠비뉴다!'

또 엠비뉴 교단!

위드와는 정말 지긋지긋한 악연으로 이어져 있는 곳이었다.

'왜 또 나한테 나타난 거야. 나 말고 다른 놈들, 특히 바드레이나 좀 괴롭히지. 엠비뉴 교단까지도 바드레이 말고 나만 괴롭히다니, 이놈의 인생은 진짜 재수도 없구나.'

엠비뉴 교단과 엮일 때마다 시원하게 풀린 적이 없었다.

그런데 이번에 보이는 엠비뉴의 신전은 규모가 보통이 아니었다. 동상이 있는 장소를 중심으로 하여 수많은 건물들이 있는 대도시를 구성하고 있다.

그리고 하늘까지 연결되고 있는 탑, 마물들을 생산하는 건물, 영혼을 팔아서 힘을 얻는 제단도 있었다.

훈련장에서는 어린아이와 여성을 가리지 않고 광신도들이 눈에 혈안이 되어서 무기를 휘둘렀다.

생명체들, 짐승이나 곤충은 광신도들에 의해 잡혀 와서 엠비뉴의 제단을 거쳤다. 그리하여 제멋대로 몸집이 일그러지고 말을 잘 듣는 마물들로 변해 갔다.

이곳은 엠비뉴 군대의 생산 기지이며, 악의 소굴이었다.

'왠지 느낌이 안 좋아.'

화면은 다시 중앙의 동상 주변으로 가까워졌다.

"신도들이여, 이 타락하고 잘못된 세상을 정화하기 위하여 우리는 의지와 힘을 모았다."

어떤 중요한 의식이 진행되고 있는 듯, 커다란 체구의 대사제가 동상 앞에서 연설을 했다.

그가 크게 외칠 때마다 수십 개의 청동 항아리에 담겨 있는 붉은 액체가 폭발적으로 솟구치며 끓어올랐다.

땅에 엎드려 있는 수많은 인간들이 일제히 답했다.

"우오오오오!"

"엠비뉴 신이여, 우리에게 길을 알려 주소서."

묵직하면서도 살벌한, 무언가가 벌어질 것만 같은 분위기.

"엠비뉴 신께서는 우리에게 대답하셨다. 파괴하라, 파괴하라, 모든 것을 파괴하라! 너희의 노력이 나에게 닿는다면 힘을 주리라!"

띠링!

중요한 정보를 입수했습니다.
엠비뉴 교단에서는 탑을 건설하고 있습니다. 탑이 구름을 뚫고 하늘까지 도달한다면 그들은 엠비뉴 신의 의지와 권능을 얻어 더욱 강한 신성력을 발휘할 수 있게 됩니다. 탑의 완공까지는 197일 16시간 남았습니다.

엠비뉴 교단에 복종하는 인간들이 등에 돌을 지고 한없이 높아져 가는 탑으로 걸어갔다.

종종 힘이 다하여 비틀거리다 쓰러져 목숨을 잃는 자들도 있었다. 그러면 다른 광신도들이 돌과 시체를 가져다가 탑에 그대로 쌓았다.

혼란스럽고 불안한 세상, 꿈과 희망을 먹고 자라나야 하는 미성년자가 봐서는 안 될 지극히 무시무시한 광경이었다.

대사제가 지팡이로 땅을 내려찍으며 외쳤다.

"엠비뉴 신께서는 한없이 자비로운 분이시다! 위선자들의 세상을 물리치고, 완전한 무의 세계를 열게 해 주시기 위해 그분의 종속을 우리에게 보내 주셨다!"

"오오, 엠비뉴 신이시여!"

"잔혹한 분이시여, 저희를 벌해 주소서!"

북소리가 급하게 울리면서 광기가 신전 전체를 지배하였다.

신도들은 눈에 핏발이 선 채로 입에 거품을 물고 아우성을 쳤다.

그리고 대사제의 옆에서 서서히 나타나는 어마어마한 형체!

길고 날렵한 몸, 펼치면 100미터가 넘을 만큼 웅대하기 짝이 없는 한 쌍의 날개 그리고 위엄으로 가득한 얼굴.

가장 완벽한 조형미를 갖춘 생명체.

드래곤 아우솔레토였다.

고대의 시대. 조화와 균형을 유지하려는 다른 드래곤들과 달리 아우솔레토는 증오와 광기라는 불안정한 감정만을 갖고 태어났다.

다른 드래곤들조차도 아우솔레토와 가까이하지 않았다.

아우솔레토는 성체가 된 이후에 오크들을 조종하여 평화로운 엘프의 숲을 태우고 인간 세계를 침략했다.

나중에는 본신의 힘으로 직접 전쟁에 뛰어들기까지도 하였지만 다른 드래곤들과 신의 힘을 빌린 인간 성직자, 하이엘프들에 의하여 봉인되었다.

그리하여 붙게 된 이름이 혼돈의 드래곤 아우솔레토.

엠비뉴 교단에서 봉인을 해제하고 혼돈의 드래곤을 손에 얻기 위해 투입한 물량은 상상을 초월했다.

사제들이 스스로의 영혼과 육신을 희생하고, 기껏 모은 엠비뉴의 성력을 아우솔레토의 봉인을 해제하는 데 사용했다.

이제 아우솔레토의 육체에는 어떠한 제약도 없어졌다.

드래곤 아우솔레토는 마치 석상처럼 날개를 접은 채로 눈을 감고 가만히 있었다.

하지만 드래곤다운 묵직한 분위기와 위압감은 말을 하는 것보다도 더했다.

드래곤의 무력이란 악룡 케이베른을 통해서도 가끔 드러난다. 하루아침에 산맥 전체를 불태우고 소멸시켜 버리는 대파괴의 현장을 만들어 낸다.

드워프들에게 케이베른은 넘을 수 없는 산 그 자체였다.

인간들로서도 아직까지 드래곤은 범접하지 못할 존재, 아무리 인원이 많더라도 드래곤을 사냥감으로 생각하진 못한다.

실제로 대규모의 인원이 드래곤 레어로 접근한다면 마법에 걸린 몬스터 군단이 일어나서 1차로 막을 것이다.

평범한 몬스터와는 다르게 드래곤은 복수를 아는 존재이기에, 공격을 한 길드나 왕국은 두고두고 후환도 걱정을 하지 않을 수 없다.

엠비뉴 교단은 드래곤 중에서도 강했던 혼돈의 드래곤 아우솔레토의 봉인을 찾아서 꺼낸 것이다.

횃불들이 일렁일 때마다 아우솔레토의 몸에는 음영이 지고 그림자가 길어졌다.

"엠비뉴 신께서 우리에게 내려 준 드래곤의 영혼을 장악하기 위해서는 힐로인의 의식을 치러야 한다. 아직 때 묻지 않은 신성한 축복을 받은 어린 아기들이 필요하다."

"오오오, 엠비뉴 신의 눈과 귀가 되어 구하겠습니다."

"더 죽이고 파괴하라. 그리하여 드래곤의 영혼을 바꿀 수 있는 가장 깨끗한 아이들을 데려오라!"

광신도들은 마구 소리를 지르면서 환호했다.

"으음."

영상을 보고 있던 짧은 시간 동안 위드는 무수히 많은 생각을 했다.

'남들은 〈로열 로드〉에서 적당히 놀면서 즐겁게 잘 지내는데 왜 내게는 자꾸 이런 일들이 벌어지는 걸까. 대륙의 평화나 엠비뉴 교단의 음모 같은 건 전혀 관심도 없는데.'

어릴 때, 열두 살 무렵이었을 것이다.

지하도에 앉아 있던 점쟁이가 그의 얼굴을 보고 땅이 꺼져라 한숨을 크게 쉬며 말해 왔다.

"쯧쯧, 만 명의 몫은 하겠구나."

그때 이현은 발길을 멈추고 그 점쟁이에게 말뜻을 물었다.

"제가 앞으로 만 사람의 몫이나 되는 큰돈을 버는 건가요?"

"아니야. 만 명이 할 일을 혼자 해야 돼. 관상을 보면, 꼬이고 꼬여서 흙탕물은 다 모여들 거야."

"설마요."

"그걸 헤쳐 나가려면 보통의 고생으로는 안 되겠지. 흘흘흘. 먹구름이야, 먹구름. 세상의 험한 일이란 일들은 다 몰려오겠구나."

지금 와서 돌이켜 보면 아무래도 그 점쟁이가 제법 용한 것 같았다.

영상이 끝나고 위드는 잠깐 현실도피도 했다.

'아닐 거야. 아닐 거야. 아닐 거야. 드래곤은 얼굴 마담이고, 그냥 고블린이나 소탕하고 말겠지. 암, 바드레이만으로도 무거운 짐인데 엠비뉴 교단에 혼돈의 드래곤까지 짊어져야 하다니, 그럴 리가 없어.'

띠링!

세상을 위한 길

노들레는 사막에서 자신의 힘을 일깨웠고 이제 힐데른의 저주를 풀기 위하여 중앙 대륙으로 건너간다. 하지만 중앙 대륙은 여전히 전쟁의 소용돌이에서 빠져나오지 못했다. 왕가들은 시작과 끝을 알 수 없는 원한과 욕심으로 군대를 일으켰다. 그리고 그 속에서 자라나고 있는 대륙 최대의 사교 집단 엠비뉴 교단! 그들의 총본영에서는 대륙을 파괴하기 위한 병력을 결집시키며 대전쟁의 마지막 단계를 준비하고 있다.
혼돈의 드래곤을 뜻대로 부리기 위해서는 크고 맑은 영혼의 씨앗을 필요로 한다. 그들은 앞으로 닥치는 대로 어린 아기들을 납치할 것이다. 영혼의 씨앗 10만 개가 모이게 되면 아우솔레토는 깨어나게 된다.
이에 대한 정보를 입수한 성자 아헬른은 종족을 넘어서 믿을 수 있는 동료들과 함께 엠비뉴 교단을 습격할 계획을 세웠다. 그가 무모한 계획을 실행에 옮겨 죽임을 당하기 전에 만나야 한다. 정해진 기간 내에 아헬른을 만나지 못하면 힐데른의 몸에서 마족이 깨어나게 될 것이다.
난이도: 조각술 최후의 비기 퀘스트.
제한: 남은 시간 3개월. 본인이나 힐데른, 아헬른의 사망 시에는 퀘스트 실패.
주의: 노들레의 역할을 다하지 못하고 퀘스트가 끝났을 시에는 대륙이 그만큼의 피해를 입게 된다. 마족의 깨어남, 혼돈의 드래곤의 지배, 엠비뉴 교단의 세력 확대가 연속된 퀘스트의 결과에 따라 달라진다.

"으음!"

위드는 침음성을 삼켰다.

"드래곤 정도가 나올 수도 있으리라고 예상은 했지만……."

복권을 사면 당첨이 안 되는데 왜 이런 안 좋은 예상은 정확히 들어맞는단 말인가.

엄밀히 말하자면 아직까지는 거창하게 혼돈의 드래곤과 싸워야 하는 건 아니다. 드래곤은 깨어나지 못한 상태이고, 엠비뉴 교단을 습격하기 전에 아헬른만 만나면 된다.

"근데 그게 끝은 아니겠지."

물론 일이 그렇게 간단히 진행되면 얼마나 좋겠는가.

유치원생들이 읽는 동화의 엔딩처럼, 멋진 왕자를 만나서 신데렐라가 행복하게 살았다는 식으로 마무리될 리가 없다. 그 뒤로 맨날 남편의 불륜에 시부모와의 다툼, 시누이의 구박, 말 안 듣는 자식 등으로 고생하며 살지 않겠는가.

깊은 수렁에 발이 빠져든 것처럼 결국에는 아헬른의 동료들과 함께 엠비뉴 교단과 적극적으로 싸우게 될 것이다.

"전쟁의 시대에서 엠비뉴 교단의 세력은 어마어마하군. 드래곤까지 깨운다면 정말 말할 것도 없겠지."

위드는 역사서에서 노들레와 힐데른에 대한 설명을 자세히 찾아내지도 못했던 점을 떠올렸다. 또한 전쟁의 시대에 이렇게 대단한 엠비뉴 교단의 준동도 기록되어 있지 않았다.

"대륙의 피해 없이 전부 아헬른과 노들레의 모험으로 막아냈기 때문이겠군. 그 임무가 나한테 이어지게 된 거고."

엠비뉴 교단이 얼마나 무서운지는 겪어 본 사람들만이 안다.

원래의 시간대에서도 하벤 제국을 제외한 다른 지역들에는 엠비뉴 교단의 신도들이 상당히 많이 퍼져 있었다. 도시와 마을이 파괴되고, 수만 명의 광신도 군대들이 돌아다닌다.

독버섯처럼 자라나서 베르사 대륙을 뒤덮으려고 하고 있는 상태다.

만약 위드가 퀘스트를 실패한다면 그렇지 않아도 강력해지고 있는 엠비뉴 교단에 큰 선물 두 가지, 탑과 혼돈의 드래곤을 안겨 주게 되리라.

이는 수많은 유저들에게는 재앙과 같은 일이었다.

"뭐, 그렇게 된다고 해도 어차피 나야 손해 볼 건 없지만."

도덕심으로 철저히 중무장한 영웅들과 위드는 기본적인 생각 자체가 달랐다.

욕이야 먹거나 말거나!

어쨌든 간에 깨어날지 모를 마족도 그렇고 엠비뉴 교단의 경우에도, 주로 사건이 벌어질 장소는 중앙 대륙이다.

이 땅에서 일어날 수 있는 나쁜 것들은 몽땅 벌어진다고 해도, 형용할 수 없는 피해를 입게 되는 건 아마도 중앙 대륙의 왕국들이 아니겠는가.

특히 대륙 연합군을 격파하여 최고의 성세를 구축하고 있는 하벤 제국도 그 여파로 인하여 얼마나 망가지게 될지 모른다.

마족과 엠비뉴 교단.

이 둘 모두를 상대하는 건 정말 끔찍한 일이 될 것이기 때문이다.

위드가 퀘스트를 실패한다면 그다음에 이 사태를 감당해야 할 사람은 헤르메스 길드와 바드레이가 되리라.

이제야 입가에 맺히는 한 줄기 안도의 미소.

"고생한 보람이 있었어. 퀘스트를 실패하더라도 배는 안 아프겠군. 묵은 체증이 확 풀려 버리겠어."

헤르메스 길드에서는 전략적인 치밀한 사고를 바탕으로 정책들을 시행해 나갔다.

풍부한 자원, 충분한 생산 거점 마련, 주민들을 쥐어짜 내서 넉넉한 재정 확보, 군사시설 고급화, 도로를 통한 이동망 개선.

라페이를 중심으로 한 지휘 체계는 경영과 전략의 교과서라고 할 수 있을 만큼 합리적으로 돌아갔다.

"하베스크에 군대 4만 파견. 14일까지 점령 가능."

"롬 지역에서는 진군을 멈추고 병력을 재정비하라. 전장 지휘관의 보급 요청은?"

"아직 없었습니다."

"숲을 통과해야 하니 마법 무기 여유분을 보내 주도록."

"보급로를 확보하여 19일까지 도착할 수 있도록 노력하겠습니다."

방대한 군사 지원을 바탕으로 적들보다 우위를 점했다.

대륙 연합군은 루비돔 산맥에서의 패전 이후로 병력을 수습하고 다시 지휘 계통을 가다듬어서 도전해 왔지만 연전연패!

경험 많은 병사들의 사망은 전투력을 심각하게 약화시켰을 뿐만 아니라 소속 길드들의 이탈로 세력도 감소했다.

이때를 놓치지 않고 헤르메스 길드에서는 만만한 몇몇 길드에 동맹 신청을 했다.

말이 동맹 신청이지 실제로는 하수인이 되라는 의미였다.

"승산도 없이 하벤 제국에 대항하느니 차라리 지금이라도 고개를 숙이고 들어가는 편이 낫지 않겠습니까?"

"투항하고 들어가면 제국 내에서 활동할 수 있도록 허락해 준다고 합니다만."

“전쟁배상금을 지불하더라도 하벤 제국의 편에 서야 됩니다. 그들의 군대에 속해서 공적을 세우면 오히려 지금보다 더 나을 수도 있어요. 카멜롯 길드는 점령군의 선봉에서 활약하고 나서 성을 2개나 얻었다는군요.”

연합군의 와해로 하벤 제국의 대륙 점령 속도에는 한층 탄력이 붙었다.

제국군이 진군을 하면 싸워 보지도 않고 백기가 내걸리는 경우도 흔히 있었다.

하벤 제국에 대한 인식이 안 좋기 때문에 치안을 확보하는 일에 다소의 시간이 걸렸을 뿐, 파죽지세로 대륙을 점령해 나갔다.

그라디안 왕국의 완벽한 점령, 노튼 왕국 함락, 네스트의 주요 도시 장악!

방송국들은 이 소식을 곧바로 전하였다.

—하벤 제국군을 본 드로겐 성에서는 성문을 열고 투항 의사를 밝혔습니다.

—며칠 전까지 결사 항전의 의지를 보이던 네피아드 요새에 백기가 내걸렸습니다. 하벤 제국군과의 싸움을 포기한 모양이군요.

방송국들은 하벤 제국의 위세를 더욱 크게 띄워 주었다.

제국군에게는 무적의 군대, 패자의 군대라는 새로운 별명도 붙었다.

헤르메스 길드의 수뇌부에서는 새로운 명령을 내렸다.

“지금부터는 군대를 둘로 나눈다. 점령군을 일차로, 전투 자원을 집중시킨다. 그리고 후속 병력은 예비대로 편성하여 점령 지역에 대한 제국화 작업을 진행한다."

영토가 넓어지다 보니 정복 사업보다도 관리가 더욱 큰 부분을 차지했다.

대륙 정복 작업은 원활하게 이루어지고 있었고, 연합군은 크게 뭉쳐서 바드레이와 중앙군에 맞서지 못하는 형편이었다.

토르 왕국 아이언로드의 가세는 하벤 제국에 확실한 날개까지 달아 주었다.

명장의 반열에 오른 드워프 대장장이들이 만든 무기는 전장에서 위력을 뽐냈고, 방어구들은 일반 병사들이 화살에 입는 피해를 거의 무시할 정도로 줄여 주었다.

"토르 왕국은 아이언로드를 내세워서 내부적으로 흡수할 방법을 고려해 보는 게 좋을 것 같아. 그리고 엘프들은 아직 아무런 연락이 없나?"

"예. 전쟁에 참여하지 않는 종족적인 성향 때문인지 잠잠합니다."

엘프들은 성향상 도시를 건설하거나 성채를 짓지 않는다. 큰 숲에서 많이 몰려 살기는 하지만 그들끼리 지배권을 다투진 않는다.

그런 분위기로 인하여 엘프 종족을 선택한 유저들도 전쟁은 남의 일처럼 여겼다.

중앙 대륙이 전란에 휩싸이고 나서도 엘프들은 자유로웠다. 명문 길드들이 지배하던 도시와 성채에서도 굳이 세력을 이루지 않는 엘프들은 건드리거나 간섭하지 않았다. 그러한 이유로 엘프 유저들이 많이 늘어나기도 했고, 이젠 무시할 수 없을 정도가 되었다.

“엘프들은 계속 내버려 두실 겁니까?”

“아니. 엘프의 숲 중에서 드래곤이나 수호령의 보호를 받지 않는 곳들을 골라서 군대를 진입시킨다.”

“숲이라서 엘프들에게는 천연의 요새가 됩니다.”

엘프들은 나무의 도움을 받을 수도 있었으며, 높은 자연 친화력을 이용해 정령들을 동료로 부린다. 휘어지는 화살로 인하여 숲속에서는 레인저 이상의 활약을 펼쳤다.

“도끼병들을 차출하여 나무들을 모두 베어 버리면서 진군하도록 하고, 저항이 심할 경우 숲을 전부 태워 버려도 좋다. 후한 보상을 내걸고 악명을 감수할 수 있는 자원자들을 모집하는 게 좋겠지.”

“알겠습니다. 조치하겠습니다.”

하벤 제국이 일으키는 전쟁의 소용돌이가 엘프의 숲으로도 향했다.

“휴우, 여기까지 오니까 조금 살 것 같네.”

“조심해서 가자. 사람들도 믿을 수가 없어.”

초보 유저 30명가량이 조심스럽게 주변을 살피면서 숲속에서 나왔다.

그들은 지금은 망한 도시 크레아의 유저들이었다.

딱 이틀 정도 만에 접속해 보니 마지막에 종료했던 분수대 주변은 전부 폐허로 변해 있었다. 건물들은 불타거나 무너진 흔적들만 남았으며, 거리에는 시커멓게 변한 시체들이 쌓여 있었다.

한낮임에도 불구하고 하늘을 온통 뒤덮은 먹구름으로 인해 저녁처럼 어둡고 쌀쌀한 바람이 불었다.

아우우우우우우!

그리 멀지 않은 곳에서 울고 있는 늑대.

가히 공포 영화 속의 한 장면 같은 삭막한 분위기였다.

"이쪽이에요. 오세요!"

"늑대들이 냄새 맡기 전에 빨리 숨어요."

뒤늦게 들어온 크레아의 유저들은 먼저 있던 사람들과 합류했다.

그들은 미처 피난 가지 못했거나 마찬가지로 뒤늦게 접속한 이들이었다.

"여기가 왜 이렇게 변했어요?"

"모르셨구나. 엠비뉴 교단이 싹 쓸고 갔어요."

"아, 나 무기점 상점 주인이 내건 퀘스트 끝내고 보상 못 받았는데."

"포기하세요. 상점 주인은 식인종으로 변해 버렸으니까요."

"여관집 종업원은요?"

"지금 살아남은 주민 자체가 몇 명 안 돼요. 그나마도 광신도로 변한 자들이 대부분이고요. 퀘스트는 다 망했다고 보면 되니 그런 데 미련 가지지 말고, 살기 위해서는 서둘러서 엠비뉴 교단이 장악하지 않은 다른 안전한 도시로 가야 합니다."

대부분의 그룹이나 파티가 그렇듯이 이곳에서도 워리어가 대장 역할을 했다.

"자랑은 아니지만 제 레벨이 230 정도거든요. 늑대들은 아무것도 아닌데……."

"전 300이 넘어요. 근데 엠비뉴 교단이 차지한 지역에서는 몬스터와 마물의 성장 속도나 힘이 보통이 아니거든요. 생명력이나 체력은 그대로이더라도 힘이 세고 독까지 있어요. 그리고 싸우는 중에 광신도들이 몰려들면 끝장이에요."

"밤이 되면 도망갑시다."

이야기를 나누는 중에도 크레아의 유저들은 계속 접속을 해 하나둘 합류했고, 그들은 우물 밑의 공간에 숨었다.

우물물마저도 말라붙어서 공간은 충분히 남았다.

"엠비뉴 교단이 북쪽으로 올라갔으니 남쪽으로 가요."

"그렇게 합시다. 다들 소리 내지 말고요."

저녁이 되고 나서 30명 정도의 무리가 엠비뉴 교단과 반대편으로 이동했다.

늑대들의 울음소리가 들려오거나 비틀거리면서 걸어 다니는 광신도들이 나타날 때마다 바위 뒤에 모습을 숨겼다.

스릴 만점의 흥분되는 일이었지만, 엠비뉴 교단에 대하여 우려하지 않을 수 없었다.

'계속 이렇게 되어도 되는 거야?'

'아, 베르사 대륙에 평화는 언제 찾아올까.'

유저들은 최대한 은밀하게 안전지대로 빠져나왔다.

도시 일렉.

"엠비뉴! 엠비뉴만이 우리를 구원할 수 있습니다. 파괴하십시오. 주변에 있는 모든 걸 죽이고 파괴해야만 스스로를 구할 수 있습니다!"

"이성이 지배하던 지금까지의 시대는 이제 끝났습니다. 광기와 분노가 우리를 자유롭게 합니다. 우리를 고통스럽게 하던 모든 것들에 대해 응징을 하여야 합니다. 엠비뉴의 이름을 믿으십시오!"

하지만 이곳에도 엠비뉴 교단의 신봉자들이 도시를 배회하고 있었다.

도시의 병사들은 그들을 볼 때마다 잡아서 가두었지만, 또 새로운 신봉자들이 어디선가 계속 나타난다.

"엠비뉴 교단의 군대가 이쪽으로도 향하고 있대."

"그래? 그럼 어디로 가지?"

"살아남으려면 어디로든 가야지."

유저들은 엠비뉴 교단을 피해서 계속 이동했다.

세계를 구하는 용사

위드는 아헬른을 만나러 가기 전에 사막 도시 라호스에서 부하들을 중무장시키기로 했다. 어쩌면 그다음에는 엠비뉴 교단과의 전면전이 벌어질지도 모르기 때문이다.

"돈 생각하지 말고 필요한 게 있다면 마음껏 골라라."

그동안 사막 전사들은 전리품으로 습득한 무기나, 위드가 쓰다가 쓸모없어진 물건들을 넘겨받아야 했다. 그래도 상당수의 전사들이 그럭저럭 좋은 무기들로 무장하고 있었지만, 일부는 도저히 수준에 맞지 않는 물건들을 착용한 채 싸워 왔다.

기초적인 물자들도 없어서, 전문적으로 활을 익힌 사막 전사는 화살이 떨어지면 구경만 하면서 따라다녔다.

퀘스트로 인해 위드가 대장장이 스킬을 쓰지 못했을 뿐만 아니라 몬스터들의 수준이 워낙에 높다 보니 그나마 가진 장비들도 곧잘 깨졌지만, 그러려니 하고 감수하고 계속 싸워야 했다.

위드는 좋은 물건이 있으면 혼자 쓰면서, 부하들에게는 강인한 정신과 육체를 강조하며 지금까지 다녔던 것이다.

"저는 창이 필요합니다."

"사도록 해."

"화살을 넉넉히 가졌으면 좋겠습니다."

"얼마든지 골라."

"엘프 화살로 고르고 싶습니다. 비싸지만 그게 좋거든요."

"으음, 원하는 만큼 사라. 그 정도를 못 해 주겠느냐."

위드는 대대적인 지출을 감수했다.

퀘스트와 사냥으로 획득한 보석들의 대방출!

레벨이 높다 보니 보통은 갈 수 없는 사냥터들을 경험해서, 지금 가진 보석류들만 해도 어마어마했다. 고슴도치만 한 호박, 사과만 한 오팔 등 가치가 이만저만 나가는 보석들이 아니었지만 눈물을 삼키며 다 내놓았다.

보통 다이아몬드가 아니라 무결점의 다이아몬드, 색상이 제대로 나온 에메랄드 등은 따로 배낭에 넣어 두고 있었다.

잘만 가공한다면 충분히 왕실의 보물도 될 수 있는 보석들!

"이걸 처분할 시간이 왔구나. 이런 기분이 자식이 결혼할 때 혼수를 해 줘야 하는 부모의 심정일까?"

부하들이 필요한 물품들을 고르는 사이 위드는 조각술로 보석을 정교하게 세공했다.

어차피 지금 퀘스트를 마치고 나면 원래의 세상으로 가지고 돌아가지는 못할 물건 같았으니 부하들에게 미련 없이 쓰기로 한 것이다.

띠링!

보석 세공이 끝났습니다.
고급 조각술 스킬은 보석을 정밀하게 깎아 냅니다. 둥그런 달걀을 표현한 보석! 투명한 내부에는 형형색색의 꽃을 조각해서 넣어 두었습니다. 한 바퀴를 굴리면서 보면 다채로움과 무늬와 색감을 이어서 감상할 수 있습니다. 조각사의 불가사의한 기술력에는 감탄이 나올 수밖에 없을 정도입니다.

보석의 가치가 2.6배 오릅니다.
보석은 시간이 지남에 따라 희소성으로 인해 가치가 오르기도 하고, 명성이 높은 인물이 착용할수록 가격이 높아지게 됩니다.

조각술 스킬의 숙련도가 증가합니다.
보석 세공으로 명성을 154 얻었습니다.

위드는 생각해 두었던 보석 작품들을 망설임 없이 만들었다.

그동안 조각술 최후의 비기 퀘스트를 하면서 모험이나 생존에 급급하다 보니 여유롭게 작품을 만들 기회가 없었다. 지금도 험한 퀘스트를 앞두고 있지만, 보석의 원석을 얻고 나서 내내 상상했던 형상들을 깎아 냈다.

"이번에는 보석으로 된 잔을 한번 만들어 봐야지. 잔 안에 와인이나 물, 뭘 담더라도 그 빛깔이 매우 예쁠 거야. 빛을 놓치지 않기 위해서는 상당히 까다로운 작업이 될 것 같은데. 그래도 시도해 볼 가치가 있겠어."

진귀한 보석들을 이용한 세공품들이 탄생했다.

위드가 작품을 만들 때마다 사막 전사들과 도시의 주민들이 놀라는 모습을 볼 수가 있었다.

"대제님에게 이런 면모가 있었다니… 못하시는 게 없군."

"우리에게 욕을 하지 않고 묵묵히 작업만 하시는 건 처음 보는 것 같아."

"과연 사막의 영웅!"

보석을 세공할 때에는 주변에서 무슨 말을 하든 들리지 않을 정도로 집중했다.

너무나도 아까운 보석들.

돈의 가치도 물론 중요했지만, 이런 보석들은 지금 위드의 레벨이 아니고서는 구하기도 어려운 물건들이었다.

그것도 여러 색의 크고 작은 보석들이 있어서 만들 수 있는 건 무궁무진했다.

보석 상자에 창문 사이로 들어온 빛이 비치면 그 영롱한 빛깔은 정신을 잃게 할 정도였다.

'그러고 보니 서윤에게 변변한 선물도 못 해 줬지.'

위드는 원래 시간으로 돌아가면 사라질 아이템이라고 생각하고, 사파이어와 다이아몬드를 엮어 목걸이를 만들고 귀걸이를 깎았다.

대륙에 총 92개뿐인, 정말 귀한 수호자의 다이아몬드를 아끼지 않고 60개나 써서 만든 보석 작품이었다.

서윤이 퀘스트를 물심양면으로 도와준 고마움을 잊고 있었던 건 아니다.

그리고 어차피 사라질 보석이라고 여기고 있었기에 조금 과한 선물을 하기로 한 것이다.

"받아."

그녀가 만약 부담스럽다며 거절이라도 하면 받아 달라고 설득할 말들도 생각해 놓고 있었다.

"고마워요."

"……."

"예쁘네요."

"아니, 뭐, 귀하거나 부담스러운 물건이라고 해서 어려워한다거나……."

"잘 쓸게요."

"……."

서윤은 위드가 주는 선물이라면 가격을 떠나서 무엇이든 소중했다.

그녀는 목걸이와 귀걸이를 받아서 바로 착용했다.

보석의 옵션으로 기품, 명성, 매력을 크게 높여 주는 효과!

피부 톤이 조금 더 밝아지고 잔주름도 개선되었다. 모공 축소와 블랙헤드 제거는 기본.

가히 마법 아이템과도 같은 효과라서, 여성 유저들이라면 보석에 민감하지 않을 수가 없었다.

이미 완벽한 아기 피부를 가진 데다 그 자태가 형용하기 힘들 정도로 예쁜 서윤이었지만, 화려한 목걸이와 귀걸이도 너무나도 잘 어울렸다.

보석들이 광채를 뿜어낸다고 해도 어색하지 않으며, 그녀에게는 그냥 있어야 했던 것처럼 자연스러웠다.

서윤은 부유한 왕국의 귀한 공주님처럼 보일 정도였다.

영화와 드라마에 나가더라도 무조건 주인공을 맡을 수밖에 없으며, 어떠한 나쁜 짓을 저질러도 남자들에게는 무조건적인 옹호를 받아야 하는 외모.

'괜히 줬어.'

위드는 주고 나서 아까워서 후회를 했다.

'보석 몇 개는 빼고 주는 건데.'

서윤이 착용한 상태에서 보니 너무 완벽하게 잘 만든 목걸이였다. 빛나는 보석들이 찰랑이는 아름다움에 눈길을 빼앗길 수밖에 없다.

그 후에 그녀의 얼굴에까지 시선을 옮기고 나면 깊은 한숨과 함께 같은 공기를 마시고 살아간다는 이유만으로 조물주에게 감사하는 마음이 든다.

'정말 잘 어울리고 예쁘기는 해. 이래서 여자들에게 선물을 하는 건가? 서윤이 내 여자 친구라면… 으음, 그런 무리한 상상을 할 필요는 없겠지. 자본주의사회에서 예쁜 여자란 곧 지출이니까.'

순수한 마음으로는 극복하기 어려운 현대 자본주의사회!

예전에 서윤과 밥을 사 먹고 그 이후에 엄청난 가격의 커피를 마셨던 충격의 여파가 아직도 사라지지 않았다.

하지만 위드의 정신세계를 붕괴시킬 만한, 부하들의 물품 구입 대금 지급이 남아 있었다.

"674만 골드입니다."

"뭐요?"

"대제님, 674만 골드가 나왔습니다."

"어떻게 그런 엉터리 같은 가격이 나올 수가 있지? 네가 나를 능멸하는 것이냐!"

"전사님들이 고급품들을 선호해서요."

그동안 착용하지 못했던 어깨 보호대를 차고 기뻐하는 전일 그리고 새로운 허리띠를 두른 전삼.

조각 생명체들과 사막 전사들은 각자 1개 이상씩을 챙겼는데, 레벨이 높다 보니 그 수준도 대단한 것들이었다.

사실 어지간한 도시의 상점에서는 600만 골드가 넘는 물건을 판매하는 것 자체가 불가능하다.

그런데 이곳은 서윤이 발전시킨 사막의 도시 라호스였다. 사막 용병 길드의 본점이 이곳에 있으며, 모여드는 용병과 전사도 엄청났다. 그래서 이곳의 중앙 무기점과 방어구점은 합이 600만 골드가 넘는 특별한 마법 물품들도 넉넉하게 갖추고 있었던 것이다.

"평생 바가지를 당하지 않으려고 그렇게 조심하면서 살아왔건만 부하들의 충동구매로 이렇게 뜯기다니."

푸념이 나왔지만, 그나마 이것도 믿기 어려울 정도의 싼 가격이었다.

사막의 은인이며 패자인 위드가 구입을 한다 하니 상인들은 정식 가격의 절반 이하로 원가를 밑도는 금액에 판매 가격을 정했다. 물품들을 가져온 교역 상인들과 대장장이들도 즐거운 마음으로 손해를 감수하면서 판 것이다.

사막 전사들 개인적으로는 1만 골드가 넘는 물건을 하나씩만 하더라도 엄청난 금액이 나올 수밖에 없다.

"조금 기다려 주시오."

위드는 남은 사파이어들을 이용하여 서클릿을 만들었다.

예술적 가치 3,600.

빙계 마법을 강화시켜 주고, 사막에서는 착용한 사람을 시원하게 해 주는 효과를 가졌다.

“그런 푼돈 따위는 가지고 있지 않아서 거래를 하기가 곤란하군. 자, 이 보석 세공품이면 얼마나 하겠는가?”

그리고 높은 가격을 쳐주길 간절히 원했다.

상점 주인은 보석 감정을 해 보고 나서 대답했다.

“대제님께서 직접 세공하신 보석 장신구라니 이보다 더 놀랍거나 영광일 수는 없습니다. 이런 보석의 거래 가격은 시기에 따라서 차이가 많습니다. 그러나 대제님이 만드셨다는 것만으로도 사막의 대상들과 부족의 우두머리들은 대대로 물려주기 위해 만금을 주고서라도 원할 것입니다. 이 보석 서클릿이라면 300만 골드… 아니, 335만 골드를 쳐드리겠습니다.”

장식용으로는 엄청난 금액이었지만 그럼에도 불구하고 물품의 구입비에는 모자랐다.

퀘스트를 하면서 모은 돈도 상당했다. 던전들을 휩쓸면서 좋은 아이템들을 얻기는 했지만, 장비들은 대부분 본인이 직접 쓰거나 사막 전사들이 사용했다.

그렇기에 장비를 처분할 수가 없어서 지금까지 항상 돈에 쪼들릴 수밖에 없었다.

서윤이 용병 길드를 장악하여 도와주지 않았더라면 빈곤함 때문에 이만큼 성장하지 못했을 수도 있다.

“이것도 팔겠다.”

위드는 제일 먼저 세공한 보석 지팡이도 꺼내서 내놓았다.

마법을 부여할 수도 있는 커다란 마정석이 박혀 있는 지팡이로, 예술적 가치는 4,150.

사파이어 서클릿에 비교하여 보석들이 훨씬 많았다.

중앙 대륙에서 필요하면 군자금으로 쓰려고 했던 보물이다.

"이 물건이라면… 취급하게 되면 우리 상점의 명성이 늘어서 부유한 손님들이 많이 방문할 것 같군요. 그 가치를 봐서 360만 골드. 하지만 대제님께서 거래하신다면 387만 골드를 드릴 수 있습니다."

"그거 되게 귀한 물건인데… 흠흠."

체면이 상하더라도 한 번 정도의 흥정은 기본이었다.

"물론 잘 압니다만, 이 이상의 금액은 상점에서 이득을 남기고 처분하지 못할 수도 있습니다. 저희의 입장도 고려해 주시지요."

흥정 실패!

상인도 이미 최대한 높여 준 금액이라서 위드는 그냥 이쯤에서 거래를 하기로 했다.

부하들이 챙긴 물건들을 모두 내려놓고 나갈 수도 없지 않은가. 체면이라면 상관이 없지만 충성도가 떨어진다는 것이 문제였다.

"그렇다면 사파이어 서클릿과 보석 지팡이를 너에게 팔도록 하지. 대단한 영광인 줄 알라. 그리고… 웬만하면 30골드만 더 쳐주게."

"알겠습니다, 대제님!"

띠링!

대규모의 보석 세공품 거래를 하였습니다.
상점 주인은 이런 큰 거래를 성공시킨 사람에 대해 호감을 갖게 될 것입니다. 라호스 중앙 상회의 중요한 단골손님이 되었습니다. 필요한 물품을 특별 주문할 수 있습니다. 주문한 물품은 라호스 중앙 상회의 인맥을 통해서 구하게 될 것입니다. 물품에 대한 소문이나 정보를 들을 수 있습니다.

매력이 2 증가합니다. 명성이 보석의 가치만큼 높아집니다. 부유함에 대한 소문이 나서 도둑들이 당신에게 관심을 갖게 될 수도 있습니다.
라호스의 도시 명성이 2 증가합니다.

48만 30골드의 거스름돈은 자잘한 보석으로 받았다.

전칠이 순진무구한 눈으로 말했다.

"대제님, 아직 더 사고 싶은 게 있는데요."

"…사라. 단, 내가 가진 돈을 초과하진 않도록 해라."

사막의 대제이며 최초로 탄생한 전설인 태양의 전사에게는 푼돈으로 여겨져야 할지 모르지만 그렇지 않다는 점이 슬펐다.

'그래도 부하들을 챙겨 주고 나니 약간은 뿌듯하군. 굳이 비유하자면 호두과자 20개들이 한 봉지를 샀는데 21개가 들어 있는 기분이랄까.'

조금 돈을 잘 쓴 것 같은 기분!

물론 이렇게 물품을 사 준 만큼 중앙 대륙으로 건너가고 나서 몇 명이나 다시 사막으로 돌아올 수 있을지는 미지수였다.

그때 서윤이 가지고 있던 배낭을 열었다.

"이거 제가 번 돈인데, 부하들을 위해서 쓰세요."

"그럴 필요 없어. 부하들은 내가 챙겨 주는 걸로 충분하니 과자나 사 먹어."

위드는 내내 도시를 떠나지 않은 그녀가 모아 봐야 얼마나 모았을까 싶었다. 그리고 돈이 필요할 때마다 그녀가 계속 대 주었지 않은가.

"그래도… 돈은 얼마나 있는데?"

"2,000만 골드가 조금 넘어요."

"헉!"

"용병 길드 운영 자금, 그리고 용병 길드를 물려주고 나서 받은 보상금이에요."

서윤은 사막 도시들이 발전하기 전에 중요한 길목마다에 땅을 샀다. 도시가 커지면서 땅값은 천정부지로 치솟았고, 그 이후로는 건물도 지어서 팔았다.

교역으로도 한밑천을 단단히 잡았는데, 알짜배기로 돈을 벌어들여서 사막의 부가 그녀에게로 향하고 있다는 소문까지도 돌 정도였다.

그 자금으로 지금까지 용병 길드를 확장하고 위드의 뒷바라지도 할 수 있었던 것이다.

아르펜 왕국의 왕궁으로 또 다른 손님들이 찾아오고 있었다.

햇볕에 검게 그을리고 수염을 기른 외모의 남자들이 중무장한 채로 말을 타고 성문을 향하여 일제히 달려왔다. 하나같이 섬뜩하게 휘어진 칼을 허리에 착용한 전사들이었다.

"멈춰라!"

아르펜 왕국의 NPC 기사들은 다가오는 것을 경계하며 막았다. 강철을 연마하여 제작한 장검과 방패도 들어 올렸다.

방패에는 그들의 소속을 드러내는 와이번이 그려져 있었다.

일반적인 와이번과는 조금 다르게 등 부분이 평평한 와삼이의 모습!

"침입자들! 이곳은 북부의 영광을 이끄는 땅이며 허락되지 않은 자들이 침입할 수 있는 장소가 아니다."

"무기를 버리고 투항하라. 그러지 않으면 공격하겠다."

성문의 수비병들이 경계를 하고 있을 때였다.

처처척!

수비에 용이한 성벽에서는 궁수들이 나타나 신속하게 장궁을 겨누었다.

아르펜 왕국의 기사들과 병사들은 끊임없이 사냥에 나가는 유저들의 초대를 받았다.

유저들은 왕국의 공헌도를 적극적으로 쌓았고, 그걸 사냥터로 갈 때 병사들을 빌리는 데 썼던 것이다.

이제 아르펜 왕국은 영토도 넓어지고 소속 마을들도 많아졌다. 고레벨 유저들도 충분한 숫자가 되어서 경제력도 부강해진 만큼, 군대도 확대가 이루어지고 있었다.

"뭐야, 왕궁으로 어떤 길드가 쳐들어온 거야?"

"아냐. 저거 좀 봐. 저렇게 비슷한 복장이나 외모는 본 적이 없는데. NPC 아냐?"

"그럼 이거 이벤트?"

왕궁의 입구 근처에 모여 있던 유저들도 호기심을 드러내면서 다가왔다.

물론 여차하면 싸우기 위한 준비들도 하고 있었다.

검사들은 검집에 손을 올리고, 마법사들은 언제라도 공격할 수 있도록 주문을 외웠다.

유저들도 경계하지 않을 수 없을 정도로, 갑자기 나타난 이들은 살벌한 느낌을 주었다.

"NPC나 이벤트가 아닐지도 몰라."

"왜? 저런 외모가 흔할 수가 없잖아."

"예전에 본 적 있어. 덩치가 크고 눈매가 무서운 사람들이 검 한 자루를 차고 다니던 것을."

"아, 그 사람들과 비슷하긴 하다."

"얼굴이나 분위기는 그쪽이 더 험악했지. 내가 레벨이 400이 넘는데도 눈 마주칠까 봐 본능적으로 고개 숙였잖아!"

검치와 제자들은 초보자들이 뭘 물어보면 친절하게 대답해 주고, 사냥을 하고 있으면 도움도 주었다.

그럼에도 퍼지는 악명!

딱히 나쁜 짓을 하지도 않았는데, 그냥 인상이 무기징역감이었다.

아르펜 왕궁으로 찾아온 전사들은 주변의 흉흉한 분위기에 아랑곳하지 않고 말에서 내리더니 당당하게 말했다.

"우린 사막의 율법에 따라, 피의 맹세를 지키기 위해 왔다."

아르펜 왕국의 기사가 고개를 갸웃하며 물었다.

"그게 무슨 의미인가."

"우린 앞으로 아르펜 왕국을 위하여 칼을 뽑을 것이다."

"뭐라고?"

"우리는 아르펜 왕국의 국왕에게 입은 감당할 수 없는 큰 은혜를 갚아야 한다."

전사들은 남부 사막에서 온 것이었다.

사막의 전성기를 이끈 태양의 전사 위드가 활약하던 시절, 사막 부족들에게는 대대로 따라야 할 명령이 내려졌다.

"언젠가 이곳과는 정반대에 있는 북부에 아르펜 왕국이 세워질 것이다. 사막의 형제들이여, 그때가 되면 전사들로 하여금 아르펜 왕국의 국왕을 나를 보듯이 섬기도록 하여라. 너희가 이 말을 따르지 않는다면 모래바람이 모든 걸 앗아 가게 될 것이다."

"예, 대제!"

사막 전사들에게는 신의 명령과도 같은 말이었다.

그들에게 위드의 존재감은 태양신과 고스톱을 칠 정도라서, 무조건 따라야 했다.

과거에 쌓은 엄청난 명성과 레벨을 놓치지 않고 대대로 전달하며 노예로 만들려고 했던 위드의 술수가 통한 것이다.

위드에게 포섭된 사막 전사들의 숫자가 대략 3,000명까지 늘어났다.

"말살의 불도마뱀 대장을 잡으셨다는 이야기가 저희 부족에서 화제가 되고 있습니다. 부족한 저이지만 우러러보는 분을 따르기 위해 왔습니다."

"잘 왔다."

"대제의 은덕을 입은 로스커 호수에서 자라 왔습니다. 제 몸과 검은 대제의 것입니다. 부디 받아 주십시오."

"싸울 기회를 충분히 주도록 하마."

말살의 불도마뱀과 싸우면서 사막 전사들의 희생이 컸다. 친위대를 1,000명까지 보충한 이외에도, 각 부족의 대표 전사들을 사막의 붉은 칼 부대로 적극 받아들였다.

과거에는 귀찮다고 몬스터들의 먹이로 교묘하게 던져 주기까지 했지만, 퀘스트의 내용을 듣고 나서는 소중한 존재가 되었다.

그렇지만 함께 성장한 직속 부하들과는 다르게 수준은 훨씬 많이 떨어졌다.

그럼에도 사막 부족 최고의 정예 전사들이기 때문에 밥값 정도는 충분히 해낼 수준이었다.

"무모하게 부딪칠 수는 없지. 이들을 데리고 엠비뉴 교단과 싸워야겠어."

원래 정상적인 퀘스트의 내용대로라면 노들레는 사막에서 친해진 동료 몇 명을 데리고 중앙 대륙으로 떠나 아헬른과 함께 엠비뉴 교단을 막아 냈다.

"고생을 혼자 할 수는 없지. 부하들은 부려 먹으라고 있는 건데 말이야."

위드의 방식에 따라 서서히 그러나 걷잡을 수 없도록 커지는 스케일!

서윤도 쌓아 놓은 인맥을 썩히지 않았다.

사막 도시들에 투자해 놓았던 자금을 회수하고 용병 길드로 갔다.

"사람을 구해요. 위험한 일이에요."

"힐데른 님께서 오셨군요. 어떤 일인지는 모르지만 전사들은 당신께서 보여 주신 신뢰를 믿을 것입니다."

그녀가 모집한 정예 사막 전사는 8,000명!

사막 전사 용병들이 비교적 싼값이라고는 해도, 실력이 출중한 자들은 부르는 게 값이다.

현재 위드와 서윤으로 인해서 사막에서는 통합과 발전, 잦은 토벌이 이루어져 무력은 전체적으로 크게 높아져 있었다.

"우린 중앙 대륙으로 진출한다. 그리고 대륙을 바로잡기 위한 숭고한 전투를 치르는 것이다."

"우와아아!"

부하가 이제 11,000명을 돌파!

그리고 사막 부족의 장로들이 모였다. 역사적으로 부족들 간의 사이가 화목하진 않지만 그동안 상당 기간 번영을 이루며 오랜 전투도 멈췄다.

"사막을 위협하는 몬스터들은 대부분 사라지게 되었고, 전사들은 넘쳐 나고 있네. 우리의 아이들이 안전하게 자랄 수 있도록 중앙 대륙으로 출진하신다는 대제님께 힘을 보태 드리도록 하지."

"비옥한 땅에서 어려움을 모르는 대륙 놈들은 마음에 들지 않지만… 대제께서 원하신다면 라그니프 부족은 참여하겠다."

"좋다. 페살로샌드 부족도 빠질 수 없지."

사막 부족들은 9,000명의 전사들을 내놓기로 했다.

위드를 따르는 원정대가 대대적으로 구성되었다.

그리고 나타난 메시지 창!

위드는 요즘에는 메시지 창이 울리기만 해도 간이 떨렸다. 하지만 이번에는 긍정적인 내용이었다.

띠링!

> 부하들이 2만 명이 넘었습니다.
> 노들레와는 다른 길을 걸어가고 있지만, 이 또한 시간이 안배한 운명의 궤적을 벗어나는 일은 아닙니다. 운명은 그대로 따르는 것이 아니라 새롭게 개척할 수 있습니다. 부하들을 이끌고 엠비뉴 교단을 공격한다면 많은 사건들이 변화하게 될 것입니다. 새로운 운명을 받아들이겠습니까?

"으음."

위드는 잠시 고민을 했다.

"혼자 죽도록 고생을 할 것인가, 아니면 부하들과 함께 고생을 할 것인가라는 결정이로군."

즉, 거절한다면 부하들을 해산시키고 몇 명만을 데리고 가야 한다.

그냥 두고 가기에는 장비들을 챙겨 준 돈도 그렇고, 최고의 정예인 사막의 붉은 칼 부대도 아까웠다.

"최악의 상황에 혼돈의 드래곤이 깨어나서 싸우게 되더라도 이놈들이 있어야겠지."

부하들이 죽거나 말거나 혹은 고생을 하거나 상관없는 일.

"새로운 운명을 받아들인다."

새로운 운명의 수레바퀴가 굴러가기 시작하였습니다.
22년간 진행되는 퀘스트에서 매우 훌륭한 성과를 달성하고 사막을 발전시켰기에 이에 대한 특별한 보상이 부여됩니다. 직업이 세계를 구하는 용사로 바뀝니다. 사막에서 최초로 탄생한 태양의 전사에서 승급이 이루어졌습니다. 태양의 전사로서의 특성을 30% 더 강화합니다. 기사, 전사 계열의 최종 직업이며 동시대에 1명만이 가질 수 있습니다. 인간이 가진 무력의 한계를 뛰어넘고, 신성하고 중요한 의무를 부여받아야만 전직이 이루어집니다.
전사의 손은 모든 무기를 다룰 수 있습니다. 많은 경험을 바탕으로 전투 스킬을 쉽게 습득할 수 있습니다. 명예가 스탯에 상관없이 최대치가 됩니다. 명성의 의미가 사라집니다. 직업을 밝힌다면 선을 따르는 이들의 열렬한 존중을 받습니다. 종족의 한계를 떠나서 명예와 신앙, 카리스마를 바탕으로 부하와 동료 들을 구할 수 있을 것입니다. 용사가 행하는 모든 행동들은 악명의 증가를 최소화합니다.
세계를 위해 싸워야 하는 용사에게는 신들이 지대한 관심을 갖습니다. 당신과 관련이 있는 신들은 기꺼이 자신의 힘을 나누어 줄 것입니다.
전투의 신 티르가 축복을 내립니다.

—어린 인간이여, 어지러운 대륙을 바로잡아야 할 그대의 어깨가 무겁구나. 하지만 자기 자신을 믿는다면 승리할 수 있을 것이다.

전투와 관련이 있는 다섯 가지 기술의 비기를 얻게 될 것입니다. 전투의 신 티르가 주는 스킬은 곧바로 고급 7레벨의 효과를 내며, 숙련도를 쌓아도 성장하지 않습니다. 다른 사람에게 전수도 불가능하며, 전쟁이 끝나면 사라지게 될 것입니다.
군신 아트록이 축복을 내립니다.

—그대의 지도 능력은 훌륭하다. 어떤 전투에서도 그대의 말은 모든 이들이 듣고, 용기를 내게 될 것이다.

통솔력이 130 높아집니다. 군대 지휘 스킬 '아트록의 함성, 용사의 격려'를 얻었습니다. 부하들의 성장 속도가 빨라집니다.
대지의 여신 미네가 축복을 내립니다.

—용사여, 땅은 모든 것을 기억하고 있답니다. 뒤바뀐 영혼으로 살아가면서 참 많은 상처를 경험하고 있군요. 당신은 먼 훗날의 이 세상을 위하여 많은 일을 하였고, 또 사막에 새로운 생명의 씨앗들을 자라게 하였습니다. 땅과 생명을 사랑하는 당신은 쉽게 쓰러지지 않을 것입니다.

생명력의 최대치가 3.7배로 높아집니다. 생명력이 20% 이하로 감소하면 회복 속도가 4배로 높아지게 됩니다. 땅에 손을 대면 트롤을 능가하는 불가사의한 회복력을 보입니다.
태양을 상징하는 루가 축복을 내립니다.

—뜨거운 심장과 빛의 검을 가진 용사여, 나의 검으로 오랜 악을 처단했던 인간이여, 악을 물리치기 위한 싸움에서는 오로지 앞으로만 나아가야 할 것이다.

빛과 관련된 전투 공격력이 55% 오릅니다. 빛의 보호 능력으로 인해 암흑 속성의 공격의 피해를 60%까지 줄입니다. 축복 마법의 효과를 높입니다.
풍요와 아름다움을 주관하는 프레야 여신이 축복을 내립니다.

—모라타의 주인이여, 그대는 많은 일들을 이미 이루었고, 앞으로도 거대한 운명을 등에 짊어지고 있구나. 그대가 걸어온 길에는 풍성한 열매와 곡식이 열렸다. 그리고 앞으로도 쭉 계속 그리하리라. 그대와 그대의 부하들은 어느 곳에서도 굶주리지 않을 것이며 어떤 환경에서도 그 기품을 잃지 않을 것이다.

식량을 구하기가 아주 쉬워집니다. 아무리 오랫동안 씻지 않아도 매력이 감소하지 않습니다. 주민들의 호감을 쉽게 이끌어 내게 됩니다.
다섯 신의 축복을 받았습니다. 엠비뉴 교단과의 싸움이 종결될 때까지 모든 스탯이 89개 증가합니다.

티르, 아트록, 미네, 루, 프레야!

정의를 추구하는 신들이 위드에게 새로운 운명을 기대하며 강력한 힘을 주었다.

위드는 전에 없는 묵직한 사명감을 느꼈다.

아마도 이 시대에 스스로 인간으로서는 가장 강한 존재가 아닐까 싶었다.

돈 없이도 밥을 얻어먹는 눈치가 제대로 발휘되었다.

“세계를 구하는 용사, 그리고 신들의 축복까지. 최고의 전력을 쌓았으니 이 시대에 마음껏 깽판을 쳐 보라는 말이로군."

입가에 맺힌 훈훈한 미소.

위드가 사막에서 레벨을 올리면서도 원했던 바가 바로 이런 부분이었다.

노들레의 역할만 충실히 하기에는 솔직히 지루했다.

남이 했던 일을 고스란히 따라 해야 한다는 건 둘째 치고, 그는 인간 중에서도 지독할 정도로 착한 사람에 속했다. 가진 게 많음에도 불구하고 없는 사람들을 걱정하며 발명을 하고, 사랑하는 여자를 위하여 보장된 미래를 버리고 떠날 줄도 안다.

"아마 사막에서 번 돈도 그냥 다 나누어 줘 버렸겠지."

훗날 조금 살 만해지고 나니까 오지랖도 넓게 대륙의 정의를 세우기 위하여 엠비뉴 교단에 덤벼들지 않았던가.

물론 그가 영웅이기는 했어도 위드의 사고방식과는 참치와 독수리 이상의 차이가 있었다.

"힘을 가진 만큼 엠비뉴 교단을 퇴치하고, 내가 제대로 한탕해 먹어 봐야지."

엠비뉴 교단의 총본영에는 신탁이 내려졌다.

대륙의 남쪽에서 너희를 막을 거대한 힘이 올라오고 있다. 그들을 물리쳐라. 방해자들을 제거해야 한다.

"예, 알겠습니다."

대사제 헤울러는 잠들어 있는 마물의 부대를 예정된 역사보다 일찍 깨웠다.

가까운 엠비뉴 지파들에 동원 명령도 내렸다.

제4지파 대사제 모툴스가 이끄는 파괴되지 않는 청동 군대.

제6지파 대사제 잉그리그의 열성적인 광신도 군대.

"악녀 페첫에게도 드래곤 아우솔레토를 깨우는 일을 도우라고 전해라."

악녀 페첫은 선대의 약속에 의하여 엠비뉴 교단을 단 한 번 돕도록 되어 있었다.

잉그리그가 반대 의견을 냈다.

"그녀를 쓰는 것은 아깝지 않겠는가?"

"이번 일이 가장 우선이다. 방해자들을 제거하는 것도 대륙을 파괴하기 위해서 필요한 일이 될 것이다. 엠비뉴 신의 신탁이 직접 내려왔으니 허술하게 처리할 수 없다."

"좋다. 그렇다면 동의한다."

사상 최강의 악녀 페첫은 전쟁의 시대에 여러 왕국을 괴롭힌 골칫덩이였다.

페첫은 지금으로부터 몇 년 후 전쟁의 시대가 절정에 이르렀을 때 켈튼 왕국의 최정예 기사들이 무수히 달려들어서 없앨 수 있었지만, 이때 입은 피해는 훗날 군사 강국인 켈튼 왕국이 몰락하는 중요한 원인이 되었다.

과거 엠비뉴 교단은 방심하고 있다가 어이없게 당했다.

노들레는 그가 사막에서 사귄 7명의 친구들과 아헬른과 협력하여, 믿기지 않는 모험을 하면서 엠비뉴 교단의 음모를 깨뜨렸다.

그때 만났던 사막의 친구들 중에는 헤스티거, 루헬른, 브레빈슨 등이 있었다. 끈질긴 행운아 헤스티거야말로 노들레의 가장 든든한 우군이었다.

위드는 이들 중 4명은 부하로 거두었지만 사냥 도중에 3명을 죽음에 이르게 하였고, 나머지는 사냥터를 전전하느라 만나지 못했다.

이 시대에서 위드의 전력이 워낙 막강하다 보니 역사적인 사건에도 변화가 생겨서 엠비뉴 교단에도 신탁이 내려지게 된 것이다.

위드는 그 사실을 모르는 채 행복하게 웃었다.

"후후후, 이 퀘스트는 해치운 거나 다름이 없군. 불쌍한 노들레는 고생을 했겠지만, 사람이 평소에 열심히 살다 보면 이렇게 보답을 받게 돼."

어찌 본다면 노들레보다도 더 재수 없었고, 사건들은 더욱 꼬여 가고 있었다.

조각술 최후의 비기 퀘스트는 그렇지 않아도 난이도가 어려운데, 스케일이 커지면서 거기서 한 단계 더 높아지고 말았다.

위드는 전투 스킬들의 비기로 다섯 가지를 정했다.

"절대 방어!"

워리어의 비기로, 착용하고 있는 갑옷의 방어력을 3배로 늘려 준다. 또 어떠한 경우에도 치명적인 공격을 당하지 않으며, 연속 공격을 당하더라도 바로 몸을 움직여서 물러날 수 있게 해 주었다.

절대 방어가 있으면 혼자 기사단에 둘러싸이더라도 웬만해서는 죽지 않는 것이다.

대지의 여신 미네로 인해 생명력까지 크게 늘어났으니 끔찍할 정도로 강한 적들의 집중 공격이 아닌 한 무시하면서 무작정 뚫어 버릴 수 있다.

"그리고 다음의 기술로는… 공격력을 늘려 주는 것으로 검의 각성, 탄생의 힘, 흑기사의 일격, 다른 하나의 검 소환으로 해야지!"

스킬은 조금이라도 아는 것을 얻어야 활용하기가 유리하다. 그렇다 보니 전부 바드레이가 가지고 있는 스킬들이었다.

검의 각성은 무기 자체의 공격력을 늘려 주니 필요하다.

탄생의 힘은 체력이 감소하거나 스쳐서 맞더라도 최대의 위력을 발휘하게 해 준다. 덤으로 적을 밀쳐 내는 효과까지 있다.

흑기사의 일격은 광역 공격을 발동시키는 스킬.

다른 하나의 검 소환은 검술의 비기로, 마나의 검이 스스로 날아다니면서 공격과 방어를 한다.

위드는 바드레이와 싸우면서 공격과 방어의 조화에 있어서 스킬들의 구성이 상당히 훌륭하다고 여겼다.

상대방의 무기를 부숴 버리는 파워 브레이크 같은 스킬은 익히고 나서도 쓰지 못했지만, 영웅의 탑에서 얻은 헤라임 검술 등은 여전히 심심치 않게 활용했다.

헤르메스 길드의 지원을 받는 바드레이라면 남들이 알지 못하는 정보들을 많이 가지고 있었을 테고, 그중에서도 효과가 뛰어난 스킬들을 위주로 얻는 혜택을 누릴 수 있었을 것이다.

"언젠가 배우려고 몽땅 노리고 있던 참에 잘됐군."

현재의 위드가 바드레이의 스킬을 쓴다면 그 위력도 하늘과 땅만큼 차이가 날 것이다.

검술의 마스터에 824라는 극한에 달한 레벨은 비교 자체를 거부할 정도였다.

사막에서 성장해 오며 스킬의 빈곤함에 시달렸는데 이것으로 어느 정도 그 약점도 보완이 되었다.

"이제 아헬른을 찾으며 엠비뉴 교단이 있는 중앙 대륙으로 진격을 해야겠군!"

퀘스트에는 3개월이라는 시간제한이 있다.

대륙 전체를 배경으로 하기에 서두르지 않으면 안 되었다.

공국 노아.

중앙 대륙에서 바다를 접하고 있어 중계무역을 활발하게 하는 국가였다. 전쟁의 시대에는 물자들이 귀하고 가격도 비쌀 수밖에 없었기에 상업을 통해 떼돈을 벌어들였다.

위드는 부하들을 이끌고 노아를 향해 낙타를 타고 달려갔다.

퀘스트를 하면서 매일 시간에 쫓기며 서둘러 다녔기 때문에 말이나 낙타를 모는 기술은 최고에 달해 있었다. 위드와 직속 부대는 바람을 앞질러서 달릴 수 있을 정도였다.

나중에 받아들인 전사들도 기본 이상의 기마술을 가지고 있었다.

"남쪽에서 먼지구름이다."

"저건 뭐지?"

노아의 수비병들이 아무런 예고도 없이 접근하는 그들을 발견했다.

뎅! 뎅! 뎅!

곧 위급을 알리는 종소리가 울리고, 노아의 군대가 성내에 집결했다.

병사들의 숫자는 32,000!

전쟁의 시대이기에 규모가 작은 공국이라고 해도 많은 병력을 거느리고 있었다. 하지만 다른 왕국을 침략할 수 있는 수준은 아니라, 궁병들을 주력으로 하여 방어 위주로 편성되었다.

노아의 군대가 소집되는 사이에 위드는 사막의 붉은 칼 군대를 이끌고 성 근처에 도착을 했다.

"상업 도시라더니 규모가 상당히 크군."

푸른 하늘 아래 도시는 붉은 벽돌로 지은 고풍스러운 건물들로 가득했다.

복잡하게 이어진 좁은 골목길과 오래된 흔적이 역력한 성벽.

중세 시대의 전통적인 우아미가 돋보이는 도시였다.

"적군이 나타났다!"

"전투를 준비하라. 적들은 그리 많지 않다!"

노아의 병사들이 외치는 소리가 들렸다.

"역시 우리가 접근하기만 해도 군대가 전투를 준비하게 될 줄 알았지. 아무래도 사막 전사들이란 침략자의 이미지를 가지고 있으니까."

물론 정말 순수한 의도로 부하들을 잔뜩 데리고 온 것도 아니다.

"자, 어떻게 할까."

위드로서는 선택을 내려야 하는 순간이었다.

사막 전사들을 이끌고 중무장한 상태로 아헬른을 만나기 위해 중앙 대륙을 돌아다니는 건 상당한 불편함이 있다.

평화로운 시절에도 대대적인 병력의 이동을 왕국들이 허용할 리가 없는데, 하물며 지금은 재채기만 해도 검이 날아온다는 전쟁의 시대!

사막 전사들로 구성된 군대를 이끌고 중앙 대륙으로 건너왔으니 이는 당연히 남부 야만인들의 침공으로 받아들여져 경계하게 된다.

위드는 공국 노아로 오면서 이 부분에 대하여 식사 후에 잠깐 생각해 봤다.

'원만하게 대화로 해결을 할 수 있을까? 적당히 뇌물을 바치고 대화로 넘어가는 것도 가능하긴 할 듯한데. 하지만 도시를 통과할 때마다 매번 설득을 하려면 시간도 많이 걸리고 번거로울 거야. 그러면 사막 전사들을 적은 숫자로 나눠서 따로 이동을 시킬까? 아니야, 최악의 방법이야. 저 참을성 없는 놈들은 어디서든 싸움을 일으키고 말 거야.'

사막 전사 군대 2만 명을 그렇다고 포기할 수도 없지 않은가.

그렇다고 노아의 군대나 중앙 대륙의 군대가 무섭게 여겨지지도 않았다.

사막에서 싸워 온 몬스터에 비한다면 오히려 약하기 짝이 없는 존재들!

위드는 결단을 내렸다.

"어차피 잘됐어. 가로막는 놈들은 그냥 다 부숴 버리면 되지. 그리고 몽땅 약탈을 하는 거야."

금과 향료 무역으로 유명한 공국 노아!

뻔히 무장하고 있는 군대와 외교적으로 분쟁을 줄이도록 노력하기보단 철저히 파괴해 버리기로 했다.

어차피 노들레로서 쌓는 악명은 중요하지도 않지 않은가.

"그동안 너무 착하고 심심하게 지냈어. 이런 재미라도 있어야겠지."

위드는 끝없이 강함을 추구하던 〈마법의 대륙〉 시절을 떠올리고 있었기에 거침이 없었다.

하기야 검치와 사형들이었다면 무슨 이런 일을 가지고 번거롭게 생각까지 하느냐고 질책을 했을 것이다.

한때의 세상을 질타하면서 살아가 보고 싶은 것이 사나이의 야망!

전쟁의 시대에 와서 군대를 이끌고 마음껏 헤쳐 나가 보고 싶은 기분이 들기도 했다.

무모하더라도 머리보다는 심장이 시키는 일을 하지 않는다면 훗날 더 많은 후회를 하게 되리라.

그렇지만 전투는 매우 신중하게 해야 했다.

위드와 직속부대의 전투력은 단일 세력으로는 가히 최강이라고 할 만하다. 하지만 뒤늦게 받아들인 사막 전사들은 아직 제대로 단련이 되어 있지 않았다.

대규모 전쟁을 위한 보급도 제대로 갖춰져 있지 않은 마당에, 2만여 명의 군대란 어쩌면 쉽게 소모되어 허무하게 무너져 버릴 수도 있다.

"철저하게, 그리고 무리하지 않아야겠군. 모두 전투준비."

사막 전사들이 활과 시미터를 들어 올렸다.

성문을 파괴하거나 성벽에 오를 공성 무기도 가져오지 않았지만 그 정도는 위드와 직속부대가 어떻게든 방법을 찾아내야 하리라.

사실상 위드가 제대로 힘을 사용하기만 하더라도 노아 성 정도는 그리 어려워 보이진 않았다.

"제대로 한바탕해 볼 수 있겠군."

단독으로 대군과 맞서는 것은 〈로열 로드〉의 모든 전투 계열 유저들이 바라는 꿈이라고 할 수 있으리라.

위드에게는 충분한 자격과 능력도 있었다. 오히려 일반 병사들이나 기사들을 상대로는 힘 조절이 어려울 뿐.

그때 노아의 기사들이 성벽 위에 등장했다.

"미개한 사막의 거지새끼들이 약탈을 하기 위해 이곳으로 왔구나."

노아의 총사령관은 베르테보네가. 당연히 NPC였다.

그가 호탕하게 웃으며 고함을 치자 노아의 병사들이 조롱하며 웃음을 터트렸다.

"낄낄, 주제도 모르고 또 나타났군."

"지난번에 쓸모없는 시체들만 남겨 놓고 도망쳐서 파묻느라고 얼마나 고생을 했는지."

"빵 부스러기라도 줄 테니 그냥 꺼져라, 거지새끼들아."

위드는 지휘관은 물론이고 병사들과도 여러 말 섞을 필요 없다고 생각했다.

'보아하니 대화로 사기를 낮출 수는 없겠군.'

사막에서의 명성이 이곳까지는 퍼지지 않은 것이리라. 혹은 지금 사막 전사들을 데리고 온 사람이 위드라는 점이 제대로 알려지지 않았거나.

만약 알았다면 자발적으로 항복을 하거나, 최소한 이런 조롱은 하지 말았어야 했다.

중앙 대륙은 자신들만이 최고라고 생각하며 동부와 서부, 남부와 같은 변방은 무시하는 정서가 있었다.

사막 전사들의 허술한 복장도 그들이 무시할 수밖에 없게 만드는 원인이기도 했다.

부유한 노아의 병사들은 말단이라도 번쩍번쩍 빛나는 강철 갑옷으로 무장을 했다. 그에 비해서 사막 전사들은 해진 가죽옷만 입고 있는 경우가 대부분이었다.

뜨거운 사막에서는 금속 갑옷이 비효율적이라는 실용적인 이유도 있지만, 실상 그만한 실력이 있는 대장장이와 재료를 구하기가 어렵다.

사막 부족들도 무기와 가죽 방어구 등을 생산하지만 중앙 대륙의 장인들만큼 품질과 형태가 좋지도 않았다.

없어 보인다고 무시당하는 것도 위드에게는 익숙한 일이었다. 어린 나이부터 항상 남들보다 허름하고 나쁜 옷이나 가방을 쓰면서 학교를 다녔으니까.

"음, 그러고 보니 초등학교 시절부터 누가 나한테는 과자나 아이스크림을 사 달라고 한 적도 없군."

어린 마음에 그때는 창피했고 친구들이 밉기도 했다.

지금은 나이를 먹어서 인격적으로 다듬어지고 성숙해졌을 리도 없다.

무릇 쪼잔함이나 뒤끝이란 나이가 들수록 더 심해지는 법!

"몽땅 죽여 버려야지. 아예 씨를 말려 버려야겠어. 그리고 저 놈들이 착용한 갑옷을 내가 뺏어야겠다. 전삼아, 인사 수준으로 가볍게 공격해 봐라."

"옛!"

전삼이 휘하 부대 400명을 데리고 적들을 향하여 접근했다.

"발사! 저 야만스러운 놈들이 성벽을 올라오지 못하게 하라!"

그들이 사정거리에 들어오자마자 노아의 군대는 화살을 쏘았다.

궁수들이 대거 포진되어 있기에 빗발치는 화살 공격은 피할 곳이 없었다.

"크억!"

"방패를 들어라!"

"위와 정면 전체를 막아!"

전삼의 부대는 잠시 화살 비를 뚫으며 전진하려다가 포기하고 쓰러진 동료들을 수습해서 돌아왔다.

당연히 이들은 그저 단순한 미끼의 역할을 했을 뿐이다.

전삼의 부대는 대부분 워리어 계열로, 그나마 좋은 방어구를 착용하고 있을뿐더러 생명력이 아주 높아서 먼 거리에서 쏜 화살 따위에는 끄떡도 하지 않는다.

적의 전력을 알아보고 화살을 소모시키는 데 쓰이는 부대!

일부러 쓰러지면서 죽은 척도 능숙하게 했다.

사막의 전사들은 전투에 대해서라면 어떠한 비겁한 일을 지시하더라도 마다하지 않았다. 명령을 내리면 철저히 복종하고, 적에게는 거침없이 잔인했다.

"과연 이 정도로는 쉽게 넘어오지 않는군. 몬스터들도 아닌데 그래도 너무 얕봤던 것 같아. 귀찮지만 공성전을 제대로 치러야 하겠군."

그때 노아의 군대에서 함성이 터져 나왔다.

"저놈들은 아무것도 아니다!"

"화살이 아깝다. 모래밭에서 온 촌놈들을 박살 내자!"

노아의 군대가 사막 전사들을 허술하게 보고 성문을 열며 빠져나왔다.

기병들은 몇 명 되지도 않는, 대부분 보병들로 이루어진 구성이었다.

거만한 기사들과, 혼란스러운 전쟁의 시대에도 멀쩡하게 침략자들을 격퇴시켰던 노아의 성주가 자만한 탓이다.

위드와 직속 부하들의 눈에는 그저 세상 물정 모르는 꼬맹이들이 집문서 들고 고스톱 치러 나오는 것으로밖에는 보이지 않았다.

"놈들이 충분히 다 나올 때까지 기다려라."

"예, 대제님."

사막 전사들을 그 자리에서 그대로 대기시켰다.

전쟁에서 기회란 놓치지 않는 자의 몫이다.

"여러 번 싸우고 끌 것 없이 한 번에 쓸어버려야겠군."

위드는 집요함뿐만 아니라 적당한 시기를 기다릴 줄 아는 인내심도 가졌다. 그리고 마침내, 적들이 부대의 진형을 돌격형으로 바꾸고 다시 성으로 되돌아가지 못할 정도로 가까이 다가왔을 때 움직였다.

"검의 각성, 탄생의 힘."

가볍게 공격력을 올려 주는 보조 스킬들을 시전했다.

무시무시한 던전에서 잠깐만 방심해도 처참한 죽음을 안겨 주는 끔찍한 몬스터들을 상대로 싸우면서 레벨을 올렸다.

노아의 병사들을 상대로 전율이 무엇인지를 가르쳐 주어야 할 순간!

"깊은 붕괴의 검!"

태양의 전사가 되고 나서 얻은 스킬.

위드의 검에, 자루에서부터 서서히 수많은 빛깔의 광채가 올라가면서 사방으로 발산되었다. 뾰족한 끝까지 마나가 뒤덮고 나자 그 황홀하기 짝이 없는 검으로 땅을 내려찍었다.

검이 자루 앞까지 깊게 땅에 박혔다.

쿠궁!

대지가 거세게 흔들리더니 순식간에 사막처럼 메마른다.

풀들은 말라비틀어지고 우뚝 서 있는 바위는 부서져서 작은 모래 알갱이가 되어 우수수 쏟아진다.

땅은 쩍쩍 갈라지고 허물어졌다.

그러더니 노아의 군대의 병사들이 모래와 함께 빨려 들어가는 것처럼 땅속으로 가라앉았다.

광범위한 공격 범위를 자랑하는 스킬!

적이 디디고 선 지면 자체를 일시에 가라앉혀 버리는 전쟁 스킬이었다.

"끄웨에에엑!"

"떨어진다. 살려 줘!"

땅이 가라앉으면서 2,000여 명의 사상자 발생!

원래 대단한 광역 스킬이기도 했지만 레벨이 800을 넘다 보니 공격 범위 자체가 이만저만 넓은 게 아니었다.

20미터 정도의 깊은 구덩이로 적의 군대가 한꺼번에 파묻혀 버리고 만 것이다.

구덩이 속에서 살아남은 이들은 살려 달라고 아우성을 쳐 댔지만 누군가 구해 주지 않는 이상 다시 올라올 수는 없으리라.

"신들의 축복까지 받고 났더니 확실히 효과가 제대로군. 최고의 위력으로 쓰지도 않았는데 말이야."

상상도 하기 어려운 어마어마한 사태에 노아의 군대는 얼어붙고 말았다. 놀라서 돌격을 멈춘 그들에게서 곧 악에 받친 고함이 터져 나왔다.

"괴물!"

"흑마법, 인간의 탈을 쓴 악마다!"

레벨이 깡패라는 말이 괜한 게 아니었다.

일찍이 상대해 본 적이 없는 대단한 한 번의 공격에 의해서 군대가 겁을 집어먹었다. 하지만 좋은 기회임에도 불구하고 사막 전사들은 꼼짝도 하지 않았다.

잡템도 위아래가 있다는 말처럼 위드가 먼저 해 먹어야 할 순서!

위드가 두 번째 스킬을 서서히 시전했다.

깊은 붕괴의 검도 그랬지만 공격 범위가 넓을수록 준비하는 데 상당히 지체가 된다.

마나 소모도 몇만에 이를 정도로 막대했지만, 지금으로써는 스킬 서너 번 정도는 무리 없이 사용이 가능했다.

"종말의 날!"

뜨거운 화염이 그를 중심으로 서서히 해일처럼 퍼져 나갔다.

모든 걸 태워 버리는 잔인하고 욕심 많은 마나의 불길!

화산이 폭발했을 때 용암이 서서히 밀려 내려가는 것처럼 다가갔다.

화염이 닿지도 않았는데 일반 병사들은 불길에 뒤덮여서 곧바로 뼈만 남아 땅에 쓰러졌다.

퍼렇게 질린 병사들은 뒤돌아서서 성을 향해 미친 듯이 도망쳐 들어가기 시작했다.

"안 돼! 여기서 죽을 수는 없어. 집에는 노모와 처자식들이… 그리고 이웃집 유부녀 헬렌이 나를 기다리고 있단 말이다!"

"사막에서 신의 노여움을 살 존재가 탄생하고 말았어. 살려면 성안으로 들어가야 해!"

"불의 화신이다. 노아의 영주가 나쁜 짓을 저질러서 천벌을 받는 거야."

"레드 드래곤! 레드 드래곤이 우릴 찾아왔다!"

병사들은 공황에 빠져서 아무 소리나 질러 댔다.

노아의 군대는 대적할 수 없는 힘에 의해 심각한 타격을 받았고, 사기가 급격하게 추락했다.

전쟁에서 뛰어난 지휘관급 기사 1명에 따라서 군대의 전체적인 전력은 2배 이상으로도 늘어난다.

그렇지만 위드의 실력은 전쟁 전체의 승패를 좌우할 정도가 되었다.

인간의 한계를 벗어나다시피 한 너무나도 막강한 힘을 느낀 기사들과 마법사들부터 먼저 성으로 도망치려고 뛰어가고 있었다.

이것이야말로 사막의 전설로 불리는 태양의 전사, 그리고 레벨 800대의 전사가 갖는 위엄!

레벨 200대나 300대, 심지어는 400대라고 하더라도 마주하는 순간 투지에서부터 꺾인다. 본능적으로 팔다리가 떨리면서 마음 깊숙한 곳에서는 공포가 자라나 걷잡을 수 없게 된다.

진정한 전쟁의 신의 강림이라고 해도 좋으리라.

"역시 어린아이 손목 비틀기처럼 재밌는 게 없어. 흑기사의 일격!"

위드는 활용할 수 있는 공격 스킬을 시전하고 나서 구덩이를 단숨에 뛰어넘었다.

민첩성이 워낙에 높고, 묵직한 풀 플레이트 갑옷도 입고 있지 않기 때문에 전장에서는 거의 날아다니는 수준이었다.

그렇다고 하더라도 혼자서 노아의 군대를 추격해서 돌격하는 건 무모함의 극치로밖에 보이지 않았다.

하지만 여기의 그 누가 위드의 공격을 막아 내고 피해를 줄 수 있겠는가.

"하나, 둘, 셋, 넷!"

검을 휘두르면 어김없이 적들이 사라졌다.

그리고 연속 공격이 열 번 이어지게 되면 광역 스킬이 발동되어 적들을 쓸었다.

> 흑기사의 일격!
> 돌이킬 수 없는 공격이 주변의 적들에게 발동합니다.

창을 들고 저항하는 시늉이라도 하던 병사들이 충격파에 휩싸여서 일제히 회색빛으로 변했다.

생명력과 체력이 약한 궁병들은 그저 쉬운 먹잇감이었다.

화살을 쏘더라도 무시하고, 도망치더라도 광범위 공격 스킬로 쓸어버린다.

기사와 병사를 막론하고 무자비한 활약을 보이는 위드!

과거에는 부하들을 다룰 때 협동 정신이나 조직력을 중요하게 여겼다. 폭풍 같은 잔소리로 부대 전체에 최적의 전투력을 끌어내기 위한 노력을 다했다.

하지만 지금은 전투의 선두에서 자신이 가장 많은 공적을 올렸다.

던전 사냥에서도 위드가 제일 앞에서 뚫고 지나가면 부하들이 나중에 뒤를 따르면서 잔당을 소탕하는 방식으로 바뀌었다.

부하들과 조각 생명체들을 원래의 시간대로 데려가지도 못하는 이상 자신만 생각하면 된다는 이기주의!

부하들의 존재가 꼭 짐 덩이는 아니었지만, 매번 신경을 써 줄 필요도 없었다.

지금은 전장을 놀이터처럼 뛰어놀면 된다.

양 떼 사이에 들어온 사자는 당연히 신이 날 수밖에 없지 않겠는가.

위드는 노아의 군대에서 파죽지세로 날뛰면서 적진을 엉망으로 만들었다.

적들의 공격도 계속 있었지만 그대로 몸으로 받아 주면서 가뿐히 무시했다. 맷집과 인내력도 이미 주체할 수 없을 정도에다가 절대 방어까지 두르고 있었기 때문이다.

그렇다고 혼자서 노아의 군대처럼 허약한 놈들을 다 해치울 필요는 없었다.

미리 쌓여 있던 마나를 소모하며 초반에 빠르게 전투 공적을 올리려고 했을 뿐.

위드는 전투에 굶주린 부하들을 향해 명령했다.

"밟아. 포로는 잡을 필요도 없다. 모두 죽이고 약탈하라!"

> 아트록의 함성을 시전했습니다.
> 부하들이 승리에 대한 맹목적인 확신을 갖고 싸우게 됩니다. 고통을 덜 느끼며, 적을 죽일 때마다 더 많은 경험을 얻습니다. 저주 마법에 저항력이 높아집니다. 적들의 후한 제의에도 배신하지 않습니다.
> 마나 소모: 49,050
> 유지시간: 30분

"대제님의 허락이 떨어졌다. 사냥을 시작하자!"

사막 전사들은 모두 낙타와 말을 타고 있었다.

기다리고 있던 그들은 단숨에 속도를 내서 달려 나가 도망가는 노아의 병사들을 칼로 쳐 냈다.

사막 전사들이 지나간 곳에는 병사들의 시체들만이 줄줄이 남았다.

일방적인 도륙!

전쟁의 시대 하면 병사들과 기사들의 수준이 높기로 유명하지만 싸움이 되지 않았다.

위드가 이끄는 사막 최강의 세력은 부유한 공국 노아를 멸망시키는 것으로 중앙 대륙에서의 첫걸음을 시작했다.

사라지는 도시들

공국 노아를 부수고 나서도 위드의 행보는 거침이 없었다.

"적들이 몰려오고 있습니다. 노아의 동맹군 같습니다."

"봉화를 보고서 모여든 모양이군. 화해나 휴전은 없다. 진군하라."

"옛, 대제!"

공국 프로비스타 함락, 자유 도시 모겐할 약탈 후의 방화, 무역항 부엔 장악!

"약탈할 시간도 모자라는군."

군대가 길을 가로막으면 돌파하고 부숴 버리면서 이동했다.

전원이 기병이나 낙타병으로 이루어진 사막 전사들의 기동력은 전광석화처럼 빨랐기에 중앙 대륙의 군소 세력들을 마음대로 휘젓고 다닐 수 있었다.

사람들이 흔히 착각하는 것이, 낙타가 말보다 느릴 것이라는 점이다. 그러나 실제로 낙타는 말보다 훨씬 빠르고 지구력도 강하다.

위드와 사막의 붉은 칼 군대가 중앙으로 진출하면서 전투는 계속 이어졌다.

"사막의 대제는 머리가 셋 달린 괴물이라는 소문 들었어? 지옥의 불을 자유자재로 다루는데, 그에게 당해서 타 버리고 나면 영혼까지 사라져 버린다고 해."

"어떻게 그런 악마가 이 세상에 나타난 것인지."

"신께서 우리 인간을 벌하기 위해서 보내신 것 아니겠어?"

아무리 악명을 최소화하더라도 점령지의 주민들 사이에서 들불처럼 퍼져 나가는 위험한 소문을 막을 수는 없었다.

세계를 구하는 용사란 원래 의로운 일을 바탕으로 자신밖에 모르는 인간들을 설득하고 다른 종족들과도 협력을 하는 게 전통적인 공통점이라고 할 수 있었다.

영화를 보더라도 여러 종족으로 구성된 원정대가 마왕이나 드래곤, 악에 맞서서 싸운다.

억울한 일이 생겨도 참고, 어려움이 있어도 극복하면서 묵묵히 나아가다 보면 어느덧 세상이 알아주게 되지 않겠는가.

위드는 그런 방식은 당사자에게 스트레스가 과도하게 쌓여 향후 병원비가 많이 나갈 수 있다고 보고 탐탁지 않게 여겼다.

"초등학생도 바른생활 책을 믿지 않는 마당에 구태의연한 방식으로 세상을 살다가는 사람 잘못되기 쉽지."

세계를 구하기 위해 나선 용사가 정작 거치적거린다는 이유로 도시들을 무차별 파괴하고 있었다.

그래도 최소한의 자비를 베풀어, 왕국군을 제압하고 나서 모조리 약탈하면서도 주민들이 먹을 식량으로 고구마와 감자 정도 남겨 주었다.

띠링!

전투 공적을 쌓았습니다.
중앙 대륙의 힘의 균형, 왕국 간의 역학 관계에 영향이 생깁니다.

위드는 가끔씩 튀어나오는 메시지는 대충 무시했다.

군대를 이끌고 아헬른이 있는 로무스로 가려면 선택의 여지가 없었다.

힘이 없을 때에는 서윤과 함께 몰래 도주를 하였지만 지금은 그럴 필요가 조금도 없다.

강한 무력을 거침없이 사용하는 당당함!

엠비뉴 교단과 싸움을 하려면 본인은 물론이고 부하들이 더 강해질 필요도 있다.

일반 사냥보다 전쟁을 통해서 얻어지는 경험치가 더 많다. 그래 봐야 현재의 레벨이 오를 정도는 아니었지만, 부하들을 무장시키는 데에는 전쟁이 좋았다.

재물들을 빼앗아서 부하들에게 최고급 장비들을 장만해 주기가 훨씬 용이했기 때문이다.

도시 프레드릭을 약탈하였습니다.
악명이 2,774 오릅니다. 호칭 '욕심 많고 추잡스러운 놈'을 얻었습니다. 이 호칭은 적대적인 인간들 중에서 신분이 낮은 부류가 주로 부르게 될 것입니다.

"뭐, 괜찮은 별명이군. 어차피 원래의 시간대로 돌아가게 되면 악명이나 호칭 따위는 사라지게 될 테니까!"

위드가 성인군자도 아니었다.

〈마법의 대륙〉 시절에는 눈에 거슬리면 그냥 죽였다.

그에 비해 〈로열 로드〉를 하면서는 상대적으로 얌전히 살았다. 명문 길드의 눈치를 보면서 그들과 관계가 나빠지지 않도록 묻어 지냈다고 보는 게 옳았다.

그럼에도 갖은 고생 끝에 왕국도 건국하고 따뜻한 아랫목에서 팔다리 좀 펴려고 하는데, 헤르메스 길드가 심심하면 쳐들어온다.

쌓여 가는 스트레스와 울화!

"인생을 착하게 살면 손해 본다는 이야기가 나한테도 해당될 줄이야."

뜨거운 라면 국물을 마셔도 속이 시원하지 않을 때가 있다.

길게 보면 엠비뉴 교단과 싸워야 하는 판국에 어차피 방해만 되는 호전적인 왕국들부터 따끔한 맛을 보여 주는 것도 나쁘지 않은 선택.

"차라리 과거로 돌아온 게 잘됐어. 무슨 짓을 저질러도 될 테니까!"

여덟 번의 대규모 전투를 치러 가며 이동했다.

덤벼 오는 적들이 있으면 퀘스트 제한 시간 때문에라도 여러 말 나누지 않고 바로 싸웠다.

> 도시를 불태웠습니다.
> 인간으로서 저지를 수 없는 간악한 행동은 무수히 많은 지탄을 불러올 것입니다. 하지만 목격자가 없기에 악명은 1,938만 오릅니다.

> 호른 성을 파괴하였습니다.
> 주춧돌 하나까지 빼서 무너뜨려 버린 과격한 행동은 공포를 퍼트리게 할 것입니다. 성주의 양피지를 입수했습니다.

"이건 또 뭐야."

위드는 양피지를 읽었다.

거룩한 엠비뉴 신께 영원한 충성을 맹세합니다.

그리고 발생한 영상!

1등급 통돼지보다도 살이 피둥피둥 찐 호른 성의 성주가 검은 로브를 착용한 누군가에게 고개를 숙이고 있었다.

"그날이 오게 되면……."

"예, 물론입니다."

"병사들은……."

"준비를 마쳐 놓고 기다리겠습니다."

"엠비뉴를 따른다는 맹약은……."

"제 영혼에 걸고 영원할 것입니다!"

호른 성의 성주가 엠비뉴 교단에서 충성을 맹세하는 장면이었다.

> 엠비뉴 교단의 은밀한 후견인이 척살되었습니다.
> 신앙심이 14 오릅니다.

"이건 또 뭐야. 이상한 양피지로군."

그 후로도 계속 새로운 정보를 입수할 수 있었다.

티렉 도시 대표는 엠비뉴 교단의 광신도. 그가 준비하고 있던 군대를 전멸시켰습니다.

전투 중에도 메시지가 떴다.

그저 왕국이나 도시군과 싸우면서 이동하고 있었을 뿐인데 엠비뉴 교단에 대한 정보를 계속 입수하게 되는 것이다.

엠비뉴의 비밀 연판장 #3을 입수하였습니다.

중요한 정보가 입수되었습니다.

띠링!

전쟁의 시대는 후세의 역사가들이 판단하기에 의미 없이 무가치한 싸움만이 벌어지던 야만적인 시기였다. 부패하고 무능한 국왕들, 무지하고 탐욕스러운 귀족들, 헛된 공명심으로 가득하여 피를 갈구하는 기사들로 가득 차 있던 시대.
그러니, 실제로 알려지지는 않았지만 엠비뉴 교단을 따르는 왕국들이 있었고, 이를 막기 위한 다른 왕국들의 숭고한 노력도 함께 존재했다. 그들은 세력은 약했지만 비밀리에 힘을 모아서 엠비뉴 교단을 따르는 왕국들을 견제했다.
어느 정도 시간이 지난 후, 엠비뉴 교단은 갑자기 활동을 중단하고 사라졌다. 그 이후 각 왕국들에 남은 건 원한뿐으로, 지루한 전쟁이 그치지 않게 되었다.

전쟁의 시대에 대한 배경 정보를 얻었습니다.
대륙의 정세에 중요한 변화가 발생합니다. 퀘스트가 갱신됩니다. 엠비뉴 교단과 관련된 새로운 퀘스트가 생겨서 기존에 진행하던 '세상을 위한 길'을 대체합니다.

정복자의 등장

전쟁의 시대에 엠비뉴 교단의 하수인이 되어 버린 왕국들. 올바른 일을 하고자 하는 이들은 있지만 그들은 약하고 희망도 갖고 있지 않았다. 엠비뉴가 강림하기만을 기다리는 광신도들은 독버섯처럼 자리를 잡고 암암리에 퍼져 나갔다. 세상은 엠비뉴 교단에 의해서 태양이 떠오르지 않는 어둠으로 물들었다.

광활한 모래의 땅에서 온 파괴자가 기존의 세계정세를 바꾸어 놓고 있다. 타협하지 않는 패도를 추구하는 그대, 이 땅에 드리운 어두운 그림자를 지울 수 있겠는가?

목표는 엠비뉴 교단을 따르는 왕국들의 멸망! 그리고 최대한 많은 광신도들의 사망! 악을 퍼트리는 세력들에 힘을 주는 전쟁의 시대를 끝내기 위해서는 뿌리까지 단호하게 뽑아내야 한다.

난이도: 조각술 최후의 비기 부가 퀘스트.

보상: 특별한 호칭과 스탯.

제한: 아헬른이 찾아올 때까지 진행된다. 본인이나 힐데른의 사망 시, 퀘스트 실패.

목표: 광신도들이 차지한 다간 왕국의 멸망. 헤르가 강 주변 도시국가들의 파괴. 제벤 왕국 멸망. 광신도 훈련 기지가 있는 루프레아 공국의 초토화. 비노세 도시국가 파괴. 타롯 국가 연합 멸망. 도시 이트아 방화로 초토화. 그 외에 알려지지 않은, 엠비뉴 교단에 복종을 맹세한 왕국들의 멸망.

퀘스트 완수를 위해서는 최소 세 가지 이상의 목표를 달성해야 합니다. 다섯 가지 이상의 목표를 달성하면 엠비뉴 교단의 군대와 전투가 벌어집니다.

주의: 아헬른은 동료들을 모으고 엠비뉴 교단을 습격하는 일에 당신의 협력을 구하기 위하여 직접 찾아오게 됩니다. 아헬른이 찾아오는 시기는 아우솔레토를 깨우려는 엠비뉴 교단의 준비 상황과 당신이 얻는 악명에 달려 있습니다. 광신도들이 있는 왕국들이 많이 파괴될수록 엠비뉴 교단에서는 혼돈의 드래곤을 장악하기 위한 제물 마련이 어려워질 것입니다. 큰 정복 업적을 남기게 되면 조각술 최후의 퀘스트를 마치고 나서 전투 공적으로 신의 보상이 이루어집니다. 엠비뉴 교단이 입는 피해는 원래의 세계에도 세력을 약화시키는 영향을 미치게 됩니다.

"퀘스트가 달라졌군."

전쟁의 시대도 알고 보면 썩을 만큼 썩어 있었다.

그렇기에 정복자로서 이 땅의 왕국들에 드리워진 어둠을 걷어 내는 퀘스트 발생!

어쩌면 인생사도 이렇게 끊임없이 이어지는 퀘스트와 같다는 생각도 들었다.

유치원에서 아무 생각 없이 뛰어놀다가 엄마 손에 이끌려 초등학교에 들어간다.

나이를 먹을수록 어느덧 다니는 학원들이 하나둘 늘어나고, 중학교, 고등학교, 대학교, 군대, 취직, 결혼, 내 집 마련, 육아가 연속으로 밀려오게 된다.

살아간다는 건 정말 쉽지 않은 퀘스트의 연속이었다.

본능적으로 직장 상사의 눈치를 보게 되고 과다한 업무를 마치기 위해서 야근을 하고, 회식 자리에 참석해서 분위기도 띄운다.

집에 돌아오더라도 집안일이나 가족들을 챙기지 않으면 가장으로서 존중도 받지 못한다.

그렇지만 어깨에 짊어지고 있는 무게만큼이나 살아가는 순간들의 행복도 있었다.

레벨이 올라가고 보상을 받는 것도 그러한 것들이리라.

위드도 퀘스트에서 비슷한 점들을 느꼈다.

"그래도 내용은 딱 마음에 드는군. 지금까지 하던 대로 몽땅 파괴해 버리면 된다니까 말이야."

정말이지 가장 적성에 맞는 퀘스트였다.

높은 레벨에다 세계를 구하는 용사라는 직업을 얻고 나서 전투력도 더욱 올랐다.

부하들도 용맹하고 믿음직스럽기 때문에 제대로 한바탕할 수 있지 않겠는가.

현대사회에서는 억제되어야만 하는 야망도 실컷 발휘할 수 있다.

"대륙을 내 손으로 멸망시켜 버려야겠어!"

다간 왕국은 전쟁의 시대가 끝나기 직전에 멸망한 국가였다.

한때에는 중요한 곡창지대인 루벤 평원을 끼고 출중한 경제력을 자랑하기도 했다.

엠비뉴 교단에 암중으로 충성 서약을 함으로써 국왕과 귀족들은 재물을 얻었으며, 병사들은 특수한 힘을 얻어서 정복 활동에 나섰다.

인구가 적기에 강대국까지는 아니었지만 그럼에도 문화와 유적을 후세에 꽤나 많이 남긴 왕국 중 하나였다.

영토가 크게 넓어졌던 드로겐 왕의 전성기에는 큰 성을 13개까지 다스렸을 정도로 커졌다.

그렇지만 위드와 사막 전사들에 의해서 드로겐 왕이 태어나기도 전인, 원래의 역사보다 100년이나 일찍 침략을 당했다.

"자고로 전쟁이란 보급 문제부터 해결을 해야 되지. 다간 왕국이라면 가깝기도 하고 적당한 먹잇감이로군."

위드는 군대를 이끌고 다간 왕국의 국경을 넘었다.

다간 왕국의 왕실에서는 긴급회의를 열었다.

물론 이 장면들은 동영상을 통해서 위드도 볼 수 있었다.

대지의 여신 미네의 혜택이었다.

“사막 야만족들이 감히 무엄하게도 신성한 우리의 영토를 넘었나이다, 폐하.”

“그렇군. 그대가 가서 따끔한 맛을 보여 주도록 하라.”

왕실에서는 반쯤 벌거벗은 궁녀들과 왕과 귀족들이 뒤엉켜 있었다.

왕실의 기강이 무너져서 백전노장인 기사들은 좌천되고, 아부에 능숙한 귀족들만이 활개를 쳤다.

엠비뉴 교단을 믿고 따르면서 사치와 향락에 익숙해졌기 때문이다.

“야만인들을 박살 내는 일에는 국왕 폐하께서 직접 출정하셔야 하지 않겠습니까? 국왕 폐하의 존엄을 보여 주시면 인근 왕국들이 크게 놀랄 것이고, 요즘 불만이 많은 왕국민들도 조용해질 것입니다.”

“그도 그렇다. 그러면 중앙군을 이끌고 내가 직접 정벌에 나가겠다. 야만인들에게 매서운 맛을 보여 주어야겠지.”

“걱정이 되는 것은… 놈들이 보통 잔인한 것이 아니라고 하옵니다.”

“나도 들었다. 그렇지만 놈들이 날뛰는 것도 여기까지다. 우리 다간 왕국의 중장갑기병과 중장갑보병은 절대로 뚫지 못할 철벽이니까 말이다.”

“물론입니다, 폐하. 정복 사업을 진행하기 전에 연습 삼아서 싸워 보는 것도 좋을 것입니다.”

“흐흐흐, 평소에 군대에 많은 돈을 투입한 보람이 있겠구나.”

다간 왕국의 국왕은 6만이나 되는 병력을 끌고 평원으로 마중을 나왔다.

“저놈들을 보아라. 누가 궁병인지, 혹은 보병인지 구분도 되지 않는구나.”

“갑옷도 제각각이고 볼품도 없사옵니다, 폐하.”

“자긍심의 상징인 깃발도 보이지를 않으니 오합지졸과 같습니다.”

“그야말로 폐하의 존엄을 과시할 시간이 되었습니다. 병사들도 폐하를 모시고 나가면 힘이 날 테니 휴식을 취하고 내일까지 전투를 미룰 필요도 없을 것으로 보입니다.”

다간 왕국의 귀족들은 위드와 사막 전사들을 보며 실컷 비웃었다.

정예병이란 관련 병과대로 편성이 되어야 한다는 기존의 상식으로만 판단한 것이다.

전칠과 전팔의 표정이 굳었다.

“놈들이 우릴 보며 웃는군.”

“저런 것도 잠깐 아니겠습니까? 사막에서는 감히 우릴 보면서 웃음을 터트리지 못할 테니까요.”

위드가 타고 있는 쌍봉낙타도 주둥이를 오물거리며 웃었다.

푸헤헤헹!

낙타가 보기에도 다간 왕국이 어리석어 보였던 것이다.

사막 전사들은 전부 낙타병으로 구성되어 있으며, 여러 종류의 무기들을 다 잘 다뤘다.

사막에서는 기사들처럼 말에서는 창, 두 다리를 땅에 딛고는 검을 쓰는 규칙 따위는 없기 때문이다.

어찌 본다면 특정 무기를 잘 다루면서 극한에 이르기는 어렵지만 막싸우는 전투에서는 빼어난 능력을 발휘했다.

말을 타고 이동하며 화살을 쏘고, 돌격하여 손도끼를 던지고, 기사들을 향해서 철퇴를 휘두르면서 파죽지세의 위력을 발휘하기 때문이다.

"첫 전투이니만큼 적들의 능력을 시험해 봐야겠군. 1부대, 적진 돌파를 시도하는 척하다가 물러서고, 2부대는 오른쪽으로 멀리 우회하여 적들을 견제. 3부대는 대기하다가 적이 2부대를 따라오면 습격하고 빠져라. 4부대는 왼쪽으로 유인. 5부대는 활로 무장하고 기동전을 펼쳐라."

위드는 3,000명씩 나눈 사막 전사들을 바탕으로 탐색전, 중심 돌파, 원거리 공격 등의 다양한 전술을 지시했다.

"간다. 끼요호옷!"

흙먼지를 일으키며 낙타병들이 돌진을 시작했다.

6만 명이나 되는 거대한 적, 철벽처럼 단단한 방어력을 가진 중장갑보병이나, 단숨에 적 방어선을 파괴하는 중장갑기병은 보통 위험천만한 전력이 아니다.

중장갑보병을 정면으로 돌파하려고 하면 많은 힘이 드는 것이 사실이다. 돌파 시도를 하다가 오히려 기병이 저지를 당하고 잡아먹히는 경우도 많았다.

위드는 굳이 정면 승부를 해야 하는 필요성을 느끼지 않았기에 다양한 전술을 시도했다.

"휘몰아쳐 버려야겠군."

각 사막 전사들이 부대별로 흩어지고, 모이고, 매섭게 공격을 하다가 한순간에 숨통을 끊어 놓는다.

"내가 전일이다!"

조각 생명체들. 그들은 사막 전사의 부대장 자리에 올랐다.

"갑시다, 형님!"

"오늘은 피의 축제를 벌이지요."

호전적인 조각 생명체 형제들은 각자 맡은 부대들을 데리고 적들을 습격했다.

따라잡을 수 없는 기동력과 파괴력, 그리고 두들겨서 진영을 교란하고 약점을 노출시키면서 잡아먹는다.

기본적으로 중장갑보병은 느리다는 약점을 이용해서 그쪽으로는 아예 상대해 주지 않다가 다른 군대들을 먼저 처리하고, 놈들이 쫓아오면 이동하면서 지치게 했다.

인근의 다른 부대를 먼저 끝내 놓고 그들을 스쳐 지나가면서 화살과 도끼 투척으로 빙글빙글 돌며 피해를 누적시켜서 해치웠다.

중장갑기병들은 그보다도 훨씬 간단한 상대다. 사막 전사들, 전장에서는 사막 기병들이 되는 위드와 부하들은 그들을 가지고 놀았다.

중장갑기병들이 최대의 파괴력을 발휘하는 돌격을 시도하면 좌우로 흩어져서 싸울 상대가 없도록 해서 무력화시킨다.

적에게 끝없는 막막함을 느끼게 하는, 교활함의 정점에 이른 전술이었다.

"사막의 야만인들아, 그대들은 명예도 모르는가!"

"하이에나 같은 족속들이구나!"

중장갑기병들은 길길이 날뛰었다.

기사들이라면 저런 비난을 받고 발끈할 수도 있지만, 사막 전사들에게는 그냥 별 소용없는 헛소리에 불과했다.

사막 전사들의 입담은 훨씬 거칠 뿐만 아니라, 정말로 명예와 기품 같은 것도 모르기 때문이었다.

"저놈들이 자꾸 이야기하는 명예가 뭐지?"

"몰라. 우리 부모님도 한 번도 말한 적이 없었어."

"사막의 대제이신 위드 님께서 명예에 대해서 말씀하신 적이 있지."

"뭔데?"

"많을수록 인생이 고달프다더군. 나쁜 짓을 적당히 저질러야 건강하게 오래 산다고 했어."

위드의 말을 곧이곧대로 믿는 사막 전사들!

중장갑기병들의 질주가 끝나고 군마들이 지쳤을 때가 노리던 기회였다.

그들은 느리고 무겁기 때문에 정면 돌파는 강해도 측면 공격이나 멈춰 있는 동안에는 취약점을 드러낸다.

속도가 느려진 중장갑기병에게 사방에서 반전하여 역습을 가하고, 부대로 후퇴하는 적을 집요하게 뒤에서 쫓아가며 해치운다.

군사교범에 나오는 전술이라고 볼 수는 없었다.

늑대들이 초식동물을 사냥하듯이 이리저리 집요하게 물어뜯으면서 쓰러뜨리는 방식.

궁병이나 보병, 기병의 병과를 우습게 여길 정도로 위드와 사막 전사들은 강하고 적의 약점을 잘 물어뜯었다.

위드가 22년간의 성장을 부하들과 너무나도 훌륭하게 마친 결과!

"졌소. 이제 그만 싸웁시다."

"항복하겠습니다. 우리를 귀족으로 대우해 주길 바랍니다."

대승을 거두고 나서 국왕과 귀족들의 항복을 받아 냈다.

벌써 다간 왕국 측의 사상자는 23,000. 포로는 25,000명 가까이 되었다.

사막 전사들 중에는 희생자가 거의 없었다. 일부 있더라도 위드와 함께 성장해 온 무리가 아니라 새로 영입한 사막 부족의 전사들이었다.

위드는 명령을 내렸다.

"포로들은 죽이지 말고 붙잡아라."

"예, 대제!"

그리고 다간 왕국의 파괴와 약탈!

"어떻게 이런 잔인한 짓을… 그대는 하늘이 두렵지 않은가!"

항복해서 포로로 잡혀 있던 다간 왕국의 국왕과 귀족들이 길길이 날뛰었다.

"하늘? 그런 건 난 몰라. 진짜 무서운 건 겨울철의 난방비지. 얘들아, 시끄러우니까 이 녀석들도 목을 쳐라!"

시끄러운 국왕과 귀족들도 모조리 참수!

띠링!

> 엠비뉴 교단에 물든 다간 왕국의 지도층이 사라졌습니다.

다간 왕국의 성과 도시 들은 저항을 포기해서, 무혈입성을 할 수 있었다.

"우우우!"

"야만인들아, 썩 물러가라."

"이 땅은 엠비뉴께서 다스릴 것이다. 파괴. 파괴. 파괴!"

엠비뉴 교단에 빠져 있던 주민들은 지도층이 몰락하고 왕국이 무너진 이후로 본색을 드러내서 도시 곳곳에서 약탈과 방화를 하고 있었다.

도덕심이 높은 인간이라면, 명예나 악명에 무관심하다 해도 이런 상태에서는 주민들을 올바른 길로 이끌기 위하여 노력을 할 것이다.

예컨대 노들레였다면 다간 왕국은 훌륭한 새 지도자를 얻을 수도 있었을 것.

위드에게는 남의 일이었다.

"도시를 모조리 수색해서 값나가는 물건을 챙겨라. 그리고 철저히 파괴해라!"

체격이 건장한 청년들은 강제로 징병하여 노예 병사로 만들었다.

위드는 단숨에 병력을 6만까지 늘릴 수 있었다.

그렇지만 전투병이라고 하기에는 많이 어설픈 엠비뉴의 광신도 청년들!

충성심이 없으며 언제나 탈영의 기회만 엿보고 있었다.

"그다음 전장은 에루나로 한다. 진군!"

6만의 대군이 걷거나 마차를 타고 이동을 했다. 전투 물자도 산더미처럼 뒤를 따라왔다. 상인들로부터 강제로 교역품과 마차를 징발한 덕분이었다.

위드는 전쟁의 시대에 뛰어든 이상 제대로 악역을 맡기로 결정했다.

"욕은 어중간하게 먹으서는 안 돼. 시작한 이상 제대로 해 봐야지."

퀘스트가 엠비뉴 교단과 싸우는 정복자를 원한다면 그에 걸맞게 행동해 주면 될 일이다.

다간 왕국에서 무기를 들 만한 청장년층은 싹 쓸어 왔기 때문에 점령지의 반발도 그리 고려할 만한 요소는 아니었다.

그리고 에루나 왕국에서의 전쟁!

다간 왕국보다도 훨씬 큰 국가로, 전쟁의 시대가 끝나고도 한동안 길게 역사를 이어 가던 나라였다.

위드는 부대들을 이끌고 신속하게 진군하여 에루나 왕국의 중요한 요새 브룬하임을 에워쌌다.

"이 야만인들아, 꺼져라!"

"곧 국왕 폐하께서 지원군을 보내 주시면 너희는 한 놈도 돌아가지 못할 것이다."

에루나 왕국은 요새 브룬하임을 바탕으로 농성을 결정했다. 위드와 그 부하들의 승리가 이곳으로 전해져서 경계를 하고 있었기 때문이다.

"전쟁의 시대에서 영원히 살아갈 것도 아닌 이상 나한테 한가롭게 보낼 시간 따위는 없어. 노예 병사들을 이제 제대로 된 싸움꾼으로 만들 기회로군."

위드는 여기서도 무자비한 작전을 실행에 옮겼다.

"다간 왕국에서 징병한 병사들에게 활과 화살을 나누어 주어라. 몸을 가릴 갑옷이나 방패는 줄 필요 없다. 그리고 요새까지 전진하면서 화살을 쏘도록 해라."

"예, 대제."

명령에 따라 사막 전사들은 강제로 징집한 병사들에게 활을 나눠 주었다. 그리고 그들을 강제로 전진시켰다.

요새 브룬하임의 성벽에서 화살이 날아와 병사들을 맞혔다.

"어떻게 이럴 수가……."

"안 돼. 난 죽고 싶지 않다고!"

뒤돌아서 도망쳐 오는 병사들은 사막 전사들에 의하여 즉결 처형!

사막 전사들의 무자비함에는 질리도록 당해 왔던 병사들이기에 당황하지 않을 수 없었다.

요새 브룬하임에서는 그들의 사정 따위는 고려하지 않고 적으로 인식하고 공격하고 있었으며, 물러서더라도 죽음이다. 뭐라도 해 보려면 성벽을 향하여 화살을 쏘지 않을 수가 없었다.

그럼에도 불구하고 공격을 당해 픽픽 쓰러지는 노예 병사들!

갑옷은커녕 몸을 가릴 수 있는 기초적인 방패도 없는 까닭이었다.

몸을 숨길 수가 없으니 무조건 성벽을 향하여 화살을 쏘며 악착같이 피해야 했다.

4만의 노예 병사들이 절반 가까이 허망하게 죽어 나갔다. 강제로 끌고 왔지만 엄청난 희생이었다.

위드는 그런 처참한 상황을 보면서도 다른 생각을 했다.

'오늘 저녁에는 짜파게티를 먹을까, 라면을 먹을까? 음, 비빔면도 먹고 싶은데.'

인생에서 갈등되는 선택들!

유저들 중에는 NPC에게 정을 붙이고 친해지는 경우도 많다. 서로 도움을 주고받기도 하며, 퀘스트나 동료로서 돈독해진 친밀도는 수치 그 이상의 관계를 형성하기도 한다.

위드와 조각 생명체들도 그런 애증이 뒤섞인 비슷한 관계라고 볼 수 있었다.

아무리 부려 먹고 혹사시키더라도 뭔가 부족한 듯한 느낌!

나약한 NPC 병사들이 죽어 나가는 것은 위드에게는 별로 관계가 없는 일이었다.

이들은 현재의 시간대에만 존재할 뿐이고, 훗날에는 이미 다 사라지게 될 NPC들이다.

냉정히 말해서 과거의 역사로 들어왔으니 적당히 활용할 수 있는 소모품으로밖에는 여기지 못했다.

강자에게 약하고 약자에게 강한 것이 안락한 삶의 노하우가 아니겠는가.

"이 정도면 됐군. 병사들을 후퇴시켜라."

"예, 대제!"

사막 전사들은 병사들에게 퇴각해도 좋다는 신호를 내렸다.

성벽 위까지 날아간 눈먼 화살 몇 개에 요새의 수비병이 좀 다쳤을지도 모르기는 하지만, 피해는 거의 전무하다고 할 수 있었다.

수비병의 화살을 소모시켰다고 볼 수도 없는 것이, 요새의 전투 비축 물자가 하루 이틀의 전투로 떨어질 리도 없다.

“갑작스러운 반란을 막기 위해서라도 병사 수를 좀 줄여 놔야지.”

이번의 전투로 노예 병사들은 에루나 왕국을 매우 미워하게 되었으리라.

에루나 왕국을 점령하여 강제징병을 하게 되면 노예 병사들끼리 알아서 적대 관계를 형성하며 다툼을 벌이게 될 것이 틀림없다.

더불어 사막 전사들에게는 한없는 두려움을 느끼게 된다.

위드와 사막 전사들은 그들의 공포를 적절히 관리하며 전장으로 내보내서 써먹으면 되는 것이다.

이런 용병술이야말로 유치원 때부터 친구들끼리의 이간질을 통해 쌓아 올린 인간관계에서 비롯되는 것.

그날 저녁, 위드는 조각품을 깎았다.

요새 브룬하임의 땅과 건물을 축소시켜 놓은 것처럼 정밀하게 표현된 조각품!

지진이 요새를 두 쪽으로 갈라놓고 있었다.

위드는 부하들을 데리고 요새가 거의 보이지 않을 정도로 한참 뒤로 물러섰다.

"대재앙의 자연 조각술!"

쿠르르르르르르르릉!

제대로 서 있을 수 없을 정도로 땅이 흔들렸다. 상당히 먼 곳에 떨어져 있는 낙타와 말 들까지 날뛰고, 마차는 바퀴가 떨어져 나가고 부서졌다.

그리고 석조 요새인 브룬하임의 두꺼운 성벽은 거짓말처럼 허물어졌다.

수비를 위한 궁수 탑이 쓰러지면서 건물에 부딪치고, 병사들이 그 아래에 깔렸다.

아득하게 들려오는 비명, 처참하고 무지막지한 위력을 가진 대재앙의 자연 조각술!

자연과의 친화력이 높아질수록 위력이 강해지지만 그만큼 무지막지한 페널티를 가진 이 아까운 스킬을 공성전에서 사용한 이유는, 빠르고 확실한 승리를 위해서였다.

"돌격."

위드와 사막 전사들은 낙타를 탄 채로 무너진 성벽을 뛰어넘었다.

억울함과 두려움으로 눈이 붉게 충혈된 노예 병사들은 여전히 갑옷도 입지 않은 채로 검 한 자루만 들고 뒤를 따랐다.

믿고 있던 요새가 허물어지자 에루나의 병사들은 제대로 대응도 하지 못했다.

"종말의 날!"

위드는 스킬을 써서 발광하며 말에도 올라타지 못한 기사단을 쓸어버렸다.

"흑기사의 일격!"

그 누구도 감히 위드의 검을 한 번이라도 받아 낼 수가 없었다. 그리고 작렬하는 광역 스킬.

날뛰고 있는 사막 전사들 또한 마찬가지였다.

사막을 평정한 뜨거운 군대가 요새 브룬하임을 무너뜨리고 있다.

"으와아아아아!"

"공격해. 다 죽여라!"

노예 병사들도 에루나의 병사들을 마구 베었다.

활 하나만 주어진 채 성벽을 향해 내몰릴 때의 막막함과 공포란!

위드와 사막 전사 부대에는 감히 그 불만을 표출할 수가 없었기에, 모든 증오는 에루나의 병사들에게로 향했다.

"포로를 잡을까요?"

전투가 확실한 승리로 굳어 가고 있을 때 전일이 물었다.

"아니. 우리를 상대로 농성을 시도한 것은 용서할 수 없다. 모두 죽이고 요새 전체를 불태워라."

"…정말이십니까?"

"그래."

위드는 부하들에게 명령을 내려 살아 있는 주민들과 함께 요새를 완전히 태워 버렸다.

> 악명이 48,921 올랐습니다.
> 카리스마가 27 높아집니다. 호칭 '잔인무도한 희대의 살인마'를 획득하였습니다.

무자비한 전쟁 폭력!

가히 인간으로서 저지를 짓이 아니었다. 하지만 위드는 퀘스트라고 생각했고, 이런 건 적당히 해서는 잘하지 못한다.

"앞으로의 전투를 원활하게 진행하기 위해서는 더 큰 공포를 심어 줄 필요가 있어."

전쟁의 시대에는 주민들의 의식도 조금 특수했다.

그들은 존중해 주면 금방 반란을 일으키고, 사막 부족이라는 이유로 업신여긴다.

노예 병사들도 엠비뉴 교단을 믿고 있기 때문에 공포로 억누르지 않으면 계속 반발을 할 것이다.

무자비한 폭력이 최선의 해결책은 아니더라도, 주민들로 하여금 반란은 꿈도 꾸지 못하도록 억누르는 효과는 있었다.

대살육을 목격하고 동참한 노예 병사들은 이제 얼어붙었다. 그리고 일어난 역효과!

"멋지다."

"으음, 우리가 생각한 이상적인 폭군이시군."

"에, 엠비뉴의 화신임이 틀림없어. 그 누가 이렇게 황홀한 광경을 만들어 낼 수 있겠는가 말이지."

브룬하임의 폐허에서 기뻐하는 엠비뉴의 광신도들!

스스로 감화된 노예 병사들은 다음 전쟁터에서도 적극적인 활약을 벌였다.

그렇게 몇 번의 전투에서 승리를 거두면서, 패잔병을 수습하고 강제징집을 통하여 노예 병사들이 20만을 넘어서게 되었다.

공성전을 통해서 패배한 쪽은 가축까지 씨를 말려 버렸으니 대륙 전체에 위드와 그의 부대에 대한 두려움이 깊숙하게 퍼져 갔다.

정복자로서 무자비한 활동을 하는 위드를 말릴 수 있는 사람이 있다면 오직 서윤뿐이었다.

그녀는 위드가 전투를 치르는 것을 몇 번 보더니 군대의 자금과 관련된 권한을 달라고 했다.

"…그래? 그렇다면야, 뭐."

부모, 형제, 자식 사이에서도 믿을 수 없는 돈 거래!

그러나 서윤이 사막에서 어떤 식으로 내조를 했는지를 알기에 위드는 쉽게 허락했다.

'알아서 잘하겠지. 어차피 돈은 있더라도 쓸 일도 없으니까.'

필요한 물품이 있으면 약탈하면 될 뿐!

서윤은 몇몇 상인들에게 후하게 돈을 지급하면서 군대에 필요한 물자들을 제공하게 했다.

전쟁의 시대에서, 돈에 눈이 멀어 있는 상인들은 황금만 준다면 무엇이든 했다.

"이번 거래에 감사드립니다. 더 시키실 일은 없으신지요?"

몇 번의 거래를 성공적으로 하고 나서, 서윤은 그들에게 특별한 주문을 했다.

"…하실 수 있나요?"

"근처에서 구하기는 어려운 생물입니다만 상단의 마법사들을 통해서라도, 혹은 선이 닿아 있는 왕실의 텔레포트 게이트를 통해서라도 빨리 구해 오겠습니다. 네? 일찍 구해 오면 그만큼 돈을 더 주신다고요? 아이고야, 이렇게 감사할 데가! 수단과 방법을 가리지 않겠습니다요."

그리고 상인들을 통해서 코끼리 300마리를 구했다.

지금까지 위드의 군대는 사막 전사들을 주축으로 한 기병과 노예 병사들로만 구성되었다.

이에 더해 군대의 위엄을 세우고 적들에게 공포를 심어 주도록, 서윤이 전투 코끼리 부대를 편성해 준 것이다.

연합군을 격퇴하고 난 이후 승승장구하는 하벤 제국!

모로스 성은 중앙 대륙의 교통의 요지로서 상당히 중요한 곳이었다. 고급 가구와 벨벳, 향료의 거래지로, 역사적으로 크게 발달한 상업 도시였다.

브리튼 연합 왕국을 정복하던 당시 하벤 제국의 영토로 편입되어서, 지금까지 많은 세금을 바쳐 온 땅이다.

영주는 로프너!

"역시 헤르메스 길드에 뇌물을 바쳐서라도 이곳을 차지하길 잘했지. 그때 들였던 막대한 돈은 도시를 다스리는 동안 세금을 인상해서 회수하면 되니까 말이야."

영주가 뿌듯한 기분을 만끽하며 창밖을 보는데, 푸른 하늘 아래 가득 펼쳐져 있던 주택들이 어제보다 줄어든 것 같은 느낌이 들었다.

"루오니, 저곳에도 주택들이 있었던 것 같은데… 언제 황무지로 변했지?"

"글쎄. 나도 잘 모르겠는데."

"그냥 내 착각인가."

"아마도 그렇겠지. 주택가가 황무지가 될 리는 없잖아."

잠깐은 별걸 다 착각한다면서 웃기도 했다. 영주라고 해도 도시 전체의 모습을 구석구석까지도 확실하게 기억하고 있기란 어려웠으니까.

하지만 뜨거운 여름날 아이스크림 녹듯이, 그들이 지켜보는 가운데에도 외곽의 주택들이 사라지고 있었다.

"이거 왜 이래? 저쪽은 분명히 고급 주택가였는데 건물들이 작아졌어. 어? 지금 완전히 없어졌다."

"무슨 사건이 벌어지고 있는 건가? 갑자기 주택들이 사라지고 도시를 나누는 경계선이 줄어서 도시가 작아지다니! 말도 안 되잖아."

로프너는 영주의 권한을 이용하여 내정 모드로 주민 숫자를 알아보았다. 그런데 어제보다 무려 3만 명이 줄어 있는 것을 확인할 수 있었다.

"이게 어떻게 된 거야? 전염병이라도 돌고 있는 건가."

정신 줄을 놓을 수밖에 없는 상황!

주택들의 감소로 시작된 변화는 곧 모로스 성 상업 지구의 축소로 이어졌다.

거리에서 오고 가는 상인들이 뜸해지더니 번화하던 상업 지구가 눈에 띄게 위축되었다.

교역품 감소는 물론이고, 길거리에 보이는 주민들의 옷차림조차도 점점 빈한해졌다. 배가 남산처럼 튀어나오고 턱살이 피둥피둥 쪄 있던 상인이 날씬해지더니, 나중에는 피죽도 못 먹은 것처럼 깡마르게 변했다.

그리고 먼 길가의 상점부터 하나씩 폐쇄되고 건물이 사라져 갔다.

상업 지구 자체가 폐쇄되고 난 이후부터 도시는 그대로 녹아내리듯이 사라지고 있었다.

도로와 건물이 있던 자리는 큼지막한 돌덩이와 무성하게 자라난 잡초들이 뒤덮었으며, 황무지 그리고 가까이 있는 숲도 영역을 무섭게 넓혀 왔다.

"무슨 일이야!"

"이거 왜 이래."

뒤늦게 알게 된 헤르메스 길드의 소속 유저들도 당황했고, 이러한 변화는 곧 도시에서 활동하는 일반 유저들도 알아차리게 되었다.

상인 유저들은 많은 관세를 내고 모로스 성까지 들어왔다.

성문 밖에도 수백 명이 차례를 기다리고 있었는데 눈앞에서 도시가 그대로 사라져 가는 것을 보고 있는 황당한 기분!

"뭐, 뭔가 장관이긴 하다."

"그치. 어디서 이런 걸 보겠어."

어쨌든 남의 일이기 때문에 즐겁게 구경할 수는 있었다.

건물과 주민 들이 사라지면서 거리에 우두커니 서 있는 유저들만 그 자리에 남았다.

무기점에서 물건을 살펴보다가 건물 자체와 구매하려는 물품이 손 위에서 없어지는 이상한 경험을 한 유저들도 있었다.

그렇게 도시는 얼이 빠진 유저들만을 남겨 놓고 사라졌다.

모로스 성 역시 성벽에서부터 차츰 없어지기 시작하더니 헤르메스 길드원들만을 땅에 남겨 두고 자취를 감췄다.

모로스 성과 상업 지구가 있던 도시는 그저 넓은 벌판과 황무지, 숲이 있는 땅으로 변하고 말았다.

그와 거의 동시에, 가장 가까운 강가에 나무로 지은 건물이 여섯 채 생겨났다.

작은 배들을 띄워서 한가로이 낚시를 하는 어부 NPC들도 보였다.

헤르메스 길드원들은 그들에게 달려갔다.

"저기요, 말씀 좀 묻겠습니다."

"뭐요? 여기는 몇 년간이나 사람들이 찾아오지 않던 장소인데 갑자기 이렇게 많이들 나타나니 놀랍구만."

"예?"

"그래, 어디서 왔소? 북쪽이오, 남쪽이오?"

낚싯줄에 미끼를 끼우던 어부의 말에 헤르메스 길드원은 답답함을 느껴야 했다.

"우린 여기에 있던 모로스 성 사람입니다."

"모로스 성? 이 부근에 그런 성이 있다는 이야기는 들어 본 적도 없는데."

"바로 저쪽 넓은 땅에 불과 10분 전까지만 해도 세워져 있었단 말입니다."

"에이, 농담하지 마시구려. 저기는 황무지잖소. 우리 아들이 매일 뛰어노는 곳인데! 재작년에는 저곳에 작은 밭이라도 일구어 보려고 하다가 자갈이 너무 많아서 포기해 버렸지.”

헤르메스 길드원들, 특히 로프너는 어부가 무슨 이야기를 하고 있는 것인지 영문을 알 수가 없었다.

〈로열 로드〉에서 여러 퀘스트를 진행하다 보면 이해력이 올라가게 된다.

그럼에도 대도시를 가진 영주였다가 순식간에 모든 것을 잃게 된 그가 갑자기 벌어진 사건에 대해서 열린 마음을 갖기란 불가능했다.

어부들이 있는 곳으로 따라온 일반 유저들도 귀를 쫑긋 세우고 이야기를 들었다.

모로스 성이 사라지게 된 것은 그들에게도 호기심을 자극할 만한 일이었다.

헤르메스 길드원 중 1명으로, 키가 작은 도둑 유저가 눈동자를 떼구르르 굴리더니 물었다.

“그럼 여기에 모로스 성이 없단 말씀이십니까?”

“당연하지 않소? 이곳에서 가장 가까운 성은 헤펜인데.”

헤펜도 옛 브리튼 연합 왕국의 영토로 하벤 제국에 속하게 되었다.

뭐, 어쨌거나 그곳은 아직 무사한 것 같아서 다행이었고, 어부와도 말은 통할 것 같았다.

“모로스 성이 갑자기 사라진… 아니, 그러니까 혹시나 여기에 원래부터 없었단 말씀이신지요? 그리고 들어 보신 적도 없고요.”

“음, 그렇지.”

"어르신은 이곳에서 쭉 낚시를 하면서 사셨고요."

"일곱 살 때부터였으니까 30년이나 되었군. 평생을 이곳을 떠나지 않고 낚시질을 하면서 살았지. 내 아내는 그물 짜는 일을 한다오."

모종의 사건이 벌어져서 베르사 대륙에서 모로스 성이 자취도 없이 사라졌다는 건 이해할 수 있었다. 물론 헤르메스 길드원들과 로프너 입장에서는 납득까지 할 수는 없는 것이었지만 말이다.

"왜 여기에는 성이나 도시가 없고 사람이 많이 살지 않죠? 땅이 꽤 넓고 좋아 보이는데요."

"음, 그야… 오래전 헨튼 성 시절에는 여기에 거주하는 사람이 많기는 했다고 어느 여행자에게 들어 본 적이 있소."

헨튼 성이라면 브리튼 연합 왕국이 이 지역을 점령하기 이전에 에루나 왕국이 다스리던 시기의 이름이다.

"사막 부족의 대침략 이후로 헨튼 성은 주춧돌 하나 남기지 못하고 사라져 버리고 사람들은 모두 떠나 버렸지."

"대침략요?"

"그렇소. 그건 대재앙이라는 말밖에는 전해지지 않소. 에루나 왕국으로서는 막을 수가 없었지. 불세출의 악마 위드가 모든 것을 앗아 가 버렸으니까."

위드!

그 이름만큼이나 모든 변화를 납득하게 만드는 사람이 베르사 대륙에 또 있을까.

유저들 중에서는 지금의 상황을 추리하는 이들도 나타났다.

"설마 남부 사막지대에 갑자기 도시들이 생겨나고 발전하는 것과 지금의 사태가 연관이 있나?"

"맞을 것 같아. 거기는 사람도 늘어나고 도시도 커지는데, 대신 모로스 성은 사라져 버린 거지."

"아니, 도대체 무슨 퀘스트를 하면 이런 식의 마법 같은 일을 벌이는 건데?"

"난들 아나. 아무튼 모로스 성은 쫄딱 망해 버렸네."

"그런 거 같아."

사정을 파악한 헤르메스 길드원들은 기절하고 싶을 지경이었다.

모로스 성의 상업적인 가치는 대단했고, 동시에 교통의 요충지이기도 했다.

모로스 성이 사라지게 되면 헤펜 성과 마드헤드 간의 교역에도 막대한 차질이 빚어지게 된다.

당장 이곳 주변으로는 많은 몬스터들의 무리가 날뛰고 있었다. 모로스 성에 주둔하고 있는 군대를 출진시켜서 정기적으로 토벌하지 않으면 안 되는데, 성과 함께 몽땅 없어져 버렸으니 앞으로 어떻게 해야 할지 막막한 문제였다.

"그럼 우선 헤펜으로 가서 대책을 세워 보죠. 그들로부터 지원을 받아 모로스 성도 재건을 해야 하니까 말입니다."

"30분만 달리면 되니까 바로 가 봅시다."

헤르메스 길드원들이 대화를 나누고 있는데 어부가 끼어들었다.

"여기서 가장 가까운 성은 프레이달이라오."

“예? 헤펜 성이 더 가까운데요. 프레이달은 상당히 먼데. 말을 안 타면 어림잡아 2시간은 가야 되잖아요.”

“아까 헤펜이 가장 가깝다고도 하셨는데요?”

어부가 머리를 긁적였다.

“내가 언제 그랬소? 기억이 나지 않는데… 헤펜이란 이름은 처음 들어 보는군.”

헤르메스 길드원들의 얼굴이 새하얗게 질리고 말았다.

바로 그 시각, 헤펜 성의 사람들도 도시가 신기루처럼 사라져 버리는 기현상을 목격하고 넋이 나가 버리고 말았다.

과거에서 벌어지는 전쟁

역사의 변화!

위드의 모험이 베르사 대륙에 중대한 변화를 이루어 내면서 게시판은 뜨겁게 달아올랐다.

—벌써 성 6개, 도시 12개가 아작 났어요.
—아싸, 신난다.
—흔적도 없이 사라진 성이 4개, 그리고 반토막이 난 곳이 2개.
—불세출의 악마 위드 파이팅!
—근데 역사에 나온 사막의 대제 위드가, 전쟁의 신 위드와 동일인이 맞긴 한 거예요?
—맞겠죠. 맞을 겁니다. 아니면 누가 이런 짓을 하는데요?
—위드가 그냥 당하고 있을 사람이 아니죠. 〈마법의 대륙〉에서부터 그 옹졸함은 소문이 났었거든요.
—위드와 친구 하고 싶어요.
—저는 위드 부하라도 괜찮은데요. 뒤만 졸졸 따라다니고 싶음.
—근데 요즘 화제가 되고 있는 역사책, '야만적인 위드 대제' 보셨어요? 가는 곳마다 무슨 대학살극을 벌였다는데……. 위드 님은 착한 분인 줄 알았는데 좀 지나친 거 아닌가요?

—이유가 있겠죠.
—정확히 알지도 못하면서 비난부터 하지 맙시다.
—죽을 만하니까 죽였을 겁니다.
—착한 사람은 맨날 당하고 살아야 돼요? 헤르메스 길드가 그렇게 공격하는데 그냥 비굴하게 앉아서 억울하게 당하기만 하면서 살아야 된단 말입니까?
—퀘스트가 뭔지 몰라도 사막 부족의 입장에서는 충분히 할 수 있는 일이죠. 종족이나 부족 간의 차이에서 이해할 수 있어요.

게시판에서는 논쟁도 벌어졌다. 갑자기 도시와 성이 사라져서 불편함을 겪는 유저들의 원망도 상당히 많았던 것이다.

—위드. 저는 좋게 봤는데 제가 마련한 집이 그냥 먼지처럼 날아가 버렸습니다. 이게 무슨 행패인가요!
—그러면 그냥 모라타로 이사하세요.
—이주를 위해서 좋은 기회네요.
—북부로!

위드의 모험을 좋아하던 유저들과, 헤르메스 길드의 악행에 지친 유저들에게는 신나는 일이었다.

그들의 무조건적인 악성 댓글 방어!

중앙 대륙의 유저들도 막상 자기 일이 아니라면 통쾌해했다.

하벤 제국이 전쟁을 일으키고 있어서 좋아하지도 않을뿐더러, 다른 도시들이 망해 버리면 자신에게는 이득이었다.

—저는 교역을 하려고 헤펜 성까지 갔는데 헛걸음했어요. 완전 짜증 남. 무슨 일을 벌일 거면 저처럼 무고한 사람이 피해를 입지 않도록 예고라도 해 주는 게 예의이자 상식 아님?

—이런 분들이 하벤 제국에 부지런히 세금 바쳐서 헤르메스 길드에 전쟁 자금을 대 주시는 분들임?
—돈에 눈이 멀어서 진짜 중요한 게 무엇인지를 모르는 분이군요. 손해 본 돈 제가 드릴 테니까 벤트 성으로 오세요. 가몽 찾아오시면 돼요.
—북부 상인의 전설 가몽 님이시군요!
—오오오, 가몽 님이 나타나시다니.

그리고 중요한 글도 등록이 되었다.

제목: 나는 위드가 무슨 모험을 하는지 알고 있다

많은 분들이 궁금해하는 위드의 모험!
후후후, 저의 뛰어난 추리력으로 정답을 알려 드리지요.
참고로 말하자면 저는 전교 1등에 전국 수석 출신임. 우리 엄마가 맨날 친척들 이웃들 모아 놓고 제 자랑 함.
우선 몇 가지 단서들을 모아 보도록 하죠.
위드의 모험으로 인해서 사막에 도시들이 세워지고, 또 어떤 도시들은 없어지기도 합니다. 그리고 역사서에 갑자기 위드가 기록되어 있고, 오래된 사람처럼 불리기도 하지요.
누구나 이루고 싶었던 꿈! 이 베르사 대륙의 위대한 영웅으로, 그것도 과거에 불세출의 업적을 쌓았던 영웅의 전설이 세워지고 있는 것입니다.
헌데 누구도 위드를 만났다는 사람도 없고, 주민들도 직접적으로 위드에 대한 말은 하지 않으면서 그저 옛사람의 이야기라고만 합니다.
이러한 변화는 지금 해낼 수 있는 게 아닌, 오래전에 이루어지고 있다고 볼 수밖에는 없습니다. 즉, 위드는 현재의 베르사 대륙이 아니라 먼 과거의 베르사 대륙으로 가서 모험을 하고 있는 것입니다.
북부에 갑자기 사막 부족의 이주민이 나타나는 것도 비슷한 맥락으로 이해할 수 있습니다.
아아, 여기까지 말해도 믿지 않는 분들이 물론 많을 것으로 압니다. 사람들은 자신들이 알고 있는 지식만을 바탕으로 생각하기 마련이니까요.
제가 이야기를 했지만 사실 말이 안 되기는 하죠.
우선 과거의 베르사 대륙이 실제로 존재하느냐가 관건인데, 상식적으로 볼 때 옛날의 베르사 대륙도 지금과 같은 세계가 정교하게 만들어져 있어야 합니다. 이러한 방대한 데이터와 자원이 단 1명을 위해서 지원된다는 건 기술적으로도 어렵고 경제적으로는 더욱 터무니가 없죠.
하지만 여기는 〈로열 로드〉입니다. 이곳의 수많은 전설이나 모험을 바탕으로 생각해 본다면 충분히 가능하리라고 믿습니다. 유니콘 사의 기술력은 상상을 초월하는 일들을 곧잘 이루어 내니까요.
위드가 활약을 하고 있는 건 아마도 사람들의 입에 오르내리는 것처럼 전쟁의 시대! 그리고 어떠한 이유인지는 모르지만 그는 우리가 알고 있는 것보다도 훨씬 강합니다.
그가 사막에서 성공적으로 이루어 냈다는 사냥들, 중앙 대륙에서 부하들을 이끌고 치른 전쟁의 이야기를 듣다 보면 황당무계할 정도입니다. 유저들의 무력이 지금 상당히 높아졌다고 해도 감히 범접하지도 못할 정도로 높은 레벨을 얻은 것이죠.
아마 이건 어떠한 중요한 퀘스트를 진행하고 있는 중임에 틀림없습니다. 그 퀘스트는 지금까지의 어떤 것보다도 난이도가 높을 수 있겠죠.
여기까지가 제 추측이지만, 완벽하게 맞을 거라고 확신합니다.
또한 과거로 돌아간 위드가 전쟁도 벌이면서 역사를 바꿔 놓고 있지만, 이것이 현재의 세계에 100% 완벽하게 영향을 미치는 건 아니라고 봅니다. 위드가 세웠던 도시가 그 후의 역사에 의해서 사라지게 될 수도 있고, 파괴했던 도시가 다시 세워질 수도 있는 겁니다.
매우 흥미로운 부분이죠.
한 시대의 인간이 매우 큰 업적을 쌓으면 수백 년 후의 세계가 어떻게 변하게 될지를 상상할 수 있을 겁니다. 누구나 추측하고 꿈꿀 수는 있지만 위드는 자신의 행동이 낳은 결과를 실제로 지켜보는 것입니다.
얼마나 재미있겠습니까? 그것도 대단한 정복자가 되어서 한 시대의 역사를 바꾸어 놓고 있는데요.
이런 재미까지 창출해 낼 수 있다니, 과연 〈로열 로드〉는 대단합니다.
저 역시도 천재적인 두뇌를 바탕으로 투자은행이나 법률 쪽에 근무하려고 했지만 미래의 꿈을 유니콘 사에 입사하는 것으로 바꾸었습니다. 유니콘 사라면 명석한 두뇌와 통찰력을 가진 제가 다니기에 나름 괜찮을 것 같군요.
자, 지금까지 설명 잘 들으셨습니까?
어디 궁금한 점이 있으시면 물어보시죠. 지적도 환영합니다. 당연히 제 주장들은 확실하지만 말이죠.

그리고 이어진 댓글들 3,900개.

ㄴ밥은 먹고 다니냐.
ㄴ너 친구 없지?
ㄴ약 먹을 시간이다. 간호사, 205호 환자 어디 갔어!
ㄴ명석한 두뇌에 감탄했습니다. 저 초등학교 5학년인데요, 숙제 좀 도와주세요.
ㄴ……

악성 댓글들로 가득했지만 글의 내용 자체에 대해서는 따지지 않고 대부분 공감했다. 사실 이때쯤부터는 유저들도 위드의 모험이 어떻게 진행되고 있는지 대략이나마 직감했던 것이다.

과거의 베르사 대륙에서 모험을 한다는 것이 잘 상상은 되지 않았지만, 몇몇 퀘스트에서 역사적인 전투를 경험하는 걸 본 적도 있다 보니 이해도 되었다.

단지 부러울 뿐!

자신들도 〈로열 로드〉에서 위드와 같은 심장 뛰는 모험을 하고 싶었다.

최소한 텔레비전에서라도 보면 가슴의 답답하던 무언가가 탁 풀리는 기분이 들었다.

모험에 대한 이야기가 걷잡을 수 없이 불거져 나오면서 방송국들도 참을 수 없는 단계에 이르렀다.

"무조건 잡아. 이번 주 내로 출연 계약서나 사표 중에 하나

제출해!"

"다른 방송국보다 무조건 2배로 질러! 왜 사람들이 CTS미디어를 재벌 방송이라고 부르는지 확실히 알려 주도록 해."

"구체적인 내용이 확실하지 않다고? 그런 게 뭐가 중요한데! 방송 일 하루 이틀 했어? 방송만 틀어 주면 알아서 시청률이 오를 판이고 광고주가 총알택시 타고 달려오는데 지금 이 와중에 뭘 따지고 있어?"

KMC미디어처럼 전문적인 게임 방송 채널도 있지만, 〈로열 로드〉가 대흥행을 거두면서 기존의 지상파 방송이나 업종이 전혀 다른 재벌 기업들도 많이 진출했다.

단순한 게임 방송이 아닌 〈로열 로드〉 내의 여가, 생활, 스포츠, 모험, 상업 등을 아우를 수 있다.

유명한 투자 전문가들이 상업에 대한 조언을 주기도 하고, 현직 스포츠맨들이 특별한 모험을 만끽하는 장면들도 편성이 되었다.

수영 선수들이 바다를 가로지르고, 기수들이 말을 타고 장거리 횡단에 나서는 방송 이벤트들이 쏟아졌다.

선견지명이라고 해도 좋을 정도로 일찍 〈로열 로드〉와 관련된 방송을 시작한 회사들은 쏟아지는 광고의 홍수 속에서 매출액과 순이익을 늘려 가고 있었다.

〈로열 로드〉의 방송사를 가지고 있으면 최첨단을 달리는 고가의 프리미엄 제품들을 홍보하는 데에도 유리하다.

그룹 전체의 이미지에도 긍정적이라서, 막대한 자본이 투입되면서 새로운 방송국들도 개국했다.

외국의 BBA, 울프, ABCD 같은 유명 방송국들도 참여하고 있기에 그 경쟁률이야말로 놀라울 지경.

〈로열 로드〉는 외국에서 뒤늦게 더 뜨거운 열풍이 불어오기도 했다. 유럽의 긴 휴가철에 사람들이 〈로열 로드〉만 해서 휴양지에 찬바람이 드는 정도는 일상적인 일이 되었다.

화끈하게 즐기는 외국인들은 외모에 신경을 쓰지 않고 오크, 다크 엘프, 고블린, 프로그맨 등의 종족도 즐겨 선택했다.

그리하여 계약을 위해 이현의 집 앞에서 상주하게 된 방송국 임원들!

로드릭 미궁의 탐험 이후로 상당히 오랜만이었다.

"으흠, 또 뵙게 되는구려."

"현 부장님께서도 요즘 딱히 일이 없으신 모양입니다."

"평일에 방송되는 〈네이판의 모험〉이라는 프로그램이 흥행하고 있어서 직접 손대야 할 업무가 적어졌지요."

"시청률이 갈수록 하락세던데요?"

"뭣이!"

방송국 관계자들의 으르렁거림도 어제오늘의 이야기는 아니었다.

방송 보도를 통해서는 타 방송사들을 존중하지만, 직접 계약을 다퉈야 하는 처지에는 피 튀기는 경쟁이 이루어졌다.

'저놈이 얼마나 준비해 왔을까.'

'옵션으로 광고 비용을 따로 챙겨 주는 정도로 될까. 국장한테 보고하고 더 높여 줘야 하는 것 아니야?'

방송국들끼리의 경쟁은 이현에게도 긍정적인 일이었다.

과거에는 방송국에 직접 가서 계약했지만, 이제는 관계자들을 불러서 한껏 분위기가 달아오르게 한 후에 도장을 찍는다.

이거야말로 확실한 갑의 위치에 서 있기 때문!

방송국 관계자들은 뜨거운 햇볕을 피해서 대문 앞에 섰다.

"그나저나 오늘은 나올지……."

"요즘 집 밖으로 아예 안 나온다는 소식이 파다하던데요."

"모험이 그만큼 중요하다는 증거 아니겠습니까? 오늘도 〈로열 로드〉에는 폭군 위드에 대한 소문이 파다하게 퍼지고 있다는데."

이현이 캡슐에 들어가 있다면 몇 시간이고 하염없이 기다릴 수밖에 없다.

'저놈들만 없으면 초인종을 누를 텐데.'

'어디 가서 시원한 음료라도 마시고 싶다. 저녁까지 기다려도 안 나오면 여기서 야근을 해야겠지. 이사로 승진했다고 기뻐하는 마누라를 생각하면 퇴근은 물 건너갔군.'

'우리 방송국만큼 좋은 계약 조건을 준비한 곳은 없겠지. 다른 해외 방송국들에 프로그램을 판매하는 조건으로 그 로열티 수입까지 합친다면…….'

'우리 자식 놈도 나중에 〈로열 로드〉나 시켜야지.'

정오가 되었을 무렵이었다.

이현이 대문을 열고 나오면서 따뜻하게 미소를 지었다.

진심이 담긴, 곧 들어오게 될 돈을 생각하며 기뻐하는 표정!

"어라, 저희 집에는 어쩐 일로 오셨습니까?"

"아이고, 그간 안녕하셨습니까. 지난번 방송이 시청률이 워낙에 잘 나와서요. 인사차 들렀는데 빈손으로 오기 민망해서 여기 약소하지만…….”

“강 부장님도 계셨군요.”

“얼굴 본 지도 오래되고 해서 이야기나 좀 나눌까 하고 와 봤습니다. 참, 삼별 전자에서 신형 텔레비전이 출시되었는데 받기 편한 시간을 말씀해 주시면 배송시키도록 하겠습니다. 무슨 특별한 의도가 있는 건 아니고, 편하게 저희 방송을 좀 시청해 달라는 뜻에서요.”

“아니, 그럴 필요는 없는데요.”

“절전형 모델입니다.”

“그럼 성의를 생각해서 잘 받아 보겠습니다.”

이현은 방송국 관계자들에게 한두 가지씩을 받아서 챙겼다.

아부와 접대에 대해서는 서로 간에 경험이 많다 보니 긴말이 필요 없다.

방송국 관계자들도 이현이 선물을 받는 편이 마음이 훨씬 편했다.

그동안 상대해 본 바에 따르면 뇌물에 대해서는 더없이 정직했다. 받아 챙긴 만큼은 호의를 베푼다.

시중 판매 금액에 따라 정확히 구분해서 고마워했으니까!

이현은 집 안으로 들어온 그들에게 커피 믹스와 보리차를 내다 주었다.

“요즘 모험이…….”

지난번과 같이 CTS미디어의 현 부장이 구체적인 이야기를 꺼내려고 할 때였다.

"우선 잠시만 기다리시죠. 찾아온 손님이시니 변변치 않지만 제 손으로 식사라도 대접해 드리고 싶어서요."

"그, 그럴까요?"

방송국 관계자들로서는 다소 의외였다.

이현의 쪼잔한 성격에 대해서는 방송국 고위층 사이에 널리 알려져 있었다. 예전 방문에서도 커피 한 잔 내주고 나서 바로 빨리 본론을 이야기하도록 재촉했는데, 이번에는 따로 식사까지 준비해 준다니.

'설마 컵라면은 아니겠지.'

'짜파구리라도 끓여 주려나?'

이현은 마당으로 나가며 말했다.

"시간이 조금 걸릴 겁니다. 재료를 구해야 하거든요."

"아, 물론 기다릴 수 있습니다."

마당에서 푸드득거리는 소리가 나는가 싶더니 이내 고요해졌다.

집에 들어오는 그들을 경계하며 짖어 대던 개들도 얌전히 있었다.

개들의 침묵!

무언가 위잉 하고 기계를 돌리는 소리도 나고, 잠시 후에 현관문을 열고 들어온 이현의 손에는 털이 다 뽑힌 닭이 들려 있었다.

이현은 바로 주방으로 가서 도마를 꺼내고 요리를 시작.

감자와 야채까지 듬뿍 넣고, 손님들을 위해 닭볶음탕을 요리했다.

"혹시 방금……."

"아, 아마도 땅에서 모이를 쪼아 먹던 그 닭이 맞는 것 같습니다."

"……."

방송국 관계자들은 이현이 보통 인간과는 확실히 다르다고 느꼈다.

아울러 기대도 더욱 커졌다.

'우리를 위해서 따로 요리까지 준비하는 걸 보면 저 더러운 성격에 접대하려고 하는 목적은 아닌 것 같고, 이번 모험이 진짜 대박인가 보군.'

'뭔가가 있어. 우리 방송국 분석실에서 퀘스트의 내용을 파악해 본 바로는 보통 난이도나 스케일이 아니야. 지금까지 해왔던 것과는 차원이 다를지도 몰라.'

'확실히 큰 건수다.'

평소 안 하던 요리까지 하니 기대 심리가 마구 부풀어 오를 수밖에 없었다.

그리고 완벽하게 조리된 닭볶음탕!

"맛있군요."

"평생 이렇게 맛있는 닭 요리는 처음입니다."

방송국 관계자들은 엄지손가락을 치켜들었다.

아부를 떨기 위해 하는 말이 아니라 정말 처음 먹어 보는 꿀맛이었다.

이현이야말로 만능 일꾼이란 말이 틀리지 않았다.

방송국 관계자들이 10명이나 되다 보니 큼지막한 토종닭도 금방 뼈만 남기고 사라졌다.

"그럼 제 모험에 대한 이야기를 해야겠군요."

이현이 먼저 말을 꺼냈다.

슬슬 그도 방송 중계를 시작해야겠다고 판단하고 있었다.

조각술 최후의 비기 퀘스트는 이미 절정 단계에 올라서, 이제 헤르메스 길드가 방해할 수 있는 수준이 아니다.

게다가 모험의 내용을 오래 끌며 묵혀 놓으면 흥이 식기 마련이다.

결과가 먼저 베르사 대륙에 소문을 통해 알려져 버리거나 실패하기라도 한다면 방송 계약에 있어서도 손해를 볼 수 있지 않겠는가.

"지금 진행하고 있는 모험은 조각술 최후의 비기와 관련이 있는 것입니다."

"최후의 비기요?"

"그런 게 있습니까?"

방송 관계자들에게도 조금은 생소한 단어. KMC미디어의 강 부장은 언뜻 들었던 내용이 있었다.

"최후의 비기라면, 존재하기는 하지만 관련 직업 스킬의 비기를 전부 모으고 나서야 얻을 수 있는 걸로 아는데요."

"맞습니다."

"그러면 조각술의 비기를 이미 다 모았다는……."

"모았죠."

"……."

한 가지의 비기를 얻기도 어려운데 직업 전체의 비기를 모두 모았다니!
과연 위드라는 감탄이 나오기도 전에 드는 생각!
'특종이다!'
'어서 알려야 해!'
'저놈들보다 먼저 방송국에 전해야 하는데.'
그러나 지금은 이현과의 대화와 방송 계약이 더 중요하다 보니 자리를 떠날 수 없다.
휴대폰으로 슬쩍 문자를 보낼 수도 없었다.
상대가 그들보다는 한참 어리다고 하지만 어쨌든 중요한 인물인 것이다.
대화 중의 예의가 아닐뿐더러, 그런 사소한 부분까지도 속좁고 옹졸하게 갚아 줄 사람이기 때문!
"먼저, 지난 로드릭의 미궁도 조각술 최후의 비기와 관련이 있었던 모험입니다. 구체적으로 어떤 내용의 모험인지는 복잡하니까 차차 설명드리고 우선 간략히 이야기만 드리자면… 광활한 베르사 대륙을 배경으로 펼쳐지는 서정적이면서도 열정적인 꿈과 용기, 사랑이 있는 방대한 서사시와도 같다 할까요."
"……."
방송국 관계자들의 입장에서는 그런 긴 수식어들은 중요하지 않았다.
'이건 무조건 잡아야 된다.'
'계약 못 하면 진짜 사표 쓰게 생겼다.'
'다음 임원 인사에서 불이익을 받게 되겠지. 노 부장이 호시탐탐 내 자리를 노리고 있던데.'

다른 방송국들이 모조리 방송하는데 자신의 방송사만 쏙 빠진다면 그 뒷감당이 안 될 지경이었다.

위드의 모험이라면 흥행은 이미 결정이 된 것인데 무엇을 망설인단 말인가.

다만 중요한 것을 묻지 않을 수 없었다.

"퀘스트를 벌써 완료…하신 겁니까?"

"아직 진행 중입니다. 예상하고 계신 것처럼 최근에 사막 도시들이 세워지고 중앙 대륙의 도시들이 파괴되는 그런 것들이 퀘스트의 여파로 나타나고 있는 것들입니다. 다 제 잘못이 아니라 조각술 최후의 비기 퀘스트가 워낙 대단해서 그런 거지요. 흠흠."

"휴우……."

방송 관계자들로서는 오히려 다행이었다.

퀘스트가 끝나지 않았다면 앞으로 더욱 흥미진진해질 것이다. 소설이나 영화의 끝부분을 미리 알고 보면 아무래도 재미가 조금은 떨어지는 것이니까.

방송국은 더 실감나게 중계를 할 수 있으며, 시청자들도 간을 졸이면서 볼 것이다.

그리고 모험의 특성상, 지금까지도 대박일 테지만 앞으로도 무언가 진짜 엄청난 것이 나타나지 않겠는가.

"조각술 최후의 비기라니, 얻게 되는 스킬에 대해서 알려 주실 수 있겠습니까?"

"아직 공개할 수 없습니다."

"매우 어려울 것으로 예상되는데, 퀘스트의 난이도는 얼마나

됩니까?"

"뭐, 그냥저냥 할 만한 정도죠. 남은 과정을 조금만 설명해 드리자면 엠비뉴 교단의 총본영 습격… 그리고 뭐, 혼돈의 드래곤 정도?"

"헉!"

경악을 넘어서서 기겁을 할 지경!

전쟁의 신 위드에 조각술 최후의 비기, 엠비뉴 교단, 드래곤까지 나왔다면 방송 작가들이 고심하면서 제목이나 홍보 문구를 지을 필요도 없다.

'끝났다, 이건…….'

'방송을 해야 된다, 무조건.'

'계약 못 하면 진짜 무조건 사표다!'

방송국 관계자들은 결연한 의지를 다졌지만 오히려 워낙 건수가 크기 때문에 당장은 계약을 할 수 없었다.

위드가 또 어떤 대단한 모험, 난이도 S급, 혹은 대륙을 구하는 뭔가를 하고 있을 거라고 생각하며 준비하고 왔지만 이 정도의 퀘스트이리라고는 그들도 미처 예상하지 못했다.

방송 출연 계약 조건에서부터 퀘스트가 진행 중이기 때문에 생방송이나 추후의 구체적인 일정까지도 협의를 해야 되었다.

물론 지금까지 쭉 그래 왔던 것처럼 전적으로 위드의 모험이 방송에서 가장 우선순위에 놓일 것이며 다른 프로그램들은 뒷전으로 밀려나야 한다는 점에서는 의심의 여지가 없었다.

"그보다, 이거 골프 회원권인데 말입니다."

"몸보신 좀 하시라고 100년 넘는 산삼 좀 보내 드리겠습니다. 정말로 약소합니다만."

"소파나 싱크대, 집 안에 가전제품 필요한 것들이 있으면 말씀만 하시지요."

다시 시작된 뇌물 공세!

다들 업무 추진비는 이럴 때 써야 한다는 생각으로 마구 내놓았다.

여러 방송국과 비슷한 계약을 하더라도 방송 분량이나 독점 인터뷰 등에서는 차이가 날 수 있다.

"뭘 이런 걸 다… 산삼 보증서도 꼭 챙겨 주세요. 그리고 소파는 천연 가죽으로 부탁드립니다. 싱크대 설치를 위해서는 먼저 길이부터 정확히 재서 알려 드려야겠죠?"

이현은 착실하게 뇌물을 받아서 챙기고 있었다.

최근 현대사회에 들어서 뇌물은 축소되거나 사라지는 추세다. 하지만 동방예의지국에서 대대로 내려온 훌륭한 관행은 지속적으로 계승하고 발전시켜야 하지 않겠는가.

그렇게 다들 주거니 받거니 화기애애한 가운데에서도 오늘따라 유난히 얌전하던 KMC미디어의 강 부장이 마침내 회심의 카드를 꺼냈다.

"이 서류 좀 받으시지요."

"뭡니까?"

"땅문서입니다."

"……!"

"재개발 예정 지역에 속한 땅인데요. 흠흠, 합법적으로 명의 변경이 가능하고, 매달 월세도 받을 수 있습니다. 당연히 추후 상당한 개발 이익도 얻을 수 있지요."

이번 퀘스트가 범상치 않다는 것을 사전에 알고 방송국 차원에서 비밀리에 준비해 가져온 것이었다.

덥석!

이현은 강 부장의 손을 잡았다.

"과연 방송계를 이끌어 가는 KMC미디어입니다."

"허허헛, 그렇지요!"

열렬한 반응!

그리고 방송국 관계자들이 돌아갈 때, 이현은 대문 앞까지 배웅을 나왔다.

"잘 먹고 갑니다."

"별말씀을요. 토종닭 대자에 사이다 다섯 병이니까, 다 해서 45,000원입니다."

"……."

호성 그룹 자금난

채권단 회생 불능 판정

호성 전자 신용 등급 하락. 회사채 발행 실패

굴지의 호성 그룹 이대로 무너지나?

최근 1달간 신문의 헤드라인을 장식한 제목들!

호성 그룹에서는 백방으로 뛰면서 부채 상환에 주력하였지만, 계열사들마다 만기일이 겹치면서 현금 확보가 어려웠다.

부동산은 더 이상 바닥을 보기 어려울 정도의 침체였으며 아파트 분양을 위해 확보한 넓은 용지들은 팔리지도 않았다.

호성 그룹의 주력 계열사들은 동유럽이나 신흥 개발도상국, 인도, 아프리카 등지에 진출해 있었다.

호성 그룹의 기업 경영이 어려워졌다는 것을 안 외국의 바이어들이 각종 이유를 대며 차일피일 대금 결제를 미루면서 자금난은 갈수록 심화!

텔레비전과 신문을 통해서 호성 그룹에 대한 비판적인 보도가 쏟아지고 있기에 여론도 악화되어 돈 빌릴 곳도 없었다.

정치권에서는 기업 경쟁력 강화를 위해서 적극적인 구조 조정을 해야 한다면서 바람을 넣었다.

결국 전자를 비롯한 주력 회사들은 채권단 회의를 거쳐서 구조 조정과 매각을 결정.

정득수 회장은 이에 대한 책임을 지고 그룹 경영 일선에서 물러나기로 결정했다.

"후우."

바트는 〈로열 로드〉에 접속해서 분수대 주변에 앉아 있었다.

"인생이 무상하군."

기업 회장으로 엄청난 돈과 인맥을 가졌을 때에는 항상 급한 약속이 있었다. 그런데 회사가 어려워지고 회장직에서 퇴직하고 나니 숱한 친구들과 정 · 재계의 인맥은 모조리 끊어지고, 비서진도 사임했다.

넓은 저택에는 적막감만 감돌았기에 머리도 식힐 겸 〈로열 로드〉에 접속을 했다.

"우리 석류 사 먹으러 가자. 가몽 상회에서 할인 판매한대."

"그래? 나는 마판 상회에서 사 먹었던 과일들이 맛있었는데. 마판 상회는 가격은 좀 비싸더라도 품질은 항상 받쳐 주잖아."

무언가 신나는 일이 있는지 유저들이 뛰어다녔다.

화려하게 장식을 한 상인 마차들이 돌아다니고, 워리어들은 부풀어 오른 근육을 뽐냈다.

번쩍거리는 무기를 든 유저들의 입가에서는 미소가 떠나지 않았다.

무기점에서 새로 장만했거나 대장간에서 새로 맞춘 것이 분명한, 사용한 흔적조차 없는 신상품을 보는 흐뭇한 눈길!

낡고 구겨지기 쉬운 가죽 갑옷도 빳빳하게 잘 관리하여 다니는 유저들이 많았다.

모라타에는 여전히 막대한 신규 유저들이 유입되고 있었기 때문에 초보들이 흔하게 돌아다녔다.

과거와는 달리 조인족들이 특히 눈에 많이 띄었는데, 높은 나무에는 마치 아파트처럼 둥지들이 달려 있었다. 조인족들은 따로 집을 구입하지 않더라도 나뭇가지만 조금 모으면 편하게 거주지를 얻을 수 있다는 장점이 있다.

외모로는 위엄 있게 눈을 부라리는 독수리형 조인족, 혹은 조금 졸려 보이는 듯한 올빼미형들이 당당하게 걸어 다녔다.

조인족들은 레벨이 오르면 털의 색이나 외관상에서 탈피가 이루어지고 덩치도 커진다는 점을 감안하면 저들은 최소 레벨 120대의 유저들임을 알 수 있었다.

막 시작한 조인족들은 새끼 새들로, 날아다니지도 못하고 덩치도 작은 병아리나 참새의 형태가 가장 많았다.

짹. 짹.

삐약. 삐약!

작은 새들은 분수대에서도 둥둥 떠다녔다.

조인족들은 NPC와 유저를 구분하기가 아주 어려웠는데, 확실한 차이점이 있다면 NPC들은 대부분 비슷한 방향을 보고 있다는 점이다.

집단생활에 익숙한 조인족들이기에 쳐다보는 방향이나 행동 등이 비슷했다.

조인족들로 인해서 모라타에 명물도 한 가지가 더 늘어났다.

바로 조인족의 군무!

저녁 해가 질 무렵, 천공의 섬 라비아스와 모라타에서 일제히 날아오르는 조인족들.

수십만 마리의 새들이 자유자재로 독특한 형태를 이루며 하늘에 춤을 그려 냈다.

NPC들이 추는 군무에 따라서 맞추기 위하여, 유저 조인족들도 그 순간은 빼놓지 않고 날갯짓을 함께했다.

군무를 완벽하게 추고 나면 그 조인족은 매력과 명성이 오른다고도 한다.

매일 저녁의 군무 시간은 조인족들에게도, 그리고 인간이나 엘프, 드워프 종족들에게도 장관인 구경거리였다.

"저들은 참 즐거워 보이는군."

바트는 유저들을 보면서 가슴을 짓누르는 것 같은 무게를 조금은 덜어 냈다.

평생을 바친 기업을 잃어버렸지만 아직 인생이 끝난 것도 아니지 않은가.

그 많던 재산도 날려 버리고 저택도 조만간 내줘야 하겠지만, 그럭저럭 앞으로 살아갈 돈은 남아 있었다.

"밖에 나돌아 다니지도 못할 처지이니 제2의 인생을 당분간 여기서 보내 보는 것도 괜찮겠지."

바트는 무기와 방어구를 정비하고 사냥이나 가려고 했다.

파티 사냥에 대해서도 좀 익숙해져서, 광장에서 적당한 팀을 구하면 근처로는 다닐 만했다.

"말살의 불도마뱀이 위드 님한테 죽었다는데… 진짜 대박이야, 대박."

"캬하! 빨리 위드 님이 퀘스트 끝내고 돌아왔으면 좋겠다. 그러면 또 축제가 벌어질 것 같은데."

"아르펜 왕국이 얼마나 발전되었는지도 보시고 말이야."

어디서나 위드의 이야기.

바트가 모라타에서 생활하면서 유일하게 꺼림칙한 부분이 바로 위드에 대한 것이었다. 과거 한때 그에게 돈 봉투를 주면서 딸을 그만 만나라고 했던 것.

그런데 상황이 모두 바뀌었다.

회사가 망하고 나서 〈로열 로드〉를 하니 위드는 그냥 하늘의 태양처럼 쳐다볼 수도 없는 그런 존재였다.

바트도 모라타에서는 초보로 살아가는 신세였기 때문이다.

'절대 이곳에서 위드를 만나는 일은 없어야 돼. 그렇게 민망

하고 창피한 일이 벌어지면 안 되니까.'

모라타는 대도시이니 방대한 땅을 다스리는 국왕 위드를 만나는 것도 쉬운 일은 아닐 것이다.

바트는 그 점이 위안이 되면서도 왠지 씁쓸한 기분이었다.

"정말로 인생무상이라더니… 어쩌다 내가 이런 신세가 되었을까."

"저기, 어디 피곤하세요?"

착하고 참하게 생긴 아가씨가 그에게 말을 걸었다.

"그냥 아무것도 아니라오."

"혹시 저주라도 받으신 건… 어디 아프신 곳이 있으세요?"

"정상이라오. 관심은 고맙지만 사냥이나 하러 가야겠소."

"사냥 가실 거라면 제가 축복이라도 걸어 드릴게요. 여신의 보호!"

레벨 420이 넘는 사제들만이 사용할 수 있으며 스킬 획득이 그렇게도 어렵다는 여신의 보호!

이 보호 스킬이 있다면 보통 레벨 200대 사냥터에서는 죽고 싶어도 죽기도 어려웠다.

그렇기에 도시에서 고위 사제들은 대단한 영향력을 가지고 또 존중을 받았다.

"헉, 이건……."

바트는 방어력이 5배 가까이 오른 걸 보고 경악했다.

"하루 정도는 지속될 거예요. 좋은 하루 되시고, 뭐든 많이 잡으세요."

"잠깐만… 이렇게 은혜를 입었는데 이름이라도 알려 주실 수 있겠소?"

"이리엔이랍니다."

"아, 아가씨가 바로 백의의 천사 이리엔 양이시군요."

"과찬이에요. 그럼 전 저기 다친 분들이 보이니 저곳으로 가 볼게요."

"고맙소."

모라타의 유명 인물들 중에서도 손꼽히는 이리엔을 만나 보게 된 건 큰 영광이었다.

바트는 멀어지는 그녀의 뒷모습을 보며 다시금 깊은 한숨을 내쉬었다.

"내 딸은 어디서 무엇을 하고 있을지… 제대로 밥은 챙겨 먹고 고생은 하지 않는지 모르겠군. 딸에게 돈이 아니라 마음으로 잘해 줄 것을."

폭군의 등장

위드의 군대는 연전연승을 거두었다.

저항하는 소규모 공국들을 다 부숴 버리고 광활한 땅을 손에 넣었다.

실제로는 투항하지 않은 도시의 절반가량이 약탈, 방화로 초토화되었기에 정상적인 국가를 세웠다고 볼 수는 없었다.

하지만 노예 병사들을 주축으로 20만에 이르게 된 대군은 평원을 가득 채우고 도열할 정도로 대단한 전력이 되었다.

전쟁으로 파괴된 성을 복구하거나 도시를 정비하지도 않았기 때문에 약탈한 모든 자금은 군대의 재무장에 투입되어 병사들의 장비도 개선되었다.

항복한 모든 도시들과 마을들은 군수물자 생산 체제로 돌입했다.

자리가 사람을 만든다는 이야기가 괜한 게 아니라는 걸 증명하기라도 하듯이, 대제로 불리기 시작하면서 가뜩이나 무게를 잡던 위드의 말투는 더욱 근엄하게 바뀌었다.

"날씨가 구질구질하니 매우 좋구나. 우리 군대에 입대한 병사들의 가족들은 자비를 베풀어서 살려 주도록 하여라. 하지만 금붙이가 있다면 다 빼앗도록."

"예, 대제."

"군대를 유지하기 위해 점령한 마을마다 세 집 중에서 1명씩은 징집병을 뽑아야 하느니라. 자발적으로 나오지 않으면 몽땅 모가지를 콱… 아니, 깨끗하게 쓸어버리도록 하라."

"명을 받듭니다."

대량으로 강제징병을 합니다.
도시의 치안과 충성심이 함께 하락합니다. 경제활동과 생산에도 큰 차질을 주며, 장기적으로 기술력을 감소시키게 될 것입니다. 군대에 대한 거부감을 심어 주게 될 것이며, 침략자에 대한 저항운동이 벌어질 수도 있습니다.
주민들은 당신이 안정된 통치보다는 전쟁에 관심이 많다는 인식을 갖게 될 것입니다. 강제로 징집된 병사가 죽게 되면 가족들은 깊은 반감을 갖게 됩니다. 그들을 위로하는 일은 불가능할 것입니다.

위드의 정책은 통치의 단계까지 멀리 내다보는 건 아니었다.

충분한 시간만 있다면 성과 도시 들에 투자를 하고 발전을 시켜서 전쟁의 시대에 거대한 제국을 도모해 볼 기반을 닦을 수 있다.

그렇지만 엠비뉴 교단과 싸워야 할 시간이 다가오는 만큼 길게 시간을 끌지 못했다.

게다가 이곳에서 보내는 세월만큼, 미래의 현실에서는 헤르메스 길드는 영역을 확장하고 유저들은 사냥을 통해서 레벨을 올리고 강해질 것이 아닌가.

위드는 이렇게까지 하고 나서 퀘스트를 실패하기라도 하면 몽땅 날리는 셈이 된다.

그리고 세상에 믿을 놈이란 정말 드물었다. 퀘스트를 하느라 자리를 오래 비우다 보면 아르펜 왕국도 누가 중간에 해 먹을지도 모를 일.

"길게 끌 수가 없어. 끓는 물에 이미 라면이 들어갔다."

그야말로 돌이킬 수 없는 상황이었다.

전쟁을 하면서 영토를 장악해도 내정이나 투자, 발전에 대해서는 일절 신경 쓸 수가 없었다.

전쟁의 시대에 통하는 방식은 오직 패도!

위드는 전투를 거듭하면서 약탈과 강제징병으로 군대만 늘렸다.

마을과 도시 들을 함락시킬 때마다 사막에 꽂힌 붉은 칼을 표현하는 군대의 깃발들은 더욱 많아졌다.

병력이 25만에 이르렀을 때에는 군대에 있는 노인들과 14세 미만의 어린아이들은 고향으로 돌아가도 좋다고 풀어 주었다.

"이 땅과 군대를 다스리는 대제왕으로서 너희에게 자비를 베푸노라. 고향으로 돌아가서 가족들과 함께 행복하게 살도록 하여라."

물론 헐벗고 굶주린 그들이 멀고 먼 고향까지 무사히 살아서 돌아갈 수 있을지는 관심이 없었다.

> 어마어마한 군세를 보고 나서 겁에 질린 테이튼의 성주가 항복했습니다. 침략자의 악명에 질린 그는 재물은 다 포기하고 목숨만이라도 건지기를 원합니다.

에른 성의 귀족들은 모두 달아나 버렸습니다.
얼마 되지 않는 병사들은 투항의 의사를 밝히고 있습니다.

"엠비뉴의 추종자들이 있는 곳이구나. 검을 쥘 수 있는 나이의 청년들은 모두 포로로 잡도록 하여라. 그리고 불을 질러라."

위드는 군대를 이끌고 전쟁의 시대에서 활약을 하는 것이 너무 재미있었다.

정복자.

정제되지 않은 거친 야망을 풀어낼 수 있는 것이다.

이윽고 그의 군대는 성벽이 좌우로 끝없이 늘어서 있는 장소에 도달했다. 허물어진 부분이 전혀 보수되지 않아서, 파괴하지 않고도 넘어가는 데에는 지장이 없었다.

"이곳이 켈튼 왕국의 국경입니다."

켈튼 왕국은 전쟁의 시대에서 손에 꼽히는 군사 강국이었다.

공국들과의 접경 지역에는 큰 요새들이 없었는데, 설마 이쪽으로 침략해 오는 군대가 있을까 싶었으리라.

국경을 넘어서 침략해 들어가면 켈튼 왕국의 정예군이 대응에 나설 테고, 그랬다가는 병력이 전멸하지 말라는 보장도 없었다.

"통과한다."

켈튼 왕국의 국경 수비군도 격파!

위드의 전투 능력은 인간 중에서는 대적할 자가 없을 지경이라서 국경 수비군에 속한 기사단을 데리고 놀았다.

그의 스킬이 작렬하여 주변을 초토화시키면 기사들조차도

두려움으로 벌벌 떤다.

그 뒤로는 전투에 능숙한 위드 직속 사막 전사들이 낙타나 말을 다루며 적진을 돌파해 냈다.

위드는 일반 병사들을 다루는 전술 또한 과격하고 파괴적이었다.

침략을 한 입장인 만큼 시간을 끌게 되면 적들의 군대는 계속 쌓이게 된다. 매번의 전투에서 압도적으로 승리를 거두면서 쓸 만한 포로를 잡아야 했다.

소리만 힘껏 지르는 엠비뉴의 광신도보다는 패잔병들을 포함시키는 편이 훨씬 유리했다.

25만의 군대가 항복한 병사와 기사 들로 어느 정도 실질적인 전투력을 갖추어 가는 단계였다.

아직까지 살아 있는 엠비뉴의 광신도도 14만을 넘었고 포로를 잡아들일 때마다 계속 늘어났지만, 또한 그만큼 죽음으로써 줄어들었다.

"사막의 지배자이며 생명의 물과 뜨겁고 광활한 모래의 주인이자, 율법의 창시자이고, 이 땅을 파괴해 주실, 위드 대제왕 폐하 만세!"

"킬킬킬. 영광이옵니다, 폐하!"

광신도들은 위드를 오히려 좋아하며 따르고 있었다.

그들의 적성에는 딱 맞는 행동만 하고 있었기 때문이리라.

"방어진을 무시하고 돌파하라. 오른쪽 부대는 모두 죽을 때까지 끝까지 싸우도록 해. 적과 싸우지 않고 도망가는 놈들이 있다면 목을 쳐라."

코끼리 군단과 마주친 적 군대는 당황하거나 겁에 질리기 일쑤였다. 그때를 노려, 희생을 무릅쓰더라도 적을 와해시키고 단숨에 파괴해 버렸다.

띠링!

전쟁 공적을 세웠습니다.
신참 병사들 중에서 438명이 숙련병으로 승급합니다. 숙련병 613명이 백전노장으로 승급합니다. 기사 4명이 하급 지휘관으로서의 통솔력을 새로 갖췄습니다.

엠비뉴에 물들어 있는 병사들이 몇 차례의 전투를 치르고 나면 차가운 물을 뒤집어쓴 것처럼 깨어나서 정상적인 사고를 하는 경우가 있었다.

신앙심보다는 목숨이 소중하다는 깨달음!

물론 위드는 그럼에도 개과천선을 믿지 않고 광신도 출신들은 돌격 부대로 편성해서 적 병사들에게 계속 던져 주었다.

"대제님을 끝까지 믿고 따르겠습니다."

"제 생명을 바치겠습니다."

위드는 갈수록 많은 병사들의 충성을 받아 냈다.

군대의 충성도가 3 오릅니다.

놀라운 카리스마와 전투 공적으로 이루어 내는 군대 장악!

"역시 갈구면 다 되는 거야."

위드는 전쟁의 시대의 명실상부한 대제왕이 되어 가고 있었다. 사막을 장악하고 있을 뿐만 아니라 숱한 공국과 도시국가, 다간 왕국, 에루나 왕국 등을 병탄하였다.

민심이나 물자, 내정에는 관심을 기울이지 않는 만큼, 군대의 전쟁 수행 능력은 압도적이었다.

어느새 보급을 위한 마차만 수 킬로미터에 이르는 장관을 이룰 지경이었다.

"켈튼 왕국에는 엠비뉴를 믿는 신도들이 조금 적군. 그래도 어쩔 수 없지. 마폰 왕국을 치기 위해서는 이곳을 거쳐야만 하니까."

켈튼 왕국과는 이어서 연속으로 세 번의 전투를 치렀다.

그들은 중앙군과 변방 기사단, 귀족군 등으로, 병력도 이만저만 많은 것이 아니었다.

평원을 넘어가고 도시로 다가갈 때마다 5만, 7만의 정예 병력이 우습게 나타났다.

"기사 발레스다. 야만족의 수장은 썩 나서라. 너의 나약함을 꾸짖어 주겠노라."

훗날 칼라모르 왕국으로 이어지는 기사도의 나라이기에 적 진영에서 가장 강한 기사가 대표로 도전했다.

"자발적으로 상납을 해 주겠다니 이렇게 고마울 데가."

그럴 때면 위드가 나가서 쓱싹!

어지간한 전투는 위드가 무력을 얼마나 발휘하느냐에 따라서 쉽게 결판이 났다.

전쟁의 시대에 기사들과 마법사들의 수준이 매우 높다고는 하나, 이들이 보기에도 위드의 무력은 거의 하늘 끝에 닿아 있다고 느낄 정도였다.

"훌륭하군. 이렇게 멋진 검술이라니… 패배도 영광이다. 죽여라."

"나이가 아직 어리구나. 하나, 내 너의 가능성을 보니 이런 곳에서 죽기에는 아까운 인재라는 생각이 든다. 나를 따르지 않겠는가?"

괜찮은 기사들에게는 영입 제안도 던져 보았다.

"켈튼 왕실에 충성을 다짐한 몸이다. 더구나 명예를 아는 내가 야만족의 수장을 따를 리가 있겠는가?"

"나와 함께한다면 원하는 만큼의 황금과 보석을 얻을 수 있을 것이다."

"지금은 졸렬한 힘을 믿고 기세등등하지만 너의 군대는 곧 처참하게 패하여 뿔뿔이 흩어지게 될 것이며, 너 또한 황무지에서 비참한 죽음을 맞이하게 될 것이다. 악취를 풍기는 해골이 되어 썩고 있는 스스로의 모습을 상상해 보라."

"말이 심하구나."

"아직 할 말이 더 남아 있다. 못난 너의……."

싹둑!

"커어억!"

하지만 기사들이 모두 다 고지식한 것은 아니었다.

"나를 따른다면 진정한 검을 보여 주겠다. 사나이답게 말에 올라서 대륙을 제패하고 싶지 않은가."

"기사로서 항상 더 넓은 세계로 나아가고자 하는 꿈이 있었습니다. 살려 주시면 이 목숨 제왕에게 바쳐 충성을 다짐하겠습니다."

검술과 실력 향상에 눈이 멀어 있는 기사들은 위드의 사람

됨됨이를 알지 못하고 대결을 통해서 간단히 부하가 되는 경우도 많았다.

간사한 귀족들은 스스로 부하들을 거느리고 투항 의사를 밝혀 오기도 했다.

"대제왕 위드 님을 따르고 싶습니다."

"이런 날이 오기를 간절히 빌었습니다. 대제를 뵙게 되어서 영광입니다. 대대로 충성을 바칠 터이니 저희 가문을 거두어 주소서."

위드는 귀족들의 눈을 보았다.

전형적으로 얍삽하게 생긴 간신배의 느낌!

"잘 왔느니라. 너희의 꿈을 내가 이루어 줄 것이며, 충심으로 나를 따른다면 넓은 땅과 많은 노예를 줄 것이다."

"감사하옵니다, 폐하."

"근데 빈손으로 왔느냐?"

투항한 귀족들의 군대는 믿지 않고 바로 선봉으로 내보냈다.

점령지들은, 따로 관리가 필요한 곳에는 사막 전사 일부와 노예 병사들을 내보냈다.

제대로 정복을 마치지 않은 왕국들은 다시 탈환을 하려고 할 것이기 때문에 애초에 최소한의 병력만을 남겨 놓았다.

그들에게 남겨진 명령은 적들의 침입이 있을 경우에는 도시를 불태우라는 지시!

실질적인 전투는 사막 전사들이 주도했지만, 그들이 최대한 활약할 수 있도록 노예 병사들은 아낌없는 희생양이 되었다.

전투를 승리하고 도시와 마을을 들를 때마다 새로운 징집병들이 모집되면서 군대의 인원은 계속 채워졌다.

사막 전사들은 죽으면 보충이 어렵기에 아꼈지만 일반 병사들은 매번의 전투가 죽느냐 사느냐의 문제였다.

그럼에도 무자비한 징병으로 인해서 군대의 양과 질은 일정하게 유지되었다.

"켈튼 왕국은 기사도의 나라이고 엠비뉴의 광신도 역시 별로 퍼지지 않았지만, 나중에 칼라모르 왕국을 거쳐서 하벤 제국에 포함되지."

위드는 앞으로 벌어질 역사를 생각해 보았다.

켈튼 왕국은 전쟁의 시대가 끝날 무렵 이 부근의 영토를 모두 획득하여 칼라모르 제국을 세우게 된다.

한때나마 제국이 될 정도로 강대한 국력을 자랑하지만, 국토를 잃고 다시 몰락하여 왕국으로 격이 낮아지고 결국 하벤 제국에 잡아먹히게 된다.

그렇지만 엠비뉴의 광신도가 별로 없는 켈튼 왕국의 도시들을 초토화시키면서 오랫동안 머무르는 것도 그다지 현명한 판단은 아니었다. 현재의 하벤 제국에서 칼라모르 왕국은 가장 많은 반란군이 등장하고, 고질적인 치안 악화로 골치를 썩는 지역이기 때문이다.

"차후 하벤 왕국이 되는 건 마폰 왕국과 베이너 왕국의 통합이지."

위드의 잔머리가 분주하게 굴러갔다.

나쁜 짓을 하려고 할 때면 스스로 척척척 되는 두뇌 회전!

"무릇 왕이라고 하면 강하고 자유로워야 하지. 외부의 시선

따위는 신경 쓸 필요가 없어. 개인적인 악감정이다. 이 마폰 왕국과 베이너 왕국은 완벽하게 파괴해 버려야겠노라!"

2개의 왕국을 쑥대밭으로 만들겠다는 선언!

굳이 그럴 필요는 없었지만 대도시마다 쳐들어가서 불을 질러 버리고 포로들을 실컷 잡기로 했다.

위드의 이런 행동이 훗날 하벤 제국의 인구를 조금 많이 줄여 놓게 되리라.

"부지런히 움직여야겠군. 부하들을 데리고 퀘스트를 진행할 수 있는 시간이 길지 않아."

아예 다 파괴해 버린다고 해도 하벤 왕국의 존재 자체가 역사에서 완전히 사라지는 건 아니다.

위드가 사막 전사들을 데리고 중앙 대륙을 휩쓰는 건 베르사 대륙의 기나긴 역사에서 본다면 잠깐이다. 마폰 왕국의 사람들은 다시 국가를 세울 것이고, 복구에 나설 것이다.

이미 결정되어 있는 중요한 역사 전체가 뒤바뀌지는 않는 것이다.

그럼에도 주택이나 상업 발전도 등은 확실히 떨어뜨릴 수 있을 것이며, 어중간한 도시들은 흔적도 없이 날아가 버리거나 몬스터들의 서식지로 바뀌기도 할 것이다.

"전쟁을 하면서 왠지 더 힘이 나는군!"

나쁜 짓이란 중독성이 있었다.

"사막의 모래바람이 일어나듯이 도시들이 흔적도 없이 사라졌습니다, 제왕!"

"크흣, 오늘은 300명이 넘는 주민들의 목을 쳐 버렸습니다."

"피의 축제를 벌여 보지요!"

약탈과 살육이 계속 벌어지면서 일반 병사들은 물론이고 사막 전사들 중에도 조금씩 변해 가는 이들이 등장했다.

위드의 조각 생명체들과 700여 명의 직속 부하들은 강함을 추구하며 전투 자체에 관심이 많다.

그러나 그 후에 받아들인 사막 전사들은 그 정도의 정신적인 강인함이 없었다. 그저 반복되는 잔인한 승리에 취해서 살상을 즐기게 되었다.

따끔하게 혼을 낼 수도 있지만, 위드는 그들이 피가 주는 광기에 빠져드는 것을 방치해 두었다.

"미치지 않으면 계속되는 전투의 긴장감을 이기기 어렵지."

위드와 직속 부하들이 매우 강하다고는 해도, 2만여의 사막 전사들, 그리고 제 역할을 하기에는 무리인 병사들을 데리고 연속적으로 쉬지 않고 전투를 하기에는 무리가 있었다.

정신이 나갈 정도로 파괴하고 죽여야만 하리라.

위드가 지금 하려는 것은 건설이 아니라 무차별 파괴였기에!

"마폰 왕국, 베이너 왕국. 내 할 수 있는 한 모조리 부숴 버리겠어."

"골치 아픈 변수가 생겼군. 한동안 잠잠하다 했더니……."

헤르메스 길드의 수뇌부에서는 긴급 대책 회의가 열렸다.

"피사로는 교통의 요지로서, 여기까지 무너지게 되면 중남부의 세금 징수와 무역에 심각한 장애가 발생합니다."

"헤르가 강 일대의 도시들의 인구가 줄어 경작지도 급속히 줄어들고 있습니다. 대풍년을 예상하였지만 수확량이 절반 이하에 그치게 될 것 같습니다. 어쩌면 그 이하일지도 모르죠."

위드의 모험으로 인한 도시의 파괴는 가볍게 볼 수가 없는 사안이었다.

대도시들이 한순간에 날아가거나 반 토막이 되어 버린다.

위드는 점령한 도시를 아예 불태워서 싹 없애 버렸지만, 긴 역사가 흐른 후에 복구되는 경우가 잦았다.

하지만 그렇더라도 당하는 쪽의 입장에서는 그 피해로 인해서 막대한 손해를 입는다.

경제적인 피해도 상당하였지만, 내부적인 동요도 발생했다.

영주들은 정복 전쟁에서 공을 세워 도시와 성의 관리권을 받았다. 나름대로 도시 발전에도 많은 투자를 했는데 예측할 수 없던 피해로 날아가 버리니 허무하게 된 것이다.

헤르메스 길드의 수뇌부는 수익성이 좋은 포도 농장이나 은광을 줘서 영주들을 다독였지만 사태는 끝난 게 아니었다.

점점 하벤 제국의 수도로 다가오는 위드에 대한 마땅한 대책이 없다는 점이 골칫거리였다.

"쾰른은 피해를 입어서는 안 됩니다. 중갑기병대의 양성소가 있습니다."

"그걸 누가 모릅니까? 우리가 어찌할 수 없다는 게 문제지!"

위드의 모험에 대해서는 헤르메스 길드도 손을 놓고 있을 수밖에 없었다.

방송국 고위 관계자들을 통하여 입수한 정보에 의하면 먼 과거로 가서 모험을 하고 있다는데 도대체 무슨 수로 저지할 수 있겠는가.

"연합군은 사정이 어떻습니까?"

"계속해서 패퇴하고 있습니다. 놈들은 재기하지는 못할 것입니다."

하벤 제국의 주력군은 연합군이 다시 뭉칠 여유를 주지 않으면서 몰아붙였다.

바드레이를 비롯한 각 군의 사령관들이 기대 이상으로 잘해 주고 있었다.

엘프의 숲과 야만족의 영역까지도 넘보고 있는데, 대륙 통일을 위해서는 언젠가 해야 할 일이라서 시작했다. 그런데 의외로 그쪽에서도 성과가 나쁘지 않았다.

엘프들은 귀신과도 같은 궁술로 숲에서 활약을 했지만, 몸 전체를 가리는 넓은 방패를 가진 중장갑보병들의 전진을 막아내지는 못했다.

숲 전체를 에워싸고 포위망을 좁히는 방식으로 엘프들을 몰아 놓고 척살!

엘프들은 그 숫자가 많지 않은 만큼 최후의 결전에서 이기더라도 규모가 크게 줄어들어 버리고 말았다.

인간들은 식량과 치안만 확보되면 인구가 급격하게 늘어나기 마련이다.

오크들의 경우에는 별 조건도 없이 그냥 잠깐 있으면 바글바글해진다. 상처투성이의 오크 부부가 힘겹게 산속으로 들어가고 나면 1달쯤 후 거기에 오크 성채가 생길 정도다.

천부적인 사냥꾼, 일찍부터 자기 몫을 하는 오크들이기에 낳아만 놓으면 전사나 투사로의 승급이 금방 이루어졌다.

척박한 환경에서 살아갈수록 오크들은 전멸만 당하지 않는다면 더 강력해졌다.

그러나 엘프 주민들은 그에 비해서 성장 속도가 느리고 아이도 잘 낳지 않는다. 마법과 정령술에 능숙하지만 전투보다는 식물의 성장 촉진이나 물을 정화하는 등의 친환경적인 비중이 높았다.

물론 뛰어난 궁술과 민첩한 몸놀림, 마법까지 잘할 수 있는 엘프를 선택한 유저들도 많이 있다. 그들 중에는 종족의 유리함을 한껏 살린 랭커들도 상당수 있었다.

단지 엘프 유저들은 숲을 지키고 싸우는 데 협력을 하지 않는 편이다.

인간들처럼 왕국을 세우고 그 속에서 활동하는 것이 아니기에 헤르메스 길드의 침략에도 불구하고 관심이 적다.

일찍부터 숲을 떠나서 활약하는 유저들은 오히려 종족이 다른 명문 길드에 많이 포섭되었다.

역설적이게도 엘프 랭커들을 가장 많이 보유한 길드가 헤르메스였던 것이다.

"예상치 못한 피해가 좀 있더라도 전쟁이 가장 중요합니다. 중앙 대륙을 빠르게 점령하고 엠비뉴 교단을 없앤 후에는 바드레이 님께서 직접 군대를 이끌고 북부로 출정하실 겁니다."

연합군이 와해된 마당에 전쟁을 끌고 가야 할 필요는 없다.

압도적인 군대로 성과 요새 들을 접수하고, 수비가 상대적으로 허술한 도시로는 기병들을 파견한다.

매일 방대한 영토와 주민들이 하벤 제국으로 들어왔다.

엠비뉴 교단을 쳐부수고 나면 그들이 원하는 대제국의 완성이 이루어진다.

"관용은 없습니다. 애초부터 계획이 그랬지만, 북부는 완벽하게 파괴하여 사람이 살 수 없는 곳으로 만들어 버릴 것입니다. 네크로맨서들과 흑마법사들을 통해 지역 전체에 강력한 저주도 심어 놓을 것입니다."

북부의 황폐화가 헤르메스 길드의 계획!

중앙 대륙의 막강한 경제력과 군사력을 북부로 투입한다면 아직 제대로 성장하지 못한 아르펜 왕국이 저항하기란 무리라고, 누구나 그렇게 생각했다.

위드의 모험, KMC미디어에서 오늘부터 방송 시작합니다.

CTS미디어, 이 시간부터 위드의 모험을 특집으로 생중계합니다!

LK게임에서는 독점 인터뷰를 준비했습니다. 위드가 말하는 전쟁의 시대란!

온 방송국, 24시간 위드의 모험 편성 결정!

〈로열 로드〉의 방송국들은 특집 생중계를 실시하며 광고를 띄웠다.

단 1명의 모험으로 인해서 모든 방송국들이 비상 체제로 접어들었다. 다른 사람의 모험이라면 어이가 없을지도 모르지만 그 대상이 위드이기에 모든 것이 자연스러웠다.

—드디어 한다. 이것만 기다려 왔는데.
—인생의 재미.
—위드만 보고 있으면 항상 웃을 수 있어서 좋아요.

시청자들의 반응도 벌써부터 폭발적이었다.

방송국들은 고위 관계자들끼리 미리 협의를 했다.

"몇 시간, 혹은 하루 만에 위드의 모험을 다 방송하기에는 너무나 아깝지 않습니까?"

"저도 그렇게 생각합니다. 광고주들도 시간은 상관없으니 새벽 재방송에라도 넣어 달라고 사정을 하는데요. 지금까지 광고 연락이 온 것만 백쉰 건이 넘었습니다."

"시청률도 당연히 높을 테고 광고주들의 요구도 무시할 수는 없겠지요."

"제작 PD들의 보고가 있었는데, 지금까지 받은 영상만으로도 놓칠 수 없는 장면들이 가득하답니다."

"사막에서의 성장 퀘스트. 이건 제가 조금 살펴봤는데 퀘스트 내내 흐르는 긴박함이, 편집이고 뭐고 필요 없이 그냥 모조리 방송을 해도 될 정도예요."

방송국들은 협의를 해서 위드의 모험을 앞으로 닷새간 나누어서 틀기로 했다.

매일 분량을 정해서, 그 날짜에 맞는 부분까지만 방송하는 것이다.

방송국들은 그다음 날에 벌어질 내용을 절대 사전 유출하지 않도록 하며, 예고편 홍보나 문구 경쟁도 자제하기로 했다.

특히, 조각술 최후의 비기.

이건 매우 민감하면서도 중대한 사안이라서 홍보에 쓰면 아주 좋다. 그렇지만 처음부터 알리지 않고 둘째 날 정오부터 시청자들에게 말해 주기로 했다.

방송에 푹 빠져서 보고 있다가 갑자기 그 이야기를 들으면 얼마나 재미있고 흥분이 되겠는가.

시청자들은 닷새 내내 위드의 모험에 빠질 수밖에 없으리라.

데스나이트 반 호크와 뱀파이어 로드 토리도!

그들은 위드가 서윤과 함께 전쟁의 시대로 떠나고 난 직후 대륙에 나타나게 되었다.

"으음, 갑자기 주인의 영혼이 느껴지지 않는다."

"피 냄새마저 사라진 걸 보니 아주 먼 곳으로 가 버린 모양이로군."

"바닷속으로 빨려 들어가 버린 것일까?"

위드가 바다에서 사라지고 난 이후로 주변을 수색해 봐도 찾을 수가 없었다.

사실 맨날 주인을 따라다니면서 퀘스트와 사냥을 함께했더니 당장은 꼭 보고 싶지도 않았다.

그렇다고 바로 떠나 버리면 나중에 야단맞을까 봐 이틀 정도 해변에 머무른 후, 토리도가 먼저 몸을 일으켰다.

“나는 세상을 좀 돌아다녀 봐야겠다. 아리따운 소녀들을 만나러 가야겠군.”

반 호크도 여행을 하고 싶은 건 마찬가지였다.

데스 나이트가 되고 나서부터 자유를 잃어버렸다.

암흑 군대를 이끌도록 명령했던 바르칸은 물론이고, 위드는 더 지독했다.

“주인, 칼라모르 왕국이 그립다. 그곳으로 여행을 다녀와도 되겠는가?”

“집 떠나면 어디든 다 똑같아.”

“향수라고 해도 좋다. 과거에 충성을 다했던 칼라모르 왕실이 잘 있는지 보고 싶다.”

“넌 데스 나이트야.”

“다시는 이런 부탁을 하지 않겠다. 딱 한 번만이라도…….”

“사냥!”

“최대한 빠른 날짜에 다녀오도록 노력을…….”

“사냥!”

반 호크의 의견은 개미 코딱지만큼도 존중해 주지 않았던 악독한 주인!

사실 위드 입장에서도 할 말은 있는 것이, 칼라모르 왕국이 이미 하벤 제국에 점령되었기 때문에 반 호크가 가서 괜한 말썽이라도 부리는 건 아닐지 걱정이 돼서라도 보내 줄 수가 없었던 것이다.

반 호크는 이제야 원하는 대로 칼라모르 왕국이 있는 장소를 향해 유령마를 타고 이동했다. 대낮에 데스 나이트가 움직이는 것은 대단한 볼거리이기도 했다.

가끔씩 덤벼드는 자들은 가볍게 베어 주면서 이동!

"…여긴 네가 올 곳이 아니다."

반 호크가 여행을 할 때면 암흑과 죽음의 에너지를 느끼고 그 지역에서 보스급 몬스터나 혹은 과거에 유명했던 기사의 유령이 나타났다.

"이곳을 지나가고 싶다면 나를 꺾어야 할 것이다."

"목숨을 잃은 기사여, 나는 이곳을 떠나지 못한 채로 오랫동안 존재해 왔다. 그대를 보니 검을 마주 대고 겨루고 싶구나. 죽은 자의 소원을 들어주겠는가."

거의 매일의 승부들!

반 호크는 때론 이기고, 더 강한 적을 만나면 패배하기도 했다. 보스급 몬스터들, 그리고 생전에 최고의 실력을 가졌던 기사들과 벌인 승부이기 때문이다.

반 호크는 싸움에서 지면 암흑 에너지를 잃어버리고 육체를 상실했다.

하지만 지금의 베르사 대륙에는 암흑 에너지가 넘쳐흘렀다.

전장에서 네크로맨서들이 활약하면서 지망생들이 부지기수

로 늘어났다. 엠비뉴 교단의 사제들도 암흑의 힘을 주로 많이 다루었기에 도처에 에너지들이 흐르는 것이다.

반 호크는 그 암흑 에너지를 흡수하여 몸을 다시 구성하고 칼라모르까지 여행을 했다.

“으음, 여긴 완전히 모든 게 바뀌어 버렸군.”

과거의 그가 기억하던 칼라모르의 웅장한 성과 도시 들은 없었다. 하벤 제국의 깃발이 꽂혀 있거나 아니면 크게 파괴된 흔적만 남아 있었다.

“다른 곳으로 가 보자.”

반 호크는 유령마를 몰고 왕가의 언덕을 향했다.

이곳이야말로 칼라모르 왕국… 아니, 그 이전 칼라모르 제국이었을 때부터 지켜 오던 비밀의 장소!

칼라모르 황실의 무덤이 이곳에 숨겨져 있었다. 그 시대의 황제들이 수많은 유물들과 함께 잠든 곳이다.

위드가 알았더라면 바로 삽자루를 들고 찾아왔을 장소!

“이, 이럴 수가…….”

왕가의 언덕에서 반 호크는 할 말을 잃었다.

비밀스러운 무덤의 입구들은 이미 파헤쳐져 있었다.

헤르메스 길드의 발굴단이 비밀리에 몽땅 쓸어 가고 난 후였던 것이다.

“황제 폐하마저도…….”

반 호크는 땅속으로 깊게 뚫려 있는 입구 앞에서 무릎을 꿇었다.

살아생전에 충성을 다했고, 그만큼 그를 신임해 주고 아껴

주던 테오도르 황제의 무덤도 발굴이 되어 버리고 만 것이다.

"확실하지 않다. 확인을 해 봐야 한다."

반 호크는 구덩이 속으로 들어갔다.

지하로 10미터쯤 내려가자 칼라모르 제국의 무늬가 새겨진 벽돌로 장식된 벽이 나타났다.

헤르메스 길드의 발굴가는 여기까지 땅을 파내고 나서 환희의 함성을 내질렀으리라.

그리고 숨겨진 무덤의 입구가 나타났다.

> 신이 이 땅을 다스리도록 하여 준엄한 법과 지식으로 세상을 다스린 위대한 황제, 테오도르 폐하가 잠든 곳이다.
>
> 침입자는 황제에 대한 예의를 갖추어, 이곳에서 돌아가도록 하라.

비석이 세워져 있었지만 석문은 파괴되어 뚫려 있었다.

반 호크는 떨리는 걸음으로 안으로 들어갔다.

길고 넓은 장소, 돌로 된 기둥이 천장을 받치고 있었다.

그러나 그 아래 펼쳐진 풍경은 살풍경했다.

텅 빈 상자들이 여기저기 사방에 널려 있고, 벽에는 그림이나 골동품이 있던 흔적만이 남아 있었다.

발굴단이 모조리 챙겨 간 것이다.

그리고 테오도르 황제가 잠든 석관!

원래는 5개의 계단을 오르면 나오는 제단 위에 석관이 올려져 있었다. 테오도르 황제와 황후의 모습이 양각으로 조각되어 있는 대단한 걸작품이기도 했다.

하지만 발굴단은 석관을 무참히 부수고 황제의 부장품을 모두 가져갔다. 황제의 의복과 왕관, 신발까지, 챙길 수 있는 건 다 챙겼다.

테오도르 황제의 해골은 볼품없게 구석에 처박혀 있었다.

"오오, 나의 황제여……."

반 호크는 데스 나이트임에도 불구하고 진심으로 분노했다.

바르칸 데모프가 그를 무덤에서 꺼내서 죽음의 기사로 만들었지만 강제적인 충성에 대한 세뇌는 효과를 다했다.

지나간 과거의 모든 기억들이 마치 인간처럼 분노의 감정을 일깨웠다.

"으아아아아아아!"

반 호크가 고함을 내지르자 황제의 무덤이 지진이라도 일어난 것처럼 거세게 흔들렸다.

그리고 무섭게 일어나는 암흑의 오라!

띠링!

이벤트가 발생했습니다.

데스 나이트 반 호크

어둠의 힘에 의하여 암흑 군대를 다스렸던 지휘관! 그는 생전에 칼라모르 제국에서 화려한 전공을 자랑하던 기사였습니다. 숭고한 헌신과 용기, 명예를 중요하게 여기는 태도는 기사도의 표본과도 같았습니다. 테오도르 황제의 특별한 총애를 받으며 전장으로 나갔고, 부하들은 그를 믿고 따랐으며, 훤칠한 키와 잘생긴 외모, 우아한 궁중 예법으로 뭇 여성들에게는 항상 인기가 많았습니다.

그러나 그가 죽음 이후에 겪은 운명은 가혹한 것이었습니다. 언데드의 군주인 바르칸 데모프는 그에게 암흑 군대의 지휘를 맡기기 위하여 마성의 권능을 심어 두었습니다. 반 호크는 강제적으로 암흑 군대를 지휘했지만, 바르칸이 신검에 의해 많은 힘을 잃고 난 이후로 평범한 데스 나이트가 되었습니다.
이제 그가, 깊은 절망과 분노로 심연에 잠들어 있던 힘을 깨웁니다.
제한: 반 호크의 성장과 분노. 어비스 나이트가 출현할 만큼 혼란에 빠진 대륙.

황제의 무덤 곳곳에서 시커먼 기운이 나와서 반 호크에게로 흘러들어 갔다.

위드와 사냥을 하면서 레벨은 이미 400대를 훨씬 넘어 있었지만, 깊은 분노와 암흑의 힘을 적극적으로 받아들이면서 급격한 성장이 이루어졌다.

전설적인 언데드, 어비스 나이트가 탄생하는 순간이었다.

반 호크는 암흑의 기운이 흘러내리는 검을 들고 포효했다.

"나의 분노가 이 땅의 모든 자들을 휩쓸 것이다!"

지하 무덤을 떨쳐 울리는 그의 함성!

이어 반 호크가 석관으로 다가가려고 하는데, 주변의 모든 것들이 일그러지기 시작했다.

"이것은… 안 돼!"

강제 소환 마법.

반 호크는 암흑의 힘을 방출하며 저항하려고 했다.

그러나 고레벨 보스급 몬스터인 어비스 나이트에게도 불가항력이 존재했다.

이윽고 강제로 소환되어 눈을 떠 보니, 어디서 많이 봤던 것 같은 사람이 있었다.

바로 머리가 벗겨진 위드였다.

위드는 전쟁의 시대에서 정복을 하는 도중에 군신 아트록의 신전에도 도달하게 되었다.

도시와 마을 들을 마구 부수고 있었기에 이래저래 찔리는 것이 많은 처지!

약탈한 금은보화들을 아트록의 신전에 바쳤다.

"그래도 신인데… 벌써 나한테 해 준 것도 있고, 원래의 세계로 돌아가더라도 뭔가 조금이라도 남는 게 있겠지!"

몇 개의 부유한 공국을 털었던 만큼 금은보화의 양은 말 그대로 산더미!

자비로운 아트록은 즉각 현신하여 소원을 물었다.

—…그래, 내가 들어주어야 할 일은 없느냐.

신은 위드가 대륙에서 일으키는 수많은 피바람에 대해서 꼬장꼬장하게 따지지도 않았다.

받은 만큼은 돌려준다는 훌륭한 정신!

"엠비뉴 교단을 물리치기 위해 저와 부하들을 무적의 존재로 만들어 주소서."

—나의 뜻을 펼치기에는 제물이 조금 적구나.

캐쉬가 부족하다는 표현을 점잖게 하는 아트록!

위드도 물론 무적의 존재가 되고 나면 엠비뉴 교단보다는 중앙 대륙을 먼저 싹 쓸어버리고 싶었다.

"그러면 어디까지 들어주실 수 있는 것입니까?"

—시간의 추를 거슬러온 자여, 너의 시간대에서 원하는 자를 2명까지 이곳에 데려다주겠다. 너의 모험이 끝날 때까지 같이 싸울 수 있으리라.

"그렇습니까?"

위드는 적지 않게 아쉬웠다.

현재의 전투 능력이라면 원래의 시간대에 있는 유저는 별 도움이 안 된다.

검치가 온다고 하더라도 전쟁터에서의 활약으로는 비교가 안 될 것이다. 위드는 고사하고, 부하인 사막 전사들에게도 따라올 수 없었다.

게다가 지금은 한창 직업 마스터 퀘스트를 하는 도중에 특별 수련을 하며 강해지는 중이라서 방해하면 안 된다.

"금인이나 누렁이 같은 조각 생명체들을 데려오더라도 위험하기만 하겠고."

모험을 하고 있는 페일과 다른 동료들 중에서 2명만 데려오기도 애매하다.

"으흐흐흐, 그렇다면 여기로 바드레이를 데려와 주소서!"

위드는 바드레이를 이곳으로 소환하여 묵사발을 내 주려고 했다.

야비하기 짝이 없는 행동이지만, 이미 비겁하다거나 치사하다는 비난쯤은 상관이 없었다.

'인생 어차피 한 번 사는 거. 욕도 매일 듣다가 하루 이틀 안 들으면 너무 착하게 살고 있는 건 아닌지, 어디서 손해 보고 있

는 건 아닌지 의심스러워지는 거라니까.'

하지만 아트록이 거부했다.

—그는 이미 나의 수호를 받고 있는 존재다. 그는 중요한 사명을 가지고 있기에 이곳에 올 수 없다.

"……."

바드레이는 이미 많은 헌금으로 신들의 각종 축복과 보호를 받고 있었다.

이거야말로 전형적인 부잣집 아들과의 형평성 문제!

"그러면 불러올 만한 놈이 별로 없는데."

어차피 누군가를 불러와야 한다면 오랜 기간 함께했던 부하 반 호크나 불러오기로 했다.

"반 호크를 데려와 주소서."

—알겠다.

이렇게 하여 본인의 의사나 상황은 전혀 고려되지 않은 채, 반 호크는 위드와 군신 아트록 간의 야합을 통해서 전쟁의 시대로 끌려오게 된 것이다.

암흑 군대의 총사령관 반 호크

위드는 그래도 정이 가득 든 부하라고 반갑게 맞이했다.

"여어, 반 호크. 못 본 사이에도 잘 지냈지? 게으름을 얼마나 부렸는지, 뼈다귀가 아주 토실토실해졌군."

"왜 나를 이곳으로 불렀느냐."

반 호크의 대답은 싸늘하기 짝이 없었다.

어비스 나이트가 되면서 자존심과 투지는 하늘을 모를 정도로 치솟았다. 과거의 주인이라고 하더라도 나약한 자를 모실 수는 없는 법!

"당연히 부려 먹으려고 데려왔지. 내가 바쁘니까 이것저것 잡일 좀 맡겨야겠다."

"원래 있던 곳으로 돌려놔라."

"말이 좀 짧다?"

"옛정을 생각해서 때리지는 않겠다. 그러나 내 뜻을 거부한다면 죽을 수도 있다. 이번 기회에 나를 자유롭게 풀어 놔라."

위드는 깊은 한숨을 내쉬었다. 오랫동안 함께했던 부하의 반란을 보면서 자책감이 심하게 든 것이다.

"그동안 내가 너무 덜 때렸구나. 아주 갈비뼈 사이에 기름때가 확실히 끼었어."

"……."

"더 모질고 아프게 때렸어야 했는데. 무릇 올바른 부하 관리란 어떤 트집을 잡아서라도 사흘 밤낮을 때려 줘야 하는 법이거늘."

"입에서 나오는 대로 함부로 말하지 마라. 더 이상 과거의 내가 아니다."

"한번 주인은 평생 영원히 자자손손 모셔야 하는 거야."

"닥쳐라. 내 인내심에도 한계가 있다. 내가 검을 들지 않도록 알아서 조심하는 것이 좋을 것이다."

"그래, 내가 말이 너무 길었구나."

위드는 다시 반성했다. 설득이나 대화가 무슨 필요란 말인가. 진작 몽둥이부터 들었어야 했는데.

마침 적당한 물건으로 말살의 불도마뱀 왕의 뿔이 있었다.

제대로 된 전투용 무기는 아니지만 단단하기로는 이만한 것이 없으리라.

"말은 나중에 하고 일단 좀 맞자."

"기어이 내 검이 뽑히게 하는구나."

반 호크가 땅을 박차고 덤벼들었다.

어비스 나이트의 깊은 심연이 그를 휘감아 돌았다.

무시무시한 광경!

반 호크의 눈만이 붉은 광채를 내뿜었다.

레벨이 낮은 자들은 그 사악한 기운만으로도 짓눌려서 죽어 버리리라.

사방에서 깊은 심연이 몰려들어 오면서 강대한 힘을 전달해 주었다.

반 호크는 자신의 승리를 믿어 의심하지 않았다.

'죽이진 않으리라. 하지만 나는 승리를 거두고 나서 자유를 얻어서 떠날 것이다. 하벤 제국에 복수를 하기 위해!'

위드는 반 호크의 검을 막지도 않았다. 그냥 손을 내밀었다.

"절대 방어!"

크게 효과는 일어나지 않지만 몸 전체를 강철보다 단단하게 해 준다.

> 페러둔의 장갑이 막대한 타격을 입어서 내구도가 31 감소합니다.
> 공격 스킬의 위력을 41% 늘려 주는 효과가 28%로 감소합니다. 완벽한 수리를 마치면 복구될 것입니다. 생명력이 9,484 감소합니다.

반 호크의 공격은 슬레이언 전사들 중에서 최고 등급인 검은 맹수들이라 할지라도 찢어 버리고 대량 살상을 했을 것이다.

하지만 신들의 축복을 받으며 사막에서 최고, 인간들의 역사에서도 첫손가락에 꼽힐 만한 실력자가 된 위드의 손에 의해서 다소 싱겁게 막혔다.

"역시 세지긴 했군. 외모도 조금 바뀌었는데, 못 본 사이에 어비스 나이트라도 된 건가."

"어떻게 내 공격을 받고도 무사할 수 있지?"

어비스 나이트와 가까이 있으면 깊은 심연에서 올라오는 절망과 공포로 인하여 투지가 꺾이고 좌절하게 된다. 의지력이 낮으면 심지어는 자신의 몸을 베는 경우도 흔하게 발생했다.

하지만 위드와 눈이 마주치고 나니 오히려 반 호크가 위축이 되었다.

감당할 수 없는 강자를 만났습니다.
암흑의 기운이 경고하고 있습니다. 정의롭고 신성한 힘이 축복하는 용사를 마주함으로 인해 정신과 육체가 위축됩니다. 투지에 굴복되어 모든 전투 스탯이 6% 감소합니다. 몸이 굳어 있는 상태를 빨리 풀어내지 못하면 마비 증상이 발생합니다.

"어찌 이런 일이……."

반 호크가 언데드의 전설인 어비스 나이트가 되었다지만, 위드야말로 인간 중의 최고인 용사가 되지 않았던가.

원래의 몸 상태로 돌아가면 상황이 뒤바뀌게 되겠지만 지금은 일대일로 싸우더라도 여유로웠다.

"해골 꽉 닫아라."

퍼버버버벅!

그리고 시작된 구타. 어비스 나이트의 이름값은 어디에서도 찾아볼 수 없이 무참히 밟힐 뿐!

위드는 뾸을 오른손에 쥐고 숙련된 손길로 반 호크의 뼈 마디마디를 다져 주었다.

"어비스 나이트라서 그런지 확실히 오래 견뎌. 때릴 맛이 나는군."

"이 굴욕, 절대 용서하지 않을 것이다!"

반 호크가 견디지 못하고 역소환!

"콜 어비스 나이트 반 호크!"

위드는 마르지 않는 마나로 금방 다시 반 호크를 불러냈다. 역소환이 되었더라도 정신체 자체는 이 시대에 존재하게 되었기 때문이다.

"깊은 심연에 잠들어 있는 나의 활화산 같은 분노를 맛보고 싶은가."

"알고 있었어? 내 마음이 바로 그래."

그리고 한참을 맞고 또다시 역소환!

재차 소환된 반 호크는 이판사판이란 생각에 진지하게 검을 뽑아 들었지만 위드에게는 어린아이 장난과도 같았다.

어떤 공격이나 스킬도 위험하지 않았을뿐더러, 희귀하고 특별한 몬스터들과 싸우며 쌓은 경험들로 어비스 나이트의 독창적인 스킬들도 쉽게 간파해 깨부숴 줄 수 있었다.

조각술 최후의 비기 퀘스트를 하며 경험한 숱한 위험한 전투들이 중요한 자산!

기사 체형인 반 호크의 공격은 지금까지 많이 봐 와서 익숙하기까지 했다.

"음, 인정한다. 너는 나보다 강하다."

이미 주종 관계에 있었기 때문에 결국 반 호크의 의지가 꺾였다.

"뭐라고? 안 들리는데."

"주인이 강하다는 걸 느꼈으니 이제 그만해도 된다."

"멀었어. 막 손맛이 올라오고 있는 참이야. 노래방에 들어가서 첫 곡을 부르고 나서 시원한 음료수를 마신 직후의 기분이라고나 할까?"

잠시 후.

"너무 아프다! 살살 좀……."

"아프냐? 아픈 데는 매가 약이지. 어느 부위가 아프냐?"

"온몸이 다 아프다. 특히 옆구리가 아프다."

"그렇군. 옆구리를 특히 더 많이 때려 줄게. 아직 안 부러진 갈비뼈도 있는 것 같다."

또 잠시 후.

"주인님! 앞으로 충성을 다하겠습니다."

"예전에는 제대로 안 했단 얘기군. 그래, 항상 그런 식이었겠지. 뒤에서는 내 욕을 하면서, 언제 배신을 할지 적당한 시기만 노리고 있었을 거야."

"절대 그렇지 않습니다."

"아냐, 맞아."

"무슨 근거로 그렇게 확신하시는 겁니까?"

"원래 세상이 다 그런 거니까."

또다시 잠시 후.

"제발 살려만 주십시오. 절대복종하겠습니다."

"아직도 말할 힘이 남았군!"

아픈 곳만 정교하게 계속 때리는 구타!

최악의 인간성과 장인 정신이 동시에 느껴지는 기묘한 상황이었다.

그렇게 반 호크는 자신이 있어야 할 자리, 위드의 옆자리로 돌아왔다.

어비스 나이트이므로 회복은 과거보다 훨씬 빨랐지만 언제 또 맞을지 몰라서 방심할 수는 없었다.

단지 조금 위안이 되는 부분이 있다면, 근처에 부서진 집구석의 지붕을 봤을 때였다.

그곳에는 시커먼 망토를 두른 채로 널브러져 있는 안색이 창백한 사내가 있었는데, 그의 정체는 다름 아닌 뱀파이어 로드 토리도였다.

반 호크보다 먼저 끌려와서 더 많이 맞았던 것이다.

—오래 기다리셨습니다. 전쟁의 신 위드, 과연 그는 어디에서 어떤 모험을 하고 있었을까요? 시청자 여러분의 궁금증을 시원하게 날려 버릴 방송이 지금 시작됩니다.

—어떤 수식어도 필요하지 않은 모험. 왕의 귀환이라고 표현해도 좋을 정도로 거대한 스케일의 모험을 가지고 위드가 돌아왔습니다!

시청자들이 그렇게도 고대해 온 위드의 모험 방송 시작!

방송국들은 오후 6시에 맞춰서 동시에 중계를 시작했다.

시청자들도 그동안 경험이 쌓여서 미리부터 통닭과 피자, 족발, 보쌈 등을 배달시켜 놓고 기다리고 있었다. 배가 고픈데 아직 오지 않은 음식을 기다리면서 텔레비전을 보는 것도 고역이었기 때문이다.

시청자 게시판도 오랜만에 유쾌한 게시물들로 가득했다.

—드디어 한다.
—어제 설레서 잠을 못 잤음.
—군대 제대할 때보다 더 시간이 느리게 가는 듯.
—〈로열 로드〉를 하는 것도 좋지만 위드의 모험을 보는 것도 즐거워요.
—푹 빠져 있다 보면 정신을 못 차림. 현실은 고블린 눈치 보며 다니지만 마음만은 본 드래곤 슬레이어!
—이거 보려고 여자 친구와 헤어졌음.
—잘하셨네요.
—축하드립니다.

그리고 KMC미디어의 첫 영상은, 잔잔한 음악이 흐르는 황금빛 모래사장이 있는 해변가!

위드가 보로타 섬에서 노들레와 힐데른의 사연을 찾으러 돌아다니는 부분부터 시작이었다.

사람들이 지루해할 수도 있는 부분이지만, 모험의 첫 단추를 꿰기 위해서 필요한 과정이었다.

"노들레와 힐데른을 아십니까?"

"알아도 말해 주기 귀찮군. 그걸 물어보는 사람이 어디 한둘이어야지."

위드가 섬에서 사람들을 만나서 이야기를 나눈다.

꼬마 아이들에게도 말을 걸며 노들레와 힐데른을 아느냐고 물어보고, 백사장에서 예쁜 돌과 조개껍질도 주웠다.

—인간적이네요.
—전쟁의 신 위드의 감춰진 면모를 본 듯.
—저런 섬세한 감성이 있으니 조각품을 만들죠.

그때, 위드가 말리기 위해 널어놓은 오징어를 훔쳐서 질겅질겅 씹어 먹었다.

"어우, 짜."

—위드 님도 나쁜 짓을 하네요.
—인간적인 소소한 매력이죠.
—오징어는 역시 훔쳐야 제맛!
—오징어풀죽 개발에 즉시 착수하겠습니다. 풀죽신교 새죽개발 팀.

노들레의 저택도 방문하고, 차근차근 퀘스트를 진행하는 모습이 방송되었다.

CTS미디어, LK게임에서는 진행자들의 간략한 상황 소개 후에 곧바로 섬을 빠져나가기 위해 폭우 속에서 출항하는 내용을 담았다. 자극적인 영상들을 먼저 담아서 초기 시청률을 끌어올리겠다는 속셈이었다.

하지만 시청자들은 빨리 보기에 아깝다는 생각에 퀘스트를 느긋하게 지켜보는 쪽을 택하는 바람에 오히려 KMC미디어와 온 방송국의 시청률이 훨씬 높았다.

—근데 뜬금없이 나온 노들레와 힐데른은 뭐죠?
—몰라요. 어디 해적 부부 아닐까요?
—로미오와 줄리엣 같은 연인들인 것 같은데요.
—배경음악이나 섬의 분위기를 보니 완전 낭만적임. 지금 저 섬은 어디죠?
—보로타 섬입니다.
—아, 나도 저런 따사로운 햇볕이 드는 섬으로 이사 가고 싶다.
—제가 보건대 보로타 섬은 앞으로 관광지로서 대인기를 누릴 것 같네요.
—저 섬에 집 지으려면 돈 얼마나 들어요?

—보로타 섬 유저인데요, 얼마 전부터 누군가가 대대적으로 땅을 사서 부동산 가격이 엄청나게 올랐어요. 예전에 비해서 10배는 치솟았거든요.

노들레와 힐데른에 대한 궁금증도 적당히 불러일으키면서 보로타 섬의 풍경을 느긋하게 보도록 해 준다.

뒤에 벌어질 사건들을 예고하진 않았지만, 기다림이 앞으로 전개될 내용들을 더욱 흥미진진하게 했다.

위드의 모험은 어떤 식으로 시작하든 간에 위험과 고생 그리고 차원이 다른 스케일로 연결이 되기 때문.

시청자들은 대륙의 도시들, 중요한 역사들이 뒤바뀌고 있다는 사실을 이미 알고 있기에 앞으로 나올 내용을 얼추 짐작하면서 보는 잔재미도 얻을 수 있었다.

서정적이고 낭만적인 보로타 섬!

바다신의 교단의 위협을 벗어나서 거친 풍랑에 조각배를 띄웠다.

서윤이 등장하고 나서부터는 의도적으로 그녀의 얼굴을 나타나지 않게 했다. 초상권 협의를 거치지 못하기도 했지만, 시청자들의 호기심을 제대로 끌어 올리기 위함이었다.

—뒷모습만으로도 절대 미녀입니다.
—노 젓는 손만 봐도 결혼하고 싶네요.
—잠깐씩 들리는 목소리가 그냥 혼을 빼 놓을 정도인데.

위드의 모험은 〈로열 로드〉 내의 관심을 집중시켰다. 시청률도 예정된 것처럼 대폭발!

하지만 예전과는 다르게 안티 세력도 크게 늘어나 있었다.

—위드 때문에 폭삭 망했습니다. 근처의 도시가 파괴되면서 장사하던 가게가 파리만 날려요. 고블린이라도 와 주면 감사할 판임.
—어렵게 마련한 집이 사라져 버렸어요. 이 피해는 누가 책임져 주나요!
—무차별 도시 파괴. 그동안 쌓아 왔던 주민들과의 친밀도를 다 날려 버렸습니다. 아무리 위드라고 해도 이래도 되는 건가요?
—하벤 제국과 원수를 진 건 이해합니다. 하지만 제가 무슨 죄가 있습니까?

위드가 모험을 하면서 중앙 대륙에 입힌 피해도 상당히 컸기에 방송 중에 유저들의 원성도 대단했다.

그때를 틈타서 헤르메스 길드원들도 부지런히 비난 글들을 올렸다.

—위드는 원래부터 나쁜 놈입니다. 〈마법의 대륙〉에서도 그렇고, 타고난 본성은 숨길 수가 없어요.
—진짜 지독한 놈은 위드임. 북부의 선량한 사람들이 속고 있는 거죠.
—위드는 대륙을 위하는 게 아니라 자기 자신의 욕심을 챙기기 위한 모험을 해 왔던 것입니다. 제발 조금 냉정해지세요.
—풀죽신교? 그런 우스운 단체에 가입해서 뭘 하시겠다고요. 번영과 발전이 있는 중앙 대륙으로 오셈.

위드에 대한 방송은 첫날부터 여러모로 큰 화젯거리를 일으켰다.

"이런 무능한 놈."

위드의 구박에 반 호크는 아무 말도 하지 않았다.
언데드의 정점이라고 할 수 있는 어비스 나이트가 되고 나서도 여전히 갈굼을 당하는 신세일 줄 누가 알았겠는가.
하고많은 인간들 중에서 위드가 용사로 전직을 하다니, 정말 터무니없는 일이었다.
"너에게 1군단을 맡긴다. 잘 지휘할 수 있겠지?"
"물론이다."
바르칸 데모프의 지배 당시 암흑 군대의 총사령관이던 반 호크! 그는 이제 8만에 달하는 인간 병사들을 지휘하는 역할을 맡았다.
"너희는……."
반 호크는 어중이떠중이들로 구성되어 있는 병사들을 쳐다보았다.
검을 쥘 수 있는 청년들이면 가리지 않고 강제로 징집해 왔기에 군기라고 할 것도 없었고, 도열해 있는 자세 역시 엉망이었다.
위드는 일부러 그에게 엠비뉴의 광신도나, 전투 경험이 없는 자들 위주로 맡겼다. 쓸 만한 병력은 조금이라도 가르쳐서 부족하더라도 중앙군을 구성하는 데 투입해 왔기 때문이다.
전설적인 몬스터, 어비스 나이트가 나타나자 병사들은 투기에 눌려서 꼼짝도 하지 못했다.
"싸우다가 죽어라. 투지를 불태우며 최선을 다해서 잘 싸울 필요도 없다. 그냥 일찍 죽어라. 그것만 잘하면 될 것이다."
"옛!"

반 호크는 1군단을 돌격 부대로, 선봉에 내세웠다.

화살에 맞거나 적의 기병들에게 밟혀서 무수히 많은 병사들이 사망!

“크흐흐흐.”

“몸이 추워, 추워. 뜨거운 피를 마시고 싶다!”

병사들은 금방 좀비와 스켈레톤이 되어 다시 일어났다.

살아 있을 때보다도 오히려 빠르고 강한 힘을 가진 채로 달린다.

어비스 나이트의 권능에 의하여, 부하들은 죽음으로부터 회귀했다.

반 호크의 암흑 군대가 창설된 것이다.

8만의 인간 군대는 5만의 언데드와 5만의 인간으로 변했다.

총합으로 따지면 2만이 늘어났는데, 그것은 적들의 시체까지도 암흑 군대로 바뀌었기 때문이다.

반 호크가 암흑 지배 능력에 의하여 일으킬 수 있는 언데드의 숫자는 정확히 10만!

최대의 규모를 유지하고 나면 그 이후부터는 군대의 질을 향상시켜야 했다.

이후부터는 유령, 듀라한, 데스 나이트, 둠 나이트 등이 부지기수로 나타나게 되리라.

“음, 과연 멋지군. 언데드들은 먹이지도 재우지도 않아도 되니 참 좋아.”

위드는 마폰 왕국에서 벌어진 전투에서부터 언데드까지 적극 활용했다.

사막 전사들로부터 시작된 위드의 군세는 급속도로 규모를 키웠다.

강제로 징집한 전투 노예들, 코끼리 부대에 이어서 언데드까지 편성된 것이다.

명실상부한 정복 군대의 위용!

공국들을 휩쓸며 약탈한 막대한 재물은 용병들을 고용하는 데 사용했다.

그뿐만이 아니라, 싸우지 않고 항복한 귀족들과 왕족들에게서 빼앗은 군대도 있다.

10만이 넘는 항복한 병력을 정찰과 공격, 점령의 선봉에 투입했다.

위드가 거느린 군대는 이제 30만의 대군을 넘어가면서 강렬하게 중앙 대륙을 강타하는 중이었다.

"벌써 도시만 20개 정도는 부숴 버린 것 같은데. 역사에 확실히 기록될 수 있겠군. 음, 역시 사람은 죽어서 이름을 남긴다고 하더니… 아주 명예로운 일이야."

가히 역사에 길이 남을 악당으로, 나쁜 짓들을 패키지로 저지르는 중!

위드의 절대적인 무력과 카리스마 앞에 인간 병사들은 감히 숨도 편히 쉬지 못하였다.

언데드가 동료로 있고, 도시들을 점령하면 모조리 부숴 버리는 마당에 병사들이라고 어찌 마음이 편하겠는가.

성문을 스스로 열고 항복한 도시들만이 완전한 파괴를 피할 수 있었다.

전투 노예들은 사막 군단이 지나간 많은 도시와 국가에서 강제로 끌려와서 전쟁을 수행했다.

오로지 전투를 할 뿐이고, 희망은 잃어버렸다.

"우린 악질 중의 악질에게 잡힌 거야."

"내일 탈출을 시도해 볼까?"

"안 돼. 밤을 이용하더라도 저자의 시야를 벗어나진 못할 거야. 그리고 탈출을 시도했다가 잡히면 어떻게 되는지 알잖아."

병사 1명이 탈출을 하니 2,000명으로 구성된 부대 전체를 몰살시켰다.

사기보다는 공포가 지배하는 군대!

위드가 그들에게 허락하는 건 적들을 죽이고, 그 후에 마음껏 약탈하는 것뿐이었다.

쌓여 가는 절망감을 해소하기 위해 병사들은 적들에게 더욱 잔혹해졌다.

"돌격해라."

위드의 명령이 떨어지기만 하면 병사들은 붙잡혀 있던 야생마들처럼 뛰쳐나갔다.

"크히히히히힛!"

"죽여. 몽땅 죽여!"

"다 빼앗으리라."

병사들의 정신 상태는 가히 최악을 달렸다.

어쩔 수 없는 부분이, 시간과 안정된 보급 기지, 사기, 훈련도, 그 외의 그 어떤 요소도 제대로 갖춰지지 않았다.

오로지 전쟁을 수행하기 위한 군대!

"전부 승리를 거둬야 해."

절대적인 힘과 지배력, 카리스마를 바탕으로 대군을 거느리고, 싸울 때마다 승리를 거두고 있었다.

더구나 병사들이 잔인할수록 전쟁에 써먹기에는 좋았으며, 중앙 대륙의 황폐화에도 도움이 되리라.

띠링!

정복자의 등장 퀘스트 완수에 필요한 조건을 현재까지 여섯 가지 달성하였습니다. 퀘스트의 목표를 이미 초과 달성했습니다.
* 광신도들이 차지한 다간 왕국의 멸망 완료.
* 헤르가 강 주변 도시국가들의 파괴 완료.
* 광신도 훈련 기지가 있는 루프레아 공국의 초토화 완료.
* 도시 이트아 방화로 초토화 완료.
* 엠비뉴 교단의 비밀 신봉자 헬센 왕비 일가 참살.
* 드로마 왕국의 붕괴(드로마 왕국에는 새로운 왕조가 나타나게 됨).

몇몇 도시들과 왕국들은 멀어서 갈 수 없었다는 점을 고려하면 실로 놀라운 성과를 올렸다.

엠비뉴 교단과의 전투를 피하려면 3개 정도의 목표만 달성하고 군대를 해체시켰으면 되었으리라. 그렇지만 퀘스트 완수에 따른 추가 보상을 얻기 위해서라도 엠비뉴를 따르는 국가들을 확실히 파괴했다.

레벨 824에 달하는 능력도 원래의 세상으로 돌아가면 사라지게 된다.

물 들어왔을 때 노를 저어야 한다는 명언처럼, 능력이 있을 때 뭐라도 건져야 하지 않겠는가.

게다가 이런 정복 전쟁도 쉽게 경험하기 힘든 일이라서 재미가 있었다.

어느 누가 과거의 역사 속으로 들어와서 이런 전쟁을 화끈하게 일으킬 수 있을 것인가.

특히 전쟁의 시대에는 기사들의 능력이 출중해서 그만한 능력을 발휘할 수 있는 유저도 드물 테지만, 설혹 있더라도 대륙을 정복하겠다는 야망을 실현시키기란 보통은 어렵다.

위드가 완벽하게 착한 편은 결코 아니었다. 나쁜 짓을 저지를 기회가 없었을 뿐.

정직하고 착실한 사람도 권력을 쥐여 주면 변하기 마련인데, 위드의 경우에는 애초부터 악당이 되고 싶어서 노리고 있었다.

초등학교를 다니던 때에 선생님이 커서 뭐가 되겠느냐고 미래의 꿈을 물은 적이 있었다.

위드는 당당하게 '인류 평화를 위협하는 대악당, 혹은 세계 평화를 파괴하고 음모를 곳곳에 뿌리는 마왕'이라고 적고 신나게 맞았다.

어릴 때부터 키워 온 금단의 꿈을 실현시킬 기회가 열리고 만 것이다.

"모조리 죽여라. 항복하더라도 돈이 없으면 살려 두지 마라. 그리고 성의 재물 창고에는 손대지 마라. 그건 내 거다!"

폭군 위드!

항복한 병사들도 결국 전투 노예가 되어 다음 전쟁에 강제로 끌려가야 되었으니 살아도 산 것이 아니었다.

이제 전쟁의 시대의 왕국들도 적극적인 대응에 나섰다.

"야만인들이 더 이상 우리 왕국에 얼씬도 하지 못하게 하라."

“놈들의 잔인무도함이 극에 달했다. 기사단을 보내어 위드라는 자의 목을 가져오도록 하라.”

“위드라는 자는 대단한 용사라고 한다. 놈이 왜 우리를 적대하는지는 모르겠지만, 더는 참을 수가 없으니 노트망 왕실의 위엄을 알려 주어라.”

왕국들이 토벌을 위해 대규모 군대를 이동시켰다.

수십만의 정예 병력이 전쟁 준비를 하고 위드와 사막의 붉은 칼 군대를 몰살시키기 위해 진군해 오고 있었다.

아울러 엠비뉴 교단도 움직였다.

엠비뉴 신의 신탁이 이루어지고 있다.

남쪽에서 우리를 막을 거대한 힘이 저들이다.

저들을 없애야 한다.

이 대륙의 불안 속에서 깊게 뿌리를 내리고 기생해 왔던 그들이 활동을 시작했다.

숲과, 존재가 알려지지 않은 길고 복잡한 지하 동굴을 통해서, 그리고 엠비뉴 교단에 복종하고 있는 왕국에서 비밀리에 집결하는 모습이 동영상으로 보였다.

놀랍게도 크기가 400미터가 넘어가는 거대한 거북이 같은 괴생명체들이 하늘을 날아다녔고, 그 위에는 엠비뉴 궁수들이 300명 이상씩 타고 있었다.

당당하게 하늘을 뒤덮은 엠비뉴의 군대에는 돌과 쇠뇌를 쏠 수 있는 장치까지 달려 있었으니 공중 병기들이라고 해도 될 정도였다.

그리고 10층짜리 탑처럼 큰 키의 청동 거인들이 땅을 울리며 뒤를 따른다.

창과 곡괭이를 든 광신도들은 새까맣게 평원을 뒤덮었다.

이 광신도들도 만만하게 볼 수 있는 존재가 아니었다.

노들레와 아헬른에 의해 몰락하고 한동안의 회복기를 거쳐 다시 세상에 나오는 미래와는 달리, 현시대의 광신도들은 엠비뉴의 신성력을 받아들여 몸이 바뀌었다. 팔다리가 잘려도 죽지 않고, 힘은 철판 갑옷을 찢어 놓을 수 있을 정도로 강했다.

제4지파, 제6지파.

대사제 모툴스, 대사제 잉그리그가 암흑 군대를 이끌었다.

대사제들의 레벨은 700대 초반 정도이지만 사제이면서 주술과 마법까지 자유자재로 사용하기에 부하들을 이끌고 치르는 전투에서는 그보다 훨씬 뛰어난 능력을 발휘한다.

교단의 상층부에 있는 징벌의 사제들도 절대 피할 수 없는 희생의 저주와 흑마법을 쓰기에 굉장히 까다롭다.

엠비뉴의 전력은 이 시대에 전성기를 달리고 있어서, 출정에 나선 징벌의 사제들도 수백 명에 이르렀다.

전력의 중심축을 구성하는 1만 명이 넘는 암흑 사제들과 극악의 기사단의 위용도 너무나도 엄청났다.

세뇌와 현혹은 기본으로 하고, 온갖 암흑 주술과 나중에는 실전되어 전해지지 않는 것으로 알려진 엠비뉴의 암흑 마법까지도 사용한다.

켈트 왕국을 위협하던 악녀 페쳇도 제자들을 데리고 가세하게 되었으니 더 이상 필요한 게 없을 정도로 사상 초유의 막강한 군대였다.

위드와 서윤.

이곳에서 단 2명만이 유저이고 이 거대한 대륙과 왕국, 주민들, 모든 것들이 NPC로 이루어져 있다.

수많은 퀘스트들이 생겨나고 사라지는 이 순간, 역사서에만 기록되어 있는 시간을 직접 변화시키고 만들어 간다.

역사서에 기록될 큰 전쟁을 주도하여 일으키고 지휘한다.

스케일이 크다는 점에서 이번 퀘스트는 마음에 들었다.

그렇지만 냉정하게 생각하면 사막 지역을 제외한 모든 것들을 적으로 두고 다퉈야 한다.

거기에다 모습을 드러낸 엠비뉴의 군대는 기대 이상으로 무시무시하기 짝이 없었다.

위드는 비로소 과거에 어떤 일이 벌어졌는지를 깨달았다.

"노들레가 성공했던 건 정말 고전에나 나오던 전형적이고 고리타분한 영웅물이었구나!"

엠비뉴 교단의 전력은 그냥 세상에 나서더라도 무난히 대륙을 찜 쪄 먹을 수 있을 정도였다.

사막 군단을 이끌고 정복을 하고 있는 위드였기에 정세 판단은 매우 정확했다.

사막 전사들은 정예화가 되어 강해지더라도 숫자가 적지만, 엠비뉴 교단의 군대는 온갖 괴상한 생명체들을 데리고 다녔으며 부하로 삼을 광신도들은 넘쳐 났다.

"근데 참 할 일도 없지. 무슨 혼돈의 드래곤을 깨우고, 더 강한 신성력을 얻기 위해 탑을 세운다고? 욕심도 많아."

철두철미하게 준비하고 계획을 세운 엠비뉴 교단.

그러다가 예상치 못하게 노들레와 아헬른의 동료들에 의해서 무언가 복구 불가능한 큰 피해를 입고 괴멸하게 되었다.

영웅 이야기에 흔히 나오는, 막강한 힘을 가지고도 대륙을 정복하지 못하고 한순간의 방심으로 모든 걸 날려 버리는 무능하고 허점 많은 악당의 역할을 엠비뉴 교단이 맡았던 것이다.

"이런 못난 놈들."

위드는 엠비뉴 교단에 대해 화가 다 날 지경이었다.

저만한 직속 군대도 있었으며, 세뇌와 뇌물로 인해 다수의 왕과 귀족들도 그들을 따르도록 포섭했다. 이 정도 되면 당연히 대륙 정복 정도는 어려운 목표도 아니니 무난히 달성해야 할 것이 아닌가.

악당들의 그 땀과 열정이 얼마나 허망하게 사라진 것인가.

"정말 멍청하게 당한 거야. 만약 내가 엠비뉴 교단의 수장이라면 온갖 야비한 수단을 다 써서 손쉽게 해내고도 남았을 텐데. 차라리 엠비뉴 교단을 일으켜 세우고 놈들이 대륙을 지배하게 하는 퀘스트였더라면 정말 간단히 성공시켰겠는데."

아무튼 바보처럼 방심하다가 당하기만 했던 과거의 엠비뉴 교단은 위드로 인해서 바뀌었다.

엠비뉴 교단의 군대가 예정에 없이 일어나서 위드와 사막 전사들을 막기 위하여 진군해 오고 있었다.

"이놈의 팔자는 사고를 쳐도 단단히 쳤군. 내가 너무 욕심을 부렸을까? 적당히 영웅 놀이나 하다가 마쳤어야 하는 건데."

그에게 아주 큰 짐이 지워져서, 패배하면 엠비뉴 교단과 마족이 판을 치는 세상이 오게 되리라.

사실 위드는 노들레 역할을 하는 동안 마음이 편하지는 않았다. 정의로운 영웅의 행적을 따라가다 보니 억지로 이끌려 가는 감이 있어서 식상했다.

그러나 사막 군단을 끌고 중앙 대륙을 침략한 건 위드의 선택. 이미 어긋난 이상 운명의 궤적은 이대로 굴러가야 했다.

"내 모든 행동들이 미래의 역사가 되는군. 그렇다면 몽땅 부숴 주겠어. 혹시 안 된다면… 뭐, 어쩔 수 없고."

대륙 전체를 배경으로 날뛰어 볼 극히 드문 기회.

레벨 800대의 절대적인 무력을 바탕으로 전쟁의 시대, 혼란스러운 대륙을 휩쓸어 버리는 것이다.

드넓은 땅과 도시들을 정복하고, 엠비뉴 교단도 물리쳐서 대제국의 위업을 달성한다.

위드와 서윤이 떠나고 나면 그리 오래 유지되지는 않을지도 모르지만, 영원하지 못한 건 인생사 자체가 마찬가지다.

전쟁과 모험을 하면서 얻는 짜릿한 재미!

"나쁜 짓을 이렇게 실컷 할 수 있는 기회도 드물지. 정의를 위해서 엠비뉴 교단을 부수는 게 아니라, 어설픈 그놈들에게 진정한 악당이 무엇인지 가르쳐 줘야겠어."

어릴 때부터 악당 만화를 보면서 느꼈던 답답함을 이번 기회에 확 풀어 버릴 작정이었다.

이제 다음 도시를 약탈하러 가기 위해서 군대를 이끌고 이동을 해야 할 때다.

위드는 먼저 쌍봉낙타에 올라서 서윤에게 손을 내밀었다.
“잡아.”
“고마워요.”
먼 거리를 이동할 때에는 서윤과 낙타를 같이 탔다.
그녀는 레벨을 올리지 않았고, 기마술도 가지고 있지 않다는 현실적인 이유도 있다.
그렇지만 빠른 이동을 위한 것만은 아니라, 둘이 다니는 게 익숙해졌다.
심각하게 추웠던 북부에서도 그렇고, 사막에서도 함께 다녔다. 길을 걸으면서 많은 말을 나누지 않았더라도 나중에는 추억이 쌓인다.
‘젊음은 순식간이고 인생은 길지. 앞으로 시간이 지나면 이 추억을 얼마나 자주 떠올리게 될까.’
두 사람이 젊어서는 낭만적이고 행복한 시간을 보낸다. 그리고 살아가면서 힘든 일을 함께 경험하고 이겨 낸다. 그렇게 같이 나이가 들고 나면 등 긁어 줄 사람이 얼마나 중요하겠는가.
무수한 고생들에 가려져 있지만 연인의 의미를 알려 주는 낭만적인 노들레와 힐데른의 퀘스트가 아닐까 하는 생각도 조금은 들었다.
사실상 생판 남이라면 이런 고생을 하면서까지 도와줄 순 없을 것이다.
위드는 내색은 전혀 하지 않았지만, 이렇게 먼저 손을 내미는 것으로 자신의 마음을 드러냈다.
‘내가 좋아한다는 티는 전혀 안 나겠지.’

어릴 때부터 쭉 가난하게 살아왔더니 사랑에 대해서도 자신감이 없다.

멀쩡하게 잘 사는 여자 데려와서 고생만 시키는 건 아닐지에 대한 불안감 때문에 감정에 솔직해지지 못했다.

그게 죄이고 미안하다는 생각이 들었으니까.

중학교, 고등학교를 다닐 때에도, 좋은 여자가 있어도 그저 바라보기만 하다가 시간을 다 보내고 말았다.

좋아하는 마음이 있더라도 드러내기가 무서워서 그저 흘려보내고 만 것이다.

'그래도 이 여자라면…….'

서윤과 보낸 시간들이 믿음이 된다.

놓치고 싶진 않지만, 그렇다고 해서 좋아한다는 말을 꺼낼 수도 없는 애매한 마음.

'뭐, 좋아한다는 티를 안 내면서 계속 같이 다니지. 그러다 보면 자연스럽게 어느 쪽으로든 해결이 날 거야.'

위드는 비겁하더라도 속마음을 숨기면서 대했다.

서윤은 그런 행동들을 보면서 느꼈다.

'아, 이제 날 많이 좋아하는구나.'

숨기려고 해도 상대방에게는 그냥 드러나고 만다.

벌써 꽤 오래전의 일로, 바란 마을에 프레야 여신상이 조각되던 때였다.

그때만 하더라도 서윤은 마음이 닫혀 있었다.

위드는 그녀를 모델로 해서 여신상을 환하게 웃는 밝고 아름다운 모습으로 조각했다. 그리고 한 줄의 문구를 몰래 숨겨서 적어 놓았다.

이렇게 웃으면 좋을 텐데… 내가 웃을 수 있게 하진 못 하겠지…….

서윤은 바란 마을로 돌아가서 그 작은 문구를 발견했다.

교관의 통나무집에서 만났던 기억은 짧지만, 조각품으로 인해서 약간은 특별하게 여기게 되었다.

그리고 절망의 평원을 넘어가면서 흉측한 오크 카리취를 만나게 되었다. 이유는 알 수 없지만 그녀를 보고 나서의 약간은 특별한 행동과 눈빛으로, 위드라는 사실을 금방 알아봤다.

모른 척 평원을 여행하면서 했던 동행, 그리고 위드가 남긴 조각품.

눈물을 흘리면서도 웃는 그녀의 조각품!

서윤은 마음으로 항상 울고 있지만, 또한 약해진다는 생각에 고통을 내색하지 못했다. 의심하고 불안해하지만 상처 받기 쉬운 여리고 순수한 면을 숨겨 왔다.

조각품을 보면서 펑펑 울고 아픔을 달랠 수가 있었다.

그 이후부터는 위드가 조각품을 깎을 때마다 항상 기대가 되어서, 조금도 싫어하지 않고 기꺼이 모델이 되어 주었다.

자신의 조각품이 아름답게 깎여 나갈수록, 서윤은 더욱 예뻐질 수 있었다.

위드도 자신처럼 마음을 겉으로 드러내기를 무서워한다.

하지만 조각품은 솔직하다.

알베론이 끼어서 북부로 여행을 할 때 동굴 안에 숨겨서 만든 따뜻한 연인들의 조각품!

위드와 서윤이 서로를 안아 주며 온기를 나누는 모습이었다.

겉으로 드러내지 않아도 깊은 곳에 담겨 있던 마음을 조금씩 표현해 왔던 것이다.

두 사람은 각자의 인생을 겪어 왔고, 각자의 아픔을 겪으면서 살아왔다.

그리고 처음으로 상대를 마음에 담아 두고 내색도 하지 않은 채로 많은 사건과 시간을 보냈다.

이젠 눈을 감고도 상대의 마음을 알 수 있는 단계가 되었다.

TO BE CONTINUED